KB141713

혼불,
저항의 감성과
탈식민성

서철원 지음

태학사

서철원

· 전주대학교 국문학과 졸업. 전북대학교 대학원 국문학과 석사 및 박사과정 졸업.
 현재 전주대학교 및 전북대학교 출강.
· 『혼불』과 관련한 논문으로 「『혼불』의 탈식민성 연구」, 「최명희 『혼불』의 인지의미론적
 연구」, 「『혼불』과 〈아바타〉의 탈식민성 연구」 발표, 그 외 다수의 논문 발표.
· 장편소설 『왕의 초상』, 『혼,백』 출간, 중편소설 「겨울누에」 외 다수의 단편소설 발표.
· 2013년 '대한민국 스토리공모대전' 최우수상 수상, 2016년 '제8회 불꽃문학상' 수상, 2017년
 '제12회 혼불학술상' 수상.

『혼불』, 저항의 감성과 탈식민성

초판 1쇄 인쇄 | 2018년 4월 10일
초판 1쇄 발행 | 2018년 4월 13일

지은이 | 서철원
펴낸이 | 지현구
펴낸곳 | 태학사
등 록 | 제406-2006-00008호
주 소 | 경기도 파주시 광인사길 223
전 화 | 마케팅부 (031) 955-7580~82 편집부 (031) 955-7585~89
전 송 | (031) 955-0910
전자우편 | thaehak4@chol.com
홈페이지 | www.thaehaksa.com

ISBN 978-89-5966-930-1 93810

머리말

이 책은 한국문학의 너른 지평과 산하로 뻗어간 『혼불』의 문학적 가치를 재조명하기 위해 시작됐다. 최명희의 삶의 봉우리마다 얽혀 있는 문학정신을 돌아보기 위함도 알 것이다. 소설에 깃들어 있는 전통적 기류를 활자로 새기고, 도저한 물결의 역사성과 민중의 역동적인 삶들이 문장의 숲에서 만나 서로를 다독이는 일도 넘칠 명분이다.

기억과 망각 사이에 이제쯤 현실의 강마루에서 높거나 낮아도 반드시 건너야 할 이유와 까닭과 사연은 '아마'도 일천 가지는 넘을 것이다. 『혼불』에 깃든 모두의 삶과 죽음은 한 가지로 압축할 수 없는 운명을 쥐고 책 안에 존재하였다. 가혹하거나 시리거나 애틋하거나 뜨거워도 나눌 수 없는 생의 운명은 가난과 질곡과 생존이 절박한 땅 위에 흩어져 글로 생장하였다. '말할 수 있는 자'의 전통과 '말할 수 없는 자'의 삶의 누명은 근대와 전근대의 어느 지점에서 파란 여름 꽃으로 피어 있거나 완강한 빙천(氷天)의 겨울하늘을 이고 흰 누에로 남아 있었다. 때로 눈부신 여름과 혹한의 겨울 사이 잊지는 가을의 시대는 책 안에 긴 여정으로 기울거나 겨울과 여름의 간극을 비집고 찬란한 해방의 봄으로 이어져갔다.

무수히 많은 사계가 지나고 비켜가는 『혼불』은 최명희의 문학적 사상과 이념적 성찰로 일관하였다. 좋은 날이든 좋지 않은 날이든 책 속의 일기는 날마다 새겨듣기 좋은 날로 남아 있었다. 일제강점기 밤하늘 별 같은 날들이 기울어가는 동안 대작의 책 안에 뿌리를 내린 인물들의 삶의 방식은 땅을 기반으로 하여 전통의 복원과도 긴밀하게 연결되어 있었다. 이것은 작가의 역사의식과 연동하여 거시적으로는 민족의 유구한 역사적·전통적 증거물로 채택되는가 하면, 민족정체성 회복의 상승효과를 보여주기도 했다.

『혼불』을 읽는 동안 도달할 수 없는 먼 경지의 문학적 접경은 최명희의 작가주의적 태도, 즉 민족주의적 세계관, 역사의식, 소설 내부에 생존하는 등장인물들의 경험과 삶의 방식에서 확인되었다. 『혼불』이 일제강점기 가족사적인 이야기를 중시하는 데는 무엇보다 작가의 체험성에 근거하겠지만, 당대를 살다간 자들의 질곡과 애환과 사연은 현재적 의미에서 사회현실에 대한 경계를 극복하는 일정한 질량의 저항적 감성으로 밀려왔다. 그 멀고 아득한 땅에서 최명희가 꿈꾸었을 세상은 가파르거나 막연하지 않으며, 깊거나 얼어붙은 세상도 아니었을 것이다. 그 산하는 최명희와 『혼불』만의 텍스트가 아닌, 문학의 실제적 역할 면에서 읽는 자로 하여 체험성에 도달하는 과정에 필연적으로 발생하는 순수 이성의 산물만큼이나 명백한 '가치'일 것이다.

『혼불』은 일제강점기 전라도 토착민들의 강인한 생명력을 그려내고 있다. 우리의 전통·풍속을 모국어로 들려주고 있는가 하면, 식민지 아래 신음하는 조선 민중들의 힘겨운 삶의 방식을 전라도 사투리와 생활을 통해 보여주고 있다. 또한 전라도 남원 양반촌인 매안마을과 그 땅을 부쳐 먹는 하층의 '말할 수 없는 자'들의 애환을 반영하고 있다. 국권을 상실한 시대의 참상을 우리말의 중요성과 전통의 복원을 추구하면서 최명희는 '조상에 대한 그리움, 근원에 대한 그리움'을 모국어로 표현하고 있다. 그만큼 『혼불』의 언어적 전략과 전통의 복원에 대한 진정성은 그 자체만으로 중요한 의미를 지니며, 그 저항의 감성은 한국문학에 있어 무엇보다 큰 가치를 형성하는 것으로 평가받고 있다.

4

맑고 화사한 날에도 최명희는 책 안에서 울었을 것이다. 비 내리는 흐린 날에도 최명희는 책 속에서 웃었을 것이다. 『혼불』을 써가는 내 내 우리 민족의 역사와 삶을 그려내기 위해 몸소 '혼불'이 상징하는 다양성의 면모를 보여주었다. 『혼불』이 10권의 분량에도 미완에 그치고 있는 것은 『혼불』 자체가 최명희의 삶이었기 때문이기도 하지만, 해방 이후 6.25 한국전쟁까지 이어질 것을 내다봤기 때문이다.

1947년 전주에서 태어난 최명희는 한국전쟁 이후 6, 70년대 유신시대를 거쳤다. 80년대 군부독재시대를 살아오면서 한국사회의 변동과 모순상황이 해방 전 일제강점기에서 해방 후 미군정에 의해 촉발된 것을 직간접적으로 목격했다. 독재시대를 살아온 최명희는 『혼불』의 작가로서 근대와 전근대의 전환기적 역사성을 바탕으로 매안의 전통을 유지시키며, 거멍굴·고리배미 하층민의 역동적인 삶을 반영하였다. 상반된 입장의 두 가지 이념은 민족정체성 회복이라는 합리화된 관념을 창출하는 동시에 매안마을과 거멍굴 사이의 향촌공동체를 목적으로 하는 미래 지향의 삶을 보여주었다.

『혼불』은 일제 치하에서도 우리 민속과 전통과 관련한 세시풍속·관혼상제·역사·예술·종교·상징 등 전반에 걸쳐 강인한 영속성을 드러내고 있다. 시대는 달라도 최명희가 바라보던 '혼불'의 길은 전통적·민속학적 '재현(representation)'의 의미를 넘어 작가 스스로 언어의 연금술사로서 모국어의 완결을 추구하고 있다. 또한 『혼불』은 근대가 시작되는 지점에서 출발하고 있으며, 사적 가부장제가 공적 가부장제로 전환되는 시기의 모습을 보여주고 있다. 비록 하위문화 형태로 묘사되고 있지만, 조선시대 이후 양반 여성들이 구축해온 안방문화와,

남성과 여성의 지배-종속관계가 지닌 함수관계에 대한 최명희의 내적 표현은 우리 민족이 감당한 수난의 역사와 무관하지 않다.

여기에는 일제 만행에 대한 식민자적 저항 주체로서 매안마을 사람들의 서러움을 표현하고 있다. 창씨개명뿐 아니라 단발령, 흰 옷 금지 등 일본의 민족 탄압에 대한 묘사와 저항의 감성으로서 수많은 이야기와 사건들이 내재되어 있다. 특히 『혼불』에서 중시되는 것은 일제에 대항하여 직접 싸우는 것이 아니라, 다양한 계층의 인물들이 우리의 전통을 이어가려는 정체성이 발견되는데, 이것이 바로 그토록 찾고자 한 '혼불'을 의미하였다.

『혼불』은 '근대' 인식의 문제에 있어 한국문학의 전통을 확립하는 필수적인 요소로 한국인의 정서를 반영하고 있다. 당대 사회현실에 대한 자각으로서 전통 · 역사 · 설화 등 다양한 양식이 소설 전반에 투영되어 있다. 그 가운데 청암부인에서 발견되는 '대모신'의 지위와 입장은 여성성 혹은 모성성을 유인자로 하여 매안마을, 고리배미, 거명굴의 공동체를 이끌어가는 강인한 민족의 힘으로 표상되고 있다.

인간은 본질적으로 평등의식을 가지고 있다. 신체적으로든 정신적으로든 모두가 평등한 세상에서 나고 살고 죽고자하는 염원을 지닌다. 이것은 대체로 신체상의 이유가 더 강하게 작용하는데, 『혼불』에서의 신분문제와 직결된다. 『혼불』에 등장하는 고리배미 사람들과 거명굴 하층민들의 민중의식은 단순히 신분상승을 위한 사적 욕망이 아니라, 민중 차원에서 행해지는 평등 · 평화 · 자유의 염원을 안고 있다. 이러한 민중의식은 일제 식민지 현실의 억압성에서 벗어나고자 하는 매안 사람들의 전통적 · 구복적 민간신앙의 민족적 정서와 민속학적 여담으로 나타난다.

특히 매안마을 양반층과 고리배미 하층민, 거명굴 상민층의 대립은 일제강점기 민중의식을 발화시키는 중요한 기제로서 공동체적 삶을 누리고자 하는 매안마을 사람들의 공통된 해원의식과 맞물린다. 이것은 하층민들의 삶 자체가 근원적 억압성을 탈피하고자 하는 평등의식을 기반으로 하는 동시에 저항과 회복, 해방과 독립을 염원하는 시민의식을 보여주고 있다.

* * *

2017년 들불 같은 무더위가 사그라져가는 때에 들려온 〈제12회 혼불학술상〉 수상 소식은 많은 것을 생각하게 하였다. 오랜 시간 동안 최명희가 남긴 『혼불』과 가까이 살아가면서 연구와 문학을 꿈꾸는 저자에게 큰 힘이 되었다.

늦도록 글을 대하다보면 살아생전 최명희 작가가 문장으로 새긴 말이 떠오른다.

"언어는 정신의 지문이요, 모국어는 모국의 혼입니다. 저는 『혼불』에 한 소쿠리 순결한 모국어를 담아서 시대의 물살에 징검다리 하나로 놓을 수만 있다면 더 바랄 것이 없겠습니다."

길지 않은 문장에서 최명희의 혼과 정신을 마주할 때면, 생의 정면에서 불어오는 고락(苦樂)은 한순간 잦아들고, 문학의 지켜야할 것은 탁본처럼 새겨든다. 돌이켜 생각해보면 『혼불』에 깃든 불멸의 정신, 그 높고 외로워서 가시밭길 같던 최명희의 문학은 그 자체로 '혼불'이었다.

모국어는 그 나라의 문화와 역사를 이어가는 거대한 뿌리를 이루며, 민족의 박동을 이어주는 거대한 힘을 저장하고 있다. 그 이유만으로

『혼불』이 지닌 언어의 힘은 일제강점기 암울한 시대를 살아온 사람들의 '한(恨)'풀이인 동시에 끈기와 저력으로 채워진 민족 자강의 근원적 소설임을 말하고 있다.

최명희는 1930년대 식민지 시대에서도 굴복하지 않은 민중의 언어를 되찾기 위해 소설 전반에 우리의 전통과 생활 전반을 모국어로 형상화하였다. 언어·전통·문화의 많은 부분들이 것이 쉽게 버려지는 지금의 시대에 최명희는 모국어가 지닌 진정한 생명소를 보여주고자 『혼불』을 남겼다. 이것은 민족의 근원에 내재한 전통의 복원을 위한 노력이며, 여기에 최명희가 말하는 '모국어'의 참된 의미가 있다.

겨울이 지나가는 자리에 문장의 탑을 쌓으며 살아갈 이유가 또 하나 생겼다. 그 감성 하나만은 버릴 수 없는 까닭을 안다. 필자 역시 소설을 쓰는 자로서 문학을 꿈꾸어온 오랜 시간동안 『혼불』은 느리되 늘 긴장된 산하와 함께 왔다. 그 많은 날들이 지나가는 내내 필자에게 허용된 문필의 정서는 『혼불』이 품고 있는 정신의 무늬와 글의 품격에 가서 닿기를 소망하였다.

꿈의 묵시록을 찾아 떠난 자의 시간 연대기는 관측 가능한 과거이거나 예측 불가능한 미래 어디쯤에 펼쳐져 있을 것이다. 과거를 딛고 현재는 오는 것이지만, 현재를 거슬러 과거에 이르는 시간여행은 동시(同時)에 시작되었을 것이다. 어쩌면 과거를 지나 현재를 관통하는 미래 예측은 불시(不時)의 감각에서 시작되었을지 모른다. 그런 까닭에 먼 미래 예감으로 과거를 기억하면, 기억의 모두는 손을 들고 이 책을 가리킨다.

이 책은 글쓴이의 박사학위논문을 근간으로 하여 '원고'보다 향상시킬 수 있는 지점까지 수정·보완하였다. 원고의 시작부터 아낌없는 지도와 힘이 되어주신 임명진·김승종 교수님께 감사드린다. 『혼불』 문학의 본령을 일깨워 주신 장성수·임환모 교수님께도 감사의 말씀을 올린다. 『혼불』의 인류학적 의미를 신체 전략의 원리로 풀어주신 김익두 교수님, 『혼불』의 '읽기' 방식에 있어서 인지의미론적 실체와 접근의 당위를 일러주신 양병호 교수님께도 감사의 말씀 올린다.

『혼불』의 전통과 언어학적 저장처를 찾아가도록 길 안내를 해주신 윤석민·장일구 교수님께 부끄럽지 않기를 바라는 마음이다. 『혼불』의 유적을 탐색하는 여정에 늘 든든한 배후가 되어주신 이병천·김병용·윤영옥·고은미 선생님께도 감사의 말씀 띄운다. 이 책이 나오기까지 수많은 곡절을 함께 나누어준 최기우 작가, 문신·김이흔 시인에게도 고마움을 전하고 싶다.

무엇보다 한국인이 지닌 '한(恨)'의 정서에 대해 뚜렷한 정조(情調)를 남기신 故 천이두 교수님께 감사의 마음 올린다.

전보다 읽지 않는 시대에 이 책의 출간은 쉽지 않았을 것이다. 이 책의 출간을 수락해주신 지현구 태학사 대표님께 깊은 감사의 뜻 전해야겠다. 흔쾌히 저자의 원고를 받아주신 데는, 만고에 불어가는 바람 끝에 실낱같더라도 쾌청한 인연이 닿아 있기 때문은 아니었을까?

내 글이 도달할 수 있는 곳은 멀지 않아도 글 안에 흔들리는 춤결이 『혼불』의 한 가지 빛에 가서 닿으면 다행이겠다. 이 책의 부족함은 저자를 탓할 일이다. 부족함을 메우고 참신성을 더할 일도 글쓴이의 몫이다. 겸허한 마음으로 더 정진할 것을 약속드린다.

2018년 초봄
바람과 시간이 쉬어가는 곳
최명희 문학관 '非時同樂之室'에서
서 철 원

목차

제6장 탈식민의 지평과 새로운 가능성

제1장 서사의 태동과 감성적 함의

1. 최명희와 『혼불』의 발자취

1.1. 공시적 감성의 발화점

최명희는 1980년 중앙일보 신춘문예에 단편소설 「쓰러지는 빛」이 당선되면서 등단했다. 「만종(晩鐘)」, 「메별(袂別)」, 「정옥이」, 「탈공(脫空)」 등의 단편소설을 발표했다. 그의 대표작 『혼불』은 1980년 4월부터 1996년 12월까지 17년 동안 집필한 장편소설로, 1936년부터 1943년까지 일제강점기를 배경으로 한 전체 5부 10권 108장에 이르는 방대한 분량의 대하소설이다.

일제강점기 남원의 양반집안인 매안 이씨 문중 3대와 고리배미 상민들, 거멍굴 하층민들의 이야기에서 만주 이주민들의 생활상을 반영하고 있는 『혼불』은 1945년 해방 이전의 가족사적 삶을 예시함으로써 멀리는 해방 이후 민중의 삶을 그리고자 하였다. 미완에 머물러 있기는 하지만, 『혼불』이 지향하는 역사 관점은 해방 이후 탈식민 시대와 관련하여 보편적이고 설득력 있는 논지를 제시한다. 그 근거는 최명희 스스로 "『혼불』은 해방공간과 한국전쟁 직후까지 격동기를 겪게 될 주인공들의 삶이 마지막 장면까지 전개될 것"[1]을 구상하였고, "『혼불』의 역사무대를 6.25 한국전쟁까지 확대"[2]하고자 하였다는 데서 찾을 수 있다.

해방 이후 40년 가까운 시간이 흘렀음에도, 1980년대 작가가 생존했던 집필의 시기는 우리의 '모국어'[3]에 대한 본래적인 감성이 전략적인 차원에서 새롭게 논의되었다. 1945년 8월15일 일제로부터 해방과 동시에 미군정에 의해 촉발된 신식민지 상황은 한국의 군사·정치·경제·문화 전반에 걸쳐 변화를 가져왔다. 이러한 사회적 변동과 역사적 과정을 몸소 체험한 최명희에게 일제강점기는 시대적 각성과 함께 모국어를 근본으로 하는 시대적 산물로 적합했다.

1947년 전주에서 태어난 최명희는 그의 부친과 조상들의 삶의 터전이었던 남원시 사매면 노봉마을에서 대를 이어 살아 왔다. 매안이씨 종가의 청암부인과 율촌댁, 효원과 이기채, 강모와 강실이, 거멍굴의

---

1 『혼불』 전 10권이 출간되었을 당시 아직 5권 분량의 이야기 전개가 남아 있었다고 전한다. 해방공간과 한국전쟁 직후까지 격동기를 겪게 될 주인공들의 삶이 처음 소설을 쓸 때부터 생각했던 마지막 장면(밝혀지지 않음)과 만나는 시점이 정확히 언제인지는 알 수 없지만, 2000대까지 이어질지 모르는 최명희의 소설 쓰기가 완료되면 우리 문학사에 또 하나의 이정표를 세울 것으로 내다봤다. 이윤희, 「모국어는 우리의 혼입니다」, 『문학사상』, 1997, 12월호.

2 출간된 지 1개월 만에 20만부가 팔린 『혼불』의 성과는 판매부수가 아닌 뛰어난 문학성에서 빛을 발했다. 한 작품에 17년을 매달린 작가의 치열함은 가벼운 글쓰기가 만연한 문학풍토에 경종을 울렸다. 최명희는 철저히 발로 뛰며 취재를 통해 소설 속 현실을 재현해냈다. 만주지방의 역사와 풍습, 지리를 알고자 64일간 취재여행을 다녀오기도 했다. 특히 남원 일대는 손에 잡힐 듯 눈에 선했다고 전한다. 최명희는 우리 민족의 역사와 삶이 그만큼 폭이 넓고 깊이 있어 여러 각도에서 그려질 수 있다는 것을 몸소 보였으며, 『혼불』을 10권으로 묶어내고도 '아직 완간이란 표현이 적절치 않다'고 했다. 1930년대 중반부터 시작해 1943년에 일단락됐지만, 최명희는 '해방이후 6.25까지 갈 것'을 내다봤다. 조운찬 정리, 「『혼불』의 역사무대 6.25까지 확대」, 경향신문 인터뷰, 1997.1.26.

3 최명희가 국어사전에도 없는 '혼불'을 사용한 것은, 일제강점기 조선인의 정신적 산물 혹은 상징으로 표상함으로써 우리말과 글로써 '모국어'의 진경을 보여준 것에 큰 의미가 있다. 최명희는 소설 『혼불』을 통해 한국인과 한국문화의 본성을 가장 잘 드러내고자 하였고, 모든 것이 쉽게 버려지는 오늘의 세대에 진정한 생명소를 지닌 바탕을 드러내고자 하였다. 여기에 최명희가 말하는 '모국어'의 참된 의미가 있다.

공배네와 춘복이, 옹구네 등의 삶이 서사의 중심이 되는 것은 실제 『혼불』의 배경지로서 노봉마을이 일제강점기 격동의 현장이었음을 말해준다.

최명희는 한국전쟁 이후 자유당 독재와 유신시대를 거쳤고, 1970 ·80년대 사회적 변동과 모순 상황을 목격했다. 이러한 모순 상황이 해방 전 일제강점기에서 촉발된 것을 간과할 수 없었다. 이를 거점으로 하여, 최명희는 해방 이전 가족사적 삶을 조명하고 있으며, 텍스트 내부적으로 일제강점기 식민지 모순성을 '식민자와 피식민자'4 관계에서 규명하고 있다.

이런 측면에서 『혼불』의 전통은 1980년대 한국의 민주화 운동과 함께 시작된 '민족문학'5 내부의 자성의 목소리, 즉 일제 잔재 및 친일 청

---

4 '식민자와 피식민자'의 모순 관계는 식민주의(colonialism)의 지배, 착취, 억압 상황에서 발생하는 근본적인 구도를 의미한다. '식민주의'란 특정 민족이나 국가가 다른 민족이나 국가를 지배하는 정책이나 방식을 지시한다. 즉 식민주의의 주체로서, 식민지를 건설하는 과정에 민족이나 국가의 구성원을 지배하는 사람들을 '식민자'라고 하며, 식민주의의 타자(객체), 즉 식민자로부터 지배를 받는 사람들을 '피식민자'라고 한다. 이런 점에서 일제강점기 조선 민중의 삶이 갈수록 피폐해지면서 만주와 연해주로의 이주 현상이 두드러진다. 당시 만주 이민은 일제의 정책에 의한 것으로, 만주에서의 조선인은 식민자도 아니고, 피식민자도 아닌, 혼종화된 피식민자로서 탈식민주의적 성격을 지니고 있다. 이런 현상을 놓고 볼 때, 『혼불』에서 강모의 만주 봉천으로의 이주는 해외 이민자로서 탈식민주의적 성격을 단적으로 보여준다. 임명진, 『탈식민의 시각으로 보는 한국현대문학사』, 역락, 2014, 157~160쪽 참조.
5 근대계몽기 이후 한국의 역사에서 '민족'은 외세와 봉건국가 체제에 저항적 의미를 내재하고 있다. 특히 일제강점기 동안 '민족'은 일본 제국주의에 저항하는 이념적 준거가 되었고, 해방 이후에도 '민족'은 외세에 의해 강요된 이념 대립과 분단을 넘어선 통합의 가능성을 제시하는 명분으로, 한편으로는 독재 권력 또는 폭압적 군사정권에 맞서 민중의 생존권을 쟁취하려는 주체적 세력의 이름으로 제시되었다. 이런 의미에서, '민족문학'이라는 말이 한국사회에서 독특한 위치를 차지하게 된 데는 한국 현대사의 커다란 사건들, 즉 갑오동학농민혁명, 일제강점, 3.1운동, 해방과 분단, 한국전쟁, 4.19혁명, 유신독재에 대한 저항운동, 광주 5월 민주화운동, 그리고 1987년 6월 항쟁 등과 무관하지 않다. 한국문학은 이러한 시대적 상황에 반응하여 민족의 현실 개혁에 노력을 기울였으며, 그 결

산과 직접적으로 연관되어 나타난다.[6] 이를 위해 소설 내부적으로 '세시풍속, 관혼상제, 민속학, 사회제도, 역사, 예술 등 인류학적 기록'[7]을 중시하고 있으며, 이것은 최명희 작가로부터 철저한 고증을 거쳐 이루어졌다.

주지하다시피 『혼불』은 일제 치하에서도 우리 민속·전통과 관련한 전반에 걸쳐 강인한 영속성을 드러낸다.[8] 이러한 여담들은 단순히 전통적·민속학적 재현의 의미를 넘어 역사적으로 이어온 '모국어의 재구성'[9]이라는 데 합의한다. 고증을 통해 일일이 수를 놓고 있는 전통·

과 민족문학의 형태로 나타났다. 유승, 『1970~80년대 민족문학론의 탈식민성 연구』, 전북대학교 박사학위논문, 2013, 2~5쪽 참조.

6 한국문학사의 전체적인 흐름을 볼 때, 해방 직후 문단에서는 식민지 시대 문학의 청산과 새로운 민족문학의 건설이라는 두 가지 과제가 제기된다. 문단의 정비를 이루면서 대부분의 문학인들은 식민지 시대 문학적 체험에 대한 반성과 함께 민족문학으로서의 한국문학에 새로운 진로를 모색하는 데 집중하였다. 문학인들은 누구보다 먼저 식민지 시대 문학의 청산을 강조하였으며, 일제의 강압적인 통치 아래 이루어진 정신적인 위축에서 벗어나 민족문화의 방향을 바로잡는데 노력을 기울이게 된다. 일본 제국주의의 모든 잔재를 청산하기 위해서는 철저한 자기반성과 비판에 근거하여 민족주체를 확립하지 않으면 안된다는 주장도 제기되었다. 이 같은 움직임은 일제의 식민지 정책에 의해 강요된 민족문화의 왜곡을 바로잡지 않고서는 새로운 민족문화를 건설할 수 없다는 인식이 당시 문단에 널리 일반화 되어 나타났다. 그럼에도 불구하고 해방 후 미군정에 의한 통치는 일재 잔재 청산의 걸림돌이 되었으며, 이것은 유신독재와 80년대 신군부에 의한 정치적·경제적·문화적 독재의 길로 나타나는 '일제 잔재에 의한 역습의 효과'를 가져다주었다. 권영민, 『한국현대문학사 1945~1990』, 민음사, 1993, 15~20쪽 참조.

7 김희진, 『최명희 『혼불』의 민속 모티프 연구』, 고려대학교 박사학위논문, 2013, 13쪽.

8 『혼불』은 최명희 작가의 생애가 투영된 역사적 산물로서 형식적 의미보다는 질료로서 내용을 중시한다. 이러한 특이성으로 하여 『혼불』은 한국의 정신·정서·전통·풍속 등을 정밀하게 재현해내고 있다는 평가를 받고 있다. 이 바탕에는 최명희가 추구하는 역사의식 내지 역사성이 『혼불』 전반에 수용되어 있으며, 이것은 최명희의 역사의식이 그대로 반영되었음을 의미한다. 따라서 『혼불』의 식민주의 비판성은 역사의식에 의한 전통적인 의미로 한국인의 정신과 신체가 자연치유적으로 융합된 정서적 질료의 산물로 볼 수 있다.

9 『혼불』의 모국어는 형식적 의미보다는 질료로서 내용을 중시한다. 이는 탈구조주의 소설에서 볼 수 있는 양상으로써 『혼불』 특유의 질감을 형성한다. 일반적인 서사장르의

풍속의 수사적 진경은 최명희의 감성 전략으로서 모국어의 완결을 의미한다.

『혼불』이 다양한 전통·풍속 소재의 활용 측면에서 비판받고 있음에도 불구하고 전통의 복원에 대한 언어에 대한 감성적 전략이 중요한 의미를 지니는 것은 일제강점기 식민주의에 대항하는 식민주의 비판으로서 저항적·대항적 기제와 긴밀하게 연결되기 때문이다.

1.2. 전라도의 강인한 생명력

『혼불』전 10권은 일제강점기를 시대적 배경으로 하여 전라도 토착민들의 끈질긴 생명력을 그려내고 있다. 우리 민족 고유의 전통·풍속을 탁월한 모국어로 재현하는가 하면, 식민지 민중들의 힘겨운 삶과 정신세계를 풀뿌리 같은 전라도 사투리와 생활력으로 강인하게 이어가고 있다.

전라도 남원, 양반촌인 매안마을과 매안이씨 청암부인으로부터 땅을 부쳐 먹는 소작민들의 거멍굴이 소설의 무대이다. 일제에 의해 국권을 상실한 식민지 시대『혼불』의 무대는 '조선말의 정신과 문화를 이어가고 있는 이중적인 시대'[10]이기도 하다.

소설과 마찬가지로『혼불』은 이야기와 담론을 주조하면서도 이야기 특성상 회고적 진술을 통해 거대 담론의 서사구조를 지닌다.

10 서정섭은 이러한 이중적인 시대 속에서 조상에 대한 그리움, 근원에 대한 그리움을 작가 최명희는 모국어(한국어)로 표현하고 있다고 말한다. "언어는 정신의 지문(指紋)입니다. 『혼불』을 통해 우리말 속에 깃들인 우리의 혼의 무늬를 복원하고 싶었습니다. 국제화와 영상시대가 들떠서 누천년의 삶이 녹아 우러난 모국어가 단순한 기호로 흩어져 버리게 되는 것은 아닌가 걱정스러워요." 이와 같은 말을 남긴 최명희는 자신의 바람을 이루지 못하고 1998년 12월 11일 오후 5시 서울대 병원에서 지병인 난소암으로 51년의 짧은 생을 마감했다. 최명희는 저 세상에서라도『혼불』을 통해 우리에게 많은 이야기를 분

제1부 '흔들리는 바람'이 1981년 동아일보 창간 60주년 기념 장편소설 공모에 당선되면서 지면에 연재되기 시작했다. 공모 때 제목은 '지맥(地脈)'이었으나, 『동아일보』 연재부터 작가와 협의하여 '魂불'로 개명되었다.[11] 1988년 9월부터 제2부 '평토제'가 『신동아』에 연재되면서 제3부 '아소 님하', 제4부 '꽃심을 지닌 땅', 제5부 '거기서는 사람들이' 가 1995년 10월까지 17년 2개월의 연재를 마쳤다.

　1983년 『혼불』 제1권이 동아일보사에서 출간되었다. 1990년 『혼불』 제1·2부가 4권으로 묶여 한길사에서 출간되었다. 1996년 『신동아』에 연재된 것을 수정 및 보완하여 한길사에서 『혼불』 전 10권이 출간되면서 1980년 4월부터 이어온 17년간의 집필이 일단락되었다.[12] 당시

과 비로 대신하고 있다고 서정섭을 말한다. 서정섭, 『혼불의 배경지와 언어』, 북스힐, 2006, 13쪽.

　11 김병용, 『최명희 소설의 근원과 유적: 『혼불』의 서사의식』, 태학사, 2009, 15쪽.

　12 최명희는 1980년 4월부터 『혼불』을 쓰기 시작하여 1996년 12월까지 17년 동안 집필에 전념했다. 『혼불』 전 10권이 한길사에서 출간되었으나 완간이 아닌 일단락이었다. 최명희는 1997년 경향신문과 인터뷰에서 '해방 이후 6.25까지 이야기가 전개될 것'(조운찬 정리, 「『혼불』의 역사무대 6.25까지 확대」, 경향신문 인터뷰, 1997.1.26.)이라고 말했다. 출간 이후 최명희는 『혼불』로 여러 상을 수상했고, 전북대학교에서 명예박사학위를 수여받았다. 제11회 단재 신채호 문학상을 수상하였고, 제16회 세종문화상(문화부문)을 수상하였다. 전북애향대상(전라북도애향운동본부), 제15회 여성동아대상(동아일보)을 수상하였다. 1998년 12월 11일 지병으로 52세의 짧은 생을 마치기까지 한국문학사에 큰 물줄기를 형성했다. 우리의 모국어와 전통·풍속에 관한 다양하면서도 방대한 문헌조사를 비롯해 중국 연변과 심양, 목단강에 이르는 취재기를 담은 『혼불』의 집필과정을 책을 묶어낼 계획이라고 말하기까지 하였다. 최명희 스스로 『혼불』 전 10권은 완간이 아니라고 말하면서, 완간이 되어야만 하고, 집필과정에 만났던 사람들의 이야기를 남겨둔 채 생을 마감했다. 1936년부터 1943년 일제강점기를 시대 배경으로 하여, 우리 민족의 끈질긴 생명력과 당시의 풍속사를 원고지 1만2천장 분량에 담은 『혼불』을 마무리하기 위해 작가는 30~40대 젊음을 고스란히 집필에 바쳤다. 6.25 한국전쟁과 4.19까지 그 시대적 의미와 남원의 이야기를 더 이어가고자 하였다. 한국전쟁에서 남원은 지리산의 빨치산과 맞물린 이데올로기적 현장으로서 아픔을 겪어야 했고, 남원의 김주열 열사가 마산에서 최루탄을 맞아 4.19 시민혁명의 도화선이 되었던 일이 있다. 최명희는 『혼불』 11권부터 몇 권까지 이어질지 모르지만, 남원과 관련한 역사적 현장을 담아내고자 했던 것으로 추측할 수 있

『혼불』은 완간이 아닌 '해방공간과 한국전쟁 직후까지의 격동기'13를 5권 분량 남겨두었다.

시대적으로 회복과 저항, 해방과 독립의 염원을 안고 있는『혼불』은 일제강점기를 시대 배경으로 하면서도 시대를 초월한 전통·풍속과 관련하여 그 근원이 다양한 관점에서 그려지고 있다. 탐색의 과정은 여러 연구물에서 발견되는데, 그 추이와 현상적 상황을 검토하고 정리하는 작업은『혼불』을 연구하는 데 있어 큰 의미가 될 것이다.

『혼불』의 연구물은 학위논문 58편(석사학위 47, 박사학위 11), 연구논문 150편, 평론 및 기타 기고문 100여 편 등 다양한 형태의 기록 양상을 보인다.14 특히『혼불』에 관한 연구는 학위논문 및 연구논문을

다. 서정섭, 앞의 책, 11~12쪽 참조.

13 이윤희, 앞의 글, 75쪽.

14 최명희『혼불』을 대상으로 한 학위논문은, 1992년 장일구의『소설 텍스트의 연행 해석학적 시론: 김유정 소설과『혼불』의 해석을 중심으로』(서강대학교 석사학위논문)를 시작으로 55편의 석·박사학위논문이 발표됐다. 내용면에서 다양한 양상을 보이며, 형식 면에서도 폭넓고 광범위한 연구 양상을 보여주고 있다. 이를 토대로 할 때,『혼불』은 현 대한국소설문학의 내용과 형식면에서 새로운 문학사적 지평을 여는 성과라 할 수 있다. 1992년부터 2017년까지 발표된 '최명희『혼불』과 관련한 석·박사학위논문'을 살펴보면 다음과 같다.

1) 최명희『혼불』을 연구대상으로 한 석사학위논문

발표 연도	발표자	논문 제목	소속 대학	발표 연도	발표자	논문 제목	소속 대학
1992	장일구	『소설 텍스트의 연행 해석학적 시론: 김유정 소설과 최명희『혼불』의 해석을 중심으로』	서강대 학교	1999	김용락	『최명희『혼불』의 배경 및 인물연구』	전주대 학교
2000	노재환	『『혼불』에 반영된 전라방언 연구』	전북대 학교 교육대 학원	2000	우해영	『최명희『혼불』의 담론 연구』	중앙대 학교
〃	이일랑	『최명희『혼불』의 가문의식 연구』	서남대 학교 교육대 학원	〃	임보희	『『혼불』에 나타난 어휘의 연구』	계명대 학교 교육대 학원

2001	김현숙	『혼불』의 서정성 연구	전남대학교	2001	신현순	『혼불』의 서사공간과 작가의식 연구	목원대학교
〃	이은성	『최명희『혼불』의 다성성 연구: 상호텍스트성과 문학교육적 의의』	한국교원대학교	〃	이현하	『최명희의 『혼불』연구: 종부의식을 중심으로』	단국대학교
2002	이윤정	『최명희『혼불』의 인물유형 연구: 욕망의 발현양상을 중심으로』	단국대학교	2003	김아정	『지역문학작품을 통한 국어교육의 내용연구: 최명희의『혼불』을 중심으로』	전북대학교
2004	강혜숙	『최명희『혼불』의 서사 구조 연구』	성신여자대학교	2004	고운이	『최명희의 『혼불』 연구: 원형 이미지의 변모 양상을 중심으로』	이화여자대학교
〃	민혜린	『최명희『혼불』의 남성인물 유형연구』	인하대학교	〃	이경숙	『소설『혼불』 묘사에 쓰인 전라도 방언의 특징』	대전대학교
〃	최미화	『『혼불』에 나타난 가족사의 인물 유형 연구: 아들러의 세 인물 유형을 중심으로』	공주대학교	〃	최숙인	『최명희 장편소설『혼불』의 서사구도 연구』	서경대학교
〃	최은정	『『혼불』에 나타난 恨의 양상 연구』	군산대학교	〃	황호택	『한국 월간지 인물탐구 인터뷰의 변천과정과 특성에 관한 연구』	연세대학교
2005	강미숙	『『혼불』 서술에 나타난 '여성적 글쓰기'의 특성』	공주대학교	2005	김순례	『최명희 소설의 여성인물 정체성 연구』	경희대학교
〃	최인숙	『최명희 장편소설『혼불』의 서사구도 연구』	서경대학교	2006	김정혜	『『혼불』의 상층 여성인물 연구』	인제대학교
2006	조나영	『『혼불』의 교육인간학적 의미 연구』	연세대학교 언론대학원	2007	김희원	『『혼불』의 여성인물 유형 연구』	전남대학교
2007	임신애	『최명희『혼불』에 나타난 종부의식 연구: 심리적 양성성을 중심으로』	강원대학교	〃	최기우	『최명희 문학의 원전 비평적 연구』	전북대학교
2008	김경옥	『현대소설의 민속 수용 양상과 의미: 호남지역 배경의 작품을 중심으로』	전남대학교	2008	서희선	『임준희 작곡 국악 관현악을 위한『혼불』Ⅰ·Ⅱ·Ⅲ의 작품분석』	숙명여대 예술대학원
〃	오나영	『임준희 작곡 '인성과 가야금과 국악관현악을 위한『혼불』Ⅰ'에 관한 분석 연구』	한국예술종합학교	2009	김정애	『최명희『혼불』의 인물 유형 연구: 음양오행론을 중심으로』	아주대학교
2009	박경화	『『혼불』 배경 및 인물 연구』	한남대학교 교육대학원	〃	이보은	『『혼불』의 갈등 연구』	목포대학교 교육대학원
〃	정현정	『임준희 작곡『혼불』Ⅱ에 관한 연구: 나의 넋이 너에게 묻어』	경북대학교 예술대학원	2010	강지애	『최명희『혼불』의 공간 구조 연구』	전주대학교 교육대학원
2010	박순봉	『문화콘텐츠 시설 이용	전주대	〃	오단비	『서사적 은유의 문화적	전남대

		객의 기대와 지각된 성과에 관한 연구: 혼불문학관을 대상으로」	학교			의미망: 『혼불』을 중심으로」	학교
〃	이희진	『청소년을 위한 문학테마공간 콘텐츠 기획에 관한 연구: 윤동주의 작품을 중심으로』	한국외국어대학교	〃	장지현	『공유재산 위탁관리에 관한 연구: 국내외 사례 중심으로』	건국대학교 부동산대학원
2012	최윤경	『최명희의 『혼불』 연구: 가부장 신화 비판을 중심으로』	전남대학교	2015	이정면	「가야금과 국악 관현악을 위한 『혼불』 II '나의 넋이 너에게 묻어' 분석 연구」	한국예술종합학교
2016	최미영	『『혼불』 여성 인물의 계층 간 현실 대응 양상 연구』	전남대학교 교육대학원	2016	고윤아	「임준희 가야금 독주곡 (『혼불』-젖은 옷소매) 분석 연구」	전남대학교
2017	최영진	「임준희 작곡 해금 협주곡 〈『혼불』 V-시김〉 연구: 독주해금 선율의 해석에 따른 연주법을 중심으로」	한국예술종합학교				

2) 최명희 『혼불』을 연구대상으로 한 박사학위논문

발표연도	발표자	논문 제목	논문주제 및 특징	소속대학
1998	유지헌	『혼불』에 나타난 복식의 의미 분석	이 논문은 『혼불』에 나타난 복식의 의미를 텍스트 언어학적 분석방법을 차용, 통해 서로 다른 사회적 의미가 한 텍스트 내에서 복합적인 의미로 나타나고 있음을 규명.	상명대학교
1999	이혜경	현대 한국가족사 소설 연구: 『토지』·『미망』·『혼불』을 중심으로	이 논문은 여성주의적 관점에서 『혼불』을 『토지』『미망』과 비교하여 탐색한다. 세 소설에 나타난 가족사적 서사담론 분석.	충남대학교
2002	박현선	최명희 소설 연구	이 논문은 『혼불』 한 작품에만 국한하지 않고, 최명희 문학 전반을 더듬어 탐색함으로써, 최명희 문학의 최고 가치이자 업적으로 『혼불』의 성과 규명.	경원대학교
〃	오세은	여성 가족사 소설 연구: 『토지』·『미망』·『혼불』을 중심으로	이 논문은 『혼불』에 나타난 텍스트를 『토지』·『미망』과 비교 검토하여 여성의 시각에서 드러난 가족을 모티프로 하여 가족사적 전통과 서사적 담론 분석.	서강대학교
2004	김병용	최명희 소설 연구	이 논문은 최명희 문학 전반의 근원과 유역(流域) 사이에 동시발생적으로 존재하는 '노에시스'와 '노에마'를 분석, 이를 위해 『혼불』의 연도별 판본 검토.	전북대학교
2006	고은미	『혼불』의 생태여성주의 담론 연구	이 논문은 『혼불』의 언어가 지닌 생태여성주의적 가치를 구체적으로 탐색, 전라도 방언을 비롯한 다양한 문화적 요소를 생태여성주의 입장에서 분석.	전북대학교
2010	선영숙	최명희의 『혼불』 연구	이 논문은 외국 소설 작품과 연관지어 『혼불』이 지닌 한국적 특색으로서 서사담론과 장르적 특성, 전통과 민속, 인물구조 등에 대해 탐색.	국민대학교

대상으로 2001년부터 혼불기념사업회에서 '혼불학술상'15을 제정해 2017

2012	이영월	『혼불』의 서사구성과 민간신앙 연구	이 논문은 『혼불』의 서사구성과 민간신앙의 상관관계를 통해, 여성을 중심으로 한 인간적인 고통과 민간신앙 차원의 존재론적 문제 규명.	중앙대학교
2013	김희진	최명희『혼불』의 민속 모티프 연구	이 논문은 『혼불』에 나타난 민속 모티프를 중심으로 서사방식과 여담을 서사담론과 연관하여 주목, 작가의 세계관과 지배 이데올로기 관계 규명.	고려대학교
2015	김정혜	최명희 『혼불』의 탈식민의식 연구	일제강점기 식민 지배로부터 폭력적으로 억압받는 등장인물들 사이에 연결된 '감정의 문제', 즉 '정신의 공동체'를 강조함으로써 매안의 가문과 고리배미, 거멍굴 하층민의 뿌리의식 규명.	인제대학교
2016	서철원	『혼불』의 탈식민성 연구	일제강점기 '민족정체성 회복'과 관련하여 『혼불』의 '전통의 복원', '민중의 역동성'을 원류로 소설 내부적으로 고안된 탈식민성 검토.	전북대학교

15 혼불학술상은 작가로서의 최명희의 삶과 그의 문학세계를 조명하기 위해 혼불기념사업회가 2001년 제정했다. 매년 소설 『혼불』과 최명희의 작품을 대상으로 한 연구논문과 평론을 대상으로 심도 있는 심사를 거쳐 시상(상패·상금 3백만 원)함으로써 최명희의 업적을 치하고, 『혼불』의 연구자를 격려함으로써 연구를 촉진하고 있다. 나아가 이 상을 발판으로 한국문학의 폭넓은 발전과 연구의 심화 및 활성화를 도모해가고 있다. '혼불학술상'은 2001년 장일구의 『혼불읽기 문화읽기』를 시작으로 2017년까지 20명의 수상자를 배출했다.

〈혼불학술상 역대 수상자 및 수상 작품〉

구분	수상 연도	수상자	수상 작품	작품의 주제 및 특징	소속
제1회	2001	장일구	혼불읽기 문화읽기	이 수상작은 1999년 출간(한길사)한 것으로, 『혼불』의 완결성보다는 '이야기의 역학'과 말의 생명력을 중시하고 있다. 장일구는 『혼불』의 서사미학에 관심을 갖고 지속적으로 연구하고 있는 『혼불』 연구의 선구자라 할 수 있다.	전남대학교
제2회	2002	이덕화	『혼불』의 작가의식을 통해서 본 '서술형식'과 '인물구도'	이 수상작은 1997년 발표된 논문(한국현대문예비평학회)으로 『혼불』의 작가의식을 통해 『혼불』의 가치 지향적 방향성에 대해 분석한다. 이와 더불어 그 가치 지향적 활동에 의한 객관적 현실에 대한 반영성 탐색과 『혼불』의 서사적 총체성에 대해 분석하고 있다.	평택대학교
제3회	2003	박현선	최명희 소설연구	이 수상작은 2002년 발표된 박사학위논문(경원대학교)으로 『혼불』 한 작품에만 국한하지 않고, 최명희 문학 전반을 더듬어 탐색함으로써, 최명희 문학의 최고 가치이자 업적으로써 『혼불』을 성과를 규명하고 있다.	경원대학교
제4회	2004	서정섭	『혼불』의 언어 현상과 특성	이 수상작은 2001년 출간(『혼불의 문학세계』, 소명출판)한 것으로, 『혼불』의 언어적 측면을 고려하여 비교적 사용빈도수가 높은 어휘를	서남대학교

년까지 20명의 수상자를 배출했다.

이와 같이 폭넓은 연구 성과를 바탕으로 할 때, 『혼불』은 단순히 무

				추출, 그 특성을 탐색하고 있다. 또한 이들 어휘들이 작품 내에서 문학적으로 어떤 의미와 의의를 갖는지를 규명하고 있다.	
제5회	2005	김병용	최명희 소설 연구	이 수상작은 2004년 발표된 박사학위논문(전북대학교)으로, 최명희 문학 전반의 근원과 유역(流域) 사이에 동시발생적으로 존재하는 '노에시스'와 '노에마'를 분석한다. 이를 위해 『혼불』의 연도별 판본을 탐색하고 있다.	전북대학교
제6회	2006	김복순	대모신의 정체성 찾기와 여성적 글쓰기	이 수상작은 2003년 출간(전라문화연구소 편, 『혼불』과 전통문화, 신아)한 것으로, 여성주의적 관점에서 『혼불』의 서사구조를 파악하고 있다. 『혼불』에 나타난 '대모신'을 중심으로 전통적 여성상에 비추어진 여성주의에 대해 '서사적 공간력'을 확보해내고 있다.	명지대학교
제7회	2007	고은미	『혼불』의 생태여성주의 담론연구	이 수상작은 2006년 발표된 박사학위논문(전북대학교) 『혼불』의 언어가 지닌 생태여성주의적 가치를 구체적으로 탐색, 전라도 방언을 비롯한 다양한 문화적 요소를 생태여성주의 입장에서 분석하고 있다.	전북대학교
제8회	2013	김희진	최명희 『혼불』의 민속 모티프 연구	이 수상작은 2013년 발표된 박사학위논문(고려대학교)으로 『혼불』에 나타난 민속 모티프를 중심으로 서사방식과 여담을 서사담론과 관련하여 주목, 작가의 세계관과 지배 이데올로기 관계를 규명하고 있다.	고려대학교
제9회	2014	이영월	『혼불』의 서사구성과 민간신앙 연구	이 수상작은 2012년 발표된 박사학위논문(중앙대학교)으로 소설 『혼불』 고유의 서사구성과 민간신앙의 상관관계를 검토하면서 여성을 중심으로 한 유교적 사회에서의 인간적인 고통과 민간신앙 차원의 존재론적 문제를 다각적으로 규명하고 있다.	중앙대학교
제10회	2015	김정혜	최명희 『혼불』의 탈식민의식 연구	이 수상작은 2015년 발표된 박사학위논문(인제대학교)으로 『혼불』의 등장인물들 사이에 연결된 '감정의 문제', 즉 '정신의 공동체'를 강조함으로써 매안의 가문과 고리배미, 거멍굴 하층민의 뿌리의식을 규명하고 있다.	인제대학교
제11회	2016	엄숙희 외	『혼불』, 언어·문화·공간을 읽다	이 수상작은 엄숙희 외 전남대학교 국문과 대학원 신예 연구자 8인이 '혼불'을 구심점으로 소설·시·국어학 등의 전공 영역에서 개별적이고 독특한 접근을 시도해 '혼불'에 대한 다양한 시각을 담고 있다.	전남대학교
제12회	2017	서철원	『혼불』의 탈식민성 연구	이 수상작은 2016년 발표된 박사학위논문(전북대학교)으로 『혼불』에 나타난 '민족정체성 회복'과 관련하여 '전통의 복원', '민중의 역동성'을 원류로 소설 내부적으로 고안된 탈식민의 성격을 검토하고 있다.	전북대학교

엇에 관해 씌어졌는지 몇 가지로 평가할 수 없는 다양한 역사적 관점과 포괄적인 과정을 제시한다. 또한 작가 최명희에 의해 17년에 걸쳐 형상화(configuration)된 구성물(fiction, fomation)에 대한 종합적인 평가인 동시에 포괄적인 의미 해석으로서 중요한 내용을 형성한다. 이것은 『혼불』이라는 문학적 · 예술적 · 종합적 체계가 내부적으로 '언어적 감성 전략'을 담고 있으며, 그 궁극적 지향점은 사실에 근접한 우리 전통의 역사성 · 존재성을 드러내고 있음을 함의한다.

1930년대 중반부터 해방을 앞둔 1943년까지 일제강점기를 배경으로 하고 있는 『혼불』은 남원의 양반집안인 매안 이씨 문중 3대와 가문을 둘러싼 거멍굴 하층민, 고리배미 상민층 구성원들의 이야기에서 점차 민족사 전체로 확대해 나가고 있다. 남원과 전주의 공간적 배경을 마한시대, 백제, 후백제, 고려, 조선으로 이어놓으면서, 최명희는 '땅의 혈통'을 잊어버리지 않는 한 나라를 완전히 잃어버린 것은 아니라는 의식을 소설 저변에 깔고 있다.[16] 이처럼 독재시대를 살아온 작가의 연대기는 일제강점기 자체를 과거로 볼 수 있지만, 『혼불』의 작가로서 최명희는 작품의 시대 상황과 맞물려 일제강점기 주역으로 작용한다.

민족의 위기상황에서 『혼불』은 매안마을 양반가문의 전통적 면모와 거멍굴 하층민의 민중적인 삶을 조명하는 동시에, 고리배미 상민들의

---

[16] 최명희의 이러한 의식은 작품의 시간적 배경이 되고 있는 일제강점기 뿐만아니라 작가가 작품을 쓰기 시작한 80년대 정치적 현실과도 연관되어 있다. '땅의 혈통'을 강조하고 있는 작가의 의식 밑바탕에는 80년대 군사정권에 의해 짓밟힌 '백제의 땅', '백제인'들의 저항의식과 반발심리가 자리 잡고 있는 것이다. 이러한 '백제인' 혹은 '백제의 후손'으로서의 의식을 대변하고 있는 인물이 전주고보 역사 선생인 심진학이다. 작가는 심진학의 입을 통해 백제와 후백제의 멸망사와 전주 · 남원의 지역사에 대해 설명하도록 배려하고 있다. 이동재, 「『혼불』에 나타난 역사와 역사의식 論」, 『한국근대문학연구』 제9집, 한국근대문학연구회, 2002, 305~307쪽 참조. 308~312쪽 참조.

하층의 삶을 반영함으로써 마을과 마을을 이어가려는 향촌의 공동체적 삶을 표상하고 있다. 여기에는 매안마을 양반층을 중심으로 한 전통의 복원 의미가 담겨 있으며, '말할 수 없는 자'로서 거멍굴·고리배미 민중들의 신분상승을 욕망으로 한 역동적인 삶의 모습을 보여주고 있다. 전통의 복원에는 일정한 중량의 식민주의 극복이 담겨 있으며, 민중의 역동적인 삶의 내면에는 일정한 크기의 탈식민성을 함유하고 있다. 특히 매안마을 양반가문의 전통적인 삶의 양태는 가문의 유지·지속의 관점에서 유용한 의미를 제시하면서도 여성가부장의 면모는 특성화된 전통의 속성을 보여주고 있다.

1.3. 전통의 감성에 관한 문제제기

『혼불』은 서사구조에 있어서 완결성을 추구하기보다 소설 내부적으로 주변화된 '여담(digression)'[17]을 통해 우리 민족의 전통적 요소를 서사의 관점에서 보여주고 있다. 최명희는 1980년대『혼불』을 집필하면서 1930년대 일제강점기 역사·민속·신화·제도 등 다양한 관점에서 전통의 요소를 구현해내고 있는데, 이렇게 반세기의 간격을 두고 전통의 복원에 초점을 둔 것은 다음 세 가지 유형에서 짚어볼 수 있다.

첫째, 반세기가 지난 시기에 최명희가『혼불』을 집필한 것은 1930년대와 1980년대의 시간차에서 발생하는 문학사적 연대기와 관계가 깊

---

17 '여담(digression)'은 소설의 텍스트를 이어가는 과정에 이야기의 결말을 후퇴시키는 잉여 텍스트의 모든 것을 의미하는 것으로, 정작 이야기하고자 하는 것의 실체를 떠받치고 보완하는 기능을 지닌 것을 말한다. 이러한 '여담'은 이야기의 중심축에 종속되어 있으면서도 특정 유형의 담화로 규정하지 않으며, 이야기의 전체 흐름을 방해하지 않는 선상에서 활용되는 모든 종류의 담화를 일컫는다. 김희진, 앞의 논문, 15쪽.

다. 왜냐하면 1970년대 이후 '민족문학론', '리얼리즘론', '민중문학론'이 활발히 논의되었으며, 또한 정치·사회적으로 일어나기 시작한 민주화 운동과도 긴밀한 상관성을 지닌다. 한편 1980년대 한국사회는 정치·사회적으로 극도로 암울한 시기에 직면해 있었다. 이 시기 사회운동 전반에 나타난 중요한 특징은 제5공화국 정권의 성립과정에서 엄청난 손실을 입은 노동자·예술가들이 사회운동 전면에서 중심적 역할을 수행해왔다는 점이다.[18]

둘째, 최명희의 문학세계, 즉 작가의식에서 찾을 수 있다. 이것은 1980년대 '문화운동'[19]의 일환으로서 전통의 복원을 의미한다. 당시 제5공화국 정권은 유신시대보다 더 한층 폭력적인 방법으로 매스미디어 체제를 장악하였다.[20] 이와 같이 1980년대는 정권의 정당화 및 홍보를

---

18 1980년대 제5공화국 정권의 폭압적 상황 속에 새로운 전열을 정비하며 나타나는 것이 문화운동이다. 이러한 운동은 노동자를 중심으로 활동하면서 점진적으로 역량을 넓혀나가 대규모 문화 공동체를 건설하였다. 그 결과 1984년 '민중문화운동협의회'가 결성되고, 1985년 '민족미술협의회'가 창립된다. 이들은 비슷한 시기에 만들어진 '민주교육실천협의회', '한국출판문화운동협의회', '민주언론운동협의회', 그리고 1970년대부터 활동해온 '자유실천문인협의회' 등의 문화단체와 연대하면서 조직적인 민중문화운동을 전개해나갔다. 김창남, 『대중문화의 이해, 개정판』, 한울, 2012, 170쪽.

19 1980년대 사회변혁운동에 가장 큰 성과는 문화부분에 대한 대항운동의 전개이다. 이러한 역사 과정은 제5공화국 정권의 대대적인 문화시설 건립과 확충을 토대로 본격적인 문화담론이 형성되었음을 의미하며, 문화의 주체가 정부에서 국민 혹은 사회단체로 이관되는 과정을 보여주는 것이라 할 수 있다. 박광무, 『한국 문화 정책론』, 김영사, 2010, 40쪽.

20 제5공화국 신군부의 문화정책이 지닌 폭력성을 단적으로 보여주는 것이 '언론통폐합'이며, 1980년 5월 광주학살의 충격에 휩싸인 가운데 서울에서는 '미스유니버스대회', '국풍81', '86아시안게임', '88올림픽' 유치 등 국가적 이벤트를 통해 국민의 눈과 귀를 멀게 하였다. 이 가운데 3S(Sports·Screen·Sex)는 신군부의 대표적인 우민화 정책이었다. 이처럼 5공화국 문화정책은 국가적 방향을 강제적으로 장려하는 '의도적 육성'의 의도가 깔려 있으며, 당시의 대중문화는 국가 정책의 일정한 테두리를 벗어나는 행위를 가로막는 '체계적 배제'의 정책으로 구성되어 있었다. 조은기 외, 『대중문화와 문화산업』, 한국방송통신대학교출판부, 2006, 52쪽.

위해 파급된 대중문화의 영향으로 우리의 전통은 퇴색되고 변질되어 갔다. 이것을 복원하기 위한 문화적 방편으로 최명희가 채택한 것은 문학적 표현, 즉『혼불』의 창작이었다.

셋째, 최명희의 언어관, 즉 모국어에 대한 순결성에서 드러난다. 『혼불』은 동양의 이야기 전통과 모국어의 역사적·형식적 관점을 중시하는 양상을 보여주고 있다. 최명희가 당시 국어사전에도 없는 '혼불'을 사용한 것은, 그 자체로 큰 의미를 담고 있다. 최명희는 생전 "사전에는 없지만, 혼불이란 말은 제 고향 전라도에서는 일상적으로 쓰이는 말입니다. 살아 있는 사람의 몸속에는 누구한테나 있다고 하지요. 그것이 바로 혼불로 생명의 불, 정신의 불을 뜻합니다. 저는 혼불의 유무를 떠나 '역사의 혼불'을 말하고 싶었습니다. 우리 역사상 가장 어둡고 아픈 일제강점기에 혼불이 살아있는 시대를 꿈꾸는 사람들의 피맺힌 한을 그려보고자 했던 것이지요."[21]라고 말했다.

1980년대 최명희는 우리말과 우리글을 통해 점차 잃어가는 전통을 일제강점기 식민지 시대를 배경으로 하여 그 의미를 되찾고자 하였다. 여기에는 여러 가지 이유가 있겠으나, 무엇보다 '우리 역사상 가장 어둡고 아픈' 시대의 민중이 사용하던 언어와 1980년대 현대인의 언어에서 전통의 기표(記標)가 부정되는 기운을 읽었기 때문이다. 단적인 예로 1980년대 무분별한 외래어의 사용·표기는 우리말과 글의 고유성을 후퇴시켰고, 모국어의 존재를 위태롭게 하였으며, 우리말의 위상을 멍들게 하는 사건이었다.

최명희는『혼불』을 통해 1930년대 식민지 시대에서도 굴복하지 않은 민중의 언어를 되찾고자 하였다. 실제『혼불』에는 세시풍속, 관혼

---

21 조운찬, 앞의 글.

상제 등 우리의 전통과 생활 전반이 모국어로 표현되어 있다. 언어·
전통·문화의 많은 부분들이 쉽게 버려지던 1980년대 최명희는 그 세
대들에게 모국어가 지닌 진정한 생명소를 보여주고자 하였다. 이것은
최명희 스스로 1980년대 정체성을 잃어가는 우리 민족의 근원으로서
전통을 복원하기 위한 노력으로 이해할 수 있으며, 여기에 최명희가
말하는 '모국어'의 참된 의미가 있다.

　해방 이후 전통의 복원은 우리 민족의 정체성 회복을 위한 중요한
위치를 차지해 왔다. 일제강점기 시대는 끝났고, 이러한 사실은 그 자
체로 중요한 의미를 지닌다. 해방과 더불어 식민주의 종말은 일본뿐
아니라 여러 나라가 식민 열강들로부터 연이어 독립을 쟁취하는 결과
를 안겨 주었다. 그럼에도 불구하고 현재 시점에 이르러 다시금 일제
강점기를 돌아보고 제국주의의 근성을 파헤치려 하는 것은 여전히 청
산되지 않은 일제 잔재와 그로 인한 사회·제도·역사의 모순이 존재
하기 때문이다.

　『혼불』은 '반촌' 혹은 '민촌'을 주 무대로 하여 집단 내부에서의 계급
간 이질성 문제를 포괄적으로 수용하고 있다. 이러한 문제제기는 일
제강점기 조선 민중이 처한 생활 전반의 피지배 상황에서 드러난다.
왜냐하면 『혼불』의 작중인물, 즉 매안마을 양반층이든 고리배미 상인
층이든 거멍굴 하층민이든 일제강점기 식민지 권력으로부터 지배 상
황에 노출된 '피식민자'로서 지위를 갖고 있기 때문이다. 또한 『혼
불』은 해방 이전의 시대 안에 국한되어 있지만, 작가 최명희로부터 생
산된 텍스트의 시대 상황은 일제강점기 식민주의 피해자이자 저항적
주체로서 전통·풍속과 관련하여 식민주의 비판과 맞물려 있다는 점
이다.

　이와 같이 『혼불』은 일제강점기 식민지 민중으로서의 생활의지가

담겨져 있고, 생활 속에 면면히 이어온 한국의 전통·풍속의 조밀한
습성이 내재되어 있다. 이를 토대로 할 때, 『혼불』의 '탈식민주의
(postcolonialism)'[22] 상황에 대한 문제적 단서는 해방 후 일제강점기 식

---

　22 탈식민주의를 넓은 의미에서 식민주의의 비판과 극복을 위한 담론적 실천이라 정
의할 때, 그 실천의 주체를 누구로 상정하느냐에 따라 탈식민주의 계보나 정체성은 달라
지게 마련이다. 거칠게 구분하자면, 아프리카의 블랙디아스포라를 근간으로 하는 제3세
계가 주체가 될 때는 탈식민주의는 피해자의 저항이 되고, 서구가 중심이 될 때 탈식민
주의는 가해자의 반성이 된다. 무엇이 진정한 탈식민주의인가에 대한 결론은 쉽게 내릴
수 없지만, 한 가지 분명한 것은 피해자의 탈식민주의와 가해자와 탈식민주의가 동일하
지 않다는 사실이다. 따라서 탈식민주의는 제3세계 탈식민주의와 서구화된 탈식민주의
의 이질적 배경과 제휴의 가능성을 동시에 보여주면서, 다른 한편으로는 양자 간의 차이
를 이론적 기원(유럽)과 변종(비유럽)의 위계로 치부하지 않고 역사적·정치적 식민주의
에 대한 (피)식민자의 신체적 체험을 중시한다. 근자에 진행된 탈식민주의 논의는 대부
분 '탈식민주 삼총사'로 통하는 사이드(Edward W. Said), 바바(Homi K. Bhabha), 스피박
(Gaytri Chakravorty Spivak)을 중심으로 전개되고 있으며, 사이드의 『오리엔탈리즘
Orientalism』을 탈식민주의 '기원'으로 보고 있다. 『오리엔탈리즘』이 나오면서 널리 알려
진 탈식민주의는 동양에 대한 서구의 문화적 틀에서 벗어나 자체 문화의 역사성·전통
성·토착성 등의 가치를 존중하는 방향으로 자리잡아갔다. 이를 토대로 지배와 피지배의
문화적 종속관계를 전복하는 이론적 장치·정치적 기획이라는 점에서 비서구권 학계로
부터 각광받았다. 『오리엔탈리즘』 출판은 탈식민주의 역사에서 획기적인 사건이었음에
틀림없지만, 그것을 탈식민주의의 전부라고 단언할 수는 없다. 사이드와 그의 동조자 혹
은 비판자를 탈식민주의의 '기원'이며 '전형'이라고 가정할 경우, 가장 큰 문제점은 『오리
엔탈리즘』 이전에 존재했던 다양하고 유구한 탈식민주의의 전통을 부정하는 오류를 범
할 수 있다. 서구의 문화적 영향을 받은 제3세계 출신의 이민 지식인들이 서구 출판자본
의 조명을 받으며 '포스트콜로니얼' 증후군을 조성하기 훨씬 이전에 서구 바깥에서는 식
민주의 비판과 저항을 위한 식민지 타자의 목소리가 끊이지 않았다. 따라서 서구 이론과
자본의 개입으로 빚어낸 『오리엔탈리즘』을 탈식민주의 '기원'으로 규정하는 것은 제3세
계 자체적으로 형성된 반식민적 민족주의의 전통을 탈식민주의 계보에서 이탈시키는 현
상을 낳게 된다. 그럼에도 불구하고 오늘날 서구에서 탈식민주의를 간판으로 내걸고 활
동하는 제3세계 출신 지식인들은 자신들의 정신적 뿌리를 인정하는 데 몹시 인색하다.
사이드의 『오리엔탈리즘』의 경우 푸코(Michel Foucault)와 그람시(Antonio Gramsci)의 입김
이 짙게 배어 있어도 파농(Fanon, Frantz Omar)의 발자취는 찾아보기 힘들다. 바바는 「파
농을 기억하며」를 『검은 피부 하얀 가면 *Peau Noire, Masques Blancs*』의 서문으로 덧붙였
지만, 정작 이 글이 보여주는 것은 민족해방을 부르짖었던 파농을 기억하는 것이 아니라,
탈구조주의 이론에 입각한 파농의 비판과 해체인 것이다. 스피박 역시 인도 하위계층 여
성을 내세워 서구 페미니즘을 공격하는 데 진력하는 탓에 범아프리카주의(William Edward

민주의 비판을 근간으로 하는 일제 잔재 청산의 큰 틀에서 논의될 수 있다.

이 책은 최명희의 『혼불』을 대상으로 하여, 파농(Frantz Fanon) · 슬레먼(Steven Slemon) · 무어-길버트(Bart Moore-Gilbert)의 탈식민주의 이론을 적용해 전통의 파괴와 해체가 식민주의에 의한 일방적인 피해의 과정으로서 반식민주의 투쟁의 수행이라는 관점에서 살펴볼 것이다. 이것은 일제의 문화적 말살과 억압, 폭력에 대한 전통의 복원, 나아가 민족정체성 회복과 맞물린다. 『혼불』은 일제강점기 식민 지배에 의한 억압적 상황과 긴밀하게 연관되어 있으므로, 소설 내부적으로 등장인물들이 안고 있는 근원적인 문제, 즉 생존의 권리와 의무로서 인류학적 관점에서 드러나는 삶의 양태에 접근하여 규명할 필요가 있다.

『혼불』은 일제강점기 '근대'의 인식으로서 '전통'에 관한 면밀한 검토가 진행되어 왔음에도 지금까지 식민주의 폭력과 억압에 대응하는 탈식민성에 관한 연구 성과가 미흡한 것이 지적되고 있다. 이와 함께 전통의 복원 방식에 있어 반식민주의 해명이 중요한 문제로 나타나고 있다. 이러한 현상은 기존 『혼불』 연구가 '전통의 복원'에 대한 많은 업적과 성과에도 불구하고 일제강점기 저항 · 극복의 원동력으로서 '전통의 복원'에는 소홀히 하였다는 것을 말하고 있다. 이 때문에 현재 시점에 이르러 민족 자긍과 문화적 정체성의 확립을 위한 방편으로 '전통의 복원'에 초점을 맞춘 전략적인 방식이 요구되고 있다. 이것은 최명희의 역사의식과 직결되며, 이 부분 역시 저항과 극복의 감성 차원에서 보완할 필요가 있다.

Burghardt Du Bois, 『니그로: 아프리카 흑인에 관한 짧은 이야기』)나 네그리튀드(ngritude)에는 관심이 없어 보인다. Bart Moore-Gilbert, 이경원 역, 『탈식민주의, 저항에서 유희로 Postcolonial Theory: Contexs, Practices, Politics』, 한길사, 2001, 21~31쪽 참조.

『혼불』은 1980년대 집필 당시 기존 소설과는 달리 소설 외적인 요소, 즉 역사·민속·신화·제도 등 소설과 무관한 내용을 담고 있다. 이것은『혼불』의 문학세계, 즉 문학적 성격 규명에 해당하므로, 이 부분 역시 문학사적으로 해명할 필요가 있다. 또한 최명희의 문학적 업적과 함께 작품 내부에 존재하는 반영물에 관한 전통의 의미에 대해서도 보완·검토할 필요성이 있다.

연구의 목적을 달성하기 위해서는 해방 이후의 관점이나 내용은 배제하며, 일제강점기를 시대적 기반으로 하는 전통의 복원과 민중의 역동성에 집중하고자 한다. 궁극적으로는 '전통의 복원'이 민족정체성 회복과 관련하여 어떠한 방식으로 전개되고 있는지, 민중의 삶에 나타나는 역동성은 탈식민적 성격과 어떠한 방식으로 연결되는지 검토할 것이다. 이를 토대로 최명희의 문학사적 업적에 새로운 성과를 덧붙이려 한다.

2. 『혼불』의 유적과 탐색의 성과물

1990년대 후반부터『혼불』을 비롯해 최명희의 작품에 대한 평론과 논문 형태의 연구물이 나오기 시작했다. 현재까지 360여 편에 이르는 연구물이 발표되면서『혼불』의 서사체계 양상에 관한 연구는 다양한 논의와 폭넓은 성과를 이룬다.

여기에 대해 살펴보면, '민속학적 관점', '여성인물의 삶의 양태', '역사적 발자취', '민족정체성 회복', '상징성 담론', '언어와 모국어의 상관성' 등으로 나눌 수 있다.

2.1. 민속학적 관점에서 바라본 『혼불』

'민속학적 관점'에서 검토한 연구자로는 장일구, 김열규, 서지문 등을 들 수 있다. 이들은 『혼불』의 문학사적 위치를 전통과 결부시켜 민속학적 관점에서 역동적인 서사양식을 보여주고 있다고 평가한다.

먼저 장일구23는, 『혼불』의 이야기를 서사적 형상성의 문제와는 별도로 사라져가는 민속·문화와 이미 잊혀져간 전통·문화를 손에 잡힐 듯 실감나게 복원해 놓음으로써 민속학적 가치를 세우고 있다고 말한다. 이를 위해 『혼불』의 구조와 토대, 교감의 미학, 연행적 해석의 관점, 역학적 운동성과 시점, 서사적 공간성 등 다양한 논의를 구성하면서 『혼불』이야말로 서사 구성의 역학적 원리를 민속학적 인식을 바탕으로 일관된 관점과 논의를 생산하고 있다고 평한다.

과연 장일구는 '『혼불』 서사의 본질은 사건의 추이를 전달하는 데 있지 않고, 이야기를 찬찬히 풀어내는 데 있는 것'24으로 보고 있다.

---

23 장일구는 『혼불』의 구조와 토대, 교감의 미학, 연행적·민속학적 해석의 관점, 역학적 운동성과 시점, 서사적 공간성 등 다양한 논의를 보여주고 있다.

장일구, 『소설 텍스트의 연행 해석학적 시론: 김유정 소설과 최명희 『혼불』의 해석을 중심으로』, 서강대학교 석사학위논문, 1992.

_____, 「전승의 담론, 교감의 미학」, 『조선일보』, 신문춘예 평론부문 당선작, 1996.1.1.

_____, 「교감의 언어, 우리네 이야기」, 『문학정신』, 봄호, 1997.

_____, 「환원론의 오류를 경계함」, 『작가세계』, 여름호, 1997.

_____, 「서사 구성의 공간성 함의: 『혼불』 구성 논의의 전제」, 『서강어문』 제14집, 1998.

_____, 「『혼불』의 시점, 그 역학」, 『한국문학이론과 비평』, 한국문학이론비평학회, 1998.

_____, 「교감의 서사, 우리 이야기 『혼불』」, 『문학동네』, 봄호, 1999.

_____, 「『혼불』 서사 구성의 역학」, 『현대문학이론연구』 제12집, 현대문학이론학회, 1999.

_____, 『혼불 읽기 문화 읽기』, 한길사, 1999.

_____, 「『혼불』의 문화 담론적 자질과 저자성 역학」, 『호남문화연구』, 호남문화연구원, 제48집, 2010.

_____, 『『혼불』의 언어』, 한길사, 2003.

그 구체적 단서를 김열규의 '촌평'25을 통해 규명하고 있다. 『혼불』이야말로 한국인 고유의 이야기 맥을 잇고 있는 작품이라는 것이 촌평의 요지인데, 많은 이들이 『혼불』의 정통성에 대해 언급하고 있으나, 김열규만큼 그 핵심을 언명하는 예는 없다고 말한다. 『혼불』의 다양한 서사 양식에 있어서 선구자적 논의를 이어가고 있는 장일구는 『혼불』이 지닌 서사 구성의 역학적 원리를 규명함으로써 역사적 인식을 바탕으로 일관된 관점과 논의를 생산하고 있다.

김열규의 경우 『혼불』의 전통적인 측면은 역사와 가문이 겹쳐진 민속/민족지 형태로 나타나며, 이것은 지연/지형지 등 세 겹의 코드로 구성된 역동적인 구조체라고 규정하고 있다.26 『혼불』은 특히 자연/지

---

24 장일구는 『혼불』이 지닌 서사체계를 단순히 사건의 전개나 그 추이(推移)를 전하는 데 있지 않고, 소설의 이야기를 침착한 어조로 풀어가는 작가의 미덕에 있는 것으로 보고 있다. 이는 사실상 대개의 소설 작품에서 하나의 스토리 전개와 하나의 추이로 진행되는 소설은 드물 것이며, 사건의 추이만 하더라도 그 시작과 끝이 한줄기로 내리 전개되는 현상은 흔치 않다고 말한다. 여기에는 인물간의 갈등으로 빚어질 사건의 발단이 있고 전개가 있으며, 위기감이 고조되다가 종내는 대단원에 이르게 된다. 이른바 '플롯(이야기의 구성)'의 단계는, 이야기의 구조, 즉 뼈대를 추려내어 정리한 것에 지나지 않을 뿐, 모든 이야기, 모든 소설의 구성상 본질을 대변하는 것은 아니라는 점이다. 장일구, 「서사 구성의 공간성 함의; 『혼불』 구성 논의의 전제」, 『서강어문』 제14집, 1998, 265~266쪽.

25 1996년 한길사 간(刊) 최명희 『혼불』 뒷 표지 날개에 실린 김열규의 글에 대해 장일구는 『혼불』이야말로 한국인 고유의 맥을 잇고 있는 작품이라고 강조한다. 김열규의 '촌평'만큼 『혼불』의 핵심을 언명하는 것은 없는 것 같다고 진술하면서 『혼불』이 소설이라는 점, 소설이 이야기를 서술한 서사체라는 점을 들어 한국인의 이야기를 의미 있게 전승하여 구현하였다는 사실성에 근거해 『혼불』의 본질적 의의를 드러낸다고 말한다. 장일구, 「『혼불』 서사 구성의 역학」, 『현대문학이론연구』 제12집, 현대문학이론학회, 1999, 95~96쪽 참조.

26 김열규에 의하면, 『혼불』이 여러 각도로 규정될 외견상의 정체는 자연에 관한 서술 이외에도 당대의 사회제도, 세시풍습, 각종 의례, 관념 체계 등에 대한 '외 디게시스'적이라고 해도 좋을 만한 자료의 제시들이 포함된다고 보고 있다. 말하자면 『혼불』은 민속지적이고도 자연지적인 속성들이 관여하고 있다는 것이다. 이러한 근거는 『혼불』에서 자연은 단지 풍경이 아니며, 배경도 아니라는 점이다. 전통적이거나 관례적인 용어인 배경이란 말을 답습한다고 쳐도 『혼불』에서 자연이나 지리, 지형을 결코 일방적으로 배경 읽

형지에 가장 큰 비중을 둔 생태비평적인 의도를 함축하고 있는 동시에 거시적으로 우리의 전통적인 관념이 자연비평에 의지하고 있음을 말해준다고 평한다.

『혼불』에서 자연은 단지 풍경이나 배경이 아닌 사건의 개연성을 주지하는 개별적 서사물의 연역적 체계라는 것이다. 따라서『혼불』에 관한 김열규의 민족·민속·지역·자연 등은 소설 속에서 자연발생적인 개연성을 딛고 하나의 틀 혹은 하나의 연속된 서사구조적 조합물이며, 이것은 일제강점기 식민지적 상황을 예시하는 중요한 증거로 판단된다.

김희진은,『혼불』은 일제 만행에 대한 식민자적 저항 주체로서 매안 마을 사람들의 서러움을 표현하고 있다고 말한다. 여기에는 창씨개명 뿐 아니라 단발령, 흰 옷 금지 등 일본의 민족 탄압에 대한 묘사와 일제의 저항의식에 대한 많은 여담들이 내재해 있다는 것이다.『혼불』에서 중시되는 것은 일제 저항하여 싸우는 것이 아니라, 목숨을 버리면

기의 범주에 국한시킬 수는 없다는 것이다. 이같이 자연과 사건의 상호 대등한 배치에 의한 배경에서의 탈피는 첫째, 자연이나 지형 그 자체가 단독으로 전경화 되는 경우, 둘째, 전형화 된 자연(현상)과 인물의 심리, 행동이 동시에 연계되어 사건 내지 정황을 엮어나가는 경우, 셋째, 자연 그 자체로 행동하고 동작함으로써 능동적이고도 적극적인 서사적 패러다임을 형성하는 경우 등과 같이 세 가지로 범주화 될 가능성이 있다는 것이다. 그럼에도 불구하고『혼불』의 자연 묘사는 묘사의 범주를 넘어서 시시각각 변하는 경관들, 일기·기후의 변화 소리·형색의 변화를 통해 산천이 부각되는 것, 이러한 자연의 양태가 집요하게 무언가 변성(變成)을 추적하고 있는 서사라는 것이다. 그것들 하나하나가 사건을 이루고 있으며, 자연을 변용해가는 과정을 따라 서사공간이 형성되고 더불어 '사건'이 전개된다. 이러한 현상은 결국 산과, 집과 매화나무, 강실이라는 인물에 이르기까지 그 연쇄는 보다 넓고 먼 것에서부터 보다 가깝고 작을 것을 향해 모여든다. 거대한 파노라마적인 원경을 보여주는 시야는 마침내 나무와 한 인물에게로 몰리게 되며, 이와 같은 파노라마가 차츰 초점화 되는 동안 산, 마을, 집, 나무, 인물은 각기 대비될 수 있는 생태주의적 전경을 이룩해낸다는 것이다. 김열규,「『혼불』의 생태비평」,『현대문학이론연구』제12집, 현대문학이론학회, 1999, 6~19쪽 참조.

서까지 우리 고유의 전통을 고수하고자 하는 민족 정체성, 곧 '민족 혼'의 정점이며, 이것은 식민지 백성들의 표현이라고 평한다.[27] 최명희 는 일제의 강요에 의한 '창씨개명'을 모티프로 하여, 일제의 만행을 적 시하고, 억압과 탄압에 대한 민중들의 아픔과 민족의 시련을 통해 이 를 수호하고 지키려하는 내면적 의지를 담아내고 있다.

2.2. 여성 인물을 둘러싼 삶의 방식

『혼불』의 여성인물들의 정체성에 관한 내용에 주목하여 검토한 연 구자로는 윤영옥, 고은미, 김복순, 이덕화 등을 들 수 있다.

윤영옥은 『혼불』에서 가부장의 부재 상황은 소설의 서사구조를 결 정하는 매우 중요한 요소로 작용하는 것으로 보고 있다. 이것은 『혼 불』에서 남성가부장의 역할을 대신하는 인물로 청암부인의 삶을 남편 혹은 아버지가 존재하지 않은 집안에서 집안일을 꾸려가며 실제적인 아버지의 업무, 가부장의 역할을 모방하여 수행하는 것으로 평한다.[28]

---

27 김희진에 의하면, 『혼불』은 일제 만행에 저항한 인물들을 통해 식민지 백성들의 서러움을 표현하고자 하였다고 한다. 특히 '창씨개명'에 반대하는 인물들의 이야기를 소 설 속에 삽입함으로써, 창씨개명에 대한 민중의 저항태도를 보여주고 있다는 것이다. 그 예로 유건영은 "더러운 짐승이 되어 살기보다는 차라리 깨끗한 죽음을 택하노라"라는 유 서를 남기고 세상을 등지며, 그는 창씨개명에 부당함을 몸소 밝히려 자결함으로써 여타 사람들에게 충격을 안겨주었다고 말한다. 『혼불』의 매안 마을에도 창씨개명 바람이 불어 와 청암부인을 비롯한 문중 전체가 창씨개명에 대한 위협에 휩싸이게 되면서 『혼불』은 창씨개명뿐만 아니라 단발령, 흰옷 금지 등 일제의 민족 탄압에 대한 여담을 통해 일제 에 대한 저항의식을 간접적으로 그려내고 있다는 것이다. 이와 더불어 김희진은 『혼불』 의 여담으로서 사회경제, 신분제도 의례와 의식, 음악, 미술 등 다양한 한국적 전통이 녹 아 있다며, 이와 같은 민속적 모티프를 통해 일제강점기 민중적 삶에 한국인의 정서가 주조를 이룬다고 말한다. 김희진, 『최명희 『혼불』의 민속 모티프 연구』, 고려대학교 박사 학위논문, 2013, 7~8, 110~112쪽 참조.
28 윤영옥, 「최명희 소설에 나타난 젠더 의식」, 『혼불, 그 천의 얼굴 1』, 태학사, 2011.

이와 같은 여성 인물들은 남성 역할에서 동일화를 추구함으로써 남성가부장의 동일화 과정을『혼불』이 표면적으로 내세우고 있는 젠더의식을 압축적으로 보여주는 것으로 판단하고 있다.

고은미는『혼불』의 젠더의식과 여성성 요소를 '생태여성주의'로 규정하고 있다. 이것은 지금까지의 생태주의 논의를 여성주의적 관점에서 고찰하는 것으로 기존 남성중심의 가부장제의 문학적 관행을 깨트릴 수 없음에 유의하는 동시에 식민지적 착취와 억압이 현재까지 여성성에 대한 사고로 연장되어 있음을 지적하고 있다.

이것은 고은미가 생태주의적이면서 여성주의적인 담론을 통해 지금까지 가치중립적이던 구조주의 서사학을 여성주의적 관점에서 재고찰하는 것[29]으로 판단된다. 이러한 담론은 남성중심의 사고에 의해 현재까지도 억압과 착취의 대상으로 남아 있는 여성과 자연을 분석의 중심에 세우고 있다는 데 주목할 만하다.

김복순은『혼불』을 통해 기존 페미니즘 분석에서의 안일하고 부정적인 요소를 포착해내고 있다.『혼불』은 근대가 시작되는 지점에서 출발하고 있으며, 사적 가부장제가 공적 가부장제로 전환되는 시기의

340~345쪽 참조.

29 고은미는 남성중심의 가부장제로부터의 진정한 여성해방과 자연해방을 위해 기존
『혼불』연구의 여성주의와 생태주의, 서사학 각각의 관점에서 연구가 진행되어온 바, 이를 바탕으로 생태주의적 문학 연구방법과 페미니스트 서사학의 접목을 시도하고 있다. 이러한 배경에는 이전까지『혼불』연구에 생태여성주의가 적용된 바 없으며, 이는 새로운 이론적 접근과 방식에 의한 연구방법으로서『혼불』연구에 새로운 층위의 분석적 의미를 부여하고 있다. 그 바탕에는 청암부인과 효원, 강실, 고리배미와 거멍굴 아낙들의 삶이 남성중심의 가부장제로 인한 억압과 착취의 대상에서 결코 멀지 않은 거리에서 작용한다. 이러한 현상에 대해 고은미는 크게 전 지구적 자본주의에 대한 비판(반세계화)과 문화상대주의의 권력에 대한 비판의 중심에 자리잡고 있는 생태여성주의적 관점에서 분석하고 있다. 고은미,『혼불의 생태여성주의 담론연구』, 전북대학교 박사학위논문, 2006, 3~12쪽 참조.

모습을 예시하고 있다. 비록 하위문화 형태로 묘사되고 있지만, 조선시대 이후 양반 여성들이 구축해온 안방문화와, 남성과 여성의 지배-종속관계가 지닌 함수관계에 대해 면밀히 분석하고 있다.[30]

이를 근거로 하여 김복순은, 가부장적 지배방식 내에서도 여성성의 자발성이 드러난 측면이 있다면, 그것이 비록 남성성을 모방하고 있다 하여도 여성의 '이중적 굴레'라고 폄하할 일은 아니라고 지적하고 있다.

이와 더불어 '여성주의 회복'에 관한 연구는 이덕화[31]의 논의에서도 잘 드러나고 있으며, 『혼불』의 여성주의적 접근은 일제강점기를 시대배경으로 하되, 멀리 조선 후기 양반여성의 사회적정치적 지위를 거론하

---

30 김복순은 젠더화된 가족주의와 젠더화된 사회정치구조, 젠더화된 섹슈얼리티와 연관된 안채문화가 가부장제 하에서 상대적으로 자율성을 확보하면서 일정한 서사유형을 창출한다고 보고 있다. 또한 조선 후기, 근대 초기의 식민지 상황에 대해 서사유형의 굴절·변이에 관련된 양상을 추적하면서, 가부장제가 인간제도의 원형이 아니라 '발명'된 것임을 확인한다. 이런 의미에서 청암부인을 유교적 이념의 화신, 남편의 분신이자 대리인, 남성적 질서에 동화된 인물이라고 평가한다. 종갓집 맏며느리로서 당대 양반여성의 가능성의 최대치를 실현하고 있는 청암부인의 모습은 가부장제가 유포한 이데올로기의 추종자로서, 사회·정치구조의 젠더적 권력가인 동시에 모성 이데올로기의 재생산을 감당하게 한다. 이러한 안채문화의 가능성의 최대치를 확보하는 단계가 대모신 의식인 것이다. 대모신은 인간 생명뿐만 아니라 자연의 생명력까지도 관장하는 우주 그 자체를 포함한 모든 것의 어머니로서, 여성의 전체성 속에 조화롭게 구성되는 모성 이데올로기의 최상층 단계이다. 이것은 조선 후기에 대거 창작된 여성영웅소설을 비롯해 줄기차게 추구되어온 서사형태인 이 유형이 『혼불』에 유지되고 있다고 보고 있다. 이를 통해 김복순은 『혼불』의 내적구조로서 여성의 지위에 있어서 지배와 종속의 가부장적 권력관계의 새로운 패러다임을 제시하고 있다. 김복순, 「여성영웅서사와 안채문화」, 『혼불과 전통문화』, 전라문화연구소, 2002, 17~25쪽 참조.
31 이덕화, 「『혼불』의 작가의식을 통해 본 '서술형식'과 '인물구도'」, 『한국문예비평연구』, 창간호, 한국현대문예비평학회, 1998.
_____, 「『혼불』의 작가의식과 그 외 단편소설」, 『현대문학이론연구』 제12집, 현대문학이론학회, 1999.
_____, 『박경리와 최명희, 두 여성적 글쓰기』, 태학사, 2000.
_____, 「가부장적 의식과 여성, 『혼불』에서의 여성의 운명」, 『혼불의 문학세계』, 전라문화연구소, 소명출판사, 2001.

는 데 연원한다. 이는 단순히 『혼불』이 식민지적 시대상황을 적시하는 데 그치는 것이 아니라, 자연과 여성이라는 큰 주제의 반경을 형성하고 있음을 말해주고 있으며, 이는 『혼불』이 여성성 회복을 위해 자연과 친화하는 전통적인 맥락과 밀접하게 연결되어 있음을 말해준다.

2.3. 역사적 발자취에 관한 논점

『혼불』의 역사성에 관한 리얼리즘적 논의에 대해 살펴보면 최유찬, 김병용, 황국명, 이동재 등을 들 수 있다.

최유찬[32]은 '가족사소설'의 관점에서 『혼불』의 역사성·사실성에 주목하고 있다. '역사'와 '사실'은 변별적인 것임에도 '가족'이란 특수한 관계를 효과적으로 활용함으로써 『혼불』의 서사적 측면을 리얼리즘 위치로 병치시키고 있다. 또한 그는 '가족'이란 사회구성단위와 '역사'의 개념이 지속하는 한 유효성을 갖춘 형식으로 존속하는 것으로 규정하고 있으며, '역사'의 개념에서 '가족'이란 '현실'을 바탕으로 하여 사실적으로 주제화하면서 강인한 생명력을 확보하는 것이라고 말한다.

김병용의 경우 『혼불』은 작중인물들 간의 서사적 개연성이 이야기 형식의 담화에 머무르지 않고 리얼리즘적 전개에 관한 측면에서 분석하고 있다. 『혼불』의 작품 전반에 케리그마(kerygma) 역할을 담당하는 '혼불'의 물적 현존은 증명할 수 없으나, 우리 문화 내에서 동시대의 정서적·역사적·상징적 기저로서 리얼리티를 확보하고 있다고 평가하고 있다.

---

32 최유찬, 「가족사의 흐름 속에 숨쉬는 개체적 삶: 가족사소설의 개괄적인 특성과 그 미래를 전망한다」, 『문학사상』, 문학사상사, 1997, 3월호.

그 주된 요소는 '혼불'의 '케리그마'가 지닌 역사와 전통의 경험은 양자 간에 재구성된 허구로서 '실재된 매개(mediated reality)'물로 작용한다고 보고 있다. '실재된 매개'는『혼불』전반에 걸쳐 최소한의 서사적 홀로그램에 의한 '진실임직한(vraisemblale)' 프로그램에 의해서만 연동되는 '진실(vrai)'라는 것이다. 이것이 실제이든 허구이든 독자에게는 '불신의 자발적 정지(epoche; willing suspension of disbelife)'가 요구된다는 것이다. 이러한 견해를 바탕으로『혼불』은 '통속화' 과정을 거쳐 형성된 '허구'이되, 상당부분 박물지적 사실들의 조합에 의해 형성된 역사 인식주체로서 서사구조를 지닌다고 보고 있다.[33]

여기에『혼불』은 작가의 '조형 의지(will yo form)'에 의해 취합된 사실들의 미적 조합을 원판으로 하여 투사한 '혼불'이라는 '케리그마'에 의해 연동하는 '홀로그램' 그 이상도 그 이하도 아니며, 이것은『혼불』이 뿜어내고 있는 그 위황한 빛의 풍경이란 작가의 '상처' 내지 '원망'이 투사해낸 풍경일 뿐이라는 것이다. 이러한 빛의 풍경 안에서 주술적 감화력이 발생한다고 한다면, 그것은 자발적으로 감화를 받으려는 자의 '원혼'적인 상상력에 의해 촉발된 감성이라고 보고 있다.

이와 함께 김병용은 '김윤식과 김열규가 원거리에서『혼불』을 조망하고 있다면, 황국명은『혼불』을 근거리로 끌어당기는 것'으로 봄으로써 작중인물들이 소설 내부적으로 일으키는 상처/병치의 리얼리즘적 요소가 강조되는 것으로 판단하고 있다. 한편 황국명은『혼불』제3권

---

33 김병용에 의하면, '혼불'의 케리그마(kerygma)는 작가의 예술적 조형 의지와 독자의 감화가 교통하는 사이에서만 발생하는 '이중의 나르시시즘(double narcissique)'과 그 암묵적 '진실 계약(contrat de verdiction)'의 암묵적인 제의를 말한다. 이를 통해『혼불』은 '상상의 공동체'에 의한 '민족 활자어' 생산과 창작에 기여하는 것으로 간주하고 있다. 김병용, 『최명희 소설 연구』, 전북대학교 박사학위논문, 2005, 6~8쪽 참조.

에서 나타나는 청암부인의 죽음이 서사를 추동하는 동력의 소진, 곧 플롯의 정지와 다르지 않다고 보고 있다.[34] 여기에 강수와 진예, 강모와 강실의 근친을 둘러싼 애정의 축, 강호·강태·강모의 이념적 갈등과 거명굴의 천민, 고리배미의 상민들에게서 서사를 선조적으로 추동시킬 잠재력의 약화로 보는 정치적인 축 등을 고려할 때, 황국명의 지적은 거명굴의 춘복과 같은 기층민중이 중심인물이 되거나, 그들의 이야기가 중심 줄기로서 미약한 반면 역사적인 이야기 측면에서 리얼리즘적 요소를 반영하는 것으로 판단하고 있다.

이동재는 『혼불』을 대하소설인 동시에 '역사소설'[35]이라고 규정하면서, 1970·80년대 출간된 대하역사소설들은 당대가 염원하는 사회적 동력으로서 역사의 의미를 리얼리즘 시각에서 조명하거나 재해석하기 위해 집필되었다고 말한다.[36] 또한 그는 『혼불』이 역사소설이 되기 위해서는 기존의 역사에 대한 개념과 인식이 확인되어야 하며, 『혼불』은 일제강점기를 시대배경으로 하되, 이야기의 상당 부분이 풍속의 묘사와 설명 위주로 형성되어 있다는 것이다. 이와 같이 기존 소설의 서사

---

34 황국명, 「『혼불』의 서술방식 시론」, 『현대문학이론연구』 제12집, 현대문학이론학회, 1999.

35 일반적 의미에서 역사소설은 과거의 역사를 재구축하고 그것을 상상적으로 재창조하는 허구적 서사유형으로서의 소설을 의미한다. 이러한 역사소설에는 역사적인 의미를 구현하는 동시에 허구적인 사건과 인물들 간의 서사적 유형을 함의한다. 여기에 대해 이동재는, 역사소설의 '역사'란 배경으로서 기존의 사실적인 역사나 재해석의 대상으로서의 역사가 아니라, 작중인물들에 의해서 새롭게 만들어진 삶 자체의 흔적이며, 비가시적이고 능동적인 삶의 테두리라고 말한다. 즉 역사가 있고 그 역사를 배경으로 하는 소설이 있는 것이 아니라, 소설이 있고, 그 소설 속에 새롭게 형성된 역사가 역사소설의 역사라는 것이다. 이동재, 「대하역사소설의 일상성-김원일의 『불의제전』론」, 『현대문학이론연구』 제9집, 현대문학이론학회, 1998, 181쪽.

36 이동재, 「대하역사소설의 일상성-김원일의 『불의제전』론」, 『현대문학이론연구』 제9집, 현대문학이론학회, 1998.

구조를 파괴할 위험을 감수하면서까지 작가가 풍속사 재현에 집착하고 있는 것은 정치사 중심의 편중된 시각에서 탈피하여 사실적인 관점에서 역사를 바라보고자 한 의도로 판단하고 있다.

2.4. 민족정체성 회복의 노력

민족정체성 회복과 관련한 연구로는 이영월, 임재해, 김정혜를 들 수 있다.

이영월은 『혼불』에서 민중의식을 표상하는 대표적인 유형으로 '민간신앙'을 지목하고 있다. 이러한 민간신앙 유형을 가장 잘 보여주는 인물이 만동부부, 춘복, 유자광이다. 이들은 모두 하층민으로 신분해방 내지 신분상승을 염원하지만, 그들이 궁극적으로 지향하는 것은 민간신앙에 기반을 둔 평등의식이라는 점이다.[37] 이것은 『혼불』의 서사

---

[37] 이영월에 의하면, 『혼불』에는 풍수신앙을 통하여 자신의 운명을 개척하는 민중적·민속학적 의미의 인물이 나타나는 것으로 보고 있다. 하층민인 만동부부, 춘복, 유자광 등이 여기에 해당되는 데, 특히 만동부부의 '명당 공유하기(박대복·이영월, 「〈혼불〉에 나타난 解冤과 結怨의 이원적 서사구조」, 『우리문학연구』 제31집, 우리문학회, 2010, 38쪽.)'에서 극명하게 드러난다. 이들은 '죽은 아비의 육신을 남의 무덤과 공유하는 투장(偸葬)을 통해 민속적·민간신앙적 신분회복을 꿈꾼다. 아비의 뼈를 남의 명당에 함께 묻으면 후손들의 신분이 바뀔 수 있다는 민간신앙적 관념은 이들에게 남은 마지막 희망이다. 조상 대대로 무당으로 살아온 만동의 부친 홍술은 자손들의 신분회복을 위해 죽은 뒤 "기양 아무 디나 양지짝에 묻었다가……" 매안 마을에 초상이 나면 무덤 옆구리에 투장하라는 유언을 남긴다. 자손들의 신분을 고뇌하는 만동 부친의 언술은, 인간다운 삶을 모색하는 방법이자 선택적 대안으로서 투장이다. 이러한 투장은 '명당 공유하기'라는 특수한 민속적·민간신앙적 요소를 내포하고 있는 것으로, 그 기저에는 현실적으로 극복 불가능한 신분회복을 투장을 통해 이룰 수 있다는 민중적 신념에서 비롯된다고 보고 있다. 결국 양반 묘의 명당을 공유하면 양반의 신분까지도 공유할 수 있을 것이라는' 만동부부의 '명당 공유하기'는 '뼈 섞기'라는 민속적·민간신앙적 평등의식 내지 민중의식의 표출로 이해할 수 있다. 이영월, 『『혼불』의 서사구성과 민간신앙 연구』, 중앙대학교 박사학위논문, 2012, 75~84쪽 참조.

적 관류를 형성하는 핵심요소가 되고 있다. 기본적으로 『혼불』의 신분문제는 민중의식을 발화시키는 중요한 기제로서, 공동체적 삶을 누리고자 하는 매안 마을 사람들의 공통된 해원의식과 맞물린다. 이것은 매안 마을 하층민들의 삶 자체로서 근원적 억압성을 탈피하고자 하는 평등의식을 기반으로 한다. 이와 같은 평등의식은 신체적·정신적 해방과 구복을 의미하는 민간신앙으로서의 민중의식을 바탕으로 하고 있다.

임재해는 전라도 민중들 사이에 널리 구비전승 되는 지식이자 이 땅에 뿌리 내린 토박이 민초들의 전통적 세계관을 반영하고 있다고 보고, 이러한 문화 현상의 하나가 '혼불'이며, 이것을 소설로 형상화 한 것이 바로 최명희의 『혼불』이라는 것이다. 또한 『혼불』은 청암부인의 '혼불'이 신체에서 빠져나가는 것을 계기로 죽음과 관련한 상·장례 민속적 제의가 다양하게 발휘되면서 소설의 서사를 유지하고 있다고 말한다.[38] 이러한 근거는 『혼불』의 지형적 배경이 넓은 들판 가운데 마을이 들어선 호남의 평야를 닮은 것에서 그 단서를 찾아내고 있다. 이것은 전라도 민중의 생활에 적용되는 전통·민속자료-소설의 서사적 뼈대를 이루는 수많은 사건과 사건들 사이를 채우는 것이 다양하면서

---

38 『혼불』을 민속지 소설로 분석하는 임재해는 실제 작품의 표제이자 얼굴인 '혼불'은 우리 전통의 민속문화에서 나타나는 관념이자 문화적 원형으로서 독특한 의미를 지니고 있다고 말한다. 또한 과학적으로 증명하거나 논리적으로 풀어낼 수 없는 '혼불'에 대한 이미지 혹은 의미를 이 땅의 모두가 의심 없이 받아들이는 전통적인 관념이자 현실적인 문화라고 규정한다. 『혼불』의 1권 '청사초롱'의 경우도 같은 맥락 속에 있는 문화로서 민속이며, '청사초롱' 이야기에는 '혼례민속'을 현실적인 맥락 속에 상세히 형상화함으로써 『혼불』이 가지고 있는 민속학적 층위를 더욱 견고하게 하고 있다는 것이다. 따라서 『혼불』은 서사적 형상성의 문제와는 별도로, 사라져가는 민속문화와 이미 잊혀져 버린 전통문화를 손에 잡힐 듯 실감나게 복원해 놓음으로써(장일구, 『혼불읽기 문화읽기』, 한길사, 1999, 23쪽), 민속학적 가치를 세우고 있다고 말한다. 임재해, 「『혼불』의 민속지로서 가치와 서사적 형상성」, 『혼불과 전통문화』, 전라문화연구소, 2002, 42~45쪽 참조.

도 폭넓은 혼례민속과 장례민속의 여담-를 형상화함으로써 민속학적 여담뿐만 아니라 민족정체성 회복의 구체적 정보를 제시하고 있다고 볼 수 있다.

한편 김정혜는『혼불』의 '탈식민의식'을 분석하면서, 일제강점기 식민주의 폭력 행위에 대해 두 가지 방식으로 대응하고 있다. 첫째, 청암부인의 '카리스마적 권위와 성품'을 면밀히 검토하고 있으며, 둘째, 식민 지배로부터 폭력적으로 억압받는 등장인물들 사이에 연결된 '감정의 문제', 즉 '정신의 공동체'를 강조하고 있다. 이와 같은 공동체의식은 청암부인의 '카리스마적 면모', 즉 식민지 폭력과 억압에도 가문과 문화를 지키기 위한 강인한 인물상에서 발견되며, 종부로서의 역할, 마을공동체의 리더 역할을 통해 드러내고 있다.[39] 여기에 고리배미 상민들과 거명굴 하층민의 뿌리의식이 식민지 현실을 극복하고자 하는 미래지향적 삶을 보여주고 있다는 데 탈식민의식이 내재되어 있다고 평한다.

이처럼 김정혜는『혼불』의 주제를 양반가문, 기층민 등 등장인물들 간 '정신의 공동체'를 민족단위의 '정신의 공동체'로 승화하고 있으며, '문화실천과 비근대적 저항'으로서 양반 안채문화의 정체성과 전통적 민중문화와의 연대를 '공동체'라는 접점을 통해 결속시키고 있다. 또한 『혼불』의 지리적 기원에 대한 정체성과 지리적 이동을 '디아스포라'에 비추어 문화적 투쟁·저항으로 보고 있다.

---

39 김정혜는, 매안마을·고리배미·거명굴의 공동체를 이끌어가는 청암부인의 카리스마적 권위와 역량에 주안한다. 이를 근간으로 하여 일제강점기 농촌마을의 심각한 경제적 피폐현상을 공동체에 대한 저항으로 간주, 매안마을·고리배미·거명굴 사람들의 다층위의 향촌공동체를 통해 민족정체성을 회복하는 민중의 힘을 탈식민의식으로 보고 있다. 김정혜,『최명희『혼불』의 탈식민의식 연구』, 인제대학교 박사학위논문, 2015, 5~9쪽 참조.

2.5. 상징적 기제로서 담론

『혼불』의 '상징적 기제로서 담론' 양상은 박대복·이영월, 황국명, 김헌선의 논의에서 드러난다. 박대복·이영월은 『혼불』에는 두 금기의 사랑, 사촌 간인 강수와 진예, 강모와 강실의 사랑 이야기를 '해원(解冤)'과 '결원(結怨)'의 이원적 서사구조로 보고 있다.[40] 그 근거는 금기의 사랑을 이루지 못해 자결한 마당 안쪽의 명혼굿과 금기 사랑을 이루는 강모와 강실의 마당 바깥이라는 상관성에 주목하고 있다는 데서 찾을 수 있다.

이것은 명혼굿을 통한 마당 안쪽의 강수와 진예의 '해원'이 마당 바깥의 강모와 강실에게 전이되어 금기의 사랑이 '결원'이 되면서 서사적 갈림길에 놓이게 된다는 것이다. 이러한 지적은 일제강점기 식민지 억압의 모순 상황이 두 남녀로 하여 금기의 사랑으로 형상함으로써 식민지적 상징 기제로서 현실을 반영하는 동시에 허구적 담론을 형성한다고 볼 수 있다.

---

40 박대복·이영월은 강수의 상사병과 자결이 강실의 상사병과 자결 시도와 상응관계를 이루면서, 강모와 강실에게는 해원(解冤)과 결원(結怨)이 되풀이 되는 비극적 운명을 초래한다고 보고 있다. 이것은 마당 안쪽의 '해원'과 마당 바깥의 '결원', 또한 강모와 강실의 삶에 해원과 결원이 반복되는 이원적 구조가 중첩되어 작품 전체 서사와 유기적으로 관련되어 있다는 것이다. 이와 같이 『혼불』이 해원과 결원의 서사구조를 이루는 이유는 소설의 기본적인 모티프 내지 플롯이라 할 수 있는 남녀 간의 사랑이야기를 반영하고 있기 때문이다. 특히 해원은 금기의 사랑을 이루지 못해 끝내 목숨을 버린 강수와, 살아있지만 결코 온전한 삶을 누리지 못하는 진예와의 사랑 문제에서 비롯된다. 반면 결원은 강수와 같은 유형의 사랑을 하였음에도 살아있되, 온전한 삶을 이어가지 못하는 강모와 강실의 사랑은 비극적이다. 두 사랑은 비극을 이루지만 대칭점을 이루는 서사적 요소가 있다. 이를 근거로 할 때, 『혼불』에는 금기의 사랑으로 인한 '해(解)'와 '결(結)'의 모티프가 마당 안쪽의 '해원(解冤)'과 마당 바깥의 '결원(結怨)'이라는 이중적 서사구조가 존재한다고 볼 수 있다. 박대복·이영월, 「『혼불』에 나타난 해원(解冤)과 결원(結怨)의 이원적 서사구조」, 『우리문학연구』 제31집, 2010, 147~149쪽 참조.

황국명은 2002년 발표한 「『혼불』의 구술문화적 특성」을 통해 『혼불』의 서사구조가 단순히 '청암부인'을 중심으로 이어지는 것이 아니라, 청암부인을 비롯한 강모와 강실, 매안이씨 문중과 고리배미 상민들, 거멍굴 하층민들 전체가 일제강점기를 배경으로 살아가는 삶이 서사의 중심인물임을 새롭게 조명하면서 『혼불』에 대한 '서사적 희석화'의 견해를 수정한다.[41] 이러한 논의는 『혼불』에 대한 견해의 변화로, 1999년 발표한 「『혼불』의 서술방식 시론」에서보다 폭넓은 서사적 관

----

41 황국명은 2002년 논문 「『혼불』의 구술문화적 특성」을 통해 앞서 「『혼불』의 서술방식 시론」에서의 『혼불』에 대한 '서사의 희석화'를 일정 수정한다. 그 근거는 다음과 같다.

① 『혼불』은 집단적 서사라 말해도 좋을 것이다. 집단적 주체라는 무주체성은 『혼불』에서 방언을 생생하게 살려내고 다양한 정형구적 표현을 가능하게 만든다. 지역방언은 지역민중의 언어이다. 시니피앙(signifiant)과 시니피에(signifie)의 결합이 그렇듯 구술적 표현은 개인이 마음대로 선택하거나 창안해 낼 수 없기 때문이다.

② 청암부인 구술문화적 특성의 하나인 기념비적 인물에 가깝다. 한 가문의 정신을 이어감은 생물학적 세대 연속의 의미 이상 미래를 지향하는 근대의 선조적 시간지평을 넘어선 아득한 '현조'에 가서 닿는 것이다. 때문에 종부 종손의 역할은 남다를 수밖에 없고, 특히 압도적인 위엄과 기세, 김히 넘볼 수 없는 도량과 기품을 지닌 청암부인은 우람한 존재로 작품 전면에 부각된다는 점이다.

③ 『혼불』은 근대세계와 소설이라는 근대적 제도에 대한 성찰의 계기를 제공한다. 그 이유는 『혼불』은 독자의 귀를 자극하는 구술청각적 동인이 현저하고, 인간과 사물 사이의 상호주관적 일체화를 보여준다. 그래서 『혼불』에서 대면적인 말이 곧 행동이고 사건이 된다.

④ 『혼불』의 청각적 울림은 시간을 통해 지속되는 과거의 목소리이다. 속담, 격언, 고사성어 같은 정형구적 표현이 압도적으로 드러나는 그 자체로 노인 혹은 어른의 말은 공동체의 삶에 규정력을 지닌다.

⑤ 정서적 일체화는 집단에 의해 공유되고 서술자는 자신의 개별성에 대해 무관심하다는 점에서 『혼불』은 집단적 주체의 집단적 서사에 가깝고, 여기에 『혼불』의 객관성이 확보된다. 집단적 서사로서 구술성은 소멸되지 않을 의미와 가치를 전달하려는 통시적 전승이며, 이로써 하나의 우리, 즉 집단정체성을 추구한다.

황국명, 「『혼불』의 구술문화적 특성」, 『혼불과 전통문화』, 전라문화연구소, 2002, 109~122쪽 참조.

점에서『혼불』에 접근한 것으로 이해된다.

　김헌선은『혼불』을 문체적 아름다움이나 민속과 생활사의 대백과사전으로 오해하면 상징적 기제로서 서사체계 문제에 접근할 수 없는 것으로 보고 있다.『혼불』이야기의 중심은 청암부인의 생명과 직결되어 있다고 보고, 남편 이준의와의 이별이 계기가 되어 가문을 일으켜가는 과정 전반을『혼불』의 핵심적 줄기라고 말한다. 김헌선의 논의는 전통의 면모들이『혼불』의 등장인물의 삶과 섞이어 들면서 이야기를 구성하는 중요한 단서가 되며, 민속지적 상징물이『혼불』의 구성원과 서사적 일면을 구성함으로써 전통의 복원을 실현해 나가는 것이라고 평한다.

　또한『혼불』이야기의 핵심적 서사는 청암부인의 생명과 직결되어 있다고 보고, 남편 이준의와의 이별이 전환적 계기가 되어 가문을 일으켜가는 과정이『혼불』의 전반을 형성하는 핵심적 줄기를 이룬다고 말한다.[42] 김헌선의 논의는『혼불』의 내적 상징물로서 민속과 생활사적 면모들이 그 자체로 중요한 의미를 지니기도 하지만, 등장인물의

---

　42 김헌선은『혼불』에 대한 평가를 작품의 실상에 근거한 사실에 입각했을 때 진면목을 판단할 수 있을 것이라고 말한다.『혼불』은『혼불』에서 무의도적 · 무의식적으로, 혹은 의도적 · 의식적으로 서술하고 있는 작품 자체에 근거해서 논의해야 그 가치를 찾을 수 있다는 것이다. 이러한 논의는 일차적으로『혼불』이 추구하는 주제가 '핏줄에 대한 형이상학적 외장(김경원, 「근원에 대한 그리움을 타는 작업」,『실천문학』, 1997, 여름호; 백지연, 「핏줄의 서사, 혼 찾기의 지난함」,『창작과 비평』, 1997, 여름호.)'은 아닐 것이며, 이러한 평가는 관점의 차이라고 할 수 있다. 따라서『혼불』은 무의도적이든 의도적이든, 무의식적이든 의식적이든 이야기의 구조를 지탱하는 핵심적 서사 층위에서 신중히 판단되어야 한다는 것이다. 이런 측면에서 청암부인이 일으키는 가문의 역사가 곧『혼불』의 전반을 구성하는 핵심적 서사가 되며, 강모와 강실의 애절한 상피담, 강수와 진예의 지고한 사랑이 상징하는 근친의 문제, 거멍굴, 고리배미 인물들의 갈등이 상징하는 것까지도『혼불』의 서사체계를 밝히는 상징적 의미로서 시대를 변호하는 식민지적 자격의 기제로 평가되어야 한다는 것이다. 김헌선, 「『혼불』, 우주적 상상력의 총화; 우리네 고향의식을 일깨운 작품」,『문학사상』, 1997, 겨울호, 76~83쪽 참조.

삶의 여정 속에 섞이어 들면서『혼불』전반의 미학적·상징적 의미체
계를 구성하는 민속학적 의미소를 이루는 것으로 평가할 수 있다. 여
기에는 민속지적 상징물들이 단순히 박물(博物)로 자리 매김하는 것이
아니라,『혼불』의 구성원들과 서사의 일면을 구성함으로써 상징적 의
미체계를 획득해나간다.

　이와 같은 내용은『혼불』의 서사구조가 무수한 민속지적 박물과 혼
재함으로써 그 각각의 상징물들이『혼불』의 등장인물과 교호하면서
발생하는 것으로 이해된다. 그 단초는『혼불』이 일제강점기를 시대배
경으로 하고 있기 때문이며, 이것은『혼불』을 형성하는 다양한 민속지
적 상징물들이 최명희 작가 스스로 동시대적 주역으로서 일제로부터
수탈되거나 말살되는 것을 원치 않으며, 조선의 '혼'과 조선의 '불'로
보호받고 전수되기를 염원하는 식민자적 변호에 연원한다.

2.6.『혼불』의 언어와 모국어의 전통성

『혼불』은 식민지 조선의 현실을 그리고 있다. 1930년대 전라북도 남
원의 매안 마을 이씨 문중과 인근의 고리배미 사람들, 거멍굴 하층민
들의 삶의 다양한 모습을 최명희 특유의 언어적 구술력을 동원하여
그 삶의 면면을 반영하고 있다.『혼불』의 언어와 모국어의 구술 상황
에 관한 논의는 서정섭, 윤석민, 이태영, 서지문, 이명희 등을 들 수 있다.

　서정섭은『혼불』의 언어적 측면을 고려하여『혼불』에 나타난 서술
어와 색채어가 어떻게 이미지화되고, 어떤 원리에 의해 감각화 되는지
에 대해 깊이 탐색하고 있다.[43] 또한 서정섭은『혼불』의 언어의 구술

---

43 서정섭은『혼불』의 언어 서술에 따른 서사구성 공간을 크게 '장소공간', '시간공간',

상황이 국채색의 묘사력을 통하여 독특한 울림으로 생동하듯 독자의 감성을 애절하게 짓누른다고 말한다. 여기에 에피소드의 삽입은 『혼불』의 서사공간을 다변화·다양화함으로써 소설의 배경을 확대하여 이야기를 풍부하게, 풍성하게 하는 장점을 지니고 있는 것으로 보고 있다.

윤석민은 『혼불』에 사용된 방언이 어떻게 소설의 완성도에 기여하고 있는가와, 『혼불』에 나타난 언어체계 양상을 텍스트언어학적으로 분석하고 있다. 『혼불』에는 다양한 언어 전략이 사용되고 있는데, 그 가운데 방언이 많은 역할을 하고 있다. 이러한 방언 언어 기제가 『혼불』에서 독특한 의미 장치로 활용되고 있다는 것이다.[44]

'문화예술공간', '사상의례공간'으로 나누고 있다. 살펴보면 다음과 같다.

① 장소공간: 『혼불』의 주무대인 남원 매안마을에서 강모의 학교와 직장생활로 전주로의 확대된다. 『혼불』 후반에서는 강모의 만주 봉천으로의 이주로 해외인 만주 봉천의 서탑거리로 확대된다.

② 시간공간: 『혼불』의 주된 시간공간은 일제강점기인 1938년부터 광복 이전인 1943년까지이지만, 소설 내부적으로는 단군설화를 비롯해 백제사, 후백제사, 발해사를 거쳐 조선사를 통시적으로 서술하고 있다.

③ 문화예술공간: 『혼불』에는 다양한 문화예술적 요소가 등장한다. 민요, 민속, 무가, 한시, 시조, 옛날 편지인 언간, 제례 때의 축문, 가사 등 다양한 장르의 문화예술적 요소가 소설 전반에 나타난다.

④ 사상의례공간: 『혼불』의 사상적 배경은 다양하면서도 전통적인 면모를 드러낸다. 우선 조선시대 전통사상인 음양오행 및 불교의 사천왕상, 통과의례인 혼례, 제례 등이 사실적이면서 상세하게 기술되어 있다.

이와 같은 내용을 바탕으로, 서정섭은 『혼불』의 언어 책략은 서사공간에 지대한 영향을 미치고 있으며, 이러한 서사공간의 다변화·다양화에 따라 소설 배경의 확대, 이야기의 풍성함 등의 장점을 지니고 있다고 말한다. 서정섭, 「『혼불』의 서사구성과 언어책략 연구」, 『현대문학이론연구』 제21집, 2004, 145~147쪽 참조.

44 기본적으로 문학 언어 기호를 사용하는 작품텍스트는 문자를 통하여 상호간에 의사소통이 이루어진다는 점에서 일상 언어 기호를 사용하는 발화텍스트와 구분된다. 윤석민에 의하면, 『혼불』에는 다양한 언어가 전략적으로 사용되고 있다고 말한다. 그 가운데

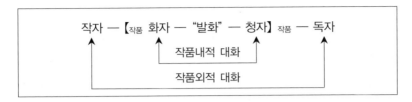

〈『혼불』의 소설 텍스트로서 방언이 지닌 구조45〉

이와 같이『혼불』의 언어 구술 체계는 매안마을의 청암부인을 중심으로 한 양반층 언어와 거멍굴 사람들의 남원 사투리가 조화를 이룸으로써 토속적이면서 진솔한 삶의 전경을 보여주고 있다.

한편『혼불』은 '모국어 활용과 그 근원성'에 대해 많은 연구가 진행되었다. 또한 모국어가 지닌 다양한 유형의 이론적·현상적 접근에 있어서도 매우 중요한 의미를 지니며, 지금까지 모국어 관련된 논의는 다양한 양상으로 전개되어 왔다.

이태영에 의하면, 최명희는『혼불』에서 모국어의 모음과 자음이 빚어내는 울림과 높낮이, 장단을 통해 우리말의 아름다움을 한껏 뽐내고 있다고 말한다. '모국어의 울림과 장단의 높낮이'를 의식한 최명희는

방언이 많은 역할을 담당하고 있으며,『혼불』의 방언에 주목하는 이유를 두 가지로 명시하고 있다. 첫째,『혼불』의 서사구조는 '교직적(交織的)'으로 구성되어 있다. 교직적 구성이라 함은 개별 텍스트 문장들이 서로 얽히면서 더 큰 상위 텍스트를 형성한다는 것이다.『혼불』은 비록 문자로 기술되어 있으나 그 구성이 교직적이어서 다양한 기생텍스트(paratext-본텍스트에 첨부되는 텍스트)와 유사한 형태를 띠고 있다. 둘째,『혼불』에는 모국어의 아름다움을 한껏 드러내는 다양한 언어 책략이 담겨져 있다는 것이다. 무엇보다 최명희는 우리말에 대한 강한 애착을 가지고 이 작품을 집필하였음을 말해주고 있다. 이러한 사실은『혼불』에 사용된 언어 텍스트 하나하나가 작가의 강렬하고도 철두철미한 모국어에 대한 사랑을 바탕으로 하여 의도적으로 기술되었다고 본다. 윤석민,「소설과 방언 그리고 텍스트언어학:『혼불』의 방언을 중심으로」,『국어국문학』, 국어국문학회, 2006, 81~88쪽 참조.

45 윤석민, 앞의 글, 84쪽.

한국어와 토착방언이 갖는 다양한 언어의 쓰임, 극 억양, 리듬감, 음의 고저와 장단을 이해한 것으로 보고 있다.[46] 이와같이 최명희는 『혼불』에서 전라도 방언의 구술 전략을 신체화하여 한국어가 지닌 최상의 가치로 끌어올림으로써 모국어가 품고 있는 기본적인 특징을 잘 보여주고 있다. 이를 통해 최명희의 언어적 구술 전략은 한국어를 언어적 수단 그 이상의 의미로서 한국의 문화를 새롭게 조명하고, 우리의 전통을 복원하고자하는 '씨앗'으로 이해할 수 있다.

서지문에 의하면, 최명희의 언어관은 전통적이며 인류학적인 의미에서 민속학적 관점이 강인하게 배어 있다. 작가 최명희에게 모국어는 너무 소중한 것이어서 온 정성을 다해 아름답고 풍요롭고 의미 깊고 절실하게 만들어야 하는 것이었다. 최명희가 이토록 순결한 모국어의 숨결을 되살려내는데 일생을 바친 데에는 인간의 가장 깊은 속내에서 우러나온 내면적 울림이 있다는 것이다. 이것은 모국어로만

---

46 이태영은 『혼불』의 모국어가 지닌 참다운 의미를 되새기면서, 최명희의 『혼불』의 작업과정을 밝히는 글(「리브로」, 제27호, 1996.)에서 "자본주의 사회를 살아가고 있는 지금 누천년 동안 면면히 우리의 삶이 녹아서 우러난 모국어마저 단순한 기호로 흩어져버리려 한다. 모국어는 우리 삶의 토양에서 우리의 생각과 느낌을 정신의 꽃으로 피워주는 '씨앗'인데, 진정한 말의 참다운 의미를 담지 못한 탓인가, 요즘은 우리말을 제일 하찮게 여기는 것 같다."는 말에 주안해 『혼불』이 지닌 모국어에 대한 작가의 정신적·내면적 울림과 장단의 깊이를 강조하고 있다. 이를 통해 이태영은, 최명희는 모국어인 한국어의 아름다움을 잘 알고 있는 작가였다라고 말한다. 특히 최명희는 한국어와 토착 방언이 지닌 언어의 쓰임, 억양, 리듬, 음의 고저와 장단 등을 체계적으로 이해할 있었다고 말한다. 이러한 방언에 대한 이해를 위해 최명희는 모국어의 음운현상, 통사현상, 화용현상, 문체, 억양, 고저, 장단, 속담, 상용구 등 전반적으로 학습했을 것으로 본다. 따라서 최명희는 『혼불』을 쓰면서 지문 하나하나에도 국어사전을 꼼꼼히 들어다 보았고, 대화에 나오는 방언 사용도 실제 남원 지역의 방언을 조사하여 매우 사실적인 방언을 구사하고 있음을 알 수 있다. 이러한 내용을 토대로 할 때, 최명희는 『혼불』을 통해 우리 모국어가 지닌 보다 높은 정신적·원형적 무늬를 재현해나고 있음을 알 수 있다. 또한 모국어에 대한 사랑과 관심이야말로 『혼불』이 품고 있는 모국어에 대한 이상향 내지 경지로 이해할 수 있다. 이태영, 「『혼불』과 최명희의 모국어 사랑」, 『전북문단』 제29집, 전북문인협회, 2000.

전달될 수 있고, 모국어가 동시대의 인간과 인간을 연결해주며, 조상과 후손의 정신의 맥을 이어주는 매체라는 확신 때문이다.[47]

이와 같은 의미는 최명희 스스로 우리의 삶 모든 면면이, 조상의 조상 때부터 전해 내려온 기후, 풍토, 산천초목, 생활습관, 마을을 구성하는 촌락구조, 역사, 세시풍습, 관혼상제, 통과의례에 이르기까지 미치지 않은 것이 없다는 것에 근거한다. 이것은 우리의 주거 형태와 복장, 음식, 가구, 그릇, 치레, 소리, 노래, 언어, 빛깔, 몸짓에서 민간신앙과 속신, 관념까지도 몸으로 만져보고 써보고 실행보고 먹어보고 그리워함으로써 치열한 체험과 경험으로 빚어진 '씨내림'의 정수 가운데 우러나오는 말과 글이야말로 우리의 모국어라는 것이다.

이명희는『혼불』에는 우리의 조부모와 부모의 삶의 밑바닥에 널려 있는 생활과 운명의 편린들이 차곡차곡 쌓여 있다고 말한다.『혼불』의 의미는 단지 원뜸 문중과 민촌의 한 혹은 삶을 보여주는데 그치지 않

---

47 최명희는 1990년『혼불』1, 2부가 출간된 후 〈무등일보〉와 인터뷰에서 "우리만의 진정한 감성과 가락, 그리고 오염되지 않은 우리 숨결이 저절로 꽃으로 피어난 문장·언어를『혼불』을 통해 보여주고 싶었다"고 말했다. 같은 시기 월간 〈오픈〉과 인터뷰에서는 "우리는 지금 모국어 상실시대에 살고 있습니다. 한국인이 한국 정신이 스며있지 않은 말들을 마치 화폐처럼 주고받는다고나 할까요. 그래서는 안됩니다. 인간이 서로의 느낌 속으로 스며들어 갈 수 있는 정감 있는 말들이 회복되어야 합니다. 그래서 무엇보다도 면면히 우리 정서가 살아있는 순결한 모국어를 삭막한 컴퓨터시대에 복원하고 싶었습니다"라고 말했다. 또한 최명희는 자신의 문체적 흡인력을 "전라도 산천, 전라도 가락, 전라도 말이 베풀어준 음덕"(계간『종로서적』, 1991년 봄호 인터뷰)이라고 말하기도 했다. 여기에 대해 서지문은, 언어는 사람이 만든 것이고, 사람이 언어보다 먼저 있었지만, 사람은 언어를 초월한 존재가 될 수 없고, 언어를 통해서만이 자기를 표현하고 상대편의 마음을 들여다볼 수 있다는 것이다. 따라서 가장 중요하고 절실하고 섬세한 감정이나 생각의 표현은 늘 귀에 익은, 마음에 지닌, 모국어가 아니면 흡족하게 이루어질 수 없다고 말한다. 이와 같이『혼불』은 '모국어의 바다에 핀 연꽃'이며,『혼불』을 외면한다면 우리는 뿌리 뽑힌, 무의미한 영혼의 불이 꺼진 메마른 삶을 살아갈 수밖에 없다고 말한다. 서지문,「모국의 바다에 핀 연꽃『혼불』」,『혼불의 언어세계』, 혼불기념사업회·전라문화연구소, 2004, 23~30쪽 참조.

고, 윗뜸 문중과 거명굴, 고리배미 민촌의 사람들이 한데 어우러져 일제강점기 억압의 현실을 견뎌내는 불굴의 민족혼을 보여주고 있다는 것이다.[48]

이러한 배경에는 일제강점기라는 특수한 상황에서도 꺼지지 않는 강인한 민족의 '혼불'을 이루고 있다는 점이다. 이처럼 『혼불』에서 만나는 우리 민족의 다양한 풍속사는 하나의 바다를 이루며, 이 바다는 민족의 얼을 새기는 모국어로 형상화됨으로써 민족혼이라는 거대한 결정체를 구성한다. 작가 최명희는 『혼불』을 통해 일상생활 속에 스며든 우리 민족의 무늬를 그리고 있으며, 얼을 이루어 문화와 정신의 본향을 모국어로 형상화 하고 있다.

기본적으로 모국어는 그 나라의 '문화를 창조하고, 역사를 형성하며, 나아가 민족마저도 움직이는 거대한 힘'[49]을 보유하고 있다. 이러한 견해에 비추어 볼 때, 최명희의 『혼불』이 지닌 모국어의 힘은 일제강점

---

48 민족의 정신을 이어가고, 민족의 혼을 지키는 일은 그 민족 고유의 언어를 지키는 것과 같다. 『혼불』에서 일제의 창씨개명은 근본을 잃는 것이고, 근본을 잃는 것은 사람의 도리를 망실하는 것과 같다. 또한 『혼불』에서 핏줄의 바탕을 존중하고 귀히 여기는 것, 그것은 상것들 앞에서 기품을 잃지 않고 체면을 목숨과 같이 여기는 일은 상통한다. 따라서 일제의 창씨개명은 청암부인에게 있어서 근본을 잃는 것이고, 근본을 잃는 것은 금수와 같은 일로 여겨진다. 이와 함께 거명굴 사람들과 고리배미 상민들의 삶은 짐승이나 별반 다를 것 없으면서도 그런 세상을 부둥켜안고 살아갈 수밖에 없는 한 서린 운명을 보여주고 있다. 이명희, 「얼을 새기는 언어, 그 속에서 꽃핀 민족혼의 바다」, 『우리 시대의 소설, 우리 시대의 작가』, 계몽사, 1997, 494쪽.

49 모국어라고 하는 것이 관습적인 국가적인 사고의 틀로 규정되는 것은 아니다. 일제강점기 당시 우리 민족은 하나의 국가였다. 따라서 자주국으로서 독립된 국가는 곧 우리 민족을 의미하고 우리 민중의 총체로 구성된 사회를 말한다. 이것은 우리 민족의 언어공동체적 실상을 의미한다. 이를 토대로 할 때, 주시경에 있어서 사회, 나라, 자주국은 각각 표현은 달라도 우리의 시대적, 역사적 특수성을 고려할 때 하나의 민족으로 표상된다. 그것이 우리의 민족이며 우리의 모국어 정신인 것이다. 정찬용, 『한국어와 모국어 정신』, 국학자료원, 2000, 554~556쪽 참조.

기 암울한 시대를 살아온 사람들의 '한(恨)'50풀이며, 민족 자강의 근원적 힘을 배태한 신체적·정신적 언어의 끈기이자 그 원천이라 할 수 있다. 『혼불』의 언어적 텍스트를 해석하는 작업은 그 자체로 의미 있는 일이다. 소설이 언어의 구축물인 한, 일차적으로는 인간 삶의 모습을 반영하고 있는 것이다.

이상의 연구사를 정리하면 다음과 같다. 먼저 '민속학적 관점'에서 검토한 연구는 일제강점기에서도 꺼지지 않는 민족의 '혼불'을 강조하고 있으며, 이것은 민족의 얼을 상징하는 민족혼의 존재를 해명해내었다. '여성의 정체성'과 관련한 연구에서는 『혼불』의 젠더의식·여성성이 일제강점기를 시대배경으로 하되, 한국의 자연과 여성성의 본질을 규명하고 있다. '리얼리즘적 역사인식'에 관한 연구에서는 일제강점기를 시대배경으로 하여 민중들의 생활상을 반영하는 데서 출발하며, 『혼불』의 무수한 민속지적 박물이 작중인물과 소통하는 과정에 리얼리즘적 역사의식은 증가하는 것으로 보고 있다. '민족정체성 회복'에 관한 연구에서는 신분상의 문제에도 불구하고 매안마을 양반층, 고리배미 상민들, 거멍굴 하층민들이 마을 공동체를 통해 민족의 정체성 회복을 염원하고 있음을 설명하고 있다. '상징적 기제로서 허구적 담론'에서는 『혼불』의 서사구조가 다양한 민속지적 박물을 보여줌으로써 각각의 상징물들이 『혼불』의 전통과 맥락을 연결시켜주거나 등장인물의 생활상을 반영하는 매개의 역할을 담당하는 것으로 이해할 수

---

50 『혼불』은 청상이 되어 남의 가문에 종부로 들어선 청암부인과 아들 부부, 손자 부부 등 삼대에 걸친 이야기로 구성되어 있다. 이 삼대는 할머니에서 어머니로 거기서 며느리로 이어지는 여인들의 계보가 주류를 이루며, 그 한(恨)의 이야기가 주류를 이루고 있다. 특히 청암부인과 손자며느리 효원 두 여인의 삶은 『혼불』에서 짙은 한의 정서와 관계가 깊다고 볼 수 있다. 천이두, 「한의 여러 모습들: 최명희의 『혼불』에 대하여」, 현대문학이론학회, 『현대문학이론연구』 제12집, 1999, 125~128쪽 참조.

있다. '언어와 모국어의 관점'에는 최명희의 언어 전략 자체가 '치밀한 작가정신'으로 볼 수 있으며,『혼불』이 최명희의 글쓰기 결과로 남은 결과라는 점에서 민족을 움직이는 거대한 힘이 감지된다. 또한 이것은 일제강점기를 살다 간 인물들의 언어·감정·의식 전반이 문학의 구조물로 형상화되는 과정에 저항의 감성과 분할의 가능성을 열어놓고 있다.

검토 결과 각기 다른 방향에서 진행되었음에도 이를 종합해보면『혼불』문학의 다양하면서도 다층적인 업적과 성과를 확인할 수 있었다. 이 가운데 민속학적 관점에서 이루어진 연구 성과는『혼불』의 전통의 복원과 관련해 심도 깊은 내용과 가치를 규명하는 데 공헌해 왔다.

한편『혼불』의 민속학적 관점은 소설 내부적으로 절실함이 배어 있다고 규정하면서도 그 의미의 절실함이 단지 언어적 국면 혹은 전통적 국면으로 기울고 있다. 최명희가 이토록 아름답고 순결한 모국어를 사용하게 된 직접적원 원인은 순수한 우리글과 말로 우리의 전통을 복원하고자 한 간절한 바람이었다는 점이다. 이것은 1980년대 민족주의적 역사관을 바탕으로 우리의 민족정체성을 회복하려는 의미를 담고 있다.

지금까지의 연구 성과에서는 민속지적 성경이나 전통의 복원에서만큼은 차원 높은 업적을 이루었다. 그럼에도 불구하고 소설 내부적으로 자리 잡고 있는 전통의 복원, 등장인물들의 역동적인 삶의 방식에 대한 저항의 감성과 탈식민성 연구는 미흡한 것으로 나타나고 있다. 이 책은 선행 연구를 기반으로 하여 소설『혼불』의 내부에 분할되는 저항의 의미와 탈식민의 성격에 대해 심도 있게 검토할 것이다. 이를 바탕으로 최명희의 문학세계를 조명하는 동시에 문학사적 업적에 새로운 정표를 세우고자 한다.

3. 탈식민 층위의 연구 방법 및 범주

3.1. 탈식민주의와 대위법적 읽기

탈식민주의는 시기 구분과 관련하여 서구의 식민 지배를 경험한 '소수민족의 담론'[51]에서 시작되고 있다. 이것은 소수민족이 식민지 지배에 의해 정치적·경제적 박탈과 문화적 주변화를 겪는 '상처의 산물'이라는 점에 유의하여 접근할 필요가 있다.

파농(Fanon, Frantz Omar), 슬레먼(Steven slemon), 무어 길버트(Moore-Gilbert, Bart)는 탈식민주의 개념을 '과거 식민지 국가의 독립 이후의 시기에 한정된 것이 아닌, 식민주의 역사에 입각한 탈식민 투쟁을 수행한 실천적 담론'[52]으로 해석함으로써 식민의 시기에 겪는 피식민자

---

51 무어 길버트(Moore-Gilbert, Bart)는 탈식민주의 시기구분과 관련하여 서구의 식민지배를 경험한 '소수민족의 담론'에서 시작된다. 이것은 식민 지배에 의한 소수민족의 정치적·경제적 박탈과 문화적 주변화를 겪은 '상처의 산물'이라는 것이다. 이것은 탈식민주의의 모태가 서구의 식민지배에 의해 밀려나간 '주변부'임을 뜻한다. 따라서 '누구에 의한, 누구를 위한 탈식민주의인가'에 대한 해석은 중요한 과제를 발휘하는데, 이것은 일차적으로 과거 식민지배를 경험한 민족의 구성원을 그 대상으로 삼아야 한다. 구체적으로 식민지 지배권력에 의해 억압받고 버림받은 피식민자의 저항적 입장에서 수용되어야 한다는 것이다. 그 때문에 탈식민주의 계보와 그 주체성의 확립은 매우 중요한 의미를 지닌다. 이경원, 『검은 역사, 하얀 이론』, 한길사, 2011, 39~46쪽 참조.

52 슬레먼(Steven slemon)에 의하면, 탈식민주의라는 개념은 과거 식민지 국가의 독립 이후를 지칭하는 역사적 시기로 구분하지 않고, 구체적인 역사적 맥락에서 탈식민 투쟁을 수행한 담론적 실천으로 규정할 때 가장 유용해진다. 담론적 투쟁으로서의 탈식민주의는 식민권력이 타자·피식민자의 신체와 생활공간에 침투하여 스스로를 지배자라고 각인하는 순간부터 발휘되며, 이것은 탈식민주의가 식민주체와 피식민주체 간의 투쟁적 담론이 전제되어야 한다는 것을 의미한다. 이와 반대로 로버트 영(Robert Young)은 『백인의 신화(White Mythlogies)』에서 탈식민주의의 뿌리를 푸코(Michel Foucault)와 데리다(Jacques Derrida)로 대표되는 유럽의 '고급 이론(High Theory)'과의 관계에서 파악한다. 또한 로버트 영은 '탈식민주의 삼총사'라고 불리는 사이드(Edward W. Said), 바바(Homi K. Bhabha),

의 모순성까지 포괄적으로 수용한다.

무어-길버트에 의하면, 탈식민주의는 구체적으로 식민지 지배 권력에 의해 억압받고 버림받은 피식민자의 저항적 입장에서 수용되어야 한다. 중요한 것은 피해자의 탈식민주의와 가해자의 탈식민주의가 동일하지 않다는 점이다. 때문에 탈식민주의 계보와 그 주체성의 확립은 매우 중요한 의미를 지니며, 탈식민주의의 기획은 '제3세계 민족주의와 식민주의 저항'에 뿌리를 두고 있다.[53]

파농은 『검은 피부, 하얀 가면(Peau noire, masques blancs)』에서 '식민주의에 의한 피식민자의 인생 드라마는 식민지 현실의 거울'이라고 명명하고 있다.[54] 또 그는 피식민지 인물이 지닌 식민지 선망을 병리

스피박(Gaytri Chakravorty Spivak)의 탈식민주의 이론이 얼마나 유럽 이론을 적절하게 전유하는가에 초점을 맞추면서, 탈식민주의는 탈구조주의와 포스트모더니즘의 기획을 이끌어가는 두 축이라는 주장을 제기한다. 이것은 "서구 자체가 지닌 타자성과 이중성을 서구 내부적으로 비판하면서 '서구'라는 주체를 스스로 해체"하는 작업이 탈구조주의라면, 이러한 작업의 배경을 서구 바깥으로 확장하여 중심과 주변의 인식론적 전환을 시도하는 담론이 바로 탈식민주의라는 것이다. 이경원, 『검은 역사, 하얀 이론』, 한길사, 2011, 32~36쪽 참조.

53 이경원, 앞의 책, 39쪽.

54 파농(Frantz Fanon)은 『검은 피부, 하얀 가면(*Peau noire, masques blancs*)』에서 유럽의 식민지 지배 현상이 식민주의의 문화 전략에 의한 고착화된 식민구조에서 출발한다고 지적한다. 알제리 흑인과 프랑스 백인 사이의 타자화된 흑인이 지닌 백인 선망을 병리적으로 진단하고 비판하면서 파농은 자신이 흑인과 동류임을 드러낸다. 즉 피식민지 주체로서 파농은 억압적이고 부조리한 세계에 살고 있음을 명시한다. 흑인은 백인에 의해 건설된 식민지 세계에 던져진 존재에 불과하며, 피부색, 즉 신체적 고유성에 대한 대가로 식민지 문화에 대한 끊임없이 투쟁을 가한다. 검은 피부, 하얀 가면을 쓴 흑인들의 피부색에 기초한 인생의 드라마는 곧 식민지 현실을 비추는 거울로 작용한다. 이와 같은 식민지 속성은 일제강점기 조선을 침략한 일본 식민주의와 본질적으로 동질한 상황을 보여준다. 파농은 피식민자가 느끼는 열등감의 근원에 대해, 그들 피식민자의 정체성의 위기와 열등감과 위기가 자기 나라의 문화와 고유의 언어를 빼앗긴 채 지배자의 언어를 강요받는 데서 싹트게 된다고 주장한다. Frantz Fanon, 노서경 역, 『검은 피부, 하얀 가면』, 문학동네, 2014, 261~266쪽 참조.

적으로 진단하면서, 피식민자는 참혹한 식민주의 현실에 던져진 존재
이자 식민주체로부터 부조리한 세계에 억압적으로 편승한 주변부적
객체라고 규정하고 있다.

이경원은 탈식민주의 계보를 정립하면서, 무엇보다 포스트콜로니얼
리즘(postcolonialism)의 접두사 '포스트(post)'에 관한 용어 해석을 면밀
히 하고 있다.[55] 그에 의하면, 'post'를 '이후(after)'로 해석하면 식민주

---

55 포스트콜로니얼리즘(postcolonialism)에서 '포스트(post)'에 관한 논쟁을 주도한 매클
린턱(Anne McClintock)과 쇼햇(Ella Shohat)은 'post'가 지니는 양가성을 지적하면서, 포스트
콜로니얼리즘의 명칭과 그것이 내포하는 모호성에 유감을 표시한다. 매클린턱과 쇼햇은
세 가지 이유로 포스트콜로니얼리즘의 용어 사용에 문제를 제기한다.

① 포스트콜로니얼리즘이란 용어는 세계 역사를 식민지 이전, 식민지 시대, 식민지 이후로
   구분하는 유럽중심주의적인 역사관을 은연중에 빠지게 만들기 때문이다. 이러한 직선
   적이고 단선적인 역사관은 유럽 식민주의를 세계 역사의 중심에 위치시켜 비유럽 세계의
   역사와 문화를 '유럽과의 만남'이라는 단일한 사건 안으로 편입시키는 결과를 초래한다.
   이 경우 매클린턱의 표현을 빌리면, 포스트콜로니얼리즘은 "식민주의가 사라져야 할 순
   간에 식민주의를 되돌아오게 만든다."(Anne McClintock, "The Angel of Progress:
   Pitfalls of the Term 'Postcolonialism'," *Social Text* 31/32, 1992, p.86.)라고 설명된
   다. 이와 같은 문제제기는 매클린턱에 앞서 아마드(Aijaz Ahmad)에 의한 제임슨(Fredric
   Jameson)의 제3세계론에 관한 논쟁에서 시작된다. 제3세계론은 근대의 역사적 전개를
   제1세계 자본주의와 제2세계 사회주의와 갈등으로만 인식하는 과정에 제3세계를 양자
   간의 갈등에 의한 부산물을 파악하는 점에서 유럽중심주의적 사유의 오류를 짚어내고
   있다. (Aijaz Ahmad, "Jameson's Rhetoric of Otherness and the 'National Allegory',"
   Social Text 17, 1987, pp.3~25.)
② 식민주의 '이후'를 의미하는 포스트콜로니얼리즘은 제3세계의 신식민적 현실을 간과하
   거나 은폐할 위험이 있다는 것에 근거한다. 왜냐하면 정치적으로는 탈식민화된 주권국
   이지만, 경제적 · 문화적으로는 서구, 특히 미국의 정치 · 군사 · 문화적 헤게모니 아래
   놓여 있는 제3세계 국가들의 입장에서 볼 때, 식민지 독립 이후 빈부격차가 식민지 시
   대보다 더욱 심화되어가는 현실을 감안할 때, 식민주의는 과거지사가 아닌 상황에서 반
   식민주의 투쟁은 여전히 유효함을 지시하기 때문이다.
③ 포스트콜로니얼리즘이란 용어는 주로 서구의 제도권 학계에서 상용될 뿐 탈식민화의
   실천이 요구되는 아프리카 · 중동 · 중남미 지역에서는 보편적이지 않다. 그 이유는 탈
   식민주의 계보와 정체성이 서구중심적 이론인 탈구조주의나 포스트모더니즘과 나눌 수
   없는 관계에 놓여 있기 때문이다. 서구 아카데미즘의 짙은 향수를 지닌 이 용어가 제3

의의 연장으로서 '유산(遺産)'이 되고, '탈피'나 '초극(beyond)'의 의미로 규정하면 당면한 식민주의의 해체와 극복이라는 문제에 직면하게 된다. 이와 관련해 아마드(Aijaz Ahmad)는 '탈식민주의 역사적 · 개념적 틀'[56]을 중세 유럽의 식민 제국주의보다 훨씬 이전까지 확장적으로 제시한 것을 비판하고 있다. 이것은 탈식민주의가 본질적으로 지시하는 '식민주의 종말 이후에 도래한 새로운 식민지 시기'[57]와 변별성을 띠고 있으며, 이런 의미에서 탈식민주의는 제국주의가 배출한 식민주의의

세계에서 통용되지 못하는 또 다른 이유는 식민주의/반식민주의/신식민주의 등의 표현이 억압적 현실과 저항의 가능성을 강조하는 데 비해 'post'의 모호함이 정치적인 의욕과 색채를 희석화하거나 둔화시키기 때문이다.

매클린턱과 쇼핫의 문제제기를 한 마디로 요약하면, 포스트콜로니얼리즘은 서구중심주의적인 시각과 논리를 각인시키기 때문에 진정한 탈식민화를 지향하는 담론의 용어로는 부적절하다는 것이다. 그 이유는 접두사 'post'를 해석하는 데 있어 인식론적인 의미와 연대기적 의미를 동일시하거나 혼동하기 때문이다. 쇼핫에 의하면, 포스트콜로니얼의 'post'는 포스트구조주의 · 포스트모더니즘의 경우처럼 이전의 철학적 · 미학적 · 정치적 담론의 대체와 초극을 의미한다. 이와 동시에 전후(戰後), 혁명 이후, 해방 이후 같은 표현에서처럼 어떤 역사 사건이나 시대의 종식과 함께 새로운 시대로 진입함을 의미한다. 다시 말해 포스트콜로니얼이 가지는 개념적 모호성은 '철학 목적론과 역사적 목적론 사이의 긴장'에서 발생한다. 따라서 접두사 'post'를 해석하는 데 있어 이경원의 용어적 논의는 일제강점기 우리 민족의 식민지 상황에 비추어 유용하게 적용할 수 있다. 이경원, 앞의 책, 2011, 23~35쪽 참조.

56 인도의 비평가 아마드(Aijaz Ahmad)에 의하면, 탈식민주의의 역사적 · 개념적 틀을 중세 유럽의 식민 제국주의보다 훨씬 이전이 잉카 · 터키 · 중국, 심지어보다 동티모르에서 인도네시아 정부가 자행한 모든 종류의 국가적 억압까지 확장적으로 제시한 것을 비판하고 있다. 구체적인 사례로, 매클린턱이 '인간의 역사에서 이제까지 기도된 모든 영토의 침략을 동일한 제목 아래 포함시킴으로써, 설사 그것이 사실이라 해도 그 용어가 지닌 역사적 · 개념적 틀을 무의미할 정도록 확대해서 사용하고 있다고 비난하고 있다. 아마드가 제기한 모든 논점은 분명 재고의 가치가 있다. 그 이유는, 일제강점기 한국적 상황의 예를 들어보더라도 역사적 · 개념적 형식의 틀은 역설적이든 개괄적이든 일정 정도 타당성과 설득력을 가지고 있다. Childs Peter · Patrick Willams, 김문환 역, 『탈식민주의 이론』, 문예출판사, 2004, 18~19쪽 참조.

57 앞의 책, 18쪽.

산물인 동시에 식민주의 속에 숨겨진 제국주의의 본질을 비판하는 이론이라 할 수 있다.

한편 윌리엄스(Raymond Williams)는 탈식민주의를 '식민지 이전/식민지 시대/식민지 이후'라는 단선적이며 획일적인 구획으로 재단할 수 없는 이유가 식민주의 비판과 민족주의 각성을 중심축으로 한 '시간적 차원'과 '비평적 차원'이라는 미완의 지점에 머물러 있기 때문이라고 주장한다.[58] 이것은 탈식민주의가 종전보다 진화된 단계의 위치를 점유하고 있으며, 탈식민주의의 계보와 정체성, 정치·문화적 환경과 그에 따른 여러 층위의 논쟁이 진행 중에 있다고 볼 수 있다.

식민주의란 단지 근대화 과정에서 발생한 것이 아닌, 식민자의 지배/착취 이데올로기로서 주권자에 대한 침략의 다른 의미이다. 식민주의의 일차적 침탈은 그 나라의 언어적 소통의 단절과 문화적 말살에서 비롯되고 있다. 또한 식민주의는 근본적으로 피식민자의 언어를 변질시키는 속성을 지니며, 식민자와 피식민자의 언어적 관계성은 단시간에 걸쳐 이루어지지 않고 오랜 시간에 걸쳐 다양하면서도 상이한 문화들과 관계를 맺으면서 진행된다.

여기에는 보다 복잡하고 체계적으로 형성된 문화적 상관성에 주목할 필요가 있다. 이것은 사이드(Edward Said)의 '재현으로서의 역사와 실재 사이에서의 양가성에 해당하는 어떤 것'[59]의 총체적 관계성을 의미한다.

---

58 탈식민주의가 안고 있는 '저항 담론'은 제3세계 국가들의 입장에서 볼 때, 식민지 독립 이후 빈부의 격차가 더욱 심화되어가는 현실에서 발견된다. 따라서 식민주의는 '과거지사'가 아니며, 반식민 투쟁은 여전히 유효한 '미완의 기획'이라는 것이다. 고부응 외, 『탈식민주의 이론과 쟁점』, 문학과 지성사, 2003, 6~8쪽 참조.

59 사이드(Edward Said)의 '식민 담론'에 의하면, 오리엔탈리즘 담론이 '재현(representation)'으로서의 역사와 실재로서 역사 사이에는 양가적 의미의 텍스트가 전개된다고 규정한다. 그는 재현으로서의 역사가 헤게모니를 장악한 권력/지식 구조 안에서 오리엔탈리즘이 실

근원적으로 피식민자의 전통 · 역사는 식민자의 '식민지 착취'[60]에 의해 진행되며, 오랜 기간 동안 기획된 식민자의 식민 전략에 기인한다.

이와 같이 탈식민주의는 역사적 상상력을 제외하더라도 제국주의가 내세운 식민주의는 피식민자의 입장에서 볼 때 일방적인 가해이며, 억압이고, 수탈의 과정인 것이다. 여기에는 피식민자의 언어 · 전통 · 역사 · 문화 · 관습 등 인류학적 · 민속학적 지배논리가 개입되어 있으며, 이를 정치 · 사회 · 문화 · 역사의 본질 면에서 비판하고 규명하는 것이 탈식민주의 이론이다.

이 책은 탈식민주의 이론을 바탕으로 하여, 『혼불』의 읽기 방식에 있어서 '대위법적 읽기(Contrapuntal reading)'[61], 즉 고쳐 읽기와 다시 읽기 독법을 적용하려 한다. '대위법적 읽기'는 사이드(E. Said)가 주창한 탈식민주의 독법을 말한다. 음악 악보를 읽는 것처럼 텍스트의 표면(말하는 것)과 텍스트의 이면(암시된 것)을 동시에 읽어내는 독법이다. 19세기 식민지 개척을 주장하는 제국주의 이념을 비판적으로 읽어내기 위해 창안된 '저항독법(Resistance reading)'의 구체적인 읽기 형식을 말하며, 작품의 표면과 이면을 동시에 포착하여 작가의 주된 의도

재를 잘못 재현한다고 비판한다. 이것은 서로 다른 문화들은 어떤 식으로든 정확하게 재현하는 것이 불가능하리라는 점을 강조한다. Robert J. Young, 김택현 역, 『포스트식민주의 또는 트리컨티넨탈리즘』, 박종철출판사, 2005, 684~688쪽 참조.

60 동서양의 모든 식민 열강들은 대체로 자신들의 제국 안에 매우 다른 방식으로 다루어지게 될 두 가지 차별적인 유형의 식민지들을, 즉 '정착 식민지'와 '착취 식민지'를 갖는 경향이 있었다. 일본 제국주의와 마찬가지로 정착이 궁극적으로 간주된 식민지에서의 무역 거점들은 '착취 식민'의 상황 안으로 빠져 들어가는 성격을 보였다. 이와 반대로 정착은 식민지 정착민과 통치자들에게 무차별적으로 수용될 수 있는 용어인 '콜로나이저(colonizer)'로 인해 모호해지는 식민 범주를 생산해내기도 했다. 앞의 책, 46쪽.

61 박종성, 『탈식민주의에 대한 성찰-푸코, 파농, 사이드, 바바, 스피박』, 살림지식총서 2006, 68쪽.

를 읽어내는 방식을 의미한다.

한편 '대위법적 읽기'는 작가의 마음에 대한 독자 혹은 연구자의 인식의 문제이며, '인지의미론적(Congnitive-semantics)'[62] 분석과 결부된다. 모든 대상 텍스트의 해석과 분석에는 '작가의 마음'을 응시하여 여러 가지 해석 가운데 가장 적정한 답을 찾아내는 것이 인지의미론의 방법이다. 이것은 텍스트의 표피를 열고 그 속에 숨어 있는 궁극적인 의미와 상징하는 바를 찾아내는 것으로, 전적으로 작가의 마음을 읽어내는 분석이라 할 수 있다. 이런 이유로 하여 '대위법적 읽기'는 인지의미론을 기초로 하고 있다고 볼 수 있다.

『혼불』은 서사구조에 있어서 완결성을 추구하기보다 소설 텍스트가 지닌 플롯의 방대한 분량을 통해 전통·풍속의 의미를 민족정체성 회복을 위한 기록의 관점에서 보여주고 있다. 또한『혼불』은 우리 민족의 삶을 형성하는 세시풍속, 관혼상제, 사회제도, 역사, 예술 등 민속학적이며 인류학적인 전통·민속의 모형을 제시한다.

'대위법적 읽기'를 바탕으로 할 때, 『혼불』의 탈식민주의적 성격과 관련한 근거는 여러 가지 측면에서 설명된다. 그 가운데 전통·민속의 복원을 통한 민족정체성 회복은 최명희의 언어공동체적 이성·판단·

---

62 '인지의미론(Congnitive-semantics)'은 텍스트를 읽고 이해하는 정신작용과 관련이 있다. 인지의미론의 토대는 텍스트를 구성하는 작가의 '마음'·'이성'이 신체적 경험을 통해 구현됨으로써 가능해진다. 인지의미론은 인지언어학과 인지심리학을 바탕으로 하는데, 이 두 분야가 합쳐져 '인지과학'을 형성한다. 인지과학은 텍스트를 이루는 유인자의 '마음'·'이성'에 대해 학문적 지견(知見)의 인지 체계를 의미한다. 인지의미론을 문학 작품 연구에 적용할 수 있는 전제는 대개의 문학 연구 대상을 '언어', 즉 텍스트에 두고 있다는 데 착안한다. 연구 대상인 텍스트의 의미 해명에 연구의 목적에 도달하기 위해 전통적인 의미론에서 진행되어온 결정화·고정화 된 '언어'의 틀을 뛰어넘어 인지(이해) 주체자의 주관에 따라 텍스트의 의미를 인지·인식하는 것을 의미한다. Lakoff, George, 이기우 역, 『인지의미론-언어에서 본 인간의 마음』, 한국문화사, 1994, 9~10, 329~343쪽 참조; 양병호, 『한국현대시의 인지시학적 이해』, 태학사, 2005, 24~25쪽 참조.

체험에 기초한 역사의식에서 드러난다. 주시경은 바이스게르버(L. Weisgeber)와 견해를 같이 하면서, 언어공동체라는 개념을 정신적 중간 세계의 외적 표현인 모국어로 담아내고자 했다.63 이와 같은 언어적 기반은 무엇보다 작가의 의도와 체험을 중시하며, 『혼불』의 언어적 전략에 비추어 작가의 의도/체험이 작품 전반에 투영되었음을 의미한다.

이러한 내용에 주안해 『혼불』이 서사 영역에 속하는 대상인 점을 고려하면, 『혼불』은 그야말로 아무 전제 없이 읽을 수 있는 소설이라는 것이다. 이와 같은 『혼불』의 언어적 구술체계 양상은 최명희 작가의 '치밀한 작가정신'에 의한 것으로 이해할 수 있다.

따라서 『혼불』의 '저항독법'의 유용성은 다양한 부분에 적용될 수 있다. 우한용은 『혼불』을 읽는 독법이 우리 근대사의 특성과 우리 소

---

63 바이스게르버(L. Weisgeber)에 의하면, 언어공동체의 형성 조건에서 가장 중요한 것이 '정신'이라고 강조한다. 인간의 정신과 함께 창조되는 것이 언어이며, 그렇게 창조된 언어는 언어공동체를 지반으로 하여 모국어를 형성한다. 이러한 모국어는 그 민족의 문화를 창조하고, 역사를 형성하며, 나아가 민족마저 움직이는 힘을 보유하고 있다. 따라서 모국어는 본질적으로 외적인 형태로서 파악될 성질의 것이 아닌, 언어공동체와 상호작용하는 가운데 명시되는 내적 힘이라는 차원에서 다루어져야 한다는 것이다. 바이스게르버의 관점은 주시경과 견해를 같이하는데, 주시경은 우리 말글을 아끼고 귀중하게 여기는 것이야말로 나라를 사랑하는 지름길이라고 강조했다.

"글은 말을 담는 그릇이다. 그러므로 이지러짐 없이 반듯하게 자리를 잡아 굳게 선 뒤에야 그 말을 잘 지킬 수 있다. 글은 또 말을 닦는 기계라서 기계를 잘 닦은 뒤에라야 말이 잘 닦인다. 말과 글이 거칠면 그 나라 사람의 뜻과 일이 다 거칠어지고, 말과 글이 다스려지면 그 나라 사람의 뜻과 일이 잘 다스려지는 법이다."

주시경은 서구 열강의 패권주의를 흉내 내면서 아시아를 어지럽히는 일본의 기세가 쉽게 수그러들지 않으리라는 것을 예견했다. 아시아의 최강자가 되려는 일본에게 나라를 빼앗겼다는 사실이 분통터졌고, 그들이 앞으로 이 땅에서 무슨 짓을 할지 상상하면 가슴이 아렸다. 그럴수록 우리 민족은 근본을 굳게 지키며 자주독립의 기회를 노려야 한다고 생각했다. 이는 조선어강습소에 있는 제자들에게 주어진 사명이기도 했다. 이상각, 『한글 만세, 주시경과 그의 제자들』, 유리창, 2013, 16쪽.

설사의 전개 맥락에서 찾고 있다. 소설을 성실하게 읽는다는 것은 대상 텍스트를 다면적으로 읽어야 한다는 의미로,『혼불』은 텍스트 자체가 다양한 독법을 허용하는 구술 체계를 지닌다. 분명한 사실은『혼불』이 작가의 글쓰기 결과로 남은 담론이라는 점이며, 이것은 작품을 언어, 즉 작가의 마음과 사유의 구조물로 바라볼 수 있는 가능성을 열어놓고 있다는 것이다.[64]

이를 토대로 하면,『혼불』은 작가의 '치밀한 정신세계'에 입각해 읽어야 한다는 것을 가정할 수 있다. 즉 작가의 정신세계, 그 내면을 읽기 위해서는 최명희가 살아온 당대의 시대·사회의 현상이 역사적으로 어떻게 연결되어 있는지 규명해야 하며, 결국 작가의 정신세계를 규명하는 것은 작가의 내면을 읽는 것이다.

---

64 우한용은 소설의 언어적 형상화를 통틀어 '소설미학'으로 보고 있다. 소설은 언어적 텍스트이며, 이러한 점에서『혼불』은 이전에 다루어오던 소설과는 다른 새로운 장르의 작품이므로, 소설의 기본 장르에 해당하는 서사와 동의어로 '소설'을 보았을 때, 소설의 소설다움을 보장하는 것은 이야기와 서술이라는 두 층위의 규칙, 즉 '서사구성'이라 '서술방식' 차원에의 논의가 적정하게 이루어져야 한다는 것이다. 서사의 서술에서 언어적 특징을 주로 다루는 방법은 문체론을 비롯하여 구술체계에 관한 담론의 이론 등이 성과를 이루어온 것은 주지할 사실이다. 기본적으로 언어는 그 자체로서는 그것의 실상을 밝히는 데 한계가 있다.『혼불』의 서두에 나오는 문장을 살펴보자,

> 그다지 쾌청한 날씨는 아니었다.
> 거기다가 대숲에서는 제법 바람소리까지 일었다.
> 하기야 대숲에서 바람소리가 일고 있는 것이 굳이 날씨 때문이랄 수는 없었다. 청명하고 고른 날에도 대숲에서는 늘 그렇게 소소(蕭蕭)한 바람이 술렁이었다. (제1권, 11쪽)

『혼불』의 언어가 어떤 주체에 의해 어떤 대상을 향하여 어떤 목적으로 사용되는가 하는 점이 문학 언어를 다루는 문제의 핵심이라 할 수 있다. 따라서『혼불』의 언어를 다루는 문학적 방법은 충분히 논의될 필요가 있으며,『혼불』이 한국 근대소설 가운데 언어의 보고라고 한다면, 그러한 속성이 어디서 연유하는 것인지 진지하게 성찰하고 그 특성을 읽어내는 방법론 또한 모색되어야 한다. 우한용,「『혼불』을 보는 시각과 해석의 지평: 하나의 메타비평 시도」,『혼불의 문학세계』, 전라문화연구소, 소명출판사, 2001, 6~10쪽 참조.

어느 면에서 '대위법적 읽기'는 '문화론'에서 강조하는 '고쳐 읽기' 혹은 '다시 읽기'에 해당한다. 이것은 1990년대 '문학의 위기' 이후에 나타난 '근대문학의 종언' 문제를 문화론적 연구와 결부시켜 '읽히지 않음'에 대한 보다 적극적인 읽기·수용의 차원에서 활용된다. 1980년대 자명해 보이던 한국 문학의 정치·문화적 전통이 계승되지 못하는 상황에서 '읽기'의 의미는 문화론 차원에서 '근대성'에 초점을 맞추어 새로이 정립되기 시작했다. 이러한 문제의식은 '근대문학의 종언'이라는 명제에 대한 비판적 역사인식의 패러다임에서 비롯되며, '근대문학 이후'에 씌어진 문학이 단지 '오락'인 것만은 아닌, 비판의 선도자 역할을 수행하면서 그 존재의의가 '읽히지 않음'을 덮는 현상을 보여준다. 실상 이러한 존재의의와 '읽히지 않음'은 무관한 사항이긴 하지만, '읽히지 않음'이 예술양식의 존재의의를 역사적으로 규명하는 측면에서 '고쳐 읽기'의 의미를 부각시키는 중요한 요인으로 작용하고 있는 것만은 부정할 수 없다.[65]

이러한 측면에서 '고쳐 읽기'는 낡고 못쓰게 된 것을 수리하거나 손질하여 다시금 사용하는 의미가 숨어 있고, '다시 읽기'에는 지금껏 읽어내지 못한 것을 새로운 시각에서 읽어낸다는 의미가 숨겨져 있다. 고쳐서 읽거나 새롭게 읽어내는 것의 '읽기' 방법은 궁극적으로 작가와 연구자, 작가와 독자 간 소통의 장벽을 허물고 특정 문학세계에 보다 적극적으로 개입하거나 진입하는 것을 의미한다.

'대위법적 읽기'를 적용할 때, 『혼불』의 탈식민성과 관련한 근거는 여러 가지 측면에서 설명된다. 그 가운데 '전통의 복원', '민중적 삶의

---

65 천정환, 「'문화론적 연구'의 현실 인식과 전망」, 『상허학보』 제19집, 상허학회, 2007, 15~17쪽 참조.

역동성'과 관련한 탈식민적 전략은 최명희의 언어공동체적 이성·판단·체험에 기초한 역사의식에서 드러난다.

이와 함께 『혼불』에는 매안마을·거멍굴·고리배미의 지리적 상관성, 즉 등장인물이 활동하는 공간이나 장소는 그들의 삶을 양태를 반영하는 곳으로, 장소에 따라 전통의 복원, 민중의 역동성, 민족정체성 회복으로 명명되는 다양한 삶의 유형을 보여주고 있다.

소설의 '공간' 혹은 '장소'는 단순한 물리적 공간·장소개념을 넘어, 인물의 행위와 경험에 투영되어 일정한 유형으로 상징화되고 개념화된다.[66] 바슐라르(Gaston Bachelard)에 의하면, '공간(l'espace)'은 인간이 사는 곳을 지칭하며, 여기에는 필연적으로 체험과 체험을 아우르는 존재의 '장소성'을 지닌다. 이를 통해 이미지와 상상력을 형성하는 '장소' 임을 부각하여 문학에서 재현되는 '공간'의 중요성을 일깨우고 있다.[67] 바슐라르는 공간의 정체성을 사람이 거주하고 존재하는 장소를 넘어 이미지를 형성하고 상상력을 확장해가는 '장소성'을 강조하는데, 반면 이푸 투안(Yi-Fu Tuan)은 '공간'과 '장소'를 구분하면서 "무차별적인 공간에서 출발하여 우리가 공간을 더 잘 알게 되고 공간에 가치를 부여하게 됨에 따라 공간은 장소가 된다"고 강조하고 있다.[68] 여기에 에드

---

66 임명진, 「『濁流』의 '장소(場所)'에 관한 일 고찰」, 『현대문학이론연구』 제59집, 현대문학이론학회, 2014, 260쪽.

67 바슐라르(Gaston Bachelard)에 의하면, '공간(l'espace)'은 인간이 사는 곳을 지칭하며, 여기에는 필연적으로 체험과 체험을 아우르는 존재의 '장소성'을 지닌다. 이를 통해 이미지와 상상력을 형성하는 '장소'임을 부각하여 문학에서 재현되는 '공간'의 중요성을 일깨운다. "공간은 기하학자의 측정과 숙고에 내맡겨지는 무한한 공간으로 머물 수는 없다. 그 공간은 새(體驗)는 것이다. 그리고 그 공간의 실제성에서 사는 게 아니라 우리들 상상력의 모든 편파성을 가지고 사는 것이다. 특히 그것은 거의 언제나 우리들을 매혹한다. 그것은 존재를 보호하는 그것의 경계 안에, 존재를 응축한다."고 강조한다. Gaston Bachelard, 곽광수 역, 『空間의 詩學』, 민음사, 1990, 108쪽.

워드 렐프(Edward Relph)는 '공간'에 의한 '장소' 개념을 보다 구체화하고 '장소'의 정체성을 규명하고 있다. 그에 의하면, '장소'는 인간의 질서와 자연의 질서가 융합된 곳이며, 이것은 사람이 세계를 직접 경험하는 의미 깊은 곳, 즉 '장소'는 고유한 입지·경관·공동체에 의하여 정의되기보다는, 특정 환경에 의한 경험과 의도에 초점을 두는 방식으로 정의하고 있다.[69]

『혼불』은 규범화된 공간에 국한되지 않고 다양한 공간과 장소를 반영하고 있다. '장소'는 조선 민중의 존재적 의미, 제도와의 관계, 활동 반경 등과 관련하여 지속적으로 유지되는 '공간'으로 나타난다. 이것은 개인과 공동체를 구성하는 중요한 원천이 되며, 민중의 역동성을 창조하는 인간 실존의 심오한 중심이 되기도 한다. 따라서 『혼불』의 저항적 감성과 분할, 탈식민성에 대한 해명은 공간·장소의 근간에 대해서도 검토할 필요성이 있는 것이다.

---

68 바슐라르가 공간이 단순히 사람이 거주하고 존재하는 장소를 넘어 이미지를 형성하고 상상력을 확장해가는 '장소성'을 강조하는 데 반해 이푸 투안(Yi-Fu Tuan)은 '공간'과 '장소'를 구분하면서, "무차별적인 공간에서 출발하여 우리가 공간을 더 잘 알게 되고 공간에 가치를 부여하게 됨에 따라 공간은 장소가 된다"고 말한다. 결국 '공간'에 사람의 가치를 부여함으로써 '장소'가 된다는 것이다. 또한 '공간'이 '장소'가 되기 위해서는 사람의 가치와 개념을 지녀야 하고, 여기에는 사람의 '운동감각적·인지적 경험'이 축적 혹은 투영되어야 한다고 강조한다. Yi-Fu Tuan, 구동회·심승희 역, 『공간과 장소』, 도서출판 대윤, 1999, 19쪽.
69 E. 렐프는 '공간'에 의한 '장소' 개념을 보다 구체화 하고 '장소'의 정체성을 규명한다. 그에 의하면, '장소'는 인간의 질서와 자연의 질서가 융합된 것이라고 말한다. 이것은 사람이 세계를 직접 경험하는 의미 깊은 중심축을 지시한다. 즉 '장소'는 고유한 입지·경관·공동체에 의하여 정의되기보다는, 특정 환경에 의한 경험과 의도에 초점을 두는 방식으로 정의된다. '장소'는 의미, 실재 사물, 계속적인 활동으로 지속 혹은 영위되는 것으로, 이것은 개인과 공동체를 구성하는 중요한 원천이며, 때로는 사람들이 정서적·심리적으로 깊은 유대를 느끼는 인간 실존의 심오한 중심이 되기도 한다. Edward Relph, 김덕현·김현주·심승희 역, 『장소와 장소 상실』, 논형, 2005, 102~103쪽.

3.2. 탈식민 전략의 범주

『혼불』은 우리 민족의 전통·풍속과 관련하여 다양하면서도 건강한 양상을 보여주고 있다. 이것은 해방 후 민족정체성 회복이라는 과거 식민주의에 대한 탈식민화된 운영 방식을 의미하고 있다. 탈식민주의는 '식민 시대(coionial age)의 국민들이 겪는 사회적·정치적·문화적 식민 현상을 분석하고 비판하는 이론[70]이다. 『혼불』은 전통·풍속이 민중의 역동성과 밀접하게 연관되어 있으며, 일제강점기 민족정체성 회복과 관련하여 그 내용적 범주가 탈식민주의와 긴밀하게 연관되어 있다.

이 책은 탈식민주의 이론을 바탕으로 하여 『혼불』의 문학적 성격에 대한 해명과 규명을 위해 사이드의 '대위법적 읽기'를 적용하고, 각 장마다 심도 있는 분석을 진행하고자 한다. 이를 위해 '전통의 복원', '민중의 역동성', '민족정체성 회복' 세 가지 상위범주를 토대로 하여, 『혼불』 내부의 '모국어', '공동체의식', '민속', '풍습', '역사', '제도', '신분', '여성', '한(恨)', '지리', '공간' 등의 하위범주에서 발견되는 작가의 역사의식 및 문학적 성격에 대해 검토하려 한다. 또한 연구의 '목적'을 달성하기 위하여 다음과 같은 연구 범주를 설정하고자 한다.

---

70 탈식민주의는 식민지(colony)에서 나타나는 식민주의 현상을 분석하고 비판하는 이론으로서, 이러한 신식민지적 상황은 우리나라뿐만 아니라 나이지리라, 남아프리카공화국, 인도, 베트남, 뉴질랜드, 멕시코 등 세계 곳곳에 퍼져 있다. 식민 시대의 식민지 상황과 신식민 시대의 식민지 상황은 어떤 하나의 체계화된 이론으로는 해결할 수 없는 매우 복잡하고 다양한 양상을 띤다. 더 나아가 정치적·경제적 상황뿐만 아니라 심리적·이데올로기적·문화적 식민 상황까지 고려해야 된다. 따라서 식민주의 비판으로서의 탈식민주의는 어떤 시대나 상황에 고정될 수 없는 이론이라 할 수 있다. 이런 면에서 탈식민주의 이론은 역사와 사회가 지속되는 한 계속해서 변화시키며 새로운 전략을 구성해야 하는 실천적 이론이라 할 수 있다. 고부응 외, 앞의 책, 6-8쪽 참조.

제2장에서는『혼불』의 '전통' 복원 문제를 전통의 기획 공간으로 하여 매안마을의 문화적 정체성을 큰 축으로 놓고, 세부적으로 선비정신의 위축과 여성의 가부장화에 연관하여 살펴볼 것이다.『혼불』은 한국의 이야기 양식과 전통적 생활양식을 보여주는 소설이다. 이러한 양상은 역사적 관점의 문화 유형에서 고려될 수 있으며, 문화 유형의 기반은 언어·역사·전통의 맥락에서 비롯된다. 한편『혼불』의 민속·모국어·설화·신화·세시풍속·명혼굿 등의 재현 방식은 단순히 작가적 감성이나 논리에 의해 구성되는 것이 아니라, 1980년대 작가가 집필하던 시점에서 일제 잔재 청산과 민족정체성 회복에서 발원된다. 따라서 이 장에서는『혼불』의 전통에 관한 문화적 전략이 소설 내부에서 어떠한 방식으로 전개되고 있으며, 또한 전통의 표상물은 작가의 역사의식과 관련하여 어떠한 양상으로 전개되는지 심도 있게 검토할 것이다.

　제3장에서는 거멍굴 하층민을 중심으로 민중의 역동성에 대해 검토할 것이다.『혼불』은 일제강점기를 시대배경으로 하여, 전라도 토착민들의 끈질긴 생명력을 보여주고 있다. 우리 민족의 생활상을 모국어로 재현하는가 하면, '몫 없는 자', 즉 '말할 수 없는 자'로서 민중들의 힘겨운 삶과 정신세계를 전라도 사투리와 강인한 생활력을 통해 보여주고 있다. 여기에는 무엇보다 거멍굴 민중들의 생활과 삶의 방식을 중점적으로 검토할 것이다. 이와 관련해 매안마을 양반층과의 신분적 갈등 문제, 고리배미 상민층과의 연결고리, 매안마을과의 지리적 상관성, 하위 여성의 삶과 굴레 등의 제반 문제와 일제강점기 식민 권력과 양반들에 의해 가해진 중층의 억압이 거멍굴 하층민들로 하여 어떠한 저항의 감성과 삶의 방식으로 전개되는지 살펴볼 것이다.

　제4장에서는 전통의 복원과 민중의 역동적인 삶을 기반으로 한 탈

식민적 전략의 다층화의 궁극적인 의미에 대해 검토할 것이다. 탈식민적 전략이 전통의 복원과 관련하여 의미를 확보하기 위해서는 당대 민중의 삶이 보여주는 역동적인 성격 규명이 무엇보다 강조된다.

이를 위해 먼저 한의 정서적 측면에서 매안마을 여성과 거멍굴 사람들의 삶의 방식에 대해 살펴보고, 한의 정조(情調)에서 드러나는 전통의 복원과 민중의 역동적인 삶을 탈식민의 전략적인 관점에 비추어 검토하고자 한다. 또한 문화적 주체로서 여성의 권위와 지위상의 문제를 매안마을의 여성과 거멍굴 하층민의 비교적 관점에서 검토할 것이다. 이를 통해 『혼불』의 중심적인 이야기를 이끌어가고 있는 여성 인물들의 정치·사회·문화적 정체성이 우리 민족의 정체성 회복과 어떠한 연관성을 지니는지, 또한 이것은 제2장의 전통의 복원, 제3장의 민중의 역동성 규명에 있어 탈식민적 전략의 다층화에 어떠한 의미를 부여하고 기여하는지 검토할 것이다.

제5장에서는 위의 검토 내용과 변별성을 가지고 접근하고자 한다. 먼저 연구의 방법론적 측면에서 대위법적 읽기의 근간을 형성하는 '인지의미론'의 읽기 방식을 적용하려 한다. 이를 통해 『혼불』의 텍스트가 보여주는 인지의미론적 양상에 대해 검토하고, 텍스트 내부적으로 작중인물들이 경험하는 내용물에 대해 집중할 것이다. 『혼불』은 텍스트를 기반으로 하여 작중인물들의 신체적/정신적 경험에 의한 인지적 국면, 즉 인간이 지닌 언어의 '동기화(motivation)'의 원리가 내재되어 있으므로 여기에 대해 다양한 의미론적 접근이 가능해진다.

최명희의 언어 전략은 대개의 작가가 그러하듯 시대적 상황과 맞물린다. 소설『혼불』의 텍스트는 해방 이전 근대적 기점 혹은 진행 상황을 기반으로 하고 있다는 특별한 전제 아래 판단하여야 하며, 여기에는 반드시 실증과 반증이 예시되어야 한다. 『혼불』은 작가의 의식이 낳은 산물이며, 최명희의 직감에 의해 추출된 정신의 질감을 반영한 그릇이라고 할 수 있다. 이 그릇을 면밀히 들여다볼 때, 『혼불』의 작중인물들이 겪는 반식민적 저항의 감성으로서 인지 국면을 살필 수 있을 것이다. 『혼불』의 텍스트를 대상으로 한 인지의미론적 접근 방식은 저항독법으로서 '대위법적 읽기'의 기초로 작용하며, 『혼불』의 문학적 성격을 규명하는 중요한 과정이 될 것으로 본다.

이와 함께 '대모신'의 지위와 역할에 있어 『혼불』과 영화 《아바타》를 비교/대조하여 탐색함으로써 여기에서 추출되는 저항의 감성과 탈식민의 성격에 대해 해명하고자 한다. 탈식민주의 관점은 동양의 문화·역사에 대해 서양 제국주의에 맞서 어떠한 방식으로 전개되어왔는지 그 진실을 규명하는 데서 출발한다. 『혼불』의 경우 청암부인 통해 전통을 복원하는 필연적인 요소로 '한국인의 정서'를 반영하고 있다면, 영화 《아바타》는 에이와를 통해 판도라 행성의 이상적인 생태를 보여주고 있다. 따라서 『혼불』과 《아바타》를 탈식민주의라는 울타리 안에 묶을 수 있는 근거는 '여성성' 혹은 '모성성'을 근간으로 하는 반식민적 저항의 감성과 현실 극복에서 찾을 수 있다.

『혼불』의 경우 청암부인의 상징적 지위로서 '대모신'의 역할을 통해 접근할 수 있으며, 《아바타》의 경우 나비족 공동체를 다스리는 영적 존재 에이와를 통해 '궁극의 어머니'와 접속하는 데서 그 단서를 찾을 수 있다. 이러한 관점은 『혼불』과 《아바타》가 보여주는 식민자의 폭력과 억압에 대한 '피식민자'로서의 반식민 저항인 동시에 현실 극복이라는 '단일한 이해'에서 출발한다. 이와 같은 논리와 이해의 측면에서 『혼불』과 《아바타》는 '탈식민주의와 관련한 계보'를 지니고 있음을 시사한다. 그에 대한 해명은 『혼불』의 문학적 지평이 얼마나 크고 멀리 뻗어나가 있는지를 가늠하는 기회가 될 것이다.

결론에 해당하는 제6장에서는 앞에서 제시한 논의에 대한 전반적인 점검과 함께 이 책의 최종적인 내용을 종합적으로 정리할 것이다. 구체적으로『혼불』의 주제가 되는 '전통의 복원', '민중의 역동성', '민족 정체성 회복'이 근대와 전근대의 전환기적 역사성에 의거하여 작가의 역사의식과 어떠한 방식으로 연결되는지, 또 이것은 민족주의적 역사관과 관련하여 저항의 감성과 분할이 탈식민적 전략과 어떤 연결고리를 지니고 있는지 정리하려 한다. 여기에『혼불』의 작중인물들이 보여주는 신체적/정신적 인지 국면이 감성적으로 탈식민의 전략과 어떠한 방식으로 연결되며, 영화《아바타》와『혼불』에 나타난 반식민적 저항의 삶의 방식은 어떠하며, 현실 극복의 가능성은 얼마나 풍성하게 확장되는지 보여주려 한다.

　이와 같은 내용을 기반으로 하여 제국주의 근성에 관한 구체적인 단서를 확보하고, '전통의 복원'이 차지하는 중요성을 일깨우고자 한다. 이와 더불어 일제강점기 억압과 폭력에 희생당하는 '말할 수 없는 자'가 '말할 수 있는 자'로 규정되기까지 역동적인 '민중의 삶'을 조명하려 한다. 이를 통해 '전통의 복원', '민중적 삶의 역동성'이 궁극적으로 '탈식민적 전략의 다층화'가 민족정체성 회복과 관련하여 저항의 감성 차원에서 어떠한 방식으로 연결되고 있는지, 그 가치와 실효에 대해 평가해 보고자 한다.

　최종적으로 제국주의의 침략과 그들의 근성에 관한 구체적인 단서를 확보하고, 작가의식과 관련하여 탈식민의 성격이 어떠한 방식으로 연결되는지 증명하고자 한다. 이를 통해 최명희 소설의 문학사적 의미와 위치를 확고히 하고, 향후『혼불』에 관한 연구과제와 그 전망을 제시할 것이다.

제2장 전통의 복원과 그 변성

    소설의 경우 독자를 설득하여 이야기를 이끌어가는 서사 양식의 글이라고 할 때, 소설 내부의 시대적 배경이나 등장인물의 성격, 작품의 소재와 주제는 이야기를 이끌어가는 필수적인 요소로 작용한다. 특히 작품의 주된 소재와 주제가 전통과 연관되어 있다면, 등장인물의 삶은 전통의 가치관 혹은 세계관이 반영되어 나타나기 마련이다.

    이러한 세계관은 인류학 혹은 '민속학적 관점'에서 오랜 기간 민중들의 생활을 토대로 쌓아온 삶의 원형 혹은 방식을 의미한다. 더욱이 제국주의적 학문·전통·풍토의 모순을 극복할 수 있는 방향을 제시해 준다는 점에서 매우 유용한 관점을 보여준다.[1]

    민속학(民俗學, folkloristics)이란, 단선적으로 특정 민족의 구성원들에 의해 창조전승 되어온 풍속 혹은 관습을 연구하는 학문을 말한다. 여기에는 복잡하면서도 면밀한 내용을 함의하지만, 결국 보편적인 인간의 삶에 대한 '인간 이해에 이르는 하나의 길이며, 그 길은 인문과학과 사회과학 사이의 어느 곳에 위치'[2]하고 있다. 그 구체적 대상은 연

---

    1 김익두는 공연학적 측면에서 민속의 의미를 다루고 있는데, 그는 민족 혹은 공동체의 공연, 특히 '정체성(identity)'과 '차이(differences)'의 인류학적인 관점을 중시한다. 그 대표적인 학문 분야가 '문화연구(Cultural Studies)'이다. 이 문제에 대해 레이먼드 윌리엄스(Raymond Williams)는 민속학적 의미에서의 연극적 표현/재현은 그것을 낳는 문화와의 복잡한 관계 속에 존재하며, 민속/연극은 각종 사회적 조건들을 반영한다. 김익두, 『한국민족공연학』, 지식산업사, 2013, 158~163쪽 참조.

극공연이나 연행에서의 인간의 행위, 소설 내부적으로 나타나는 인물·전통·풍습 등이 포함된다. 이것은 인간 삶에 있어서 자연스럽게 발생한 생활의 양식·문화를 의미하는가 하면, 인간 삶의 유형에서 파생하는 인류학적·문화적 상호작용을 '분석하고 해석'하는 것을 의미한다. 이러한 인간 삶의 유형은 일종의 '문화적 공연들(cultural performances)'로 인류학적·민속학적 의미 생산 및 재생산에 기여한다.3 이것을 문학적으로 재현한 것이 소설이라면,『혼불』은 전통·민속의 복원을 지향하는 민속학적 의미와 관계가 깊다고 볼 수 있다.

이런 관점에서 전통은 문화공동체를 형성하는 근원이 된다. 여기에는 민속·역사·신앙·지리 등 광의적이고 포괄적인 의미가 내재되어 있다. 따라서 소설 내부의 등장인물의 삶에는 필연적으로 작가의식이

2 인간의 삶은 문화인류학의 도움으로 오늘날 총체적 '문화(culture)'라는 말로 통용되기에 이르렀다. 마가렛 미드(Margeret Mead)에 의하면, '문화'라는 말이 인간 사람 전체를 가리키는 용어로 통용된 것은 1930년대 중반에 출간된 루스 베네딕트(Ruth Benedict) 여사의 『문화의 패턴 Patterns of Culture』(1934)에서 시작되었다고 한다. 이 '문화'를 가치상대적인 시각에서 종합적이고 총체적으로 다룰 수 있는 방법이 인류학에 의해 개발됨으로써, 이후 인간 삶의 유형을 다루는 전반에 활용되어 왔다. 여기에 김익두는 문화인류학적 관점에서 '민족연극학/연극인류학'은 결국 인간 삶의 유형을 이해에 이르게 하는 하나의 길이며, 그 길은 인문과학과 사회과학 사이의 어느 지점에 위치하고 있다는 것이다. 이런 문화인류학적 의미에서 '민족연극학/연극인류학'은 인간의 궁극적 본질과 가치에 관한 학문이라는 주제적 측면에서는 인문과학이지만, 그 방법은 사뭇 사회과학적인 성향을 띠고 있다고 정의한다. Richard Schechner, 김익두 역, 『민족연극학: 연극과 인류학 사이 Between Theater and Anthropology』, 한국문화사, 2005, 7~8쪽 참조.
3 '문화적 공연들(cultural performances)'은 인류학적·민속학적 의미에서 연극 공연의 중요한 본질과 연관을 맺는다. 이것은 연극 공연의 본질을 '존재'와 '의식'의 변환이라고 보고, 이런 변환은 '일시적 변환'과 '지속적 변환'으로 구분할 수 있다. 대표적으로 Richard Schechner는 민족학/인류학적 관점에서 또는 연극 공연과 관련하여 자기의 '존재'와 '의식'을 지속적으로 혹은 일시적으로 변환시키게 되는가를 공연자와 청관중 양쪽에서 고찰하고 있다. 이런 '문화적 공연들' 측면에서 바라볼 때,『혼불』의 전통·민속의 내용들은 문학적 차원에서 인류학적·민속학적 의미의 생산 내지 재생산에 기여하고 있다고 볼 수 있다. 위의 책, 9~13쪽 참조.

개입되며, 이러한 작가의식은 의식적이든 무의식적이든 오랜 시간에 걸쳐 축적되어온 전통의 산물과 밀접한 연관성을 지닌다.

『혼불』은 일제강점기를 시대배경으로 하여 우리 민족의 전통적인 면에서 매우 다양한 양상을 보여준다. 일제강점기 남원 매안마을을 중심으로 청암부인을 둘러싼 가족사적 서사구조를 표방하는가 하면, 거멍굴 하층민과 고리배미 상민층 사람들의 생활상을 보여줌으로써 당대 현실의 사회적 상황을 반영하고 있다. 매안마을 양반가문과 거멍굴 하층민, 고리배미 상민들 사이에 유교적 신분제도의 제약이 존재하는가 하면, 전통적인 지배에서 법제적인 지배로 전이되는 단계에서 마을·향촌 조직 내의 갈등·화해·극복의 과정을 밟아가는 근대 인식론적 의미가 공존하는 소설이다. 따라서『혼불』은 일제강점기를 기점으로 한 '근대'4 인식에 관한 면밀한 검토 없이는 문학사적 업적 내지 평가에 대해 진단하기 어렵다.

특히『혼불』의 전통·민속의 복원이 우리 민족의 정체성 회복과 맞물려 현재적 의미에서 일제 잔재 청산과 한국사회의 현실모순을 지적하는 것이라고 볼 때, '근대'의 인식론적 의미는 한층 강화된다. 이러한 '근대' 인식의 문제는 한국문학의 민족문학적 전통을 확립하는 데 필수적인 요소이며5, 이것은 일견 탈식민주의에서 말하는 '민족주의문

---

4 최명희의 『혼불』은 근대/근대성/근대화 인식에 대한 명확한 인식과 검토가 요구된다. 이것은 탈근대의 시점, 즉 해방 후 미군정의 정치·경제·군사적 개입을 필두로 하여 한국사회의 모순상황을 예시하는 중요한 단서가 된다. 1980년대 '민중민족문학론'으로서 진보적 리얼리즘론에 입각한 한국사회의 정치적·문화적 혁신을 강조하는 문학적 사조가 형성되기까지 일련의 과정을 의미한다. 이런 점에 있어『혼불』의 근대 인식은 무엇보다 중요한 전제라고 할 볼 수 있다. 임명진, 「蔡萬植의 '近代' 인식과 '친일'의 문제」, 『국어국문학』 제120집, 국어국문학회, 2001, 485~487쪽 참조.

5 '근대/근대성/근대화'의 인식 문제에 대한 용어의 의미는 국문학계뿐만 아니라 역사학계, 사회학계 등 폭넓은 영역에서 검토/활용되어 왔고, 그 쓰임의 맥락에 따라 다양한

학과 대별되는 민족문학[6]의 의미에 비추어 민족어 문학, 즉 모국어 문학의 자발적 성취로부터 제국어 영향력을 중화하면서 탈권력화, 탈식민화하는 제한적인 문학 행위에 근접되어야 한다.[7] 따라서 『혼불』의 '근대성'은 『혼불』 문학의 기본정신, 즉 전통의 복원으로서 최명희의 작가의식을 규명하는 중요한 단서라고 할 수 있다.

이 점에 주목하면, 『혼불』은 서사를 추동하는 힘이 약하다고 해서 문학의 가치가 하위로 밀려나가는 것은 아니다. 『혼불』은 역사의 발전단계에서 전통적인 향촌의 질서가 어느 정도 유지되고 있는 특수성, 즉 우리 사회가 겪어온 '근대성'의 단계를 정밀하게 재현함으로써 작가의식 내지 서사전략에 대해 주목할 수 있는 근거가 마련된다.[8]

방식의 학제적 개념으로 비교/검토되어 왔다. 이런 차원에서 '근대' 인식의 문제는 시기 구분에 있어 『혼불』의 시대배경인 일제강점기를 포함한다. 정태헌, 「한국의 식민지적 근대화의 모순과 그 실체」, 역사문제연구소편, 『한국의 '근대'와 '근대성' 비판』, 역사비평사, 1996, 242쪽.

   6 탈식민주의 관점에서 민족문학(national literature)은 민족주의문학(nationalist literature)과는 엄격히 구분된다. 같은 맥락에서 민족적 비평(nationalism)이란 출판, 교육, 글쓰기 과정의 후원자인 제도 속에서 노골적으로 목도되는 제국어의 헤게모니를 청산하려는 노력을 의미하는 것에 비해, 민족주의적 비평(nationalist criticism)은 담론의 개념 변경에 실패함으로써 그들 자신이 그토록 축출하고자 하던 바로 그 제국주의 세력의 담론 속으로 내외적으로 포섭을 당하는 것을 의미한다. Bill Ashcroft, 이석호 역, 『포스트콜로니얼 문학이론 (The)empire writes back』, 민음사, 1996, 17쪽.

   7 탈식민주의에서 민족문학은 넓은 의미의 민족문학에 비해 지시 대상이 제한적이다. 민족어와 민족어 문학에 대한 제국어 영향력을 중화하고 제국어를 탈권력화, 탈식민화하는 문학 행위만을 지시한다. 배개화, 『한국문학의 탈식민적 주체성: 이식문학론을 넘어』, 창비, 2009, 78쪽.

   8 청암부인의 죽음에서 서사가 마무리되었다고 하면, 그 이후의 서사는 후일담의 성격을 지닌다고 볼 수 있다. 강모와 강실의 상피는 폐쇄적 양반사회의 실상을 보여주는 데는 효과적일 수는 있으나, 전통적 가부장제의 의식은 더 이상 그들의 사랑을 이어갈 수 없게 만든다. 또 강모와 효원의 어긋난 부부애도 매안 이씨의 공동체적 삶의 고리를 벗어날 수 없기 때문에 오유끼를 중간에 등장시키더라도 서사의 추동력은 소진되고 만다. 그럼에도 불구하고 『혼불』의 가치는 매안마을을 중심으로 역사 발전단계에서 향촌의

주지하다시피,『혼불』에 등장하는 '수천수만 가지 사물과 사건'은 근대를 기점으로 하여 '전통의 복원'을 형상화하고 있다. 이것은 근대의 근원이 '한국적인 어떤 것' 혹은 '한국적인 전통과 민속'을 의미하기도 하지만, 궁극적으로는 전통의 원형에 대한 점검과 복원에서 출발한다고 볼 수 있다.

1. 전통의 기획 공간으로서의 '매안'

1.1. 문화전승과 풍속의 재현

『혼불』은 구조적 통일성을 유지하는 이야기 방식과는 많은 차이를 보이고 있다. 이러한 문맥은 어느 지점에 이르러 이야기를 멈춘 상태에서 이야기 속에 새로운 이야기를 형성하는 특이성에서 발견된다. '이야기 속의 이야기', 이것은 액자 소설의 유형과 유사한 구조를 지닌 듯해도 그 본질적 양상은 여러 가지 면에서 차이를 보여주고 있다.

『혼불』의 서사구조는 큰 이야기 속에 작은 이야기들의 연속이며, 이러한 이야기 단위는 내포작가에 의해 재현되거나 서술자가 제시하는 것으로, 1980년대 전통의 상실에 대한 작가의 전통관에 의해 창조적으로 계승된 문학적 양식이라고 할 수 있다. 이것은 또한 문학적 양식에 있어 새로운 영역을 규정하는 근간이 된다.

이와 같이『혼불』은 우리 전통의 향수와 복원을 서술자 혹은 등장

질서가 어느 정도 유지되고 있는 특수성에 의해 우리 사회가 겪어온 근대성의 단계를 정밀하게 이어온 작가의 서사전략, 즉『혼불』의 서사적 추동과 개연성에 주목할 수 있는 것이다. 임환모,『한국 현대소설의 서사성과 근대성』, 태학사, 2008, 90~91쪽.

인물의 경험 전략에 비추어 소설 전면에 내세우고 있다. 이와 같은 원리는 작가의 역사의식에 연원하는 경험을 기반으로 하고 있다. 한편 작가의 역사의식은 전통의 복원을 추동하는 등장인물들 간의 유기적 절차(소통·언표·행위)와 긴밀하게 연결되어 있다. 여기에는 전통의 재현으로서『혼불』의 문학적 지표를 보여주는 동시에 전통의 복원을 최명희의 문학관으로 의미화하여 보여 준다.

이런 관점에서『혼불』의 이야기 방식은 등장인물들의 경험에 의해 구성된 산물이라 할 수 있다. 그럼에도 전통의 복원은 최명희에게만 할당된 문학 양식으로서 완결성을 주창할 수 있는 항목이 아니라, 한국 문학의 전체적인 국면에 있어 일부에 한해 독자적으로 형성된 문학임을 인정할 수 있다. 따라서『혼불』은 소설 내부적으로 생존하는 등장인물의 사회·현실·역사의식이 전통적인 세계관과 맞물려 연동하는 서사 구조를 보여주고 있다.

"거배애상호서상부하아(擧盃相互婿上婦下)."

서로 잔을 들어 신랑이 위로, 신부가 아래로 가게 바꾸시오.

허근의 목소리가 다시 울린다. 이 순서야말로 조심스러운 것이고, 이제까지의 복잡하고 기나 긴 예식의 마지막 절차이다. 또한, 가장 예언적인 성격을 띠는 일이기도 하였다. 사람들도 이때만은 숨을 죽인다.

하님과 대반은 술상 위에 놓여 있는 표주박 잔을 챙긴다.

세 번째 술잔은 표주박인 것이다. 원래 한 통이었던 것을 둘로 나눈, 작고 앙징스러운 표주박의 손잡이에는 명주실 타래가 묶여 길게 드리워져 있다. 신랑 쪽에는 푸른 실이, 신부 쪽에는 붉은 실이다. 서로 그 끝을 이어 붙여서 마치 한 타래 같았다.

이제 이렇게 각기 다른 꼬타리의 실끝이 서로 만나 이어져 하나로 되었듯

이, 두 사람도 한 몸을 이루었으니, 부디부디 한평생 변치 말고 살라는 뜻이리라.9

『혼불』제1권 제1부 '청사초롱'에 등장하는 혼례 장면은 조상 대대로 전해 내려오는 전통의 단면을 보여주고 있다. 이를 통해 최명희는 전통적인 혼례의 정경을 정교하게 담아냄으로써 서술자와 등장인물, 독자로 하여 민족적 정서와 감흥을 불러일으키고 있다.

'푸른 실'과 '붉은 실'로 나누어진 남녀상열의 소박하고 정갈한 풍습은 우리 민족의 유구한 전통이자 민속인 것이다. 서술자는 여인네들의 심상을 흔드는 장신구 하나에도 생김과 종류, 심지어 쓰임새까지 섬세한 모국어로 형상화함으로써 우리의 민속이 지닌 미세한 아름다움까지 전통의 국면으로 의미화하여 객관적으로 묘사하고 있다.

이 장면에서 혼례에 대한 묘사와 절차에 대한 구체적 진술은 전통의 복원과 긴밀하게 연결되고 있다. 여기에는 혼수에 따른 세간과 아낙네들만의 살림살이, 여인네들의 솜씨와 정성이 깃든 반짇고리, 부인네들의 오랜 시간 희락과 애환이 서린 가구며 전통 복식이 정갈하게 놓여 있다. 뿐만 아니라 어린 신부의 말과 몸가짐까지 우리 민족의 전통적인 속성을 보여주고 있다.

이런 측면에서『혼불』은 최명희 작가의 내외적으로 체험해온 경험의 유인자가 지속적으로 축적되어온 산물임을 이해할 수 있다. 이런 과정을 통해 최명희는 오랜 시간 문학의 물적 산물을 쌓았으며,『혼불』의 텍스트 전반에 걸쳐 우리 고유의 전통의 감성을 보여주는가 하

9 최명희,『혼불』제1권 제1부 〈흔들리는 바람〉, 한길사, 1996, 23쪽. 이 책에서는 1996년 출간된 '한길 완간본(서정섭, 「『혼불』의 수정 과정과 언어 고찰」,『혼불의 언어세계』, 혼불기념사업회 · 전라문화연구소, 2004, 199쪽)'『혼불』을 연구 텍스트로 한다.

면, 일제강점기 변성된 전통의 회복을 추구하는 문화적 양상을 보여주고 있다.

전통의 속성은 여인네들의 삶의 양태에서도 긴밀하지만, 선비로서절개의 삶을 반영하고 그 삶에서 솟구치는 고결성을 담는 그릇, 즉 지세와 풍광에서도 전통의 면모를 읽어낼 수 있다.

그렇게 단정하고 맑은 정신을 갊아놓고, 밝은 눈으로 들여다보면 거기 혈이 어찌 있지 않으랴. 이제는 바로 그 자리에 꼭 알맞은 모양의 당호를 앉혀야 하리라. 집이든 정자든.

그런다면, 그 정신의 경치가 수려·우미함이 어찌 빼어난 산수보다 아름답지 않겠느냐. 그런 정신은 저 자신의 아름다움으로 둘레를 두루 향기롭게 만들고, 제 몸 담은 주변 풍경까지도 귀격으로 높여 놓으니, 어느 누가 그것을 고귀하다 하지 않으리.

수양산 그늘이 강동 팔십 리라 하는데, 큰 정신 하나의 그늘이야 어찌 기껏 팔십 리에만 미칠 것인가. 세월을 넘어 팔백 년, 팔천 년을 뻗어오는 정신 가진 분을 성현(聖賢)이라 하지만, 그만은 못하다할지라도, 구슬같이 영롱한 제 정신의 눈을 바로 뜨고 있어야 비로소 산 사람이라 할 수 있을 것이다.

헌데, 그뿐이냐. 한 사람의 인생에도 역시 혈이 있을 것인즉, 그 혈을 찾고 다루는 일이, 정신에 그러한 것이나 다름이 없다.

-『혼불』제4권 제2부 16쪽-

예문에서 드러나듯 지세와 가택의 자리에도 전통과 관련한 민족적 정기를 발견할 수 있다. 이것은 서술자가 '민족'이라는 구체적 단서를 제시하지 않아도 산수의 수려함이나 '혈(穴)'의 중요성에서 확인된다. 집이든, 정자든 짓는 이의 정신과 일맥상통하는 지리적 요인은 '성현

(聖賢)'이라는 역사적 인물 정보와 맞물려 인생의 '혈'을 다루는 주체의 완고한 정신을 주된 목표로 삼고 있다. 인생의 혈로 지정된 '정신'은 그야말로 '저 자신의 아름다움'을 최상의 가치로 인정하고 있다.

이처럼 『혼불』은 전통의 의미가 등장인물 혹은 내포작가로부터 체험화된 지리·가옥·풍속에 의해 전달되고 있다. 여기서 '정신'을 물리화한 이유는 정신이 지닌 주관적인 의미가 전통의 특성을 내포하고 있기 때문이다. '정신'은 단단하게 응축된 '구슬'만큼 곧고 고결한 의미를 지닌다. 따라서 서술자가 지시하는 '정신'의 은유는 우리 강토의 수려함이나 유미함을 넘어 민족적 결벽성을 표상하고 있는 것이다.

이와 같이 『혼불』은 '지리'적 상관성을 매개로 하여 전통에 접근하고 있다. 이러한 원리는 작가 혹은 등장인물의 지리적 체험과 직간접적으로 연결되어 있다. 따라서 '정신'의 강조는 현실적으로 보다 넓은 세상을 희구하는 서술자의 독백이다. 이로써 전통의 힘과 가문의 내력이 일맥상통하는 지리적 감응력을 서술자 시각에서 드러내고 있다.

여기서 지리적 '혈'은 매안마을을 지시하는데, 『혼불』의 배경지인 남원은 중심부, 즉 경성이나 도시에서 밀려나간 주변부적 의미를 지니고 있음에도 불구하고 매안마을을 중심으로 전통과 접목하여 살아가는 삶의 모습을 보여주고 있다. 뿐만 아니라 주변부의 삶 속에서도 우리 민족의 전통을 중심축으로 하여 민속·신화·역사·신앙·지리 등을 총체적으로 반영함으로써 민족의 정기를 잃지 않고 있다. 매안마을은 민족의 '정신', 즉 '혈'을 반경으로 하는 선비적 삶의 방식을 보여주는 동시에 전통과 삶의 규합이라는 일정한 크기의 '정신'의 정점을 반영하고 있다.

따라서 매안 마을은 식민지 민중들의 삶의 애환을 반영하는 동시에 주변부적 성격을 지니면서도, 그 속에는 민중들의 치열한 삶을 규합하는 지리적 요충지인 '정신'의 정점을 이룬다. 이것은 일제강점기 식민화 정책의 중심에서 밀려나간 주변부적 의미를 지니며, 식민지 문화·사회·정치·자본의 주변인 동시에 작가의식의 토대로 작용한다.

'삼밭의 쑥'이라고. 옆구리로 기어 크는 구불구불한 쑥도 꼿꼿하게 위로 크는 삼밭에 들면, 저절로 반듯하게 자라지만, 거꾸로 쑥밭에 떨어진 삼씨는 제 본성도 다 잊어버린 채 쑥을 따라 구불구불 땅바닥으로 크는데, 그것이 하찮은 풀뿌리라서 그러겠느냐. 아무리 크고 좋은 유자(柚子)라고 강을 건너 다른 나라 땅으로 가면 탱자가 되고 만다 하더라. 그래서, 저 적송, 귀문(貴門)의 종자들이 한미하고 변변치 못한 민촌 어귀에 잘못 앉아, 하릴 없이 그 격으로 되고 말았구나 싶었다.

주위 경관하고 격에 맞게 어우러지지도 못하고, 누가 제대로 알아보는 이도 없이, 자연히 마땅한 대접조차 못 받으니, 저 무성한 군송(群松)의 기개와 풍자(風姿)가 참으로 속절없지 않으냐, 하였다.

사람이라고 무엇이 다르랴. 개천에서 용 난다는 말은 있지만, 용은 개천에서 살 수 없다. 개천에 빠진 용은 제 비늘도 다 못 적시는 개골창 물 속에서 뒤척이며 몸부림치다 죽든지, 아니면 굳이 그렇게라도 살아야겠으면 미꾸라지가 되어야 하리.

-『혼불』제4권 제2부 20쪽-

『혼불』은 하찮은 식물에도 인간 삶의 보편적 기지를 보여주고 있다. 이러한 은유·환유의 장치는 서술자의 회고 혹은 고백의 진술을 통해 소설 내부에 반영되고 있으며, 다양한 측면에서 전통의 가치를 실현하는 수단으로 활용되고 있다.

'쑥'과 '삼'의 대조적 이미지는 '땅'을 둘러싼 인간 삶의 격려 차원에서 등장인물의 삶과 연관되어 나타난다. 여기서 '땅'은 매안마을 양반층이 대대로 살아온 가문의 번영지이자 그들 삶의 희비애락(喜悲哀樂)을 담고 있는 그릇으로 작용한다. 따라서 서술자는 '쑥'과 '삼'이라는 환유를 통해 인간 삶 깊숙이 내재되어 있는 긍정의 '씨'앗을 매안의 '땅'으로 형상화하고 있다. 이 '땅'은 결국 대대손손 이어온 전통의 보금자리를 형상화하는 것으로, '쑥밭에 자란 삼'과 '삼밭에 자란 쑥'이라는 상호 대조적인 환유를 통해 매안마을의 전통적인 삶의 양태를 조망하고 있다.

한편 '개천'과 '용'의 묘사에서는 '땅'을 기반으로 한 내적 갈등과 긴장을 보여주고 있다. 아무리 산촌에 들어앉은 매안마을이라고 해도 일개 '개천'에 비유하고 있는 것은 대를 이어 살아온 '땅'의 속성에서 찾을 수 있다. 이것은 보다 넓은 세계의 지향, 즉 확장된 개념인 것으로 개천에서 살 수 없는 용은 이보다 넓은 저수지, 강, 바다로 나아가야 하는데, 사방이 막혀 있는 여건에서는 어디든 나아갈 수 없다는 데 기인한다.

결국 '용'이 지시하는 내적 상황은 소수의 '지식인' 혹은 '선각자'를 의미하고 있으며, 그들만큼이라도 넓은 세상으로 나아갈 것을 종용하고 있다. 이런 측면에서 '미꾸라지'의 삶은 '용'에 대한 좁은 '개천'에서의 '몸부림'의 구체적이고 현실적인 격려로 볼 수 있다. '개천'에 대한 부정적인 이미지가 '용'으로 환유되면서 '몸부림치다 죽든지'에 대한 생존의식이 싹트게 된다. 이러한 생존의식은 결국 매안마을을 전제로 한 구복과 낙관의 긍정성에 근접한 전통적인 생활방식에서 온다.

『혼불』은 '땅'의 의미가 사람을 매개로 하여 민속·역사·신화·신앙·지리적 요인과 상호 연관되어 나타나고 있다. 이로 인해 『혼불』은 '땅'을 기반으로 한 동식물, 산수, 가옥 등의 경험 유인자가 서술자 혹은 작가의 역사의식에 맞물려 전통의 복원과 직간접적으로 연결되어 있음을 확인할 수 있다.

> 신부는 팔을 높이 올려 한삼으로 얼굴을 가리운다.
>
> 다홍 비단 바탕에 굽이치는 물결이 노닐고, 바위가 우뚝하며, 그 바의 틈에서 갸웃 고개를 내민 불로초, 그리고 그 위를 어미 봉(鳳)과 새끼 봉들이 어우러져 나는데, 연꽃·모란꽃이 혹은 수줍게 혹은 흐드러지게 피어나고 있는 신부의 활옷은, 그 소맷부리가 청·홍·황으로 끝동이 달려 있어서 보는 이를 휘황하게 하였다.
>
> (…중략…)
>
> 신부는 다홍치마를 동산처럼 부풀리며 재배를 하고 일어선다.
>
> 한삼에 가리워졌던 얼굴이 드러나자, 흰 이마의 한가운데 곤지의 선명한 붉은 빛이, 매화잠(梅花簪)의 푸른 청옥 잠두(簪頭)와 그 빛깔이 부딪히면서 그네의 얼굴을 차갑고 단단하게 비쳐주었다.
>
> 거기다 고개를 약간 숙인 듯하였으나 사실은 아래턱만을 목 안쪽으로 당긴 채, 지그시 눈을 내리감은 그네의 모습에서는. 열여덟 살 새 신부의 수줍음과 다감한 풋내보다는 차라리 일종의 위엄이 번져나고 있었다.
>
> -『혼불』제1권 제1부 19쪽 -

혼례의례에 관한 전통의 의미는 서술자의 체험에서 발견된다. 이러한 체험은 서술자의 내면적 언표작용이 텍스트의 표층을 뚫고 소설 내부적으로 숨겨진 내용을 읽어내는 데서 드러난다.

이것은 소설 외면적 범주로서 '한삼'에 가리워져 있던 '신부'의 '얼굴'이 드러나면서 소설 내부에 숨겨진 피식민자의 입장으로 인지되면서 설명된다. 때묻지 않은 신부의 '얼굴'은 등장인물의 신체적 원형인 동시에 식민지 이전의 조선의 얼굴, 즉 조선을 상징한다고 볼 수 있다.

주지하다시피,『혼불』은 일제강점기 식민지 상황에 놓여 있으면서도 우리 전통·민속과 관련한 세시풍속·관혼상제·역사·예술 등 전반에 걸쳐 생생한 기표작용을 통해 소설 전반의 중요한 '기제(機制, mechanism)'[10]로 작용한다. 이를 기반으로 하여 강인한 민족성을 드러내는『혼불』은 전통적·민속학적 여딤을 통해 식민주의 비판의 효과를 전달한다. 이와 같은 등위에 있어서『혼불』은 역사·전통·민속의 재현이라고 평가할 수 있다. 또한 등장인물이 예시하는 반식민적 특성이라 할 수 있으며, 이것은『혼불』전체를 이어주는 민족정체성의 본질이라 할 수 있다.

『혼불』의 인물 유형은 일반적인 소설과 대별되는 전통·민속의 복원을 반영하는 이야기와 담론으로서 주체적 입장을 취하고 있다. 이와 동시에 등장인물 자체를 피식민적 주체로 형상화함으로써『혼불』전반의 한국인의 정신·정서·전통·풍속 등과 긴밀하게 연결되어 있다.

일제강점기 시대 모순 상황을 반영한 문학은 그 자체로서 의미가 민족주의적 근성과 전통을 회피할 수 없는 작가의 역사성과 긴밀하게 작용한다. 그에 따른 유용성은 문학적 가치를 넘어 소설 내부적으로 등장인물들이 지닌 개별적 언어·전통·사유에 의해 연동한다.『혼불』문학이 민족정체성 회복과 관련한 내용을 함의하는 이유는 작중 인물들 간의 경험 담론이 소설의 외면과 내면적 측면에서 견고한 전

---

10 여기서 '기제(機制, mechanism)'는 어떤 행위를 성취하는 의식적 또는 무의식적 심리 과정, 즉 일제강점기 조선인들의 독립·저항의 유인자를 수용하는 일련의 인간 행위와, 그에 영향을 미치는 심리의 작용이나 원리를 의미한다. 또한 식민주의 환경에 적응하고 식민 지배 권력으로부터 자아를 방어하며, 피식민자로서 저항의 감성과 탈식민의 저항 욕구를 충족시키는 심적 기능을 의미한다.

통의 복원에 초점이 맞추어져 소통하고 있기 때문이다.

식민지 삶의 현장으로서 유형의 '땅'과 무형의 '혼례의례'와 같은 전통적 '기제'를 반식민의 단서로 볼 수 있는 것은 한국의 전통·민속의 복원 의미를 '재현'을 통해 정밀하게 반영하고 있다는 데서 찾을 수 있다. 여기에는 내적 요인으로서 정신·정서·민족 등의 전통·민속의 경험 유인자가 반식민주의 속성으로 작용하고 있으며, 이것은 작가의 역사의식, 등장인물의 경험에 의해 운영되고 있다고 볼 수 있다.

이와 같이 『혼불』의 은유·환유의 장치는 땅을 매개로 하여 전통·민속·역사·신화·종교·상징 등의 삶의 방식과 맞물려 다양한 의미의 물리적 기호로 나타난다. '땅'을 기반으로 한 전통·민속의 의미는 작가의 역사의식과 맞물려 거시적으로는 전통의 복원과 긴밀하게 연결된다. 이러한 전통의 복원은 우리 민족의 유구한 역사적·전통적 증거물로 채택되는 동시에 민족정체성 회복의 의미로 승화된다.

1.2. 문중의 뿌리와 자연관

『혼불』은 한국의 이야기 양식과 전통적 생활양식을 문학적으로 형상화한 작품이다. 『혼불』이 여러 연구자들의 시각에 따라 다양한 견해의 논의가 진행되고 있음에도 소설 내부적으로 전통의 맥락을 유지하는 것은 최명희 특유의 서사적 구조를 형성하는 동시에 일반적인 서사장르 소설과 달리 다양한 이야기와 담론이 주조를 이루기 때문이다.

특히 『혼불』의 전통·민속·설화·역사 등의 표현 방식은 작가의 역사적·의고적·고증적 방법에 의해 구성되고 있으며, 소설 내부적으로 등장인물들의 경험이 작품 전반에 체화됨으로써 일제강점기 식민주의 비판에 직간접적으로 관여하고 있다. 이것은 최명희의 작가의식을 기반으로 하여 전통·역사·제도·신분 등 여러 서사적 요소에서 드러나는데,『혼불』이 민족주의적 성격으로서 전통의 복원과 긴밀하게 연결되어 있음을 시사한다.

이와 관련해『혼불』의 민족주의적 내용적·형식적 원형은 전통의 복원 의미에도 중요한 단서를 제시한다. 이것은 작가의 역사의식에서 발원되는 것임에도 전통의 복원 의미가 정확히 민족정체성 회복과 어떠한 방식으로 연결되는지 해명할 필요가 있다.

한편 현재적 의미에서의『혼불』의 전통적인 성격은 작가의 민족주의적 세계관, 역사의식, 소설 내부에 생존하는 등장인물들의 경험이나 삶과도 긴밀하게 연관되어 나타난다. 이런 면에 있어서『혼불』은 일제강점기 가족사적인 이야기를 중요시하고 있으며, 당대를 살아온 대중들의 사회현실에 대한 주체적 자각으로서 전통적인 삶의 방식을 반영하고 있다.

대저, 조상의 뼈가 묻히고 그 혼백이 깃들어 있는 고향을 버리고 떠나와, 남의 문중이 있는 마을에 얹혀사는 일이란 어느 모로 살펴도 용서받을 수 없는 일이었기 때문이다.

그것은 조상에 대한 무서운 배신이요, 후손에 대해서는 씻을 수 없는 치욕이었으니, 그러한 것을 감당하고라도 고향땅을 등지는 사람이라면, 자기의 근본을 버리고자 하는 사람이 분명하다는 것이었다.

자기의 근본을 팽개치고 버릴 수 있는 사람이란, 설령 상놈이 아니라 성짜[姓字]가 있다 해도 이미 선비는 아니요, 천한 불상놈이나 다름없으며, 그가 스스로 버린 것이 아니라 고향으로부터 버림을 받았다 하면, 그것은 더 말할 것도 없이 사람으로서는 할 수 없고 해서도 안되는 금수(禽獸)와 같은 일을

저질렀기 때문에 쫓겨난 것이 아니겠느냐 하였다. 덕석말이를 당하지 않고서
야 웬만한 일로 파문에 이를 리가 없다고 생각하는 것이었다.

그러니, 일문(一門)에서 당하는 파문은, 한 사람의 삶을 박탈당하는 것이나
다름이 없었다.

-『혼불』제1권 제1부 105쪽-

예문은 집성촌(集姓村)을 이루는 매안마을에 언제부턴가 하나둘 모
여든 타성들의 파문과 실향에 대한 연민이 뼛속 깊이 사무쳐 온 내력
을 전하고 있다. 이때 문중과 섞일 수 없는 각성바지들의 상처와 고충
은 연민 그 하나에서 '타성'의 주체적 자각이 드러난다. 여기에 대한
서술자의 해명은 남의 문중 먼발치에 머물러 사는 각성바지들의 애환
을 자신의 조상에 대한 배신이자 후손에 대한 치욕이라고 말하고 있
다. 조상과 문중은 버릴 수 없는 자존심이며, 이것에 대한 수치를 감
내하고라도 남의 문중에 빌붙어 살아야하는 타성들의 삶의 방식은 매
우 어두운 전형을 보여주고 있다.

그럼에도 불구하고 자기의 근본을 버려야하는 타성 사람들과 매안
마을 문중 사람들의 엄중한 경계는 갈등이 없어도 그 자체로 비범하
게 갈리어 나타난다. 문중의 주역(主役)과 타성의 천역(賤役)은 삶의
모습과 대우에서조차 천지간 나뉘게 된다. 그 까닭은 '홍수나 천재지
변으로 고향을 떠났다' 하더라도 마찬가지 대우를 받을 수밖에 없으
며, 마땅히 '천역'을 감당해야 하는 것이다. 그래서 문중은 심지 곧은
혈맥으로 오래전부터 묻히기 시작한 뼈와 죽어 혼백이 된 뒤에도 흩
어지지 않고 한 자리에 남아 있는 전통을 말하고 있다.

이와 같이『혼불』은 일상의 언어관을 유지하면서도 전형적인 가문
의 혈통을 주입시켜 전통을 이끌어내고 있다. 이러한 원리는『혼

불』의 등장인물들 간 유기적이면서 전통적인 소통 혹은 상호작용에서 발견된다. 여기에 매안마을에 이주해 살고 있는 타성들의 불안한 정체성이 반영되어 있다.

　이런 측면에서 『혼불』은 등장인물들로 하여 전통의 재현으로서 집성을 둘러싼 전통의 복원 의미를 전달하고 있다. 이것은 일문(一門), 조상, 뼈, 혼백, 고향, 근본 등 문중을 둘러싼 일관된 역사적·정신적 접점에서 찾을 수 있다.

　그다지 쾌청한 날씨는 아니었다.
　거기다가 대숲에서는 제법 바람 소리까지 일었다.
　하기야 대숲에서 바람 소리가 일고 있는 것이 굳이 날씨 때문이랄 수는 없었다. 청명하고 볕발이 고른 날에도 대숲에서는 늘 그렇게 소소(蕭蕭)한 바람이 술렁거렸다.
　그것은 사르락 사르락 댓잎을 갈며 들릴 듯 말 듯 사운거리다가도, 쏴아 한쪽으로 몰리면서 물 소리를 내기도 하고, 잔잔해졌는가 하면 푸른 잎의 날을 세워 우우우 누구를 부르는 것 같기도 하였다.
　　　　　　　　　　　　　-『혼불』 제1권 제1부 11쪽-

'날씨'에 대한 작중화자의 견해는 후천적 학습이나 지식 등의 체험을 통해 습득된 정보의 재현이라기보다 선천적·유전적 관점에 의한 전통적인 경험의 재현을 의미한다. 이러한 판단은 작가의 문학관, 등장인물의 전통적 입장, 독자의 후천적 체험에 의해 조직적으로 합리(合理)되는 조건에서 설명된다.

　여기서 쾌청한 날씨가 아니었다는 것은 대숲에서 부는 바람 소리에 근거한다. 실상 대숲에서는 늘 볕발이 고른 날에도 소소한 바람이 술렁인다. 이 '바람'은 '날씨'와 직접적인 관련이 없음에도 항상적인 존재로 등장한다. 늘 그 자리를 지키고 있는 '바람'의 존재는 '대숲'과 관련을 맺으면서 '날씨'에 대한 전통적인 경험을 중시하여 그 존재를 드러낸다. 이것은 '바람'에 대한 경험 유인자가 '대숲', 즉 대나무 숲에 대한 은유의 기능으로서 '대중' 혹은 '마을'을 가리킨다. 이때 바람은 마을과 사람들 사이에 전통의 의미가 공생한다.

이런 의미에서 '바람'은 언제부터 누가 가장 먼저 인식하였는지가 중요한 것이 아니다. 다만 서술자에 의해 진술되는 경험으로서 '바람'이 다른 차원의 의미로 확장되는 시점에서의 '바람', 즉 '대나무=대중'에서 '대숲=마을' 곳곳을 불어 다니는 평화로움을 상징한다. 따라서 '바람'이 지시하는 의미는 결국 '대숲'과 '마을'을 연결하는 전통적 맥락을 의미한다. 이것은 서술자와 독자의 교감에 의한 유기적인 연결고리에 의해 이미지화되고 있다.

이와 관련하여 대나무가 지닌 곧고 청명한 의미는 내포작가의 심상을 지시하며, 그것이 숲을 이룰 때 보다 완고한 이미지를 만들어낸다. 일상의 기상 상태가 '별발이 고른 날'이거나 말거나, '그다지 쾌청한 날씨'가 아니어도 바람은 늘 대나무의 곧고 청명한 이미지 안에 수용되면서 어떠한 반전이나 일탈 없이 무사한 공생의 조건을 일구어내고 있다. 이것은 대나무가 지닌 정결성, 즉 크거나 작은 바람에도 꺾이지 않는 매안마을의 선비기질 혹은 정신적 지주로서 자연적인 지형지물의 전통적 세계관을 보여주고 있다.

그런데, 동국세시기(東國歲時記)에는

"이날 초저녁에, 좀생이 별 셋이 달 앞에서 고삐를 끄는 형상을 이루며 그 거리가 서로 멀면 풍년이 든다."

하였고, 또 해동죽지(海東竹枝)에서는, 좀생이를 낭위성(郞位星)으로 간주하여 적었으니,

"이 별들이 달 뒤 열 자 거리쯤을 따르면 풍년이 들며, 달보다 열 자쯤 앞서면 흉년이 든다."

라 했다. 그런가 하면 열양세시기(洌陽歲時記)의 이월묘숙점세조(二月昴宿占歲條)의 기록에는

"농가에서는 초저녁에 좀생이를 보아 별이 달과 떨어지는 원근으로 그해의 풍흉을 점치나니, 이들이 나란히 하거나, 또 한 자 안에 있으면 좋다고 하고, 만일 앞서거나 뒤섬이 많이 떨어지면 그해는 장차 흉년이 들어, 어린아이들도 먹을 것을 못 보리라 하는데, 징험(徵驗)하건대 아주 잘 맞느니라."

-『혼불』 제1권 제1부 87쪽-

『동국세시기(東國歲時記)』와 『열양세시기(洌陽歲時記)』에 의하면, 좀생이별은 음력 2월 초순에 떠오르는 별로 이야기 되고 있다. 이 좀생이별은 묘성(昴星)으로 여러 개의 작은 별이 모여서 성군(星群)을 이루게 되는데, 이것을 보면서 1년 동안의 농사일과 신수를 점치는 풍속으로 전해오고 있다. 좀생이별과 달이 나란히 운행하거나 또는 조금 앞서 있으면 길조라고 하여 풍년이 들고 운수가 좋은 것으로 전해오고 있다. 그와 반대로 달과 좀생이별이 멀리 떨어져 있으면 흉조이어서 농사는 흉작이 되고 운수가 나쁘며 재앙이 자주 있어 불행한 것으로 판단하였다.[11]

---

11 좀생이는 플레이아데스성단(Pleiades star cluster) 또는 좀생이성단(모재기별떼)이라고 불린다. 이 성단은 머나먼 은하계 황소자리에 위치한 항성들의 산개성단으로, 지구에 가장 가까운 성단 중 하나이다. 음력 2월경 밤하늘에서 육안으로 가장 확실히 알아볼 수 있는 성단이며, 우리나라뿐만 아니라 수많은 문화권에서 그 전통에 따라 각각 다른 이름

별보기 전통은 주로 해양민족이나 사막민족들 사이에 전해오고 있는 점성술의 일종이다. 우리나라의 경우 별자리 점성술은 오랜 전통을 유지하고 있다. 이것은 입에서 입으로, 기록에서 기록으로 전하여 온 것으로, 이와 같은 천변(天變)에 관한 천문학적 풍수는 '천상열차분야지도(天象列次分野之圖)'[12]에서 발견된다. 이 별자리 지도는 고구려 때 돌에 새긴 것으로 조선 개국 때 복원되었다.

이처럼 『혼불』은 별자리 하나에도 역사·풍수·천문학적 지식과 선조들의 지혜를 바탕으로 민족적 형상화를 추구하고 있다. 이것은 '좀생이별'에 든 경험적 지식만을 지칭하는 것이 아니라, 별자리를 통해 국가적 운과 복과 길과 흉을 예감하던 선조들의 발자취를 더듬어 감으로써 과거와 현재를 잇는 전통의 복원 의미를 보여주고 있다는 데 의의가 있다.

이와 같이 별보기 전통은 오랜 시간 경험을 토대로 하여 전해오고 있다. 또한 오랜 시간대에 걸쳐 육안으로 확인된 진술을 바탕으로 하고 있다. 따라서 서술자에 의한 별보기 국면은 전통적 체험에 근거한 것으로 볼 수 있다. 이러한 원리에 따라 독자에게 전달되는 전통의 의미는 보다 강화되며, 등장인물의 경험 유인자는 독자의 경험과 상호작

과 의미를 지니고 있다. 지금도 우리나라 민간에서 음력 2월 6일 저녁에 좀생이별 보기를 하는 관습이 전승되고 있으며, 그 역사는 아주 오래 전부터 이어져 왔다. 한국천문학회, 『천문학용어집』, 서울대학교출판부, 2013, 263쪽.

12 이 천문도 석각본은 고구려 평양성에 있었는데 전쟁 중에 대동강 물에 빠져 사라졌다. 그 당시 남아 있던 탁본은 이성계에게 바쳐졌다(右天文圖石本舊在平壤城因兵亂于江而失之歲月旣久其印本之在者亦絕無矣惟我殿下受命之初有以一本投進者殿下寶重之, 권근, 『양촌집(陽村集)』, 『천문도시(天文圖詩)』, 『대동야승(大東野乘)』). 이때 탁본에 그려진 별자리의 위치가 당시와는 달랐다. 이 때문에 새로운 관측이 필요했는데, 권근, 유방택 등에 의해 1395년 '천상열차분야지도(天象列次分野之圖)'가 정리되었다. 이 별자리 지도는 중국의 순우천문도(淳祐天文圖)에 이어 세계에서 두 번째로 오래된 천문도이다.

용을 통해 긴밀한 문학적 울림을 형성하게 된다. 이것은 전통적 의미
에서 대중의 시각·감정·생각을 전달하는 과정으로 인식할 수 있지
만, 근본적으로 등장인물, 즉 인식 주체로부터 생성된 민족주의적 의
미인 동시에 문학으로서 '비유(metaphorically)'[13]의 의미로도 작용한다.
『혼불』은 문학이라는 큰 틀에서 소설 외양의 전통을 구동축으로 하
는 동시에 소설 내부적 심미의 운영을 통해 최명희의 민족주의적 세
계관을 재현하고 있다. 여기서 문학으로서 비유는 어떤 목적으로 사
용되는가에 대한 문제로 인식할 수 있다. 그럼에도 불구하고 일상에
서 발화된 전통·역사의 재료들이 작가의 문학적 통찰과 지시에 의해
능률적으로 재편성 내지 재사용되는 데는 필연적으로 작가의 역사의
식, 등장인물의 경험, 독자의 읽기 방식이 상호작용을 이루게 된다. 이
러한 상호작용은 소설 내부의 직접적인 대상으로서 일제강점기를 살
아가는 등장인물의 전통의 생활상에서 그 의미를 찾을 수 있다.

2. '매안'의 문화적 정체성 탐색

2.1. 근대의 산물과 '매안'의 대응

『혼불』의 배경이 되고 있는 1930년대는 식민주의의 정점이라 할 수
있다. 우리의 경우 근대의 과정은 전통적인 입장에 의해 엄격히 제한

---

13 장일구에 의하면, 텍스트의 이미지의 국면이 여러 상황에 걸쳐 전이하여 나타날
때 비유의 적정한 묘미를 느낄 수 있게 된다. 이러한 방법론은 사물과 사물, 사유와 인식
의 기반 위에 생성된 비유적 화법을 통해 모색할 수 있는데, 그 절차적 근거는 가장 우선
적으로 작가의 경험에 의해 유지된다. 장일구, 『혼불의 언어』, 한길사, 2003, 267쪽.

되는 것임에도 불구하고 일제강점기라는 특수한 시대적 상황은 고려될 수밖에 없다.

'전통'과 관련해서는 '조선-퇴영적'이지만, '이식'과 관련해서는 '서구-진보적'이라는 상대적 시각이 존재한다. 한편 '전통'은 '민족정체성-자주'로, '이식'은 '세계화-식민'이라는 이분법적 관점도 내재되어 있다. 이런 의미에서 『혼불』은 '전통'과 '이식'의 상대적 문제를 안고 있다. 이것은 식민담론의 이중성, 즉 근대성을 추구하면서도 그것을 제한하는 피식민자의 담론 속에 재현된다. 배개화는 이러한 식민담론을 '재현적 이중구속(representional double-bind)'14이라고 규정한다. 식민담론은 피지배 민족의 야만성을 맹렬히 비난하며 서구를 모방함으로써 '개량될 것을 요구하지만, 동시에 피지배 민족의 지배 민족의 지배질서와 구분할 수 없을 정도만큼 '개량'되는 것은 용인하지 못하는 것을 의미한다. 이것은 식민담론의 이중성, 즉 근대성을 추구하라고 자극하면서도 그것을 제한하는 것이 피식민자의 양가적 담론 속에 그대로 재현되고 있으며, 식민담론의 상대성을 자처하면 할수록 이것의 이중성은 피식민자의 시각에 의해 폭로될 수밖에 없다.15

최명희의 의도는 일제 강점과 관련하여 근대성이 무엇보다 중요한 요건으로 작용한다. 1930년대 일본에 의한 근대의 물결은 식민 지배를 위한 적극적인 수단이자 고의적인 이식의 과정이었다. 일본의 고의성

---

14 '재현적 이중구속(representional double-bind)'은 식민주체로 하여 하위주체가 속한 반경 내에서의 전근대성의 타파를 요구하며 서구를 모방함으로써 '개량'될 것을 요구하지만, 실상 식민주체의 지배질서에 동질화되는 것은 용인하지 못한다. 이러한 식민자의 이중성은 피식민자의 시각 혹은 저항에 의해 폭로될 수밖에 없다. 배개화, 앞의 책, 95쪽.

15 '전통'과 '이식'의 문제에 있어 조선 지식인들은 식민담론을 무의식적으로 반복하고 비판하는 과정에 식민담론의 오류를 발견하고 이를 조선의 역사·전통·풍습·언어로 하여 제국주의에 되돌려주기도 한다. 위의 책, 91~96쪽 참조.

에 의한 근대의 과정은 본질적으로 식민주의와도 긴밀한 연관을 맺고 있다. 이런 결과로 한국 사회는 식민주의 비판과 근대화 운동의 복수적 의미를 함께 지니고 있는 것이다.

이러한 관점은 1930년대를 기점으로 하는 『혼불』의 경우에도 확인된다. 『혼불』의 서사 공간은 구한말부터 일제강점기에 걸쳐 있지만, 초점화된 시간은 일제의 대륙 침략과 한국인의 정체성 말살을 기도하던 시기에 집중되어 있다.[16] 이때는 일본 제국주의에 의한 식민주의와 근대화의 과정이 팽창에 이른 시점이며, 이념적·문화적 과잉 생산과 맞물리는 시대의 직접적인 단서가 되고 있다.

이와 같은 상황의 발화 시점은 '단발령'이나 '창씨개명'과 같은 억압적·폭력적 사건을 들 수 있다. 이것이 해소되기까지 한국인이 처한 상황은 시대적으로 암울함 속에서도 전통의 복원을 초점으로 하고 있으며, 이러한 저항적 감성은 등장인물들 간의 유기적인 삶의 방식에서 지속적으로 나타난다.

장닭의 늘어진 벼슬이 흔들린다.

이제 초례청의 흥겨움은 막바지에 이른 것 같았다.

하객들은 만면에 웃음을 띠우고, 연신 화사한 농담을 던지며, 혹은 귀엣말

---

16 한국인의 정체성 말살을 기도하던 일본의 식민주의시기에 대해, 최명희는 여러 인터뷰를 통해 '민족의 혼이 나가 있던 시기'라고 언급하고 있다. 최명희는 자아의 정체성 탐구, 여인된 삶의 숙명, 핍박받는 전라도라는 시공간 등에 관심을 갖고 이 같은 요소들을 한 번에 수용한 서사 공간을 구성하였다. 또한 '상고사 찾기'와 같은 민족적 뿌리에 대해 깊이 탐색하면서 『혼불』만의 독특한 서사를 구축하였다. 이런 점에 있어서 『혼불』은 작가 최명희가 일제강점기를 자신의 시대와 동시대화하여 부단히 교섭해온 결과물이라 할 수 있다. 김병용, 『최명희 소설의 근원과 유역: 『혼불』의 서사의식』, 태학사, 2009, 150~163쪽 참조.

을 소근거리기도 하면서, 감개어린 표정을 짓기도 했다.

비복들은 고자상을 서로 맞잡기도 하고, 혼자서 뒤안이며 모퉁이, 행랑쪽
으로 줄달음을 친다. 머슴들은 힐끗 곁눈질을 하고 지나치지만, 계집종과 아
낙들은 그러는 잠깐 일손을 놓고, 사람들 어깨 너머로 힐끗 초례청을 넘겨다
보며 한 마디씩 참견한다.

신랑의 상객으로 온 부친 이기채(李起采)는 시종 가는 입술을 힘주어 다물
고 아들의 하는 모습을 지켜보았다.

그는 체수가 작은데다가 깡마른 편이어서, 야무지고 단단한 대추씨 같은
인상을 주었다. 무엇보다도, 그의 다문 입술과 더불어 날카롭게 빛나는 작은
눈에 예광이 형형하여 보는 이를 위압하는 것이었다.

그의 전신에는 담력이 서려 있었다.

얼핏, 놋재떨이 소리 같은 금속성이 느껴지는 사람이었다.

-『혼불』제1권 제1부 22쪽-

강모와 효원의 혼례식 풍경을 담은 초례청에서 하객과 비복, 아낙과
머슴들이 북적대고 그 사이에 담력 있는 풍채로 이기채가 서 있다. 만
면에 번져가는 웃음과 화사한 농담 속에 이어지는 백년가약은 가문의
번성과 태평을 상징한다. 그럼에도 불구하고 이기채는 멀리에서 한
점 불씨처럼 피어오르는 가문의 수난과 불온을 바라본다. 흔들리는
장닭의 '벼슬'에서 이기채가 본 것은 아들 강모의 윤기 잃은 방랑과 며
느리 효원의 비운이다. 이러한 예감은 이기채의 머릿속에만 있는 것
이 아니다. 조용한 웃음 속에 번져오는 가문의 위기와 민족의 수난,
이 모두는 '혼례의식'을 가운데 놓고 지평선처럼 뻗어있다. 사람과 사
람, 가문과 가문, 사회와 사회, 나라와 나라 간 얽히고설킨 기나긴 굴
레를 구성한다.

'혼례'는 당사자뿐 아니라 장차 시부모와 친정부모, 그 직속과 비속, 형제와 자매 모두에게 축복의 의미를 제공한다. 강모는 강모대로, 효원은 효원대로 이를 둘러싸고 있는 구성원 모두로부터 화목과 생산을 기원하는 내용을 담고 있다. 강모와 효원의 혼례, 이것은 누구에게든지 보편적인 화사함을 전달하는 의례가 될 수 있지만, 일제강점기라는 특수한 상황에서의 보편적인 의례는 오히려 그 자체부터가 암울한 현실에 부적절한 설정으로 간주된다. 이런 측면에서 최명희의 의도는 강모와 효원의 혼례의식이 의미하는 내용과 형식면에서 거시적인 관점에서의 식민주의를 비판하는 기제로 작용한다.

'혼례의식'의 전통적 상황은 '혼례' 자체가 의미하는 보편적인 내용보다 원형질로서 식민 하에서도 잃지 않으려는 '전통의 재현'으로서 작가의 역사적 관점과 그에 따른 전통적인 사유에 해당한다. 최명희는 단순히 소설의 등장인물로서 강모와 효원의 혼례를 진행하고 묘사하는 객관적 입장에 서 있는 듯하지만, 실상은 이 모두를 주관하는 전지적 시점에 서 있다. 이를 통해 최명희는 혼례를 이끌어가는 주관자로서 식민주의 지배 담론을 비판하는 조선의 전통과 풍속에 대한 민족주의적 담화를 보여준다. 결국 '혼례'가 지시하는 의미는 '축복'이라는 무형의 산물이다. 여기서 '축복'은 식민통치와 식민지배의 몰락을 염원하는 동시에 '해방'의 염원을 안고 있다. 따라서 강모와 효원의 '혼례'는 현실적으로 축복이라는 의미와 함께 거시적으로 '해방'을 염원하는 대상물로서 의례인 것이다.

이와 같은 관계성에 비추어 볼 때, '혼례'가 지시하는 내용은 지켜야 하는 '전통'과 그것의 '재현'으로서 유기적인 측면을 발견할 수 있다. 그 근거는 강모와 효원의 혼례가 보편적인 '축복'의 과정으로 끝나지 않고, 『혼불』이 안고 있는 식민지 상황의 시작을 알리는 점에 있어서 비애와 불운을 수용하고 있기 때문이다. 강모와 효원의 혼례는 전통의 재현 단계로 시작되어 거시적으로는 '해방'이라는 큰 그릇의 염원을 수용하고 있으므로, 이 과정에는 필연적으로 인고의 어려움과 수난의 힘겨움으로서 불행의 요소가 감지된다. 따라서 이기채가 바라보는 강모와 효원의 혼례는 다만 축복의 의미만 지니기에는 한계가 있는 것이다.

'장닭의 늘어진 벼슬'이 지시하는 것은 신랑의 상객으로 온 '이기채'의 풍모를 가리킨다. 작고 깡마른 체구에서 느껴지는 '야무지고 단단한 대추씨 같은' 인상은 이기채의 풍모가 단순히 아들 강모의 혼례를 지켜보기 위해서가 아니라 '혼례'에 수용된 염원을 헤아리는 식민자로서의 각성을 의미한다. 여기에 작고 깡마른 '체수'에 비해 월등한 우위를 점하는 이기채의 담력은 식민지 그늘에 잠긴 전통과 끈기를 상징하면서도 그 힘은 '놋재떨이'에 비할 만큼 육중하고 다부진 면모를 보여준다.

만약에 이 지상에 오직 군소 국가들만 존재한다고 하면, 아마 지금보다 인류는 더 평화롭고 자유스럽게 살 수 있을 것이다. 허나, 한 뱃속의 새끼도 아롱이 다롱이라고 하는데, 생성 존재의 근원이 다르고 역사와 문화가 다른 국가, 엄청난 이권 조직인 국가가 너나없이 어슷비슷 올망졸망 그만그만 할 수는 없는 일이니, 각기 그 나라의 힘대로 세력이 달라져서 종국에는 힘센 놈·약한 놈이 생겨나기 마련인즉. 강대 국가의 존재란 불가피하지. 그런데 강대 국가와 약소 국가의 사에는 필연적으로 평화·평등이 아닌 약육강식이 이루어진단 말이야. 약육강식. 천지만물 삼라만상의 본능적 현상이 바로 약육강식이 아니냐. 말없는 우주의 원칙이 그러할진대 국가와 국가, 가문과 가문, 인간과 인간 사이에, 이 관계가 명확하게 집행되는 것은 하나도 이상할 것이

없다. 물론 조선의 처지도 강(強)에 먹힌 약(弱)의 대표적인 것이지만⋯⋯. 군
소 국가는 나라가 작아서가 아니라 약하기 때문에 말할 수 없이 비참해지는
거야. 반대로 강대 제국은 나라가 커서가 아니라 강하기 때문에 번성하는 것
이고. 결국 나라의 선·악이 아니라 정치적인 힘이 국가 번영에 가장 중요한
조건이 되는 셈이지.

『혼불』 제3권 제2부 43쪽 -

강태의 발언에서 식민과 제국의 실태는 적나라하게 드러난다. '군소
국가는 나라가 작아서가 아니라 약하기 때문'이라는 강태의 말에서 조
선을 지배하는 식민주의 본질은 드러난다. 그 이면에는 조선 영토를
빼앗긴 것에 대한 안타까움과 일본 제국주의 침략의 속성을 지적하고
있다. 따라서 '제국은 나라가 커서가 아니라 강하기 때문에 번성'한다
는 강태의 말은 민족적·전통적 본성으로서의 발언이라고 할 수 있다.
조선이 지닌 물리적 힘은 전통과 역사에 있되, 일본의 물리적 힘은
약육강식에 의한 지배 논리에 집중되어 있다는 것을 의미한다. 두 가
지 힘의 속성을 놓고 볼 때, 조선의 힘은 평화·평등의 원칙을 존숭하
지만, 일본의 힘은 단지 식민지 개척을 통한 이민족의 지배와 침략을
최상으로 삼고 있다. 결국 조선과 일본은 같은 군소 국가에 불과하지
만, 그 힘의 논리는 한쪽에서는 '평화'를 공존의 전략으로 삼고 있으며,
다른 한쪽에서는 '침략'이라는 약육강식의 원리만을 내세우고 있다.
이런 이중적 현상에 대해 강태는 조선의 비참한 현실과 일본의 식
민주의를 객관적인 시각으로 바라보고 있다. 이것은 국가라는 큰 그
릇에 비추어 한국인의 삶을 응시하는 반면, 일본의 식민주의 본질을
비판적인 시각으로 보는 데서 그 이유를 찾을 수 있다. 따라서 '생성
존재의 근원이 다르고 역사와 문화가 다른' 국가들 간의 약육강식 논

리는 '힘센 놈'으로서 일본과 '약한 놈'으로서 조선이 아니라, 천지만물 삼라만상의 본능적 현상으로서 '약육강식'을 의미한다. 이와 같은 의미는 일제의 식민주의가 조선의 영토를 지배하는 차원을 넘어 민족적·혈육적 단절과 창씨개명을 통한 한국인의 본성을 깨트리려는 식민적 야욕을 보여주고 있는 것이다.

호미 바바(Homi K. Bhabha)는 식민주의 지배의 조건을 통해 식민지 국가 구성원으로서 원주민이 자발적으로 개화할 수 있다는 목적론을 제시하고 있다. 원론적으로 식민지 원주민의 식민지적 환상은 피식민자로서의 자격을 스스로 부정하면서 발생한다는 것이다. 이것은 식민지 국가 구성원이 지닌 자치의 능력 혹은 독립성을 식민지 구성원의 권위를 이식하는 과정에 식민권력의 공적인 형태나 직무로 인정하면서 식민지적 환상의 가시적 형태를 취하는 것으로 이해할 수 있다.

이러한 식민지적 환상은 탈식민의 이데올로기적 공간이 절박한 식민지 국가 구성원들 사이의 정치·경제·사회·문화적 조건과 환경에 의해 추동되며 기능한다.

"자각을 하면, 자긍이 생긴다."

내가 과연 누구인지. 무엇을 어떻게 하고 살아야 할 것인지 깨닫는 그 순간부터, 인간은 존귀한 존재가 된단 말이다.

역사도 마찬가지야.

이미 지나간 시대, 죽은 자들의 넋두리라고 휴지처럼 구겨서 쓸어내 버리면 시간의 배설물, 한 더미 두엄만도 못한 것이 역사고, 그것이 몇 천 년 혹은 몇 백 년 전의 이야기일지라도 오늘의 나를 있게 한 근본이요, 과정이라고 믿는다면 결코 함부로 할 수 없는 것이 역사지.

그러나 역사보다 더 중요한 것은 바로 오늘이야.

(…중략…)

기차는 공중에 떠 강 바닥을 드러낸 한내의 다리 위, 철교를 지난다.

나는 이상해. 왜 오늘이라는 현실, 현실이라는 오늘은 늘 그렇게 몽상적일까. 삶이 실감나지 않아요. 내 몸이 구체적으로 그 어떤 사건을 겪고 있을 때에도, 그것은 꼭 감각 없는 껍데기가 저 혼자 몽유하는 것 같고, 그 몽유 혼몽의 무감각 안쪽에 오히려 눈뜬 내가 또 하나. 냉소로 나를 바라보는 것만 같으니. 그 두 사람이 서로 일치해 본 일이 나는 없어요.

유체(幽體)와 신체(身體) 사이.

그 중간에 나는 떠 있습니다.

- 『혼불』 제4권 제2부 43쪽 -

예문에서 '역사'라는 전통의 자각은 '기차'라는 근대적 문명과의 대립을 통해 드러나고 있다. '자각을 하면 자긍이 생긴다'라는 강태의 말은 단지 강모에게 던지는 역사적 자의성을 일깨우기 위한 것만은 아니다. 역사는 모두에게 유효한 것이며, 역사적 자각 속에 민족적 자긍이 생길 수 있다는 논리로 대치되면서 보다 확장된 의미의 전통으로 전달된다.

역사는 과거로부터 현재까지 '자아'를 배태해온 그릇이다. 이것은 역사적 주역으로서 '나'를 있게 한 근본적인 뿌리이다. 이로써 강태의 내면에 '오늘의 나를 있게 한 근본'으로서 역사는 존재하며, 이보다 더 중요하게 인식되는 것은 '오늘'이라는 시점이다. '오늘'은 단순히 현재적 시간만을 의미하는 것이 아니라, 시간과 공간, 현실적 상황과 미래적 전망을 아우르는 '역사' 자체를 말한다. 또한 역사는 서술자의 원체험으로서 과거를 지시하지만, 현재 발을 딛고 호흡하는 시간과 공간을 포함한 미래의 희망까지 수용하는 전통의 그릇으로 분화된다.

따라서 식민지 경험자로서 강태는 기차라는 근대적 이동(교통) 수단에 올라 식민지 반대의 상황을 떠올린다. 이것은 거시적으로 '해방'을 의미할 수 있으나, 근본적으로 민족주의적 역사관을 암시하고 있다. 이러한 역사관 자체가 서술자로 하여 그 자신의 지위를 식민지 권력의 주체들과 유토피아적으로 연결 짓거나 동일시하는 환상을 가져오게 된다. 이것은 '흉내 내기(mimicry)'[17]의 일종으로, 식민지 상황은 식민자와 피식민자 간 주체들의 역사적·사회적 관계에서 피식민자 스스로 식민자의 행동을 모방함으로써 식민자와 대등한 지위를 얻게 된다고 믿는 데서 나온다. 본질적으로 식민지 야망 속에는 피식민자를 문명화하고 근대화하고 있다. 이와 같은 근거는 등장인물이 지닌 '몽상'의 원체험에서 발견된다.

아, 이래서 종이구나.
종.
그렇지. 이것이 종이 아니고 무엇이랴. 조선 팔도 삼천리 고고샅샅 강토가 땅덩어리째 옴시레기 일본의 것이고, 그 안에 살고 있는 남녀노소 몇 천만 인구 전원이 모두 일본에 매인 종이 되어, 풀뿌리 나무껍질로 여물 먹으며, 오

---

17 호미 바바(Homi K. Bhabha)는 '흉내 내기와 인간에 관하여(Of Mimicry and Man)'에서 "흉내 내기 담론은 양가성(ambivalence)으로 구성되며, 이것이 효력을 지니기 위해서는 지속적으로 그것의 미끄러짐, 그것의 과잉, 그것의 차이를 생성해야 한다"고 규정한다. 이와 같이 식민담론이 양가성을 필요로 하고 양가성을 편입시키게 되는 것은 양가성이란 결코 정확하지 않은 흉내 내기로서 그것이 식민주의 거대담론을 해체하는 힘을 지니기 때문이다. 이를 통해 식민종주국 사람들의 문명에 대한 숭배 혹은 동경에 의한 것이 아니라, 피식민자에 의한 식민지 자국의 개혁, 통제, 기율의 복합적인 전략이라고 말한다. 또한 '흉내 내기'는 권력을 시각화함에 따라 타자(the Other)를 전유한다고 말한다. Homi K. Bhabha, 나병철 역, 『문화의 위치-탈식민주의 문화이론(수정판)』, 소명출판, 2012, 76~78쪽 참조.

직 일본이라는 상전을 위하여 개·돼지·짐승처럼 하루하루 살아가고 있는 것이 조선 백성이었다.

이럴 때에 조선의 모든 초등학교 학동들은 매일 아침 조회가 있을 때마다 우렁차게 소리 높여 '황국 신민의 서사(誓詞)'를 외쳤다.

1. 우리들은 대일본 제국의 신민입니다.
2. 우리들은 마음을 합하여 천황 폐하에게 충의를 다합니다.
3. 우리들은 인고 단련하여 훌륭하고 강한 국민이 되겠습니다.

일본 국내에는 없었던 이 맹서를, 조선의 아동들이 조선의 임금이 아니고 대일본 제국의 천황 폐하에게 충성으로 바치는 목소리는, 노랗게 맴도는 조선의 허공으로 어질머리를 일으키며 울려 나갔다.

-『혼불』제5권 제3부 262쪽-

식민지 상황 아래 '종'처럼 초근목피로 근근이 살아가는 조선 민중은 피식민자로서 신체적 억압과 정신적 폭력에 시달리고 있다. 그럼에도 불구하고 일본이라는 '상전'을 위해 '짐승처럼' 하루하루 살아가는 조선 민중에게 일본은 스스로 제국의 권위를 아무리 과장하고 포장하여도 왜곡된 교육과 문화적 '이식'에는 한계가 있는 것이다.

'대일본 제국'이라는 근대적 유토피아는 식민자 스스로 지위와 권력을 합리화하는 관계 속에서 피식민자의 경험에 의해 비판되고 있다. 제국의 논리를 유토피아적으로 연결짓거나 이와 동일시하는 현상은 식민자의 문화적 열등과 왜곡을 통해 발현된다. 따라서 피식민자를 문명화하고 근대화하기 위한 문화적 이식에는 필연적으로 '미이라 문화'[18]가 잠재되어 있다. 이것은 식민지 지배자의 왜곡된 교육에 의해 나타난다.

이런 관점에서 서술자의 진술은 일제에 의한 식민지 근대화와 자본주의적 논리를 부정하고 있다. 여기에는 많은 것이 함의되어 있으나, 무엇보다 일제강점기 서구 대중문화의 유체로서 우리 민족의 전통과 역사의 해체, 식민지 자본주의 지배체계에 물들어가는 조선의 현실을 반영하고 있다. 이것은 결국 '식민지 여건(colonial conditions)'[19]의 단초가 『혼불』의 근대성과 맞물려 탈식민적 성격을 보여주는 것이다. 이와 같은 시각은 식민지 이전의 전통과 연결되어 있으며, 원주민으로 하여 식민지적 환상을 차단하려는 작가의 역사의식으로 이해할 수 있다.

최명희의 역사의식 관점에서 바라볼 때, 『혼불』의 소설 전략은 식민지라는 본질에 비추어 소설 내부적으로 민족주의적 언표·발언·장면 등에서 드러난다. 이러한 원리의 이해는 근대의 지점에 위치한 서술자 혹은 등장인물들의 전통의 복원과 맞물려 추동되고 있다.

---

18 '미이라 문화'는 본질적으로 원형은 죽어 있는 단계에서 빈 껍질만 보여주거나 제공한다는 의미이다. 실상 제국주의 식민지 개척에 있어서 식민자의 식민화/지배의 원리에는 식민 속국의 문화·역사·전통을 왜해 내지 말살시키기 위해 왜곡시키거나 축소해버리는 경향이 있다. 이 경우 문화·역사·전통 면에서 본질을 감추고 겉만 드러내는 것을 말한다.

19 일반적인 의미에서 '식민지 여건(colonial conditions)'은 식민주의 시대를 배경으로 하여 식민자와 피식민자의 관계가 '지배와 피지배' 혹은 '착취와 억압'에서 일어나는 모순 상황을 말한다. 또한 이것을 연구행위의 출발점으로 삼을 경우 여기에 대해 이의 없이 받아들여지는 사실이나 원리를 의미한다. 이 책에서는 주어진 사실 혹은 부여된 '소여(所與)'의 의미로서 식민주의 현실 자체를 지시한다. 좁은 의미로는, 『혼불』의 이야기를 구성하는 주된 배경 요소로서 일제강점기 식민주의 지배 권력으로부터 억압받는 민중들의 생활상을 말하며, '창씨개명', '단발령', '흰 옷 금지' 등과 같은 식민지 사회현실의 억압과 모순 전반을 의미한다.

2.2. 가문의 공동체적 의무

1930년대는 일제강점기 식민주의와 함께 근대화 기획이 본격적으로 진행되는 시기이다. 이것은 식민주의에 의한 근대의 과정과 근대의 산물로서 식민주의의 상관성이 본질적인 면에서 분리됨을 의미하고 있다. 실상 식민주의와 근대적 시점은 상호 주체적인 입장에 의해 엄격히 제한되며, 일제강점기는 식민주의 테두리 속에 묶일 수밖에 없는 시대적 환경·요인·조건으로 작용한다.

『혼불』의 경우 매안마을의 부유한 가문의 가풍은 작가의 '원체험'이 되지만, 거멍굴·고리배미의 가난과 빈곤은 작가의 원체험에서 뻗어 나온 '줄기체험'[20]에 해당된다. 식민주의 저항 안으로 들어갈 수도 없고, 근대화의 주역이 될 수도 없는『혼불』의 등장인물들의 민족주의적 성격은 동학농민혁명 그 훨씬 이전의 역사적·민족적 세계관과 맞물려 있다.

이러한 민족주의적 기반은『혼불』에서 일제강점기를 시대 배경으로 식민지 중심으로부터 밀려나간 매안마을 가문의 공동체적 의무, 즉 혈족의 테두리를 둘러싼 유대의식 등에서 발견되고 있다.『혼불』의 공동체적 영역은 1930년대를 배경으로 하고 있으나 실상 최명희가『혼불』을 집필하던 1980년대 민족주의 담론 혹은 '민족문학론'[21]과 관련이

---

20 매안마을 양반가문의 삶의 모습이 실제 최명희가 살아온 환경에 근거한 것이라면, 그 외 거멍굴·고리배미의 설정은 작가의 기억이나 내면에 존재하는 상상의 장소이다. 이것은 실제로 존재할 수도, 그렇지 않을 수도 있으나, 중요한 것은 최명희의 의식이 만들어낸 지리적 개념이며, 거기에 맞게 살아가는 인물이 등장하는 장소를 가리킨다. 이런 측면에서 작가의 내면세계를 형성하는 주요한 부분으로서 '원체험'이 매안마을이라면, 거기에 부속적으로 생성된 내면의 '줄기체험'은 거멍굴·고리배미가 해당된다.

21 민족문학론은 전개과정에서 리얼리즘적 전개와 관련이 깊다. 엄밀히 리얼리즘 논

있다. 1970년대를 기점으로 민족문학론이 대두되면서 정치·사회적으로 일어나기 시작한 민주화 운동과 상관성을 지닌다. 『혼불』의 민족주의는 해방 이전 근대의 성격과 적극적으로 소통하는 통로를 제시하고 있으며, 이것은 『혼불』이 1930년 이후 일제강점기를 배경으로 등장인물들의 행동반경이 반식민주의적 단서를 지니고 있다는 것을 의미한다.

『혼불』은 일제강점기 우리 민족의 수난을 반영하는 동시에 그 과정에 살아남아야 하고, 살아남을 수밖에 없는 민중들의 강인한 생명력을 바탕으로 하고 있다. 이와 같은 현상은 전근대에서 근대로 전이되는 과정에 보다 확장된 삶의 지향에서 드러난다. 또한 여기에는 필연적으로 갈등·분규의 단계를 거쳐 화해·해소의 과정이 개입되어 있다.

> 청암부인은 소리 없이 낙루(落淚)한다.
>
> 눈물이 옷섶으로 떨어져 젖는다.
>
> "한 생애가 허사로다……."
>
> 청암부인의 허리가 앞으로 꺾인다.
>
> 삭은 나무토막이 부러지는 것처럼 힘없이 앞으로 고꾸라진 그네는 두 팔로 몸을 버티며 고개를 떨어뜨리고 울었다.

쟁은 일제강점기인 1920년과 30년대, 해방기 이후 줄곧 우리 문학사에 족적을 남겼다. 민족문학 이론가들이 리얼리즘에 각별한 관심을 쏟는 것은 작품의 완성도를 판단하는 기준이 되기 때문이다. 이는 시대적 상황으로서 문학이 지녀야할 절대 가치로 생각한 이론가들에게 있어서 당연한 선택이었다. 한 가지 짚고 넘어가야 할 것은 리얼리즘이 민족문학론의 범주로서 민중문학론이나 제3세계 문학론과 별개의 이론으로 개진된 것은 아니라는 점이다. 오히려 리얼리즘은 일제강점기 식민주의 시대 저항의 이론으로 각성되었을 뿐만 아니라 식민주의 비판의 단초를 제공하는 결정적인 이론이었다고 할 수 있다. 따라서 1930년대를 기점으로 한 식민주의 비판은 리얼리즘 문학에서 기초함은 물론이거니와 민족주의 문학과도 긴밀한 연계성을 지닌다는 의미이다. 유승, 앞의 논문, 46~48쪽 참조.

이기채는 감히 그 앞에서 아무 말도 더는 잇지 못한 채, 자실(自失)하여 넋이 나간 얼굴이다.

그리고 자신의 몸이 티끌처럼 혀에도 없이 흩어지는 것을 느낀다.

자기 몸을 이루어 주던 단단한 껍질을 잃어버리고 나니, 남는 것은 티끌뿐이었다.

아아, 내가 이 어른에 지금까지 이대도록 마음을 의지하고 살아왔단 말인가. 어찌 사람이 태산이며 하해(河海)이리요. 한낱 생물에 불과한 것을.

-『혼불』제2권 제1부 69쪽 -

청암부인의 눈물에서 드러나는 것은 가문의 정도(正道)를 기반으로 하는 질서와 가문의 주체로서 여성가부장적 삶에서 확인된다. 이것은 더 이상 벗어날 수 없고, 더 이상 오를 수 없는 정해진 숙명으로, 신분적·계급적 불평등 구조의 폐습을 의미한다. 이와 동시에 강수의 죽음은 가문의 질서로부터 타자화된 개인의 '죽음'을 의미한다. 가문으로부터 억압받고 타자화된 정체성에서 벗어나고자 하는 강수의 선택은 결국 죽음뿐인 것이다. 따라서 강수의 '죽음'은 타자의 죽음이긴 하지만 피식민자로서 죽음과는 멀고도 무관한 죽음을 의미한다. 그럼에도 강수의 죽음을 지나칠 수 없는 요건은 가문의 본성과 관련하여 위기를 초래하고 질서를 무너뜨린 불길한 측면을 무시할 수 없는 일정한 질량의 정체성을 지니기 때문이다.

이러한 가문의 정체성은 청암부인으로 하여 오래전부터 이어온 가문의 '목소리, 경험, 역사'라는 가부장으로서의 지위를 확인할 수 있는 기회가 된다. 이와 동시에 여성가부장으로서 가문의 질서를 바로잡는 전근대적 여성성의 지위를 확보하게 된다. 따라서 강수의 죽음은 가문의 불온으로 끝나는 것이 아니라, 가문의 생존과 질서에 대한 위기의식을 타자의 '죽음'이라는 보다 확장된 의미의 정신적 산물을 추구한다.

김헌선에 의하면, 『혼불』은 문학적 사유의 총체로서 우주 삼라만상의 개체, 한 사람의 개인, 한 가문, 한 민족의 층위에서 구현되는 화해와 관련이 깊다. 궁극적으로 『혼불』은 '업'과 '해원사상'을 근거로 하여 일제강점기 식민지배 상황에서부터 해방 후 미군정시대, 한국전쟁과 남북분단, 80년대 격동기와 현재에 이르기까지 진정한 화합과 화해의 정신을 기리고 있다. 이념과 사상, 군사적 적대감으로 갈라선 남과 북이 서로 포용하고 이해하는 관점에서, 『혼불』은 남북 간 갈등을 와해시키면서 화해와 화합의 기운을 상생의 조건으로 내걸고 있다. 이것은 일제강점기 식민자와 피식민자 간의 갈등을 어떻게 해소하고, 식민주체와 하위주체 간의 입각점을 어떠한 방식으로 무마시켜 가느냐에 『혼불』의 사상적 요체가 달려 있다.[22]

이로써 강수의 죽음은 청암부인으로 하여 개인으로서 경험과 집단으로서 역사의 주체, 즉 여성가부장으로서 가문의 질서를 바로잡는 여성성의 지위를 확보하게 된다. 이를 토대로 할 때, 강수의 생물학적 죽음 자체보다 '혼불'이 근원적으로 가문을 일으키고 마을과 마을을 지켜주며 산맥과 산맥을 도모하는 데 의미가 있다.

이것은 식민지 현실의 극복과는 별개로 강수의 '죽음'에서 시작된

---

22 『혼불』은 10권 분량으로 되어 있으나 이야기의 뼈대와 줄기와 곁가지들이 서로 얽히고 설키면서 이러한 이채로운 구실이 이야기의 흐름을 늦추고 있다. 그럼에도 이야기의 핵심은 청암부인의 등장, 청암부인의 처세, 청암부인의 치상과 회고 등이 이야기의 요체라고 할 수 있다. 이런 점에서 청암부인이 『혼불』 작품 전체를 아우르며 서사의 맥을 형성하고 있다. 따라서 『혼불』에서 청암부인의 생평이 결코 훼손되거나 마모될 수 없는 서사의 핵심적 층위라면 나머지 인물들은 으뜸 줄기를 향해서 뻗어가거나 그 줄기에서 비롯된 가지에 해당한다. 김헌선, 앞의 글, 1997, 12월호, 79쪽.

'가문의 위기'가 강수·진예의 상피담을 초극하는 가문의 소극성을 넘어선다. 여기에는 강수로 하여 말할 수 없는 '타자'의 비극성을 청암부인으로 가문과 식민지 조선의 현실의 '목소리, 경험, 역사'를 반영하는 중요한 단서가 되고 있다.

> "창씨(創氏)라니, 도대체 그게 무슨 말인가? 대관절 무얼 어떻게 한다는 게야?"
> 청암부인의 목소리는 노여움으로 떨리고 있었다.
> 방안에 앉은 기채와 기표는 책상다리를 한 발바닥을 쓸고만 있다.
> 이기채는 흰 버선발이고, 기표는 엷은 회색 양말을 신었다. 기표는 그 차림까지 양복이다. 하기야 문중에서 맨 먼저 상투를 자른 사람이 기표였고 보면, 그의 저고리가 단추가 여섯 개씩이나 달린 양복으로 바뀌고, 신발이 숭숭 뚫린 구멍에 검정 끈을 이리저리 꿰어 잡아당겨서 묶어 매는 구두로 바뀐 것도 하나 이상할 것 없는 일이었다.
> (…중략…)
> 문중의 다른 사람들도 하나씩 둘씩 상투를 자르면서, 이제 망건(網巾)이니 탕건(宕巾)이니 하는 것들은 나이 지긋한 오인들한테나 소중한 물건처럼 여겨질 정도도 차차 변해가고 있었으나, 이기채는 종가의 종손으로서 그 체모를 버리지 않았다.
> 그것은 고집이라기보다 도리였다.
>
> -『혼불』제1권 제1부 207쪽 -

창씨개명에 대한 첫 반응은 청암부인의 노여움과 울분에서 드러난다. 나라를 잃은 것도 서러운 판에, 성씨까지 바꿔야 한다는 것은 청암부인뿐만 아니라 문중의 모두에게 청천벽력과 같은 사건인 것이다. 여기서 이기채와 기표의 차림은 창씨개명에 대한 앞날의 행방으로서 절묘한 대비를 이룬다. 이기채의 '흰 버선발'과 기표의 '회색 양말'은 등장인물에 따라 창씨개명에 대한 자기 입장인 동시에 전통의 근대와 식민주의 모순의 갈림길을 상징한다.

개인의 차림은 각자의 성정에 의해 달라질 수 있는 것이다. 따라서 기표의 '회색 양말'이 근대의 산물이라면, 이기채의 '흰 버선발'은 전통적 표상으로 작용한다. 그럼에도 '흰 버선발'을 전근대성이라고 말할 수 없는 이유는, 양말 한 짝으로 등장인물이 겪는 근대와 식민주의 상황이 극적 대비를 이루고 있기 때문이다.

전통의 고수로서 내포작가가 수용하려 하는 사물, 즉 '양말'에 관한 객관적 투영은 근대를 기점으로 하고 있다. 이것은 '흰 버선'이 지시하는 민족주의적 근원성과 그와 대비되는 시점에서의 '양말'의 근대적 기점이 교차되는 상황, 즉 일제 문화말살 정책에 의한 '창씨개명'이 시각적으로 가시화되는 것을 의미한다.

본래 우리 민족의 '성씨'는 각자에게 주어진 '땅'을 중심으로 대를 잇고 자손을 퍼트리며 살아왔다. 삶의 근본이자 근간을 이루는 것이 바로 '땅'이다. 따라서 이기채의 '흰 버선'과 기표의 '양말'은 말 그대로 전자가 '민족적 존속'을 의미하는 데 비해 후자는 근대의 '개량화된 삶'을 의미한다. 이것은 결국 현재적 의미에서 기표의 '회색 양말'은 민족주의에 대한 가해이자 식민지 근대화의 산물인 것이다. 이와 동시에 이기채의 '흰 버선발'은 식민주의에 대한 피해자로서 전통을 고수하려는 입장을 보여주고 있다.

이러한 측면은 '땅'과 관련한 '발'에서도 나타난다. '발'은 우리가 딛고 일어설 수 있는 '땅'과 가장 근접한 신체부위이다. 여기에는 '창씨개명'이라는 강제적·폭압적 지배논리가 이기채와 기표의 발을 둘러싼 '버선'과 '양말'이 물리적으로 상호 대립하는 것을 의미한다. 따라서 버선발-상투-망건-종손으로 이어지는 이기채의 '고집' 아닌 '도리'는 전통의 복원을 고수하는 동시에 우리 민족의 주체성 혹은 민족의 얼을 암시하고 있다.

그럼에도 불구하고 이기채의 존엄은 청암부인의 그늘에 가려진 채 민족주의 표상으로 전면에 나올 수 없는 한계를 지니고 있다. 그의 성정과 기품은 비록 양반의 신분을 유지하면서도 소설 내적으로는 청암부인의 영향 아래 '허세'에 가까운 인물로 그려지고 있다. 이것은 작가의 소설 전략에 의해 구조화된 것으로 이해할 수 있으며, 전통의 고수를 위한 방편으로서 청암부인을 택하기 위한 적합한 방식으로 해석될 수 있다.

이와 같은 지적은 일제강점기 나라의 상실과도 직결된다. 왜냐하면 남성 부재의 허약한 양반 가문의 실세를 청암부인으로 하여 그 모두를 쥐게 함으로써 '부권 부재=주권 상실'의 억압적 상황이 전통의 복원으로 하여 큰 위치를 획득하도록 하고 있다. 이러한 작가의 의도성을 면밀히 들여다보면, 청암부인이든 효원이든 남성이 무력할수록 여성성의 존재가 확연하게 드러나게 된다. 이것은 여성이 전통의 주체로 나서야만 전통의 복원에 기여하는 양태가 보다 큰 의미를 확보할 수 있다는 데 근거한다.

윗어른의 방에 불이 꺼지기 전, 그 아랫사람들이 불을 끄고 잠을 들 수는 없는 일이었으니, 그렇게 순서를 지키는 것은 이미 어제 오늘 일이 아니었다. 율촌댁이 이 댁으로 시집와서 건넌방에 든 그날로부터 이날까지 하루도 어김없이 지켜온 일이다. 굳이 그럴 필요가 있었을까만, 그것은 감히 누가 깨뜨릴 수 없는 불문율처럼 위엄있게 밤마다 행하여졌다.

(…중략…)

본디 안채란, 가운데 넓은 대청을 두고 오른쪽에 큰 정지와 도장방이 딸린 넓은 안방, 왼쪽에 그보다 작은 건넌방이 있을 뿐이었으니, 고부 양대 거처 밖에는 할 수가 없는 곳이었다.

물론 방을 한 칸 더 달아 내는 것이 무슨 어려운 일일까마는, 삼 대가 함께 거하게 되면, 중년의 며느리는 새며느리한테 자기가 쓰던 건넌방을 물려주고, 안방으로 들어가 노년에 이른 시어머니와 함께 기거하는 것이 상례였다. 사람들은 이 안방을 큰방이라 하였다.

-『혼불』제1권 제1부 171쪽-

예문에서 보다시피,『혼불』은 한국인 특유의 문화와 관습이 내재되어 있다. 여기에는 우리말과 글이 인류학적 측면에서 한국인의 전통 내지 민속학적 산물과 긴밀하게 연결되어 있으며, 일제강점기 암울한 시대적 지평이 우리말과 글을 통해 강인한 민족성을 드러내고 있다. 이와 같은 내용은 등장인물의 당대 현실 인식에서 드러난다. 이것은 작중화자의 생활양식 · 전통 · 행위 · 언표에서 찾을 수 있으며, 서술자의 전통 · 민속의 경험 유인자에 의해서도 확인된다.

청암부인과 율촌댁 간의 '안방'과 '건넌방'의 관계성은 인물과 사건을 잇는 이야기가 선형적 · 일률적으로 전개되지 않고 각각 타자의 위치에서의 이중적인 구조를 보여주고 있다. 따라서『혼불』은 전통적인 언어관에 비추어볼 때, 등장인물의 경험이 전통의 재현으로 나타난다. 이것은 작가의 경험에 의한 역사적 관점을 기반으로 하고 있음을 알 수 있다.

등장인물에 의한 전통의 재현은 율촌댁에 의해 가시화되는데, 시집 와서 건넌방에 든 그날부터 줄곧 이어져 온 가문의 법도에서 시작된다. 이것은 '하루도 어김없이 지켜온' 일이다. 여기에는 등장인물의 경험을 기반으로 하는 전통의 정신이 소설 내부에 내재되어 있다. 따라서 전통의 복원으로 연결되는 지점에 선 장본인이 바로 청암부인이다. 가부장으로서 청암부인의 정조관은 가택의 형세와 그것을 사용하는 자의 품성과도 엄밀한 한계와 법도를 유지하며 전통을 고수하려는 면모를 보이고 있다. 이와 같은 의도는 결국 양반가문의 전통적 관점이 현실적인 측면에서 가풍의 정서와 공존한다는 것을 의미하고 있다. 이런 측면에서 『혼불』은 전통적인 재현의 의미가 소설 내적으로 오랜 시간대를 유지하면서 한국인의 정서를 반영하고 있는 것이다.

이와 같은 관점은 『혼불』이 전통적인 가족사적 입장에서 작품을 맞추어 가고 있는 데 근거한다. 이것은 당대 사회현실에 대한 자각으로서 매안마을 양반 가문의 인물 태도에서 확인된다. 이를 통해 『혼불』에는 전통·역사·설화 등 다양한 양식이 소설 전반에 투영되어 있음을 알 수 있다. 또한 우리 민족의 전통문화가 일제강점기를 기점으로 하여 더 한층 선명하게 반영되고 있음을 알 수 있다.

『혼불』은 등장인물의 인물 유형을 기반으로 하는 민족주의적 정신이 깔려 있으며, 이 정신은 『혼불』의 구간마다 식민주의 비판과 연결되어 나타난다. 이를 바탕으로 할 때, 『혼불』은 전통적인 기호론적 의미보다는 오랜 시간대를 지나면서 형성된 한국인의 정신과 민족성의 발휘이며, 이것은 등장인물들의 체험에 의한 전통의 정신화로 간주할 수 있다.

그러나 그것이 법도였다.

시가(媤家)에 어른들 엄존하신데, 저의 친정에서 살붙이가 왔다 하여 버선발로 뛰어나간다거나, 그 곁에 붙어 앉아 떨어질 줄 모르는 것은 몰풍(沒風)스럽고, 본데 없는 짓이었다. 벙싯거리며 반가움을 참지 못하는 것도 마찬가지다. 범상한 낯빛으로 은근히 교감(交感)하고 오히려 한 걸음 뒤로 물러나 비켜 서서 친정붙이를 대하며, 시댁에 자신이 잘 적응하고 있는 모습 보여드리는 것이 도리였다. 둘이서 낮은 소리고 속삭이거나, 남모르게 무엇을 주고 받으며, 눈물을 짓는 것은 결코 가격(家格) 있는 집안의 풍도(風度)가 아니었다.

지그시 가슴을 누르고, 가까운 곳에 와 계시는 밧어버이 훈김을 느끼는 것만으로도 마음이 가득 차, 일상에 흐트러짐이 없는 자세는 위선이 아니라 품위였던 것이다.

그것은 사돈댁을 방문한 친정 쪽에서도 출가한 여식을 대하여 지켜야할 은연중의 불문율이었다.

-『혼불』제2권 제1부 54쪽 -

사가(査家)의 법도는 엄격한 격과 율을 지닌다. 자중과 불문을 경계로 구획된 사가의 관계란 어렵지만 분명하고, 무겁지만 모호하지 않다. 그 관계의 전통과 명맥은 하루아침에 생겨날 수 없다. 왜냐하면 등장인물의 전통 · 역사 · 언어적 생활양식은 엄격한 사가의 법도 내에서 전통적 주체로서 입장을 고수하고 있기 때문이다.

이러한 방식은 등장인물의 성격에 비추어 전통의 복원의 의미가 소설 표층에 드러나는 것이 아니라, 소설 내부적으로 암시적으로 보여주고 있다는 데 의의가 있다. 불문율로 내려온 사가의 법도는 오랜 시간 일정한 삶을 전제로 형성되어온 것을 의미한다. 이것은 시가나 친정이 정한 법도도 아니며, 일제강점기 그 훨씬 이전부터 전승되어온 풍속이자 관습인 것이다. 유교권 제도와 유관한 인지상정의 불문율은 단순히 정서적 관계에 의해 출발하기보다 오랜 기간 동안 체험에 의해 습득된 결과물이다. 따라서 『혼불』의 등장인물들이 겪는 전통적

인식의 타당성은 근대의 문화적 영역과 무관하다. 이러한 전통적 맥락은 등장인물의 전통적인 체험과 그들의 생활방식에서 확인된다.

특정 민족의 전통·역사·언어란 인류학적 측면에서 인간을 주체적 등위로 끌어올리는 절대적 수단에 해당한다. 여기에는 매순간 창조적 의미의 비판 가능성과 미래 지향적인 인식의 가능성이 내포되어 있다. 이러한 지각은 이미 오랜 시간 시각적·청각적·감각적으로 인식되어 온 전통·역사의 인류학적 기호와 유인자에 기초하고 있으며 그에 따라 설명되고 있다.23

이런 관점에서 『혼불』은 소설 전반에 일정하게 유지되는 등장인물의 민족성·전통성에 의해 생명력을 확보하고 있다. 이것은 작가의 역사의식에 의한 정밀한 실증 혹은 고증에서 확인되기도 하지만, 등장인물들의 전통적 체험과 삶의 방식이 전통의 복원과 맞물려 문화적 이식을 극복하는 단초를 제공하고 있기 때문이다. 『혼불』의 등장인물들은 소설 내부적으로 역사적 체험을 기초로 하여 소통되고 있다. 이것은 궁극적으로 『혼불』이 지향하는 전통의 복원 의미가 식민주의 비판의 기틀을 제시하는 것으로 이해할 수 있다.

---

23 언어는 인간 역사와 더불어 그 나름의 기나긴 역사적 원동력을 기반으로 발전해왔다. 또한 언어란 하나의 정점에 머물러 있는 것이 아니라, 인간의 경험·인식·사유를 기반으로 진화·발전·변화하는 속성을 지닌다. 이와 같이 언어의 역사에 있어서는 어떤 지점이든 화자로부터 파생되는 순간 독자를 상대로 하는 하나의 의미체로 존재한다. 이러한 언어의 역사 발전은 단순하지 않다. 여기에는 시대와 사회라는 크나큰 조류가 깔려 있기 마련이다. 또한 언어는 당대적 조류에 의해 새롭게 부각되거나 소멸의 과정을 거치면서 보다 적절한 언어로 재창조 되는 것이 일반이다. Fredric Jameson, 윤지관 역, 『언어의 감옥』, 까치, 1985, 2~4쪽 참조.

3. 선비정신의 위축과 여성의 가부장화

3.1. 가문의 위기와 남성가부장의 퇴행

『혼불』은 넓은 의미에서 병마와 싸워야 했던 최명희의 '문학적 전략'과 관련하여 소설 내부의 등장인물들의 전통적인 삶의 방식을 표현한 글쓰기 전략의 산물이라고 할 수 있다. 이것은 일제강점기 전통의 위기가 거시적으로 민족자존의 위기와 맞물리면서 등장인물들의 대응전략이 전통의 복원과 연계하여 소설 곳곳에서 드러나고 있다.

일제강점기 일본의 문화말살 정책은 근대를 기점으로 하여 우리 민족의 전통의 단절과 식민지 문화 이식으로 구체화되어 나타난다. 이와 같은 배경에는 제국주의 문화 침투에 의한 근대적 현상이 개입되어 있다. 이것은 우리 전통·문화를 해체 내지 단절시키거나 우리 민족의 정체성을 훼손하는 문제로 지적되고 있다. 이와 같이 『혼불』 전반에 내재하고 있는 역사·전통은 작가의 역사의식에 의한 고증과 실증의 의미를 담고 있으며, 한편으로는 등장인물들의 경험을 토대로 한 서구 문화자본 유입에 대한 반식민주의적 성격을 보여주고 있다.

이런 측면에서 『혼불』은 문화의 형태가 일제의 문화적 '이식'과 병치되거나 전유되지 않은 단계에서의 민족정체성 회복을 추구하고 있으며, 일제강점기 문화적 침투에 대항하여 우리 전통의 영속성을 반영하는 '피식민지자로서 무의식적 원형'[24]을 보여주고 있다.

---

24 일반적으로 '무의식'은 '의식'까지도 포함하는 정신 단계의 영역을 의미한다. 일제강점기 양반층에 있어서도 민중(농민, 노동자 등)과 대별되거나 동등한 정신적 단계에서의 피식민자적 의식 내지 무의식은 지니게 된다. 이것은 폭압적이고 강제적으로 주입된 의식으로서 무의식이 아닌, 현실적 억압·착취·폭력에 대한 반응으로서의 정신적 영역

전통의 복원은 일본의 식민체제가 야기한 파행적 근대에 대한 반식
민주의적 명분이라 할 수 있다. 궁극적으로 우리 민족의 전통·문화적
기획이라 할 수 있다. 최명희의 『혼불』은 당대 작가들의 전통·민속의
토속성을 재현하는 과정에 발현된 '피식민지 무의식'25과 대별점을 지
닌다.

역사적으로 1930대 식민지 근대화 기획은 광범위한 영역에서 진행
되었다. 이것은 식민주의에 대한 반식민적 주체의식이 심화되어가는
과정에 해당된다. 거시적으로는 전통의 복원이 민족정체성 회복과 관
련하여 일제강점기 문화말살 정책에 대응하는 매우 중요한 단서로 작
용한다. 『혼불』의 전통의 재현이나 민속학적 의미의 재발견은 매안마

을 의미한다.

25 '피식민지 무의식'이란, 피식민자가 자신이 식민화될지 모른다는 위기상황과 이를
은폐하기 위해 식민 제국의 자본·문화 등을 모방하는 과정에서 생겨나는 '식민지 무의
식'과 대별되는 것으로, 또 다른 타자와 야만을 발견하면서 형성된다. 이 경우 『혼불』은
'피식민지 무의식'에 의한 우리 전통·문화의 실존성·강인성을 일본 제국주의의 지배체
제에 대한 대타항적 기제로 내세우고 있다. 이런 전통이나 토속의 재발견은 반근대와 탈
식민의 저항적 텍스트로 읽어낼 수 있다. 전통·토속의 발견은 자칫 전도된 오리엔탈리
즘에 처할 우려가 있지만, 전통·토속적인 것을 재현하는 그 자체는 모방과 혼성성을 저
항으로 거점으로 삼는 피식민자의 저항의식과 식민지에 대한 무의식적 결과물이라 할 수
있다. 이러한 배경에는 일찍이 식민지 경험에서 출발한 우리의 불안정하고 불완전한 근
대는 피식민자가 끊임없이 제국주의 모국이 침식시킨 담론과 이데올로기를 모방하려 하
고, 자기 안에서 타자를 만들어내는 과정이 깔려 있다. 1930년대 중반에 접어들면서 당대
작가들에 의해 형성된 식민지 무의식은, 식민지 지배체제가 영속될지 모른다는 불안과
절망감, 서구 제국의 근대주의와는 다른 일본식 근대주의와 동양주의에 대한 기대, 근대
성에 대한 회의 등이 겹치면서 매우 복잡한 양상을 띠게 된다. 이런 결과로 식민화된 주
체들이 자기 땅을 부정하고 타자화 하려는 심리는 한층 분열적이라 할 수 있다. 이들은
피식민지인으로서 자기 위치를 부정하고, 자기 무리의 열등성을 찾아내는 한편, 자기는
이 무리들과 다르다는 것을 강조하면서 제국주의 주체를 더 열렬히 모방하는 데 식민지
무의식의 한계가 있다. 따라서 『혼불』의 피식민지 무의식은 식민지 무의식의 양가성이
지닌 모방/혼성의 단계를 뛰어넘은 우리의 전통·토속의 실존성·강인성을 내세워 그 자
체로 일본 제국주의 비판과 탈식민의 저항성을 보여주고 있다. 김양선, 『근대문학의 탈
식민성과 젠더정치학』, 역락, 2009, 83~89쪽 참조.

을 양반층 가문을 중심으로 하여 다양한 양태를 보여주면서도 그 속에는 반식민적 주체의식을 반영하고 있다.

『혼불』은 단순히 역사·전통의 이야기로만 구성되어 있지 않고, 등장인물들의 다양한 삶의 모습에서 드러나는 이야기와, 입에서 입으로 전승된 담화에서 추출된 익숙한 문화를 토대로 새롭게 변주된 이야기인 것이다.

『혼불』은 '이야기의 바다' 만큼이나 규모의 외양 못지않게 거기에 응축된 문화적 담론은 그 형상과 색깔 면에서 매우 다채로우며, 행간마다 깊이 있는 전통의 의미와 정수가 배어 있다. 또한 이야기뿐만 아니라 서사 외적으로 여느 소설과는 차원이 다른 수사적 면모를 품고 있다.[26] 또한 『혼불』은 서사적 결정(結晶)에서 일제의 문화 유입·침투에 맞서 우리 민족의 전통·문화를 지탱하는 고결한 '땅' 위에서의 선비정신과 여성의 권위를 바탕으로 한 전통의 고수, 전통의 복원을 지향하는 창작방식을 보여주고 있다.

"전주의 옛이름은 완산(完山)이었다."

고등보통학교에 입학한 다음, 막 산수유꽃들이 사운사운 노랗게 잎도 없는 마른 가지에서 피어날 무렵, 까칠한 중로(中老)의 역사선생은, 둥그렇고 두꺼

---

26 『혼불』은 삶의 다양한 방면에 걸쳐 이어지는 이야기의 모티프가 문화적 차원에 머물러 있으며, 그 모티프를 위해 이야기를 생성하고 이어가는 소통의 과정 또한 문화적 차원에서 이루어진다. 서사는 본질적으로 문화 담론이어야 하며, 그럴 수밖에 없다는 관점에 비추어보면, 작가의 재능이나 개성, 혹은 권위 등에서 비롯되는 저자성(authority)은 희석되며, 이러한 구조에서 이야기는 문화적 축적의 산물로서 구성체라고 할 수 있다. 때문에 문학은 개인의 재능보다는 축적된 문화(전통)에서 비롯된 산물이어야 유력해진다. 장일구, 「『혼불』의 문화 담론적 자질과 저자성 역학」, 『혼불, 그 천의 얼굴 1』, 태학사, 2011, 12~15쪽 참조.

운 안경을 밀어 올리며 조근조근 찬찬히 이야기하였다.

　"제군들이 앉아 있는 여기는 백제, 마한의 옛땅이다. 한반도 서남지방에 자리한 전라도의 행정과 군사 및 교통과 산업, 그리고 문화의 중심지로서 전주는 그 이름을 떨치고 있지. 흔히 전주를 천 년 고도라고 한다. '천 년'이란 이 고장이 '전주'라고 불리기 시작한 이후의 세월을 말하는 것이다."

　전주라는 이름은 신라 경덕왕 16년에 처음으로 비롯되었고, 그 이전에는 '완산'이라 불렀었다.

　신라 천 년 이전에는 백제 칠백 년이 있었고, 백제 칠백 년 이전에는 마한의 세월이 있었다. 마한의 이전에도 이 고을에 햇살을 다사로웠으니, 그 세월을 다하면 이천 년이 어찌 모자라겠는가.

-『혼불』 제8권 제4부 79쪽 -

　'전주' 지명에 관한 근본적인 유래는 천 년 역사를 거슬러 '마한' 땅과 접맥하고 있다. 전주는 최명희 작가의 탄생지이자 『혼불』의 정신적 원류를 형성하는 지점이다. 한반도 서남 전라도의 행정 중심지이며, 교통과 산업의 요충지로 자리 잡고 있다. 현재뿐만.아니라 동학농민혁명 발발지로서 역사적 의미를 품고 있으며, 일제강점기에도 '전주'는 중요한 지리적 역할을 담당하였다. 여기에 '문화의 중심지'로서 전주가 표상하는 전통적 정보는 역사적 배경뿐만 아니라 문화적인 측면에서도 조선의 큰 맥을 형성하고 있다.

　이와 같은 배경에는 '전주'가 역사와 전통에서부터 민족적 뿌리를 구성하며, 이것은 일제강점기에도 유효하였음을 암시하고 있다. 전주의 옛 이름 '완산(完山)'만 해도 조선-고려-신라-백제-마한에 이르는 천 년의 유장한 세월과 역사가 내재되어 있다. 따라서 서술자는 '전주-완산'의 이름 하나에도 민족적 자긍과 전통적 접점을 통한 민족정체성 회복을 강조하고 있다. 여기에는 '천 년 고도' 전주가 장구한 역사 아래 일관된 민족적 정서를 보유하고 있음을 시사하고 있으며, 조선 왕조의 발상지로서 유구한 역사 · 전통 · 민속의 집합지로서 동학농민혁명을 거쳐 일제강점기 식민주의 상황에도 민족적 가치관이나 정신만큼은 훼손되거나 소멸되지 않고 이어져 왔음을 말해주고 있다.

『혼불』에서 '전주-완산'이 지닌 역사적 · 지리적 양상은 전통 · 문화와 관련하여 풍속이나 민속을 기술한 다른 대목에서와 마찬가지로, 등장인물에 의해 일제 문화 침투에 대항하는 피식민지자적 무의식 상황을 보여주고 있다. 이것은 『혼불』에 나타난 역사 배경과 전통 · 민속 · 문화의 반영에서 찾을 수 있으며, 이러한 요소는 『혼불』 곳곳에서 전통과 결합한 민요 · 판소리 등에서 발견되고 있다.[27]

이런 의미에서 '전주-완산'은 일관된 역사적 시각의 기록에 그치는 것이 아니라, 서술자의 경험과 작가의 역사의식이 긴밀한 유대 내지 역동적인 관계성을 유지하고 있다. 따라서 『혼불』의 역사적 · 지리적 상관성은 '전주-완산'의 전통 · 문화를 제시하는 동시에 세시풍속 · 관혼상제 · 역사 · 예술 · 민속 등 가부장에 의해 형성된 문화적 정체성을 투영하고 있다. 이것은 전통의 힘이 가족단위에서 마을단위로 확대되

---

27 『혼불』은 여러 문화 성원들의 이야기가 펼쳐지고 어우러지는 서사 담론의 양상을 보여줌으로써 이러한 원리를 적중시키는 기능 모델(model for)로서 의미심장한 내용을 지닌다. 『혼불』의 서사적 원리나 전략은 문화적 서사의 차원이 일정한 유형의 구조에 국한되지 않고 다양한 양상의 서사적 담론을 결정하는 차원으로 비약할 수 있는 여러 가능성을 보유하고 있다. 이러한 양상은 풍속이나 민속을 기술하는 다른 대목에서도 확인되며, 이것은 『혼불』 전체에 걸쳐 최명희 작가의 신체성에 의해 작동하는 서사적 전략이라 할 수 있다. 여기에 대한 근거는 전승된 설화가 이야기 속 이야기로 인유되는 양상이 그러하며, 이러한 인유된 이야기의 편린들은 텍스트 맥락에 걸맞는 의미를 낳거나 역동성을 더하여 서사의 진면을 다양하게 체험할 수 있는 계기를 마련하고 있다. 장일구, 앞의 책, 20~24쪽 참조.

면서 민족구성원 전체로 확산되는 과정에 있어 필연적으로 가부장의 역할이 주요한 의제로 다루어지고 있다.

한편 식민지 삶의 현장으로서 '땅'을 중요하게 생각할 수 있는 것은 한국의 전통의 복원 의미가 실제 태어나고 자라며 죽어가는 현장으로서 생활을 수용하고 있기 때문이다. 이것은 단순한 의미에서 전통의 '재현'을 지시하기보다 매안마을 이씨 가문의 위기가 역사적으로 국난을 극복하기 위한 전략적인 대응 방식으로 반영되어 있다고 볼 수 있다.

『혼불』은 일제강점기 국난으로서 창씨개명에 의해 성씨와 이름을 잃어가는 한국인의 안타까움을 담고 있으며, 이것은 우리 민족의 전통에 대한 근본적인 억압이자 단절에 대한 절망적인 심정을 의미한다.

이런 의미에서『혼불』은 소설 내부적 요인, 즉 '창씨개명'과 같은 매안마을 이씨 문중을 둘러싼 위기의 국면을 보여주고 있지만, 확장된 의미에서는 민족의 위기와 동질한 선상의 맥락을 구성하고 있다. 따라서 내포작가 혹은 등장인물들의 가문의 위기가 정신 · 정서 · 민족 등의 의식으로 대체되면서 보다 큰 의미의 전통적 대응 방식을 추구하고 있다.

물이란 그릇에 따라 그 모양이 일정하지 않다. 좁은 통에 들어가면 좁아지고 넓은 바다에 쏟으면 넓어진다. 낮으면 아래로 떨어지고 높으면 그 자리에 고인다. 더우면 증발하여 구름이 되고 추우면 얼어 버린다. 그릇과 자리와 염량(炎凉)에 따라 한 번도 거역하지 않고, 싸우지 않고 순응하지만, 물 자신의 본질은 그대로 있지 않은가.

모습과 그릇은 일시적인 현상에 불과하다. 땅 속으로 스며들어간 물은 없어진 것처럼 보이지마는 지하수가 되어 샘물을 이루고, 하늘로 증발한 물은 이윽고 구름이 되어 초목을 적시는 비를 이룬다. 대저 형식에 집착한다는 것이 무엇이랴. 보이는 것에 연연하여 보이지 않는 것의 이치를 깨닫지 못한다면, 오히려 형식에 희생을 당하는 것이리라.

작금은 시세가 불운하여 내가 조상을 욕되게 하고 가문의 문을 닫는다마는, 이것은 다만 형식일 뿐이다. 얼음이 아무리 두꺼운들 실낱같은 봄바람을 어찌 이기며, 구름이 하늘을 뒤덮고 천지를 한 입에 삼킬 것 같아도, 구름이란 세력이 커지면 커질수록 그 무게를 못 이기어 빗방울이 되고 마는 법. 기다리면 때가 안 오랴……. 내 대에 안 오면 강모가 있고 강모 대에 안 오면 그 다음 대가 있지 않은가. 그러고도 자손은 면면히 대를 이어갈 것이니, 아무려면 때가 안 오랴…….

-『혼불』제2권 제1부 69쪽-

이기채로부터 창씨개명에 대한 문중의 소식을 접한 청암부인은 '물'처럼 끓어오르는 심정을 진정하지 못하고 깊은 탄식에 젖어들게 된다. 사람은 '물'과 다르지 않다는 순박한 세상 이치를 청암부인은 사려 깊고 분별력 있는 목소리로 전하고 있다. 소설 텍스트로서가 아니라 서술자로부터 독자와 작가에게까지 일제의 억압적 상황을 '물'의 깊이로 전하고 있다. 크기가 일정하지 않은 물의 속성이 세상을 비추는 현실과 다르지 않음을 역설하면서 청암부인은 물을 담아내는 그릇을 식민지 현실에 비유하고 있다.

'더우면 증발'하고 '추우면 얼어' 버리는 물은 자연의 이치에 순응하지만 그 본질에서 단 한 번 벗어남이 없다. 그래서 오히려 남의 나라에 들어와 그 나라 사람들의 성씨를 갈아엎으려는 일제의 지배 야욕과 억압의 본질을 청암부인은 '물'의 속성으로 맞서고 있다. 청암부인의 결단은 일제의 '창씨개명'을 핵으로 하는 지배 야욕을 '물'이라는 자연물로 소극적이나마 대응하는 것이라고 할 수 있다.

'물'이란 본래 깊고 넓으며 끝이 없으므로, 그 욕심도 끝이 없는 법이다. 청암부인은 '작금의 시세가 불운'하여 '가문의 문을 닫는다'마는 아무리 큰 '얼음' 덩어리도 '실낱같은 봄바람'에는 녹지 않을 수 없는 미래 희망을 암시하고 있다. 이것은 문중의 고리를 쥔 청암부인의 심경을 보여주는 것으로, '작금'에 비록 '창씨개명'을 감당하여도 먼 후일에는 반드시 회복하고 말 것이란 결연한 의지인 셈이다.

청암부인은 일제의 야욕을 간파하는 동시에 그 나중의 해방의 지점까지도 내다보고 있다. 불운한 시세의 '작금'은 당장 절망과 비탄에 젖어들어도 그 끝은 식민을 이겨내고 대를 이어 가문을 일으키려는 '희망'으로 청암부인의 비탄은 작용하고 있다. 여기서 '비탄'은 청암부인이 말하는 '물'의 연결 대상으로서 서술자의 심정일 수 있으나, 그 내포된 이면에는 불운한 역사를 견디는 한국인의 정서를 반영하고 있다.

이것은 작가의 내면에 잠재된 역사의식에서 오는 것이며, 보다 큰 의미에 있어서는 등장인물의 체험을 기반으로 하고 있다. 이를 바탕으로 할 때, 『혼불』은 매안마을 이씨 가문의 위기의식이 역사적 체험과 긴밀하게 연결되어 있음을 알 수 있다. 『혼불』은 역사·전통의 다양한 면모를 자연물이라는 그릇에 수용함으로써 소극적으로나마 암울한 현실에 대한 희망을 암시적으로 보여주고 있다.

"가문, 가문 하지만 그도 다 선대쩍 말입니다. 팔한림(八翰林)에 열두 진사(進仕)가 나고 정승, 판서 즐비하게 했다는 족보가 자랑이 아닌 것은 아니올시다마는 이 당장에 그 후손인 우리는 무엇으로 가문을 빛냅니까? 벼슬을 하려니 조정이 있기를 합니까아. 충신이 되자니 임금이 계시기를 합니까. 거기다가 선비로서 갈고 닦은 학문으로 후학(後學)을 기르자니 학동이 있기를 합니까. 죽림칠현(竹林七賢)이 되자 해도 대밭이 없는 세상 아닌가요? 도대체

무얼 가지고 이 가문을 번창하게 할 수 있겠습니까? 체면, 체면, 지금 이 세상이 돌아가는 난국이 어디 체면 있는 세상인가요? 상놈이 상전되는 세상 아닙니까아. 왜놈들이 상감노릇 하는 것을 눈 뜨고 보고 있을 수밖에 없는 무력한 백성이라면, 솔직히 무력헌 것을 인정하고 쓸데없는 양반 체면 따위에 매이니 말 일입니다. 힘도 없는 주제에 정신만 살어 가지고 앉은 방석을 못 돌리면 결국 앉은뱅이 노릇밖에 더 헐게 무에 있단 말입니까?

-『혼불』 제2권 제1부 75쪽 -

가문의 전통에 대한 안타까운 심중을 탄식하는 기표의 말은 기채의 가슴을 송두리째 뒤흔드는 사건이 된다. 기표의 눈에, 시골 마을에 틀어박혀 방구들을 쥐고 앉은 기채의 풍모가 가문뿐 아니라, '창씨개명'의 분노를 삭여줄 유일한 사람으로 보이는 것이다. 그런 기표의 내면은 일제의 억압을 가문의 기개와 향수로 극복하고자 하는 바람이며, 여기에 '창씨개명'에 대한 억울함을 지닌 기표의 심정은 '창씨개명=절망'이 전부가 아닌, '전통=저항기제'라는 전통적 입장을 대변하고 있다.

이것은 팔한림(八翰林)의 선비로서 갈고 닦은 학문적 전통과 죽림칠현(竹林七賢)의 양반 체면에 대한 비판적 시각에서 나타나며, '앉은뱅이'처럼 앉은 기채의 풍모를 다시금 일으켜 세우고자 하는 기표의 감정에서 드러난다. 매안마을 정신적 기둥인 기채를 통해 현실적 무력감을 떨쳐내고자 하는 기표의 간절한 바람, 즉 매안마을의 위기를 극복하기 위한 탄식으로서 울분은 작용한다. 왜냐하면 유구한 전통과 내력을 지닌 가문이 '창씨개명' 하나로 가문의 문을 닫을 수는 없는 노릇이며, 기표에게는 매안마을 자체가 '가문'이기 때문이다. 여기서 기표는 '가문'의 위기를 벗어나야만 마을도 위기에서 벗어날 수 있으리란 희망을 기채의 풍모를 통해 감지하고 있는 것이다.

그럼에도 불구하고 기채의 표정에는 가문의 위기를 극복하고 문중을 이끌만한 적극적인 행동을 보여주거나 그럴만한 기운을 찾아볼 수 없다. 눈앞에 닥친 '창씨개명'에도 기채의 풍모는 선비로서 오히려 담담한 성정을 보여준다. 여기에는 가문의 위기를 역동적으로 헤쳐 나갈 수 있는 역량이나 자질을 감추고 있는 것이 아니라, 애초에 양반의 신분 혹은 선비정신만으론 해결할 수 없음을 스스로 인정하고 있는 것이다. 본래 선비정신이란 가문의 어려움이나 나라가 혼란할 때 스스럼없이 발 벗고 나서야함에도 기채는 그 무엇도 행할 수 없는 나약한 선비로 돌아가 있다. 이것은 『혼불』이 지닌 남성성의 나약함이 여성의 강인함을 시사하는 조건으로서 충분한 개연성을 던져주고 있다. 또한 남성가부장의 퇴행 아래 가문을 일으킬 존재는 결국 여성들에게 있음을 암시하는 것으로 이해할 수 있다.

"어머니, 창씨개명을 하기로 문중에서 결정이 됐습니다."
이기채는 단도직입적으로 말을 던진다.
"혈손을 보전할 수 없는 지경에 허울뿐인 성씨만 가지고 있으면 무얼 하겠습니까? 우선은 급한 불을 끄고, 강모, 강태, 목숨을 보존하고 있자면 언젠가는 일본이 망허지 않겠습니까? 그놈들이 오래 간다면 얼마나 가겠습니까? 몇 백 년 몇 천 면을 갈 것인가요? 아이들이 게 근본만 잊지 않고 정신을 놓지만 않는다면, 성씨야 언제든지 찾을 수 있는 것이나, 자손이란 한 번 맥이 끊어지면 다시 잇기는 어려운 법이라, 강물 같은 시세(時勢)를 어찌 손바닥으로 막아 볼 수가 있겠습니까. 징병 문제만 해도, 한 번 출병허면 그 목숨은 개나 도야지 값도 못 허는 형편인지라, 기표가 손을 써 보겠다고 했구만요. 우선 이렇게 창씨개명을 허지마는, 이것은 사람이 옷만 바꿔 입는 것이나 한가지라서 근본은 그대로 남는 게지요. 어머니, 너무 심려는 하지 마십시오. 때가

126

이와 같으니 참아야지 어쩌겠습니까?"

이기채는 자신에게 타이르듯 한 마디 한 마디 힘을 주어 말했다.

청암부인은 그런 이기채를 바라보지도 않고, 묵묵히 고개를 떨구고 있더니, 한참만에야

"별 도리 없는 일이지."

하고, 한 마디만 말하였다.

그리고는 두 사람은 서로 깊은 침묵 속으로 떨어지고 말았다.

-『혼불』제2권 제1부 67쪽-

문중에서 '창씨개명'이 결정이 됐다는 이기채의 통보는 일제의 폭압과 가문의 위기를 의미한다. 나아가 식민지 조선의 위기와 가문을 이어가는 혈육의 보존성을 둘러싼 절체절명의 위기이기도 한 것이다. 여기에는 민족에 대한 원대한 꿈과 가문의 향수가 서려 있다. 본래 '국가-가문-개인'은 그 어느 것 하나라도 포기하거나 버릴 수 없는 것으로, 이러한 국면에는 고개를 떨군 '청암부인'의 한마디에서 『혼불』의 역사성, 최명희의 민족주의적 관념은 드러난다.

'창씨개명'이라는 생애 통틀어 단 한번 경험하지 못한 가문의 상황은 결국 '국가'라는 큰 의미에 비추어 '가문-청암부인-이기채'로 이어지는 혈육의 오욕을 담아내는 형국이다. 이것은 청암부인의 '한마디'와 극적으로 연결되는 '침묵'에서 확인되는데, 가문의 오욕으로서 '창씨개명'은 결국 '침묵', 즉 나약한 선비의 모습으로 이어질 뿐이다.

창씨개명을 결정한 문중의 소식은 청암부인에게 그야말로 깊은 나락과도 같은 심정에 빠져들게 하지만, 그 내면의 희망은 '언젠가는' 패망할 일본에 대한 기원과 탄식이 숨어 있다. '옷만 바꿔 입는 것이나 한가지'인 이기채의 말에서 '근본'은 양가성의 의미를 지닌다. 가문의

근본과 창씨개명의 근본을 이기채는 조선 사람의 '근본', 즉 전통적 유교정신의 품성을 안고 발언한다. 여기서 이기채의 '옷'은 백의민족으로서 '흰옷'을 의미하며, 이와 동시에 외세의 수난으로부터 단련된 '옷'을 의미한다. 따라서 '옷'의 상징화는 '국가-가문-청암부인-이기채-강모'로 이어지는 혈육의 단서로 이어짐에도 불구하고 저항과 극복의 의미보다는 전통적인 선비정신의 유약성만을 드러내는 데 그치고 만다.

이것은 개인으로서 청암부인, 가문으로서 문중, 확장된 의미로서 식민지 조선을 지시하지만, '강물 같은 시세(時勢)'로 말미암아 개인을 잃고 가문을 끊어내고 나라의 기근을 앞당기는 것을 암시하면서도 머지않은 '시세'에 반드시 회복할 나라의 희망을 예감하거나 내다보는 의미로서 소극적인 탄식일 뿐이다.

한편 청암부인은 일본의 식민지 야욕을 짐작하면서도 이와 동시에 해방의 순간까지도 내다보고 있다. 이것은 문중의 중심으로서 청암부인의 심경을 의미하지만, '창씨개명'을 감당하면서까지 먼 후일 해방을 기약하는 여성가부장의 결연한 의지라고 할 수 있다. 여기에는 '강물 같은 시세(時勢)'로 인해 절망과 비탄에 잠기어도 그 끝은 가문을 일으키고 식민을 이겨내려는 청암부인의 바람이 내재 있다.

'창씨개명'과 '침묵'이 하나의 근원을 형성하는 중요한 단서는 '옷'에서 찾을 수 있다. 이것은 '창씨개명' 한 가지 단서만으로 『혼불』의 전반을 평가할 수 없는 것과 마찬가지로, 이기채가 말하는 '옷'의 직접적인 연결 대상으로서 청암부인은 최명희 자신일 수 있으나, 그 이면에는 내포 작가, 즉 작중화자로부터의 식민주의 모순을 가리키고 있다.

이러한 관점을 큰 의미로 확장하면, 남성가부장의 부재가 곧 주권을 상실한 국가의 불구성을 암시하고 있다. 즉 시대적 억압 상황에서 희망 공간인 '가문=매안마을=조선'의 창씨개명은 현실적으로 기표와 기채가 처한 심경에 관한 고백이자 서술자로 하여 저항적 의미에서 분노의 표출이라고 할 수 있다. 그럼에도 기채의 표정은 근엄한 선비의 모습만 보여주고 있다. 이것은 기채의 무력함이 창씨개명이라는 큰 의미의 전통의 상실과 직결된다는 점에서 매안의 위기 즉 가문의 위기와 맥락을 같이하고 있다.

따라서 '가문=매안마을=조선'은 기표와 기채로 하여 절망과 고뇌의 심리 상태를 반영하고 있다. 그 내면에는 가문의 위기를 극복하고 마을을 일으키기 위해서는 전통과 역사를 지켜나가고, 나아가 민족의 정기를 되살려야 한다는 것을 최명희는 강조하고 있는 것이다.

3.2. 여성성에 투영된 선비정신

『혼불』의 전통적인 성격은 매안 여성인물들의 성격과도 긴밀하게 연결되어 나타난다. 이것은 1930년대 일제강점기 매안마을을 중심으로 하여 남성가부장의 퇴행 혹은 부재와 밀접하게 연관되어 있다. 이 기채와 강모의 행적에서 드러나는 무력한 남성상을 대신하는 인물, 즉 청암부인, 효원 등의 매안마을 여성들의 행적에서 그 근거를 찾을 수 있다.

소설의 주된 배경을 남원 매안마을이라고 할 때, 그 속에서 일어나는 여성인물들의 행동반경은 전통의 복원, 전통의 훼손이라는 양 갈래로 나누어진 이중의 관점을 보여주고 있다. 전자의 경우 청암부인, 효원, 인월댁, 율촌댁 등을 전통의 명예로운 인자라고 한다면, 후자를 상피와 불륜의 장본인으로서 강실과 진예로 나눌 수 있다. 이런 면면이 매안의 배경을 구성한다고 보면, 전통의 복원과 전통의 훼손이라는 양 갈래의 문제가 소설 내부적으로 여성인물의 성격을 규정하는 매우 중요한 요소로 채택된다. 따라서 매안마을 여성의 지위를 근대와 전근대 사이에 놓고 그 위치에 대해 고심하지 않을 수 없으며, 역동적인 삶으로써 매안 여성의 문화적 정체성을 확인하는 절차는 여러 방면에서 찾아볼 수 있다.

『혼불』은 가부장적 지배 방식 내에서도 남성성을 모방한 여성성의 자발적 의도가 분명하게 드러나며, 그것을 여성의 '이중적 굴레'라고 폄하할 수 없다고 평가하고 있다.[28] 또한 근대적 관점에서 남녀 불평등의 현실과 남녀 차별의 사회적 기운이 엄존한 사회에서 여성의 사회적·정치적·문화적 활동이나 행동반경을 긍정할 수 있는 요건은 충분히 고려될 수 있다. 왜냐하면 지금까지 매안마을 여성의 삶은 양반 계층이라는 여자 혹은 여성이라는 카테고리를 통해서 이해되는 어떤 정체성(identity)이 실재한다는 가정에 입각해 왔다. 이것은 여성성 담론 안에서 페미니스트적 이해와 목표와는 무관하면서도 한편으로는 근대화된 정치적 표상(representation)에 의해 확인되는 주체자로서 여성의 삶을 살아가는 데서 확인된다. 따라서 매안의 여성인물이 차지하는 지위를 '주체로서의 여성에게 가시성(visibility)과 정통성을 부여하고자 하는 정치적 과정'[29]과는 무관한 것으로 간주하면서도 그 근거

---

28 젠더화의 전략 속에 실천되는 여러 가지 이론들과 현실태 중에서 긍정적으로 검토해 낼 수 있는 부분은 적극적으로 해석할 필요가 있다. 예를 들어 가부장적 지배방식 내에서도 여성성의 자발성이 드러난 측면이 분명하다면, 그것이 비록 남성성을 모방하고 있다 하여도 여성의 '이중적 굴레'(여성이라고 하는 일차적 굴레와 남성을 성공 모델로 삼는 이차적 굴레)라고 부정적으로 폄하할 일이 아니라는 점이다. 김복순, 「여성영웅 서사의 보편성과 식민지적 특수성: 『혼불』을 중심으로」, 『혼불, 그 천의 얼굴 1』, 태학사, 2011, 246쪽.

29 페미니즘적 주체는 그 주체의 해방을 촉진하는 것으로 상정되어 있는 바로 그 정치 체계에 의해서 추론적으로 형성된다. 만약 이 체계가 지배라는 차별화된 축에 따라 젠더화된 주체(gendered subject)를 산출하거나, 남성적인 것으로 가정되는 주체를 산출하

리에서 유효한 기능을 발휘하고 있다는 데 초점을 맞출 필요가 있다.

『혼불』은 매안의 여성이 가문을 지탱하고, 가문을 둘러싼 사회적 공동체를 이끌어 가는가 하면, 가문의 정조(情調)를 훼손하는 장본인으로서의 역할을 형성하고 있다는 데서 매안 여성의 역동적인 삶의 방식과 그 내면의 전통의 복원 전략을 찾을 수 있다. 이런 측면에 있어 가부장적 여성의 지위가 근대적 합리화에 의해 구조화되어가는 과정에는 필연적으로 여성 인물들의 자발적·의도적 정치의식이 개입된다. 이것은 매안의 여성 인물들의 행동·언어행위가 전통의 복원과 직간접적으로 관계를 맺고 있다는 것이다.

이런 관점에서 매안의 여성 인물들은 전통의 지향으로서 가부장적 성격을 추구하는 동시에 근대적 의미에서의 반식민주의적 문학을 동시적으로 추구하고 있다고 볼 수 있다. 여기에는 이씨 문중을 이끌어 가고 있는 청암부인을 비롯해 효원, 인월댁, 율촌댁 등 여러 여성들의 전통적 담론을 구성함으로써 개인으로서의 여성과 집단주의로서의 여성의 지위를 다양한 방식으로 보여주고 있다.

『혼불』은 여성의 사회적 지위가 남성의 부재가 아닌 여성 스스로 자발적인 형태의 주체성에 의해 규정되고 있음을 시사하고 있다. 이것은 여성인물들 간의 교감과 갈등 구조 속에 다양한 관계를 맺으면서 진행된다. 여기에는 전근대적 과정이 근대로의 이행 관계 속에서 전통의 복원이라는 새로운 담화가 구조화되어 나타난다. 따라서 『혼불』은 매안 여성에 의해 역동적으로 실현되는 전통의 복원 양상에 주목할 필요가 있다.

는 것으로 확인되면, 이것은 정치적으로 문제가 있게 마련이다. 따라서 '주체'의 문제는 정치에 있어 매우 중요하며, 페미니즘 정치에 있어서는 더욱 중요한 요소로 작용한다. 임명진, 「섹스/젠더/욕망의 주체」, 『페미니즘 문학론』, 한국문화사, 1998, 187~194쪽 참조.

그림자.

신혼의 방, 일렁거리는 촛불빛을 받으며 현란한 꽃밭처럼 오색이 영롱하던 효원의 화관이 어지럽게 떠오른다. 큰비녀와 도투락댕기를 드리운 그네의 그림자가 벽에 비치어 커다랗게 드리워진 것을 보고 덜컥 겁이 났었지. 그때 먹은 겁은 이상하게도 얼른 풀리지 않았다.

오히려 날이 갈수록 무서워졌어……. 참으로 알 수 없는 일이다. 왜 그랬는지 모르겠다. 나는 혹시 그 사람한테서 할머니의 눈매에 서려 있던 서리를 본 것은 아니었을까?

할머니의 서리. 그 허연 서리. 청암부인.

강모는 흐윽, 숨이 막힌다.

베개 밑에 명주 수건에 싸여 있던 삼백 원이야말로 나의 발목을 비끄러맨 동아줄이 아닌가. 할머니는 생전에 한번도 나를 꾸짖으신 일 없고, 매를 때리신 일도 없는데, 나는 왜 그렇게도 할머니가 어려웠던가. 들어오라 하면 들어가고, 나가라 하면 나갔다. 오늘 밤은 좋은 밤이니 건넌방에서 자거라 하면 또 그렇게 했다. 나는 할머니한테서 벗어날 수가 없다. 결국 이제는 마지막까지, 이렇게, 당신의 체온과 어둠을 한 뭉치 명주 수건에 싸서 내게다가 덜컥, 안겨 놓고 말았다. 마지막까지…… 내 발목을 잡고 계신다.

-『혼불』 제3권 제2부 70쪽 -

혼례가 있던 첫날밤 강모는 날이 밝아오도록 홀로 제쳐둔 효원의 눈매에서 할머니인 청암부인의 눈매에 서려 있던 서리를 보게 된다. 신혼 첫날밤 효원의 눈매는 어린 신부의 눈에서 볼 수 있는 가냘프거나 우수에 젖어 있는 것이 아니라 오히려 강인하고 냉랭한 기운을 보이고 있다. 거기다 큰비녀와 도투락댕기를 단 효원의 그림자마저 무섭게 비쳐들자 강모는 효원으로 하여 시할머니인 청암부인과 동질한 선상의 두려움을 느끼게 된다.

이것은 앞날에 펼쳐질 효원의 삶을 암시하는 중요한 근거라고 있으며, 전근대적 여성으로서 청암부인과 근대적 여성으로서 효원의 삶을 반영하고 있다. 조안 스콧(Joan Wallach Scott)이 말하듯, '평등'과 '차이'라는 아젠다(agenda)는 근대의 인식체계가 여성에게 부과한 거짓문제(Pseudo Problem)에 불과하다는 점에 착안하여[30], 효원과 청암부인에게서 발견되는 '평등-차이'의 문제 지적이 전근대에서 근대로의 이행 단계의 사유로 옮겨지기까지 보편적인 여성의 정의는 남성의 시각, 즉 강모의 시각에 의해 규정되기보다 효원 스스로 노력에 의해 정의되는 것으로 인식할 수 있다.

이런 이유에서 매안마을 여성으로서 효원의 여성성 전략은 전통과 근대의 합일점에 의해 전근대적 인물로 옭아매는 정서가 아닌, 근대적 관점에서의 여성가부장에 관한 새로운 인식을 보여주고 있다. 그러면 강모가 효원에게서 본 새벽의 눈매는 장차 효원에게 닥칠 불운한 행보의 기시감이 될 가능성이 높다. 그 이유는 갓 시집온 청암부인이 홀로 되면서 겪는 남편의 부재 상황이 곧 종가 며느리로서 가부장적 지위를 획득하는 것과 같은 논리가 성립되는 것이다. '할머니의 서리, 그

---

30 우리 사회에서 가부장제가 급속히 강화된 조선 중기 이후 현재 자본주의 사회라고 일컬어지는 현재까지 남성과 여성의 관계는 가부장적 관계로 구성되어 있다. 가부장적 관계의 핵심은 남성과 여성의 지배-종속 관계이다. 남성과 여성의 관계가 지배-종속 관계로 되어 있는 한, 이 관계의 핵심은 생물학적이거나 사회·문화적인 것이 아니라 정치적인 것이 된다. 이런 점에 있어서 가부장제가 여성의 차별과 억압의 부당함을 해결하려는 일련의 노력은 있어 왔다. 그럼에도 불구하고 평등의 페미니즘과 차이의 정치학이 남녀 불평등 현실과 남녀 차별적 현실을 재생산하는데 일정 정도 기여한 것은 사실이다. 이런 점에 있어서 근대 자체가 젠더화의 전략 속에 매몰되어 있다는 것이다. 김복순, 「여성영웅 서사의 보편성과 식민지적 특수성: 『혼불』을 중심으로」, 『혼불, 그 천의 얼굴 1』, 태학사, 2011, 245~246쪽 참조.

허연 서리'가 지시하는 청암부인의 지위는 여성으로서가 아닌, 매안마을 전체를 지배하고 다스리는 가부장으로서의 위엄이며, 이러한 위엄을 갓 시집을 온 효원에게서 강모는 보고만 것이다.

이것은 전근대적 여성으로서 가부장적 지위를 획득한 청암부인의 삶과 근대적 의미에서의 여성성을 지닌 효원의 관계가 종부에서 종부로 이어지는 수직적인 관계임을 암시하고 있다. 이와 동시에 효원의 눈매는 마지막까지 청암부인의 '체온과 어둠'으로 하여 '강모의 숨'이 막히도록 죄어온다. 여기서 '체온과 어둠'은 상호 대비를 이룬다. 체온은 긍정적 의미이며 어둠은 부정적 의미로 환유된다. 이러한 긍정과 부정의 이중성 혹은 양가적 속성은 청암부인의 눈매에서 끝을 맺는 것이 아니라 '한 뭉치 명주 수건'에 싸서 효원을 앞에 두고 강모에게 전하는 연결 의미를 지닌다.

이러한 연결 의미는 앞에서 제시한 청암부인으로 하여 이기채의 나약성을 보여주고 있는가 하면, 효원으로 하여 강모의 앞날에 펼쳐질 양반가문의 자손으로서는 행해서는 안될 강실과의 상피, 오유끼와 불륜과 통정 등의 가문의 불명예, 전통의 훼손에 대한 예감으로 작용한다. 이러한 과정은 필연적으로 청암부인에서 효원으로 이어지는 종부의 수직적인 관계를 의미하면서도 거시적으로는 가문에서 가문으로 이어지는 가부장의 당위를 간접적으로 해명하고 있다.

결국 '체온과 어둠'은 청암부인의 경험에서 유인된 관념으로서 신체화된 것이다. 이는 '체온'을 감싸 안는 것이 '어둠'이며, '어둠'을 밝히는 것이 '체온'임을 확인하는 단계에서 강모의 행적에 대한 불길함을 암시하고 있다. 따라서 '체온'과 '어둠'은 상호 보완적이며 상호 적대적인 속성을 드러낸다. 이런 측면에서 '어둠'이 현실적으로 부정의 기운인 것에 비해 '체온'은 역사적으로 면면이 이어온 전통의 정기로 이해된다. 따라서 청암부인의 '체온'은 전통적 체험에 의지한 역동적 삶의 구체적 정보인 것이다.

연이은 강모와 효원의 소통에서 전통과 개인의 관계가 근대와 전근대의 충돌로 확장되어가는 면모를 짐작할 수 있다.

효원은 그럴수록 숨을 가슴 위쪽으로 끌어올린다. 그리고 목에 힘을 모르고 턱을 안쪽으로 당겨 붙였다.

온몸의 감각은 이미 제 것이 아니었다.

금방이라도 몸의 마디마디를 죄고 있는 띠들이 터져 나갈 것만 같다.

그렇지만 효원은 꼼짝도 하지 않고 기어이 견디어 내고 있다. 그대로 앉아서 죽어 버리기라도 할 태세다. 그네는 파랗게 질린 채 떨고 있었다. 그만큼 분한 심정에 사무쳤던 것이다.

손가락 하나도 움직이지 않으리라.

내 이 자리에서 칵 고꾸라져 죽으리라. 네가 나를 어떻게 보고…….

이미 새벽을 맞이하는 대숲의 바람 소리가 술렁이며 어둠을 털어내고 있는데도 효원은 그러고 앉아 있었다.

그네는 어금니를 지그시 맞물면서 눈을 감는다.

입술이 활처럼 휘인다.

-『혼불』 제1권 제1부 44쪽 -

첫날밤 신방에 들어간 강모와 효원의 모습은 전통적인 관례와 풍습면에서 이질감을 느끼게 한다. 이것은 개인으로서 강모의 변질된 심정과 효원의 전통적 심성이 어느 정점에서 부딪히는 상황으로 그 모순의 발화가 근대와 전근대의 충돌에서 시작되고 있음을 암시한다.

이와 같은 국면은 근대화 기점을 배경으로 식민지 시대 전통적 관습의 변성이 개인의 변질, 사회적 혼탁, 문명의 이질감을 동반한 현실 모순이라는 큰 틀에서 바라볼 수 있다. 이러한 상황을 고려할 때, 『혼불』은 등장인물의 근대적 경험이 유용한 가치를 지닌다. 따라서 강모에 대한 효원의 심리적 상황은 '혼례'의 주체로서 '신부'의 여성성이 피식민자적 인물 유형과 긴밀하다고 볼 수 있다.

『혼불』의 서사는 등장인물의 지위와 성격 등의 조건에 의해 실현되며, 인물들의 경험적 유인자가 중요한 요건이 되는 것은 개별 주체들의 감정·주관·이념·관습 등이 개별 주체들 간의 소통에 의해 구성되기 때문이다. 이러한 측면에서 강모에 대한 효원의 전근대 의식은 시대적 환경에 의해 분출되는 여성성의 실현으로 볼 수 있다. 이것은 효원의 '첫날밤'을 둘러싼 심리 혹은 상태를 외부적 조건/환경으로 판별하는 것이 아니라, 보다 확장된 의미로 적용하면 일제강점기 식민주의 모순을 지시한다.

이를 바탕으로 할 때, 효원의 젠더적 정체성은 전근대 의식을 통한 식민주의 비판을 의미하는 동시에 강모의 지위와 위치를 근대의 지점으로 밀어내고 있다고 볼 수 있다. 그 근거는 잠들어 있는 신랑, 즉 강모를 바라보는 효원으로 하여 '네가 나를 어찌 보고' 새벽까지 혼자 앉혀 둘 수 있는가에 대한 혹독한 자기 암시에 있다. 이것은 강모에 대한 '물자체(物自體)'로서 효원을 지시하는 것이 아니라, 효원 스스로 개인의 역사의식에 '지향된(intended)' 주체로 간주할 수 있다.

"대홍색(大紅色) 염색은 값이 비싸 민간에서는 갖추기 어려우나, 혼례지가(婚禮之家)와 대소·남녀는 서로 다투어 대홍색 의상을 착용하고, 가난한 사람까지 이를 따르고 있으므로, 일품(一品) 벼슬부터 유음(有蔭) 자제의 복장이나 부녀자의 속옷, 그리고 그 외에도 홍색 겉옷 착용을 금하고, 대소·남녀

의상에도 금하고, 의복 속에 단목(丹木)으로 염색한 소홍(小紅)도 금하게 한
다."

(…중략…)

홍색 중에도 그 빛이 투명하면서도 깊고 선연한 색을 내는 홍화색은, 누구
라도 소원을 하는 색 중의 색이었다.

홍람(紅藍)이라고도 하며 홍화(紅花)라고도 하고, 그냥 잇꽃 혹은 이시(利
市)라고도 하는 붉은 꽃. 여름이면 주황색 꽃을 가지마다 줄기마다 피우는,
이년초 국화인 홍화를 따서 만드는 이 홍화색은.

꽃잎을 도꼬마리 잎으로 덮어 구더기가 나도록 삭혀서 말린 다음, 항아리
에 연수(軟水)를 붓고 여기에다 말린 홍화를 넣어, 짧게는 너댓새, 아니면 오
래 둘수록 좋은 물이 우러나오니 길게는 두어 달 가까이 담그어 두었다가, 그
꽃물을 고운 체나 무명 겹주머니에 밭쳐, 위에 떠오르는 누른 빛깔이 황즙을
걷어 낼 때, 끓는 물을 조금씩 넣어가며 황미(黃味)를 완전히 제거해야 붉은
빛만 걸러지는 홍화색.

-『혼불』제4권 제2부 68쪽 -

예문에서 색깔에 대한 의미는 작중화자의 체험을 기반으로 하고 있
다. 여기에는 단순히 체험을 위주로 하는 것이 아니라, 색깔이 함의하
는 '옷'의 종류·용도 등이 서술자로 하여 전통의 복원을 강조하는 객
관성을 보여주고 있다.

사물의 색상을 고려할 때, 색깔의 유구성은 단선적인 통찰이 아닌
작가의 경험이 무엇보다 뒷받침되어 있어야 한다. 이때 색상은 원형
을 감추고 인위의 사물, 즉 여인네의 '옷'을 장식하는 화려함·온화함
으로 전통의 맥락을 부각시키는가 하면, 그 출처와 사용자를 구분함으
로써 여인네의 정결함이 강조된다.

따라서 '홍화'는 '대홍색(大紅色)'에 대한 원 개념이되, 그 본성을 감추고 우아하면서도 순박한 여인의 색채로 나타난다. 이것은 자연에 가장 가까운 색채로서 우리의 전통이 자연친화적이며 자연에 순응하는 방식으로 전개되고 있음을 암시하고 있다.

한편 이 대홍색의 색채는 혼례지가(婚禮之家)의 대소·남녀가 의복으로 갖출 때 제대로 물이 올라 있어야 하는 것으로, '대홍색'에는 한국인의 전통과 결합된 삶의 빛깔이 고스란히 담겨 있다. 이런 측면에서 서술자는 '대홍색'의 의미를 이년초 국화인 홍화와 접목시킴으로써 『혼불』의 모국어가 표현할 수 있는 최상의 가치로서 전통의 면모를 강조하고 있다. 이것은 최명희의 체험을 기반으로 한 모국어의 추구와도 직결되는 한편 전통의 복원을 의미하는 차원에서 더 한층 값진 것이라고 할 수 있다.

이처럼 『혼불』은 '땅'과 관련한 문화적 배경이 전통의 의미를 나타내는가 하면, 옛 선비의 고결함을 상징하는 빗과 빗접 혹은 여인네들이 '옷을 장식하는 색상마다에도 전통의 의미를 부여하고 있다. 이것은 여성인물 혹은 서술자 혹은 내포작가의 체험과 연계하여 여성성에 의해 투영된 선비정신까지도 전통의 복원과 긴밀한 것으로 판단된다.

매안의 선비정신은 이기채의 성정과 풍모에서 가장 잘 드러난다. 그 내면에는 청암부인의 가부장으로서의 권위와 여성성의 그늘에 가려진 다양한 측면의 선비적 기질 혹은 관념이 내재되어 있다.

그럴 때 이기채는 사랑으로 나와 뚜껑이 단정하게 덮인 종이 상자 빗접을 꺼냈다. 그것은 활짝 펼치면 거의 장판지 한 장 정도의 넓이가 되지만, 접으면 가로 세로가 한 자씩이나 됨직한 상자 모양이 되는 것이었다.

종이를 여러 겹 덧발라 부(附)해서 누렇게 기름을 먹인 이 빗접은, 중심부에 손가락 한 개를 세운 높이로 네모진 테두리를 두르고, 그 네모를 또 다른 칸으로 나누어, 작은 칸 속에는 각기 빗이며 동곳·살쩍밀이 같은 것을 담아 두게 되어 있었다.

그래서 머리를 빗을 때는 이 빗접을 넓게 펼치어 쓰고, 다 빗은 다음에는 다시 접어 간편하게 밀어 놓는 것인데, 혹 어디 출행할 일이 있을 때는 메고 다닐 수 있도록 다회를 친 매듭끈까지 달린 것이다.

빗접의 뚜껑에는 한복판에 색지를 접어 가위로 오린 녹색 꽃이 탐스럽고 정교하게 피어 있고, 꽃의 둘레 네 귀퉁이에는 노랑·주황·보라·남색의 매미와 잠자리들이 솜씨 있게 오려 붙여져 있었다.

이기채는 결코 아무 데서나 머리를 빗는 법이 없었다.

-『혼불』제5권 제3부 20쪽 -

'빗접'과 '빗질'에 관한 내용은 선비적 기호 혹은 풍습의 관례에 비추어 전통의 재현을 의미한다. 이것은 할아버지의 할아버지, 그 선조 때부터 이어온 생활의 반영이자 역사적 발자취인 것이다. 여기에 최명희의 『혼불』이 지닌 선비정신의 실존성이 내재되어 있다. 이러한 실존성은 고증의 면을 벗어나 실생활에서의 풍습을 이어받은 작가의 체험이 소설 내부적으로 전통의 복원으로 활용되고 있다.

예문에서 서술자가 제시하는 '빗접'의 사용처는 '빗'을 가진 주인으로 하여 고결한 선비의 품격과 선비로서 반드시 지녀야할 정결을 강조하고 있다. 이와 같은 사물의 활용은 전통적인 측면에서 '빗접-출행-매듭-매미'와 결합하며, 이기채의 '고결·정결'로 연결되면서 한층 강화된 선비적 기질로 발휘된다. 이것은 이기채의 풍모를 각인하는 계기가 되면서도 '가문'에 대한 향수를 사물 하나로 가시화하는 동시에 청암부인 자손으로서 가문의 번창과 은성을 기리는 희망적·긍정적인 이미지를 보여준다.

이와 같이 최명희는 작은 사물 하나에도 전통의 의미를 새기고 있으며, 이러한 물질 바탕에는 원형적으로 전통의 내력이 내재되어 있음을 강조하고 있다. 따라서 그 존재적 측면에서 이기채와 '빗·빗접'의 관계는 상호보완적이며 유기적인 소통의 지점에 놓여 있다. '빗'과 '빗접'은 전통의 맥락에서 기채의 풍모를 더욱 정결하게 하고 있으며, 기채의 선비적 기질을 고결하게 만드는 전통의 속성을 지닌 것으로 이해할 수 있다.

곧은 품성과 선비적 성정에도 불구하고 이기채의의 실제적 모습은 '빗'과 '빗접'에서 드러난 정결성과는 대별되는 양반가문의 허상을 지적하는 면도 발견된다. 아무리 정결한 선비임에도 청암부인의 기세에 기를 펼 수 없는 허울 좋은 양반이자 선비임을 감출 수 없게 만드는 것이 그 이유이다.

『혼불』은 후반으로 갈수록 이기채의 역량을 약화시키거나 무력화하는 모습을 보여주고 있다. 또한 강모의 경우도 강실과 상피, 오유끼라는 일본인과 통정함으로써 양반가문의 정조관을 허물고 있다. 여기에는 최명희의 고도화된 전통의 복원과 그 주체적 역할로서 여성성의 강인함을 표상하는 전략이 숨겨져 있다.

비록 양자로 가문에 들어오기는 했으나 이기채가 집안의 가장임에도 거기에 맞는 역할과 지위를 발휘할 수 없도록 하는 근원은 청암부인의 존재성에서 나타난다. 여성가부장으로서의 청암부인의 위상은 이기채를 문중에서 박대하거나 인격적으로 멸시하지 않고서도 제구실을 한다. 이것은 장손으로서 이기채의 무능함이 선비적 기질의 완고함과 정결성에서 연유한다고 볼 수 있다. 이기채의 풍모로는 가문을 이끌어갈 재목이 못되며, 이것은 일제의 창씨개명에 적극적으로 저항할 수 없는 나약한 선비적 기질이 말해주고 있다. 따라서 매안의 선비정신은 단지 유교적 관점에서의 정결성일 뿐 그 이상 가문을 지탱하거나 식민주의 침탈로부터 가문의 위기를 극복할 수 있는 인자는 될 수 없다는 뜻이다.

이와 같은 관점은 무엇보다 남성가부장의 부재가 큰 의미에서 국가적 주권의 상실을 의미하고 있으며, 나라의 불구적 측면이 가문의 굴복과도 연계하여 나타난다. 가문을 지키려는 청암부인의 여성가부장성은 적극적으로 발휘될 수밖에 없으며, 그의 완고한 정신은 오히려 전통의 복원으로서 가장 적합한 인물로 그려질 수밖에 없는 것이다. 이로써 매안의 선비정신을 잃지 않으려는 노력은 이기채의 성정이나 기질에서도 발견되지만, 그 저변에는 무엇보다 청암부인의 전통적인 정신이 버팀목이 되고 있다.

> "마님, 아무 아무가 오늘 아침에 마당을 깨끗이 쓸어 놓았습니다."
> 하고 고하였다.
> "알았느니라."
> 청암부인의 대답은 그뿐이었다.
> 손님은 그 대답에 송구스러운 듯 얼굴을 붉히며 숙이었다.
> 그리고는 잠시 후에 부인은 광으로 가서, 자루에 쌀이나 보리 혹은 다른 곡식을 들고 갈 수 있을 만큼 담아내, 그가 타성 같으면 직접 가지고 가게 주었고, 문중의 일가라면 마당쇠한테 가져다 드리라 시켰다.
> 그러니까 그 곡식이 마당 쓴 값이라 할까.
> 집안에 양식이 떨어져 먹을 것이 없게 되면, 가난한 가장은 그렇게 빗자루 하나 들고 그 마당을 찾아가, 성심껏 쓰는 것으로 자신의 처지를 호소하였으며, 청암부인은 그 정경으로 모든 것을 짐작하고 두말 없이 곡식을 내주었던

것이다.

"신새벽에 귀설은 빗자루 소리 들리면, 오늘은 또 누가 와서 마당을 쓰는고 싶더니라. 인제 후제 내가 죽더라도 그렇게 이 마당 찾는 사람을 박대허지는 말어라. 그것이 인심이고 인정이다. 이 마당에 활인(活人) 복덕(福德)이 쌓여야 훗날이 좋지. 태장(笞杖) 소리 낭자허먼 안택(安宅)굿도 소용이 없어. 집안이 조용허지를 못한 법이다."

청암부인은 이기채에게 그렇게 일렀다.

-『혼불』제5권 제3부 249쪽-

청암부인은 죽기 전 이기채에게 곡식이 떨어진 사람이 신새벽에 마당을 쓸면 박대하지 말고 보살피라는 말을 내린다. 그것이 '인심'이고 '인정'이라는 청암부인의 말은 남성가부장 부재의 상황에서 행할 수 있는 여성의 적극적인 삶의 전략인 것이다. 이것은 단순히 남성의 역할을 대신하는 것이 아니라, 한 집안의 가장으로서 역할을 수행하는 가부장적 권위와 근대적 의미에서의 여성성의 지위를 동시에 발현하는 구조를 구성한다.

문중의 일가에게는 물론이거니와 타성일지라도 그 집안에 양식이 떨어지면 '빗질' 하나만으로 마당 쓴 값이라며 곡식을 내어주는 청암부인의 살림 방법은 남성일지라도 선뜻 베풀기 어려운 일이다. 이러한 데는 청암부인의 심성이 여리거나 동정심이 많아서는 결코 아니다. 이것은 '활인(活人)'에 대한 법도가 엄연하여도 복덕(福德)을 쌓아야 한다는 청암부인의 살림 방식, 즉 온정을 넘어선 전통적 삶의 전형인 것이다. 이러한 미덕은 젊어서 살림을 이루기 위해 모질고 독한 것에 대한 회의감이나 죽기 전에 베풀어야 할 의무감이 아닌, 청암부인 스스로 매안마을과 그 주변에 대한 가부장적 지위로서 마땅히 베풀고 넘어가야 할 문제인 것이다.

청암부인은 여성으로서 '안채문화'에 관여하면서 실제적으로는 남성 가부장 역할로서 문중 외부 상황에 대해서도 관대한 면모를 보이고 있다. '안채문화'는 여성들의 삶이 갖는 부조리와 모순을 그대로 반영하고 있을 뿐만 아니라 그 부조리와 모순들이 주는 억압과 갈등 상황을 해소시키는 기능도 담당한다.[31] 이러한 안채문화의 가능성을 구성하는 최대치가 바로 여성가부장으로서 전통적인 저력을 원개념으로 하고 있다. 이것은 권위적이면서 위엄이 서린 존재인 동시에 한편으론 자애로 들어찬 어머니의 얼굴을 지닌 존재이기도 하다. 전통적인 가치관으로 무장된 엄한 가부장인 동시에 모두로부터 존경과 경이로움을 선사하는 어머니로서의 모습이기도 한 것이다.[32]

『혼불』의 문학적 상징화를 통틀어 전통의 저력으로 거부할 수 없도록 만드는 것이 청암부인의 존재이다. 청암부인의 존재에서만큼은 우리 문학권이 보여주고 있는 서사에서 가장 어머니다운 어머니의 모습을 지니고 있다. 이것은 죽기 직전까지 자신의 모든 것을 전통의 질서와 순응에 합의하고 그것을 세상의 모범으로 융합하고 창조하는 전통

---

31 '안채문화'의 원리적 배경에 대해 조혜정은 중국의 가족 연구에서 나온 '자궁가족 (Uterine family)' 개념을 원용하고 있다. 자궁가족이란 자궁과 자궁에 의해 구축되거나 연결된 형태의 가족 개념을 말하는데, 한 여성의 자궁을 계기로 형성된 핏줄로 맺어진 사적 가족 형태를 의미한다. 조혜정, 「한국의 가부장제에 관한 해석적 분석」, 『한국의 여성과 남성』, 문학과 지성사, 1988, 51~60쪽 참고.

32 일반적으로 여성가부장의 구조는 농경사회에서의 '대모신(Great Motfer)'과 관계가 깊다. 이러한 대모신은 사회가 지배/피지배 관계로 재편성되면서 가부장제 이데올로기가 결합하여 '모성' 이데올로기를 형성한다. 모성 이데올로기는 한 사람의 개별적인 여성이기 이전에, 이러한 개별적인 여성을 배제하고 고유의 여성성 하나만은 오직 모성성으로 인식하는 것을 의미한다. 김복순, 「여성영웅 서사의 보편성과 식민지적 특수성: 『혼불』을 중심으로」, 『혼불, 그 천의 얼굴 1』, 태학사, 2011, 254~255쪽 참조.

의 표상으로서 어머니로 자리매김한다.

이와 같이 청암부인은 '전통의 복원'과 관련하여 모성성의 의무와 모성 이데올로기를 지닌 어머니로 자리 잡고 있다. 개별적인 여성이 배제된 상태에서 모성성 하나에 의존하는 어머니인 청암부인은 '전통의 순응과 복원'을 위해 매안마을 문중과 거멍굴 하층민, 고리배미 상민들에 이르기까지 모든 것을 관장하고 주도하며 인내하는 가부장적 정체성을 지닌 인물이다. 어느 면에서는 권위적이면서 모두에게 두려운 존재인 청암부인의 가부장적 정체성은 신체적으로 자애로우면서 준엄하며, 내면적으로 고통스러우면서 고독한 어머니로 묘사되고 있다. 이러한 배경에는 청암부인이 죽기 전, 가문을 이끌어가는 주체로서 가족과 친척들에게 엄한 존재로서 위계를 강요하고 호통을 내리는 어머니인가 하면, 거멍굴 민중과 고리배미 사람들에게는 고통을 부여하고 한편으론 베풂을 실천하는 가부장의 자격을 지닌 존재인 것이다.

이와 같은 측면에서 청암부인의 가부장성은 남편의 부재, 아버지의 부재, 주권의 상실, 국가의 불구성과도 긴밀하게 연결된다. 이러한 작중 설정은 최명희의 소설 전반에 걸쳐 '남편의 부재-아버지의 부재-아버지의 향수-쓰러지는 빛'으로 가시화되어 나타난다. 이런 점에 있어 청암부인에게 부여된 가부장적 권위는 남편-아버지-국가를 모방하려는 욕망에 근거한다. 이것은 남성이 아니면서 가부장의 역할을 담당하는 여성성의 실현에서 나타난다.

이와 같은 존재는 남성이 아니면서 가부장의 역할을 담당하는 존재로 나타나는데, 즉 청암부인-효원과 같은 종부에 의한 유사가부장(類似家父長)을 말한다. 유사가부장이란 여성 인물이면서 남성가부장 역할을 대신하는 인물로서 남편-아버지의 부재 상황에서 집안을 꾸려가며 가장의 업무를 대신 수행하는 것을 의미한다. 이러한 여성 인물들은 남성 역할의 동일화를 통해 남성 가부장을 모방하게 된다. 이와 같은 여성 인물들의 남성 역할 동일화는 신체적 동일화로 확장되어 나타난다.33 여기에는 매안 이씨 문중의 장손인 이기채의 존재에도 불구하고 집안의 대소사를 결정하는 여성가부장으로서의 권한과 '남성가부장의 동일화'의 전통적 전략이 내재되어 있다. 이것은 자신을 희생하더라도 가문과 혈육을 위해 모든 것을 희생하는 모성성을 기초로 하고 있으며, 또한 어머니의 의무로서 전통의 복원을 바탕으로 하고 있다.

이런 관점에서 청암부인의 가부장적 정체성은 전통적인 부권의 부재, 남성가부장의 상실과 연관되어 있다. 이것은 매안 여성인물이 지닌 역동적인 삶을 표상하며, 『혼불』이 '매안마을=가문=땅=여성'을 중심으로 한 전통적 인물들 간의 갈등·분규가 거시적으로는 소통·화해의 길항(拮抗)으로 구성된 문학임을 말한다. 이와 같은 정의는 서술자와 인물들 간의 전통적인 체험에서 구할 수 있다. 여기에는 단순히 남성가부장 부재에 따른 남성성의 모방이 아니라, 여성가부장으로서

---

33 최명희의 소설에는 남편이 부재중이거나 아버지의 부재가 자주 등장한다. 『혼불』을 비롯해 단편소설 「쓰러지는 빛」, 「탈공」, 「주소」, 「이웃집 여자」, 「정옥이」 등에서 보다시피 집안의 가부장은 부재중이거나 병들어 죽어간다. 이러한 시각에서 『혼불』에서 가부장의 부재 상황은 소설의 서사구조를 결정하는 매우 중요한 요소로 작용한다. 이것은 남성가부장에 대체되는 유사가부장(類似家父長)의 필연적인 등장을 정당화 한다. 유사가부장이란 여성이면서 남성가부장의 역할을 대신하는 인물, 즉 집안의 장녀이거나 종부인 것이다. 이들 여성인물은 남편 혹은 아버지가 존재하지 않은 집안에서 집안일을 꾸려가며 실제적인 아버지의 업무, 가부장의 역할을 모방하여 수행하게 된다. 이와 같은 여성인물들은 남성 역할에서 동일화를 추구함으로써 남성가부장을 모방하게 되는데, 이러한 동일화는 점차 생활 전반으로 확장된다. 결과적으로 여성 인물의 남성가부장 이미지의 전유, 모방, 동일화 과정은 『혼불』이 표면적으로 내세우고 있는 젠더의식의 전략을 압축적으로 보여주는 것이라 할 수 있다. 윤영옥, 「최명희 소설에 나타난 젠더 의식」, 『혼불, 그 천의 얼굴 1』, 태학사, 2011, 334~346쪽 참조.

위엄과 권위가 근대와 맞물려 있는 여성의 문화적 정체성을 반영한다.

『혼불』은 청암부인을 비롯해 여성의 정치적 개입과 가부장성의 실현을 통해 식민주의의 모순을 지적하고 있다. 여기에는 개인으로서의 여성과 집단주의로서 여성성에 투영된 선비정신의 이중성이 목격되고 있다. 이것은 매안마을의 여성의 지위와 역할을 규정하는 매우 중요한 요소로 작용한다. 이와 같은 배경에는 식민지라는 특수한 시내성을 인식하지 않고서는 여성의 가부장적 권위에 대해 설명하기 어렵다. 따라서 청암부인의 권위와 힘에 대한 향수는 남성가부장을 대신하는 근대적 의미에서 여성가부장의 지위로 표상된다.

『혼불』은 등장인물들의 전통적·역사적 관점에 의해 형성된 식민지 모국의 '원혼 의식'의 구체적 산물이라 할 수 있다. 일제강점기 시대적·사회적 상흔에 대한 등장인물들의 경험의 '각인'으로서 소설 내부적으로는 문화적 재생산과 전통적 가치에 기여하고 있는 것도 그 때문이다. 여기에는 작가의 역사의식에 의한 전통·민속의 복원 의미가 내재되어 있으며, 등장인물들의 세시풍속·관혼상제·역사·예술·신화·풍습 등 전반을 포용하고 있다.

이런 측면에서 『혼불』은 여성의 전근대성과 근대성의 포괄적 수용으로, 전통의 복원을 통한 근대성 담론이 식민주의 비판 이데올로기로서 탈식민적 글쓰기를 보여주고 있다. 이를 근거로 할 때, 『혼불』은 일제강점기 우리 민족의 전통과 역사의 제반 문제가 등장인물 혹은 작중화자의 체험과 연계하여 서구 자본 유입에 대항하는 민족정체성 회복과 긴밀하다고 볼 수 있다. 『혼불』의 전통적 맥락은 여성인물의 역동적인 생활방식에서 확인되며, 이것은 제국주의의 문화적 이식성에 대한 반식민적 저항의 감성과 식민지 현실 극복을 추동하는 탈식민의 실제적 증거로 채택할 수 있다.

제3장 민중적 삶의 역동성

『혼불』의 이야기 구조와 방식은 작가의 역사의식에 의해 구성된다. 이러한 역사의식에 대한 견해는 소설 내부적으로 등장인물들의 체험을 바탕으로 하고 있다. 이런 관점에서 『혼불』은 등장인물의 삶의 방식이 역사적으로 민족주의적 세계관을 구조화하는 문학적 의미를 지닌다.[1]

『혼불』은 1930년대 중반부터 해방을 앞둔 1943년까지 남원의 양반 집안인 매안이씨 문중 3대와 고리배미 상민들, 거멍굴 하층민 구성원들의 이야기가 중심이 되고 있다. 최명희는 이 시기 식민지 현실상황을 소설 속으로 소환하여 근대와 전근대의 갈림길에 놓인 식민주의의 본성에 대해 다시금 묻고 있다.

『혼불』의 '수천수만 가지 사물과 사건'은 근대를 기점으로 하여 '전

---

1 『혼불』에서는 청암부인이 죽음을 맞음으로 매안 이씨를 이끌어 갈 구심점을 잃게 된다. 이에 손자들은 새로운 이념을 위해 집을 떠나고, 근대적 평등의식이 대두되면서 신분갈등이 시작된다. 여기에는 시대적 발전에 의한 근대적 자아가 생성되나 가부장적 의식을 청산하지 못한 채 왜곡된 애욕으로 발전한다. 애욕은 유교적 이념과 대치되는 평등 이념에서 나온 결과라고 할 수 있다. 『혼불』에 등장하는 인물들의 행동이 대체로 비현실적이고 수동적인 것은 근대적 자아에 의해서 움직이는 독립적인 인물이 아니라, 가부장적 의식에 의한 운명적인 인물 유형을 나타낸다. 이것은 이들 인물 스스로 문제를 해결하려는 의지보다는 기다림과 인내로 견디려 하는 운명적인 속성 때문이다. 이덕화, 「가부장적 의식과 여성, 『혼불』에서의 여성과 운명」, 『혼불의 문학세계』, 전라문화연구소, 소명출판사, 2001, 261~295쪽 참조.

통·민속의 가시화 내지 복원'에 의해 형상화되고 있다. 이러한 현상을 바라보는 작가의 관점은 '식민지 근대화'[2]와 '주체적 근대화'[3]라는 두 가지 전제를 바탕으로 하고 있다. 여기에 대해 최명희의 의도는 전근대의 근원이 '한국적인 어떤 것' 혹은 '한국적인 전통과 민속'을 의미하기도 하지만, 궁극적으로는 반식민적 저항의 단서를 제공하는 의미심장한 결정체로 민중적 역동성을 인식하는 데서 출발한다.

소설 『혼불』이 지시하는 근대성의 본질은 '식민지 근대화'와 '주체적 근대화'라는 양가적 의미 사이의 갈등·충돌에서 화해·극복의 자연치유적인 근대성을 필두로 한다. 그 이유는 전통에 대한 단절과 패배의 근대는 회복의 의미가 미약할 뿐 아니라, 그에 따른 민족정체성의 상실과 상처를 치유하는 가능성마저 희박해지기 때문이다.

새로운 것이 들어올 때는 항상 낡고 오래된 것과 충돌하기 마련이지만, 이 낡고 오래된 것을 통해 전통을 배우고, 역사를 기록하며, 민속학적 의미 생산에 기여한다. 『혼불』은 등장인물들의 삶의 방식이 근대의 기점에서 민족주의적 세계관을 구조화하는 문학적 의미를 지

---

2 '식민지 근대화'란 제국의 식민지 정책에 의해 피식민지 근대화가 이루어진 것을 지칭한다. 한국의 경우 일제강점기 식민지 근대성의 성격은 식민지 이전과 식민지 이후의 역사적 전개의 맥락에서 식민지 시대의 성격을 규명하는 문제가 선행되어야 이 '근대성' 개념도 수립될 수 있다. 현재 한국에서는 신자유주의적 관점에서 '식민지 근대성'을 인정하고 있으며, 탈식민주의나 민족주의 관점에서는 비판되거나 부정되고 있다. 임명진, 『탈식민의 시각으로 보는 한국현대문학사』, 역락, 2014, 26쪽.

3 '주체적 근대화'란 '식민지 근대화'에 반하는 골자로, 오랜 시간 이어온 전통과 역사의 명맥을 유지하면서 새로운 문물·사상·제도 등을 자주적으로 받아들이면서 일으킨 근대화를 의미한다. 근대의 성격 규명에 있어 '내재적 발전론'이 19세기 말~20세기 초 실학사상을 기반으로 자생적으로 이어져 온 것이라며, '주체적 근대화'는 일제강점기 우리민족의 경우 일제 지배 권력으로부터 강압적이고 폭압적인 형태의 근대화를 강요받았음에도 불구하고, 우리 민족의 역사성·전통성·민속성 등의 골자는 사라지지 않고 그대로유지·존속되면서 민중들에 의해 의식 혹은 무의식적으로 형성된 근대화를 말한다. 이것은 식민지 이전과 식민지 이후의 탈식민적 관점에 의해 조정되거나 합의될 수 있다.

닌다. 이것은 근대성에 기초한 작가의 문학성·역사성에서 시작된다고 볼 수 있으며, 그에 대한 해명은 무엇보다 중요하다.

여기에 대한 구체적인 유형으로는 거멍굴 하층민의 '민중 체험'[4]을 꼽을 수 있다. 거멍굴 하층민의 삶은 하층의 신분을 유지하면서도, 내부적으로는 우리 민족의 역사·전통·신화·지리 등을 골자로 하는 민족의 가치관 내에서 억압과 저항의 혼성적인 요소가 발견되고 있다.

거멍굴 하층민의 삶의 방식이 식민지 주변의 군상으로 소설 내부에 존재한다고 볼 때, 이들의 생활은 당대 민중이 처한 질곡의 현실과 운명성에 기초한다고 말할 수 있다. 근본적으로『혼불』은 마을과 마을이 이어지는 연대적 국면에서 향촌을 반경으로 하는 공동체 성격을 지닌다. 매안마을 양반층의 경우 전통의 복원을 통해 식민지 상황을 개척해나가고 있는가 하면, 거멍굴 하층민의 경우 신분과 지위의 측면에서 하위의 삶을 살아가고 있으면서도 그들 스스로 현실을 극복해나가는 역동의 모습을 보여주고 있다.

여기에는 개척의 의미도 내포되어 있지만, 피식민자로서 극복·저항의 행적 또한 보여주고 있다. 왜냐하면 일제강점기 거멍굴 하층민의 척박한 삶의 과정은 소설에 많은 비중을 차지하고 있으며, 이것은 거멍굴 인물들이 식민주의 피해자로서 지위와 정체성을 대변하고 있

4『혼불』에서 '민중 체험'은 매안마을과의 관계에서 거멍굴 하층민이나 고리배미 상민층이 겪는 민중들의 삶의 방식에서 찾을 수 있다. 이것은 매안마을 일대 거멍굴과 고리배미의 지리적 여건에 의해 형성되는 생활 체험이기도 하지만, 전주를 떠나 만주에서의 조선인의 생활에서도 민중의 역동성을 체감할 수 있는 생활 방식이 존재한다. 실제 일제강점기 만주는 우리 민족에게 있어서 민족적 모순과 계급적 모순이 중첩되어 있고, 여기에는 민중적 삶을 보여주는 현장으로서 매우 중요한 토대가 자리 잡고 있다. 하정일, 「민족과 계급의 변증법: 최서해 문학의 탈식민지적 성취와 한계」,『한국근대문학연구』Vol.6 No.1, 2005.

기 때문이다. 또한 이들의 삶은 지주와 소작의 관계에서 발생하는 전근대적 피해자인 동시에 근대화에 의한 문화적 피해자로서 이중적인 굴레의 삶을 살아가고 있다.

그럼에도 불구하고 이들의 삶의 방식은 민중의 권리와 주체의 입장에서 우리 민족의 역사에 적극적으로 뛰어드는 역동적인 양태를 보여주고 있다. 거멍굴 하층민 스스로 개척해나가는 삶은 척박하고 고통스럽지만, 삶 자체에 든 민중적 요소 혹은 민중의 역동성에 있어서는 '말할 수 없는 자'의 속박과 종속을 헤쳐 나가고자 하는 모습이 발견되고 있다. 여기에는 '몫 없는 자'로 하여 '가진 자', 즉 매안마을 양반층과의 관계에서 억압적인 예속의 삶을 보여주고 있다. 실상 거멍굴 하층민이 처한 현실은 신분·제도·권리에서 파생되고 있으나, 그 근본적인 특성은 이들 스스로 민중의 역사에 있어 저항과 극복의 역동성을 확보해나가는 자생적·주체적 인생관이나 행동 양식에서 찾을 수 있다.

『혼불』은 이야기 구조에 있어서 '완고한 구성이 아닌 탈구조주의적 양식'⁵을 취함으로써 독특한 서사적 유형을 보이고 있다. 이러한 지적은 일제강점기 사회적·시대적 모순의 연대기와 무관하지 않다. 왜냐

---

5 일반적인 관점에서 모국어에 대한 언어능력을 설명하기란 쉽지 않다. 여기에 대한 간단한 가설은 우리가 어휘를 기반으로 한 문장 자체를 기억하고 있다는 것이다. 이러한 가설의 문제점은 문장의 수가 무한하다는 사실에서 찾을 수 있다. 문장의 수가 무한하다는 것은, 우리가 기본적으로 언어 사용에 관한 창조적(creative) 능력을 가지고 있다는 것을 의미한다. 이 경우 구조화된 무한수의 문장을 만들어 낼 수 있는 능력이 있으나, 탈구조화된 언어에서의 모국어란 서술자 혹은 화자가 정문으로 받아들이기까지 상당한 노력을 필요로 한다. 이런 측면에서 탈구조주의는 구조주의의 단순한 연장이 아닌 동시에 그것의 완전한 배제만도 아닌 것이다. 탈구조주의는 언어에 있어 '기호'란 더 이상 확실한 것이 아니며, '의미' 역시 유동적이고 일시적인 '유보된' 상태일 뿐이라고 규정하고 있다. 또한 시니피에(signifie)와 시니피앙(signifiant) 사이에는 서로 이을 수 없는 단절이 존재한다고 정의하고 있다. 김종복, 『한국어 구구조문법』, 한국문화사, 2004, 2쪽.

하면 시대배경으로서 일제강점기 자체를 식민주의의 시공간으로 인식할 수 있지만, 역사적 과거로서 일제강점기는 식민주의적 가해와 억압으로부터 발생한 근대적 자아의 출현이라는 측면에서 피식민자적 측면이 공존하기 때문이다.

『혼불』은 어떤 면에서 전근대의 전통과 근대의 제도가 맞부딪히고 있으며, 거멍굴 하층민의 지위는 중심 혹은 권력에서 말려나간 '하위주체(the subaltern)'[6]의 입장을 보여주고 있다. 하위주체란 이데올로기적 성격의 개념이라고 할 수 있으며, 지배계층의 헤게모니에 종속되거나 접근을 거부당한 집단 혹은 계층을 의미한다. 거멍굴 하층민을 '하위주체'로 규정할 수 있는 근거는 노동자, 농민, 여성, 피식민자 등과 마찬가지로 신분제도와 결부한 기존의 용어들이 식민지 근대화 과정에서 억압 · 착취의 현실모순에 소극적으로나마 저항 · 극복해나가는 정치적인 성향을 지닌 계층으로 분류되기 때문이다. 특히 거멍굴 하층민의 지위로서 '농민'의 의미는 '사회적 계층화(stratification) 담론 내에서 개념화된 분류이며, 1920년대 식민주의의 결과로 계급관계가 재구조화되는 과정을 거치면서 이를 정치적으로 담론화하면서 나타난 계층'[7]이라는 점이다.

---

6 '하위주체(subaltern)'란 지배계층의 헤게모니에 예속된 상태의 지위를 말하는 동시에, 지배계층으로부터 분리되어 접근을 부인당한 그룹을 의미한다. 여기에는 노동자, 농민, 여성, 피식민지인 등 중심에서 떨어져 나오거나 소외된 주변부적 부류가 대부분이다. 스피박(Gayatri Spivak)이 그람시(Antonio Gramsci)의 '하위주체'를 전폭적으로 수용하는 까닭은, 노동자, 농민, 여성, 피식민자 등 기존의 용어들을 억압체제에 저항하는 정치성을 지닌 개별적 계층으로 보고 있기 때문이다. 즉 이 용어는 계층, 인종, 젠더를 포함할 수 있는 광의적 층위를 구성하며, 이런 계층적 포괄성을 이유로 자유로우면서도 다각적인 탈식민주의의 근간을 구성한다. 박종성, 앞의 책, 2006, 60~61쪽 참조.

7 20세기 한국의 농업 민족주의자들은 종종 경작자(cultivators), 즉 '농민'을 한국 민족의 정수를 체험한 자명한 자연적 범주로 취급해 왔다. '농민'이라는 단어는 오래 전부터

하위주체가 지시하는 용어의 장점은 '몫 없는 자', 즉 '못가진 자'가 '말하기'까지 '감성의 분할(le partage du sensible)'[8]을 통한 '문학의 정치'로서 가시적인 것과 비가시적인 구획 안에 개입하는 문학의 적극성을 의미한다. 문학의 정치는 실천과 가시성 형태, 즉 하나 혹은 여러 형태의 공동체를 구획하는 '말의 양태'들 간의 관계에 개입하는 이성적 지각의 매듭짓기의 한 가지 방법으로 활용된다.[9] 랑시에르(Jacques Rancière)는 '문학'이라는 용어가 의미하는 역사적 참신성은 특별한 언어의 사용에 있는 것이 아니라, '말로 표현할 수 있는 것과 가시적인

있었지만, '농민'을 한국의 사회계층 체계 내의 자연적 집단으로 생각하고, 이 집단이 한국 민족의 정체성과 특권적 관계를 맺은 것은, 1920년대 들어 서구식 사회계급 모델이 도입되면서부터 나타난 현상이었다. Clark Sorensen, 도면회 역, 「식민지 한국의 '농민' 범주 형성과 민족정체성」, 『한국의 식민지 근대성』, 삼인, 2006, 407쪽.

8 '감성의 분할(le partage du sensible)'은 랑시에르(Jacques Rancière)의 정치 또는 문학의 관점을 대표하는 개념으로, 저자 스스로 "공동 세계에의 참여에 대한 위치들과 형태들을 나누는 감각 질서"라고 규정하고 있다. 랑시에르가 이처럼 확장된 개념으로 사용하고 있는 감성은 칸트(Immanuel Kant)의 『순수이성비판』에서 '초월적 감성학'을 논할 때 말하는 감성을 염두에 둔 것으로, 모든 시민은 통치행위와 피통치행위에 '참여하는 자'로서 정치성을 띠고 있다는 점에서 아리스토텔레스의 의견을 존중하고 있다. 이런 측면에서 분할의 한 다른 형태는 참여하기에 우선하며, 이것은 '말하는 자'로서 동물, 즉 인간은 정치적 동물이라고 규정한 아리스토텔레스의 규정에 의거함으로써 랑시에르는 어떤 공통적인 존재, 그리고 그 안에 각각의 몫들과 자리들을 규정하는 경계설정을 동시에 보여주는 감각적 확실성(évidences sensibles)의 체계를 '감성의 분할'이라고 정의하고 있다. Jacques Rancière, 오윤성 역, 『감성의 분할』, 도서출판 b, 2008, 13~14쪽.

9 삶을 규율하는 법칙과 정치의 관계에 있어서 공동체는 어떤 특정한 형태의 지형(地形)이 있어야 한다. 정치란 특정한 경험들의 영역을 구성하는 것으로, 이 영역 안에서 어떤 대상들은 공동적인 것으로 간주되며, 어떤 주체들은 이 대상들이 무엇인지 지칭하고 대중에게 그 이유를 설명하는 역량을 지닌 사람들로 취급된다. 이런 의미에서 문학의 정치란 극도의 계급적으로 분할된 사람들 사이에서 자기 일 외에는 다른 것을 해낼 수 없는 '몫 없는 자'들이 분노하고 고통받는 자체에 머무르는 것이 아닌, 공동체에 참여하면서 비로소 '말할 수 있는 존재'라는 것을 자각하기까지 시간과 공간, 위치와 정체성, 말과 소음, 가시적인 것과 비가시적인 것 등을 배분하고 재배분하는 과정에서 발생하는 '감성의 분할'을 의미한다. Jacques Rancière, 유재홍 역, 『문학의 정치(제2판)』, 인간사랑, 2011, 10~11쪽.

것, 낱말들과 사물들을 결합하는 방식에 있다고 말한다. 따라서 문학이 대의적 질서 하에 일상적 삶에 대한 행동의 우위와 말의 특권을 대립시킨 것은 '말할 수 없는 자'의 삶을 '말하게 하는 자'로서 글쓰기, 민주주의적 말보다 더 침묵(mutisme)하면서 동시에 더 말하는 글쓰기, 즉 하위의 삶을 살아가는 하층민의 취향과 이것과 관계하는 '말할 수 없는 것'의 신체에 씌어진 말을 의미한다.[10]

이와 같은 관점에서 하위주체는 '몫 없는 자'인 동시에 '말할 수 없는 자'로서 개별 주체가 처한 현실적 모순상황에 적용하여 해석할 수 있다. 즉 피지배 계층·인종·젠더를 포괄하며, 이러한 계층적 포괄성은 식민주의 억압과 착취 등 모순상황 전반에 걸쳐 '말할 수 있는 자'에 이르는 민중의 역사로서 저항과 극복의 역동적인 근간을 구성한다.

거멍굴 하층민은 『혼불』의 서사를 이끌어가는 등장인물의 유기적 관계가 소설 내에서 전근대적 신분제도의 문제를 안고 있으며, 근대적 입장에서 계급과 자본의 문제에 개입하고 있다. 또한 이들의 삶의 방식은 '말할 수 없는 자'들이 '말하기'까지 주체적 권리를 확보해나가는 삶의 노력과 체험을 기초로 하고 있다. 이것은 '인간관계 속에서 개인의 생명과 자유가 보장되는 근대성이 실현된 곳'[11]을 지향하는 민중의 근원적 뿌리로서 삶의 유형을 보여주는 것으로 이해할 수 있다.

---

10 이와 같은 말은 어느 누구에 의해 발설되지 않는 말, 의미작용의 어떤 의지와도 무관한 말, 화석 또는 패인 돌들에 씌어진 역사를 담고 있는 방식으로 '말할 수 없는 것'의 진실을 반영한다. 이런 측면에서 소설의 수많은 묘사는 이른바 소비의 민주주의적 열풍이 아닌 어떤 것, 즉 소설 내부적으로 '말할 수 없는 것'을 표현한다. 위의 책, 19~27쪽 참조.

11 이러한 근대성이 실현된 곳은 『혼불』에서는 다만 지향점으로 드러날 뿐이다. 이것은 해방 이후 정치적 독재로부터 '자유'를 갈망하는 민중들의 '말할 수 있는 자리'로서 '광장'을 의미한다. 이 '자유의 광장'은 자아와 타자를 변증법적으로 융합하여 개인의 주체화를 가능하게 하는 근대성의 이념이기도 하다. 임환모, 앞의 책, 46쪽.

이런 측면에서 거멍굴 하층민의 삶은 매안마을 양반층과의 관계에 있어서 하부의 삶을 살아가면서도, 그 내부에는 자생적·주체적 삶의 형태로 발전해 나가는 역동성에 있어서는 민중으로서 정확한 삶의 지표를 내세우고 있다.

1. '거멍굴' 하층민의 민중의식

1.1. 종속의 기생(寄生)과 질곡의 삶

거멍굴 하층민을 형성하는 공배네, 평순이네, 옹구네, 쇠여울네, 달금이네, 춘복, 공배 등의 인물의 행적은 당대 민중이 처한 환경에 적극적으로 대응하는 '역동적인 삶'의 큰 틀에서 논의될 수 있다. 이들은 전근대적인 입장에서 신분제도의 문제를 안고 있으며, 식민지 근대화 측면에서 피식민자로서 식민의 고통을 체험한 자들이다. 또한 이들에겐 매안마을의 양반층과 연관하여 지주와 소작의 관계에서 드러나듯 전통적·문화적 경험이 전근대적 제도와 무관하지 않음을 보여주고 있다.

이런 관점에서 거멍굴 하층민이 보여주는 삶의 방식은 여러 가지 측면에서 고찰할 수 있다. 그 본질 면에서 거멍굴 인물들의 신분적 지위는 전근대적 의미에서 신분 문제와 근대적 의미에서 '식민지 여건' 저변에 위치한 피식민자의 입장에서 출발한다. 이와 동시에 거멍굴 하층민 저마다 개인의 생존과 직결하여 원초적인 문제를 안고 있다.

애초 『혼불』은 한국인의 체험을 바탕으로 한 언어적 산물로서 우리말과 글로 긴밀하게 연결되어 있다. 대부분의 작가가 그러하듯 최명희의 언어는 등장인물의 체험이 소설의 큰 골격을 형성한다. 이러한 원리는 작가가 체험한 역사·전통·민속의 원형들이 소설 내부적으로 등장인물들에 의해 형상화되기 때문이다.

『혼불』은 넓은 의미에서 병마와 싸워야 했던 최명희의 '문학적 전략'과 소설 내부의 등장인물들이 겪는 생애적 체험을 바탕으로 한 소설로 규정할 수 있다. 이것은 작가의 정신작용과 등장인물들의 삶의 방식을 토대로 한 글쓰기 전략이라고 할 수 있으며, 여기에는 암묵적으로 '민중 체험'에 기초한 식민주의 모순을 적극적으로 반영하고 있다. 또한 『혼불』은 일제강점기에서 해방 직전까지 식민지 모순에 관한 많은 부분을 반영하고 있으며, 우리 민족과 관련하여 포괄적이고 광의적인 내용을 함의하고 있다. 여기에 거멍굴 하층민의 다층적·다면적 내용을 표층으로 하는 근거가 제시되어 있으며, 이것은 등장인물들의 삶에서 체득되는 '민중성'에 의해 재구성 된다.

『혼불』의 거멍굴 하층민은 매안마을 밖에 위치한 '말할 수 없는 자'로서 지주와 소작의 관계에 비추어 볼 때 필연적으로 민중의 역사성 내지 민중의식을 내포하고 있다. 한편 피식민 주체의 입장에서 식민지 영토의 원주민이라는 자각과 함께 국가라는 거대 조직으로부터 밀려나간 '하위주체'로서 주변부적인 객체로 존재하고 있다.

　옹구네나 평순네는 모두 매안의 아랫몰 물 건너, 한식경이나 벗어난 골짜기 거멍굴에 살고 있는 아낙네들로, 놉이라 할 것도 없이 궂은일, 잔일 마다 않고 문중에서 허드렛일이 있을 때면 으레 맡아 하였다. 굳이 무슨 몫을 구분하여 일을 하는 것도 아니고, 따로 정해진 새경이 있는 것도 아니었다. 그저 당하는 대로 부스러기를 얻어먹었다.
　오랜 세월 전부터 오늘날까지, 고목(古木)의 언저리에 저절로 버섯이 돋아

나듯, 반촌(班村)의 그늘에서 그들은 살아왔다.

아마 거멍굴(黑谷)이라는 이름도, 남루한 그들의 마을 복판에 검은 덩치로 커다랗게 우그리고 앉은 '근심바우'에서 생겨났다고도 하지만, 한편으로는 그 옷에서 연유된 것이 아닐까도 싶었다.

밤낮없이 흙밭에서 뒹굴고, 험한 잡일에 식구의 연명을 걸고 있자니, 손톱 발톱을 깎지 않아도 자랄 틈이 없는데, 의복인들 제때에 빨아 입고 지어 입을 수 있으며 간수할 수 있었을까. 그저 몸에 꿰고 나가면 석 달 열흘이 지나도 철이 바뀌기 전에는 누더기가 다 되도록 갈아입지 못하는 것이 보통이었을 것이다.

-『혼불』제1권 제1부 101쪽-

거멍굴 하층민의 삶은 매안마을과 동떨어진 '아랫몰 물 건너, 한 식경이나 벗어난 골짜기'에 형성되어 있다. 공배네, 평순네와 같은 긍정적인 인물이 살고 있는가 하면, 옹구네, 춘복, 홍술부부, 만동부부, 쇠여울네 같은 부정적인 세력이 공존하는 민촌이다.

'물'을 경계로 하여 매안마을에서 멀찍이 떨어져 있는 거멍굴은 사시사철 이씨 문중의 허드렛일을 맡아 하고 있으며, 지주 아래에서 소작으로 생업을 이어가고 있다. 딱히 삯이 정해진 것도 아니다. '굳이 무슨 몫'을 구분해서 할 수 있는 일이 있지도 않은, '그저 당하는 대로 부스러기를 얻어'먹고 살고 있다. 오래 전부터 '고목(古木) 언저리'에 돋은 버섯처럼 '반촌(班村)의 그늘'에서 '가질 수 없으며, 가진 것 없이' 척박한 삶의 방식을 유지해온 거멍굴 하층민에게 삶은 하루하루 생존과 직결된 것으로 '놉이라 할 것도 없이 궂은 일, 잔일 마다하지 않고' 반촌의 허드렛일을 도맡아 살 수밖에 없는 처지인 것이다.

이들에게 전근대적인 신분의 차별과 예속에서 벗어날 수 없는 '말할 수 없는 자'로서 각성은 다급한 생존에 앞서 그저 근심거리에 불과할 뿐이다. 현실적으로 삶의 방식을 바꾸려는 거멍굴 하층민의 움직임은 옹구네와 춘복 같은 부류에서 나타나기는 하나, 이마저 이씨 문중의 귀에 들어갔다가는 사철 끊이지 않은 허드렛일조차 고리배미 상민들에게 넘어가거나 소작까지 끊길 지경에 발 벗고 나설 수도 없다. 따라서 '말할 수 없는 자'의 소극적인 저항은 거멍굴 내부적으로 부정적인 세력으로 치부되거나 반촌으로부터 멸시받을 수밖에 없다. 입에서 입으로 전해가고 오는 무수한 것들이 반촌을 중심으로 하여 평가되고 판단될 수밖에 없는 종속의 삶이 이들에겐 근대적 의미에서 자신이 정체성을 인식하는 근간이 된다.

'거멍굴[黑谷]'이라는 마을 이름도 마을 가운데 '검은 덩치로 커다랗게 우그리고 앉은 근심바우'에서 생겨났거나 남루한 그들의 '옷'에서 연유된 것이라고 가정하고 있다. 그 이유는 '말할 수 없는 자'의 삶의 양태에서 찾을 수 있으며, 이것은 밤낮으로 일에 혹사당하는 처지에 입는 옷이라도 '몸에 꿰고 나가면 석 달 열흘이 지나'거나 '철이 바뀌기 전에는 누더기 다 되도록' 갈아입을 수 없는 그들의 삶을 단적으로 보여주는 것이라고 할 수 있다.

여기서 의복, 즉 '옷'은 신분을 표상하는 가장 기본적인 수단이 된다. 이것은 반촌 사람들의 차림과 대조를 이룬다. 이런 측면에서 거멍굴 하층민의 삶은 생존의 가장 기초적인 의복에서조차 '근심'의 대상인 것이다.

거멍물 들인 다섯새 무명 치마폭을, 그나마도 '거들치마'라 하여 몽당 치맛자락을 무릎까지 바짝 치켜 올려 입어야 했으니, 때묻은 고쟁이 속옷이 덜름 바깥으로 드러나 보이기 예사였다.

때깔나게 발등에 찰랑거리는 치마란 상상도 할 수 없었다.

그런데 치맛자락 여미는 데도 법도가 있어, 거멍굴의 아낙들은 모두 상것, 천민이라 오른쪽으로 자락을 둘러 입었다. 그것이 법이었다.

왼자락 치마를 입을 수 있는 것은 반가(班家)의 부인들뿐이었다.

'거들치마'말고는 '두루치'가 있는데, 이것도 폭이 좁고 길이도 짧아 낡아빠진 고쟁이가 드러나기는 마찬가지였다.

그러니, 치마라고 해야 정강이나 덮는 둥 마는 둥이었다.

"새벽 질삼 질기는 년, 사발옷만 입고 간다."

는 민요가 생길 만한 것이다.

"죽고 살고 엎어져서 논 매고 밭 매도 이년의 목구녁에는 보리죽이 닥상이고(마땅하고) 손톱 발톱 다 모지라지게 베를 짜도, 내 평생에 얻어입는 것은 요 사발만헌 두루치 한 쪼각이여."

그것은 항상 옹구네가 내뱉는 한숨에 섞여 터져 나오는 넋두리였다.

그렇게 구차한 의복에다, 몇 백 년을 두고 상민들에게는, 값비싼 주옥과 보패를 지니지 못하게 할 뿐만 아니라, 그 복색에 있어서도 황·자·홍색을 금하였으니, 옷고름짝 반토막 고운 빛이 없어 거멍굴이라고 불리는 것도 무리는 아니었을 것이다.

-『혼불』제1권 제1부 102쪽-

흰 무명옷이라곤 생각조차 할 수 없는 거멍굴 사람들의 삶의 방식은 '거멍물 들인 다섯새 무명 치마폭'이 일상의 생활을 이어가는 의복의 전부이다. 안정적인 경제활동이 보장되지 않는 거멍굴 사람들의 생활방식은 하루하루가 궁핍과 남루함, 모질고 척박한 삶의 연속이다. 그 연결점을 '거들치마'에서 찾을 수 있다. '거들치마'는 거멍굴 여성들 사이에 보편화된 삶의 도구이며 생존의 의습(衣習)이다. 여기에 무릎까지 치켜 올려서 입은 '몽당치맛자락'은 여성으로서 보여서는 안될 '때묻은 고쟁이 속옷'을 들추어내는 것이 예사이다. 이것은 매안마을 여성들의 전통적인 정조관념이나 정절과는 상반되는 이미지를 보여준다.

이와 같은 외관(外觀)의 설정은 거멍굴 하민층의 삶의 방식이 전통적인 관점에서 여성의 본질적 측면이 약화되어가는 것을 의미하고 있다. 또한 시대적·현실적 상황에 비추어 당시 민중의 삶의 방식이 전근대적 의미에서 전통의 외연보다는 근대적인 측면에서 생존과 직결한 전략적인 측면이 강조된다고 볼 수 있다. 여기에 거멍굴 아낙들은 '상것', '천민' 가릴 것 없이 오른쪽으로 치맛자락을 둘러 입는 '법'도가 존재한다. 이것은 '왼자락으로 치마를 입을 수 있는' 반가(班家)의 부인들과는 극적인 대조를 이룬다.

오른쪽으로 돌려 입는 치맛자락과 왼쪽으로 돌려 입는 치맛자락이 지시하는 내용은 외견상 드러나는 측면보다 개별 주체의 행위, 즉 오른쪽으로 돌려 입기위해서는 '왼손'을 사용하여야 하며, 왼쪽으로 돌려 입기 위해서는 '오른손'을 상용해야 하는 '좌익(左翼)'과 '우익(右翼)'이라는 관념의 주체적인 측면에서 설명된다. 반가에서는 '왼손' 즉 '좌익'은 철저히 금기시 되어 있다. 이것은 양반의 아낙들과 동질한 선상에서 거멍굴 아낙이 '오른손'을 사용하는 것을 엄히 경계하는 데서 유래한다. 이러한 내용은 반가의 불문율 혹은 법도로 정해 놓은 것으로, '상것'과 '천민'의 거멍굴 아낙들은 '말하지 않아야 한다'는 '법'에 종속되어야만 살아갈 수 있다는 데 그 근거를 찾을 수 있다.

한편 거멍굴 아낙의 '무명 치마'는 '거들치마'로 이어진다. 이 거들치마는 '몽당치맛자락'에서 거멍굴 하층민의 삶을 구체적으로 드러낸다. 몽당치맛자락은 '두루치'로 연결되며, 두루치는 옹구네의 한숨 속에 섞여 나오는 '넋두리'로 이어진다. 넋두리는 거멍굴 한 가운데 놓여 있는 '검은 덩치로 커다랗게 우그리고 앉은 근심바우'로 연결된다. 결국 '무명 치마'의 의습에서 시작된 거멍굴의 정서는 '근심바우'와 연결되며, 이것은 거멍굴 하층민의 삶을 반영하는 표상물로 작용한다. 삶의 가장 기초적인 '의복'에서부터 거멍굴 사람들의 애환과 질곡을 고스란히 담고 있다. 이런 관점에서 거멍굴 여성들의 '거들치마'는 그들을 말하고 싶어도 '말할 수 없는 자'로 규정할 수밖에 없는 근원적인 문제, 즉 '몫 없는 자'로서 민중성을 담고 있다고 볼 수 있다.

더는 참지 못하고 밤이면 캄캄한 하늘에다 토해 내는 숨.
그것이 무산의 달이었다.
이 무산 기슭 바로 밑에, 제멋대로 자라나 스산하게 어우러진 대나무로 울을 두른 초가집 서너 채가, 꼭, 산의 오지랖 자락에 대가리를 모두고 깃들인 것처럼 옹송그리고 있었다.
당골네와 점쟁이, 그리고 고인(鼓人) 잽이들이 사는 집이다.
꼬막조개 껍데기보다 더 클 것도 없는 지붕이 동고마니 덮고 있는 황토 흙벽과 지게문, 그리고 겨우 시늉이나 하고 있는 손바닥만한 마루와 토방.
여기에도 무산의 달은 푸른 물 소리로 떠오르고, 뭉친 먹물 같던 대나무 울타리는 이파리 낱낱의 비늘을 검푸르게 씻으며 몸을 솟구쳐

쏴아아

귀신이 쓰다듬는 소리로 달빛 소리를 받았다.
이 거멍굴에 누구네가 먼저 들어와 자리를 잡았는지는 모를 일이다.
앞서거니 뒤서거니 왔는지 아니면 같은 때 나란히 묶여서 이곳으로 던져

졌는지 알 수 없지만, 무당도 백정이나 마찬가지로 팔천 중의 하나요, 그 여덟 가지 천민 중에서도 백정과 동무해서 제일 업신여김을 받아온 것만은 같았다.

- 『혼불』 제3권 제2부 261쪽 -

거멍굴 하층민이 모여 사는 무산(巫山)은 소쿠리 하나 안에 들만치 도래도래 모여 앉은 납작한 초가집들의 마을이다. 당골네와 점쟁이, 고인(鼓人) 잽이들이 모여 마을을 이루고 있는 거멍굴은 그 시작부터가 무산자(無産者) 영역에 속하는 민중의 공간이다. 이것은 이데올로기적 개념으로서 '하위주체'의 삶의 양태를 보여주는 지리적 상관성을 의미하기도 하지만, 근원적으로는 억압과 저항의 민중성을 표상하는 신분적·감성적 의미까지도 내포한다.

예문에서 볼 수 있는 '고인'은 조선시대부터 남사당, 초라니패, 각설이패들이 즐겨 사용하던 악기와 북을 만들어 온 사람들이다. 이런 의미에서 고인의 역할은 공인(工人)의 삶을 지시하지만, 궁중연회를 장식하던 악공(樂工)들의 북을 만들 때는 장인(丈人)의 면모를 보여주고 있다. 공인이든 악공이든 어느 계층의 사람들을 막론하고 '말할 수 있는 수단 혹은 권리'를 표면적으로 보여주기 위해 '북'을 만들어 온 점에서 '말할 수 없는 자'의 편에서 살아온 내력만은 여실히 드러난다. 이런 공인의 활략은 소극적으로나마 드러나고 있으나, 거멍굴 하층민의 영역 속에 살아가는 것은 표면화되지 않은 단계에서 민중의 역동성을 반영하는 것이라고 할 수 있다.

또한 당골네의 삶은 '귀신이 쓰다듬는 소리가 달빛을 받아서 나오는 영험한 주술의 의미가 한갓 '백정이나 마찬가지로 팔천(八賤) 중의 하나이며, 그 여덟 가지 천민 중에서도 백정과 동무해서 제일 업신여

김을 받은' 자이다. 일반 사람들과 혼인도 할 수 없는 당골네는 아무리 사람들이 천대해도 무업(巫業)을 그만둘 수 없다. 때문에 당골네들은 동파(同派)끼리만 혼인하고 판을 나누어온 사람들로서, 고인과 동질한 선상의 삶의 방식에서 '세습공동체'[12]라고 할 수 있다.

이것은 무산의 계급, 즉 민중으로서 삶의 체험이 『혼불』의 많은 부분을 차지한다는 점에서 매안마을 양반 계급과의 개별적 조건, 즉 지주와 소작의 관계, 지배와 종속의 관계, 매안의 여성과 거멍굴 아낙들의 '옷' 차림새 하나에서 열까지 '말할 수 없는 자'로서 철저히 신분 혹은 계급적으로 분화되어 나타난다. 또한 식민지 근대화 과정에서 거멍굴 하층민, 즉 공배네, 평순네, 공구네, 쇠여울네, 당골네 등의 여성 인물들의 경우 식민지 문화적 피해자로서 철저히 피식민자 속에 편입되어 있다고 볼 수 있다.

1.2. '말할 수 없는 자'의 분노와 저항

일제강점기 시대 모순과 사회의 혼탁, 문명의 괴리를 거부할 수 없는 상황에서 문학은, 문학 자체의 의미보다 '민중 체험'의 입장에서 정신적 작용과 긴밀하며 그에 따라 유용한 가치를 지닌다. 이러한 문학적 표현 방식은 『혼불』의 등장인물들이 지닌 개별적 언어·역사·사유에 의해 연동한다.

---

12 '세습공동체'는 흔히 왕의 자손이 왕의 권한과 자리를 물려받는 측면에서 공식화되지만, 그와 상극의 입장에서 하위의 삶을 살아가거나 혹은 일을 맡은 자들에게도 적용된다. 이것은 조선시대 유교적 세계관 혹은 전통적인 관점에서 볼 수 있는 '무속인', '도검장(刀劍匠)', '대장장이', '지장(紙匠)', '백정' 등으로 분화되어 나타나고 있다. 일반적으로 '친족공동체'나 '촌락공동체'와는 다른 성격으로 핏줄과 혈연으로 이어지는 '업(業)'의 연계와 전승, 유대의 의미에서 '세습'되어가는 과정에 발생하는 공동체를 의미한다.

『혼불』은 한국사회의 시대적 변동과 모순이 해방 전 일제강점기에서 유래 혹은 그 이전의 외세에 의한 식민성에서 촉발하여 해방 후 미군정에 의한 지배체계에서 확인되고 있다. 이것은『혼불』전반에 걸쳐 다양한 역사·풍속·신화·신앙·지리 등의 전통의 복원 의미로 나타나고 있으며, 등장인물들의 삶의 방식에서 나타나는 직간접적인 체험에 의해 구현되고 있다.

『혼불』에 등장하는 인물들은 가공의 인물들이라기보다 일제강점기 당대 시대 상황과 맞물린 동시대적 주역이라는 점에 주목하여야 한다. 역사적 동시성(同時性)은 과거 역사에 대한 작가의 안목과 통찰력에 비추어 과거의 모순상황이 당대에 국한 된 것이 아니라, 해방이후 현대를 관통하는 역사적 사건과 연관성이 깊다는 것이다. 이러한 역사적 개연성은 현재적 시점에서 일제 잔재와 깊이 연관되어 있으며,『혼불』의 등장인물은 과거 역사에 머물러 있는 동시에 현재적 인물로 존재하는 근거가 마련된다. 따라서『혼불』은 해방 이전 일제강점기를 시대를 배경으로 하되, 등장인물들에 의해 구성되는 이야기 방식은 현재적 의미에서 민족정체성 회복을 지시하며, 다른 의미로는 일제 잔재 청산을 표상하고 있음을 의미한다. 이것은 곧 해방 전 과거의 시대적 모순과 억압이 '말할 수 없는 자'들의 역동성을 내포하고 있다는 것이다.

이런 측면에서『혼불』문학이 민중의 저항으로서 중요한 내용을 함의하는 이유는 등장인물들 간의 소통·교류의 방식이 소설 내부적으로 하층민의 역동적인 삶과 긴밀하게 연대하고 있기 때문이다. 보다 큰 의미에서는 근대화 과정에서 시대적 모순이 식민주의 자체에서 발생하기도 하지만, 향촌의 지배와 피지배 계층 간의 신분적 억압 혹은 경제적·문화적 착취와도 무관하지 않다는 것을 말한다.

거명굴 하층민의 생활방식은 매안마을 양반층과의 '지주와 소작'의 관계에서 지배와 피지배라는 전근대적인 인식에서 크게 벗어나지 못하고 있다. 여기에는 양반과 하층민이라는 신분상의 문제를 안고 있으며, 이것은 '말할 수 없는 자'로서 '하위주체'라고 불러도 좋을 만큼 무산자의 계급의식을 품고 있다.

대표적으로 이들 하층민을 명명(appellation)하는 이름, 즉 공배네, 평순네, 옹구네, 쇠여울네 등의 각자에게 주어진 삶의 양태나 환경에 맞게 붙여진 이름은 소박하다 못해 거칠고 투박한 민중의 이미지를 풍긴다. 본래 명명(命名)은 모든 사물 각각에 알맞은 이름을 지어 붙이는 것을 의미한다. 이것은 어떤 누군가를 지칭하여 불러주었을 경우 그 존재성이 확인되는 것으로서 '호명(呼名, calling by name)'과 다른 차원의 의미를 지니며, 일반적으로 사물 가운데 사람을 대상으로 하여 사용하는 것이 보통이다. 이런 측면에서 거명굴 사람들의 저마다 지어 붙인 이름에는 성씨가 지닌 혈맥의 전통이나 본관(本官)의 의미로서 태생 혹은 출생지와 연관된 그 무엇도 이름 속에 내재되어 있지 않다. 거명굴 여성들의 경우 자식의 이름을 앞세우거나 가택에 연관하여 실제적 인물과는 무관한 것이 대부분이다. 따라서 삶의 방식이나 환경에 비추어 지어진 이름에서부터 하층민의 삶의 실상과 감성을 담고 있다고 볼 수 있다.

이러한 거명굴 하층민의 인물 유형은 작가의 경험에 의해 유인된 인물상으로 당대 현실에 비추어 억압받고 고통받는 사람들을 표상한다. 그 중요한 단서가 이들에겐 공통적으로 성씨가 붙지 않는 대신 '말할 수 없는 자'로서 척박한 현실에 내던져진 존재로 나타난다. 이렇게 명명한 작가의 의도는 하층민으로서의 현실적 인물의 성격을 규정하는 중요한 배경이 되고 있으며, 그 특성에 맞게 소설 내부에 생존하며 살아간다. 이것은 작가가 의도한 것이든 의도하지 않은 것이든 소설 내부적으로 일정한 울림을 형성하게 함으로써『혼불』을 읽는 독자로 하여 민중의 역사 내지 민중의 힘을 '읽어낼' 수 있도록 고안된 독특한 장치라고 할 수 있다. 이러한 의미는 작가의 실제 체험과는 무관하더라도 소설 내부에서 오랜 시간적 연대에 걸쳐 파생되는 인물들 간의 갈등의 문제, 즉 매안마을 양반층과 거멍굴 하층민의 신분적 상관성에 의해 연이어 나타나는 문제라고 할 수 있다. 또한 이것은『혼불』의 내부적 울림이 보다 역동적이고 견고한 효과로 전달될 수 있도록 고안된 작가의 문학적 '감성의 분할'에 의거한 민중성으로 이해할 수 있다.

이런 관점에서『혼불』은 작가의 쓰기 방식과 독자의 읽기방식에 있어 서로 거부감 없이 공감할 수 있는 서사적 구도가 무엇보다 중요한 위치를 차지한다. 이것은 '말할 수 없는 자'의 고통스러우면서도 척박한 현실을 현실감 있게 복원하는 하위 인물의 성격에서 찾을 수 있다.

특히 거멍굴 하층민 가운데 민중의 역동성을 대변하는 쇠여울네의 행위는 매안마을 양반층의 횡포에 대한 자발적인 응분이자 억압과 저항이 혼성된 민중적 성격으로 유인되어 나타난다. 여기에는 쇠여울네가 경험한 질곡의 삶, 원한 맺힌 기생(寄生)의 굴레, 자식을 먼저 보낸 자로서 곡절이 무엇보다 민중의식을 반영하는 큰 줄기가 되고 있다. 이처럼 쇠여울네의 삶의 방식에는 횡포에 가까운 매안마을 양반층에 적극적으로 대응하면서 '말할 수 없는 자'가 울분을 터뜨리며 '말하기'까지의 '민중 체험'을 반영하고 있다.

쇠여울네는 물 건넛마을 쇠여울[金瀬]에 살고 있는 타성 사람이었다. 마흔을 막 넘긴 억척스러운 여자로 몇 년 전에 남편을 잃고는 혼잣손으로 서너 마지기의 농사를 지어 왔다. 그네는 본디 여섯 남매를 낳았으나, 어찌 된

일인지, 가운데로 넷은 차례로 숨이 지고, 맨 위로 딸 하나와 맨 끝으로 아들 하나만 남게 되었다.

그런데. 그 아들이 아까 낮에 숨을 거둔 것이다.

그렇지 않아도 아슬아슬 실낱처럼 크던 어린 것은, 이제 일곱 살인데도 머리만 수박통처럼 크고 맹꽁이배를 블룩 내밀고 다녀서, 그저 기껏 보아야 다섯 살이라고 하기도 어려웠다. 거기다가 팔다리는 비비 꼬여 실거죽이 밀리며 히줄거리는 모양이, 차마 사람이라고 할 수가 없는 지경이었다.

"그러등 거이 죽어 분 거이라."

"왜 매급시 잘 놀든 애기가 죽어?"

"잘 놀기는 무신 지랄났다고 잘 놀아? 안 죽고 살아서 눈 껌벅거링게 목심 붙었능갑다 했제잉. 그거이 막 나서도 비일 빌 했거등, 왜. 그런디. 요번 여름에 가뭄이 엥간히 극성시럽등가? 봄부터 부황난 놈을 멕일 거이 없어서 그 가뭄에 패싹 말려 났으니. 에미 맴이 얼매나 씨리겠능가잉. 그래서, 독헌 맘 먹고 입도선매를 했등갑서."

"나락 모가지 시퍼렇게 선 놈을, 기양 팔어 넹겠구만이?"

"하아. 그런디, 그것도, 돈을 바로 줬으면 누가 머이래야?"

-『혼불』제3권 제2부 33쪽-

쇠여울네는 매안마을 어귀 물건너 쇠여울[金瀨]에서 마흔이 넘어 남편을 잃고 혼자 서너 마지기 농사를 짓고 사는 타성사람이다. 여섯 남매를 낳았어도 무슨 영문인지 첫째, 딸과 막내아들만 남기고 네 명의 아이를 저세상으로 보냈다. 자식에 대한 비운이 억척스러움과는 무관할 것이지만, 그 남은 막내아들마저 삽시에 숨을 거두게 된다.

죽은 아이는 평소에도 병색이 완연할 만큼 '머리만 수박통처럼 큰'데다 '맹꽁이배를 블룩 내밀고' 다닐 정도로 몸이 성치 않았다. 거기다

'팔다리는 비비 꼬여' 사람이라고 할 수 없을 지경의 모습으로 살다 급작스럽게 숨지자 쇠여울네는 지금까지 참아온 모든 울분과 원한을 '율촌샌님' 이기채와 '수천샌님' 이기표를 찾아가 거센 항의를 내비친다.

이렇게 하기까지 쇠여울네가 지닌 질곡의 삶, 원한 맺힌 기생의 굴레, 자식을 먼저 보낸 자로서 곡절에는 응분한 이유가 있는 것이다. 타성받이 쇠여울네의 사정을 누구보다 잘 알고 있는 평순네의 '돈을 바로 줬으면'이란 말에서 쇠여울네의 곡절은 확인된다. 기채든 기표든 쇠여울네가 지은 농사를 '입도선매'의 형식으로 거래를 했으면 응당 돈을 지불해야함에도 기채는 기표에게, 기표는 기채에게 차일피일 미루는 통해 아이의 병색이 더 깊어졌다는 것이다.

쇠여울네에게 아이의 죽음은 지난날 남편의 죽음, 네 명의 자식의 죽음보다 더 큰 의미에서 쇠여울네 자신의 죽음과 같은 의미이다. 그런 연유에서 쇠여울네의 막내아들은 '봄부터 부황난 놈을 멕일 거 없어서 그 가뭄에 패싹 말려 놨이니' 병을 앓는 자식 앞에 어미된 자의 도리는 천지간 흔적도 없이 사라지고 만 것이다. 이것은 '말할 수 없는 자'로 하여 '말문'을 열게 하는 결정적인 사건이 되고도 남을 일이며, 그런 김에 '독헌 맴 먹고 입도선매'를 하고도 아무런 대가를 받지 못한 것에 대한 원한, 즉 자식을 살리지 못한 원한이 극도의 지경에 이른 것을 말해준다.

지독한 가난, 질곡의 삶, 여성으로서의 운명적인 상황은 쉽게 납득할 수 없는 부분이 존재하면서도, 현실적으로 자식에 대한 어미의 모성은 아무리 고통받는 삶이거나 억압받는 현실이더라도 견딜 수 있는 것이다. 이러한 모성의 조건은 자식이 살아 있고, 그 숨소리가 또랑또랑 귓가에 들려오며, 어미된 자의 도리가 지천에 명백히 행해질 때의 일이다. 한번 죽고 나면 끝인 지경에 홀로 억척의 삶을 살면서 스스로

'말문'을 걸어 잠근 쇠여울네의 원한은 모성적인 근원을 배출하는 데서 의의를 평가받을 수 있다. 또한 근대적 의미에서 불평등한 신분과 제도에 대한 민중의 주체적 자각으로 이해할 수 있다. 이로써 쇠여울네는 하위의 삶과 질곡의 여성으로서 정당한 위치에 오를 수 있는 민중의 역동적인 삶의 방식에 있어 보다 많은 의미를 확보하고 있다.

쇠스랑을 거꾸로 치켜 든 쇠여울네는 제 정신이 아니었다. 머리를 산발하고 저고리 앞자락은 풀어 헤쳐졌는데. 속에는 맨살이다. 쇠여울네 눈은 시뻘겋게 충혈이 되어 금방이라도 핏물이 떨어질 것 같았다. 낯바닥이 누렇게 뜬 데다가 검은 기미가 버섯처럼 피어 있어 차마 볼 수가 없는데 입술에는 허연 거품이 물려 있다.

안서방네와 안서방은 그네의 양쪽 팔목을 붙들어 잡고, 쇠여울네가 몸부림치는 대로 씨름하는 사람처럼 이리 밀리고 저리 밀린다.

비록 여자의 몸이지만, 이토록 독이 올라 거품을 뿜으며 날뛰니, 두 사람의 힘으로도 당해낼 재간이 없었다.

"말로 허시오. 말로. 우리도 다 귀 있응게, 말로 허라고요."

안서방이 쇠스랑을 뺏으려 한다. 쇠여울네는 그런 안서방의 손을 홱 뿌리쳐 버린다. 그 서슬에 안서방은 맥없이 밀린다.

"말로? 말로 해서 될 사람한테 말로 허능 거이제, 이런 짐승만도 못헌 놈한테 무신 말로 혀어. 말로 허기는."

새끼머슴 붙들이와 바우네, 상머슴, 호제, 종들, 할 것 없이 뛰어나와 안팎으로 모두 겹겹이 둘러서서 창황 중에 어찌할 바를 모른다.

-『혼불』제3권 제2부 28쪽-

그나마 온갖 고생 끝에 장만한 서너 마지기 논밭의 곡식을 입도선

168

매로 이씨 문중에 넘겨주고도 제값을 받지 못한 쇠여울네는 막내아들까지 숨이 넘어가자 기어이 '쇠스랑을 거꾸로 치켜'들고 이기채의 집을 찾아간다. '제 정신'이 아닌 쇠여울네의 머리에는 '짐승'으로 낙인된 이기채를 당장이라도 찌를 듯이 '입술에는 허연 거품'을 물고 따지듯 대든다.

자식 넷을 먼저 보낸 뒤 첫째 딸과 막내아들만 남아 있던 터에 그 아들마저 가난과 굶주림에 성치 못한 몸으로 숨을 거두었으니 쇠스랑을 치켜들 법도 하지만, 그 근본은 무엇도 죽이지 못하는 쇠여울네의 본성을 이기채도 모를 리 없다. 다만 쇠여울네의 '복수'는 아들 하나 제대로 건사하지 못한 '죄인'의 입장에서 이렇게라도 해야 직성이 풀리고 자식에 대한 원한을 풀 수 있으리란 생각일 뿐이다. 정작 '말할 수 없는 자'의 '말문'은 자식을 잃은 데서 연유하는 듯하지만, 실상은 '가진 자'와 대적할 수 있는 절대적 명분, 즉 '농사=땅'과 연루된 우여곡절을 끝에 찾아온 것이다.

쇠여울네에게 '자식'과 '땅'은 동질한 선상의 의미를 지닌다. 표면적으로 유전(遺傳) 혹은 생물학적 의미에서 '자식'을 핏줄이라고 한다면, 생존과 삶의 방편으로서의 의미는 농사를 지을 수 있는 '땅'인 것이다. 이런 이유에서 쇠여울네가 '말할 수 없는 자'의 신분을 유지하려 한 것은 서너 마지기 '땅'과 자식 넷을 잃고 유일하게 남은 '아들'이 온전하게 살아가길 바라는 의미에서 비롯된다. 그럼에도 불구하고 쇠여울네가 '말할 수 있는 자'로 변화한 데는 마지막 '희망'으로 남아 있던 '농사=땅'과 '자식'을 잃은 데서 그 이유를 찾을 수 있다. 이 상황에 이르기까지 소설 내부적으로 쇠여울네가 겪은 남편과 자식들의 죽음을 뒤로하고 억척스레 땅을 일구고 살아온 삶의 방식을 상기하면 충분히 이해할 법한 일이다.

여기에 안서방은 '말로 허시오, 말로. 우리도 다 귀 있응게'라고 하지만 실상 쇠여울네의 귀에는 무엇도 들려오지 않는다. 막내아들이 죽기 전만해도 무산자로서 '말할 수 없는 자' 사이에 섞여 살아왔으나, 그 일이 일어나면서 쇠스랑을 거꾸로 치켜들기까지 쇠여울네의 심정은 '말할 수 없는 자'에서 '말할 수 있는 자'로, '말할 수 있는 자'에서 '저항하는 사'로의 저항과 감성의 환기 측면을 보인다. 이러한 성향에는 무산자로서 '울분'과 '설움'이 쇠여울네 의식에 박혀 있기 때문이다. 이것은 거명굴 하층민이 지닌 민중의식이라 할 수 있으며, 여기에는 매안마을 양반층으로부터 억압받고 착취당해온 척박하고 억울한 삶의 양태가 내재되어 있다.

반면 강모·강태의 발언은 쇠여울네가 처한 현실과 극적 대조를 이룬다. 여기에는 무산자로서 쇠여울네가 매안마을 양반 문중의 강모·강태와 대등한 조건에서 프롤레타리아 혁명 혹은 하위주체로서 지위와 자격을 가질 수 있는지 가늠하는 중요한 사건이 된다.

"혁명, 나도 그 혁명이라는 걸 좀 하게 해 주십시오, 형님. 유혈이면 더욱 좋습니다."

"이 사람이. 혁명이 무슨 몽상적인 연애시라고 생각하는 모양인가?"

"그렇다면 형님, 당신은 실속도 없이, 허울 좋은 이론만 밝은 이론가올시다."

강태의 눈에 모가 선다.

"몽상……그래요. 나는, 나의 인생을 다만 몽상하면서 살고 있습니다. 허나 뒤집어 보면 누구의 인생인들 몽상이 아니리요……혁명이라는 것도 결국 따지고 보면 곧 커다란 몽상일 겝니다."

"너는 어쩔 수 없는 부르조아야."

"부르조아? 그럼 형님은 진정한 프롤레타리압니까?"

"그만 마셔라. 일어서자."

"형님. 당신도 부르조압니다. 반대로 나도 프롤레타리압니다."

"그건 또 무슨 소리야?"

"형님은 도대체 그 혁명을 통해서 무엇을 이루고자 합니까? 진정으로 이 사회에 변혁 같은 것이 이루어질 수 있다고 믿는 겁니까? 혁명을 하고, 사유 재산을 폐지하고, 모든 생산 수단을 사회화하고, 그래서 진짜 평등 사회를 과연 실현할 수 있단 말입니까? 아마 그것은 명분에 불과할 것입니다. 내 생각은 이래요, 형님 말씀대로 인류는 까마득한 옛날부터 지금까지 강자와 약자의 꾸준한 갈등과 투쟁 속에서 역사를 이어온 것이 사실입니다.

강자의 권력과 힘이 강하면 강할수록, 약자의 설움과 분노는 그만큼 큰 것이지요. 그들의 분노와 설움이 드디어 포화 상태에 이르러, 폭동이든 반란이든 간에 이름이야 무어라고 붙여도 좋지만, 하여튼 변혁을 일으킨단 말이요. 형님 말씀마따나 혁명을. 그래서 강자가 무너지고 약자가 세력을 잡는 수도 있겠지요.

-『혼불』제3권 제2부 57쪽-

강모와 강태는 프롤레타리아 혁명에 대해 서로의 주장을 펼치고 있다. 여기에는 혁명의 현실적 계급성과 혁명의 몽상적 이론이 상대적 논리를 형성하며 둘 사이 완강한 주장으로 엇갈려 나타난다.

'나도 그 혁명이란 걸 하게 해'주라는 강모의 말을 강태는 단번에 '몽상의 연애시'로 취급한다. 여기에 강모의 태도는 '허울 좋은 이론만 밝히는 이론가'라고 강태를 비꼬면서 둘 사이 완강한 대립이 일어난다. 그 이면의 실상은 강태로 하여, 현실과는 무관한 '연애시'에 비유되는 혁명의 이론이 프롤레타리아 계급성, 즉 무산자로서 지위와 신분으로 강조된다.

이 대화의 시작은 쇠여울네의 '쇠스랑을 거꾸로 치켜'든 '난동'에서 연유한다. '큰집에 가서 부린 행패'만 해도 '말할 수 없는 자'의 신분인 쇠여울네로서 큰 싸움인 것이다. 여기에 '지금은 그 정도에 그치고 말았지만, 이제, 곧 그것과는 비교도 되지 않을 무서운 싸움이 시작될 것'이라는 강태의 말은 무산자 신분의 숙명, 곧 프롤레타리아 혁명을 의미한다. 이것은 피할 수 없는 숙명이며, '역사의 본능'으로서 민중의 역동성을 지지하면서도 한갓 '몽상의 연애시'와는 비교할 수 없는 싸움을 말한다.

그럼에도 불구하고 강모·강태는 근본적으로 무산자 계급이 아닌, 유산자의 자손으로서 그와 동등한 계층에 머물러 있다. 이것은 '가진 자', 즉 '말할 수 있는 자'의 프롤레타리아 혁명은 허구라는 것을 의미하며, '말할 수 없는 자'로서 계급의식이 없는 혁명은 '몽상의 연애시'에 불과하다는 말이다. 이것을 뒷받침하는 근거는, '누구의 인생인들 몽상'이 아닐 수 있으며, '혁명이라는 것도 결국 따지고 보면 곧 커다란 몽상'일 것이라는 강모의 자책에서 발견된다. 강모 스스로 무산자이길 포기할 수밖에 없는 현실은 매안마을 양반의 신분으론 민중의 역동적 삶에 있어 무엇도 기대할 수 없는 유산자 집단 가운데 개인으로 살아가야 하는 데 있다. 전통적인 유교관이 지배적인 매안마을은 오랫동안 거멍굴과 고리배미 민중과 타협을 해왔다지만, 실제로는 매안마을 스스로 만들어낸 합리와 목적의 환상에 불과할 뿐이다. 여기에는 마을과 마을 잇는 향촌공동체라는 허울 좋은 명분과 거멍굴 민중에 대한 억압과 착취의 양가적 성격이 숨어 있다.

이러한 양가성은 '혁명'에 대한 불가능성의 신분적 제약을 스스로 명분화하고 정당화하려는 유산자의 속성을 대변하는 방편이라 할 수 있다. 정작 '몫 없는 자'로서 쇠여울네의 '울분'과 '설움'에 대한 저항적 측면 혹은 계급적 입장을 고려하지 않은 단계에서의 혁명이란 양반가 자손 스스로도 규정하듯이 '몽상의 연애시'일 수밖에 없는 것이다.

이런 측면에서 거멍굴 하층민의 삶의 방식은 매안마을로부터 끊임 없이 '말할 수 없는 자'의 지위를 요구하고 있으며, 한편으로 '말할 수 있는 자'의 용기를 부추김으로써 그들의 삶에 직접적인 폭력과 억압의 필요성을 인식시키려 하고 있다. 이와 같은 이유에서 거멍굴 하층민 을 '말할 수 없는 자'로 규정지으며, 그 반대로 '말할 수 있는 자'를 지 향하도록 모방하거나 혹은 흉내 내는 것을 묵인하면서도 결국에는 '가 진 자'와 동질한 선상에 오르는 것을 절대 용인하지 않는다.

따라서 쇠여울네의 삶의 방식은 강모·강태와 삶의 방식과 본질적 으로 다를 수밖에 없으며, '가진 자'로서 매안마을 양반층에 대한 '몫 없는 자'로서 거멍굴 하층민의 삶은 신분상승의 욕망을 전제로 하는 하위의 삶을 살아갈 수밖에 없는 것이다.

2. 하위주체의 지위와 양가성

2.1. 신분 차별의 각성과 체념

『혼불』의 거멍굴 하층민은 매안마을 양반층과 대별되는 '하위'의 삶 을 살아가는 자들로서 민중의 역동성을 이끌어가는 주역이라고 할 수 있다. 여기에는 소설 내부적으로 견고하게 고안된 '하위주체'로서의 삶 을 살아가는 '몫 없는 자', 즉 '말할 수 없는 자'로서 근대성 담론이 맞 물려 있다.

『혼불』의 하위주체의 개념은 매안마을 양반계층에 의해 예속되어 있거나 식민지 중심으로부터 주변부로 밀려나간 조선 민중을 의미한다. 이것은 헤게모니에 종속되거나 지배계층으로부터 분리되어 접근이 거부된 상태의 그룹으로서 민중 체험에 의해 발현된다. 이러한 민중 체험은 거멍굴 하층민과 고리배미 민촌의 상민들을 대상으로 하고 있다.

이들은 매안마을 지배계층의 억압·모순에 저항하는 정치성을 지닌 개별적 계층으로 구분되고 있으며, 이들 하위주체가 처한 현실상황이 '지배/피지배'라는 계층적·계급적 구성체의 지위를 규명하기 위해서는 매안마을의 지배 논리에 맞서 내부적으로 일으키는 내재적 모순성에 대해서도 고려할 수 있어야 한다. 이것은 종속의 폭넓은 의미에서 '하위주체'로서 지위와 그들이 지닌 역동적인 삶 속에 내재된 모순, 즉 억압의 상처를 견디어 내면서까지 자신들의 굴레를 벗어나지 않으려는 측면과, 울분·설움의 억압에 대한 저항으로서 역동성에 대한 이중적인 성격까지 고려하여야 한다는 것이다.

따라서 하위주체의 지위와 역할은 단선적이며 고정화된 의미로 국한하지 않은 상태에서 거멍굴 하층민과 고리배미 상민층을 포괄적으로 수용할 수 있어야 한다. 왜냐하면 거멍굴 하층민과 고리배미 상민층, 즉 하위의 삶을 살아가는 자들 스스로 '꼿 없는 자' 혹은 '말할 수 없는 자'로서 지위와 신분을 드러내면서도 그 역할에 있어서는 억압에 대한 저항으로서 양가성을 내포하고 있기 때문이다.

『혼불』은 매안마을 양반층뿐만 아니라 거멍굴 하층민의 삶의 양태와 고리배미 상민층의 삶의 방식을 통해서도 일제강점기 민중들의 역동적인 삶을 반영하고 있다. 특히 거멍굴 하층민 가운데 대표적인 부정적 인물로 부각되는 쇠여울네와 춘복의 경우 무산자 계급으로서 신분상승을 꾀하고 있다. 이들은 '말할 수 없는 자'로서 민중의 역사에 소극적으로 동조하고 참여하는 양상을 보여주는가 하면, 거멍굴 하층민들의 지위와 역할, 생활상을 직접적으로 보여주고 있다. 또한 근대적 세계관과 전근대적 전통이 공존하는 거멍굴은 공배네, 평순네, 옹구네, 쇠여울네 등의 여성의 삶을 보여주는가 하면, 공배, 춘복, 홍술 부부, 만동부부 등이 하층민으로서 지위와 역할을 보여주고 있다.

이런 측면에서 『혼불』의 거멍굴 하층민의 삶의 방식은 매안마을 양반층에 의해 형성된 지배/종속의 담론 안에서 전적으로 예속/기생을 강요당하는 민중의 삶을 채택하고 있다.

옹구네 입시울에 맹렬한 기름이 돈다.

"아니, 그 대실서방님은 시방 여가 지시도 안허잖여?"

"하아, 그 일 있고는 도망을 가 부렀제이. 잘못을 해도 어디 에지간히 했어야 얼굴을 들제. 죽어도 못 들겄잉게 아조 먼 디로, 만주로 가분 것 아니라고? 그것도 벌쎄 언지 쩍 이얘긴디? 안 오잖여. 여그는, 당최. 빗감도 안히여. 소식도 없고. 아매 영 인자 안 올랑게비여. (…중략…) 엉겁질에 헌 일이지만 사촌간에 상피붙었다면 이런 상놈도들도 맞어 죽는디, 양반은 더 무섭겄지. 가문이다 성씨다 험서 덕석에다 몰아서 쥑이고 안 그럽디여? 그전에도 왜."

옹구네는 제가 전에 궁리해 놓은 일도 있는지라 장담하고 나섰다.

"얌전한 강아지 부뚜막에 올라앉는단 말도 있기는 있지만, 하이고매. 시상에. 그게 그렇그마잉."

비오리어미가 고개를 절레절레 흔든다.

옹구네 입김이 불길같이 뜨거웠다. 그 입김에 묻은 말이 비오리와 그 어미에게 옮겨 붙은 것이다. 이제 오늘 밤, 이 소문은 산더미 같은 달집처럼 활활 무섭게 타오르며, 그 달집 앞에 모여 선 사람들 속으로 일렁일렁 혓바닥을 너훌거려 번질 것이었다.

-『혼불』 제5권 제3부 137쪽-

옹구네의 강모에 대한 흠집내기는 도를 넘어서 가문까지 상처를 낼 기세이다. 실상 옹구네의 그악스런 행태는 '강실'에 대한 연민에서 시작된다. 강수와 진예의 '상피'로 인한 마을 전체의 수난은 매안마을 이씨 가문에 대한 경고인 것이다. 결국 강수의 자결과, 그로 인한 '망혼' 의례를 치른 뒤에서야 비로소 매안마을과 가문에 몰아친 흉조가 표면화된다.

반면 강수와 진예, 강모와 강실의 관계는 본질적인 측면에서 '불륜'을 의미하고 있다. 양반가의 불륜은 하위의 삶을 살아가는 자들에게 치명적인 약점으로 제공된다. 지금까지 지배/종속의 관계를 유지해온 매안마을과 거명굴의 관계를 송두리째 흔드는 일대 사건으로 인식되는 것을 의미한다. 이 '불륜의 사건'은 언제까지라도 이어질 것 같던 양반과 하층민의 관계에 있어 일약 '혁명'과도 같은 기회가 된다. 옹구네는 이 기회에 거명굴 사람들도 매안마을 양반층과 다를 바 없는 사람임을 입증하고 싶은 것이다. '불같이' 뜨거운 입김으로 이 소문이 '산더미 같은 달집처럼 활활 무섭게 타오르며, 그 달집 앞에 모여 선 사람들 속으로 일렁일렁 혓바닥을 너훌거려 번질 것'을 간절히 바라고 있다.

이것은 양반가문 스스로 불문율을 어긴 것에 대한 혹독한 엄벌로서, 매안마을 스스로 단죄할 것을 모두에게 '말하고 싶은 욕망', 즉 매안마을 양반층의 몰락과 거명굴 하층민의 신분상승 욕망을 동시에 배태하고 있다. 따라서 옹구네의 극성은 강모와 강실의 통정이 단순히 사촌 간의 '상피' 문제뿐 아니라 일어나서는 안 될 금기의 위배, 즉 한쪽이 흥하면 한쪽이 몰락하는 의미에서 매안마을과 거명굴의 관계를 말한다. 이것은 '상피'가 본질적으로 무엇을 지시하는가에 대한 문제이며, 그 내면에는 무엇이 도사리고 있는지에 대한 작가의 해명이 무엇보다 중요한 단서가 된다.

이와 같은 측면은 거시적으로 조선과 일본의 관계도 연결되거나 한 쪽이 한쪽을 지배하는 식민지적 상황은 허용할 수 없다는 것으로 통한다. 근본적으로 일본과 조선은 친화할 수 없는 관계였던 것이 아니라, 오랜 시간 역사를 더듬어 올라가면 일본은 결코 우리에게 친화적이지 못했다.

식민주의란 단지 근대를 기점으로 일어난 자연발생적 현상이 아닌, 식민자의 지배 이데올로기를 앞세운 개척·침략인 것이다. 그 근거는 식민주의의 속성에 나타나는 제국주의의 진보적 기술 측면과 문화적 우월성에 의한 지배 이데올로기에서 찾을 수 있다. 식민주의 역사는 19세기부터 전 지구적 현상으로, 이를 뒷받침하는 것은 제국주의가 절정에 치달은 20세기 초 제2차 세계대전과 관련한 일본의 조선 식민화는 서구 열강 제국주의와 힘의 균형을 이루면서 오랜 시간 지배 이데올로기 형태를 띠고 있다.

20세기 초 제국주의의 팽창은 그 지배권력 아래 놓여 있던 모든 민족들에게 이익을 동반할 것이라는 허구적 담론이 무성했으나, 실상 일본의 패전과 함께 제국주의가 내세운 식민주의적 가치는 의미가 없었다. 이런 측면에서 식민주의의 연동작용은 근대의 시점과 관련이 깊다. 일제강점기 가해자로서 일본의 식민주의 이데올로기와 피식민자로서 조선 사이의 치열한 헤게모니 갈등과 무관하지 않으며, 이것은 식민주의에 대항하는 주권자인 민중에 의해 주도되는 비판과 저항 이데올로기의 한 측면이다. 따라서『혼불』의 등장인물들 간의 사건/갈등은 전반적으로 식민주의 비판과 무관하지 않다.

이와 같은 차원에서 옹구네의 험담은 강모와 강실에 대한 통정이 '엉겁질'에 일어난 사건이 아닌, 매안마을과 거멍굴의 관계를 중첩적으로 반영하고 있는 것으로 이해할 수 있다. 이것은 거멍굴 하층민의 삶의 방식이 '말할 수 없는 자'로서 '말하기까지' 지위와 문화적 정체성을 드러내기 위함으로 볼 수 있다. 이와 동시에 거멍굴 하층민의 대표적인 인물로서 옹구네 스스로 자신의 신분과 지위를 되돌아보는 주체적 자각의 기회가 된다.

그러니까 강실이는 그 혼자 도려낸 듯 떨어져 나와 따로 선 누군가 아니라, 그 달 속에 서 있는 한 처녀, 그러나 달과 그 처녀가 도무지 서로 구분되지 않게 뒤엉키어 녹아든 형상으로, 두려우면서도 기어이 그것을 삼켜 버려야 할 어떤 절박함을 춘복이한테 덮어씌우고 있었다.

덮어씌우다니. 그것은 맞는 말이 아니었다. 강실이는 그에게 한 일이 아무것도 없기 때문이다. 그러나 강실이가 거기 있다는 것, 매안의 원뜸 솟을대문 아래 그 집의 지친으로 어여쁘게 돋아나 꿈결같이 그림같이 살고 있다는 것, 아니 그런 말이 아니어도 어쨌든지 강실이가 '있다'는 사실이 춘복이한테는 지금 엄청난 강박으로 덮어씌워지고 있었다. 오로지 그 존재 자체가 강박이 된 것이다.

"달 봤다아."

그것은 싸우는 소리였다.

그는 남모르게 혼자서 사력을 다한 승부를 달에 걸고, 단말마 같은 비명을 토하며, 또 그 달을 들이마시며, 진땀이 나도록 달과 싸웠다.

-『혼불』제6권 제3부 47쪽-

예문에서 '달'은 원형으로서 자연 상태인 달과 욕망으로서 춘복의 달로 분화된다. 원형을 '모방'한 춘복의 달은 '무서운 힘으로' 춘복 자신을 '빨아들이는' 거대한 몸체를 구성한다. '손끝과 발끝'에서 '정수리

실핏줄'까지 터져버리도록 흡월(吸月)하는 춘복으로부터 '강실'은 문화적 가해자로 간주된다. 왜냐하면 천민에서 양반으로 신분상승을 원하는 춘복의 욕망은 양반 집안의 강실을 선택함으로써 문화적 '모방'의 형식을 취한다지만, 반면 강실의 경우 전근대적 입장에서 춘복의 접근이 '말할 수 있는 자'에서 '말할 수 없는 자'로 낙인되는 하락의 삶을 구성하기 때문이다.

이와 같은 춘복의 흡월에 관해 김정자는, 강실을 자기 사람으로 만들어 양반의 씨를 받아내려는 신분 상승의 욕망으로 해석하고 있다. 여기에는 춘복으로 하여 강실을 겁탈하게 함으로써 아랫것들, 천것들이라고 멸시받는 거멍굴 사람들의 하층계급 의식에 대한 한을 풀어보고자 하는 신분상승 욕망이 팽배해 있다다는 것이다.[13]

이렇게 놓고 볼 때, 춘복의 흡월은 달을 접점으로 하여 양반 권력의 억압과 폭력 앞에 결코 '져서는 안될 싸움, 즉 '절정'의 이미지에서 나타나는 문화적 '상극'을 통해 신분상승 욕망으로 이어진다. 여기서 '상극'은 춘복의 신체로 맞서는 현실의 상황, 즉 하위주체로서 신분적 근성을 의미하고 있으며, '절정'은 춘복의 머릿속에서 맴도는 신분상승 욕망, 즉 매안마을 양반층의 신분 지배의 억압과 폭력, 착취의 상황을 암시하고 있는 것이다. 정작 이 싸움의 주체는 달인 듯하지만, 실상 양반층의 지배 권력에 대한 춘복의 신분상승 욕망을 모태로 하고 있다. 따라서 싸움을 주도하고 이끌어가는 주체는 '춘복'이다. 이것은 오

---

13 아들 혹은 자손을 퍼트리고자 하는 남성적 욕망은 비록 양반사회에서의 가문 존속을 의미하는 것만은 아니었다. 기본적으로 종족본능은 상층/하층 구분 없이 어느 층위에서든 존재하는 것이다. 따라서 춘복의 욕망은 남성성 본능으로서 생물학적 번식을 염원하면서도, 비록 반쪽이긴 하지만 양반사회로의 신분상승을 위한 욕망까지 포함하고 있는 것으로 볼 수 있다. 김정자, 「규방문화로 본 최명희의 『혼불』」, 『혼불과 전통문화』, 전라문화연구소, 2002, 148쪽.

랜 시간 매안마을 양반층으로부터 억압받아온 춘복이 곧 민중으로서
문화적 피해자라는 데서 그 근거를 찾을 수 있다.

달은 일정한 절기와 시간대에 맞춰 떠올라 무뚝뚝하게 아래를 굽어
보는 존재가 아니라, 세상 곳곳에서 울려오는 염원과 바람을 실현시켜
주는 이상적 존재로 작용한다. 이런 달과 싸움이 지시하는 내용은 이
'혼탁'한 세상을 향한 한탄이자 울분인 것이다. 따라서 춘복이 들이마
시는 '달'의 존재는 싸움의 객체가 아닌, '대대손손' 자연과 인간의 교
감을 주관하는 의미에서 억압에 대한 해소의 표상이자 평등의 빛이다.

이와 같은 측면에서 달은 조선 민중의 분노와 혼돈으로 뒤엉킨 혼
탁한 현실을 비추는 빛이며, 이런 '달'을 매개로 하여 춘복은 민중의
저항성을 간접적으로나마 보여주고 있다. 이때 강실은 선조의 혼(魂)
들이 승천한 뒤 하늘을 지키는 싯붉은 소용돌이의 달로서 혼탁한 현
실에 직면한 조선 민중의 분노와 혼돈으로 뒤엉킨 식민지 현실의 달
덩이에 직면하게 된다. 이것은 '강실'로 하여 하위주체로서 신분상승을
원하는 춘복의 욕망에 대한 문화적 표상이 된다. 이를 통해 춘복의 욕
망은 천민에서 양반으로 신분상승을 원하는 동시에 '말할 수 없는 자'
에서 '말할 수 있는 자'로 흉내 내기가 가능해진다. 반면 춘복의 접근
으로 '말할 수 있는 자'에서 '말할 수 없는 자'로 하락하는 강실의 삶은
식민지 모방성을 규명하는 비판적 '오리엔탈리즘'14의 단서가 된다. 이

---

14 사이드(Edward W. Said)에 의하면, 18세기 말에 이루어진 오리엔탈리즘의 거대한
팽창은 계몽주의와 지식에 대한 변화된 태도 및 조직화에 기반을 두고 있으며, 이것은
학문 분과의 증식, 많은 분과의 보편화 열망, 그리고 체계화하고 분류하려는 접근 방식을
포함한다. 그 즈음 '동양 문화'에 관한 서구의 주장은 다양한 학문적 객관성을 내세웠음
에도 그들이 생산해낸 지식은 대부분 부정적이었다. 또한 동양 문화에 관한 사이드의 여
러 가지 학설에도 불구하고 동양에 관한 서구의 학문적 성과는 실제적 증거와 무관한 것
들이 대다수였다. 따라서 사이드의 『오리엔탈리즘 Orientalism』은 서양이 동양을 구성하

로써 넘어설 수 없는 달의 경계와 강실은 동일한 의미로 작용하며, 이 것은 식민지 현실의 등장인물에 대한 억압의 해소, 욕망의 배출이라는 양가적 의미를 지닌다. 그럼에도 불구하고 크고 강인한 달이 지시하 는 것은 조선의 여성으로서 강실이 지닌 역동적인 삶의 수용하는 그 릇이기도 한 것이다.

이러한 관측에서 보면, '어떤 절박함'이 춘복에게 덮어씌우는 것은 '매안의 원뜸 솟을대문 아래' 꿈결같이 살고 있는 강실에 대한 '엄청난 강박'을 의미한다. 이것은 넘어설 수 없는 달의 경계와 강실이 동일한 선상에서 억압과 욕망의 양가적 의미를 지닌다. 그럼에도 '진땀'이 나 도록 사력을 다해 달과 싸울 수밖에 없는 춘복의 '흡월'은 매안마을 양 반층에 대한 거멍굴 민중으로서 가장 밑바탕에서 일어날 수 있는 하 위의 '싸움'을 의미한다.

사실은 어젯밤 강실이를 본 순간부터 춘복이와 옹구네 사이의 사정보다 더 궁금하고 두렵고 알 수 없는 일이라, 그에 관해서는 차마 먼저 말을 못 꺼 냈던 공배네가 드디어 물었다.

"소상히 자알 들었그마는 머이 더 알고 잪소? 성님은 애들맹이로 무신 궁 금헌 일이 그렇게도 많응고? 참 젊소예? 힘이 남능게비네."

는 방식뿐 아니라 동양을 정확히 서양의 타자로, 즉 비서양적이라 여겨지는 모든 특성의 집적소로 구성하는 방식을 검토하고 있다. 이런 결과로 사이드의 『오리엔탈리즘』은 동양 을 정확히 서양의 '타자'라는 데 합의하고 있으며, 이것은 동양이 비서양이라는 데 초점 을 맞추어 동양의 모든 특성적인 집적소를 구성하는 방식을 검토하였다는 점이다. 따라 서 『오리엔탈리즘』의 영향력 있는 측면은 사이드가 서양이 동양을 구성하는 방식에서, 잠재적 오리엔탈리즘과 현재적 오리엔탈리즘에 관한 개념에 대한 설명이 명확하다는 것 이다. 잠재적 오리엔탈리즘은 동양에 대한 기본적인 '진리'를 포함한 '거의 무의식적인 실 증성(positivity)을 일컫는다. 반면 현재적 오리엔탈리즘은 동양의 사회, 문학 또는 역사에 관한 공개적으로 검증된 관점으로 구성되는 것을 의미한다. Peter Childs and Patrick Willams, 김문환 역, 앞의 책, 208~215쪽 참조.

"이게 그렇게 넘어갈 일이여 시방? 매안에서 알게 되면 바로 그 당장에 모조리 다 끄집혀 가서 물고가 날 일이 벌어지고 있는디. 덕석말이 한두 사람 당허고 말 일이 아니겄그만, 이게 어디 예삿일이라고 그렇게 태평헌 소리를 허고 자빠졌디야? 금방, 당장에, 떼죽으로 끄집혜 가서 저 송장이 다뒤야 갖꼬 온 것을 봄서나도."

"잽혀가도 내가 강게로 넘들은 옆으서 걱정을 말으시겨."

"애민놈 저테 벼락맞는단 말도 몰라? 무단히 죄 없이 옆에 섰다가 날벼락 뒤집었능 걸, 춘복이 보고도 모르겄어? 왜 투장은 만동이 백단이가 했는디 춘복이는 찍소리도 못허고 저 지경을 당했간디? 벼락이 치면 손잡은 놈은 다 같이 떼죽음당허는 거이 이치여, 이지."

-『혼불』제8권 제4부 37쪽-

애초 춘복과 강실 사이의 사건을 알고 있는 옹구네와 이를 전적으로 알려고 하는 공배네 간의 접점을 이루는 것이 '달'이다. 부정적 세력으로서 춘복의 '달 싸움'은 넘어설 수 없는 신분의 경계를 가늠하는 잠재적 욕망이다. '대대손손' 선조의 혼(魂)들이 승천한 뒤 공허하고 혼탁한 세계를 맑은 기상으로 누르는 강실을 탐한 자로서 춘복의 잔인성은 매안마을 양반층에 대한 '말할 수 없는 자'로서 부정적인 저항을 의미한다.

이것은 매안마을에 '잽혜가'서 송장이 되어도 좋을 만큼 늘씬 두들겨 맞고 온 춘복의 만행이 이만저만한 일이 아님을 짐작하는 공배네까지 알아야 할 현실인 것이다. 이러한 현실은 단지 공배네 혹은 옹구네 것만이 아닌 거멍굴의 하층민 모두에게 직면한 것으로, 억압받는 민중의 역사를 단적으로 보여주는 현실이다. 반면 '손잡은 놈은 다 같이 떼죽음 당허는' 시국에 강실의 수난은 단순히 춘복의 아이를 가졌다는 사실만으로 '세상은 무너져도 좋'을 만큼 서럽고 애통한 현실을 의미하지만, 실상 공배네와 옹구네와는 무관한 현실이다.

따라서 '춘복의 아이'는 매안마을이 범한 현실적·사회적 가해에 대한 보복인 동시에 거멍굴이 처한 어두운 현실상황을 지시한다. 이것은 범하지 말아야 할 상징화로서 매안마을의 억압과 폭력이 거멍굴 하층민의 부정적 요인을 촉발하는 계기가 되며, 반면 억압받는 민중의 저항이라는 긍정의 요인으로 작용한다. 이를 통해 춘복이 지닌 부정성과 긍정성의 이중적 성격을 풀어내는 단초가 마련된다. 이것은 신분상승을 욕망으로 하는 부정성, 민중의 수난에 대한 문화적 피해자로서 민중의 저항이라는 긍정의 성격에 비추어 춘복의 양가적 성격은 드러난다.

따라서 춘복이 혹독한 매질을 당할 만큼 부정을 저지르고도 여전히 거멍굴의 부정적 세력으로 남아 있다는 것은, 춘복 자체를 강실을 범한 가해자로 낙인하면서도 매안마을에 대한 문화적 피해자로 규정하는 이중적 의미를 지닌다. 어떤 면에서 이와 같은 맥락은 춘복에게 '가지지 못한 자'로서 '말할 수 있는 자격', 곧 민중의 역사적 동력으로서 성찰·회복·치유의 가능성을 열어주는 기회가 된다.

『혼불』은 근대적 산물로서 일제강점기 식민주의 시대의 민중들의 생활상을 바탕으로 한 유기적인 이야기이며, 이와 동시에 피식민자적 관점에서 민족정체성 회복과 민족의 위상을 복원하기 위한 일련의 작업으로 이해할 수 있다. 등장인물들 간에 유기적으로 연결된 민중적 생활 방식을 반영함으로써『혼불』의 서사구조가 전통의 복원과 그와 관련한 문중의 생활상을 보여주는 것에 그치지 않고 민중의 역동성을 구조화하는 요인으로 작용한다.

이와 같이『혼불』은 등장인물들 사이의 유기적인 방식에 의한 역사적 체험을 기초로 하는 동시에 역사 · 전통 · 민속의 다양한 측면이 식민지 현실을 극복하려는 민중적 삶의 맥락에서 구현되고 있다. 큰 의미에 있어서『혼불』은 전통적 맥락과 식민주의 체험을 해소하기 위한 최명희의 문학적 산물인 것이다. 여기에 고리배미 사람들과, 거멍굴 하층민의 민중의식은 신분상승을 위한 사적 욕망에서 비롯되지만, 거시적으로는 민중 차원에서 행해지는 평등 · 평화 · 자유의 염원을 안고 있다. 이러한 민중의식은 일제 식민지 현실의 억압성에서 벗어나고자 하는 매안 사람들의 전통적 · 역사적 · 민족적 염원으로 이해할 수 있다.

이런 측면에서 거멍굴 하층민으로서 춘복의 삶의 방식은, 매안마을 양반층에 대한 '말할 수 없는 자'의 욕망이 강실을 범하는 부정적인 방향으로 표출되면서도 그 내면에서 매안마을과 거멍굴이 지닌 전근대성 문제가 근대적인 방식에 의해 '말하기'까지 일정한 민중 체험으로 연결된다. 이것은 일제강점기 민중의 지위와 관련하여 현실적 수난과 문화적 피해상황을 반영하면서도 한편으로는 민중의 역동성을 보여주는 단서가 된다. 개인으로서의 춘복의 지위는 하위에 머물러 있으면서도 집단주의로서의 춘복의 지위는 민중적 양상을 띠고 있으며, 이것은 옹구네, 공배네, 쇠여울네가 지닌 민중의식과 동질한 삶의 양태로 하위주체로서의 저항성을 보여준다.

2.2. 삶을 위협하는 자본의 모순

『혼불』은 근대적 모순이 일제강점기를 배경으로 하면서도 소설 내부적으로 매안마을 양반층과 거멍굴 하층민 사이의 지배/종속이라는 전근대적인 신분관계, 계급의식, 자본의 관계에서 갈등 · 분규 · 소요의 측면이 구조화되어 있다. 이것은 최명희가 그토록 중요하게 여기는 전통의 복원이 역사·풍속·신화·신앙·지리 등으로 재현되고 있다는 것과 유관하며, 매안마을과 거멍굴 간 집단 단위의 향촌공동체 반경 내에서 지주와 소작의 관계가 점차 근대적 자본의 관계로 전이되면서 새로운 국면을 맞게 되는 것과도 유관한 성격을 지닌다.

『혼불』의 인물들은 일제강점기 당대 시대 상황과 맞물려 해방 이전에서부터 1980년대를 관통하던 역사적 사건과 연관성이 깊다. 이런 관점에서 『혼불』은 향촌공동체 내부의 자본 문제가 거멍굴 하층민을 대상으로 하여 민중의식을 촉발하는 양태로 발전하며, 여기에는 거멍굴 민중이 전근대적 신분제도의 불평등 조건 아래 경제적 착취, 생산과 분배의 문제를 안고 있다는 점에서 식민지 민중이 처한 현실을 반영하고 있다.

불평등한 현실은 곧 거멍굴 하층민의 갈등·분노·울분·질투·시기 등으로 표출되며, 이것은 그들의 신분상승 문제와도 연관되어 나타난다. 거멍굴 하층민이 처한 현실은 전적으로 최명희의 언어관 혹은 문학관의 개입으로 드러나는데, 이것은 소설 내적으로 생존하는 민중의 성격과도 밀접하게 연결된다. 『혼불』의 이러한 양상은 등장인물이 지닌 감정·표현 등의 사유체계에 의해 규정되지만, 이것을 언어로 활용하는 데는 필연적으로 민중의 역동성·사회성·문화성의 체험을 바탕으로 하고 있다.

『혼불』은 등장인물들의 언어의 표현방식이 보다 "절실하고 섬세한 감정이나 생각의 표현은 늘 귀에 익은, 마음에 지닌, 모국어가 아니면 흡족할 수 없다"[15]라는 것을 의미하며, 등장인물의 다양한 정보/표현

---

15 서지문, 「모국의 바다에 핀 연꽃 『혼불』」, 『혼불의 언어세계』, 혼불기념사업회·전라문화연구소, 2004, 28쪽.

은 소설 내부적으로 민족 구성원들 사이에 체화(體化)된 삶의 방식에 의해 추동된다.

이런 측면에서 언어는 결코 하루아침에 만들어진 것이 아닌, 한 나라, 한 민족이 오랜 시간 정서적 교감을 이루면서 생활의 전반을 이끌어온 산물인 것이다. 최명희는 생전 우리 민족의 정체성을 "전라도 산천, 전라도 가락, 전라도 말이 베풀어준 음덕"16에 대한 보우이며 응당한 처우라고 말했다. 여기에는 끈기 있는 전통과 유구한 역사적 울림이 내재되어 있다. 언어란 본래 체험을 기본 바탕으로 하고 있다. 이것은 민족구성원에 의해 만들어지고, 그 안에서 태어나 자라고 생활하는 것이다.

민족의 정신을 이어가는 주체 혹은 민족의 혼을 이어가는 주체는 그 민족의 언어·전통·역사에 의해 규정될 수밖에 없다. 따라서 『혼불』의 언어관은 전통·역사·신화·종교·상징 등을 토대로 하여 민족의 정신, 민족의 혼이라는 큰 명제 아래 결속을 다지고 있다.

『혼불』의 이러한 전통적 관점은 등장인물들의 생활 방식, 즉 민중의 역동성에서 비롯되고 있으며, 이것은 매안마을 양반층과 거멍굴 하층민 간의 지배/종속의 의미, 자본과 경제적 착취에 맞서 대응하는 언어적 전략과도 긴밀하게 연결된다.

"야 좀 봐. 달러지기는 먼 놈의 시상이 달러진다냐? 뒤집어지든 엎어지든 상놈의 신세는 벤헐래야 벤헐 거이 있어야제잉? 농사철 당해서 매급시 맘 들 뜨지 말고 두렛일 소홀허게 말그라. 잉?"

공배가 끝까지 춘복의 말꼬리를 쫓으며 으름장을 놓는다.

---

16 계간 『종로서적』, 1991년 봄호 인터뷰.

"제엔장헐 놈의 시상. 다 똑같은 사람으로 났는디, 쎄 빠지게 일허는 놈은 죽어라 일만 허고, 할랑할랑 부채 들고 대청마루에 책상다리 앉었는 양반은 가만히 앉은 자리에서 눈만 몇 번 깜짝이면 몇 천 석이니, 먼 놈의 시상이 이렁가아. 생각을 숫제 안해 부러야제, 생각만 조께 허면 기양 속이 뒤집어징게……."

"허허어, 춘복아. 너 또 왜 그러냐아……내동 암 말도 않고 소맹이로 일만 잘허드니. 무신 바램이 또 너를 헤젓는다냐."

"아, 내가 이 나이를 먹어 갖꼬, 힘 좋겄다 머엇이 아숩다고 논바닥에 처백혀 갖꼬는, 새참 밥 한 그륵 갖꼬 가이내들맹이로 이러고 저러고 허니 속이 좋겄소? 에린 것 붙들고."

"씨가 다릉게 안 그러냐? 씨가……."

-『혼불』제1권 제1부 112쪽 -

같은 세상 같은 사람으로 태어났음에도 천한 사람은 끝까지 천한 사람으로 살고, 귀한 사람은 끝까지 귀한 사람으로 살아가는 삶의 방식이 춘복에겐 도무지 이해할 수 없는 세상으로 비쳐든다. '뒤집어지든 엎어지든 상놈의 신세는 벤헬레야 벤헬 거이' 없는 공배의 넋두리는 춘복의 심경을 대변하면서도 말 속에는 전근대적인 신분제도의 모순을 지적하고 있다.

'똑같은 사람'으로 태어났음에도 '쎄 빠지게 일허는 놈은 죽어라 일만'하고, '대청마루에서 책상다리 앉었는 양반'은 앉은 자리에 몇 천 석의 쌀을 거두는 세상이 춘복에게는 '생각만 조께 허면 기양 속이 뒤집어'지는 곳일 뿐이다. 악착같이 일해도 그만인 하층민의 생활은 '내동 암 말도 않고 소맹이로 일만' 하기에는 그 뿌리부터가 잘못된 세상이라는 생각이 간절하다. '씨'가 다르다는 이유만으로 죽도록 일만 해대는 자신의 처지가 춘복에겐 공배의 말이 귓전에 들려오지 않는 것도 이러한 이유에서이다.

자신의 의지와는 무관한 하위의 삶이 공배도 잘못되었다는 것을 알고 있으나, 춘복의 경우는 '가진 자'와 '몫 없는 자'에 대한 인식 면에서 본질적으로 다르게 나타난다. 일월성신으로 하여 '콩 개리고 팥 개리디끼' 갈라놓은 '양반 종자', '쌍놈 종자'가 어떻게 세상을 지배/종속이라는 테두리를 그어놓았는지, 그것부터가 춘복의 생각으로는 이해할 수 없는 세상 이치인 것이다. 사람들이 저 편한대로 '양반'은 '양반 노릇'하고, '쌍놈'은 '쎄가 빠지는' 노릇을 감당하기에는 춘복의 야망, 즉 신분상승의 욕망은 날이면 날마다 머릿속에서 떠나질 않는다.

'시상도 마않이 달라졌'음에도 춘복의 눈에 여전히 '가진 자'는 더 많이 가지고, '못가진 자'는 더 오랫동안 가질 수 없는 세상일 뿐이다. 여기에는 자본과 분배라는 경제적 본질이 부정의 면에서 부각되고 있다. 잘 사는 양반네는 더 잘 살 수밖에는 비판적 논리를 내세우고 있으며, 가지지 못한 하위의 삶은 가지고 싶어도 가질 수 없는 양반층의 소극적 분배, 즉 경제적 착취 구조가 적극적으로 개입되어 있다. '땅'을 놓고 생각할 때, 근원적으로 누구의 소유도 될 수 없는 것을, 가져서는 안 될 산물임에도 양반이라는 권력을 앞세워 억압하고 착취한 대가로 '땅'의 권리를 획득하였다는 논리인 것이다.

이런 관점에서 자본과 민중의 역학적 구조는 희망이라곤 찾아 볼 수 없는 부정한 현실일 뿐이다. 이것은 헤어날 수 없는 어두운 하위의 삶을 의미한다. '양반'과 '쌍놈'으로 나누어진 판국에도 '다 전상(前生)에 죄'를 탓하는 공배에겐 여전히 뛰어넘을 수 없는 현실이며, 춘복의 경우 전근대적 신분제도부터가 잘못되었다는 인식, 즉 양반과 하층민의 신분 질서에 대한 근본적인 회의감을 갖는 데서 비롯된다.

마을 사람 어른들은 물론이고 어린아이들한테도 반드시 말을 바쳐 써야만 하고, 절대로 일반 사람들과는 혼인할 수 없다고 금지되어 있는 무당 당골네는 아무리 사람들한테 천대 하시(下視)를 받아도 무업(巫業)을 그만둘 수 없었다. 다른 일로 바꿀 수도 없었다. 거꾸로 보통 사람이 이 일을 하고 싶다고 해서 되는 일도 아니었다. 그래서 당골네들은 동파(同派)들끼리만 서로 혼인하고, 저희들끼리 판을 나누어 대대로 세습하여 이 업을 이어왔다.

어디고 한 마을에는 한 당골만이 있는데, 이 당골은 마을 한 개, 혹은 두 개, 많으면 너덧 개까지 혼자서 맡는 '당골판'을 가지고 거기서만 굿을 했다. 결코 남의 판을 넘보아서는 안되었다.

거멍굴 무산 밑의 세습무 당골네 백단이는, 두 마을을 합하면 이백여호가 훨씬 넘는 매안과 고리배미를 자기 당골판으로 하였다. 그것은 본디 당골네의 시어미가 보던 판이었는데, 이제 그네가 죽고 그 판을 물려받은 것이다.

백단이는 이리로 시집오던 그날부터 두 마을의 어느 집에서 굿을 할 때마다 시어미를 따라가, 잔일, 큰일, 겉의 일, 속의 일들을 속속들이 배우기 시작했었다.

전라도에서는, 굿을 여자만이 할 수 있었으니, 당골네의 아들들은 어려서부터 장구를 치고, 피리를 불며, 구음(口吟) 넣는 가락을 배웠다.

장가든 다음 무부(巫夫)가 되면, 제 아낙이 하는 굿에서 악기로 반주하는 잽이 노릇을 해야 하기 때문이다.

-『혼불』제3권 제2부 262쪽-

매안마을과 고리배미까지 당골판을 형성한 당골네 백단은 거멍굴 무산 아래 생활하는 세습무로서 백정과 다름없는 존재이다. 격이 높은 매안마을은 물론이거니와 천민촌 고리배미 일대까지 당골판을 넓혀 무속일로 연명하는 처지이다. 이런 당골네의 속내는 춘복 못지않은 하위의 삶에서 벗어나고자 하는 욕망을 배태하고 있다. 이것은 무엇보다 마을 '어른들은 물론이고 어린아이들한테도 반드시 말을 바쳐 써야만' 하는 천민의 신분이 말해주고 있다. 또한 일반 사람들과는 혼인할 수도 없고, 아무리 사람들이 천대해도 그 일을 그만둘 수 없는 처지에서 드러난다. 무업(巫業)은 그야말로 천형(天刑)을 당해 점지된 운명인 것이다.

뼛속까지 철저히 고립된 당골네 백단의 삶은 매안마을과 고리배미 이백여 가구를 대상으로 자기만의 영역을 개척하고 그 속에 뿌리를 내린 거멍굴 하층민일 뿐이다. 그 삶의 방식은 소작과 허드렛일을 하지 않는 대신 상민에 가까운 무속의 일로 매안마을의 자본과 고리배미의 삯으로 연명한다. 아무리 많은 굿을 하더라도 '몫 없는 자'로서 가질 수 있는 자격을 얻거나 자본을 축적할 수 없는 처지의 신분인 것이다.

비록 무산 아래에서 거멍굴 하층민과 섞여 살고 있기는 하나 당골네의 삶은 어느 거멍굴 하층민의 삶과는 본질적으로 다른 양태를 보인다. 여기에는 천민 가운데 가장 아래인 무속인이라는 신분을 지니고 있음에도 매안마을 양반층의 구복을 빌고 길운을 점치며 흉한 것을 길례로 이끄는 '말할 수 있는 자'로서 지위를 획득하고 있으며, 교류·교감·소통하는 '거래'의 방식을 취하고 있다. 거래는 한마디로 물물교환 내지 사고파는 상거래를 의미한다. 그 내면에는 자본의 이동 혹은 분배가 이루어지는데, 이것이 적고 많음에 상관없이 당골네에게 주어진 특정화된 신분을 의미한다.

이런 당골네의 삶이 다른 측면에서는 고리배미 천민촌과의 교류로 나타난다. 거멍굴 하층민임에도 불구하고 당골네가 고리배미 상민들과 어울릴 수 있는 조건은 오직 '무업'을 통해서만 가능하다. 백정보다 천한 무업이 고리배미 상민들의 길흉과 행운을 점지하는 과정에서 재분배가 이루어진다는 것은 거멍굴 하층민으로서 새로운 자격을 부여한다는 의미이다. 이것은 곧 자본의 이동뿐만 아니라 무당에서 상민으로의 신분적 상승효과를 의미하며, 본질적으로는 상민들의 자본이 민중에게 이동하는 역학적인 연결고리를 당골네가 쥐고 있다는 것을 말한다.

이런 관점에서 당골네는 매안마을 양반층과 고리배미 상민층을 연결하는 특수한 계층으로서 양가적 성격을 지닌다. 이와 동시에 매안마을·고리배미 자본의 이동/분배에 있어 민중을 골자로 한 역학적 구조화에 기여하고 있다.

> 장리(長利).
>
> 보통은 봄에 씨 뿌릴 때 빌려 주고 가을에 나락 거둘 때 받는 것이 원칙으로 되어 있는 이것은, 빌린 돈이나 곡식의 십분지 오의 변리(辨理)를 덧붙여 갚아야 한다. 빌린 것의 반몫이나 더 붙는 이 엄청난 이자에 대하여 더 말하면 무엇하리. 봄철에는 한 종지도 못되게 빌린 것 같은데 가을이면 눈덩이처럼 불어나 잡채처럼 무거운 것이 바로 이 장리이다. 모자라는 곡식 때문에 농사꾼은 누구라도 장리를 쓰지 않을 수 가 없다. 또한 다른 것은 다 몰라도 이것만은 눈알이 쓰리나 아리나 갚아야만 한다.
>
> 사람들은 대부분 원뜸의 종가에서 장리를 빌어 쓰고 있었다.
>
> 그래서, 그러지 않아도 옹골차지 못한 농사 때문에 늘 허기진 농사꾼들은 장리에, 공출에, 지은 것들을 다 바치고는 아무 나머지도 남기지 못한 채. 다음 농사까지의 양식으로 한 됫박의 좁쌀을 애지중지 아껴서 봉다리에 담아 묶어. 천장에 매달아 놓는 것이 고작이었다.
>
> -『혼불』제3권 제2부 13쪽-

'장리(長利)'는 보통 곡식을 꾸어주고 받을 때 붙는 한 해 이자로, 1년에 본래 빌린 곡식의 절반을 더 쳐 갚는 방식의 이자를 의미한다. 연 5할의 이자에 해당하는 엄청난 고리의 거래가 바로 장리이다. 이것은 가을 추수가 끝나고 겨울을 넘긴 뒤 보리 수확 때까지 곡식이 떨어질 즈음 가을 추수 때 갚기로 하고 곡식을 빌려 쓰는 것을 말한다. 쌀한 말을 장리로 빌렸을 경우 그해 가을 추수 때는 한말 반을 갚아야한다. 농촌에서는 조상 대대로 전해온 '불문율'이라고 하지만, 그 실상은 경작과 소출이 많은 지주들이 주로 장려하고 행세한 고리업의 일종인 것이다.

'빌린 돈이나 곡식의 십분지 오의 변리(邊利)를 덧붙여 갚아야' 하는 장리는 실제 소출이 얼마 되지 않은 농사꾼의 입장에서는 엄청난 액수의 이자를 물리는 방식이다. 그러다보니, 가을추수 후 장리를 갚고나면 겨울부터 쪼들리면서 설 즈음에는 곡식이 바닥나게 된다. 그러면 다시 장리를 약속하고 곡식을 빌려야하는 악순환의 반복으로 이어진다. 따라서 장리만 생각하면 한 해 농사 헛지은 것 같아 속이 터지는 것이 농사꾼의 몫이다.

이러한 악순환의 반복은 거멍굴 하층민의 삶의 방식에 매우 유감스러울 정도로 상처를 남긴다. 왜냐하면 지주와 같은 '가진 자'들의 장리는 적은 공출로 그 절반을 얻어내는 부적절한 거래방식이라는 점에서 자본과 민중의 관계는 일방인 방식으로 얽혀 있음을 알 수 있다.

이것은 자본이 자본을 키우는 거대 자본의 논리와 같다. 거멍굴 하층민은 매안마을 원뜸의 종가에서 이 장리를 빌어 쓰고 있는데, 빌린 것의 반몫이나 더 붙는 엄청난 이자로 인해 '몫 없는 자'의 신분을 더 분명히 확인하게 된다. '한 종지' 같던 것이 가을이면 '눈덩이'나 '집채처럼' 불어나는 것이 장리인 것을 알고 있으면서도 모자라는 곡식 때문에 농사꾼 누구라도 장리를 쓸 수밖에 없다.

　평소에도 '옹골차지 못한 농사' 때문에 허기진 농사꾼들은 장리에, 공출에 농사 '지은 것 다 바치고' 나면 남은 것 없이 다시 한 해를 견디어야 한다. 다음 해 농사짓고 수확 때까지 꼬박 일 년을 '한 됫박의 좁쌀'을 '봉다리'에 담아 '천장에 매달아' 놓거나 그것으로도 모자라면 미음 같은 죽물에 몇 가닥 떠있는 콩나물 우거지죽이 고작 호강이라며 먹는 음식이다. 따라서 장리는 매안마을 인근 농사꾼들뿐만 아니라 거멍굴 하층민들까지도 속박하는 자본으로 작용한다. 이것은 지주와 소작인의 관계에서 신분의 차등을 매기는 수단이 된다. 즉 '가진 자'와 '가지지 못한 자'의 관계를 불요불급의 제도로 속박하려는 장치가 된다. 이런 측면에서 매안마을 종가에서 해마다 빌어 쓰는 장리는 거멍굴 하층민의 생활을 더욱 곤궁하게 만드는 요인이 된다. 이것은 '몫 없는 자'로 하여 더욱 가질 수 없도록 만드는 불평등ㆍ불공정 유통과 거래의 단면을 보여주는 직접적인 단서라고 할 수 있다.

　거시적인 안목에서 거멍굴 하층민의 매안마을에 대한 불신과 신분 상승의 욕망은 이러한 자본과 민중의 관계를 옹호하는 전근대적 삶의 방식, 즉 장리를 비롯한 삶의 전반적인 차별과 모순에 근거한다고 볼 수 있다.

　이와 같은 의미에서 『혼불』의 자본의 국면은 민중의 생활방식과 밀접하게 연결된다. 매안마을이 경제자본을 늘려가려는 이유는 매안마을 양반층이 지니고 있는 전통적인 권위와 지배의 관계를 유지하려는 속성에서 찾을 수 있다. 이것은 강모와 강실, 강수와 진예의 '상피' 혹은 '불륜'의 관계에서 드러나는 양반층의 모순이 양반 스스로 권위와 지배의 신뢰를 무너뜨릴 가능성을 배제할 수 없는 상황에서, 결국 양반사회가 지닌 사회자본에 큰 상처를 입게 될 것에 대한 부정적인 '입

막음' 내지 억압적으로 누르려는 절대적 방편인 것이다. 이러한 방식
은 매안마을의 경제자본의 위기와 파산으로 연결될 개연성을 사전에
차단하려는 부정적 요인, 즉 매안마을 양반층 스스로 '장리'와 같은 불
평등 거래의 적극적인 권장과 이를 통해 경제자본의 절대적 권한을
지킴으로써 문중의 소란을 잠재우는 동시에 경제적 착취를 통한 하층
민의 지배를 강화하려는 욕망으로 이어진다.

　근대화의 과정에서 민중이란 필연적으로 역사의식을 기반으로 할
수밖에 없다. 따라서 매안마을 양반층의 경제자본에 대한 거명굴 하
층민의 민중의식은 『혼불』의 문학적 소명을 더 한층 강화시키는 의미
로 이해할 수 있다. 결국 『혼불』 내부적으로 발생하는 자본과 민중의
관계에서 거명굴 하층민이 처한 현실 대응은 매안마을 양반층의 경제
적 착취 구조와 그에 따른 식민자본의 모순으로서 신분적 불평등 구
조를 적시하고 있다고 볼 수 있다.

2.3. 문화자본의 침탈과 방어의 삶

　문화자본이란, 오랜 시간 신체적/정신적 경험과 터득의 과정을 거친
주체자로 하여 일정한 형태의 취향과 식견을 갖춘 산물을 말한다. 이
것은 비물질화 된 것으로 개인적·집단적 상황을 고려하여 전문적으
로 생성된 산물의 축적을 의미한다.[17] 여기에 대한 입장이나 관점은

---

　17 부르디외(Pierre. Bourdieu)에 의하면, 문화자본은 상당 기간에 걸쳐 정신적/신체적
터득과 동화과정을 거쳐 취향과 교양으로 구축된 비물질적 자본, 미술작품·유적·악기 등
물질적 가치를 지니고 있는 자본을 의미한다. 현대사회에서 '자본'은 '사회자본', '경제자본',
'문화자본'으로 나뉜다. 부르디외는 사회자본은 '사회적 연결망으로 구성되고, 신분과 학벌
문벌 등과 같은 형태로 제도화된 자본'으로 개념화하고 있다. Pierre, Bourdieu, 유석춘 외
공역, 『사회자본: 이론과 쟁점 Social capital: theories and issues』, 그린, 2003, 61~62쪽 참조.

그 주체가 어느 편에 서 있는가에 따라 다르게 해석될 수 있다.

식민자의 입장에서 볼 때 문화자본은 침략의 수단으로 활용되면 가해자적 산물이 되지만, 피식민자적 관점에서 피해의 산물이 된다. 왜냐하면 식민지 문화는 당대 우리에게 속하지 않은 새로운 유형의 문화·문명적 유산을 도입함으로써 이를 마치 우리 것인 양 받아들여질 수밖에 없기 때문이다.

일제강점기 일본의 제국주의 자본·문화 지배체계는 근대를 기점으로 전통·문화와 식민지 문화의 양자 대결의 주된 담론을 형성한다. 이와 같은 배경에는 외래 자본의 침투에 의한 근대적 현상이 개입되어 있으며, 이것은 우리 전통·문화를 해체 내지 단절시키거나 우리 민족의 정체성을 훼손하는 문제로 나타난다.

이런 측면에서 『혼불』은 우리 전통·민속과 관련한 여담들이 민속학적·인류학적 의미에서 '식민지 여건'에 부합하는 비판적 산물로 작용한다. 식민주의 체험성을 기반으로 하는 『혼불』은 등장인물에 의한 자본·문화의 형태가 일제의 문화적 '이식'과 병치되거나 전유되지 않은 단계에서의 민족정체성 회복을 반영하고 있다. 따라서 『혼불』 전반에 내재하고 있는 역사·전통·민속은 작가의 역사의식에 의한 고증과 실증의 의미를 담고 있으며, 한편으로는 등장인물들의 경험을 토대로 한 서구 문화자본 유입에 대한 탈식민의 성격을 보여주고 있다.

이를 바탕으로 할 때, 『혼불』은 일제강점기 서구 문화 유입침투와 관련하여 우리 전통·문화의 영속성을 통한 '피식민지 무의식'을 보여주고 있다. 이때는 우리 근대문학사에서 식민지 근대 기획에 대한 회의가 광범위하게 진행되며, 식민 상황에 대한 주체의 인식이 심화되어가는 시기이다. 특히 전통·민속의 재현이나 토속성의 발견은 식민지 하위주체로서 등장인물에 의한 피식민지 무의식으로 나타난다.

이와 같은 전통·민속이나 토속성의 새로운 기획은 일본의 식민체제가 야기한 파행적 근대에 대한 반식민주의적 명제로서 식민자가 직면한 분열의 상황을 타개하기 위한 우리 민족의 전통·문화적 기획이라 할 수 있다. 『혼불』은 '이야기의 바다'만큼이나 거대 서사로 응축된 문화적 담론으로서 다채로운 박물지를 채택하여 보여주고 있으며, 깊이 있는 울림과 사유의 정수를 보여주고 있다. 또한 등장인물들의 다양한 삶의 모습에서 외부 세계의 문화와 자본에 대한 방어 전략을 우리 전통과 관련하여 입에서 입으로 전승된 담화에서 추출된 이야기를 토대로 새롭게 변주하고 있다. 이로써 『혼불』은 소설 내부의 이야기뿐만 아니라 서사 외적으로 여느 소설과 다른 수사적 면모를 보여준다. 이것은 일제강점기 서구 문화 유입·침투에 맞서 우리 민족의 전통·문화의 권위로 대항하는 피식민지 무의식 내지 반식민의 결정체라고 할 수 있다.

탈식민주의를 넓은 의미에서 식민주의 비판과 극복을 위한 과정이라고 할 때, 그 실천의 주체를 누구로 상정하느냐에 따라 탈식민주의의 계보나 정체성은 달라지게 마련이다. 무어-길버트에 의하면, 제3세계가 주체가 될 때 탈식민주의는 식민지 피해자로서 저항과 비판이 되고, 모더니티의 자기상철을 주도하는 서구가 중심이 될 때 탈식민주의는 가해자의 반성이 된다.[18] 『혼불』의 경우 1930년대부터 해방 이전

---

18 무엇이 진정한 탈식민주의이고 어떤 것이 정확한 탈식민주의인가에 대해서는 쉽게 결론을 내릴 수 없다. 한 가지 분명한 것은 피해자에게 주어진 탈식민주의와 가해자에게 주어진 탈식민주의가 동일하지 않다는 것이다. Bart Moore-Gilbert의 『탈식민주의 이론 *Postcolonial Theory: Contexts, Practices, Politics, 1997*』 경우 피해자와 가해자 간의 내적 긴장감을 수반하는 탈식민주의를 설명하면서 어느 한쪽으로 치우쳐 있지 않다는 점이다. 즉 제3세계적 탈식민주의와 서구화된 탈식민주의의 이질적 배경과 제휴의 가능성을 동시에 보여주면서, 다른 한편으로는 양자 간의 차이를 이론적 기원(유럽)과 변종의 위계

까지 식민주의 시대상황을 반영하고 있으나, 해방 이후 서구 자본 침투에 의한 생활 전반의 변화가 일어난다. 이것은 민족정체성의 해체, 한국전쟁, 민족분단 등으로 이어지며, 탈근대 혹은 현재적 의미에서 일제 잔재 청산과 맞물려 있다.

특히 『혼불』 전반에 '케리그마(kerygma)' 역할을 담당하는 '혼불'의 실체는 우리 문화권이 지닌 신체적·정신적 경험 유인자로서 공통된 합의를 구성하는 매개물로 작용한다. 이것은 '혼불'의 역사·전통·민속의 구성 인자가 동시대적 의미에서의 상징화 된 것으로, 역사적으로 '실재된 매개물', 즉 전통 혹은 민속 등의 인류학적인 근간를 통해 발현된 민족주의적 역사 인식과 회복의 의미를 지닌다.[19] 이것은 작가/독자 사이의 경험과 감화를 불러오기 위한 '혼불-원혼'의 '체험적 게슈탈트(experiential Gestalt)'[20]가 소설 외적으로 조형적이거나 자의적이지 않으면서 소설 내부적으로 흐물흐물하지 않은 상태로 존재한다. 왜냐하면 '혼불'이 지닌 물리적 중량과 거기에 맞물려 있는 등장인물의 체험성이 『혼불』의 탈식민적 성격을 규정하는 중요한 요소를 제공하기 때문이다.

한편 『혼불』은 정서적·역사적·상징적 현상으로 '혼불'에 관한 원형의 요소를 지니고 있으며, 이것은 근대화 기점의 식민지적 문화 혼

로 치환하지 않고 역사적 경험과 입장의 차이로 접근하고 있다는 것이다. Bart Moore-Gilbert, 이경원 역, 『탈식민주의, 저항에서 유희로 *Postcolonial Theory: Contexs, Practices, Politics*』, 한길사, 2001, 23~27쪽 참조.

19 김병용, 『최명희 소설 연구』, 전북대학교 박사학위논문, 2005, 6~8쪽 참조.

20 이러한 '케리그마' 프로그램에 의해 추동되는 '진실(*vrai*)' 기제로서 '혼불'은 인지의 미론에서 '체험적 게슈탈트(experiential Gestalt)'와 관련이 깊다. 게슈탈트는 형태 심리학 (Gestalt psychology)에서 유래한 것으로, 여기에 대한 기본 콘텍스트는 '구체적 경험이 논리적 분석에 선행'한다는 데 주안한다.

종성 정반대 지점에 놓여 있다. 근대적 기획 아래 식민지 문화의 모방
/혼성이 '식민지 무의식'이라고 한다면, 『혼불』의 경우 탈근대적 의미
에서 전통·민속의 복원을 의미화 하는 동시에 제국주의의 자본에 대
항하는 '피식민지 무의식'을 반영하고 있다.

　여기에는 일제강점기 타자화 과정에 형성된 전통·민속의 복원을
통한 민족정체성 회복의 의미가 내재되어 있으며, 등장인물의 경험에
비추어 식민지 문화자본에 대한 비판적 시각이 발견된다.

　　"기독교인들 성경책을 보면, 예수를 처형해야 하는 본디오 빌라도가 집행
　　장 한쪽에서, 나는 이 일과 상관이 없다는 표시로 대야에 물을 떠오라 하며
　　손 씻는 장면이 나오지. 은대야에 손을 깨끗이 씻고 씻으면 그 피와 무관해질
　　줄 알았던 모양이야. 그렇지만 불행하게도 빌라도의 이름은 씻어지는 대신
　　몇 천 년 동안 기독교의 중요한 기도문에 각인되었던 말이다. 사도신경이라
　　는 걸 읽어 봤냐? 거기, 예수가 본디오 빌라도에게 고난을 받으사 못박혀 죽
　　으시고……라고 나와 있거든. 명문화된 거지. 너도 마찬가지야. 빌라도 손 씻
　　는 것마냥 너는 저 여자를 모른 체하기로 한 것 같은데, 소용없는 짓이다. 네
　　가 보기엔 저 여자는 널 따라 가는 거야."

　　왜, 무엇 때문에.

　　나는 모든 것을 다 버렸는데.

　　이제는 가진 것도 없는데.

　　이때였다. 마침 기차는 국경을 넘어 중국으로 들어서는 참이라고 검표를
　　하려고 차장이 두 사람 들어샀다. 기차칸이 술렁거리며 누군가 표없는 사람
　　이 무임승차를 했던가.

-『혼불』 제4권 제3부 55쪽-

일제강점기 제국주의 자본 침투, 식민지 문화 지배는 근대의 유물에서 시작된다. 이것은 당대 우리와 무관한 것을 마치 우리 것인 양 이식시키려는 제국의 야욕에서 드러난다. 이러한 일상적 · 문화적 침식은 근대적 문화 현상에 그치는 것이 아니라, 우리 민족의 전통 · 민속을 해체하고, 민족구성원 정신 · 의식을 단절하는 이식문화의 산물이라는 점에 유의하여야 한다.

예컨대 '기차'와 같은 이동 수단은 지역과 지역 간 시간적 · 공간적 제약을 극복하는 차원에 거치는 것이 아니라, '만주'와 같은 먼 거리의 신체적 이동을 보편화하고 용이하게 함으로써 민족구성원 간의 분산 및 이동을 촉진하는 계기로 작동한다. 이것은 본질적인 측면에서 일본의 식민화 정책, 즉 제국주의 문화자본 침투에 의한 민족의 균열과 가속화를 의미하는 동시에 생활 전반의 변화를 의미한다.

예문에서 강태는 교리를 빌어 강모의 '도피'에 대한 진실을 묻고 있다. 강태는 오유끼를 버리고 만주로의 이주를 강행하는 강모에게 '사도신경'에 관한 문화적 · 종교적 '각인'을 가시화한다. 이것은 하나의 문화로서 신앙이 지니는 모성성과 그와 동질한 선상에 놓여 있는 전통 · 민속의 표면화를 통해 민족구성원이 지닌 체험의 중요성을 일깨운다.

이러한 배경에는 예수와 빌라도의 대칭적 · 대립적 삶을 '혼불'의 실존성을 매개로 하여 우리 전통 문화에 대한 가치를 진단하고 있다. 이것은 우리 민족의 역사 · 전통 · 민족의 경험자로서 강태 · 강모 양자 간의 문화적 혼종성에 대한 현실 자각의 한 가지 형태로 작용한다.

이런 측면에서 "『혼불』은 '통속화' 과정을 거쳐 구성된 '허구'이되, 전통 · 민속 · 역사 등의 박물지적 사실들의 조합에 의해 형성된 역사적 · 주체적 서사구조"[21]를 지닌다. 그 이유는, 작중인물의 전통적 · 역사적 관점에 의해 추출된 '원혼 의식'이 시대적 '상처'를 안은 타자에 대한 '각인'으로서의 재생산에 기여하기 때문이다. 또한 이것은 등장인물에 의해 발현된 '원혼 의식'이 민족주의적 관점으로 전이되어 나타난다. 뿐만 아니라 토착신앙 차원의 '혼불'이 지닌 '원혼 의식'을 기반으로 하여 제국의 자본 유입에 대한 성찰의 의미를 지닌다. 여기에는 '기차'와 '기독교'를 통해 보다 확장된 의미에서의 전통·민속의 복원 의미를 넘어 제국주의의 자본 침탈에 대한 문화적 방어인 동시에 민족정체성의 회복을 지향한다.

누구라도 아기를 낳으면 삼신(三神) 할머니한테 정한수 떠놓고 시루떡 올리며 흰 밥을 차려서, 두 손 모아 간절히 기도 축문을 외운다. 강실이를 낳은 오류골댁도 그랬었다.

(…중략…)

그리고 삼신 바가지는 안 방 시렁 위에 모시었다. 그 바가지 속에는 쌀을 담아 창오지로 덮어서 무명 타래로 묶어 두었는데, 바가지에 담긴 곡식은 봄·가을에 햇곡식으로 갈아 넣고, 묵은쌀로는 밥을 지어 온 식구가 함께 먹으면서

"삼시랑 할머니한테 감사 디려라."

하였다. 그것은 음복(飮福)이었다.

삼신은 여러 가지 가신(家神) 중에 생산·출산을 맡으신 산신(産神)이니, 집안에 새로 나는 어린 생명의 산육(産育)을 관장하여 돌보아 주시므로, 아들 낳기를 바라거나 산모가 순산하기를 빌 때, 그리고 산모가 건강하게 빨리 회복되기를 기원할 때, 또 태어나 아기가 아무 탈 없이 자라게 해 달라고 빌 때,

---

21 김병용, 『최명희 소설 연구』, 전북대학교 박사학위논문, 2005, 7쪽.

반드시 이 할머니를 찾는 것이다.

　이기채와 기표·기응의 생모인 이율댁은, 손자 강태를 낳을 때도 손녀 강
실이를 낳을 때도, 미역 한 단과 쌀을 상 위에 놓고 손을 비비며 빌었다. 이미
양자 간 기채의 아들 강모를 낳을 때도.

-『혼불』 제6권 제3부 87쪽-

　삼신(三神) 할머니에 관한 내용은 '기도문'으로 명문화된 기독교 교
리와 상반된 관점을 제시한다. 이것은 우리 민족구성원의 토착적·전
통적 줄기를 이어주는 동시에 제국주의에 의한 '문화적 타자화'22를 상
기시킨다.

　기독교 교리의 '기도문'과 삼신할머니의 '기도 축문'에서 보다시피 서
로 문화적 측면에서 결합되지 않은 단계에 머물러 있다. 이것은 만주
로 이동하는 강모에게 '사도신경'의 '기도문'에 관한 문화적·종교적 인
식을 '각인'시키는 것과 '정한수-시루떡-흰 밥'을 놓고 삼신할머니에게
올리는 '기도 축문'의 타자화가 말해준다.

　강태·강모에 의한 문화적 타자성은 강실을 낳은 오류골댁과 이기
채, 기표·기응의 생모인 이율댁에게는 전혀 이식되지 않은 단계의 문
화적 자긍심을 보여주고 있다. 이것은 하나의 종교/신앙적 징표가 식

---

22 '문화적 타자화'란 일제강점기 식민주체에 의한 서구자본의 유입과 그에 따른 문화
적 이식의 대상화를 의미한다. 또한 피식민자의 전통·풍속을 억압하고 착취하는 단계에
서의 타자화된 민중의 '목소리, 경험, 역사'를 개념적·함축적으로 반영한다. 이 개념은
우리의 민족정체성과 관련한 전통·풍속을 바탕으로 하여 일제강점기 식민주의에 대한
탈식민주의 성격과 서구 지향의 탈식민주의 성격 간에 나타나는 이질적 차이를 극복하면
서, 한편으로는 양자 간의 차이를 이론보다는 자국의 역사적 경험을 근거로 한 식민지
기원(일제강점기)을 서구의 탈식민주의 위계로 치환하지 않고 접근하는 데 보편타당한
의미를 제시한다.

민지 지배 권력에 의해 해체되어 가는 것을 의미하며, 기독교 교리의 '기도문'↔삼신 할머니의 '기도 축문'에서 나타나다시피 상호 타자화된 관계성을 갖게 된다.

여기에는 '삼신'이 지닌 모성성의 호명이 무엇보다 중요하게 작용한다. 이러한 삼신에 의한 모성성은 문화혼종성의 주요 인자가 '근대의 광장' 밖으로 빠져나간 상태, 즉 피식민자로서 식민자의 문명을 흉내 낼 수 없는 단계의 식민주의 비판을 의미한다.

'삼신'의 모성성 호명은 모성의 역할을 세상 가운데 주체적으로 '위치'시키기 위한 방식을 묘사한 것이다.[23] 이것은 모성의 역할을 극대화하는 동시에 전근대적이고 전통적인 방식에 의해 강화된다. 이러한 원리는 모성애적 체험을 통해 시공을 초월한 강력한 호소력을 보여주는 것으로, '삼신' 신화 모티프는 탈식민주의적 특징인 병치, 전복, 재해석의 과정을 통해 그 위치를 확고히 한다.

이와 같은 모성적 모티프는 바리데기, 당금애기 서사가 가지고 있는 것처럼 강요된 수태과정을 통해 모성을 획득하지만, 『혼불』에서의 삼신 신화 모티프는 식민지 시대 주체성 회복을 위한 젠더적 전략이라는 점에서 차원이 달리 한다. 이처럼 모성성의 호명은 모성의 시원(始原)에 대한 회귀이며, 이것은 식민주의 시대상황에 때문지 않고, 식민자의 문명에 물들지 않은 자연 상태의 자궁 회귀적 본능을 말한다. 자궁이란 본래 인간이 태어난 시간적·물리적 공간을 구성하지만, 언젠가 인간이 다시 돌아갈 자연으로서의 원형질인 것이다.[24]

---

23 이명희, 「한국 현대시에 나타난 탈식민주의적 모성신화」, 『탈식민주의의 안과 밖』, 한국외국어대학교 출판부, 2013, 109쪽.

24 '모성성의 호명' 과정은 개인의 사회적 정체성을 공고히 하며, 근대적이고 전통적인 방식에 의해 강화되는데, 이것은 주로 '모성'이 주는 경건함과 자연의 섭리에 기초한

따라서 '삼신' 신화 모티프는 전통적으로 내려온 우리 민족의 여러 가신(家神) 가운데 '출산'을 장려하고 관장하는 산신(産神)의 역할에 가장 큰 비중을 둔다. 이것은 무엇보다 자연과 생명을 중시하는 우리 민족의 전통적인 기호이다. 새로 태어나는 어린 생명의 산육(産育)을 관장하고 돌보아 주는 전통적인 구복신앙의 의미를 지닌다. 여기에 자손을 희망하거나 산모가 순산하기를 비는 과정에 나타나는 자연 회귀적 본능이자 궁극적으로는 인간이 돌아가야 할 근원적 의미를 지닌다.

이와 같이 자연의 원형이 등장인물들의 경험에 의해 모성성의 의미를 획득한다고 볼 때, '삼신'의 모성성 호명은 『혼불』은 역사적인 인식에 의해 추출된 '원혼의식'과 결합된 것으로 문화자본 침투에 대한 방어적 기제로서 전통·민속의 복원 의미를 지닌다.

『혼불』은 일제강점기 식민주의에 의한 시대적 상처를 여성의 모성성에 기대어 식민주의에 '각성'을 요구하고 있다. 또한 식민주의 문화에 대한 '모방' 혹은 '혼종성'을 극복하는 우리 민족의 문화 지표가 전통·민속의 복원에 내재되어 있음을 시사하고 있다.

반은 사람이고 반은 새의 몸을 한 이 신령스런 인격신(人格神)이 문양과 그

다. 이는 모성애적 체험을 통해 시공을 초월하는 강력한 호소력을 지닌다. 이러한 모성성의 호명을 뒷받침하는 모성신화는 탈식민주의 특징으로서 병치, 전복, 재해석의 과정에서 원형을 찾을 수 있다. 따라서 모성성의 호명은 가부장적 사회를 살아왔던 전(前)식민지적 기억과 체험성이 신(新)식민지적 목소리를 통해 새롭게 재생산 혹은 재편성되는 어머니인 것이다. 따라서 모성에의 회귀는 시원(始原)에 대한 회귀이며, 이것은 자궁 회귀적 본능이라 할 수 있다. 본래 자궁이란 인간이 태어나기 이전에 머물렀던 안식의 공간이며, 궁극적으로는 인간이 다시 돌아가야 할 자연으로서의 원형(元型)이기도 하다. 따라서 자연의 기질을 닮은 여성은 자연의 질서에 순응해야 하며, 여기에는 여성의 모성적 원체험으로서 삼신할머니의 모성성 호명이 성립한다고 볼 수 있다. 위의 책, 109~112쪽 참조.

림, 그리고 조각으로 나타난 것은 중국 한나라 이후였다. 당대의 고분벽화 습 습한 옛 그림이나 분묘의 화상석각(畵像石刻)에, 깃달린 화관을 쓴 여인이 비 늘 몸을 하고 양날개를 활짝 펼치어 둥그렇게 위로 모아쥔 형태의 인두조각 신이 역력히 남아 있고, 기와 와당에도 우인상(羽人像)이 뚜렷하다.

"가릉빈가는 고대인들 정서 속에 어쩌면 용이나 봉황처럼 당연한 상상의 보편성을 얻고 있었던 것 같습니다."

우리나라에서도 고구려 고분벽화를 비롯하여, 통일신라 시대 건축구조를 알아볼 수 있는 실마리가 될 경구 월성지(月城址), 황룡사지(皇龍寺址), 탑동 부근 창림사지(昌林寺址), 보문사지(普門寺址) 등의 와당에서 가릉빈가 형상은 분명하게 보인다. 그리고 석조 유물로는 세월의 이끼에 풍화된 사찰의 유서 깊은 부도와, 옛 석탑에 조각된 빈가조의 모습도 얼마든지 많았다.

보운(寶雲) 무늬 에워싸 아로새겨진 연화좌에 가벼이 서서, 공작 같고 구름 같은 날개를 파초처럼 드리우고 하이얀 두 팔을 사르르 들어, 그윽 묘절한 가 락의 피리를 부는 저 가릉빈가.

-『혼불』제9권 제5부 198쪽-

가릉빈가(迦陵頻伽)는 불경에 나오는 상상의 새로서 미인의 얼굴 형 상을 하고, 그 울음소리가 고우며, 극락정토에 둥지를 트는 새로 알려 져 있다.[25] 이와 같은 의미에서 가릉빈가는 단순히 불교적인 색채를 반영하는 피조물이 아니라, 고구려 고분벽화와 통일신라 건축물의 구 조적 이해와 그 근원을 구분할 수 있는 실제적 사례로 존재한다. 특히 우리 민족의 고대 고분과 건축물을 배경으로 한 이 조각상은 고대인

---

25 장일구,『혼불의 언어: 살아 숨쉬는 모국어의 바다 혼불읽기 사전』, 한길사, 2003, 17쪽.

들의 정서적 융합과 민중적 구복 신앙의 매개로 작용하고 있다.

이와 같이 '용'이나 '봉황'의 피조물이 '상상의 보편성'을 확보하는 데
는 우리 민족의 역사와 전통적 흐름이 '가릉빈가'의 정서와 맥을 같이
하기 때문이다. 여기에는 『혼불』의 작중화자에 의해 발화되는 상상의
새가 전통적·민속적·인류학적 의미로 진입하는 과정으로 이해할 수
있으며, 이러한 원동력을 기반으로 하여 민족주의적 구동력을 확보한
다. 심층적으로 들여다 볼 때, '미생(未生)'의 존재는 민중 차원의 구복
과 '자유'를 상징하며, 이것은 '극락'과 '정토'의 이상세계와 맞물려 억
압·착취·모순이 사라진 우리 민족의 정신적 기표로소 민족정체성과
긴밀하게 연결된다.

이와 같은 측면에 있어서 『혼불』은 '민속지' 기능과 역할을 수행하
고 있다고 볼 수 있으며, 이것은 탈근대적 의미에서 작가의 역사의식
과 연결된다. 또한 일제의 문화자본에 대항하는 민족정체성 회복의
실증적 의미라고 할 수 있다. "『혼불』 속에는 작품의 줄거리 못지않게
본관이나 택호, 세시풍속 같은 아주 작은 것에서 우리 전통적 삶의 원
형을 복원"[26]하기 위해 전통·민속의 의도가 깔려 있다. 이런 민속지
기능과 역할을 통해 민족적 자긍을 세우고 있으며, 문화자본의 침투와
그에 따른 식민성을 비판하고 있다.

『혼불』은 애초 우리 민족의 전통·민속·문화와 관련하여 작품 곳
곳에 수를 놓듯 다양하게 반영되어 있다. 이런 의미에서 『혼불』은 "보
편적 사실의 생생한 재구성을 통해 역사적 진실을 한층 실감나게 포
착"[27]해주고 있으며, 이것은 작가의 역사의식에 의한 전통·민속의 복

---

26 정은령, 「판매 10만 권 돌파 소설 『혼불』 작가 최명희씨」, 동아일보 인터뷰, 1997.1.5.
27 일반적으로 민속학자의 민속지 서술은 현지조사와 면담, 제보자의 진술에 의존하
기 마련이다. 따라서 민속지의 과학성은 현지조사보고서의 체계성을 갖추는 데서 출발하

원을 의미를 강화하는 것이라고 할 수 있다.

『혼불』의 이러한 경향은 문화유산의 복원을 지시하기도 하지만, 보다 확장된 의미에서의 민족정체성을 가리키고 있다. 이것은 일제강점기 식민지 모국 문화와 이질문화 사이의 대항적 관계를 의미하며, 식민주체와 하위주체 사이에 발생하는 문화자본의 지배와 피지배, 혹은 식민주의 가해자와 피해자라는 이중성에 의한 억압 상황을 극복하려는 치유와 회복을 의미한다.

'보운(寶雲) 무늬 연화좌'에 서서 '묘절한 가락의 피리'를 부는 저 가릉빈가는 애초 우리 민족의 전통·민속의 향수이며, 이러한 면면들이 일제로부터 고통 받던 시대적·역사적 이해와 해명을 요구하고 있다. 여기서 '피리'가 지시하는 상징성은 '자유'를 의미한다. 한국인의 정서를 기반으로 하고 있는 '묘절한 가락'은 자유와 해방을 염원하는 민중적 정서·의식을 '피리'라는 물리적 상징화로 그려내고 있다.

이런 점에서 가릉빈가의 새는 우리 민족 내면의 정서와 긴밀한 유대관계를 지니며, 거시적으로는 일제강점기 식민지 상황에서 해방된 조선을 상징하는 전통·민속·문화적 산물로 이해된다. 『혼불』은 사상과 문화적 측면에서 화해된 국면을 편성하는가 하면, 일제강점기 식민주의 시대에 대한 반성과 화해, 진정한 화합을 유도하고 있다. 또한 『혼불』은 문학적 요체로서 등장인물들의 경험 전략과 작가의 역사의

는데, 그러자면 가장 기본적으로 자료를 제공한 제보자와 민속 담지자에 대한 정보와 함께 조사력을 밝히는 것이 필수적이다. 이런 면에서 소설은 서술이 불가능하다. 그러기엔 소설의 구조상 형상성을 획득할 수 없을 뿐만 아니라 허구적 이야기로 존재하는 소설의 영역에서 벗어나기 때문이다. 따라서 민속지적 성격의 효과를 극대화하기 위해서는 소설 외부적으로 제보자나 조력의 신분을 감추고 내적 심화에 충실하지 않으면 안되는 것이다. 임재해, 「『혼불』의 민속지로서 가치와 서사적 형상성」, 『혼불과 전통문화』, 전라문화연구소, 2002, 45~48쪽 참조.

식을 연결하는 정신의 입각점을 문화자본의 침투에 대한 방어적 감성을 전략적으로 결부시키고 있다.

『혼불』은 등장인물들의 전통적·역사적 관점에 의해 형성된 식민지 모국의 '원혼 의식'의 구체적 산물이라 할 수 있다. 일제감정기 시대적·사회적 상흔에 대한 등장인물들의 경험의 '각인'으로서 소설 내부적으로는 문화적 재생산과 전통적 가치에 기여하고 있다. 이와 함께 일본에 의한 문화자본 침투가 거시적으로 민족적·전통적 해체·파괴에 대한 방어적 전략을 보여주고 있으며, 이것은 작가의 역사의식에 의한 전통의 복원으로 표상된다.

여기에는 작중인물들이 서사를 추동하는 주요 동력으로 작용하는 동시에 세시풍속·관혼상제·역사·예술·신화·풍습 등 전반을 포용함으로써 제국주의의 문화자본에 대한 적극적인 방어력을 보여준다. 이를 근거로 하면, 『혼불』은 일제강점기 우리 민족의 전통과 역사의 제반 문제가 등장인물 혹은 작중화자의 체험과 연계하여 일본의 문화자본 유입과 침투에 대항하는 민족정체성 회복과 긴밀하게 연결된다.

3. 민중의 감성과 그 주체적 역량

3.1. 생존의 위기와 언어의 힘

최명희는 우리말과 우리글을 사용할 때 오랜 시간 신중을 기하는 작가로 알려 있다. 실제 최명희는 『혼불』을 집필하면서 우리말과 글의 정확한 표기를 위해 소설의 배경이 되고 있는 남원지역 원주민들의 사투리를 직접 채록해 소설에 활용하였다.

이뿐만 아니라 최명희는『혼불』을 집필하기 이전부터 단편소설「쓰러지는 빛」,「메별」등에서 우리 모국어에 대한 언어적 감성에 깊은 애착을 보였다. 1980년 발표한「쓰러지는 빛」은 생전 작가가 20여 년간 살아온 집과의 이별을 작가 특유의 언어로 형상화한 것으로 평가되고 있다. 이것은 '집'에 관한 작가의 경험이 신체의 일부분을 잃는 것과 마찬가지로 큰 아픔이었다.

1982년 발표한「메별」은 모국어에 대한 관심과 애정을 직접적으로 드러내고 있는 작품 가운데 하나로 꼽힌다.「메별」이 보여주는 모국어 근성은 제목에서부터 전통적인 진정성과 민족적인 정체성을 지닌 것으로 평가되고 있다. 이 작품에서 최명희는 작가로서 자아 정체성과 서사 정체성을 근대적 의미에서 전통의 복원, 역동적인 민중의 삶과 일치시키고 있다.

이런 측면에서『혼불』은 한국인의 신체적 · 정신적 체험을 바탕으로 한 언어적 산물로서 우리말과 글로 긴밀하게 연결된 서사구조를 구성한다. 대부분의 작가가 그러하듯 최명희의 언어는 실제 살아오면서 겪은 경험을 기반으로 하여 방대한 서사를 이룬다. 이러한 원리는 작가 자신이 체험한 다양한 역사 · 전통 기제가 시대 상황과 맞물려 작용하고 있다는 점이다. 특히 소설『혼불』은 해방 이후 미군정부터 한국전쟁 시기까지 이어가려 했다는 특이성에 비추어 볼 때, 최명희의 출생 연대와 관련하여 역사적 사실, 경험적 실증, 사료의 반증이 상호보완적으로 작용하고 있다는 것이다. 왜냐하면『혼불』은 최명희라는 작가의 신체적 · 정신적 경험과 그에 적합한 직감 · 의식 · 정신에 의해 탄생한 산물이기 때문이다.

이와 같이 경험의 산물에 대한 논의는 퍼트남(H. Putnm)의 '내적 실재론'28의 비판적 수용을 바탕으로 하고 있는 존슨(J. Mark)과 레이코프(G. Lakoff)의 경험 기반주의, 즉 경험주의에 근거한다. 세계와 세계 간의 언어 기능 방식에 참된 지위를 부여한 것이 내적 실재론이라면, 경험주의는 사고를 하는 생명체의 본질은 경험에 입각해 의미의 특정화를 시도한다는 것이다. 이것은 엄밀히 말해 내적 실재론의 확장적 개념이다. 여기에는 개개인의 본질 및 경험뿐만 아니라, 인류가 창조해낸 사회적 본질과 흐름에 관련한 경험까지 포함된다. 즉 인간 경험의 총체로서 그 속에 어떤 구실을 명명하는 모든 것들, 이를 테면 인간 신체의 성질, 유전적으로 이어받은 능력, 신체적으로 표출되는 모든 행동양식, 인간의 사회적 조직 등 다양하면서도 방대한 경험적 어프로치를 형성한다.[29]

---

28 퍼트남(H. Putnm)에 의하면, 사물 혹은 세계를 보는 방식에는 '형이상학적 실재론'과 '내적 실재론'이 존재한다. '형이상학적 실재론' 방식은 세계는 어떤 고정된 정신으로부터 독립한 여러 물체(사물)의 총체로 구성된 신의 시점이 존재한다고 보는 것이다. 반면 '있는 그대로의 세계'에 관한 완벽한 기술이 단하나 존재하는데, 인간의 시점에 의해 바라보는 이것을 내부주의 사물을 보는 방식, 즉 '내적 실재론'이라 한다. 이러한 관념은 '세계는 어떠한 것으로 이루어져 있는가'라는 물음이 이론 혹은 기술 안에서 물어졌을 경우에만 의미를 이룬다. '내적 실재관'이 중요한 것은 신념 상호 간에 그 자체의 체계 안에서 표시되는 일반의 경험과, 어떤 종류의 이상적인 일관성을 보여주는 것이지, 정신으로부터 독립한 '사건/사태'와의 대응 관계를 의미하는 것은 아니다. 실제 우리가 알 수 있는 혹은 쓸모 있게 상상할 수 있는 신의 시점은 존재하지 않는다. 존재하는 것은 실재하는 인간의 갖가지 시점들뿐이며, 이러한 시점들은 그것들에 관한 기술이나 논리가 쓸모 있는 것으로 되기까지 갖가지 흥미나 목적을 반영한다. 이러한 원리에 의해 '내적 실재론'은 운영되며, 이것은 우리가 세계 혹은 물체(사물)을 이해하는 개념의 도식을 현실에 맞게 수용하게 되는 것이다. 이와 같은 논리에 의해 우리가 이해하는 현실은 우리 개념의 도식에 의해 구조화되며, 사물과 사물의 카테고리는 개념의 도식 외부가 아니라 내부에서 특정 지워지기 때문에 시시의 불확정성에 관한 문제는 소멸된다. Lakoff, G., 이기우 역, 『인지의미론: 언어에서 본 인간의 마음(Women, Fire, and Dangerous Things: What Categories about the Mind, 1987)』, 한국문화사, 1994, 9~10, 317~323쪽 참조.

29 존슨(Johnson, Mark)과 레이코프(George. Lakoff)에 의하면, 경험기반주의 어프로치는 형이상학적 실재론이나 내적 실재론과는 매우 다른 이론적 양상을 띤다. 사고를 하는 생명체의 경우 경험을 통해 의미를 특정지우려는 속성을 지니는데, 이것이 경험주의의 기반을 구성한다. 여기에는 개개인의 본질 및 경험뿐만 아니라 인류의 전반적인 본질과

최명희의 언어 전략은 넓은 의미에서는『혼불』집필 과정에 병마와 싸워야 했던 작가 자신의 신체적 숙명과 생애에 접한 감성을 바탕으로 한 경험 소설로 규정할 수 있다. 여기에 작가의 체험을 기반으로 한 정신작용과 언어의 물리적 표현력을 근거로 할 때, 우리글 · 우리말에 대한 최명희의 언어적 표현과 활용은 더욱 명확해진다. 이처럼 포괄적이고 광의적인 내용을 포괄하고 있는 최명희의 '언어 전략은 작가가 혼신을 통해 추구한 경험의 유산이자 결과물이라 할 수 있다.

　이와 같은 의미부여는 최명희의 신체와 정신 작용에 근거한 소설의 총체적 · 전반적 감성 전략에서 출발한다. 이것은 최명희의 문체론이나 문장론과는 변별적인 성질의 것으로, 보다 포괄적이고 광의적인 언어적 범주를 지닌다. 그 이유는 병마와 싸우면서도 마지막까지 소설의 끈을 놓지 않았던 최명희의 작가로서 신체적 소명과 정신적 완고함에 의해 증명된다. 비록 미완의 작업에 그쳤어도『혼불』은 최명희의 신체적 · 정신적 경험을 기반으로 하여 우리 모국어의 미적 완성과 전통풍습 재현/복원이라는 경험적 전략에 최선을 다하는데 의의가 있다.

　『혼불』은 최명희 작가의 집필로 일궈낸 문학적 경지, 마음의 심연을 통해 이끌어낸 신체적 교감과 우주적 상상력을 통해 실현된 결과물인

경험까지 포함된다. 따라서 '경험'이란 말은 한 사람의 개인에 '우연히 일어난' 일이라는 좁은 뜻에서 사용되지는 않는다. 즉 인간 경험의 총체로서 그 속에서 어떤 의미로 작용하는 모든 것들에 대한 현상, 즉 인간의 신체상 가지는 성질에서부터 유전적으로 물려받은 능력, 인간의 행동양식 및 반경, 사회의 조직 등 포괄적인 현상을 동반한다. 요컨대, 경험주의의 어프로치는 객관주의의 어프로치와 대조를 이룬다. 객관주의는 사고하는 인간의 본질 및 경험으로부터 독립시켜 의미를 정의하지만, 경험주의에 입각한 실재론은 의미를 신체화에 입각해서 특정지운다. 즉 인간의 여러 가지 생물학적 능력 및 인간을 에워싼 환경 속에서 기능을 발휘하는 신체적 · 사회적 경험에 기반한다는 말이다. 또한 이것은 퍼트남의 내적 실재론과 달리 직접적으로 의미 있는 경험의 구조적 측면들과 직접적으로 결부되어 있다. 따라서 인간의 신체적 경험은 현실 세계를 끊임없이 경험하는 것이며, 이것은 주로 인간의 언어 기능과 관계가 있다. 위의 책, 324~327쪽 참조.

것이다. 땅과 하늘에 존재하는 삼라만상의 질서와 순리를 거스르지
않으면서 사물과 사물 간의 차별성을 평준화시킴으로써 저마다 존재
가 지닌 근원적 생명력을 확보해나가고 있다. 이러한 근원적 생명력
을 통해 최명희는 소설을 주관하는 작가의 자격보다 신체와 정신이
소설 속에 녹아든 내포작가로서 보편자일 가능성이 높다.

   이런 이유에서 소설『혼불』은 모국어 주체에 의한 전통의 복원이
민족정체성과 긴밀한 유대관계를 모색하고 있으며, 등장인물들의 서
사적 관계에서 민중의 감성을 중시하고 있다. 이것은『혼불』전반에
나타나는 최명희의 언어의 힘이자, 그 힘을 지탱하는 원천이 바로 전
통의 복원, 민중의 역동성이라는 점이다.

   민중의 역동성과 관련하여 포괄적인 내용을 함의하고 있는『혼불』은
일제강점기에서 해방 직전까지 매안마을 양반층, 거멍굴 하층민, 고리
배미 상민들의 삶을 반영하고 있다. 또한 지역을 떠나 만주로 이동한
이주민족으로서 민중의 삶을 보여주고 있다. 여기에는 우리 민족의
전통·역사·민중공동체 등 다층적·다면적 내용을 표층으로 하고 있
다. 이것은 등장인물들의 민중 체험을 기반으로 하는 '현장성'[30]에 의
해 재현된다. 이러한 현장성은 장소·공간과는 변별적인 것으로 민중
의 입장에서 그들의 삶을 반영하는 '현장'을 의미하는 동시에 '말할 수

---

30 여기서 '현장성'은 장소 의미와 공간 의미와는 별개의 개념으로 볼 수 있다. 일제감
정기 피식민자의 입장을 반영하고 있으며, 민중의 역동성을 바탕으로 하여 등장인물의
감정·의식·정서 등과 긴밀하게 연관된 개념을 지시한다. 또한 이것은『혼불』내부적으
로 특수하게 고안된 소설의 무대이자 등장인물들의 삶의 근거지로서 의미를 가지고 있
다. 여기에는 매안마을을 중심으로 한 거멍굴의 지리적 상관성, 매안마을 지나 거멍굴에
서도 외딴 곳에 위치한 고리배미의 지리적 상관성과도 긴밀하며, 궁극적으로는 이러한
지리적 배경 하에 나타나는 거멍굴 하층민, 고리배미 상민층 인물들의 생활이 중첩적이
면서도 일상적으로 이루어지는 삶의 각각의 양태를 반영하는 '현장'으로서의 장소 내지
공간적 의미를 가리킨다.

없는 자'로서 억압받고 고통받는 민중의 삶을 보여주는 '공간'을 지시한다.

이를 전제로 할 때, 『혼불』은 민중의 근원적 뿌리와 연관하여 그 지향점이 무엇인가에 대한 해명은 중요한 의미를 지닌다. 이 속에는 민중의 감성과 관련한 그들의 삶의 방식, 즉 언어적 전통과 체험이 무엇보다 큰 의미를 차지하고 있으며, 궁극적으로 민중의 감성이 지향하는 역사의식 내지 역동성에 대해 적극적으로 해명해내고 있다.

이와 같이 『혼불』의 민중의 감성에 대한 이해는 우선 언어적 사유와 언어적 체험을 기초로 하는 '민중 체험'을 바탕에 두고 있다. 여기에는 거멍굴 하층민의 삶의 방식이 소설 내부적으로 민중의 역사와 긴밀한 관계를 구성함으로써 그들 스스로 주체적 자각에 의한 역동적인 삶을 보여주고 있다.

　　땅은 천한 것일수록 귀하게 받아들여 새롭게 만들어 준다. 땅에서는 무엇이든지 썩어야 한다. 썩은 것은 거름이 되어 곡식도 기름지게 하고 풀도 무성하게 하고 나무도 단단하게 키운다.

　　썩혀서 비로소 다른 생명으로 물오르게 한다.

　　그래서 죽어 땅에 묻히는 것을 사람들은 '돌아간다'라고 하는 것인지도 모른다. 그곳에서 모든 것은 시작되기 때문이다.

　　이렇게 순하고 두말 없는 땅에다 한세상을 의탁하고 사는 농사꾼의 성정(性情)은 그대로 땅을 닮게 마련이었다.

　　(이제는 끝났다.)

　　는 생각은 해 본 일이 없는 것이다. 막바지의 비탈이나 낭떠러지에 강파르게 서서 결판을 낼 일이란 애초에 없는 것이고. 그래서도 안되었다. 미우나 고우나 오늘도 보고 내일도 보고, 죽어서도 자식들은 남아서 그놈들끼리 또

마주보며 살아야 하는 것을 누구보다도 스스로 잘 알고 있기 때문이었다.

그런데 지금은 달랐다. 이미 샅샅이 뒤져가 버린 공출의 뒤에다가 콩나물을 기를 콩마저도 남아 있지 않아, 요기가 될 만한 나무 뿌리를 삶은 물로 끼니를 때우는 거멍굴 사람들은 가까스로 가을을 넘기고 겨울에 들면서 까닭없이 뒤숭숭했다.

-『혼불』 제3권 제2부 15쪽 -

'땅의 혈통'을 강조하고 있는 최명희는 『혼불』을 통해 민중의 근원적 뿌리를 더듬어가고 있다. '천한 것일수록 귀하게 받아들여' 새로운 것으로 만들어주는 땅의 속성은 '무엇이든지 썩어야하는 토착의 의미가 내재되어 있다. 이 '썩은 것'을 기반으로 하여 곡식을 기름지게 하거니와 풀과 나무도 무성하게 만든다. 이것은 결국 사람과 자연이 친화할 때 서로의 생장을 돕는다는 의미이다.

여기에는 '썩혀서 비로소 다른 생명으로 물오르게'하는 상생의 의미가 숨어 있고, 이 때문에 사람이 죽는 것을 땅으로 '돌아간다'라고 하는 것이다. 이 순박한 섭리에는 땅의 '가지지 않음' 혹은 '말하지 않음'을 지적하고 있으며, 이것은 사람들 간의 '가진 자'와 '못 없는 자'에 대한 모순성을 말하고 있다. 자연과 인간의 조화는 근원적으로 돌아가고자 하는 것에 대한 동경에서 시작된다. 또한 저마다 태어난 자리의 뿌리를 찾아가는 것으로 마감된다.

이런 측면에서 '땅에서 한세상을 의탁하고 사는 농사꾼의 성정(性情)'은 땅과 합일할 수밖에 없으며, 땅과 닮을 수밖에 없는 것이다. 땅을 기름지게 하는 것이 저마다 삶을 기름지게 하는 것이며, 땅을 복되게 하는 것이 곧 사람 사는 세상을 복되게 하는 것이다. 이러한 순리를 어기고 그릇되게 하는 것이 결국 사람의 탐욕인데, 이것은 개인과 개인, 집단과 집단, 사회와 사회, 국가와 국가 간에 끊임없이 땅에 대한 탐욕을 저버리지 않음으로써 삶을 황폐화하고 지배하며 억압하는 모습으로 나타난다. 이와 같은 삶의 양태는 지주와 소작 간에 있어서 그들이 처한 현실에서 드러나고 있으며, 매안마을 양반층과 거멍굴 하층민의 관계에서도 대조적인 양상을 보여준다.

땅에 대한 야욕과 탐욕은 일제강점기 일본의 욕망에서도 드러난다. 제국주의의 침략에 있어서 식민지 공간과 토지의 전유가 의미하는 것은 '근본적으로 토착 민중들의 땅에 대한 권리를 겨냥하여 행사된 지리적 폭력 행위'[31]라는 점이다. 따라서 '땅'의 의미는 한 나라의 권리인 동시에 토착 민중들의 삶을 영위하고 지탱하는 뿌리를 말한다. 땅을 지배하려는 속성은 결국 개인의 신체와 정신을 구속하는 것과 같으며, 이러한 의미에서 '땅'은 토착 민중의 근원적 뿌리, 즉 삶의 감성과 그 분할에 대한 지향점이 무엇인가를 묻는 중요한 의미를 내포한다.

땅을 기반으로 하여 살아가는 거멍굴 하층민의 삶의 방식은 '막바지의 비탈'이나 '낭떠러지에 강파르게 서서' 결판을 낼 일은 애초부터 없으며, 그러한 삶을 선택할 이유조차 없다. 비록 매안마을 양반층에 빌붙어 '말할 수 없는 자'의 지위를 짊어지고 살아도 '미우나 고우나 오늘도 보고 내일도 보고, 죽어서도 자식들이 남아서 그놈들끼리 또 마주보며 살아야 하는' 곳이 바로 땅이다.

'천한 것'일수록 '귀하게' 받아들이는 땅은 민중의 역사가 깃든 자리이며, 결국 민중의 삶을 지탱하고 받치는 뿌리인 것이다. 땅의 근원은 태어나 자라서 살다 죽어갈 자리의 의미를 지니는 동시에 거멍굴 민

---

31 Edward Said, 김성곤·정정호 역, 『문화와 제국주의 *Culture and Imperialism*』, 창, 1995, 4쪽.

중들이 돌아가야 할 자연인 것이다.

한편 민중의 감성으로서 역동성을 보여주는 것에는 '언어의 힘'에서
도 나타난다. 태생과 신분에 대한 거멍굴 하층민의 언어에는 전라도
사투리의 토속적인 의미와 함께 삶에 대한 민중의 진솔하면서도 사실
적인 모습을 볼 수 있다.

　　공배의 그 말에 춘복의 눈꼬리가 위로 찢겨 올라간다.

　　"씨? 씨가 머이간디? 일월성신이 한 자리 뫼야 앉어서 콩 개리고 팔개리디
끼 너는 양반 종자, 너는 쌍놈 종자, 소쿠리다가 갈러 놓간디? 그리 갖꼬는 땅
우에다가 모 붓는 거여? 그렁 것도 아닌디, 사람들이 이리저리 갈러 놓고는
양반은 양반노릇 허고, 쌍놈은 쎄가 빠지고 안그러요? 그거이 머언 씨 탓이라
요?"

　　"그래도 그렁 거이 아니다. 다 전상(前生)에 죄가 많어서 이승에 와, 갚고
갈라고 이 고상을 안허냐. 속에서 치민 대로 말을 다 헐라면, 쎗바닥이 칭칭
필로 갱겨 있드라도 다 못 풀제잉. 바깥으로 풀어내면 일도 안되고 화만 부르
능 거이게에 속으다 또아리를 지어서 담어 놔라. 인자 이러고 참고 살자면 이
담에 존 시상도 오겄지."

　　공배는 담배 연기를 풀썩 뱉어낸다.

　　연기의 그늘이 얼굴에 어릉거리다가 흩어진다.

　　옹구네는 막막한 심정으로 들녘을 바라본다.

　　들녘은 아득한 연두빛이다.

　　　　　　　　　　　　　　　　　　　　　-『혼불』제1권 제1부 113쪽 -

삼라만상 가운데 일월성신의 점지 아래 태어난 존재는 누구를 막론
하고 동등한 사람으로 살아갈 권리가 있다. 그럼에도 불구하고 부당

한 조건 속에 불평등한 삶을 살아가는 춘복의 생각은 '씨가 머이간디'에서 신분에 대한 근본적인 속성이 드러난다.

거친듯하면서도 사실적인 전라도 사투리에서 본래 품고 있는 춘복의 심성은 있는 그대로 나타난다. 이것은 행동으로 다 보여줄 수 없는 삶의 억압과 신분의 불평등에 대한 가장 적합한 울분의 표출이며, 전라도의 감성에서 오는 언어의 힘이다. 춘복의 말에서 '콩 개리고 팥개리디끼' 갈라놓은 매안마을 양반층과 거멍굴 하층민의 신분적 차별은 '소쿠리'를 기점으로 하여 태어나면서부터 달라질 수밖에 없는 운명과 삶의 질곡에서 거부할 수 없는 운명적 속성을 보여준다.

평생 동안 정해진 숙명대로 '양반은 양반노릇 허고, 쌍놈은 쎄가 빠지'는 춘복의 현실에서 보면 '전상(前生)에 죄가 많어서'라고 푸념하는 공배와는 대조적인 면모를 보이고 있다. 이것은 같은 조건과 같은 환경에서도 삶의 방식이나 생각이 다를 수 있어도 일원성신의 점지 아래 태어난 개별 주체 저마다 주어진 삶의 몫이 있다는 것을 암시한다. 이런 측면에서 공배와 춘복의 성정이 다른 것은 동질한 삶의 여건이라고 해서 그 삶이 같을 수 없다는 것을 의미하고 있다. 이러한 의미는 개별 주체의 차이가 매안마을과 거멍굴의 처지를 반영하고 있는 것은 아니라는 것이다. 결국 태생과 무관한 '말과 생각의 차이, 즉 하층의 삶의 방식은 같아도 언어적 감성에서만큼은 일정한 유형으로 분화되는 것을 의미하며, 이것은 우리 모국어가 지닌 감정·이성·의식·사상의 다양성에 의한 표현 방식이라고 할 수 있다.

따라서 춘복의 희망은 공배의 입장과 달리 오직 신분상승으로 그 모두를 갈아엎는 '말할 수 있는 자'의 지위를 욕망으로 하고 있다. 그럴수록 춘복의 삶은 더 비참해지고 억눌려오지만, 그러한 삶이 언젠가 올 것이란 암시는 공배의 말에서 드러난다. '참고 살자면 이담에 존 시상도' 올 것이란 공배의 푸념은 춘복의 마음속에 치민 화를 일시적으로 잠재우는 동시에 공배 자신을 향한 격려이다. 하위의 삶을 극복하자면 저항할 수밖에 없지만, 그 저항도 현실적으로 하위의 사람들 사이에 뜻이 맞아야 하는 데, 공배와 춘복의 입장은 생각과 말에서 하염없이 다른 양태를 보여주고 있다. 때문에 춘복은 춘복대로 속이 치밀어 오르고, 공배는 공배대로 담배 연기만을 '풀썩' 뱉어내고 만다.

여기에 옹구네가 막막한 심정으로 바라보는 '들녘'은 언젠가 회복한 평등의 세상처럼 '아득한 연둣빛'으로 물들어 있는데, 그 어떤 말을 하지 않아도 공배의 생각과 춘복의 심정을 다시금 확인하는 심리를 보여준다. 이것은 오히려 암울한 현실상황 속에서도 빛나게 하는 언어의 힘을 '침묵'으로 형상화함으로써 공배와 춘복의 심정을 포괄하는 옹구네의 심정이라고 할 수 있다. 이러한 '침묵'은 거멍굴 하층민 가운데 부정적 세력으로 살아가는 옹구네의 심정에서조차 '참고 살자면 이 담에 존 시상도' 올 것이란 기대와 희망을 통한 긍정의 역동성을 반영한다.

이런 측면에서 『혼불』의 민중의 역동성을 규명하는 여러 가지 단서들 가운데 언어의 전략적인 측면은 충분히 고려될 수 있다. 이것은 소설 내부적으로 생존하는 인물들의 정서·감정 등과 같은 보편적인 표정이 언어적 도구로 활용되면서도 그 내면에는 전라도 사투리의 투박하면서도 역동적인 생활상을 반영하고 있다. 따라서 민중의 감성으로서 언어의 힘은 거멍굴 하층민의 생활을 반영하는 중요한 요소가 된다. 또한 이것은 매안마을 양반층의 삶의 방식과 대별되는 결정적인 요건, 즉 '가진 자'의 언어와 '못 없는 자'의 언어가 근본적으로 다를 수밖에 없는 현실적 입장을 가장 정확하게 보여주는 단서라고 할 수 있다.

이와 같이 삶의 역동성을 느끼게 하는 것이 바로 전라도 사투리이며, 이것은 등장인물들 간에 소통되는 언어의 힘에 기인한다. 여기에는 무엇보다 작가의 문학관·언어관·역사관이 중요한 위치를 점유하면서도 그 전략적인 측면에서는 우리의 '모국어'에 대한 최명희의 언어관이 뚜렷한 의식으로 작용하고 있다. 이처럼 『혼불』의 언어적 전략은 작가 혹은 등장인물의 정서·역사·사상 등과 긴밀하게 연결되어 있다. 여기에서 추동되는 민중의 역동성은 민족정체성 회복과 관련하여 긍정적인 요체로 발휘된다.

이와같이 민중의 감성으로서 언어적 힘, 즉 우리 모국어에 대한 근원적 지향성은 만주로 이주한 조선인의 역동적인 삶에서도 찾아 볼 수 있다.

"나는 조선말을 사용했습니다. 나는 개입니다."

라고 쓴 팻말을 철사줄로 꿰어 걸고 하루 종일 복도에 서 있도록 하였다. 그것은 몹시 굴욕적인 처사이기도 했지만, 한편으로는 형벌이었다. 처음에야 얇다란 판자에 글씨 쓴 종이를 풀로 붙인 정도도 생각하지 쉽지만, 시간이 가면 점점 판자의 무게가 철사줄을 잡아당기며 앞으로 쏠리기 때문에, 줄이 걸린 뒷목은, 그 철사줄이 파고드는 아픔 때문에, 목이 잘리어 떨어져나갈 것 같은 통증을 느끼게 된다.

(…중략…)

이러한 말살과 모멸 속에서 학생들은 일본인 교사를 증오하고, 한 민족의 참된 정체성(正體性) 자존(自存), 그리고 자연(自然)을 짓밟아 말살하는, 일본 제국주의 침략 정책과 교육에 대하여, 거부 저항하는 반발 의식이 팽배해졌다.

그래서 학생들은 자기가 보는 시간표에, 일본말을 가리키는 '國語(국어)'라고 적힌 것을 '日語(일어)'라고 바꾸고,

오백년 도읍지를 필마(匹馬)로 돌아드니

산천은 의구하되 인걸은 간데 없네

어즈버 태평연월이 꿈이런가 하노라.

"길재(吉再)"

하고는 시조를 하루에 한 수씩 외우면서, 비밀리에 수첩을 만들어 돌려보곤 했다. 우리말을 잊지 않기 위해서였다.

-『혼불』제10권 제5부 41쪽-

『혼불』은 일제강점기 문화 말살에 대항하여 우리말과 글과 관련한 민족의 근원적인 감성을 반영하고 있다. 이것은 고향을 떠나 이국에서까지도 우리말과 글에 대한 중요성을 일깨우는 한국인의 역사성을 보여준다. 또한 민족의 산물로서 우리말과 글에 대한 한국인의 근원적 뿌리를 해명하는 중요한 요소로 이해할 수 있다.

이런 관점에서 볼 때, 『혼불』은 민족주의적 사상과 전통적 측면을 간과할 수 없는 민중의 근원성에 대해 지속적으로 묻고 있다. 이것은 식민지 극복의 삶의 방식을 보여주는가 하면, 식민지 시대에 대한 반성과 화해, 진정한 화합을 유도하고 있다. 또한 『혼불』은 문학적 요체로서 민중들의 경험 전략과 작가의 역사의식을 연결하는 정신의 입각점을 전통·역사·언어와 결부시켜 그 근원적 지향점을 민중이라는 근대적 자아로 이끌어가고 있다.

이런 의미에서 모국어의 의미는 만주에서의 학생들뿐만 아니라, 거멍굴 하층민의 삶에서도 나타난다. 민중의 삶을 가장 적확한 방식으로 재현하는 것이 바로 모국어의 형상화이다. 이것은 그들의 삶을 실제적·구체적으로 반영하는 양태이다. 그들이 지닌 울분이나 설움 등과 같은 구체화된 언어로 표출되는 것이 바로 전라도 사투리이며 모국어인 것이다.

일제에 의한 모국어의 단절은 조선에 대한 문화말살 정책으로 민족적 언어의 해체와 파괴를 의미한다. 이것은 일본의 대동아 식민지 개척을 위한 야만적인 기습행위인 것이다. 여기서 '나는' 조선인임에도 불구하고 조선의 '말'을 사용했다는 이유로 '개'와 같은 비인간적 수모와 굴욕을 당하는 조선인의 상황은 피식민자로서 억압상황을 지시하기도 하지만, 일본의 언어/문화 말살에 대한 조선 민중의 사상·문화적 감성과 민족주의적 뿌리를 나타낸다.

이를 계기로 하여 조선 학생들의 저항성은 자신의 '시간표'에, 일본어를 가리키는 '國語(국어)'를 '日語(일어)'로 바꾸는데, 이것은 단순한 의미에서 '국어-일어'의 역할을 대신할 수는 있지만, 결코 '일어=국어'가 될 수 없다는 것을 의미한다. '조선말'을 사용하면 '개'가 되어야 하는 억압 상황은 '철사줄'을 목에 거는 체벌보다 차라리 '몽둥이 찜질'이 오히려 인간적인 체벌로 구체화되어 나타난다.

이와 같은 가혹한 체벌이 지시하는 의미는 일제의 폭력성을 가리키며, 이것은 조선 학생들의 신체적·정신적 구속과 억압이 식민주의 폭력에 의해 강요되고 있음을 직접적으로 드러내고 있다. 결국 일본의 야만적 폭력 위에 조직된 조선 학생들의 '시간표' 사건은 일본 교육 방침에 대한 표면적인 저항일 수 있지만, 넓은 안목에서 바라보면 민중의 근원적·언어적 감성을 보여준다.

여기에 길재(吉再)의 「오백년 도읍지를」 시조를 '비밀리에' 돌려봄으로써 우리말과 글을 잊지 않기 위한 조선 학생들의 노력은 큰 의미를 지닌다. 이 시조는 외관상 500년 조선의 역사를 표상하면서도 왕조 자체에 깃든 유구한 전통과 역사를 함의하고 있다. 이와 동시에 의구한 산천으로서 '자연의 불변성'과 조선의 민심·국정을 이끌어갈 '인재의 부재'에 대한 인생무상의 대구에서 조선 왕조의 부패와 무능함을 회고

하고 있다. 궁극적으로 '맥수지탄(麥秀之嘆)'의 상황을 식민지 현실에 비추어 반추하는데, 이를 통해 나라 잃은 슬픔을 극복하고 인생무상에 대한 반전으로서 우리말을 잊지 않으려는 민중의 노력으로 이해할 수 있다.

이런 측면에서 조선 학생들의 주체적 자각 내지 각성은 모국어를 지표로 하는 민족적 자긍과 긍지 속에 내재되어 있다고 할 수 있다. 여기에는 민중의 언어에 대한 표현방식이 작가의 언어적 국면으로 드러나면서, '우주 삼라만상의 개체, 한 사람의 개인, 한 가문, 한 민족의 층위에서 구현되는 화해'[32]의 의미가 민중의 역동성과 결합하여 나타나고 있다.

『혼불』은 최명희 작가의 생애가 투영된 역사적 산물로서 형식적 의미보다는 질료로서 내용을 중시한다. 일반적인 서사장르의 소설에서와 마찬가지로 『혼불』은 이야기와 담론을 주조하면서도 서사적 특성상 회고적 진술을 통해 거대 담론의 현장으로 이끌어가는 구조를 지닌다. 이러한 특이성으로 하여 『혼불』은 한국의 정신·정서·전통·풍속 등을 정밀하게 재현해내고 있다는 평가를 받고 있다.

이 바탕에는 최명희가 추구하는 역사의식 내지 역사성이 『혼불』 전반에 수용되어 있으며, 이것은 최명희의 역사의식이 『혼불』 속에 그대로 반영되어 있음을 의미한다. 따라서 『혼불』의 식민주의 비판성은 역사의식에 의한 전통적인 의미로서 한국인의 정신과 신체가 자연치유적으로 융합된 정서적 질료의 산물로 볼 수 있다. 이러한 평가는 최명희가 추구하는 모국어 정신이 깔려 있으며, 이 정신은 『혼불』 속에 그대로 반영되어 있다.

---

32 김현선, 앞의 글, 85쪽.

어떤 의미에서 문학 텍스트는 구술 혹은 기록적 의미에 있어 이미 전파되거나 생성되어온 텍스트의 내용과 형식을 작가 나름대로의 해석과 변형의 과정을 거쳐 새롭게 재발견하거나 창조하는 것이다. 이러한 문학적·언어적·사회적 관계성을 통틀어 '상호텍스트성(inter-textuality)'이란 의미를 부여하게 된다. 따라서 문학은 기존에 발휘된 언어적·구술적 텍스트를 활용한 여러 가지 유형의 어휘·문맥·문장 단위의 결합으로 이루어진다. 이것은 마치 집을 짓는데 사용하는 나무나 벽돌처럼 이미 전파되거나 생성된 바 있는 기존의 언어적 생성물 간의 유기적 결합을 의미한다. 이러한 언어 상호텍스트성은 모든 나라의 모국어의 기본적인 언어의 수단에 해당되며, 텍스트 이상의 문학적·예술적 가치로 형상화하는 기본 토대가 되는 것이다.

모국어는 전통적인 의미에 있어 오랜 시간 한국인의 정신과 의식이 자연치유적으로 융합된 정서적 산물이라 할 수 있다. 이것은 전통의 복원을 지향하는 작가의 글쓰기 방식에서 드러나며, 『혼불』의 글쓰기 방식은 의고적·고증적 실물의 재현에서 발생한다. 특히 『혼불』의 서사구성은 '언어책략'과 관련하여 다양한 에피소드를 삽입하는 것이 하나의 특징이다.33 이것은 『혼불』의 언어적 구술 상황이 한국적 색채의

33 서정섭은 『혼불』의 언어구사 방법상 특징을, 첫째, '사료의 서술부분', 둘째, '종가와 거멍굴 인물 및 등장인물들 간의 대화', 셋째, '자연물과 인물의 묘사'라고 언급하고 있다. 이러한 특성은 시대 상황에 고려한 예스런 표현의 의고체 활용에 있으며, 등장인물들 간의 대화는 구어체에 기반을 두고 있다는 점, 자연물과 인물의 묘사는 객관적 묘사를 병행한 작가의 개성적 묘사에 의한 특징에서 그 근거를 찾을 수 있다. 또한 서정섭은 서사구성을 논할 때 특징적인 것으로 거론되는 것 중의 하나를 '에피소드의 빈번한 삽입'으로 보고 있는데, 여기에 대한 논자들의 의견은 다양하게 드러난다. 먼저 부정적 관점의 논자들은 빈번한 에피소드의 삽입을 소설의 구성에 긴장감을 주지 않고, 또 전통적인 소설의 서사 구성법에서 일탈되어 있기 때문에 소서의 장르를 혼란스럽게 만들고 있다고 말한다. 반면에 긍정적 관점의 논자들은 『혼불』은 서사 위주로 전개되는 소설이 아니라 오히려 배경에 대한 치밀한 묘사가 돋보여 언어의 사물성을 드러내고, 『혼불』이 이야기

묘사력을 보여줌으로써 작가에서 독자로 이어지는 독특한 울림이 마치 생동하듯 애절한 감성을 불러온다는 것이다. 이와 같은 에피소드의 삽입은 『혼불』의 서사공간을 다변화·다양화함으로써 소설의 배경을 확대하여 이야기를 더욱 풍부하게, 풍성하게 하는 장점을 지닌다.

『혼불』의 문학관은 우리 민족의 역사적 사건에서 비롯되고 있다. 이것은 민중의 감성에 대한 근원적인 지향점을 모색하고 있다는 증거이다. 따라서 『혼불』의 언어관은 민중의 역동적인 삶을 표현하는 가장 근원적인 감성이자 뿌리에 해당되며, 우리의 모국어는 민족구성원으로 하여 민중의 자긍을 확립하는 언어의 힘으로 표출되고 있다.

3.2. 제한된 거주의 '세습공동체'

최명희의 『혼불』은 일제강점기 민족정체성 회복과 관련하여 근대의 합리성(폭력성)을 넘어서는 역사적 관점에서 전통의 복원, 민중의 역동성을 중시하고 있다.

그 특성으로 소설의 무대가 되고 있는 남원의 지리적 여건은 『혼불』의 중심을 구성하고 있다. 여기에는 매안마을 이씨 문중과 거멍굴 하층민·고리배미 상민층이 존재한다. 고리배미는 매안마을 지나 한참을 지나다 보면 근심바우 거멍굴이 나오고, 거멍굴에서 다시 고리봉 언저리에 자리 잡은 '민촌(民村)'으로 설명된다. 민촌이라 해도 매안마을을 지날 때면 감히 허리를 들고 지나갈 엄두조차 못 내는 천민촌이라는 점에서 거멍굴과 대등한 입장의 하층의 신분을 유지하는 마을이다.

의 공간성을 확대시키면서 이야기의 실감을 돋구어낸다고 논한다. 서정섭, 「『혼불』의 서사구성과 언어책략 연구」, 『현대문학이론연구』 제21집, 2004, 139~145쪽 참조.

이러한 장소·공간 개념은 작중인물의 '신체'와 '정신'이 거주하는 제한된 영역을 의미하기도 하지만, 말할 수 없는 자들의 삶을 지탱하고 억압과 폭력으로부터 삶을 개척해가는 민중의 영토이기도 한 것이다.

　김익두에 의하면, 지금까지 인류는 인간학적 탐구에서 지나치게 '신체'를 소홀히 하면서 '정신' 쪽으로 기울어 왔다는 것이다. 이러한 현상은 결국 인간의 '신체' 자체를 스스로 '소외' 시킬 수밖에 없는 것이라고 말한다.[34] 인간학적 탐구에서의 '신체' 원리는 메를로 퐁티(M. Merleau-Ponty)의 논의에서도 그 근거를 찾을 수 있다. 그는 일반적으로 말하는 '객관적 신체, 실재적 신체와는 근본적으로 대비되는 객관화되기 이전의 있는 모습 그대로의 신체를 고유한 신체(le corps propre)'[35]

---

　[34] 김익두에 의하면, 인간의 신체행동은 선천적으로 타고난 본능적 행동과 태어난 뒤에 습득하는 사회적 행동으로 이루어져 있다는 것이다. 그러나 본능적 행동이든 사회적 행동이든 인간의 모든 행동은 '사회화'되어 나타나며, 이 사회화된 행동을 '행위(behavior)'이라고 말한다. 이러한 인간의 행위 중에 일정한 공적인 시간을 들여 독자를 대상으로 의식적·의도적으로 가해지는 신체 행위, 곧 인간에 의해 공적으로 창발되는 창작행위를 '신체 전략'이라고 규정한다. 이러한 논의의 배경에는, '멀티컬처럴리즘(multiculturelism)'을 지향하는 점에서 있어서 빅터 터너(Victor Turner)나 리차드 셰크너(Richard Schechner)와 같은 견해라고 할 수 있지만, 그들이 서양의 헬레니즘 및 헤브라이즘 전통 위에 서서 세계를 조망하는 것이라면, 김익두는 동양의 유불선, 좁게는 동북아시아 샤머니즘과 풍류도의 전통 위에 세계를 본다는 점에서 차이를 보인다. 탈식민주의가 식민주의에 의해 '타자화' 된 자아를 찾기 위한 피식민지인들의 정치적·문화적 기획이라는 점에서는 견해를 같이 하고 있다. 김익두, 『판소리, 그 지고의 신체 전략: 판소리의 공연학적 면모』, 평민사, 2003, 14~27쪽 참조.
　[35] M. Merleau-Ponty는 살아 있는 신체, 체험된 신체 또는 선험적 의미에서의 현상적 신체를 본질적 신체라고 표현한다. 그에 의하면, 우리의 고유한 신체(le corps propre)를 사람들이 그 신체에 강제로 부과하는 처우를 피해가고 심지어 과학의 처우도 피해가는 것을 볼 수 있다고 말한다. 객관적 신체의 발생은 대상의 구성의 한 계기일 뿐, 신체는 객관적 세계로부터 퇴각함으로써 자신을 주위에 연결하는 지향적 실마리를 스스로 끌어오게 되며, 마침내 우리가 지각하는 주관을 지각된 세계로 폭로하게 한다는 것이 이 논의의 요체이다. M. Merleau-Ponty, 류의근 역, 『지각의 현상학(Phenomenlogie de la Perception)』, 문학과 지성사, 2002, 128~130쪽 참조.

라고 규정하고 있다.

이런 측면에서 '신체'는 단순히 물리적인 대상, 혹은 정신을 담아내는 용기로 간주하는 것이 아니라, 신체작용 그 자체부터가 인식에 의한 주관·정신의 근원이라는 것이다. 이 원리를 기반으로 인류학적 탐구 관점에서 바라본『혼불』의 장소·공간의 개념은 '혼'을 접점으로 하는 한국의 언어계통으로서 시대적·사회적·문화적 의미를 지닌다.

한편 헤겔(Hegel, Georg Wihelm Friedrich)은 '혼'의 영역을 '정신'과 '신체'를 잇는 매개항이라고 말하고 있으며, 삶과 연동하는 예술의 장소라고 규정한다. 예술이란 외부작용에 의한 감각적인 현상에 정신의 속성인 이념을 결합시키는 인간 행위를 말한다. 이것은 예술이 취하는 '신체', 즉 감각적 형태에 대한 인식을 의미한다.[36]

이를 전제로 할 때, 육체는 의식을 담고 있으며, 신체는 정신을 담고 있는 것으로 간주할 수 있다. '혼'은 신체와 정신의 중간이며, 신체이면서 신체가 아닌 정신이면서 정신이 아닌 이중적 상징 혹은 실체가 '혼'인 것이다. 따라서『혼불』곳곳에서 만나게 되는 조선 민중의 거주지로서 장소·공간의 성격은 최명희의 글쓰기 감성과 신체의 전략적 요체라고 볼 수 있다.

이런 점에 있어서『혼불』은 매안, 거멍굴, 고리배미로 이어진 제한

---

36 혼이란, 육체적 존재의 신체적인 것 그 자체로서의 관념적인 단순한 대자 존재에 지나지 않으나, 정신은 의식적 또는 자각적인 생이 그 의식적인 존재의 모든 감각이나 표상이나 목적으로써 대자적으로 존재하기 마련이다(Hegel, Georg Wihelm Friedrich, 임석진 역,『정신현상학(Phannomenologie des Geistes, 1807)』, 지식산업사, 1998). 이처럼 '신체'의 감각적 형태 속에 나타나는 정신은 그 외형이 정신의 그것처럼 조형되어 있기는 하지만, 감각을 통해 만들어진 것에는 분명하다. 이것은 정신과 '신체'의 일체화는 정신이 참된 개념, 신체의 근본적인 의미와 모순되는 측면을 보인다. 김윤식,「헤겔의 시선에서 본『혼불』」,『혼불의 문학세계』, 전라문화연구소, 소명출판사, 2001. 75~78쪽 참조.

된 거주지에서 저마다 다양한 삶의 방식을 보여준다. 특히 고리배미 상민들의 경우 거멍굴 하층민과 마찬가지로 매안마을 양반층 아래 예속된 신분을 드러내는 동시에 거멍굴 하층민 사이에서 살아갈 수밖에 없는 이중적인 인물 유형을 보여주고 있다. 실상 고리배미 상민들의 행적은 소설 내부에서 큰 울림을 형성하지 못하고 겉도는 존재로 전락해 있다. 이것은 거멍굴 하층민과 대등한 하부의 삶을 살아가고 있음에도 민중의 감성으로서 역동적인 삶의 방식보다 상민으로서 근근이 살아가는 '세습공동체'에 가깝다.

예부터 노비·승려·백정·무당·광대·상여꾼·기생·공장(工匠), 여덟 가지 천민이라 하여 팔천(八賤)을 나라에서 정해놓고 구분하였다. 이 가운데 가장 천한 신분을 백정과 무당으로 보았다. 전통적으로 노비 신분보다 더한 차별을 받은 것이 백정이었다. 이들은 일반 사람들과 어울려 살 수도 없었으며, 한 자리에 섞여 살지도 못했다. 동문이나 서문 바깥 멀리 멀찌감치 물러나가 성씨도 망각한 채 저들끼리 모여 살아야 했다.

최명희는 거멍굴의 택수와 백단을 '성 아랫것'이라는 전근대적 비칭과 낮춤말에서 그나마 상업적 활동을 통해 근근이 살아가는 천민의 지위를 부여하고 있다. 신분적으로 가장 천하면서도 상업에 종사하도록 한 이유는 근대의 관점에서 신분의 해체를 의미하기도 하지만, 궁극적으로는 매안마을 양반가문과 고리배미 상민층을 잇는 매개 역할을 담당하기 위한 것으로 이해할 수 있다. 이것은 당골네와 백정 택수의 삶과 연관된 지리학적인 측면이 존재하면서도 민중의 역동성을 강조하는 등장인물의 신분적 역사성, 언어적 적합성이 공존하고 있다.

그래서 걸핏하면 옹구네는

"안 듣는 디서는 상감님 욕도 헌다는디 머 지께잇 것들 말을 못히여? 아이고 그 당골년 낯빤대기."

하고 당골네 욕을 평순네한테 찰지게 하기도 하고

"저런 순 백정놈이."

하고 택주네 무더기 누구를 마구 잡아 몰아붙이곤 했다.

물론 듣는 데서는 어림없는 일이지만.

그러면서도 일손은 재발라서 산 밑으로 가나 바우 밑으로 가나, 어서 오라는 말을 듣지 왜 왔느냐는 말을 듣지는 않는다.

그런데 일 봐 주는 집에서 이곳으로 돌아오면 꼭 그렇게 뜯어 내는 소리를 하는 것이다.

그것은 매안으로 일하러 갔을 때도 마찬가지였다.

원뜸의 대갓집이거나 문중 사람들의 집이거나 허드렛일은 많았고, 눈치껏 몸을 놀리면 얻어먹을 것이 생기는데다가, 농사철이나 추수할 때나 놉이란 언제나 필요한 것이어서, 이 사람들은 매안으로 올라가곤 하였다.

고리배미. 거멍굴에서나 매안에서나 날삯도 삯이지만 어디로 밀어내지 않고, 오면 오는가, 가면 가는가, 해 주는 것이 이들에게는 큰 의지가 되었던 것이다.

날마다 날품을 팔아 그날 먹을 것 그날 벌어야만 한다면, 얼마나 떡이 막힐 노릇인가.

근본도 모르고, 가진 땅 한 뙈기도 없는 이들이 이렇게라도 어떻게든 살아 보는 것이, 아슬아슬한 세상에 발을 붙일 수 있는 길이었다.

-『혼불』제3권 제2부 265쪽-

당골네에 대한 옹구네의 감정은 거친 언어적 반응에서 찾을 수 있다. 투박하면서도 옹어리진 옹구네의 말투는 단순히 당골네 백단을 향한 적개심일 뿐만 아니라 '무당'에 대한 홀대와 자기 신분에 대한 강한 부정의 표출인 것이다.

옹구네의 당골네에 대한 천대는 부정과 긍정의 감정이 뒤섞인 이중적 감성을 불러오는데, 이것은 짓밟으면 짓밟을수록 더 강인하게 일어서는 민중의 역동적인 삶과 무관하지 않다. 또한 '몫 없는 자'로서 '말할 수 없는 자'에 대한 부정의 부정성을 거친 욕설로 쏟아냄으로써 강한 긍정의 기류를 만들어내는 것이기도 하다.

한편 거멍굴에서도 가장 천한 신분에 속하는 당골네와 마찬가지로 백정 택수에 대한 옹구네의 정서는 동질한 감정을 보여주고 있다. 이것은 소설 내부적으로 매안마을에서 주관하는 '허드렛일'과 농사철이나 추수할 무렵 필요한 '놉'일 뒤에 받는 삯을 둘러싼 분배에서 당골네와 백정 택수의 비중이 크다는 것 때문이다. '날마다 날품을 팔아 그날 먹을 것을 그날 벌어야만 한다'는 '먹이 막힐 노릇'에도 불구하고 당골네와 택수에 대한 옹구네의 극성은 하위의 삶에서 오는 푸념이며 넋두리일 뿐이다. 이것은 악의가 있고 없는 것과 무관하게 '근본도 모르고, 가진 땅 뙈기도 없는' 것은 매 한 가지이면서도 거멍굴 내에서도 천민에 속하는 타성, 즉 당골과 백정이라도 매안마을에서 받는 품삯만큼은 옹구네의 삶을 불안하게 만드는 요소가 된다.

허드렛일은 '아슬아슬한 세상에 발을 붙일 수 있는 길'로서 거멍굴 하층민의 삶을 반영하는 연결 통로로 작용한다. 여기에는 거멍굴 하층민이 지닌 부정적 감정이 노출되는가 하면, 그나마 매안마을 양반가문에 부족한 일손을 충당할 수 있는 생존의 방편으로서 긍정의 의미가 담겨 있다. 또한 거멍굴 하층민의 삶의 질곡과 애환을 보여주는 동시에 강인한 생명력을 바탕으로 하는 민중의 역동적인 삶의 체험을 보여주고 있다.

이런 의미에서 거멍굴 하층민 가운데 가장 밑바탕에 구성된 당골네와 백정 택수는 거멍굴 사람들의 삶의 양태를 보다 분명하게 드러내고 있다. 그들 스스로 매안마을과 고리배미 사이에 삶의 방식이나 사상·의식·전통의 측면에서 양가적 속성을 지님으로써 '몫 없는 자', 즉 '말할 수 없는 자'로서 '말할 수 있는 자'의 통로를 제시하고 있다.

그럼에도 당골네와 백정 택수가 보여주는 소설 내부의 삶에는 매안마을 양반층과 대작할 수 없는 신분적인 한계가 엄존하며, 거멍굴 하층민과도 섞일 수 없는 조건이 존재한다. 이러한 조건들은 당골네와 백정 택수의 삶의 형태가 절대적으로 매안마을과 거멍굴의 영향 아래 존속하지 않으면서, '가진 자'와 '몫 없는 자'의 중간적인 위치에 병치시킴으로써 근대적 의미에서 민중의 역동성을 부각시키고 있다는 데는 일정정도 합의를 이끌어낸다.

검은 근심.

그것을 쓸어 내리지 못하고, 웅크린 무릎 위에 시름 없이 얹어 놓은 두 팔도 모양이 확연하였다.

그런데 이 바위 덩어리는, 앞 모습만 그렇게 역력할 뿐, 뒷등은 무덤을 업은 것처럼 동산을 지고 있었다. 그래서 어찌 보면 동산의 한복판에 검은 바위 덩어리가 어둡고 깊게 박힌 것도 같았다.

언제부터인지 사람들은 이 바위를 두고 '근심바우'라고 불렀다.

그리고 숯덩어리 같은 섬은 이 바위의 빛깔을 빌어 생겨난 동네 이름이 '거멍굴'이었다.

거멍굴 어귀 근심바우 아래 살고 있는 사람은 백정 택주였다.

그는 눈이 바늘같이 가늘고 온 낯바닥에 누런 수염이 소털처럼 가득 덮여 있는데다가 어깨가 쩍 벌어졌다. 그러나 이제는 그 나이 수월치 않아 흰 머리가 더북한 택주는, 대대로 그 집에 나고 죽고 하면서 살아온 세습 칼잡이다.

택주 옆에 모여 사는 대여섯 집들은 모두 택주의 살붙이로 아우와 조카들인데 다 같이 칼 잡는 일을 했다.

-『혼불』제3권 제2부 247쪽 -

거멍굴 근심바우 아래 터를 잡은 백정 택수네는 '검은 근심'을 직접적으로 대변하는 삶의 방식을 보여주고 있다. 바위의 위치와 그 생김에서 택수의 삶은 벗어나고 싶어도 벗어날 수 없는 천형(天刑)의 인상을 보여준다. 이것은 제한된 거주지로서 형세와 지리적 형국 속에 갇혀버린 택수의 삶이 근원적으로 천민에 뿌리를 두고 있음을 암시하고 있다. 앞모습은 '역력'함에도 뒷모습은 '무덤'을 업은 듯한 근심 바우의 인상에서 백정의 삶은 생존이 절박한 민중의 감성으로서 '몫 없는 자'의 전형적인 삶을 보여준다.

이것은 '동산의 한복판에 검은 바위 덩어리가 어둡게 박힌' 듯한 인상에서 설명된다. 이런 택수의 존재는 근심 바우로 정해지거나 속박할 수 없음에도 천민으로서 '아우와 조카'들이 대여섯 가구를 형성하며 대대로 '칼 잡는 일'에 국한되어 있다. '세습공동체'를 이룰 수밖에 없는 택수의 가계는 외부와 차단되고 폐쇄된 환경을 보여준다. 장날이면 남원 읍내 천거리로 나가 천삼백여 평의 넓은 광장에서 열리는 우시장에서 소를 골라 생계를 연명하고 있는 택수의 삶은 고리배미 상민들의 삶의 방식과 닮아 있다.

이와 같이 택수의 삶은 백정의 본성을 저버릴 수 없는 처지임에도 상민으로서의 신분 유지와 더 높은 신분을 동경하는 데는 거멍굴 하층민의 삶과 다르지 않다. 이것은 매안마을과의 연관된 삶의 방식에서 나타난다. 억척스럽고 모질게 하루하루를 살아가는 택수의 삶은 매안마을의 전갈을 받아 필요한 만큼 소를 도축해야 하는 처지이다.

여기에는 바라보기에도 아득하고 높은 신분적 장벽을 뛰어넘고자 하는 내면의 갈등이 존재하며, 택수의 신분상승 욕망에서 거멍굴 하층민의 역동적인 삶의 모습은 드러난다.

고리배미 온 마을이 풍물 소리와 함성과 일렁이는 달집의 불길, 그리고 얼어붙은 하늘에 무수한 금박 불티 날리며 흩어지는 폭죽들로 뒤설레어 매암돌고 있는 이만큼은 너무나도 교교하였다.

풀벌레 소리 하나도 들리지 않는 엄동의 한산(寒山)에 서리 같은 달빛이 내려 산 그림자는 더욱 검은데, 거멍굴로 난 소롯길은 푸르도록 흰 가리마를 달빛 아래 드러내니, 명절은 사람들의 것이지 산천의 것은 아닌 모양이었다.

거멍굴은 더더욱 교교하였다.

근심바우 웅크리고 앉은 동네 어귀로 들어섰지만, 달빛이 쏟아 내리는 찬 손길에 지붕을 맡기고, 집집마다 모두 집을 비워 택즈네도, 공배네도, 평순네도, 당골 백단네도 지게문이 굳게 닫힌 채 불빛이 없었다.

빈 마당에 깔린 달빛은 밤새 쌓인 눈처럼 사람 스친 흔적이 없고, 고샅길도 숨소리조차 달빛에 빨리워 창호지보다 창백하였다.

－『혼불』제6권 제3부 176쪽 －

여기서 '달집'은 근심바우를 포함한 거멍굴 일대를 비추는 원형의 물질로 간주되지만, 거멍굴의 제한된 거주지를 수용하는 동시에 실제 세계로부터 분리되고 고립된 공허한 하나의 덩어리를 보여준다. 그 어느 때보다 '더더욱 교교'한 거멍굴 고리배미 어귀는 집집마다 지게문을 굳게 걸어 잠그고 불타는 '달집' 하나에 몰입되어 있다. 실상 '달집'은 비오리의 구성진 '소리'마저 다 비워내고 오직 '교교'한 거멍굴의 근심바우로 이어지면서 거멍굴 하층민의 삶의 질곡을 수용하는 표상세계로 진입하고 있다.

한편 비오리의 '소리'가 달의 경계를 넘어서는 것과는 달리 거멍굴의 '달'은 가시적인 형체의 '불길' 속에서의 '달집'과 함께 제한된 영역을 넘어 무화된 곳으로 일탈을 꿈꾸고 있다. 이것은 거멍굴 일대가 '달집'과 연결되면서 천지자연이 합일된 세계를 비추는 '불길'로 형상화되는 동시에 실제세계에서의 '자연'을 지향하고 있다. 그 이유는 '달빛에 빨리'운 고샅길도 '창호지 보다 창백'하리 만큼 그 형체를 지우고 있기 때문이다. 이것은 '달집의 불길' 속에 멀리 비치는 '고샅길'도 사람의 길이 아닌 '교교'한 산천의 자연으로 돌아가 있는 것이다. 여기서 거멍굴 일대는 '교교'의 적막감 속에 일체의 인간 행위와 일체의 자연은 하나의 사위에 집결해 숨을 죽이고 있다. 이러한 적막강산은 '달집'의 불길에 의해 천지간 '교교'한 고요와 적막의 순간을 모두가 숨을 죽임으로써 거멍굴 일대의 공간성을 너머 민중의 삶을 영위하는 극적인 장소로 분화된다.

여기에는 거멍굴의 공간적 외관이 '교교'의 적막감으로 회귀하기까지 '소리'의 진행에 따라 그 외관이 드러난다. 이것은 청각적인 순서에 의해 진행되는데, 처음 고리배미 마을 전체를 움직이게 하는 인위적 사물 '풍물 소리'에서 엄동에 무엇 하나 울 리 없는 벌레의 언어로서 '풀벌레 소리'로 이어진다. 이것은 다시 사람과 짐승들이 다닐 수 있는 고샅길의 '숨소리'로 이어지며, 마침내 인위와 자연의 소리가 지워진 적막강산의 '교교'함으로 돌아간다. 이와 같이 소리를 둘러싼 거멍굴의 공간적 묘사는 '달집'의 불길을 근간으로 하여 인위적 공간에서 자연적 공간으로, 마침내 인간과 자연이 합일된 공간으로 이끌어간다.

이와 같이 인간이든 풀벌레든 자연이든 자신이 지닌 신체로부터 '소리' 즉 언어적 기호를 발휘함으로써 생존의 공유와 생활의 공간을 획득하게 되는 것이다. 다시 말해 물리적으로 신체화된 언어의 조건 없이는 어떠한 삶 혹은 생명의 조건도 발생할 수 없으며, 이것은 인간이든 자연이든 자신의 본성으로 표현하고 자신의 신체를 중심으로 생존의 영역을 말하고 있음을 시사한다. 따라서 거멍굴의 '달집'은 '풍물 소리', '풀벌레 소리', '숨소리'를 매개로 하여 거멍굴 정착민들의 삶의 애환과 질곡을 보여주는 '교교'한 공간으로 작용한다.

이런 측면에서 거멍굴 하층민이 살아가는 '공간'의 의미는 등장인물이 살고 있는 현실을 제한된 거주지 혹은 지리적 상황을 근간으로 하여 잠재적으로 지각되어 나타난다. 이것은 이야기 속의 현실적 상황이 독자에게 뒷받침되어야 가능해진다. 이를 위해 최명희는 구체적이며 실제적인 지리적 상관성에 주목하고 있으며, 최명희만의 언어 전략을 통해 소설 내적으로 등장인물의 생장과 호흡, 갈등과 긴장, 억압과 분출의 강도를 심화시키고 있다.

『혼불』은 제한된 거주지와 지리적 반경을 통해 거멍굴 하층민의 생활상을 반영하고 있다. 한편 매안마을 반대의 자리에서 가문을 일으키고 마을을 지켜주며 향촌공동체를 이어가고 있다. 이와 같은 측면은 거시적으로『혼불』내부에 자리 잡고 있는 지리적 양식이 '혼불'이라는 근원성을 향해 나아가도록 하고 있다. 여기에는 필연적으로『혼불』의 서사를 추동하는 인물들의 역동적인 삶을 표상으로 삼고 있다. 대표적으로 거멍굴 하층민의 삶의 양태를 반영하고 있는 택수네 가계의 제한된 거주의 의미는 소설의 실제적 감흥과 역동적인 민중성을 함의하는 중요한 의미라고 할 수 있다.

이와 같이 제한된 거주의 의미는 고리배미 상민층이 생활하는 지리적 환경이나 지형과도 관계하여 나타난다.

산중도 아니요, 들도 아닌 비산비야의 난양지지(暖陽之地), 따뜻하고 양지
바른 터에 처음으로 들어온 한 현조(顯祖), 어질고 덕망 있어 이름이 높이 드
러난 할아버지의 자손들이 그곳에서 오 대, 십 대, 그리고 몇 백 년씩 살아오
며 같은 조상의 가지로서 동족(同族) 마을을 이룬 것이 집성(集姓) 반촌(班村)
이라면, 고리배미는 제 각기 이 마을에 들어온 내력이나 성씨가 서로 다른 각
성바지 이 사람 저 사람들이 무간하게 섞여 사는 산성촌(散姓村) 민촌이었다.

물론 이 중에는, 고리배미에 맨 먼저 자리를 잡아 대대로 살면서 거의 삼
십여 호 가까운 일가붙이를 데리고 있는 집도 있고, 그보다 한 발 나중에 들
어와 이십여 호 되는 집, 또 그보다 더 이만큼 중간에 정착하여 여남은 가호
가 생겨난 집들도 있었지만, 그들을 빼고는 많아야 예닐곱, 아니면 너댓 집들
이 같은 성씨로 형제 분가하거나 혹은 아재비·조카를 부르면서 살았다. 그
리고 그 나머지들은 그야말로 각동박이, 한 성씨에 한 집씩이고 기껏해야 늘
어나서 두 집인 것이 대부분이었다.

-『혼불』제3권 제2부 270쪽-

고리배미에 대한 구체적인 지세와 풍광은 예문에서 설명되고 있다.
여기에는 인문학적 덕망과 역사적 배경이 공존하는 곳으로, 거기에 배
인 사연 또한 매안마을 못지않은 이야기를 들려주고 있다.

이것과 함께 고리배미에 관한 남원 지역의 지리적 상황을 서술자로
하여 인문학적 관점에서 정밀하게 복원해내고 있다. 여기에 '들도 아
닌 비산비야의 난양지지(暖陽之地)'의 '따뜻하고 양지 바른 터'에 자리
잡은 고리배미의 지리적 상관성을 부각시키고 있다. 백정 택수의 활
동 무대이자 당골네 백단의 당골판인 고리배미의 풍광을 이토록 정성
스레 수를 놓고 있는 것은 매안마을 양반가문의 가세와 그 정반대 입
장에 처해 있는 거명굴의 척박한 환경을 하나로 잇고자 하는 최명희

의 공동체적 바람, 즉 민족의 혼과 결부된 작가정신에서 시작된다고 볼 수 있다.

왜냐하면 최명희는 매안마을과 거멍굴이 극단의 위치에서 서로 경쟁하거나 부정적인 속성을 들추어내려는 것이 아닌, 부정에 의한 부정의 기운을 강한 긍정으로 이끌어가려는 강인한 민족주의 세계관을 보여주고자 하였다. 이런 점에서 있어 부정의 기운은 매안마을의 강수와 진예, 강모와 강실의 '상피', 즉 근친상간 혹은 불륜의 이야기만으로도 그 부정을 씻어내고 있는 것이다.

따라서 고리배미의 지리적 상관성은 '가진 자' 혹은 '말할 수 있는 자'로서 매안마을 양반층과 '몫 없는 자', 즉 '말할 수 없는 자'로서 거멍굴 민중 사이의 중첩적이고 양가적인 속성을 지니게 된다. 이것은 전근대적인 의미에서 지주와 소작의 대립적인 관계에서 발생하는 개인과 개인, 집단과 집단의 갈등 · 분규 · 소요의 과정을 근대적 의미의 산성촌(散姓村)인 고리배미 상민층을 통해 유기적이면서 상호 보완적인 관계로 이끌어가기 위한 최명희의 노력으로 볼 수 있다.

성씨가 다른 각성바지 사람들이 무간하게 섞여 사는 상민촌인 고리배미는 매안마을과 거멍굴 사람들처럼 오랜 시간 조상으로부터 물려받아온 지주 혹은 소작의 세습공동체와 달리 서로 알지 못하는 사람들이 모여 만들어진지 얼마 되지 않은 타성의 마을이다. 이들은 존중받지도 천대받지도 않은 신분을 타고났으며 삶의 전형은 근대화 지점에서 가장 가까운 곳에 위치한 자들이다. 유독 고리배미 사람들이 매안마을과 거멍굴을 상대로 등장하는 이유는 전통적인 유교관에 의해 형성된 두 집단의 존재를 보다 분명하게 드러내기 위함이며, 이것은 당대 양반층과 하층민 사이에 양극화된 민족구성원 간의 화해와 결속을 이끌어내기 위한 역동적인 민중의 감성을 제공하기 위함으로 볼 수 있다.

『혼불』은 한국의 전통이 이야기로 창조되는 과정에 서사적 얼개가 지리적 의미에서 보다 확장된 언어적 기틀을 제시하고 있다. 작가의 이러한 태도는 이미 여러 차례 지적한 바, 역사적 관점에서 발견되는 민중의 역동성을 발휘하기 위한 독특한 장치로서 투사력을 지닌다. 이와 같은 지정학적 의미는, 뒤쪽에 가서 공간·장소의 개념과 결합하여 검토되는 하층 민중의 역동성, 만주를 무대로 한 공간적 폐쇄에 의한 민족구성원의 억압과 저항의 현장으로서 '공간성' 문제와는 대별된다.

　이런 측면에서 『혼불』은 역사·전통·신앙·지리 등을 매개로 하여 민족정체성 회복의 가치와 목적을 묻고 있으며, 이것은 『혼불』의 민중의식이 등장인물의 신분적 역사성, 지리적 상관성과 그 여건들을 중시하기 때문으로 이해할 수 있다. 여기에는 피식민자로서 문화적 정체성이 최명희의 언어적 전략과 민중의 역동적인 감성을 표상으로 하여 '몫 없는 자', 즉 '말할 수 없는 자'의 분노와 저항, 신분 차별의 각성과 체념의 감성이 반영되어 있다. 또한 민중의 삶의 방식과 연관된 자본의 이동/분배의 문제와 직면하여 하층 민중의 생존과 직결된 지리적 요인으로 가시화되는 삶의 방식 전반이 탈식민적 상황과 맞물려 연동하고 있음을 알 수 있다.

제4장 탈식민 전략의 다층적 감성

『혼불』은 작가의 체험과 역사의식을 바탕으로 하여 전통의 복원을 추구하고 있다. 이를 위해 가족사적인 서사를 반영하는 동시에 한국의 이야기 양식과 전통적 원형을 중시하고 있다. 『혼불』의 전통·역사·언어 등은 단순히 작가적 감성이나 논리에 의해 구성되는 것이 아닌, 최명희의 생애 전반이 투영된 문학관 내지 역사의식을 기반으로 하여 구조화되어 있다.

최명희의 문학관 저변에 흐르는 정서로는 '한(恨)'을 고려할 수 있다. 한국인의 한의 정서에는 '원한'의 부정적인 속성이 내재되어 있는가 하면, 한의 긍정적인 속성으로서 '극복'의 의미가 담겨 있다. 『혼불』의 여러 여성인물들에 의해 발화되는 한의 정서는 정형화되지 않은 단계의 구조와 역학적 원리를 수용하고 있다. 이것은 『혼불』의 전통의 복원 의미와 긴밀하게 연결되는 동시에 여성인물들이 지닌 역동적인 삶의 방식과도 연관되어 나타난다.

『혼불』의 '케리그마(kerygma)' 역할을 담당하는 '혼불'의 실체는 우리 문화권이 지닌 경험의 산물로서 일정한 유형화를 추구하고 있다. 이것은 '혼불'의 역사·전통의 구성 인자가 동시대적 의미에서 상징화된 것으로, 역사적으로 '실재된 매개(mediated reality)'물에 의해 운영된다.[1] 이런 의미에서 『혼불』의 전통은 인류학적·박물지적 근거를 통해 구축된 민족주의적 역사인식과 회복의 의미를 지닌다. 소설 내부적으로 식민지 현실의 억압·착취·모순 상황에 대한 '상처' 내지 '원망'이 전통적·역사적 감화력에 의해 생명력을 유지하고 있다.

새로운 것은 낡고 오래된 것과 충돌하면서 발전해나간다. 낡고 오래된 것들이 어떠한 양태로든 변화의 과정을 겪을 때 유구한 전승의 의미로서 전통의 가치를 인식하게 되고, 역사를 기록하게 되며, 이를 기반으로 하여 언어적 의미화에 기여하게 된다. 이와 같은 전략에서 민족정체성 회복은 작가 혹은 등장인물의 정서·역사·사상 등이 전통의 복원과 긴밀하게 연관되어 나타난다. 여기에 대한 중요한 관점이 바로 여성인물들이 공통적으로 지닌 '한'의 정조(情調)이다.

『혼불』은 청상이 되어 남의 가문에 종부로 들어선 청암부인과 아들 부부, 손자 부부 등 삼대에 걸친 이야기로 구성되어 있다. 이 삼대는 할머니에서 어머니로 거기서 며느리로 이어지는 여인들의 계보가 직선적으로 드러나며, 그들의 삶에 드리운 내면의 모습은 한(恨)의 이야기가 주류를 이룬다. 특히 청암부인과 손자며느리 효원 두 여인의 삶은 이기채 부부와 달리『혼불』전반에 걸쳐 짙게 깔려 있는 한의 정서와 관계가 깊다.[2]

뿐만 아니라『혼불』에는 혼례 절차, 혼수 세간과 가구, 부인네들의 꿈과 한이 서린 반짇고리, 신부의 언행, 여인네들의 장신구, 그 종류와 쓰임새 등 이 모든 것에는 민족의 정기와 한의 응어리가 맺혀있다. 뿐만 아니라 속절없이 사시사철 피고 지는 야생화의 종류와 그 빛깔들, 우리 민족의 삶의 결들을 지배했던 길과 흉, 재래식 염색법, 야고아귀 쫓는법, 조왕신에 관한 관습, 설과 정월대보름 연을 날려 보내는 풍습

---

1 김병용,『최명희 소설 연구』, 전북대학교 박사학위논문, 2005, 6~8쪽 참조.
2 천이두, 앞의 논문, 125쪽.

등 이 모두가 작가 최명희가 한뜸한뜸 수놓은 언어의 바다를 통해 꺼지지 않는 민족의 얼, 즉 모국어로 구성되어 있다.3 이처럼 '혼불'의 의미는 단지 매안 마을과 고리배미, 거멍굴 사람의 삶의 모습 뿐 아니라 삶 속에 든 민족의 전통과 풍습이 총체적으로 한의 정조와 맞물려 민족혼의 바다와 모국어의 숲을 이룬다.

따라서 『혼불』에서의 '한'의 유인자는 거멍굴 여성인물 뿐만 아니라 매안마을 여성인물까지도 포괄적으로 나타난다. 이러한 한의 공동체적 담론은 여성인물의 정치·사회·문화적 정체성을 함의하는 중요한 단서로 작용한다. 궁극적으로 여성의 지위를 포함한 당대 삶의 유형과 모습을 보여주는 정서가 된다. 또한 피식민자로서 그들이 처한 시대적 모순을 비추는 거울이 되는가 하면, 식민 지배권력으로부터의 사회·제도·신분의 억압과 상처를 대변한다. 이와 동시에 억압과 모순에 대응하는 여성성 회복의 결정적인 요인으로 작용한다.

1. 공동체적 정조(情調)로서 '한(恨)'

1.1. 비극의 체념과 극복

『혼불』은 여성인물이 지닌 '한'의 편린과 파편들에 의해 추동되며, 이것은 전통의 요소와 결합하여 『혼불』의 원동력으로 작용한다. 『혼불』의 여성인물들이 지닌 한의 정서가 전통의 힘으로 발휘될 때, 여성

---

3 이명희, 「얼을 새기는 언어, 그 속에서 꽃핀 민족혼의 바다」, 『우리 시대의 소설, 우리 시대의 작가』, 계몽사, 1997, 488~492쪽 참조.

인물들 간의 공동체적 정조(情調)는 구체화되어 나타난다. 공동체는 화합과 단결과 상생을 목적으로 하지만, 그 내부에는 인과에 의한 갈등 · 분규 · 소요가 내재되어 있다. 이것을 묵과하지 않고 어떠한 방식으로든 표출하고 반응함으로써 화해와 극복의 의미를 부여받는데, 여기에는 맹목과 방어의 기지가 발현된다.

'한'의 정서에는 저돌적인 공격성을 띠는가 하면, 다가오지 못하도록 거부하려는 속성도 지니고 있다. 상위주체와 하위주체 간의 갈등에서 말할 수 없는 객체는 결국 한의 부정적 요인을 찾아 나서도록 하는 속성을 띠게 된다. 마음속에 어혈이 되고 응어리진 한의 결정체는 하루아침에 삭혀지거나 사라질 수 있는 것이 아니다. 이것은 오랜 시간이 경과한 이후에 조율되거나 이해될 수 있는 마음의 찌꺼기로 남아 있게 된다.

이와 같은 '한'의 정서는 『혼불』 전반에 걸쳐 여성인물들의 경험과 긴밀하게 연결되어 있다. 이것이 전통 · 역사 · 신화 · 종교의 의미에서 서사화된 구조로 나타날 때, 한의 공동체적 정조는 여성인물들의 경험과 연대하여 소설 전반에 전통의 기류를 형성한다.

이런 측면에서 『혼불』은 '일제강점기'라는 시대적 배경 아래 등장인물들의 한의 경험이 다양한 서사적 얼개를 형성한다. 또한 한의 서사적 특성이 서술자에 의한 회고적 진술 혹은 여성인물들 간의 갈등 · 교감 등의 소통을 통해 구성된다. 그 면면에는 일제강점기를 시대 배경으로 하여 우리 민족의 전통을 정밀하게 재현하는 서사적 구조가 드러나는가 하면, 그 내적 요인으로 정신 · 정서 · 역사 등이 한의 정서와 융합되어 무형의 전통으로서 역학적 구조화를 보여준다.

귀신 중에서도 가장 원통한 귀신은 처녀와 총각인 채로 죽은 몽달귀신이었으니, 이는 객사하거나, 전쟁터에서 살을 맞아 죽은 귀신, 혹은 물에 빠지고 불에 타 죽은 그 어느 귀신보다도 처절하게 원한이 많아, 무서운 복수심으로 이승에 남은 사람들에게 붙어 괴롭힌다고 하였다. 그것도 가족들을.

그래서 가족들은 이 가엾고도 무서운 원혼을 위하여, 영혼의 배필을 찾아 성대히 혼례를 치러 주고 인연을 맺게 해주는 것이다. 그리하여 부디 해로하고 저희들이 가야할 곳으로 함께 떠나, 가족들에게 더 이상 해를 끼치지 않으며, 나아가 복을 주어 집안이 태평해지기를 바랐다.

-『혼불』 제2권 제1부 141쪽-

사람마다 태어난 이유가 있고, 사는 동안 해야 할 일이 있다. 또한 정해진 때에 죽어가기를 바라는 것이 인지상정이다. 천명을 누리지 못한 이는 원(怨)과 한(恨)을 동반하기 마련이다. 억압받는 삶, 원치 않는 죽음에는 정서적 상처와 부정성이 함께 작용하게 되며, 여기에는 '원한'이 축적되기 마련이다. 이 경우 단순히 '원'과 '한'이라고 규정할 수 있지만, 이 말의 내포는 심연에 가라앉은 타자의 경험 일반으로부터 억압된 정신적인 모습이 잠재되어 있다.

특히 미혼의 나이에 운명을 달리한 이에겐 깊은 원한이 남을 수 있으므로, 산 자들은 이를 풀어줄 권리와 의무가 있다. 그렇지 않으면 가까운 친지나 마을 사람들, 심지어 가족들에게까지 해를 입히는 경우가 있다. 이런 이유로 죽은 자의 혼백을 어루만지고 쓸어주는 것이다. 이 과정은 단순히 죽은 자를 애도하는 것이 아닌, 죽은 자의 맺힌 '원한'을 풀어주는 행위로 간주할 수 있다. 여기서 원한을 풀어주는 행위, 즉 죽음 자체를 '망혼'이라는 정신적으로 물화된 그릇에 수용함으로써 산 자와 죽은 자의 관계에 새로운 질서를 부여하고, 이를 통해 죽은 자의 평안한 안식을 기리게 된다. 이로써 산 자들의 삶이 평화롭고 새롭게 영위되어 가는 데 '망혼의례'의 의미가 있다.

죽음의 설정이 '원한'으로부터 '극복'의 의미를 확보하기 위해서는 '망혼'이라는 그릇에서 유인된 산 자와 죽은 자의 유기적 상호작용이 뒤따라야 한다. 이것은 이승과 저승의 양분된 세계의 질서를 유도하지만, 궁극적으로 죽음이라는 특별한 구성물이 산 자들의 정신적 승화 혹은 극복을 이끌어내는 원형 내지 근본으로 작용한다. 이와 같이 망혼의식은 죽은 자를 기리는 동시에 산 자의 삶을 더 복되고 평화롭게 하는 데 의의가 있다.

  (훌훌 다 걷어 내던지고 나도 아느실 형님마냥 이리저리 떠돌아 다닐 수 있었으면 좋으련만.)
  아느실 형님이란 둔덕 너머 아느실[內谷] 최씨(崔氏) 문중으로 출가해 간 진예의 이름이다.
  그 진예가 꿈결같이 이 마을에 나타난 것은 달포 전 늦은 봄이었다. 그러지 않아도 연전(年前)에 강수의 사혼(死婚)이 있고 나서, 진예 걱정을 안한 바 아니었는데, 그쪽에서 별다른 소문이 들려오지 않자 적이 안심을 하던 끝에, 그네가 밭머리 저쪽에 모습을 비친 것이다.
  -『혼불』제2권 제1부 296쪽 -

강수를 보낸 뒤 진예의 삶은 '상심'의 마음으로 가문 앞에 쓰라린 인내의 일상을 보여주고 있다. 현실적으로 척박한 생활을 이어가고 있는 진예의 삶은, 이를 악물고 견디어도 죽은 강수에 대한 연민을 끝내 지울 수 없다. 이런 진예의 마음은 망자에 대한 예의를 다하여도 마음 한 곳에는 '어혈'이 맺혀 있다. 이미 강수는 망혼굿, 명혼굿 끝에 훌훌 저승으로 던져진 혼백의 존재임에도 그리움과 연민은 진예의 마음속에 살아있다. 죽은 자로부터 밀려오는 '원'과 '한'은 산 자의 육신과 정신을 빌어 그 속에 축적되기 마련이다. '원한'은 죽은 자에 있어서 죽음의 표상이 되지만, 산 자에게 원한은 살아가는 과정에 있어서 내적으로 엄청난 고통을 수반한다. 이것은 죽기 직전까지 오래도록 유예되는 것으로, 산 자의 체험 과정에 쉽게 소멸되거나 이탈되지 않는 질긴 속성을 지닌다.

'한'은 살아가는 과정에서의 일정한 상실감을 유인자로 하여 촉발하는 정신적 갈등의 소산이다. 죽은 자로서 강수의 원한과 산 자로서 진예의 원한이 같은 크기일 수는 없으나, 이 원한이 산 자의 감정을 지배하는 양상으로 전개될 때 무의식적으로 상실감과 원망을 지니게 된다. 이러한 과정에 있어서 개인은 무기력한 존재로 전락하게 되고, 내적 정서는 '원한'에 휩싸이게 된다.

이런 측면에서 '한'이라는 어휘 속에는 부정적인 속성이 인지되는가 하면, 부정의 과정을 지나 체념과 극복으로 이어지는 긍정의 속성을 내포하고 있다.[4] 따라서 진예의 감정은 단순히 부정적 한에 국한된 '원한'의 기표(記標, signifiant)에 그치는 것이 아니라, 일정한 과정을 거쳐 '극복'의 긍정적 단계로 진입하는 기의(記意, signifie)를 전제로 하고 있

---

4 한은 원한 · 한탄 등과 같은 부정적 정서에서 출발하지만, 적어도 한국인의 아이덴티티와 관련되는 관점에서 볼 때 윤리적 정화장치로 작용한다. 또한 한국 문화의 아이덴티티와 관련된 것에서 볼 때는 미적 승화장치로 작용한다. 한국인이 한국인으로 성숙해가는 과정에 있어서, 또는 한국 문화가 한국 문화로서 고유한 가치를 성취해가는 과정에 있어서 한은, 비록 고통에 찬 것이지만, 가치 생성을 위한 제재로서, 동시에 가치 생성의 장치로서 작용하는 것이다. 따라서 한의 공격적 · 퇴행적인 의미망과 우호적 · 진취적 의미망은 상대적인 것이지 절대적인 것이 아니라는 점 간과해서는 안 된다. 한이 내포하는 다층적 · 다면적 속성 가운데 어느 일면의 속성이 상대적으로 짙게 드러나 있다는 것을 반영하는 것일 뿐, 실제에 있어서는 한의 공격성 · 퇴행성, 그 반면의 우호성 · 진취성은 그야말로 다양하게 얽혀 있거나 그럴 개연성을 가지고 있다. 천이두, 『한의 구조 연구』, 문학과 지성사, 1993, 49-50쪽 참조.

다. 이것은 보다 초월적인 의미에서 승화와 극복의 과정을 통해 긍정적 의미도 함께 지닌다. 여기에는 서술자 스스로 부정의 요인을 인정하면서도 궁극적으로는 '부정의 부정'에 의한 강한 긍정을 역설하고 있다. 이러한 언어적 구조는 단순히 강수와 진예의 사랑이 '상피'라는 금기에 얽매이지 않고, 그것을 초월하는 희망과 긍정의 심리를 심어주기 위한 작가의 전통적 관점에 의해 발현된다.

아가.

오직 한 마디. 율촌댁은 그렇게 속으로 잦아드는 소리로 어린 것을 부르며, 묻히러 가는 자식을 배웅했다.

이름도 못 얻고 죽어간 계집아이, 자라나도 쓸모 없는 헛것이라 잊어버리려 애쓰지만, 어미의 마음이 자식에 대하여 어찌 쓸모를 따지리오.

비가 와서 땅이 젖으면 율촌댁은 뼈가 시리었다.

죽은 자식 불효 자식.

삼생에 지은 원수 이생에서 갚으려고, 못 들고 망치 들고 어미의 생가슴에 피멍으로 박고 가는 천하에 못된 자식.

그러지 않으리라 하면서도 율촌댁은 아이가 묻힌 곳으로 자기도 모르게 발을 옮기곤 하였다. 격식을 제대로 갖춘 것도 아닌, 흡사 조갑지 만한 무덤 자리에, 그저 돋는 푸른 풀이나, 그저 피는 꽃모가지 바람에 흔들리는 것을 물끄러미 바라보면, 저것들이 모두 다 내 자식 살이 녹아 거름이 된 것이려니, 그 거름 먹고 무심한 잡초들이 저다지도 무성한 것이려니.

-『혼불』 제2권 제1부 252쪽 -

인간의 심리는 일정한 시간이 지나면 망각하거나 표백될 수 있다. 그럼에도 불구하고 태어나 이름도 얻지 못한 어린 자식의 죽음은 끝내 망각되거나 표백되지 않는 채로 율촌댁의 '생가슴'에 남아 있다. 이름을 얻기도 전에 열병으로 먼저 저승으로 보냈으니, 어미 된 자의 가슴은 생살을 떼어내는 아픔을 겪기 마련이다.

율촌댁의 '아기'의 죽음에 대한 원한과 슬픔은 어머니로서 '체념'과 '극복'의 의미가 숨어 있다. 이것을 일제강점기 피식민자가 겪는 '원한'으로 보기에는 다소 무리가 있지만, 원초적인 생존 전략으로서 자식의 죽음에 내포된 '부정성'이 '체념'과 '극복'이라는 정신의 '승화'에 이르기까지는 의식적이든 무의식적이든 고스란히 청암부인에게 전달된다. 원한은 위로부터 아래로 이어받기도 하지만, 아래에서 위로 거슬러 올라가는 역상승의 작용도 배제할 수 없다.

여기서 '못'과 '망치'는 자식의 '죽음'을 '체념'과 '극복'으로 받아들이는 율촌댁의 신체이자 정신을 의미한다. 따라서 율촌댁은 '뼈'가 시리도록 '삼생에 지은 원수'로서 '불효 자식'을 낳은 주체인 동시에 '천하'의 중심, 즉 매안마을을 이끄는 여성으로서 비극의 주체라고 할 수 있다. 이러한 비극적 주체로서 지위 혹은 위치를 형성하는 단초가 바로 강모의 탄생이다. 그 이유는, 세 번째 아이 강모의 출산과 더불어 청암부인의 깊은 감회의 눈물에서 확인된다. 여기서 서술자는 청암부인의 '감루(感淚)', 그 하나의 상징 속에 율촌댁의 원한과 슬픔을 송두리째 허물고 있다.

따라서 서술자의 내면에는 강수의 죽음, 어린 아기의 죽음을 '원한'에서 강모의 탄생이라는 '체념'과 '극복'의 의미를 부여하고 있다. '죽음' 저변에 대한 서술자의 심리 상황은 '죽음' 그 자체를 한 가지 단서로 하여 부정의 확인, 긍정의 반전이라는 극적 심리를 표면화하고 있다. 이때 서술자의 심리는 죽은 아기를 묻은 율촌댁의 '생가슴'을 매개로 하여 '죽음=원한=체념=극복'으로 이어진다.

따라서 『혼불』은 '죽음'의 정체성을 통해 '부정'과 '긍정'의 동시적 서사구조를 추구함으로써 원한의 정반대편에 놓인 극복을 향해 점진적으로 나아가고 있음을 알 수 있다.

인월댁은 부인의 흰 적삼을 들고, 지붕 위로 올라간다. 지붕의 동쪽 추녀에 대어 있는 사다리의 한 단 한 단을 밟고 오르는 인월댁의 눈에 검은 구름이 내려와 덮인다. 그것은 구름 같은 지붕이었다. 그 지붕의 이쪽 끝에서 한 얼굴이 슬픈 듯도 하고 먼 곳을 바라보는 듯도 한 눈빛으로 인월댁을 본다. 망와였다. 그러나 그 기와에 새겨진 얼굴은 청암부인인 것도 같았다. 벌써 그 혼백이 지붕 위로 올라와, 집안을 지켜주는 귀면 귀와, 망와에 잠시 그 얼굴을 맡기고 있는 것만 같았다. 인월댁은 홀로 그 망와를 우르러며 사다리 위에 선 채로 숨을 모두었다. 마치, 부인이 아직 살아 있을 적에, 서로 고요히 눈이 마주치던 그 마지막 순간에 나눈 기운을 다시 나누듯이.

그리고는 지붕 위로 올라선 인월댁은 북쪽 하늘을 향하여 섰다. 승옥중운(升屋中雲), 지붕 위는 구름 속이었다. 그곳은 높았다. 지붕 아래 땅 이의 일이란 한낱 꿈속의 것들인가 싶었다. 청암부인의 혼백이 지금 이 지붕 위에 어리어 있다는 것인 인월댁의 심장을 저리게 하였다.

-『혼불』 제3권 제2부 136쪽 -

강수의 자결과는 상반되는 청암부인의 죽음은 산 자들에게 '죽음=해원'이라는 '고쳐 읽기'의 의미를 부여한다. 강수의 현실적 억압과 청암부인의 이상적 승화에서 상반된 죽음의 이미지는 『혼불』의 등장인물에 의해 발화되는 해원성에 근거한다. 이것은 강수의 자결이 죽음이라는 해원성을 통해 여성 혹은 민중들 간의 화해와 화합의 소통 행위로 연결된다.

여기에는 인물 하나하나의 마음이 결속되는 긍정의 정서가 내재되어 있다. 왜냐하면 망자와 산자 간의 교감이 단순히 '죽음↔삶'이라는 대비적 효과에 그치는 것이 아니라, 확장된 의미의 '해원'을 예지하는 긍정성을 볼 수 있다. 이것은 '죽음=해원'이 소설 내부적으로 잠재하고 있는 가문의 염원이 작가의 문학적 통찰에 의해 삼라만상의 평등성에 의해 실현되고 있다.

'죽음=해원'의 이미지 표상은 인월댁이 청암부인의 흰 적삼을 들고 지붕에 올라 바라보는 '망와(望瓦)'에 의해 구체화 된다. 이 망와는 지붕의 마루 끝에 세우는 우뚝한 암막새를 말하는 것으로, 전면에 연화를 양각하여 극락을 상징하는 불심을 새겨 지붕 아래 거주하는 사람들의 무사와 안녕과 태평을 기원하는 염원을 품고 있다. 무엇인가 간절히 바라는 마음에서 붙여진 '망와'는 그 이름부터 가부장으로서 청암부인의 지위를 포함하고 있다. 그 이유는 수막새가 중심으로서 남성성을 상징하는 기와라면, '망와'는 지붕의 기를 휘어잡고 악귀를 누르는 강인한 모성 본능으로서 '대모신'5 의식을 품고 있다는 데 근거한다.

---

5 『혼불』은 모계 중심의 가족사 소설이다. 그 가운데 며느리 중심, 즉 종부(宗婦) 3대에 걸친 연대기적 서사구조를 구성한다. 남성이 거세된 형식의 3대에 걸친 서사가 『혼불』의 독자적인 특성이다. 일제강점기인 1936년부터 1943년까지 해방 직후까지 매안 이씨 가문의 종부 3대가 정체성을 찾아가는 과정이 『혼불』의 중심 서사라고 할 수 있다. 이때 정체성 찾기는 여성의 정체성, 가문의 정체성, 민족공동체의 정체성을 아우른다. 이러한 정체성 찾기의 과정을 생명의 불인 '혼불'을 삼키듯 이어가면서 해원(解寃)과 해한(解恨)의 과정으로 인식하고 찾아 헤매는 여로가 『혼불』의 내적 성격이다. 이러한 정체성 찾기의 핵심 카테고리는 청암부인이다. 제1대인 청암부인은 신행을 오기도 전에 열병으로 남편이 죽고 19세에 청상이 된 기구한 운명의 소유자다. 남편도 없는 시댁으로 묵신행을 와서 겨우 명맥만 유지하고 있는 매안 이씨 가문을 거부로 확장시킨다. 이 과정에서 청암부인은 자신의 정체성 찾기에 성공한다. 한편 청암부인은 유교적 이념을 구현하고 가부장적 질서를 재수립하기 위한 권위 회복이 앞장선다. 종부이며 가장으로서 당시 남성 지식인들에게 요구되어온 시대적 소명, 즉 구국의 길로 이끄는 지도자의 모습까지 아울러 갖춘 여성성을 정립한다. 이것이 바로 청암부인이 확립한 '대모신'의 모습이다. 이것

이렇게 놓고 볼 때, 인월댁의 눈에 '검은 구름' 같은 지붕이 '슬픈 듯도 하고 먼 곳을 바라보는 듯도 한' 얼굴로 보이는 것은 어두운 심경의 일차적 고백이다. 인월댁의 어두운 심경은 기와에 새겨진 얼굴이 청암부인의 얼굴처럼 보이게 되면서 죽음이 가져다주는 '슬픔'은 '안도감'으로 바뀌게 된다. 이 '안도감'은 '해원'으로 승화한다.

한편 승옥중운(升屋中雲)이 의미하는 것은 '지붕'을 매개로 청암부인의 혼백을 무사히 저승길로 인도하는 인월댁의 주술적 의례에서 찾을 수 있다. '지붕'과 '하늘'을 이어주는 '구름'은 단순히 현실의 상태 혹은 묘사만을 의미하는 것은 아니다. 궁극적으로 청암부인의 혼백이 이르는 저승길로서 '지붕=구름=하늘=승천=해원'을 지시하는 서사적 원경(遠景)이 된다. 가까울 수도 멀 수 있는 이 거리는 눈으로 볼 수 없는 인월댁의 마음의 원경으로 청암부인의 혼백이 떠가는 해원의 시공을 가리킨다.

결국 인월댁의 눈에 비친 '검은 구름'은 '망와'이며, 이 '망와'는 곧 청암부인의 얼굴인 동시에 그 혼백을 담는 그릇인 것이다. '검은 구름=망와=청암부인'으로 이어지며, 이것은 '지붕'을 매개로 하여 '구름=하늘=승천=해원'을 지시하는가 하면, 현실 관념으로서 '죽음=안도=해원'을 의미한다.

따라서 인월댁의 망와의식은 『혼불』의 시대 배경이 식민지 상황이라는 점에서 거시적으로 '죽음=해원=해방'과 연결되는 민족주의적 해원사상을 담고 있다. 이와 같은 원리는 『혼불』의 등장인물들에 의해

은 인간 생명뿐만 아니라 자연의 생명력까지 관장하는 우주 그 자체를 포함한 모든 것의 어머니로서, 한 가문의 생명력을 관장하고 의식마저 지배하는 종부로서 대모신을 의미한다. 김복순, 「대모신(大母神)의 정체성 찾기와 여성적 글쓰기」, 『혼불의 문학세계』, 전라문화연구소, 소명출판사, 2001, 362~370쪽 참조.

구성되는 정서, 사상, 감정, 신앙 등에서 찾을 수 있으며, 이것은 작가의 역사의식 속에 담긴 전통적인 체험을 확인할 수 있는 근원이자 단서가 된다.

청암부인은 죽어서도 집안의 지붕 기와에 깃들기를 소망하고 있으며, 그 죽음에는 보다 심층적인 내세 구복과 산 자들을 위한 현실 기원의 의미가 굳게 내재되어 있다. 그런 의미에서 '망와'는 전통을 기반으로 한 강인한 민족성을 담고 있다.

이와 같이 『혼불』은 강수와 청암부인 등 작중인물들의 '죽음'의 정체성이 비극 혹은 슬픔의 결정에 머무르지 않고 변화한다. 이것은 한의 정조에서 맺혀드는 어두운 국면의 부정적인 정서에서 벗어나 점진적으로 밝은 긍정의 감성을 추구함으로써 소설의 서사구조를 환기해나가는 장치로 작용한다. 또한 '죽음'과 그 반대적 측면에서 '탄생'의 관계 설정이 한의 정조에서 삶의 극복으로 이어지는 이야기 구조를 보여준다. 이처럼 『혼불』은 자아와 서사의 관계를 한의 정조를 통해 상호간의 서사적 유대관계를 모색하고 있다.

1.2. '한'의 의미망 확산

『혼불』에는 '죽음', '폭력', '억압', '신분' 등 다양한 문제적 요인이 '부정'과 '긍정'의 기류를 형성하면서 자체적인 점검과 정비의 기능이 표출되어 있다. 『혼불』의 한의 정서는 전근대적 원한의 유인자로 하여 전통의 복원의 의미를 지니는가 하면, 민중의 역동적인 삶의 지표하는 표상물로 작용하기도 한다.

이와 같이 『혼불』이 보여주는 한의 가시성의 효과는 개별 등장인물이 지닌 정서적 · 신체적 억압 · 고통 · 인내의 사연과 맞물리며, 한의 공동체적 정조로 연결되는 지점에서 서로 조우하게 된다. 이것은 매안마을 내부의 여성들 사이에서도 나타나지만, 거멍굴 하층민 사이에서도 나타난다. 따라서 『혼불』이 지향하는 한의 정조는 등장인물들 간의 개별적 사건이 매안마을과 거멍굴 간의 갈등에서 연유하고 있음을 알 수 있다.

『혼불』의 등장인물들 사이에 연결된 삶의 방식은 한의 정서를 기초로 하고 있으며, 이것은 역사·전통·문화의 다양한 측면이 한의 공동체적 정조와 맞물려 구현되고 있음을 말해준다. 특히 거멍굴 하층민의 한의 정서는 신분상승을 위한 사적 욕망에서 비롯되지만, 거시적으로는 민중의 역동성을 바탕으로 하여 나타난다. 이러한 민중성은 매안마을 양반층으로부터 발생하는 억압에서 벗어나고자 하는 거멍굴 사람들의 한의 정조에서 발견된다.

『혼불』은 일제강점기 시대 상황을 대변할 뿐 아니라, 소설 저변에는 민중들의 삶의 지표가 민족정체성 회복과 유기적으로 연결되어 있다. 그 밑바탕에 한의 정서가 자리 잡고 있으며, 등장인물 저마다 삶의 방식이 한의 감성으로 서로 연관되어 있다는 데 서사의 초점이 맞춰지고 있다. 또한 한의 공동체적 정조는 소설 내부적으로 큰 울림을 형성하면서도 다양한 양상으로 전개되고 있다.

　당골네의 서러운 소리굽이가 중간에 창자가 잘리듯 끊어지며, 동녘골댁의 곡성이 터진다.
　아마도 동녘골댁이 대를 잡고 있나보다.
　"니가 강수냐아?"
　허물어진 토담을 넘어 눈물로 목멘 소리가 들려온다.
　그것은 강실이의 귀에도 역력히 들린다.

"어머니이."

"아이고오, 니가 참말로 강수여어?"

"어머니이."

"어디 보자, 이놈아. 어떻게 왔어어? 어떻게 왔어……이 무심한 놈아……아
이고오……내 자식아…… 이 놈아……."

마당에서 곡성이 낭자하게 울려온다. 그 울음 소리가 물살처럼 토담을 무
너뜨리며 강모와 강실이를 뒤덮는다. 두 사람은 그대로 아찔하게 떠밀려 까
마득하게 흘러가고 있었다.

-『혼불』 제2권 제1부 151쪽-

망혼굿을 올리는 당골네의 명혼(冥婚) 의식은 제대로 피지 못한 꽃
으로서 '강수'의 영혼을 위로하는 의례로 작용한다. 여기서 당골네의
지위와 역할은 중요한 위치를 차지한다. 매안마을 양반 가문에도 고
리배미 상민층에도 끼지 못하는 천대받는 당골네의 신분은 거멍굴 하
층민 중에서도 가장 아래에 속하는 무속인이다.

죽은 뒤에라도 짝을 지을 수 있도록 혼신(魂神)을 모신 자리에서 올
리는 강수의 명혼굿은 '굿을 하지 않으면 동녘골댁도 죽고 말리라'는
당골네의 넋두리에서 행위의 역동성은 드러난다. 이러한 당골네의 무
속 행위를 통해 강수의 혼백을 어르고 달래어 이승에서의 안녕과 저
승에서의 평안을 담아내는 것이다.

이와 같은 행위는 무속인으로서 의무이기도 하지만, 양반가문의 자
손이 죽은 뒤 그 영혼을 위로하는 주체로 나설 때, 당골네의 지위는
'말할 수 없는 자'의 굴레, 즉 하위주체에서 벗어나 보편적 인물로서
말할 수 있는 신분/지위를 부여받는다. 이것은 '뭣 없는 자'로서 천민
이 행할 수 있는 최대치의 보상이자 당골네 스스로 해원의 의미를 담

고 있다. 이와 동시에 '말할 수 없는 자'가 '말하기'까지 하층의 원한을 풀어내는 민중의 역동성을 의미한다.

이런 측면에서 당골네의 명혼의식은 강수와 진예의 금기된 애정이 강모와 강실 사이에서의 금기를 확인하는 동기가 되지만, 이로 인해 강모에겐 더 큰 시련을 예견하는 의례가 된다. 이승과 저승을 연결하는 당골네의 명혼 의식에서 강모가 떠올리는 것은 자신과 강실을 '뒤덮는' 물살로서 '울음 소리'이다. 이것은 눈물 흘리는 자의 '곡성'으로 하여 가문/혈연/민족구성원 간의 암울한 상황을 대변하며, 이와 동시에 이 암울한 상황이 모두 씻겨 내려가기를 염원하고 있다.

여기에 대를 잡은 동녘골댁의 행위는 이 모두를 목격하면서도 무엇도 말할 수 없는 '타자'의 위치에 서 있다. 명혼의식이 진행되는 동안 동녘골댁은 이 모두의 상황을 너무도 담담하게 받아냄으로써 강모로부터 툇마루 끝에 허깨비처럼 앉은 강수를 떠올리게 하는 주체가 된다. 실상 강수의 넋은 당골네가 불러내었어도 동녘골댁이 잡은 대가 없었더라면 불가능한 일이다.

따라서 강실에 대한 불운한 운명을 강모는 이승과 저승의 갈림길에 선 강수의 혼을 통해 위로받게 된다. 이것은 금기로서 가문의 전통이 지닌 어두운 국면이 점차 밝음으로 확대되어가는 '승화' 혹은 '극복'의 의미이자 한의 긍정적 속성을 지시한다. 결국 강수의 죽음에 대한 한의 '승화' 혹은 '극복'의 주체는 강모도 오류골댁도 강실도 아닌, 명혼 굿을 올리는 당골네와 대를 잡은 동녘골댁에 의해 행해지는 공동체적 해원의식에서 비롯됨을 알 수 있다.

그것이 강실이였다.

강실이가 살고 있는 오류골댁 사립문간의 살구나무가 춘복이에게는 바로 매화나무였다. 그 매화 핀 원뜸의 언덕으로 오르는 춘복이의 발길음이, 그 살구나무에 바짝 이르렀을 때, 그는 가슴이 쿵 소리를 내며 내려앉게 놀랐으니.

거짓말처럼 강실이가 그 살구나무 아래 사립분간에 그림자처럼 서 있었던 것이다.

비긋이 열린 문은 고샅으로 열린 그네의 하염없는 귀인가.

그네는 언제부터 거기 나와 서 있었던 것 같았다.

이제 막 나와 선 사람의 한기(寒氣)에 대한 움츠림이 없고, 마치 그 한기가 살갗을 파고들어 뼛속까지 스민 끝에, 핏줄이며 오장이며 안 보이는 마음까지도 이제 바깥 한기 그만큼이 되어, 굳이 안인가 바깥인가 나누어지지 않는 투명체처럼 강실이는 보였다.

그 얼음 속 같은 강실이 머리 위에도 달은 떠 있었다.

-『혼불』제6권 제3부 61쪽-

거멍굴 하층민 가운데 부정적 세력인 춘복에게도 간절한 바람은 있다. 이것을 단순히 욕망으로 치부할 수 없는 것은, 새순 오른 매화송이 같은 강실에 대한 연민이 춘복이 지닌 부정의 유인자를 부정으로 뒤엎는 강한 긍정의 표현에서 찾을 수 있다. '살구나무'든 '매화나무'든 가질 수 없는 나무는 춘복의 신분을 가시화하는 의미로 작용하고 있으며, '언덕으로' 오른 순간 춘복으로 하여 '가슴 쿵 소리를 내며' 무너뜨리게 할 만큼 강실은 '나무'의 실체와 '그림자'의 허상을 오가는 춘복의 바람(욕망)을 직접적으로 그려내는 진원지로 작용한다.

사립문간 앞에 '그림자'처럼 서 있는 강실을 보고도 '천한 핏줄'로 이어져온 자신의 처지 앞에 이러지도 저러지도 못하는 춘복의 심정은 하위의 삶에 대한 원한을 까맣게 잊도록 만든다. 이 순간 강실은 오직 신분상승 욕망이 거세된 연민의 대상으로서 춘복 앞에 존재한다. 그럼에도 '얼음 속' 같은 머리로 '달'을 떠받히고 있는 강실의 모습은 춘복의 존재는 아랑곳없이 오직 강모만을 향하고 있다.

이렇듯 춘복이 지닌 '한'의 근원은 하위의 신분에서 시작되지만, 강실이 지닌 '한'의 정서는 강모와의 연정에서 시작된다. 이러한 설정은 작중 현실에 있어서 효원의 모습이 굵고 선명하게 드러나는 데 비해 강실의 모습은 지극히 희미하고 섬약한 모습으로 나타나는 데서 찾을 수 있다. 그럼에도 불구하고 춘복의 의식을 근원적으로 휘어잡고 있는 것은 '달빛과도 같이 약하고 은은한' 강실의 행동반경에서 드러난다.

강실의 행동반경은 대개 '달밤'과의 관련 속에서 희미하면서도 은밀하게 진행되며, 이것은 강실의 '한'맺힌 삶을 투영하는 정조로 작용한다. 실상 강실에게 주어진 '한'의 진실은 전통적인 한의 속성으로서 인간적 상실감을 동반한 정신적 갈등 유인자에 의해 촉발된다.[6] 일반적으로 씨족이나 가족 집단 사이에서 연민/갈등으로 인해 특정 개인이 무기력한 존재로 전락할 때, 그는 무의식적으로 상실감과 원망의 감정을 품게 된다. 이런 상실감과 원망의 감정은 정서적으로 내면화되며,

---

6 실상 강모와 강실 사이에는 이렇다 할 연정의 진행이 없다. 특히 어른이 된 후에는 그 두 사람의 관계가 더 불분명해진다. 그럼에도 불구하고 강모의 의식이 온통 강실에게 쏠려 있는 것은 강실에 의해 표상되는 '원한'의 어두운 의식이 '삭임'의 밝음에 비해 압도적으로 강한 힘을 지니고 있기 때문이다. 이러한 점에서 강실은 강모에게 있어서 자기 리비도(Libido, 인간의 모든 행동 속에 숨어 있는 근원적 욕망의 표적인 셈이며, 강실은 강모에 대한 연정을 버릴 수 없는 상태에서 일가의 여인으로 살아가야 하는 일 자체의 한스러움에 깊이 천착하고 있다. 따라서 강실이 안고 있는 문제는 『혼불』 안에서 예외적인 것이며, 이러한 문제는 시대를 넘어선 설정이라 할 수 있다. 그러나 작중 현실의 조건, 나아가 당대 식민지 현실의 조건 역시 강실의 비극적인 상황과 무관하다 할 수 없다. 왜냐하면 강실이 감당하지 않으면 안 될 문제는 작중 현실에서 펼쳐지고 있는 바, 당대의 현실적 조건과 긴밀히 연관되어 있기 때문이다. 한편 이런 비극의 당사자인 강모나 강실이 다같이 외부세계와 단절된 폐쇄사회로서 식민지 그늘에 살고 있다는 조건이 비극적 사태의 결정적인 유인이 되고 있음에 유의하여야 한다. 천이두, 「최명희의 『혼불』과 한의 여러 모습들」, 『혼불의 문학세계』, 전라문화연구소, 소명출판사, 2001, 251~256쪽 참조.

일정 시간이 경과하면 '원한'의 감정에 사무치거나 휩싸이게 되는 것이다.

이런 의미에서 한이란 초월하기보다 극복의 의미가 더 강하게 작용한다. 한이라는 말 속에는 부정적인 속성을 함축하고 있되, 소극적 의미로는 마음의 상처를 말한다. 반면 적극적인 의미에서 한은 '정신적인 어혈(瘀血)'7, 즉 피의 맺힘 정도에 이른 것으로 볼 수 있다. 한편 한은 단편적으로 부정적 속성만을 지시하지는 않는다. '부정적 속성에서 '삭임'의 과정을 거쳐 극복으로 이어지는 긍정의 측면도 가지고 있는 것이 한의 본질'8이다. 이와 같이 양면적 속성을 지닌 한의 속성은 우리 문화권에 있어서 무의식적으로 전승되어온 전통적 산물이자 민중들 간에 소통되는 정서 혹은 정조이다.

한의 속성에 비추어 볼 때, 춘복은 하층민이라는 전근대적 신분제도의 원한을 바탕으로 하고 있으며, 그에 반해 강실은 씨족 관계에 있어 불문율로 놓인 금기 위반으로서 한의 정서를 지닌다. 따라서 춘복은 전근대적 신분의 제약을 벗고 '근대의 광장'으로 나아가려 하고 있다. 반면 강실은 춘복의 연정 따윈 '언감생심' 강모만을 향하고 있다. 이런

---

7 문순태의 경우 '한'의 문예 미학은 심리학에 가까운 것이며, 문예 미학의 특질은 주자(朱子)의 오성(五性)에 근거한다. 특히 '한'은 한국 문학의 외형상 특질을 한국인 특유의 체험성에 연관한 정(情)의 미학으로 확대시켜 정의한다. 즉 한을 한국문학의 미학적 특질로 이해하고 있으며, 이는 문학을 통한 패배주의적 체념이 아닌 의지의 미학, 비극적 미학으로 한을 승화시키고 있다. 문순태, 「恨이란 무엇인가」, 『恨의 이야기』, 보리, 1988, 135~141쪽.

8 한은 정신분석학적 의미에 있어서 원한·한탄 등과 같은 부정적 정서에서 출발하지만, 적어도 한국인의 정체성과 관련된 관점에서 볼 때 윤리적 정화장치로 작용한다. 또한 한국 문화의 정체성과 관련된 시각에서 볼 때는 미적 승화장치로 작용한다. 다시 말해 한국인이 한국인으로 성숙해 가는 과정에 있어서 한은 비록 고통에 찬 것이지만, 한국인의 정신적인 가치 생성을 위한 제재와 장치로 작용한다. 천이두, 『한의 구조 연구』, 문학과 지성사, 1993, 241쪽 참조.

상황은 단순히 강실의 강모에 대한 연민을 말하는 것이 아니라, 춘복의 지극한 연민이 강실에게 닿을 수 없는 현실적 한계를 그리고 있다. 그럼에도 불구하고 춘복이 기다리는 '근대의 광장'은 식민지 여건과 관련하여 더욱 거대한 제약과 큰 억압으로 작용한다. 여기서 춘복의 절망은 강실을 통해 현실화 되고, 이 현실은 끝내 넘어설 수 없는 식민지적 경계로 작용한다. 이것은 단순히 깅실의 강모에 대한 연민을 말하는 것이 아닌, 춘복의 연민이 강실에게 닿을 수 없는 현실적·신분적 한계상황을 보여준다.

"작은 아씨가 시방 태중이요."

그 말에 너무 놀란 공배네는 옹구네 기색이나 눈구녁 살필 생각은 엄두도 못 낸 채

"뭐라고?"

라는 말조차 가슴뼈에 덜컥, 걸려 토해 내지 못하며, 아악, 벌린 입을 못 다문다. 그러는 공배네 얼굴이 까맣게 질린다.

"그렇게만 알고 지시오. 나는 그 속을 소상히 알고 있지만 그 말이야 말로 시방 내가 입 밖에 내면 너 죽고 나 죽고, 그 말 들은 사람도 죽소. 그렇게 더 알라 말고, 필유곡절에 무신 사정이 있능갑다만 짐작허고 계시요잉. 그리고, 작은아씨 기맥힌 사정을 내가 돕고 있던 것만 아시고."

아까 두 아낙이 서로 춘복이 곁에 앉아서 티각태각 말씨름 시작할 때부터, 어렴풋이 정신이 들어 혼곤한 춘복이의 귀에도, 가물가물 그 말은 들리었다.

그는 부어터져서 찰갑같이 잠긴 눈도 떠지지 않고, 매맞은 몸뚱이가 천 근이라, 바윗덩이를 마주 문 입술도 벌어지지 않았으나, 오직 두 가지 사실만을 뚜렷하게 짚어 낼 수가 있었다.

작은아씨 강실이가 지금 거멍굴의 옹구네 집에 와 있다는 것.

그리고 그네가 지금 아이를 배었다는 것.

아아, 세상은 무너져도 좋았다.

- 『혼불』 제8권 제4부 38쪽 -

강실↔강모, 강모↔효원, 효원↔강실, 강실↔춘복의 관계는 부정/긍정의 측면에서 매우 복잡한 양상을 띤다. 이것은 각 인물들이 서로 간에 친화/적대적 관계를 구성하며, 매안마을↔거명굴 사이의 개인적·집단적 대립으로 나타난다.

이러한 양상 자체를 중심에 대한 주변부의 헤게모니 갈등이라고는 할 수 없으나, 다른 시각에선 '가진 자'에 대한 '몫 없는 자'의 원망 혹은 원한의 주체와 객체의 관계로 연결된다. 이것은 강실을 기점으로 하여 강모, 효원, 춘복으로 확대되어가는 성향을 드러내며, 이 가운데 춘복을 제외한 나머지 인물의 성격은 씨족 가문 내에 존재하는 자들로 이루어져 있는 것을 알 수 있다.

따라서 거명굴의 부정적 세력으로서 춘복과 매안마을 양반 가문의 강실의 관계는 춘복이 지닌 신분상승의 내적 욕망을 가시화한다. 이것은 강실로 하여 춘복의 아이를 가지게 한 것이 춘복의 부정적인 행위임에도 불구하고 신분상승의 역동성을 확보하는 단서가 된다.

이런 측면에서 공배네와 옹구네의 변론은 객관적이라고 할 수 있으나, 강실에 대한 옹구네의 변호는 인위적 '역성'이 아니라 춘복의 만행에 대한 질타이자 비판인 것이다. 이것은 감추려 해도 감출 수 없는 매안마을의 전통에 대한 훼손이며 불명예이자 앞으로 일어나서는 안 될 문중의 또다른 '사단'을 예측하게 하는 불온한 정서로 작용한다. 굳이 강수와 진예 사이의 상피를 말하지 않아도 옹구네와 공배네는 짐작만으로도 강실 혹은 춘복 둘 중의 하나를 잃을 수 있다는 데 합의한다. 심지어 이 사실을 알고 있는 주변자도 혹독한 대가를 치르게 될 것이라는 예감은 옹구네가 강실을 집안에 들여놓고 숨겨야할 만큼 중요한 사건이 된다.

여기서 한 가지 떠올릴 수 있는 사실은 강수의 '망혼제'이다. '망혼제'가 의미하는 '혼백'의 연결 문제와 강수가 자결할 수밖에 없는 가문의 가혹한 정서는 대별된다. 그럼에도 불구하고 영혼 혼례는 '강수'의 죽음 하나로 충분하다. 비록 '상피'라는 부정적 인식을 지닌 강수의 죽음은 가문의 명예와 함께 앞으로 일어나게 될 부정적 사건의 단속을 의미한다. 더 이상 일어나서는 안 된 일임을 사전에 차단하고 경고하면서, '부정'의 사건을 '긍정'의 망혼제로 극복하려는 의도가 깔려 있다. 그 일은 오래전 청암부인이 살아 있을 때의 이야기이지만, 그 속성은 식민지 억압과 착취로부터 저항과 치유를 의미한다. 그 때문에 사건의 진상을 낱낱이 알고 있는 옹구네나 공배네는 입단속부터가 상책이라고 믿고 있는 것이다.

실상 춘복의 만행은 매안마을의 주변부로서 거멍굴의 심각한 도전으로 볼 수 있다. 그 이유는 매안마을의 '정신'으로 존재하였던 청암부인의 부재가 곧 거멍굴의 도발로 이어지고, 이것은 가문의 위기와 맞물려 일어나기 때문이다. 따라서 강실-춘복 간의 상관성은 전통을 고수하려는 매안마을 양반층과 민중의 역동성을 추동하려는 거멍굴 하층민 간의 부정적 대립상황을 암시한다.

이렇게 놓고 볼 때, 강실의 태중과 관련한 내용을 모두 수용하고 있는 옹구네의 의도는 강실에 대한 억울한 심경을 대변하는 것일 수 있으나, 반면에 눈에 보이지 않는 진실은 강실이 수태한 부정한 춘복의 '씨'가 품고 있다. 춘복의 씨가 의미하는 것은 단순히 춘복에 대한 부정적 인식만을 위한 장치는 아니다. 이것은 거시적인 차원에서 억눌려온 자로서 '말하고 싶은 욕망'을 표출하는 신분상승의 한 가지 단서가 된다.

이와 같이『혼불』은 등장인물들 간에 유기적으로 연결된 '한'의 정서에서 비롯된다. 이것은『혼불』의 서사구조를 형성하는 중요한 요인으로 작용한다. 보다 큰 의미에 있어서 한은 식민주의 시대 민중 체험으로서 탈식민적 전략을 구현하기 위한 최명희의 다층화된 문학적 양상 가운데 한 가지 산물이라고 할 수 있다.『혼불』의 등장인물들 사이의 유기적인 관계와 삶의 방식은 소설 내부에서의 삶의 양태와 체험을 기초로 하고 있다. 또한『혼불』은 역사 · 전통 · 문화의 다양한 측면이 한의 공동체적 정조에 의해 구현되고 있음을 강조하고 있다.

1.3. '부정'의 초극과 '긍정'의 지향

1990년 최명희는『혼불』1, 2부가 출간되었을 당시 "우리는 모국어 상실시대에 살고 있습니다. 한국인의 정신이 스며있지 않은 말들을 화폐처럼 주고받는다고나 할까요. 인간이 서로의 느낌 속으로 스며들어 갈 수 있는 정감 있는 말들이 회복되어야 합니다. 우리 정서가 살아있는 순결한 모국어를 복원하고 싶었습니다"[9]라고 말했다. 또한 최명희는 우리말 우리글의 복원과 관련하여 전통 · 민속의 민족정체성을 "전라도 산천, 전라도 가락, 전라도 말이 베풀어준 음덕"[10]에 대한 보우이며 응당한 처우라고 말하기도 했다.

『혼불』은 최명희가 17년에 이르는 긴 시간에 걸쳐 신체적 · 정신적

---

9 월간『오픈』, 1990. 6월호, 156쪽.
10 계간『종로서적』, 1991년 봄호 인터뷰.

표명으로 써내려간 작품으로 평가받는다. 「쓰러지는 빛」에서 자신이 나고 자란 집과의 이별을 특유의 언어로 형상화하였다면, 「메별」은 모국어에 대한 깊은 관심과 애정을 직접적으로 드러내고 있는 작품으로도 평한다. 이처럼 최명희는 작품마다에서 모국어 근성을 중시하고 있으며, 여기에는 오랜 시간 이어져온 한국인의 정서와 품성에 대해서도 그 특유의 전통적인 정체성을 보여주고 있다.

『혼불』을 통해 최명희는 모국어를 중심으로 한 서사 텍스트가 자아를 방점으로 하는 개인 저마다의 정체성을 반영하면서도 그 내면의 정서적 울림에 대해서도 결코 소홀히 하지 않고 있다. 특히 작가로서 자아 정체성과 서사 정체성을 모국어라는 근대적인 언어 체계를 통해 극적으로 일치시키는 데는 자신이 겪은 체험을 기반으로 작가/지식인으로서 남원의 말과 풍습, 지역민의 정서를 문학적 소명이자 정신의 지문처럼 텍스트로 남겼다.11

이런 이유에서 『혼불』은 작중인물 저마다 자아의 정체성과 서사 정체성을 긴밀한 유대관계를 모색하고 있으며, 또한 자아와 서사의 관계성을 정서적인 측면을 고려해 작중인물 저마다 내면의 풍경을 한국적 특색을 반영한 한의 정조에 집중시키고 있다. 이처럼 최명희는 한국인의 정서를 모국어를 주성분으로 하는 한의 정조를 유지해가면서 여

---

11 최명희는 『혼불』 이전부터 「쓰러지는 빛」, 「메별」 등의 단편소설에서 모국어에 대한 깊은 관심과 애정을 보여 왔다. 1980년 중앙일보 신춘문예 당선작품인 「쓰러지는 빛」은 20여 년 간 살아오면서 어느새 자신의 한 부분처럼 느끼게 된 집과의 이별을 형상화한 것으로 평가되고 있다(중앙일보 심사평, 1980.1.8). 당시 최명희는 당선소감에서 "글을 쓰지 않고는 살 수 없는 내 목숨의 섭리를 너무도 명료하게 느껴 사는 날까지 글을 쓰겠다."라고 말했다. 그 후 2년 뒤인 1982년 발표한 단편소설 「메별」은 모국어에 대한 애정을 직접 드러내고 있는 대표적인 작품이다. 이 작품을 통해 최명희는 모국어를 중심으로 자아 정체성과 서사 정체성을 극적으로 일치시키고 있는 모습을 확인할 수 있다. 최기우, 『최명희 문학의 원전 비평적 연구』, 전북대학교 석사학위논문, 2008, 70~73쪽 참조.

성성의 정서적 고백과 삶의 성찰을 통한 시대적 인물로서 자의식을 투영해내고 있다. 이것은 최명희의 특정 작품에 한정되거나 희소되어 나타나는 것이 아니라, 그의 소설 전반에 나타나는 언어의 힘이자, 그 힘을 지탱하는 정서의 비결이라 할 수 있다.

한의 정조는 최명희의 문학세계에 자주 등장하는 대표적인 정서로 집약된다. 한편 한의 정조는 한국 문학 전반에 걸쳐 영향을 끼치는 정서이며, 우리네 일상의 곳곳에서도 자리 잡고 있다. 우리가 인식하지 못하는 생활 면면에서 발견되는 한이라고 해도 문학을 포함한 예술적 상황에서 드러나는 한의 정조와는 별개로 취급되지는 않는다.

특히 한국인의 경우 남북 분단 상황과 같은 민족적 한이 내재되어 있는가 하면, 지역과 지역 사이에도 문화적 차이로 인한 갈등 내지 한의 분위기가 있을 수 있다. 뿐만 아니라 부모와 자식 간에도 한의 면모는 나타나기 마련이며, 삶의 빈곤이나 인연의 단절에서 오는 이별조차도 한의 정조는 흐르기 마련이다. 이밖에 문화적 성취의 실패나 예술적 성공의 좌절에도 한의 지표는 드러나며, 정신적 공황과 배움의 결핍에서도 한의 정조와 대면할 수 있는 것이다. 이처럼 한의 정서는 지각되거나 생각할 수 없는 멀고 가까운 곳에 항상적으로 우리 생활 곳곳에 보편적으로 자리 잡고 있다.

이와 같이 삶의 면면에서 드러나는 한의 경우 어두운 측면의 부정적 정서가 있는가하면, 밝은 면모로서 긍정적인 정서를 반영한다. 한의 양면성은 부득이 일깨우지 않아도 한의 정서가 부정만이 아닌 긍정성의 기류까지 품고 있다는 것은 대부분 인식하고 있다. 즉 한의 어두운 측면에서 발견되는 부정적인 정서는 시간의 경과에 따라 완전히 소멸되거나 무화될 수는 없어도 부정성을 극복하는 긍정의 힘을 발휘한다는 것이다. 이처럼 한의 정서는 한을 품기 이전보다 더 내밀한 정서를 이끌어가도록 만드는 것이 한국적 한의 정조인 것이다.

문학에서 뿐만 아니라 대개의 예술 양식이 인간의 삶을 반영하고, 삶에서 밀려오는 긍정과 부정의 고차원적인 정서나 현상만을 다룰 수 없듯이 인간 내면의 부정적인 정서 또한 긍정적 정서 못지않게 중요한 정서를 차지한다. 이와 같이 부정적 측면으로서 한의 정서를 포괄하면서 풀어내는 과정이 문학의 역할인 것이다. 따라서 『혼불』은 작중인물들의 삶의 곳곳에서 드러나는 부정의 정서를 수용함으로써 이 부정의 감성을 어두운 국면에서 점차 밝은 곳으로 유인해내고 있다.

여기에는 최명희의 언어적 감성과 소설 내부에 생존하는 인물들의 직간접적인 교감 혹은 소통을 통해 한의 정조에 맺힌 부정의 덩어리를 배출함으로써 '삭임'과 '풂'의 정서적 단계에 진입하고 있다.

　　겨울 하늘 시리게 푸른 빙천(氷天)으로 상여가 덩실 떠오를 때, 강실이는 가슴이 철렁 내려앉으며 속 깊은 곳에서 울음이 복받쳐, 떨리는 소리로 곡을 하였다.

　　이상한 일이었다.

　　왜 그랬을까.

　　청암 할머님이 저 상여를 타고 떠나신다는 슬픔이 가슴을 저미어, 살에 묻은 체온이 저만큼 떠나가는 것 같은 애절함에 목이 메이면서도, 알 수 없는 곳에서 밀려 올라와 강실이를 흥건하게 적신 심정은,

　　참으로 고운 색깔들이 떠나가는구나.

　　하는 것이었다.

　　저 휘황하고 아름다운 색색 가지 색깔들이 다시는 올 수 없는 곳으로 저렇게 가는구나.

　　이승을 떠난 저승의 언덕 어느 먼 곳으로 가고 가면서, 서럽게 소리도 없

이 나부낄 그 색깔들이 그렇게 애잔하고 목메이게 가슴을 후비어, 강실이는 사립문간에 서서 오래 울었다.

"여자는 그 일생에 오색으로 치장을 두 번 하는데, 한 번은 시집 가는 가마를 탈 때고, 한 번은 저승 가는 상여를 탈 때지."

옆에서 누군가 그렇게 낮은 소리로 말했었다.

강실이는 오채 찬란하게 흐느껴 울면서 물살처럼 고샅을 굽이굽이 흘러내려가는 만장(輓章)을 앞세우고, 덩실하니 높이 떠서 눈물의 물마루를 타고 가는 상여를 뒤에서 배웅하였다.

그 휘황한 슬픔의 물살은, 웬일인지 강실이의 몸에서 빠져 나간 모든 색깔을 싣고 그렇게 멀리멀리 흘러가는 것처럼 느껴졌다.

-『혼불』제4권 제2부 182쪽 -

청암부인을 떠나보내는 강실의 심정은 한의 정서를 근원으로 한다. 푸른 하늘로 떠오른 상여에서 강실은 인간으로서의 본래적 슬픔과 여성이 지닌 색채에 깊이 몰두한다. 강실의 '곡'은 죽은 자를 배웅하는 이승의 소리일 것이고, 청암부인을 애도하는 슬픔인 것이다. 여기에서 '이상한 일'에 관한 강실의 자기 고백은 상여를 타고 떠나는 청암부인의 생애를 딛고 출몰하는 안타까움이 배어 있다. 이것은 '가슴을 저미어' 올라오는 슬픔인 동시에 청암부인의 살과 결별하는 '체온'의 신체적 단절을 의미한다.

강실의 마음을 적신 '참으로 고운 색깔들'은 아무 때나 얻을 수 없는 것이다. 일생에 단 두 번 얻을 수 있는 것인데, 시집갈 때 타는 '가마'가 그 하나이고, 죽어 저승으로 떠날 때 오르는 '상여'가 그 하나이다. 이와 같은 '이승-가마'에는 여성의 정조를 강조하는 전근대성이 함몰되어 있다. 오색으로 치장한 '가마'는 단순히 시집갈 때 타는 여성의 신체를 수용하는 도구만을 의미하진 않는다. 이것은 여성의 신체를 보호하고 감싸 안는 기능으로 작용한다. 이 때문에 휘황하면서도 아름다운 오색 치장을 하게 되는 것이다. 또한 여기에는 시집살이에 관한 여성의 신체성에 관한 질곡이나 정서적 애환을 반영하는가 하면, 그와 동시에 남편에게 가부장적 권위를 부여하고 가문에 대한 결속과 순응적 기능을 지닌다.

이와 대조적으로 '저승-상여'는 여성성이 무화된 보편적인 인간으로 돌아가는 과정으로 이해할 수 있다. '가마'의 경우 시집가는 여성에 한해 그 신체를 수용하는 수단이 되지만, '상여'의 물리적 역할은 남녀 구분이 없는 다만 망자의 신체를 수용하는 그릇이 될 뿐이다. 따라서 '상여'가 지시하는 전근대성은 아무 색채가 없는 '죽음' 자체에 의미를 두고 있으며, 이것은 청암부인뿐 아니라 식민지 지배 상황이 안겨주는 비극이자 '어둠'을 수용하는 한의 정조를 표상한다.

강실이 지닌 한의 정서는 일생에 두 번 치장하는 휘황하고 아름다운 색채로 승화하는 데서 근대적 의미의 여성성을 발견할 수 있다. 이것은 이승의 죽음에서 오는 부정성이 저승길에 휘날리는 오색 색채로 승화하는 형국이다. 또한 여기에는 '가마-이승', '상여-저승'의 전근대성이 근대적 의미로 재생산되는 국면을 맞는데, 이것은 강실의 '참으로 고운 색깔'로 복받쳐 오르는 '슬픔'에 근거한다. 강실의 슬픔은 실상 강모의 할머니인 청암부인의 죽음에 연원하지만, 강모와의 관계 자체에서 오는 '한'의 정서도 개입될 수밖에 없다. 이와 같은 한의 설정은 단순히 사촌 간의 애정문제, 금기제도, 상피와 같은 부정적 요인뿐만 아니라, 일제강점기라는 특수한 시대적·사회적 배경에 의한 식민지 현실문제의 내적 표현으로 이해된다.

이런 의미에서 강실의 눈에 비쳐든 오색 '상여'는 남녀의 구분이 사라진 보편적·일반적 의미에서의 죽음을 지시한다. 이것은 최명희의 작가의식과 긴밀하게 연결된 민족주의적 정신이자 일제강점기 현실 모순에 대한 간접적인 발언이다.

그러고 나서 얼마동안이나 그렇게 길고 긴 혼수에 빠져 있었던가.
그네가 깨어났을 때, 북향의 뒷방에는 청암부인이 보낸 베틀이 그네의 정신이 들기를 기다리고 있었다. 그것은 인월댁을 위하여 각별히 새로 맞추어 만든 베틀이었다.
"한꺼번에 다 살려고 하지 말게나. 두고두고 살아도 꾸리로 남는 것이 설움인데, 원수 갚듯이, 그렇게 단숨에 갚아 버릴 생각일랑 허지 말어……. 그런다고 갚아지는 것도 아니니."
청암부인은 지그시 눈을 내리 감고 한참씩 시어가며 숨소리로 말했었다. 인월댁은 아직도 얼굴빛이 제대로 돌아오지 않아 푸르게 질린 채 듣고만 있었다. 그 말소리와 숨소리 사이에 복숭아 지는 소리가 들리었던가, 아니었던가.
그날로부터 이십여 년의 세월을 하루같이 인월댁은 베틀에 앉아 살아 왔다. 동무라면 오로지 속으로 나직이 흥얼거리는 베틀가 한 자락.

-『혼불』제2권 제1부 43쪽-

청암부인이 보낸 베틀은 어떤 대상을 지향하는데, '그네', 즉 인월댁의 정신을 가리킨다. 30년째 되던 해 방죽에 몸을 던진 인월댁은 고통을 홀로 끌어안고 긴 세월 견디어 왔다. 인고의 시간이 헛되어 죽음을 작정한 지경에도 '그네'를 끝까지 놓지 않고 지켜본 이는 바로 청암부인이다. 이런 이유로 인월댁에 대한 청암부인의 베틀은 '정한'과 '지향'이 될 수 있다.
'정한'은 인간적·보편적 정(情)의 산물이지 한(恨)의 찌꺼기가 아닌 것이다. 이율댁의 셋째 며느리 인월댁은 열아홉에 시집와 역마살(驛馬煞) 있는 '기서'의 아내로 긴 날을 홀로 살아왔다. 30년 전 기서는 사모관대를 벗지 않고 자색 단령 자락에서 획 소리 나게 장지문을 나서 경성으로 떠나버렸다. 이러한 내력을 잘 알고 있는 청암부인의 인월댁에 대한 탄식과 안타까움은 단순히 핏줄을 나눈 일가친척으로서가 아니라, 거시적으로 식민지 현실에서의 조선 사람에 대한 정한인 것이다.

이와 같이 청암부인의 정한은 인월댁에 대한 전근대적 지향점으로서 사유를 형성한다. 모든 '지향'은 어떤 것에 대한 '의식'의 발화에서 시작된다. 의식과 사유 사이에 분명한 정도의 차이는 있겠으나, 특정 지향점에 대한 인식은 의식과 변별적으로 작용함에도 그 속성에 있어 유사한 국면을 형성하기 마련이다. 이런 측면에서 청암부인의 사유행위와 사유대상으로서 인월댁 간의 내적인 관계는 현실적인 맥락에서 의식적으로 연관되어 있으며, 이것은 상호의존적일 수밖에 없다. 청암부인의 의식은 전근대에서 뻗어오는 자의식이며, 인월댁과 청암부인의 남편 부재에 대한 지향점과 주권 부재에 대한 식민지 현실의 지향점은 상호보완적인 수밖에 없다.

강호는, 어둠 속이었지만 효원이 노랗게 질리는 것을 확연히 느낄 수가 있었다. 그리고 휘청하며 고꾸라질 뻔한 것도.

허공의 절벽을 긁으며 쏟아지는 효원의 두 손을 왈칵 잡아 움켜쥔 것은 강호였다.

"아이쿠, 정신차리십시오."

조금 전의 그 담찬 위력은 간 곳 없고, 찰나에 그토록 허물어지는 효원을 붙든 강호는

여인이란 이런 것인가.

놀랐다.

효원의 손은 쥐고 있던 땀이 식어 싸늘하였다.

(가련하구나. 겉으로는 태연한 척 꼿꼿이 서서 청동처럼 소식을 묻더니만, 안 보이는 손바닥이 이렇게 진땀으로 범벅이 되도록 부르쥐고 있었던가 보다.)

엉겁결에 부축을 하느라고 붙잡은 효원의 손이었지만, 그 찰나에 끼치는 느낌은 손금만큼이나 선명하였다.

-『혼불』제7권 제4부 285쪽-

강실과 달리 효원이 지닌 한의 본성은 절망과 분노에서 시작된다. 강모의 만주행이 단순한 도피가 아니라, 오유끼와 함께 동행한 것을 알게 된 효원의 심정은 깊은 나락으로 추락한다. 이것은 지금까지 매안 이씨 문중의 손자며느리로서 혹은 외유내강의 청초한 여인으로서, 또는 강모의 아내로서 지켜온 효원의 내력을 한 번에 드러내는 국면을 보여준다.

근대적 관점에서의 강모의 '불륜'은 효원에게 치명적인 한의 원인을 제공하지만, 오유끼와의 동행은 효원에게 식민주의적 피해자로 규정하는 결정적인 단서를 제공한다. 여기에는 강모에 대한 배신감이 무엇보다 크게 작용하지만, 일본인 오유끼에 대한 감정은 일제에 대한 저항의 의미를 담고 있다.

강모와 오유끼가 '지금 함께 살고 있다'는 소식을 들은 후 찰나에 허물어지는 효원의 '한'의 정도는 '삭임'도 아니며, '극복' 또한 아닌 것이다. 이것은 '한'의 단계적 과정에 있어서 부정적 속성으로서 '억압' 내지 '상실'에 의한 심리적으로 어두운 상태를 의미한다. 기본적으로 한은 '원한'을 기반으로 하면서도 시간의 경과에 따라 부정적 환경에서

긍정적 정서로 변화해 가는 것이다.[12]

---

12 여기에 대한 견해는 '한'의 변화 과정에 이르는 일곱 가지 현상을 근거로 한다. 일 차적으로 한은 '상실' 혹은 '억압'의 내상적·외상적 체험을 통해 생성된다. 현怨恨이 지속적으로 이어지거나 쌓이게 되면 '원망'을 발생시키게 된다. '원망'은 삭임 혹은 풂의 과 정을 거쳐 '한탄'으로 이어진다. '한탄'은 한을 삭이기 위한 과정으로 '탄식'으로 변화한다. '탄식'은 곧 '삭임'을 말한다. '한탄'과 '탄식'에 의한 삭임의 과정은 정신적 체험을 바탕으로 한 '체념'으로 연결된다. '체념'은 어두운 내포로서 부정성과 밝은 내포로서 긍정성을 동시에 지닌다. '체념'에 이를 때 삭임과 풂이 충분하지 못할 경우 공격적인 부정의 양상을 드러낸다. 반면 '체념'을 통해 밝은 내포로 이어지면 '극복'에 이르게 되며, '극복'의 한 이 긍정적 의미로서 한국적인 한이 것이다. 이와 같이 한은 원한을 기반으로 하면서도 시간적 경과에 따라 끊임없는 변화과정을 거쳐 긍정적 정서를 향해 발전해간다. 이를 바탕으로 할 때, 한은 '생성'의 과정으로부터 '초극'에 이르는 다양한 변화 과정을 거치게 된다. 한의 '상실'에서 '초월'에 이르는 변화 과정을 정리하면 다음과 같다.

억압 · 상실 ↓	한의 생성에 해당하는 단계이다. 외부적인 상황으로부터 억압이나 상실, 단절 등의 원인에 의해 파생되는 한의 생성 과정을 말한다. 또한 인간 삶에 직접적 인 한을 제공하는 기초적인 심적 상태를 의미한다. 한의 직접적인 대상에 대해 부정적 속성이 전반적으로 내재하는 어두운 심리적 상태로 이해할 수 있다.	
원망 · 분노 ↓	억압이나 상실 등을 계기로 생성된 한이 심중에 쌓여가는 과정이다. 한의 대 상, 즉 한의 외부적 원인이 사라지지 않고 내부에서 진행되는 과정으로 대상에 대한 설움을 분출시키고, 노여움이나 분노로 표출되는 심리적·피상적 한의 변화 과정을 의미한다.	한의 부정성
한탄 · 탄식 ↓	한을 풀어가거나 삭여가는 변화 과정을 의미한다. 이 과정을 통해 한의 밝은 내포(긍정성)와 한의 어두운 내포(부정성)가 결정된다. 이 과정에 체념이나 반성의 과정에 이르지 못하면 한의 공격성·퇴행성이 나타나며, 한의 부정적 측면으로 이어진다.	
체념 · 반성 ↓	'체념·반성'의 과정은 한국적 한의 어두운 내포로서 부정성과 밝은 내포로서 한의 긍정성을 유인하는 중요한 과정이기도 하다. 따라서 체념은 한을 삭이는 과정으로서 심적으로 체화되고 외적으로 가라앉히는 상태를 의미한다.	한의 삭임
극복 · 정화 ↓	한의 '체념·반성'을 통해 심중에 가라앉힌 한이 보편적 삶의 과정으로 진행 되는 긍정의 상태를 의미한다. 이는 심중에 쌓인 한의 '상실·억압'⇒'원망·분 노'⇒'한탄·탄식'⇒'체념·반성'의 정서적 변화 과정을 거쳐 정화되는 심리적 상태를 의미한다.	
승화 · 역동 ↓	한의 어두운 면을 뛰어넘어 밝은 내포로서 긍정적으로 이행되는 과정을 말한 다. 모든 한이 '역동·승화'의 변화 과정에 이르지는 못한다. 한의 표상은 단순 히 '상실·원한'⇒'원망·분노'⇒'한탄·탄식'⇒'체념·반성'⇒'승화·역동'⇒'극복 ·초극'의 변화 과정을 거칠 수 없는 극도의 심리적 끈기와 은근을 내재한다.	한의 긍정성
초월 · 초극	한의 궁극성에 도달하는 밝음과 긍정의 상태를 표상하는 과정이다. 한의 '상 실·원한'⇒'원망·분노'⇒'한탄·탄식'⇒'체념·반성'⇒'승화·역동'의 과정을 지 나 한의 긍정적 가치를 내포하는 과정의 의미이다. 한의 개념은 '상실·원한'에 서 '초월·초극'에 이르는 일련의 변화 과정을 거친 결과물로서 그 긍정의 효력 을 지닌다.	

위의 표에서 보다시피, '한'은 다양한 층위의 단계적·발전적 변화를 거친다. 이러한

268

『혼불』에는 다양한 계층의 여성 인물들이 겪는 한이 내재되어 있다. 기본적으로 청암부인-율촌댁-효원에 이르는 한의 속성은 한이 지닌 부정성에서 긍정성으로 이어지는 과정을 거친다. 한의 속성이 중요한 것은 단순히 개인의 생애적 관점에서 나타나는 현상이 아니라는 점이다. 여기에는 전통적으로 쌓여온 '한'의 내력이 존재한다. 이것은 강수와 진예의 '상피'로 인한 강수의 '자결'로 매안 마을 전체가 망혼(亡魂)을 올리는 것에서 찾을 수 있다. '망혼' 의례가 상징하는 원한의 물리적 매듭은 매안 마을 전체를 '상피'와 '근친'의 피해자라고 규정한다. 여기에는 청암부인을 비롯해 효원, 강실, 진예 등 대개의 여성 인물들이 포함되며, 이것은 일제강점기 주변부로서 매안 마을 자체가 문화적 피해자로서 지위와 관련이 깊다.

이와 같이 여성 인물들이 체험하는 한의 정조는 인물 저마다 변별성을 띠며, 효원이 지닌 강모에 대한 원한은 청암부인에 이어 3대 종부인 효원을 표층으로 하는 전근대적 관계에서 출발한다. 이런 전근대성이 근대 담론으로 이행되는 과정은 효원으로 하여 전통적인 부부관이 근대적 관점에서 반식민주의의 성격을 보여준다. 이것은 '청암부인과 동질한 분위기를 느끼게 하는 효원의 성품'[13]에서 그 이유를 찾

변화 과정에 있어서 '한'은 '원한'→'원망'→'한탄'의 부정성을 드러냄을 볼 수 있고, '극복'→'승화'→'초월'의 긍정성을 표상할 수도 있다. 이와 같이 일곱 가지 과정의 한의 단계적 정리는 천이두의 『한의 구조 연구』를 바탕으로 하되, 필자가 새롭게 구성한 바 있다. 서철원, 『이청준 소설의 주제구현 양상 연구: 한(恨)의 정서를 중심으로』, 전북대학교 석사학위논문, 2012, 16~19쪽 참조.

13 청암부인과 비슷한 분위기를 느끼게 하는 여인이 바로 허효원, 즉 청암부인의 손자며느리이다. 우선 효원은 여자로서는 당당하고 다부진 성품을 갖고 있다. 이는 종가를 이끌어갈 차세대 주자로서 시할머니 못지않은 역할을 수행할 수 있으리란 예감을 갖게 한다. 갓 시집 온 새댁인 효원으로서 아직은 자신의 뜻을 마음대로 드러낼 만한 위치에 놓여 있지 않아서 그렇지, 시댁에서 일정한 연주가 쌓이고, 그리하여 자신의 뜻을 자유로

을 수 있다.

이런 측면에서 『혼불』은 한국인의 모국어를 기반에 둠으로써 전통의 힘을 발휘하고 있다. 이것은 『혼불』 전반에 나타나는 최명희의 언어적 상황이 일관되게 작중인물들의 정조를 반영함으로써 소설 내부적으로 견고하게 고안된 감성의 전략이라 할 수 있다. 이와 같은 전략은 최명희 몸과 정신에 흐르는 모국어 담론의 구체적 실증으로서 전통·풍속·역사·신화·종교·상징 등 다양한 서사적 메타포가 한의 정조와 연결됨으로써 『혼불』 내부적으로 민족정체성 회복의 정서를 반영한다고 볼 수 있다.

2. 문화적 주체들의 다양한 '말하기'

2.1. 여성들의 지위와 '말하기' 전략

『혼불』은 여성들의 지위와 정체성을 회복하기 위해 다양한 삶의 방식을 보여주고 있다. 개인과 집단의 틈바구니에서 여성 인물들이 처한 상황은 각 층위마다 여러 가지 양상으로 나타난다. 매안마을의 여성들을 '가진 자', 즉 '말할 수 있는 자'라고 하면, 거멍굴 여성들은 '몫

이 펼칠 수 있을만한 위치에 놓이게 되면 자기 시할머니 못지않을 다부짐과 넉넉한 궁량을 발휘하게 되리라는 것이다. 특히 효원의 사람됨은 다른 누구보다도 시할머니 청암부인이 잘 알고 있다. 이러한 이유로 청암부인은 손자며느리인 효원과 같이 이야기하기를 좋아하고, 또 '너는 나를 많이 닮았다'라고도 한 것이다. 반면에 평생을 청상으로 살아야 했던 박복한 자신의 삶의 모습을 손자며느리인 효원의 모습에서 예견하고 있음을 암시한다. 천이두, 「최명희의 『혼불』과 한의 여러 모습들」, 『혼불의 문학세계』, 전라문화연구소, 소명출판사, 243쪽.

없는 자'로서 민중의 관점에서 현실적 수난과 척박한 삶을 보여주고 있다. 또한 이씨 가문의 농토에서 소작을 하는 거멍굴 민중은 신분상 승을 염원하는 자들로서 애환과 질곡의 생활상을 보여준다.

인도 출신 탈식민주의 이론가인 스피박(Gayatri Spivak)은 그람시 (Antonio Gramsci)의 '하위주체'를 통해 제3세계 여성들의 '목소리, 경험, 역사'를 조명하면서 여성들이 처한 현실이 보편타당한 것이 될 수 없다는 문제성을 제기하고 있다. 이것을 토대로 하여 하위 여성들의 지위를 지배자와 자신들 사이의 관점의 차이를 부각시키고 있다. 남성가부장제 하에서 이중으로 억압받는 하위 여성들이 자신들의 처지를 신체적으로 담론화할 수 없는 상황에 대해 주목하면서, 여성들이 처한 상황에 대해 직접적으로 묘사하거나 재현하지 않는 대신, 하위주체에게 '말을 걸어' 스스로 목소리를 낼 수 있도록 구성함으로써 이를 통해 자신들이 처한 현실 상황에 저항적인 감성 혹은 전략을 선택하도록 하고 있다.[14]

『혼불』의 경우 거멍굴의 공배네, 평순네, 옹구네, 쇠여울네 등은 여성의 삶에 있어서 본질적으로 이중의 억압상황, 즉 '재현적 이중구속' 상황에 놓여있다. 이것은 매안마을 문중과 일제 식민주체가 거멍굴 민중들로 하여 끊임없이 전근대성을 비난하며 자신들의 우월성을 모방함으로써 '개량될 것을 요구하지만, 이와 동시에 '가진 자'의 몫을

---

14 오늘날 '하위주체(subaltern)'에 관한 용어는 탈식민 이론가들의 연구에 의해 보다 폭넓게 확장되는 의미로 활용되고 있다. 즉 하위주체란 과거 제국주의의 식민지 개척에 의해 중심에서 밀려나간 주변부의 역할을 담당하는 계급적 분류에서, 현대적 의미로는 생산위주의 자본주의 체계에서 중심을 차지하던 프롤레타리아 계급을 포함하는 동시에 성, 인종, 문화적으로 중심에 종속된 주변부의 개체들로 확장되어 사용되고 있다. Stephen Mortom, 이운경 역, 『스피박 넘기』, 앨피, 2005, 94~102쪽; 임기현, 『황석영 소설의 탈식민성』, 역락, 2010, 178~182쪽 참조.

넘보지 않고, 식민자의 지배질서에 순응하는 정도로만 '개량될 것을 용인한다'는 것이다. 이러한 이중의 억압은 거멍굴 하층민의 전근대성을 자극하면서도 그 속에 싹트는 민중의식만큼은 제한하려는 이중성을 지닌다.

이런 관점에서 거멍굴 여성인물들은 공통적으로 '한의 공동체적 정조'을 구성하며, 신분적으로 양반 계급에 예속된 지위를 가지게 된다. 또한 매안마을 양반층에서 밀려나간 주변부적 계층을 이루며, 그 삶들은 중심에서 분리된 상태의 '말할 수 없는 자'로서 여성의 질곡을 보여준다. 이런 이유에서 거멍굴 하층민의 다양한 삶의 양태와 신분 혹은 계층적 의미에 있어 공배네, 평순네, 옹구네, 쇠여울네 등은 '말할 수 없는 자' 혹은 '몫 없는 자'로서 '하위주체'의 지위를 부여받는다.

옹구네, 평순네, 춘복이, 공배 들은 논에 엎드려 있던 다른 놉들과 함께 옹기중기 광주리 곁에 둘러앉는다.

공배네가 밥 광주리를 덮은 삼베 보자기를 젖히자, 된장 사발과 풋고추가 먼저 눈에 들어온다. 고추는 약이 올라서 꽁지를 하늘로 쳐들고 있다. 금방 따서 씻어 왔는지 물방울이 뚝뚝 떨어진다.

"참말로 이날 이때끼 욕심 낸 거라고는 보리밥 한 사발허고 풋고추 된장 한 입뿐인디, 내가 늙마에 이거이 무신 마음 고상잉가 모르겄네."

공배는 털썩 주저앉은 채 하늘을 올려다보며 힘없이 말한다.

"아재도 참. 아. 보리밥 한 술에 풋고치 된장이나 욕심 내고 살었잉게, 이날 펭상 이러고 살다가 이 모냥이 됭 거이제 머."

춘복이 되받아 핀잔을 준다.

"언지는 머 우리가 농사 지어 갖꼬 우리 입으로 들어왔간디요? 땅바닥에 어푸러져 주덩이서 단내가 풀풀 나고, 손톱 발톱이 모지라지는 놈 따로 있고,

272

청풍맹월에 노래 부름서 손꾸락 한나도 까딱 안허고 받어묵는 놈 따로 있잉

게. 우리사 머 왜놈 주딩이로 들으가나 지주 곳간으로 들으가나, 뻬 빠지게

헛고상 허능 거는 펭상 마찬가지라요."

-『혼불』제1권 제1부 261쪽-

옹구네, 평순네, 춘복, 공배는 광주리 곁에 둘러 앉아 신세 한탄이

아닌, 삶의 질곡을 푸념처럼 늘어놓는다. 논두렁에서 김을 매다 말고

자리를 잡고 앉아 쏟아내는 푸념에는 '땅'을 기반으로 한 거멍굴 사람

들의 '원한'이 내재되어 있다. '된장 사발'과 '풋고추'의 속성은 한국인

의 특성을 포용하는 정서가 내포되어 있으나, 그 숨은 이면에는 민중

들의 척박한 삶의 모습 혹은 힘겹게 살아가는 과정을 담고 있다.

특히 옹구네와 평순네의 여성 인물이 가지는 원한의 세기는 인물

저마다 변별성을 띠고 있으나, 전통적인 관점에서 공동체적 성격을 띠

고 있다. 따라서 옹구네와 평순네의 원한은 양반가문의 '땅'을 부쳐 먹

고 사는 처지에 대한 반감이라고 할 수 있으며, '언지는 우리가 농사

지어 갖꼬 우리 입으로 들으왔간디요?'라는 춘복의 말에서 거멍굴 여

성의 삶은 드러난다.

춘복의 말은 옹구네와 평순네의 여성으로서 삶과 질곡과 애환을 대

변하는 것으로, 대물림되어 내려온 하층 신분의 한탄과 탄식이다. 이

것은 근원적으로 매안마을에 대한 감정을 표출하는 것이지만, 구체적

으로 '가진 자', 즉 청암부인의 신분과 지위에 대한 반감과 한탄인 것

이다. 여기에는 옹구네와 평순네의 삶을 표층으로 하는 매안마을 혹

은 청암부인과의 전근대적 관계가 숨어 있다. 이런 전근대성이 근대

담론으로 이행되는 과정은 옹구네와 평순네의 삶이 근대적 관점에서

농민·노동자와 다를 바 없는 '하위주체'의 삶을 보여주는 데서 찾을

수 있다. 이것은 청암부인에게서는 볼 수 없는 소작 민중들만의 공통적인 요소이며, '보리밥 한 술에 풋고치 된장이나 욕심내고 살았'을 공배의 말에서 거멍굴 하위 여성의 질곡은 드러난다.

여기서 '청풍맹월에 노래 부름서 손꾸락 한나도 까딱 안허고 받어묵는 놈 따로 있'다는 춘복의 말은 하위의 삶이 다만 부정만이 아닌, 부정의 부정에 의한 강한 긍정의 성격을 지니고 있음을 알 수 있다. 이러한 긍정성은 춘복을 비롯한 공배, 옹구네, 평순네 모두의 신분상승 욕망과 연관되어 나타나며, 이것은 피식민자가 극복해나가는 주체적 삶의 역동성과도 긴밀한 양태를 반영한다.

이와 반대로 청암부인은 전통적 개인으로서 종부의 자격과 근대적 집단주의로서 여성가부장이라는 이중성을 지닌다. 이런 의미에서 청암부인의 문화적 지위는 근대와 전근대가 융합된 전통적 성격을 보여준다. 이것은 거멍굴의 하위 여성과 변별되는 가부장적 정체성에서 확인된다. 따라서 청암부인의 여성가부장의 지위는 여성 인물로서 개별적인 경험과 종부의 자격에 밀접한 가문의 전통을 근거로 하여 문화적 주체로서 '말하기'의 역동성을 보여준다.

좌중은 청암부인의 말에 잠시 조용해졌으나, 앉은 부인들의 얼굴에 떠오르는 의구심의 낯빛은 미처 감추어지지 못하였다.

(이상도 허시다. 제일 큰어른으로 가장 너여운 말씀을 하실 줄 알았는데 뜻밖에도 마음을 논하시다니.)

"사람들의 마음이란 헤아리기 어렵네. 여기 모여서들 분분하게 이야기하는 것도 겉으로 보면 묘한 구석이 숨겨져 있거든. 강수는 이미 저승의 객이 되어버렸는데, 오죽이나 사무쳤으면 태산이라도 들어 옮길 청춘의 나이에 제 목숨 하나도 다 부지 못하고 죽어갔을꼬. 무주고혼(無主孤魂) 거리 중천에 떠도는 그 어린 것이 가련하기 짝이 없건만, 이승에 남은 사람들은 그 이야기를 이리저리 헤집고 되엎으며 남모르게 재미도 있어 한단 말일세. 내 말이 너무나 야속한가? 이미 세상이 싫어서 떠나버린 혼백의 일을, 세상에 남은 사람들이 이러니저러니 공론하면서 뒷자리를 시끄럽게 어지럽히는 것도 망자한테 미안하고, 덕 있는 일은 못 되는 것. 그만들 이야기하세."

그러면서 청암부인은 눈을 내리감아 버렸다.

그 바람에 자리는 파하여지고 부인은 혼자 남게 되었다.

-『혼불』제2권 제1부 127쪽-

강수의 죽음에 대한 청암부인의 목소리는 '큰어른'의 목소리로 나타난다. 이것은 문중 간의 상피 혹은 패륜에 대한 질타가 아니라 오직 이른 나이에 죽은 '청춘'에 대한 안타까움이다. 진예와의 통정을 받아들일 수 없는 '세상이 싫어서 떠나 버린 혼백의 일'은 강수의 죽음 하나로 끝나는 것이 아니라 주변인들에게 있어 새로운 국면을 불러온다.

슬픔, 안타까움, 눈물, 비애 등의 요인으로 하여 죽은 자에 대한 산자의 감정과 연민은 극대화되며, 여기에는 삶과 죽음의 대치, 강수의 죽음에 대한 '좌중'의 '계급적 차이가 개인적·집단적 불평등구조에 있음'15을 청암부인은 간파하고 있는 것이다. 이와 같은 이데올로기적 국면은 강수의 '죽음' 모티프가 매안마을 이씨 문중의 자치적 생존권에 새로운 의미를 부여하면서도 청암부인으로 하여 여성가부장에 의한 문중의 질서를 허용하는 계기가 된다. 그 이면에는 강수의 죽음 혹은 '목숨'의 의미가 생명의 신성함을 지시하면서도, 한편으로는 '상피'에

---

15 김정숙, 「분류와 저항 담론을 통한 주체 형성」, 『경계와 소통, 탈식민의 문학』, 역락, 2006, 33쪽.

대한 금기 의례가 곧 '금기=죽음'이라는 억압된 정체성을 반영한다.

한편 강수의 죽음에 대한 청암부인의 비분과 탄식은 가문의 주체로서 여성가부장의 지위를 표상하고 있다. 그 이유는 '세상에 남은 사람들'이 강수의 죽음에 대해 이러니 저러니 공론하여도 '죽음'보다 큰 죄값은 없기 때문이다. 결국 강수에 대한 비난과 질타는 죽은 자의 '뒷자리를 시끄럽게 어지럽히는 것' 이상 의미가 없는 것이다. 그러므로 강수의 파국은 가문의 소란을 잠재우는 동시에 문중의 훼손에 대한 책임 또한 청암부인 스스로 짊어지려는 여성가부장 입장에서의 '목소리'로 이해할 수 있다. 여기에 대해 청암부인의 '목소리, 경험, 역사'는 좌중의 분노와 노여움을 가시게 할 만큼 위력을 지닌다.

청암부인의 언술에서 분명하게 드러나는 것은 가문의 정도(正道)를 기반으로 하는 질서체계와 강수·진예의 통정이 의미하는 삶의 모순적 대립이다. 이것은 더 이상 벗어날 수 없고, 더 이상 오를 수 없는 정해진 숙명으로서 계급적·집단적 불평등구조의 폐습을 의미한다. 이와 동시에 가문으로부터 타자화된 정체성에서 벗어나고자 하는 강수의 선택은 결국 죽음일 뿐이다. 따라서 청암부인에 의한 강수의 죽음은 『혼불』의 서사구조가 '죽음'이라는 새로운 국면을 형성하는 계기가 된다. 이러한 죽음의식은 청암부인의 '목소리, 경험, 역사'의 피상적 울림을 증폭시키는 기회가 된다. 이와 더불어 전통적 여성가부장으로서 가문의 질서를 부여하는 동시에 가부장적 이데올로기적 접근을 허용하는 근대적 여성성의 표상이 된다.

이글튼(Terry Eagleton)의 지적에서 보다시피 이데올로기는 무정형의 공간 혹은 형체 속에서 형성되는 것이 아니라 실제적 공간에 의한 특수한 상황에 대한 주체의 반응에 의해 구축된다. 하위주체로서 청암부인의 가부장적 이데올로기 접근은 이글튼이 제기하는 실제적 공간

범주 내에서 일어나는 특수한 상황과 맞물린 주체 국면의 관계망에 의해 구성된다.

이와 같은 이데올로기적 관점은 하위주체에 의해 헤게모니를 획득하기 위한 실천과 관련이 깊다. 이데올로기적 실천은 명백한 현실 속에서 특정 이데올로기적 효과를 기획하며 그 효과는 현실 속에서 권력을 획득하고 유지하는 데 공헌한다. 이러한 권력과 지배효과는 청암부인으로 하여 전근대적 가문의 유지와 근대적 식민주의 비판과 연계하면서 여성가부장의 자격에 의한 이데올로기적 담론을 형성한다.16

한편 여성가부장으로서 청암부인의 지위는 가족주의를 기반으로 하고 있다. 이것은 여성성에 의한 문화적 주체로서 역동적인 삶의 지표를 저변에 깔고 있다. 이를 통해 청암부인의 가부장성은 보다 심화된 단계의 사회·정치구조, 섹슈얼리티와 연관된 안채문화가 자치적으로 자율성을 확보하면서 일정한 유형의 서사로 연결된다.

김복순에 의하면, 청암부인은 조선 후기 근대화 시점에서 식민지라는 상황이 거시적인 서사유형의 굴절·변이를 가져오면서, 이와 동시에 여성가부장으로서 유교적 이념의 화신, 남편의 대리인, 남성적 질서에 동화된 인물이라고 평한다.17 실상 종갓집 맏며느리로서 양반 여

---

16 이글튼(Terry Eagleton)의 지적에서 이데올로기는 무정형의 진공 속에서 구축되는 것이 아니라, 특수한 상황에 대한 주체들 간의 쟁투와 반응이며, 상황과 주체들 간의 관계망을 통해 구성된다는 것이다. 결과적 입장은 헤게모니 쟁취를 위한 실천적 모색으로서 특정한 이데올로기 효과를 기획하며, 그 효과를 기반으로 권력을 획득하고 유지해 나간다는 것이다. 이러한 권력과 지배의 표상관계는 주체들 간의 쟁투로 표현되며, 여기에 대한 담론의 생성과 이해는 헤게모니 획득과 권력의 지배를 이면에 두고 수행되는 이데올로기적 실천이라는 것이다. 김창욱, 『소설 담론의 이데올로기 분석 방법 연구』, 서울대학교 박사학위논문, 1995, 30~33쪽 참조.

17 김복순, 「여성영웅서사와 안채문화」, 『혼불과 전통문화』, 전라문화연구소, 2002, 18~23쪽 참조.

성의 기능성을 최대한 발현하고 있는 청암부인의 모습은 남성가부장제가 유포한 이데올로기적 가부장으로서 '기표(記標)'를 의미한다. 여기에는 남성가부장의 부재와 연관하여 매안마을을 이끌어가는 주체적 입장에서의 가부장의 수행과 효과를 요구하고 있으며, 보다 근대화된 여성성 이데올로기의 재생산 혹은 여성의 '말하기' 전략에서의 주체적 역할을 수행하고 있다.

> 효원은 그만 눈을 감고 만다. 어지러운 탓이었다. 먼지를 삼키고 있는 가슴이 또 한번 거꾸로 뒤집히면서 부옇게 그네를 흔든다.
> 회오리 도는 흙먼지 저만큼에 강실이가 빗기어 서 있다. 황사 바람꽃 너머 그림자로 비치는 모습니다.
> 나오라.
> 이리 나와서 나를 보라.
> 효원은 그림자를 향하여 두 다리를 버티고 섰다.
> 아나, 너는 누구이야.
> 너를 보이라.
> 버티로 선 효원은 장승 같다.
> 아홉 가지 용모의 다스림과 아홉 가지 생각의 다스림을 강실이라고 모를 리가 있으랴. 평소의 그네를 보면 따로이 그런 항목들을 새기고 배울 필요가 없는 사람이었다. 그런데 어찌하여 이런 일이 벌어진단 말인가.
>
> -『혼불』제6권 제3부 72쪽-

콩심이로부터 전해들은 강모와 강실에 대한 소문은 강수·진예처럼 '상피'에 다름 아니다. 효원은 어지러움에 '눈'을 감지만, 마음은 어느 때보다 비통하고 처참하다. 그제야 강모에 대한 알 수 없는 허기와 강실에 대한 까닭모를 냉기를 감지하는 효원은 거꾸로 뒤집히는 가슴의 역류를 느낀다.

이것은 단순히 강모에 대한 배신감도, 강실에 대한 수모(受侮)도 아니다. 단지 강수·진예 사이에서 보았던 '상피'의 혼탁과 문중의 혼란을 다시금 대면하면서 겪는 일종의 착시이자 격정이다. 청암부인으로부터 물려받은 문중의 정신은 자연의 아름다움과 가솔 간의 신뢰에서 시작된다. 남녀 간의 윤리와 형제간의 서열도 문중의 정신을 다독이고 일으키는 덕목이라고 볼 때, 효원은 청암부인의 진리에 전적으로 합의하는 인물인 것이다.

따라서 강모와 강실의 소문에 관한 콩심이의 말은 단순히 효원을 일깨우려는 의도가 아니라 보다 심층적인 의미에 있어서 식민지 문화적 피해자로 규정하는 한 가지 단서가 된다. 왜냐하면 한 가문의 며느리이자 아내이면서 어머니로서 역할을 수행하는 효원의 입장이 전근대적인 자아와 식민주의 타자 사이에서의 억압상황은 문화적 피해자로서 정체성을 의미한다. 이것은 가부장적 사회에서의 여성 스스로 남성에 의해 규정된 객체로부터 독립하기를 염원하는 것과 본질 면에서 다르다. 보다 확장된 의미에서 보자면 여성가부장 이데올로기에 접근하여 효원 스스로 제국의 자본에 대한 저항, 식민지 문화 침탈에 대한 극복, 말하기 전략으로서 여성성을 보여준다.

이러한 여성성은 동양 문화권에서의 여성의 지위를 의미하는 것이 아니라, 식민지 문화권에서 타자화된 문화적·주체적 상실감을 해명하고 있다. 효원의 눈에 '회오리 도는 흙먼지 저만큼'에 서 있는 강실의 모습은 식민지 현실의 주권을 상실한 조선인의 무기력한 모습으로 전이된다. '황사 바람꽃 너머' 형체도 없이 다만 '그림자'로 비쳐드는 강실은 본래의 모습이 아닌 타자의 여성으로 존재할 뿐이다. 남성 중심의 전근대적 사회에서 여성의 입장은 여성 스스로 아내와 어머니라는 역할 수행과 근대적 여성성 사이엔 여성의 정체성에 대한 갈등이 일어나기 마련이다.

'이리 나와서 나를 보라'는 효원의 의도는 강모의 사촌으로서 강실이 아니다. 가문에 있어서는 안 될 '상피'의 주체로서 강실 또한 아니다. 매안 이씨 종부의 자격으로 효원은 강실 앞에 '장승' 같은 모습을 보이고자 하는 것이다. '아홉 가지 용모'와 '아홉 가지 생각'을 지닌 강실은 세상 사리에 분별을 지닌 인물이다. 그럼에도 불구하고 강실은 효원을 청암부인의 손자며느리로서가 아닌, 강모의 아내로서가 아닌, 종부로서가 아닌, 식민지 현실의 여성으로서 문화적 정체성을 말하고 있다.

한편 황사 바람꽃 너머의 강실은 '대대손손' 선조의 혼(魂)들이 승천한 뒤 공허함을 누르는 춘복의 모방세계에서와 마찬가지로 효원의 심정을 압박하고 감정을 분출시키는 '그림자'로 나타난다. 그것은 만지거나 접촉할 수 없는 비신체적 형체/형상을 의미하지만, 물리적으로는 '아홉 가지 용모'와 '아홉 가지 생각'을 지닌 누구보다 견고한 여성적 정체성을 확보한다. 그 이유는 강모에게도 있지만, 춘복에게도 있다. 다만 여기서 춘복의 모방세계가 일제강점기 식민주의 억압적인 상황을 말한다면, 효원의 입장은 식민과 피식민 사이의 문화적 피해자로서 갈등 구조를 보여준다.

이것은 식민지라는 현실에 직면한 조선의 민중을 바라보는 시각으로, 식민과 피식민 사이의 갈등적인 구조를 의미한다. 여기에는 종부로서 효원이 지닌 지위와 사촌 지간인 강실 사이의 서열 관계, 강모와 강실 사이의 문제적 요인, 청암부인-율촌댁-효원에 이르는 종부의 책임의식이 효원으로 하여 전근대적 의미에서 여성성을 의미하는 동시에 식민지 현실의 문화적 피해자로 규정하는 단서가 된다.

이를 바탕으로 할 때, 강모의 아내로서 효원은 강모와 더불어 일생을 누리고, 매안 이씨 문중의 종부로 살아가는 것만큼 더 큰 삶의 의미는 없다. 이것은 조선의 해방과 관련하여 안락한 조선 민중의 삶을 염원하는 긍정적이고 낙관적인 이상향을 지시한다. 그럼에도 불구하고 현실은 가문과 현실에서 모두 뒤틀려 있다. 이를 방증하는 콩심이의 말은 종시매인 강실과 강모가 얽힌 상황이 식민지 조선의 암울한 현실과 연결된다. 여기서 효원이 할 수 있는 최선의 방법은 강실과 강모의 분리, 즉 일제 식민지의 종식과 해방의 그날까지 '장승'처럼 견디는 수밖에 없다.

한편 '장승'이 의미하는 남성성은 모두를 빼앗길지 모르는 두려움과 위기 상황에서 효원이 선택할 수 있는 근대적인 가부장의 방식과 연결된다. 왜냐하면 효원은 강모의 '아내'라는 입장에서 강실 앞에 풀어놓을 위엄이 부족하다. 그보다 오히려 '종부'에 의미를 두는 것이 더 효과적이다. '종부'의 위엄으로 강실을 향해 '너를 보리라'는 효원의 다짐은 '아홉 가지 용모'와 '아홉 가지 생각'을 지닌 강실이라 할지라도 문중의 으뜸으로서 대면은 불가역적 상황을 넘어 가능성을 시사한다. 여기서 효원이 지닌 위엄이 곧 조선의 위엄이며, 효원의 입장은 여성의 말하기 전략으로서 조선의 현실을 대변한다.

2.2. 하위주체들의 '말하기'의 역동성

『혼불』은 매안 이씨 문중의 결속력이 완화되면서 가족이 해체되어 가는 과정을 보여주고 있다. 이러한 결과로 변질되고 사라져가는 전통의 지표가 재조명되어야 함을 강조하고 있다. 서사를 이끌어가는 고리배미 민중이 거멍굴 하층민과 매안마을 양반층과 인물 관계에 있어서 갈등·분규·소요의 과정을 겪는가 하면, 지배·종속의 관계에 있어 소설 내부적으로 신분상승의 욕망을 근원으로 하는 양가적 속성을 반영한다. 결국 이들의 삶 자체가 '말할 수 없는 자'로서 '말하기'까지 끊임없이 노력하는 '하위주체'로서 강인한 민중의 생활상을 보여준다.

또한 『혼불』은 소설 내부의 등장인물들의 일상적 말에서 현실성을 확보해나가는 동시에 시사의 동력을 확보하고 있다. 특히 고리배미 민중과 거멍굴 하층민의 언어에는 전라도 사람들의 삶의 방식이 내재되어 있으며, 이것은 『혼불』의 전통·역사·민중의 의미와 맞물려 나타난다. 일제시대를 배경으로 하여 민중의 역동성이라는 의미망을 구축하면서 소설 전반에 걸쳐 우리말의 글쓰기 작업을 중시하며, 이것은 최명희 "자신의 몸과 정신에 남원의 말과 풍습, 지역적 정서를 지문처럼"[18] 새겨 넣음으로써 전통적 산물의 재구성이라는 점을 강조하고 있다.

여기에는 인간 활동의 근본적인 양식, 즉 사유하고 행동하며 말하고 쓰는 일상의 모든 면면이 그 민족의 언어에 의해 창조되고 기록되며 나아가는 의미망을 포함한다. 인간은 단 한번 자신들이 만든 언어를 초월한 적이 없다. "사람이 언어보다 먼저 있었지만, 사람은 언어를 초월한 존재가 될 수 없고, 언어를 통해서만이 자기를 표현하고 상대편의 마음을 들여다볼 수 있다"[19]는 것이다.

언어적 전통의 가장 중요한 국면은 대상의 조건에 따라 변모해가는 데 있다. 이것은 문학작품에 있어 문학 내부에 존재하는 등장인물들의 전통적인 생활양식에 따라 생성·소멸·발전해간다. 근본적으로 언어는 인간의 사유와 인식 체계를 활성화하기 위한 수단이자 방법이

---

18 최기우, 앞의 논문, 70쪽.
19 서지문, 앞의 책, 28쪽.

다. 이와 같이 『혼불』은 소설 내부에 생존하는 민중들의 생생한 말과 말을 기반으로 하여 삶의 역동적인 양태를 보여주고 있다.

"애초 백정도 아니고, 차라리 그러먼 포기나 허제, 배운다고 당골일을 헐 수 있능 것도 아니고오, 그러먼 머 땅이나 한 쪼객이 있능가 허먼 그것도 아니고. 다른 재주 머 맹글찌 아능 거이 있능가 하먼 그것도 아니고, 그러면 또 종이냐 허먼 그것도 아니고오. 우리 아부지, 오직허먼 이런 팔천놈으 복판으다 나를 나 낳었어. 그러고는, 나 이레 지내먼 뜰라고 그맀겄지. 그러다가 걸어댕기먼, 장개가먼, 손지 보먼, 헝 거이제머. 아이고, 몸썰 난다. 자식 없기 잘했제. 에에이. 던지런 놈으 시상. 이러고 살어도 이게 무신 사램이여?"

무슨 속상한 일이 있었던 모양이었다. 좀처럼 그런 말 안하는 공배의 푸념에 공배네는 속이 뜨끔하여 힐끗 낯빛을 훔쳐보았다.

무슨 조상을 타고나서 시방 어떻게 살든, 또 부모 죽은 다음에 제가 어찌 살어가든, 그네는 '자식'이 있어야 한다고 생각했다.

그 부모가 비록 백정이고, 당골네일지라도, 아니면 떠돌이 동냥아치일지라도, 자식은 마땅히 그 핏줄을 받아 부모의 대를 이어주어야만 한다고 그네는 믿었다.

-『혼불』 제3권 제2부 267쪽-

공배의 푸념에는 앞서 옹구네의 극성과는 다른 면모를 보여준다. 옹구네가 품삯의 배분에서 문제적 단서를 제시하고 있다면, 공배의 경우 출신, 신분, 핏줄에 관한 역사·전통·정서를 포괄적으로 함의한다. 이러한 공배의 심정은 옹구네의 정서와 동질한 감정선에서 재단하거나 평가할 수 없다. 여기에는 거멍굴 하층민의 삶의 방식이 고리배미 상민층의 삶의 양태와 직간접적으로 연결되어 있으며, 이것은 태생과 신분에 관한 본질적인 물음에 해당된다.

태생에 관한 공배의 푸념에는 그 '아버지'로부터 물려받은 것이라곤 무엇도 없는 처지에 '무자식이 상팔자'라는 체념이 섞여 있다. '백정도 아니고', '배운다고 당골일'을 할 수 있는 것도 아닌, 여기에 '땅' 한 조각 가진 것 없는 공배의 처지는 고리배미 상민층의 삶보다 더 척박한 삶의 방식을 보여준다. 오히려 농사철이거나 수확철에 매안마을에서 불러들이는 고리배미 상민층의 '허드렛일'에 비하면 그마저 인색하고 궁핍한 삶, 즉 가장 아래에 속한 장본인인 것이다.

그럼에도 불구하고 공배네의 생각은 청암부인의 사려 깊은 것과 별반 다르지 않다. 부모가 비록 백정이거나 무당일지라도, 아니면 떠돌이 동냥아치일지라도, 자식은 마땅히 핏줄을 받아 부모의 대를 이어주어야 한다는 것이 공배네의 생각이다. 공배네는 비록 가진 것 없어도 옹구네와는 차원이 다른 여성으로서의 혈육과 핏줄에 대한 모성의 성격을 지니고 있다. 이것은 거멍굴 개별 여성 인물들의 체험과는 변별성을 띠고 있으나, 전통적인 관점에서 대를 이어가려는 면에서는 매안마을 양반층과 공통적인 성격을 지닌다.

공배가 현실적으로 고리배미 사람들에 대한 회의적인 생각을 표출하고 있다면, 공배네는 고리매미 사람들 역시도 '무슨 조상을 타고나서 시방 어떻게 살든' 자식만큼은 있어야 하며, 대를 이어야함은 당연한 것으로 생각하고 있다. 이것은 '제 생김새를 갖추게 해준 부모와 그 부모의 부모를 거슬러 더 까마득히 올라가면 만나게 될 할아비의 넋'을 그리워하는 공배네의 품성에서 찾을 수 있다. '가느다라면서도 살과 뼈의 심지 속에 또렷하게 박혀'있는 실낱같은 부모와 자식의 인연을 공배네는 사무치게 목말라하고 있는 것이다.

이런 측면에서 공배네의 생각은 고리배미 상민층과 거멍굴 하층민과의 연결고리를 규명하는 중요한 단서가 된다. 또한 매안마을 양반층과 대별되는 신분적 특성을 제시하면서도 그 이면에서는 태생과 혈육의 조건을 매안마을과 동등한 위치에 올려놓는 단초가 된다. 왜냐하면 공배네의 성품이나 생각이 옹구네와 공배처럼 현실 자체에 얽매어 있지 않으면서도, 그 생각은 청암부인이 타성받이에 대해 관대한 것처럼 공배네로 하여 거멍굴의 긍정성을 확보하고 있기 때문이다. 이것은 고리배미 천민들을 거멍굴 하층민 안으로 수용할 수 있는 적극적인 근거가 되며, 민중의 삶에 있어 연대와 결속의 역동성을 보여준다.

앞앞이 사는 형편도 다르고, 모양도 다른 고리배미 사람들은, 대개는 농사일을 하고 있었지만, 그 외에 다른 생업을 가진 경우도 많았다.

이 마을의 한쪽 끝에 사는 부칠(富七)은 나이 오십의 나무꾼인데, 그는 오직 한 가지, 나무를 하고, 그것을 장에 내다 파는 나무장수말고는 할 줄 아는 것이 없었다.

지게 하나 걸머지고 산중으로 들어가서, 소나무 가지를 낫으로 쳐내 동이로 묶어 나뭇짐을 만들거나, 가을이면 발치에 수북히 쏟아져 쌓이는 마른 솔잎을 갈퀴로 긁어 가리나무 다발을 만들거나, 혹은 나뭇간에 쟁일 장작단을 만들어, 장날이면 부칠의 아낙은 머리에 이고 사내는 등에 지고, 읍내로 나갔다.

읍내 나무전 거리에서도 그의 나뭇단을 알아 주었다.

어려서부터 나무 일로 뼈가 굵은 그는 이제 그 뼈에 바람이 스며들어 예사로운 날씨에도 쉽게 속이 시리지만, 나뭇짐만큼은 여전히 바윗돌같이 단단하고 무겁게 묶어 내는 때문이었다.

부칠과 이웃에 살면서 어릴 때부터 같이 자라 온 모갑(毛甲)이는, 박달 방망이, 빨래 방망이, 홍두깨들을 깎아서 팔았다.

-『혼불』 제3권 제2부 274쪽 -

농사일을 하면서도 다른 생업을 가진 고리배미 사람들 가운데 마을의 한쪽 끝에 사는 부칠(富七)은 나무장수를 하며 연명해가고 있다. 부칠과 어릴 때부터 같이 자라 온 모갑(毛甲)은 '박달 방망이, 빨래 방망이, 홍두깨'를 깎아서 시장에 내다 파는 상업을 병행하고 있다. 이들의 생활은 거명굴 하층민의 소작과는 다른 방식을 보이고 있으며, 이러한 고리배비 사람들의 삶은 자생적인 생업활동을 통해 보다 나은 세계를 지향하는 점에서 역동적인 삶을 살아간다.

여기에는 매안마을의 '말할 수 있는 자' 앞에서 '말할 수 없는 자'의 신분을 지니며, 거명굴의 '말할 수 없는 자' 앞에서는 '말할 수 있는 자'로서 지위를 획득하는 혼종의 인물이라고 할 수 있다. 이것은 전근대적 의미에서 신분과 근대적 의미에서 신분적 유형이 결합하는 문화적 혼종성을 말하고 있다. 한편으론 매안마을 양반층을 대상으로 한 '모방'과 '흉내 내기'가 될 수 있으나, 거명굴 민중을 대상으로 하였을 때는 대등한 '타자'의 삶을 살아가는 주체화된 민중의 삶을 보여준다.

이러한 의미에서 고리배미 상민들은 비록 양가성을 속성으로 하는 모방 혹은 흉내 내기의 삶의 방식을 유지하면서도 근원적으로는 전근대적 전통으로부터의 개척과 식민지 문화로부터의 저항이라는 역동적인 삶을 지향하고 있다. 여기서 모방은 이식이 아닌, 문명과 '교섭'하는 '혼성성'의 다른 과정으로 이해할 수 있다. 이러한 '교섭'은 전략적인 측면에서 피식민자가 처한 '문화의 위치'로부터 역동적·저항적 삶의 방식을 포함한다.[20]

청암부인을 비롯한 매안마을 양반층의 행적이 전통의 복원이라면, 거명굴 하층민의 행적은 민중 체험으로서 역동성을 지닌다. 양극화된

---

20 Homi K. Bhabha, 나병철 역, 앞의 책, 15쪽.

삶의 방식에서 고리배미 상민층의 삶의 방식은 이 사이에서 혼종의 삶을 보여주고 있으나, 넓은 의미에서는 거멍굴 하층민과 다를 바 없는 삶의 역동성을 보여준다. 이것은 매안마을과 거멍굴이 지닌 계급의식을 동질한 선상에서 받아내고 있는 고리배미 상민들의 삶의 속성이 일정 정도 양가성을 드러내고 있으면서도, 거멍굴 하층민과 마찬가지로 신분상승을 지향하는 하위주체의 범주에 속한다.

한편 거멍굴 하층민인 '달금이네'의 경우 매안마을과 고리배미를 활동 무대로 하여 역동적인 민중의 삶을 개척하는 모습을 엿볼 수 있다. 달금이네가 매암마을과 고리배리를 중첩하여 활동 무대로 삼는 이유는 하층의 신분으로서 억압적인 삶에서 벗어나고자 하는 삶의 방식에서 드러난다.

"조상 공덕이 그거뿐이라 우리 조상은 대대로 소만 잡고 괴기 장시만 했는디 자손한티다가 멀 물려줄 거이 있겄능가. 벌그런 괴기 뎅이나 일펭상으 주무르는 거뻬끼."

"그렇게 사람은 뻭다구를 잘 타고나야 히여."

"그것도 맘대로는 못허는 일이고."

"아 머 매안 양반들은 거 가 낳고 자퍼서 맘 먹고 났간디? 어쩌다 봉게 씨가 글로 떵어징 거이제."

"다 전상으 진 인연이 있어서 그러겄지 머. 나는 먼 죄를 져도 졌고. 몰라서 그렇제, 안 그러고야 누구는 왜 어디가 나고 누구는 또 왜 어디가 나고 그려? 해필이먼."

"아이고, 그 속을 누가 알어? 이놈으 시상 어쩌능가 보개 꼭 한 번 꺼꿀로 되야서 대그빡으로 걸어댕기는 것을 봤으면 쓰겄는디. 아니 무신 놈으 시상이, 감나무도 해갈이를 허니라고 한 해 많이 열먼 한 해는 멫 개 안 열고 그

러능 거인디 말여. 사램이란 것은, 왜, 여는 낭구는 가쟁이가 찢어지게 그쪽
으로만 열리고, 없는 낭구는 말러 죽고 말제, 떠런 땡감 한 개 못 달고. 제 당
대에만 그러고 만다면 또 몰라. 무신 웬수를 졌다고 그 존 팔짜를 대 물리고,
대 물리고, 몇 백 년, 몇 천 년을 그러고 가능가 모리겄어."

"참말로."

그러나, 팔자 타령을 하면 무엇하랴.

어제 오늘 살아온 세상도 아니요, 하루 이틀 살아갈 세상도 아니었다. 그
저 속으로 바라느니 고기라도 좀 많이 팔려서 남모르는 돈이나 좀 늘어났으
면 싶을 뿐이었다.

-『혼불』제3권 제2부 252쪽 -

고기를 잘라 볕에 말려서 매안마을에 내다 파는 백정 택수의 아낙
달금이네는 거멍굴 하층민으로서 매안마을을 삶의 터전으로 삼고 있
는 당골네 백단과는 다른 면모를 보여준다. 달금이네는 젊어서부터
머리가 회색이 될 때까지 매안마을 양반댁 고기가 언제 필요한지 훤
히 꿰뚫고 있을 정도로 장사 수완이 좋은 아낙이다. 그럼에도 달금이
네는 평생을 살아오면서 누구한테도 공대를 받아본 적 없는 천한 백
정의 아낙으로 하층의 삶을 살아가고 있다. 백정의 아낙이라는 한 가
지 이유만으로 달금이네는 상민 누구에게도 말을 놓을 수 없고, 매안
마을 양반들한테는 어른 아이 할 것 없이 모두에게 말을 바쳐야하는
신세이다.

백정 택수의 아낙답게 고기 장사로 단련된 달금이네는 평소 매안마
을에 고기를 부릴 때면 셈만 하고 나오는 것이 아니라 용도에 따라 썰
고, 뜨고, 저미고, 다지는 일까지 해주고 나오는 성미이다. 달금이네의
이런 행동은 고기 장수로서 행할 수 있는 것이기도 하지만, 양반층과

의 교류·교감·소통의 장을 열어가는 것에서는 하위주체의 '말하기' 전략으로서 그만의 역동적인 삶의 방식을 채택하고 있는 것이다.

이러한 삶의 방식을 고수하기까지 달금이네의 노력은 '조상의 공댁'이 그것뿐이라 '대대로 소만 잡고 괴기 장시'만 한 터에 되물림된 옹색한 장사치로만 살아갈 것이 아니라, 매안마을 아낙들과의 교류·교감·소통에서 천한 신분에 대한 보상을 받고자 하는 속셈을 깔고 있다.

결국 달금이네의 삶의 방식은 공배네, 옹구네, 쇠여울네, 당골네와 다를 수밖에 없는 천민으로서 특성화된 삶의 형태를 보여주고 있으며, 이것은 매안마을 양반층의 전통적인 삶의 방식과도 대별되는 특수한 삶의 양태를 보여준다. 따라서 달금이네의 삶에 내재한 민중성은 피식민자로서 적극적인 저항이 아니어도 그 자체로 생존의 절박함이 '말할 수 있는 자'로서 민중을 이끌어가는 역동적인 힘을 보유하고 있는 것이다.

공배네는 나이로 보아도 옹구네보다 십여 년이 위였지만, 매사에 조심성이 있어 입을 함부로 놀리지 않고, 심중이 깊은 아낙이었다. 그런 점을 옹구네도 모르는 것은 아니었으나, 그렇기 때문에 이상하게도 옹구네는 공배네가 만만하게 여겨지는 것이었다.

"말이 그렇다 그거이제 머. 무신 못헐 소리 했간디? 내가 서방 없는 년이라고 성님이 나한티 외나 막말을 허싱만."

"아고매, 호랭이 물어갈 노무 예펜네. 누가 그런다냐? 됩대 꼬깔을 씌우고 자빠졌네에."

옹구네가 실쭉해지는 것을 보고는, 마음이 여린 공배네는 얼른 웃음으로 눙치며 광주리에 그릇을 챙겨 담는다.

옹구네와 말이 붙어 보아야 득이 될 것은 하나도 없다.

"그리도, 양반은 확실히 근본이 달르드라. 저번에 주재소 순사 왔을적에 말이여, 청암마님한티 순사가 되게 꾸지람만 듣고는 마당에 선걸음으로 쬐껴났다네. 어쩌든지 목심을 걸고, 목에 칼이 들으와도 창씨개명은 못허겄다고 허셌드란다."

공배는 곰방대에 담배를 재우며 춘복이한테 말한다.

아무래도 그는 창씨개명을 한 것이 꺼림칙하였다.

그러나 주재소 순사와 면사무소 서기가 무슨 장부를 들고 찾아와 공배에게 눈을 부릅뜨는데, 우선 겁에 질려 앞 뒤 생각할 것 없이 그만 덜컥 도장을 누르고 말았던 것이다. 도장이라야 시뻘건 인주 범벅이 된 손도장이었지만, 그 순간 공배는 마음이 허통해지면서 마치 조상을 팔아먹은 듯 죄가 되고 면목이 없었다.

-『혼불』제1권 제1부 263쪽 -

거명굴의 민중이 보여주는 삶의 질곡은 단순히 양반 가문과 대별되는 현실적 상황만을 의미하지 않고 보다 넓은 의미에서 민중성을 지향한다. 특히 공배네는 비록 하층민의 신분으로 살고 있으나, 그 품성은 청암부인 못지 않은 '심중이 깊은 아낙'이다. 이것은 아무리 척박한 환경에서 살아가는 여성일지라도 그 근본은 양반 여성과 다를 바 없는 인격체이며, 아무리 낮은 신분일지라도 그 내면에는 고결한 여성의 지표가 들어 있다는 것을 의미한다.

이러한 공배네를 '만만하게' 여기는 옹구네는 공배네의 품성이 청암부인과 다르지 않은 고결성을 감지하고 있다. 이것은 '목에 칼이 들어와도 창씨개명은 못허겄다고 허셌'던 청암부인의 근성과 공배의 '창씨개명'이 일으키는 반전의 효과에서 엿볼 수 있다. 복잡한 심정을 지닌 옹구네는 창씨개명을 할 수밖에 없는 공배네의 현실을 수용하면서도 청암부인의 순결성이 공배네로 하여 아무런 제약 없이 드러나는 것이 못마땅한 것이다. 이것은 굳이 입 밖에 담지 않아도 공배네 스스로 신분상승의 욕망을 거세하고 있으며, 궁극적으로는 민중의 신분으로 현실을 헤쳐 나가려는 결연한 의지를 보여주고 있다.

이러한 설정은 창씨개명에 대한 공배의 '꺼림칙'하면서도 '조상을 팔아먹은 듯 죄가 되고 면목'이 없는 데서 그 근거를 찾을 수 있다. 비록 일본 '순사'에 의해 강제적으로 '시뻘건 인주 범벅이 된 손도장'을 찍기는 했으나, 그 본심은 매안마을 이씨 문중의 입장과 다를 바 없다. 이것은 거명굴의 인물이 지닌 민중으로서 하위주체의 이데올로기적 관점에서 확인되며, 거명굴 하층민들의 신분상승 욕망이 유기적으로 관련을 맺고 있다는 데서 그 이유를 찾을 수 있다. 또한 공배네의 '심중이 깊은' 품성과 이를 '만만'하게 여기는 옹구네의 역성, 일본 순사에 의해 폭력적으로 강요당한 공배의 '창씨개명' 등 소설 내부적인 상황이 피식민자로서 탈식민적 갈등과 입장을 말해준다.

공배의 후회와 한탄은 거명굴 민중이 처한 현실과 신분상승의 욕망을 기반으로 하는 삶의 질곡에서 드러난다. 이것은 더 이상 벗어날 수 없고, 더 이상 오를 수 없는 정해진 숙명으로, 계급적·집단적 불평등 구조의 폐습을 의미한다. 따라서 양반 가문으로부터 착취당하고, 일본 순사로부터 억압받는 거명굴 민중의 삶은 방식은 피식민자로서 타자화된 정체성을 안고 살아갈 수밖에 없는 현실적 입장을 대변한다. 이와 같은 내용은 소설 내부적으로 공배로 하여 하위의 신분에서 벗어나려는 강렬한 욕망을 메타포로 하면서도 민중적 삶을 선택할 수밖에 없도록 하는 서사적 장치에서 확인된다.

이런 측면에서 거명굴 민중으로서 공배네, 옹구네의 삶은 청암부인이나 효원과는 대척되는 지점에서 삶의 역동성을 보여준다. 이것은 개인과 집단으로서 역사의 주체, 즉 거명굴 여성 민중의 역동적인 삶을 실현하는 단서가 되며, 결국 억압받고 '말할 수 없는' 민중에게 말을 걸어 '말할 수 있는 자'로서 지위와 정체성을 부여하는 과정으로 이해할 수 있다. 여기에는 필연적인 생존 전략으로서 매안마을 양반층과의 교류, 거명굴 하층민과의 타협을 전제로 하며, 이것은 결국 마을과 마을을 하나의 결속체로 잇는 하위주체로서 '말하기'의 실현으로 나타난다.

3. 생활의 '공간'과 저항의 '장소'

'식민화'와 '지배'의 용어적 상관성은 식민주의와 탈식민주의의 관계의 본질적 관계에 있어서 많은 차이를 보인다. 식민주의가 식민국의 이데올로기적 관점에 의해 설명되는 것이라면, '식민화'는 식민국이 종속 관계에 있는 식민지 공간 내부로 이주 혹은 정착하여 정치적·경제적·문화적 지배를 행하는 일련의 과정을 의미한다.

식민화는 종속 관계에 있어서 식민지 지배를 위한 양가적인 현상을 전제로 하는데, 여기에는 필연적으로 식민화/지배의 공간성·장소성에 대한 분석을 필요로 한다. 이 같은 분석은 피식민자의 입장에서 논의할 수 있는 다양한 정치적·경제적·문화적 식민화/지배 현상을 근거로 하며, 이것은 제2차 세계대전 이후 식민 열강들에 의해 자행된 식민지 토착민의 공간적 지배/착취에 해당된다. 여기에는 정착을 위한 식민화와 착취를 위한 식민화라는 두 가지 측면에서의 지배적 경향을 띤다.

'정착 식민화, 착취 식민화'[21]는 식민자의 '생활공간'을 향유하거나

이를 기본 전제로 한 '지배' 혹은 통제 · 간섭 · 관리적 속성과는 대별된
다. 이러한 성격은 '제국주의화가 서구 중심적인 식민화 과정'[22]이었다
는 것과는 다른 차원으로 논의된다. 여기에는 과거 식민화/지배의 관
계성에 있어서 식민지 정착민이나 식민지 농민을 뜻하는 프랑스 어휘
'꼴롱(Colon)'으로서 유용한 관점을 제시한다. 꼴롱은 식민화와 지배의
속성 사이에 낀 존재들이었다. 이들은 자신들이 보호받을 수도 있고,
억압당할 수도 있는 식민지 정부의 편에 편승될 수 없었다. 또한 식민
화된 토착민으로 살아갈 수도 없는 '콜로나이저(colonizer)' 신세로 살
아야 했다. 식민지 정착민과 통치자들에게 무차별적으로 적용될 수
있는 이들 콜로나이저는 꼴롱과 마찬가지로 식민지 정착민으로서 모
호한 '식민 범주(colony group)'[23]를 만들어낸 장본인들이기도 하다.

---

21 Robert J. Young, 김택현 역, 『포스트식민주의 또는 트리컨티넨탈리즘』, 박종철출판
사, 2005, 47쪽.

22 제국주의화가 오로지 서구가 중심인 과정으로 강조하는 것은 서구 역사 편찬의 산
물 중 하나이다. 토착민을 개선시키고, 제3세계를 원조하는 것은 식민화의 본질적인 측
면에서, 현실적으로 그와는 극단적으로 다르게 토지의 몰수, 경제적 착취 등 보다 억압적
인 것으로 나타난다. 어느 경우에서건 식민화/지배 과정에서 토착민이 자신이 저항의 역
사를 만들어내는 데에서 능동적인 행위 주체는 대체로 매우 부정적인 용어로 존재한다.
그 이유 중 하나가 토착민 행위의 원칙적 양식이 서구의 통제에 대한 저항이었던 것에
반해, 정치적이거나 군사적이라기보다 오히려 역사 편찬적이었던 서구의 전형적인 방식
은 그러한 저항에 대해 언급할 가치가 없는 것처럼 행세하였기 때문이다. Peter Childs
and Patrick Willams, 김문환 역, 앞의 책, 67~68쪽 참조.

23 이러한 '식민 범주(colony group)'는 대부분 정착민으로서 일정한 생활공간을 형성
하였고, 식민지 토착민을 학살하거나, 토착민이 소유한 토지를 빼앗거나, 토착민의 노동
력을 착취한 식민지 정부와 한 통속이었다. 이것은 일제강점기 실제 일본인이 조선으로
넘어와 정착하면서 가옥과 토지 수탈, 식량과 노동력 착취, 위안부 여성과 전쟁 목적의
인원 징발 등 식민화의 극단적인 사례와도 일치한다. 이렇듯 과거의 모든 정착 식민지들
은 오늘날 이중적인 위치를 점유하고 있으며, 일본을 포함한 미국, 영국, 프랑스, 이탈리
아 등 모든 정착 식민지들은 식민지 모국의 식민화/지배의 이중적 주체로 작용한다.
Robert J. Young, 김택현 역, 앞의 책, 46~47쪽 참조.

이를 토대로 할 때, 일제강점기 식민지 정착민들은 식민화 과정의 지배자들인가, 아니면 비토착 식민지민인가에 대한 정의 또한 모호해진다. 이는 일제강점기 정착 식민자들이 토착민들을 대상으로 한 학살, 약탈, 착취, 지배 등 이중적인 식민 범주와 계층적 위치를 차지한다. 이러한 일본 정착 식민자는 피식민자의 모국어를 통제하면서 우리의 언어적 전통을 해체하고, 토지, 가옥, 식량, 노동력 등을 착취하면서 공간적으로 조선을 억압해온 식민화/지배의 양가적 주체로 이해된다.

로버트 영(Robert J. Young)에 의하면, 식민화의 개념은 공동체의 이식에서 이루어지며, 이를 통해 거시적인 안목에서의 식민화/지배의 상관성이 어느 정도 가시화되어 나타난다.

> 본래 식민화는 토착민에 대한 통치나 토착민의 부의 수탈을 가리키는 것이 아니라, 식민자국의 정치·경제·문화·언어의 공동체적 원형의 이식(移植)을 의미한다. 이러한 공동체들은 경제·종교·정치적으로 더 나은 삶을 추구하면서도 자기 자신의 고유한 문화에 충성하려 했다. 이와 같은 의미에서의 식민화는 타인들을 '지배'하는 것이 아니라, 다른 곳에 정착하는 것은 주된 목적으로 삼고 있던 사람들에 의해 이루어졌다. 비록 대부분의 경우 식민화는 타인에 대한 지배를 수반했지만, 그것은 정착의 부산물이었고, 통상적으로 유럽적인 의미에서 '정착한(settled)' 것은 아닐지라도 이미 그 땅에 누군가 거주하고 있었던(populated) 것의 결과였다.[24]

이와 같이 식민화 과정에 있어서 정착 식민화의 경우 식민지 공간

---

24 Robert J. Young, 김택현 역, 앞의 책, 48쪽.

과 토지의 전유가 의미하는 것은, 사이드가 강조했듯이 '식민주의는 근본적으로 토착민들과 그들의 땅에 대한 권리를 겨냥하여 행사된 지리적 폭력 행위'[25]였다는 점이다. 이러한 결과로 후일 식민지 개척자들은 식민화 과정에 있어서 자신들과 토착민 사이에서 생활공간과 그에 따른 토지를 놓고 식민화/지배를 구별하려 했으며, 이를 통한 식민화/지배를 위한 공간적 전유를 유지하려 했다는 것이다.

19세기 자본주의 국가들이 식민화/지배의 합법적인 규정을 위반하면서까지 식민지 개척을 앞 다툰 것은 곧이어 다가올 20세기 거대한 자본주의 사회로의 진입을 알리는 신호가 되었다. 따라서 전쟁으로 얻은 토착민의 식민화/지배의 원칙(토착민의 토지, 가옥 등 생활공간의 수탈) 아래 국가적 부의 축적과 경제적 식민화를 위한 기반 작업을 서둘 수밖에 없었다.

임화의 경우 식민화 과정을 이식으로 규정하고 있다. 이것의 핵심은 전통적인 것과 서구적인 것 사이에서의 이식된 것의 변증법이다. 요컨대 전통적인 것과 서구적인 것의 변증법은 '비슷하면서도 다른' 문학의 창조로 귀결된다. 이런 점에서 전통과 서구가 교섭하면서 탄생하는 '제3의 자'는 순종의 이식이면서 동시에 순종과는 다른, 일종의 혼종의 모습을 갖게 된다. 이처럼 식민화 과정에서 탄생한 유산은 항상적으로 지배 문화 형성에 기여하는 주체이자 산물이 된다.[26]

---

25 Said, Edward W., 김성곤 · 정정호 역, 『문화와 제국주의 *Culture and Imperialism*, London, Chatto & Qindus(1993, 1-15)』, 창, 1995, 45~63쪽, Robert J. Young, 김택현 역, 앞의 책, 49쪽 재인용.

26 임화는 이식의 부정적 측면을 강조한다. 이식이라는 방식으로 문화적 근대화가 진행된 결과 구문화의 '변혁'이 제대로 이루어지지 못하고, 그것과 '타협'하는 사태를 낳았다는 것이다. 또한 임화는 신문학을 전통의 창조적 혁신이나 이식과 전통의 조화로 보지 않고 전통과의 타협으로 비판한다. 그 이유는 식민화 과정에 있어서 전통 자체의 결함

따라서 식민화/지배는 토착민의 전통과 식민 열강들의 식민주의적·제국주의적 근성 사이에서 식민지 토착민을 대상으로 한 정착 식민화와 착취 식민화라는 두 가지 측면에서의 상관성을 띤다. 이것은 식민자의 '생활공간'을 기반으로 한 '식민화'과정과 '지배'적 속성에 의해 결정된다.

　　이런 측면에서 『혼불』은 공간·장소에 따라 민중의 역사로 명명되는 다양한 삶의 모습과 식민지 지배/착취에 대한 저항·극복의 유형을 보여주고 있다. 이것은 『혼불』의 이야기 양식이 일정한 장소에 머무르지 않고 다양한 공간을 반영하는 소설임을 말해주고 있으며, 『혼불』의 공간·장소의 활용은 소설 내부적으로 작중인물들의 삶과 밀접하게 연결되어 있음을 시사한다.

　　소설의 '공간' 혹은 '장소'의 개념은 지리적으로 표상되는 공간·장소의 의미와는 대별되는 것으로, 소설 내적으로 등장인물의 행동반경을 투사하는 경험이 소설의 반영물로서 집중되는 집적소 역할을 담당한다. 이러한 내용은 소설 내부에 생존하는 인물들의 성격이나 삶의 방식, 생활양식에 근거하며, 일정한 크기의 개념화에 의한 '공간(Space)'을 지시한다. 여기에는 문학의 필수적인 의미에서 등장인물의 삶의 질적·양적 추구를 목표로 하는 중요한 특질로서 '공간형식(spatial form)'[27]을 제기할 수 있다. 이와 같은 공간형식은 공간의 이미지화 작

때문이 아니라 전통을 새로운 문학에 맞도록 적절히 '개조하고 변혁하지 못했기 때문'이다. 이렇게 놓고 볼 때 임화는 이식의 결과를 긍·부정으로 양단하지 않고, 그것의 양면성에 관심을 가졌던 것으로 이해할 수 있다. 한편으로는 식민화 과정에서 자주정신을 결여한 일방적 이식이 구문화의 타협을 낳음으로써 근대문학이 파행으로 나아갔다면, 다른 한편으로는 그러한 파행 속에서도 전통에 대한 무의식적 취사선택이 근대문학의 내용과 형식에 합당한 방향으로 전통이 변용되었다는 것이다. 하정일, 『탈식민의 미학 Decolonial Aesthetics』, 소명출판, 2008, 44~45쪽, 321~326쪽 참조.

업에서 생성되는 다양한 체험의 반영물을 담아내는가 하면, 등장인물의 체험과 삶의 양태를 포괄적으로 아우르는 문화적 존재로서 '장소'를 가리킨다. 이로써 문학은 공간적 구성을 현실감 있게 복원할 수 있는 장소를 제공받을 수 있는 것이며, 이를 통해 작가의 역사적 상상력이 특정화된 공간에서 재현될 수 있는 조건이 마련된다. 이처럼 공간·장소의 정체성은 소설 내부에 존재하는 인물들의 행동양식에 있어 건강성과 생동감을 불어넣는 동시에 실제 사람이 살아가고 있는 공간양식을 이미지화함으로써 인간 삶의 질서와 전망을 부여하게 된다.

이런 관점에서 『혼불』의 공간형식은 상부에 매안마을이 자리 잡고 있으며, 물 건너 하부에는 거멍굴이 위치하고 있다. 여기서 한참 동떨어진 곳에 고리배미 천민촌이 형성되어 있는데, 『혼불』은 이러한 지리적 위치를 공간과 장소 개념 아래 민중의 역동성을 강조하고 있다. 이것은 매안마을·거멍굴·고리배미 마을단위마다 등장하는 인물들의 성격과 유형 등의 특색에서 드러난다.

3.1. 하층민의 생활 터전으로서의 '공간'

매안마을의 경우 양반의 지세와 어울리는 공간을 소설 곳곳에 배치하였다면, 거멍굴 하층민의 삶의 터전은 '거멍바우'를 중심으로 하여 그들의 역동적인 삶의 공간으로서 현장감을 잘 보여주고 있다. 거멍

---

27 이것은 조셉 프랭크(Joseph Frank)가 1945년에 발표한 「현대문학에서의 공간 형식(Spatial Form in Modern Literature)」에서 현대문학의 중요한 특질로 제기된 이론이다. 일반적으로 문학의 미학적 형식은 공간적 논리에 기반하고 있으며, 시간의 연속적인 흐름을 따라 일어서는 단어군을 공간적으로 동시에 지각할 때 비로소 의미가 파악된다. 이처럼 언어를 새롭게 사용하는 방법을 문학에서의 '공간 형식'이라고 명명한다. 이호, 「소설에 있어 공간 형식의 가능성과 한계」, 『공간의 시학』, 예림기획, 2002, 39쪽.

굴에서 한참이나 떨어져 형성된 고리배미는 매안마을과는 독립되어 있는 듯한 지리적 관계를 보여주고 있으나, 실제 고리배미 상민층의 활동 무대는 거멍굴과 매안마을, 그 너머 대처까지 포괄적인 삶의 무대를 펼쳐 보이고 있다.

특히 거멍굴 하층민의 생활 터전은 그들 삶과 직접적으로 연관되어 있으며, 이것은 매안마을에서 물을 건너기만 하면 바로 인접해 있는 공간이다. 따라서 매안마을 안으로 들어갈 수 없는 존재들임에도 언제나 매안마을 사람들의 눈에서 벗어날 수 없는 억압과 속박 속에 하루하루 살아갈 수밖에 없는 처지이다.

이처럼 『혼불』에서 거멍굴 하층민이 차지하는 비중은 '몫 없는 자'로서 매안마을에 얽매어 '말할 수 없는 자'의 신분을 그대로 노출시키면서도 그들 삶의 내부에는 저마다 매안마을 양반층, 즉 '가진 자' 혹은 '말할 수 있는 자'의 신분에 대한 동경과 모방 사이에서 혼종의 삶을 살아가고 있다. 거멍굴 하층민의 이러한 삶의 양태는 매안마을 · 고리배미 사이에 위치한 거멍굴의 지리적 상관성과 긴밀하게 연관된다. 따라서 『혼불』의 공간 · 장소의 의미는 민중의 삶의 방식을 보여주는 좋은 사례라고 할 수 있으며, 그들의 동선에 따라 다양하면서도 역동적인 삶의 양태를 반영하고 있다.

이와 같은 『혼불』의 공간 · 장소의 정체성은 '동일자(the same person)'[28]의 시선으로 바라볼 때 분명하게 드러난다. 식민 지배자는 자신들의

---

28 동일자(the same person)는 '타자(the Other)'의 반대 개념으로 식민주의 피해자로 전락한 피식민 주체가 식민주의 이전의 생활 전반을 주체적 입장에서 행사할 수 있는 조건을 말한다. 즉 언어, 문화, 도덕, 의식주 등을 포괄하는 권리자의 행동 양식이 지배 · 억압 · 착취의 대상이 되지 않은 환경을 말하며, 이것은 식민자와 대등한 조건에서 문화적 · 도덕적 · 기술적 · 유전적 환경과 형질에서의 그 어떠한 차별이 없는 상황을 의미한다.

권위에 의한 지배 능력을 보강하기 위해 식민지 제반에 '열등한' 타자를 필요로 하지만, 지주와 소작의 관계에 있어서도 상위에 대한 하위 범주로서 차별화된 타자를 요구한다. 이것은 '가진 자', 즉 '말할 수 있는 자'가 타자를 '말할 수 없는 자'로서 그 신분과 지위를 규정함으로써 지주 스스로 소작인에 대한 억압과 착취의 정당성을 확보하려는 수단으로 활용되고 있다.

들판에 어스름이 내려앉고, 근심바우는 더욱 검은 빛으로 어둠 속에 잠겨 들어가는데, 천민 중의 천민이라 상투도 법으로 못 틀게 하여, 쑥대강이 봉두난발로 쭈그리고 앉아 묵묵히 피를 씻어 내는 쇠백정 택주의 손등에 무심한 달이 푸른 빛으로 떠오르는 때도 있었다.

노비 · 승려 · 백정 · 무당 · 광대 · 상여꾼 · 기생 · 공장(工匠), 여덟 가지 종류의 팔천(八賤) 천민을 나라에서 정하여 구분한 세월이 얼마나 되었는가.

그 중에서도 가장 천한 것이 백정과 무당이다.

이 세상에서 짐승말고는 노비보다 더 심한 차별 대우를 받는 것이 백정인지라, 일반 양인들과는 같이 섞여 살지도 못하고 성문(城門) 바깥 멀찌감치 물러나 저희들끼리 모여 사니, 다른 사람들한테 '성 아랫것'이라는 비칭 낮춤말을 들었다.

그것은 부성(府城) 고을이 아니어도 마찬가지였다. 사부(士夫) 반촌(班村)의 마을에는 말을 꺼낼 것도 없고, 민촌(民村)이라 할지라도 그 마을 안에 버젓이 섞여 살 수는 없었다.

안에는 그만두고 언저리도 안되었다.

그래서, 매안을 바라보고 그 서슬 아래 살 것이면서도 그쪽으로는 감히 허리 들고 지나갈 엄두조차 못 내고는 산 모롱이 하나를 꺾어서 한참이나 내려와 돌아앉은 이곳에 자리를 잡은 것이리라.

그래도 민촌 고리배미까지는, 그보다는 좀 가까웠고, 길도 조옥 나 있어 가기도 쉬웠으며, 서로 아득하게나마 바라보이기라도 하였다.

-『혼불』제3권 제2부 256쪽 -

　근심바우를 배경으로 하고 있는 거멍굴의 지리적 요인, 즉 공간·장소의 성격은 민중의 애환과 그 내면의 어두운 역사성을 내포하고 있다. 본래 크고 검게 생긴 근심바우는 매안마을 양반들에 의해 지어진 이름이든 거멍굴 민중에 의해 붙여진 이름이든 '명명'하는 순간 거멍굴의 지리적 특성을 반영하는 공간·장소 개념으로서 하나의 표상물로 작용한다. 여기에는 자의적이든 타의적이든 주체에 상관없이 규정된 '이름'만으로 거멍굴의 인문지리학적 공공의 성격을 지니며, 이것은 팔천(八賤) 천민에 대한 지정학적 단서를 구체적으로 보여주는 공간·장소의 의미화라고 할 수 있다.

　팔천 가운데 '짐승 말고는 노비보다 더 심한 차별'과 천한 대우를 받는 자로서 '백정과 무당'이 사는 곳이 바로 거멍굴이다. 촌락을 형성하고 사람 사는 골짜기를 이루어도 결코 매안마을 안에서는 살 수 없는 '성 아랫것'이라는 천함을 면치 못하는 공간·장소의 규정은 거멍굴 민중의 삶을 구속하고 억압하는 굴레의 직접적인 의미가 된다. 거멍굴 하층민의 삶의 방식은 지리적 공간·장소에 얽매여 한 치도 촌락을 벗어날 수 없다. 이러한 숙명성은 거멍굴 하층민의 삶을 비극적으로 만들어가는 매안마을 양반층, 즉 '가진 자' 혹은 '말할 수 있는 자'의 폭력으로부터 물려받은 문화적 피해의 산물인 것이다.

　이런 측면에서 '매안을 바라보고 그 서슬 아래' 살아야 하는 거멍굴 하층민의 숙명은, 스스로 굴레를 깨트리고 나와 '말할 수 있는 자'의 권리를 획득해가는 고리배미 상민들의 삶과는 대조를 이룬다. 고리배

300

미 상민이 매안마을과 거멍굴을 상대로 양가적인 삶의 방식으로 살아
간다면, 거멍굴 하층민은 매안마을 언저리조차 '허리 들고 지나갈' 엄
두를 내지 못하는 '말할 수 없는 자'의 삶을 숙명으로 여기며 살아가는
민중인 것이다. 이러한 삶의 방식은 거멍굴 사람들 스스로 규정한 것
은 아니지만, 이것을 깨트리는 강인함이 고리배미 민중과는 달리 입속
에서만 맴돌 뿐이다. 그나마 거멍굴 하층민은 매안마을과 인접하여
언제 어느 때든 일손이 부족하거나 크고 작은 일에 '관객'으로서 지위
를 암묵적으로 인정받는 것은 그들 스스로의 위치를 규정하기보다 매
안마을 양반층으로부터 강요당하는 억압의 단면으로 이해할 수 있다.
이것은 매안마을과 거멍굴 사람들이 교류·소통의 한 가지 방식이며,
불평등한 조건에서도 '일거리'를 받아내 품삯이라도 받기 위해서는 '관
객'의 지위를 유지하는 수밖에 없다는 것을 의미한다.

　역사적으로 거멍굴 하층민이 처한 지리적 요건은 고리배미 상민들
의 공간·장소와 대별되는 삶의 전형과 방식을 이룬다는 점에서 더 한
층 폭력적이며 억압적인 민중의 생활상을 반영하고 있다. 거멍굴 하
층민의 삶이 고리배미 상민층과 다를 수밖에 없는 이유는 전근대적인
신분제도의 모순에도 불구하고 이것을 지켜나가려는 사람과 신분상승
의 욕망을 실현하려는 사람들 간의 분열에서 오는 동력의 소진을 들
수 있다. 이와 반대로 고리배미 민중이 처한 현실은 매안마을과 거멍
굴, 심지어 대처까지 나아가 장사꾼의 삶을 살면서 스스로 '말할 수 있
는 자'로서 민중의식을 일깨워 나가는 데서 대별점을 이룬다.

　이런 관점에서 거멍굴 하층민의 삶의 방식은 여러 곳에서 타자화된
모습을 보여준다. 이것은 제한된 거주지에서의 삶의 양태와는 차원이
다른 공간·장소에 따른 삶의 방식에서 나타나며, 일상적으로 겪는 생
활 체험에서 목격된다. 따라서 거멍굴 하층민의 공간·장소의 의미는

민중의 역동적인 삶과 상관성을 지니며, 소설 내부적으로 식민지 지배 권력으로부터 신음하는 조선인의 현실을 반영하는 동시에 민중의 뿌리를 묻는 한 가지 근거가 된다.

이 솔밭은 고리배미의 장관이요, 명물이었다.

마을을 둘러보아 눈에 띄는 명승이나 정취로이 바라볼 만한 무슨 풍경 하나도 없이, 그저 둥실한 고리봉 아래 평평한 마을이 해바라지게 한눈에 들어오는 것이 고리배미였다.

그런데 뜻밖에도, 말발굽 모양으로 휘어져 마을을 나직히 두르고 있는 동산이 점점 잦아내려 그저 밋밋한 언덕이 되다가 삼거리 모퉁이에 도달하는 맨 끝머리에, 무성한 적송 한 무리가 검푸른 머리를 구름같이 자욱하게 반공중에 드리운 채, 붉은 몸을 아득히 벋어 올리고 있었다. 그리고 여기에는 성황당이 있었다.

"민촌에 아깝다."

고 이 앞을 지나던 선비 한 사람이 탄식을 하였다는 적송의 무리는, 실히 몇 백 년생은 됨직하였다.

이런 나무라면 단 한 그루만 서 있어도 그 위용과 솟구치는 기상에 귀품(貴品)이, 잡목 우거진 산 열 봉우리를 제압하고도 남을 것인데, 놀라운 일이었다, 수십여 수(樹)가 한자리에 모여 서서 혹은 굽이치며, 혹은 용솟음치며, 또 혹은 장난치듯 땅으로 구부러지다가 휘익 위로 날아오르며, 잣바듬히 몸을 젖히며, 유연하게 허공을 휘감으며, 거침없이 제 기운을 뿜어 내고 있었다.

그런가 하면 어떤 것은 오직 고요히, 땅의 정(精)과 하늘의 운(運)을 한 몸에 깊이 빨아들여 합일(合一)하고 있는 것 같기도 하였다.

-『혼불』제3권 제2부 284쪽 -

고리배미의 풍광은 거명굴 마을 복판에 검은 덩치로 커다랗게 자리 잡고 있는 '근심 바우' 같은 거추장스러운 사물도 없이 '그저 둥실한 고리봉 아래 평평한 마을이 해바라지게 한눈에 들어오는' 소박한 마을이다. 따로 '명승'이나 '정취로이' 바라볼 수 있는 풍경 하나 없이 스스럼없는 민촌의 형태를 갖춘 고리배미는 그 자체로 강인한 민중의 삶의 터전을 이룬다. 이것은 자생적인 생명력과 주체적 자각을 기반으로 하는 삶의 현장으로서 '터전'을 보여준다.

이런 고리배미 민중의 삶은 지세와 환경에서 원동력을 확보하고 있다. 말발굽 모양의 동산이 마을을 휘돌아가는 길목엔 무성한 적송과 함께 고리배미를 지켜주는 '성황당'이 자리 잡고 있다. 이 성황당은 예부터 마을을 지켜주는 수호신 '서낭'을 모셔놓은 신당으로 무속의 형태로 전승되어 왔다. 보통 마을 어귀나 고갯마루에 돌무더기를 쌓아놓고 주변엔 신성시되는 나무 또는 장승이 세워져 있다. 민간에서 신앙·주술의 의미가 강하지만, 무엇보다 고리배미를 수호하는 의미가 가장 적정하다. 더욱이 '민촌에 아깝다'는 지나는 선비로 하여 탄식을 하게 만드는 적송 무리는 수백 년에 걸쳐 고리배미 민중들의 삶을 지켜보고 보살펴준 존재이다. 오랜 시간 눈과 비와 바람에 바위는 깎이어 나가도 '귀품(貴品)' 있는 소나무는 '잡목 우거진 산 열 봉우리를 제압하고도 남을' 정도의 위용과 기상을 자랑하며 고리배미와 함께 살아남은 것이다.

이런 측면에서 고리배미가 갖는 공간적 상관성은 매우 중요한 의미를 지닌다. 왜냐하면 매안마을 양반층과 거명굴 하층민 사이에 양가적인 삶의 형태를 유지할 수 있는 고리배미 특유의 풍수학적 요건과 지리적 조건, 그곳 민중들의 삶의 방식이 '오직 고요히, 땅의 정(精)과 하늘의 운(運)을 한 몸에 깊이 빨아들여 합일(合一)'하면서 하나의 뿌리를 딛고 두 가지 속성을 지닐 수 있는 양가적 삶을 지향하고 있는 것이다.

여기서 '땅'의 정기를 거멍굴 하층민의 민중적 삶, 즉 지배 권력으로부터 주변부로 밀려나간 '하위주체'로서 생활이라고 하면, '하늘'이 내린 천운은 매안마을 양반층이 지닌 '가진 자'로서 '말할 수 있는 자'의 권리를 의미한다. 따라서 고리배미는 이 두 가지 요건이 '합일'된 자의식으로서 '모방'과 '혼종'의 형태로 구체화되는 과정, 즉 거멍굴 민중과 더불어 하위의 신분적 입장과 매안마을 양반층의 '말할 수 있는 자'의 권리를 주체적으로 수행할 수 있는 양가적인 속성을 지닌다.

한편 매안마을에서 시작되어 거멍굴, 거멍굴에서 고리배미로 이어지는 유기적인 공간의 역동성은 '농민'이 일상적으로 사용하는 '낫'을 통해 의미화된다. 최명희는 '낫'이라는 낮으면서도 역동적인 표상물에 비유하여 매안마을, 거멍굴, 고리배미를 한눈에 보여주고 있다.

만일 낫을 놓고 이야기를 한다면, 날카로운 날끝이 노적봉 기슭의 매안이고, 거기서 오른쪽으로 한참을 걸어와 낫의 모가지가 기억자로 구부러지는 지점이 새로 생긴 정거장이며, 그 목이 낫자루에 박히는 곳쯤이 무산 밑의 근심바우 거멍굴이다.

그리고 더 아래로 내려와 맨 꽁지 부분 손 잡는 데에 이르면, 고리봉 언저리 민촌 마을 고리배미가 된다.

이름 그대로 둥그런 고리의 등허리같이 생긴 산이 모난 데 없이 수굿하게 앉아서 좌우에 나직나직한 능선을 그으며 마을을 보듬고 있는 이 곳에는, 어림잡아 백이십여 호가 넘는 집들이 집촌(集村)을 이루고 있었다.

-『혼불』제3권 제2부 269쪽-

304

『혼불』의 '장소성'은 실제 남원지역의 지리적 여건과 등장인물이 사용하는 사투리에서 찾을 수 있다. 매안마을, 거멍굴, 고리배미로 이어지는 공간적 상황을 '낫'을 놓고 비유하는 서술자의 시각은 마치 큰 땅덩어리를 손바닥 안에서 자유롭게 해석하고 비유하는 전지적 관찰자 시각을 보여주는 동시에 독자로 하여 한층 현실감 있는 구도를 제시하고 있다.

여기에 대한 구체적인 정보가 단지 '낫'이라는 낮은 물질에 비유되어 있다는 것은 『혼불』의 민중성을 표상하기 위한 최명희만의 독특한 문학관으로 인식할 수 있다. 왜냐하면 '낫'과 같은 민중의 생활 도구를 활용함으로써 거멍굴 인물, 즉 백정 택수와 같은 천한 신분의 존재도 천대하지 않으면서, 그 자체로 우리 실생활에 반드시 있어야할 존재로 부각시키고 있다. 따라서 '낫'을 따라 이어지는 풍광은 억압받고 고통받는 민중의 퍼런 서슬이 아닌, 강인하면서도 끈기 있는 전통적인 삶의 모습을 반영하고 있음을 말해준다.

'날카로운 날끝이 노적봉 기슭의 매안'이라는 것은, 매안마을이 품고는 있는 지세를 알려주고 있다. '날카로운 날'에서 이씨 가문 선비정신과 기질, 양반들의 안채문화의 이끌어가는 매안 여성들의 절개를 비유적으로 보여주고 있으며, '노적'의 의미는 매안의 풍성함과 여유로움이 상시적으로 존재하고 있음을 말해주고 있다.

한편 '낫의 모가지가 기역자로 구부러지는 지점'을 지나 '목이 낫자루에 박히는 곳', 그곳이 '무산 밑의 근심 바우 거멍굴'이 자리 잡고 있다는 것은 중요한 의미를 보여준다. 낫과 자루가 연결되는 지점, 이것은 날카로운 날이 매안마을이라면 이것을 쥘 수 있도록 하는 '자루'와 접점을 이루는 곳이 바로 거멍굴이다. 다른 시각에서 칼날은 '쇠'로 구성된 것이고, 자루는 '나무'로 만들어진 것이라 할 때, 서로 속성이 다른 '쇠'와 '나무'의 결속은 매안마을과 거멍굴의 상반되면서도 친화할 수밖에 없는 유기적인 결속력을 시사한다.

여기에 자루 '맨 꽁지 부분 손잡는 데'가 고리배미에 해당되는데, 이것은 낫을 쥘 수 있는 손잡이라는 점에서 낫의 완성도를 높이고 있다. 굳이 최명희가 '낫'을 비유로 하여 매안마을, 거멍굴, 고리배미를 지리적으로 형상화한 것은 삶의 모습과 그 구성원들의 속성이 다름에도 불구하고 하나의 공동체적 친연성을 강조하고자 함에 있다. 이것은 성격적으로 분할된 세 마을의 본성을 유기적인 형상과 이미지로 엮어 내는 것으로 이해할 수 있다. 이 가운데 거멍굴이 매안마을과 고리배미를 연결하는 역할을 담당하고 있다면, 고리배미는 매안마을과 거멍굴의 유기적인 관계를 명확히 하는 손잡이 역할을 담당한다는 점에서 매우 중요한 관점을 보여준다.

이런 측면에서 『혼불』은 공간·장소의 개념이 자연의 원형과 결합하여 등장인물들의 삶의 방식을 규정하는 중요한 단서로 작용한다. 이것은 지정학적 요인과 변별되는 특성을 보여준다는 점에서 공간의 폐쇄적 폭력에 저항하는 역동적인 삶의 모습을 제시한다. 이와 같은 원리는 거멍굴·고리배민 하층민의 민중 체험이 매안마을 양반층의 고결성과 역동적으로 맞물려 작동한다. 이로써 '전통의 복원'과 '민중의 역동성'이 하나의 역량으로 통합되고 추동되며, 『혼불』의 탈식민적 전략의 다층화된 구조 가운데 가장 핵심적인 단서가 구현된다.

3.2. 이주민의 저항적 '장소'

『혼불』은 부분적으로 매안마을을 떠나 만주의 생활상을 반영하고 있다. 일제강점기 식민지 조선을 벗어나 국외로 이주한 이민자들의 경제적·정치적 생존 전략은 문화적 전이과정을 거치면서 신식민지적 치환에 의한 시간적·공간적 역사를 재구성한다. 이러한 치환은 신체 상의 이주, 이산, 재배치(relocation, 강제 격리수용)에 의해 '국가', '국민', '민족'이라는 전통적 의미가 실제상 몸을 담고 있는 지역에서의 새로운 담론을 형성한다.

『혼불』은 부분적으로 만주를 배경으로 하여 이주민의 생활상을 보여줌으로써 남원의 매안 마을을 중심으로 하여 주변부적 성격을 지니는데 그치는 것이 아니라, 매안 마을을 떠나 새로운 공간·장소에서의 생활상까지 반영하고 있다. 이러한 만주 체험은 『혼불』의 서사구조가 일정한중 구조에 머무르지 않고 다각적·다층적 의미에서의 소설 양상을 보여준다. 이것은 일제강점기 사회적 제모순에 대항하는 요소로서 '이주(移住)'에 해당하며, 넓은 의미에서 '이주민(immigrator)'[29]의 문화적·정치적 정체성이 우리 고유의 민족성과 타자성의 융합과정을 통해 구성된다.

---

29 일제강점기 식민지 조선을 벗어나 국외로 이주한 이민자들의 경제적·정치적 생존 전략은 신체화 담론으로서 문화적 전이과정을 거치면서 신식민지적 치환에 의한 시간 적·공간적 역사를 재구성한다. 이러한 치환은 신체상의 이주, 이산, 재배치(relocation, 강제 격리수용)에 의해 '국가', '국민', '민족'이라는 전통적 의미가 실제상 몸을 담고 있는 지역에서의 새로운 담론을 형성한다. 디아스포라는 '민족분산'으로서 그 민족의 구성원들이 세계 여러 지역으로 신체적 분산 과정을 말하며, 그들이 거주하는 장소와 공동체를 가리키기도 한다. 본래 디아스포라는 유대인들의 유랑을 의미하는데, 근래에 들어 유대인의 유랑 경험뿐만 아니라 다른 민족들의 국제이주, 망명, 난민, 이주노동자, 민족공동체, 문화적 차이, 정체성 등의 포괄적인 개념으로 사용되고 있다. 이러한 이주자들의 생존의 전략으로서의 문화는 국가를 넘어서는(transnational) 동시에 전이적인(translational) 특성을 지닌다. 그 이유는, 탈식민지적 담론이 문화적 치환의 특수한 역사에 뿌리를 두고 있기 때문이다. 이주민·이산자·난민들은 불가피하게 신식민지 문화와 국가의 사이의 접경에서 빈번히 법률적 타자의 위치에서 자신을 발견하게 되는데, 이러한 의미에서 이주민은 문화적·정치적 정체성이 타자성의 과정을 통해 구성된다고 볼 수 있다. Homi K. Bhabha, 나병철 역, 앞의 책, 369~374쪽 참조.

디아스포라(Diaspora)는 '민족분산' 또는 '민족이산'이라는 말로 의미화 된다. 단순한 의미로는 동일한 민족 구성원들이 본래 살고 있던 '고향'을 떠나 세계 곳곳으로 분산되는 현상을 지시한다. 광의적 의미에서는 국경을 넘어 다른 나라로 분산한 동족들의 생활 터전으로서 장소와 이들의 생활상을 반영하는 공동체적 반경을 의미하기도 한다. 본래 디아스포라는 유대인들의 유랑을 의미하는 용어이다. 근래 들어 민족과 이민족 간의 상관성에 관한 연구가 활발해지면서 디아스포라는 유대인의 이주에 따른 신체적·정신적 경험뿐만 아니라 근현대적 의미에서의 여타 민족의 구성원의 분산에 의한 국제이주, 망명, 난민, 이주노동자를 포괄하는 의미로 사용되고 있다. 따라서 디아스포라 개념은 단순히 공간적 이주에서 그치는 것이 아니라, 특정 민족의 구성원들 간의 공동체에서 민족과 민족의 문화·풍습·전통의 차이, 민족적 정체성 등의 국제적 교류의 대상으로서 전반적인 개념으로 사용되고 있다.[30]

디아스포라 개념에는 단순한 공간적 이주뿐만 아니라 공동체, 문화, 정체성의 문제까지 포함된다. 여기에는 주류사회에 온전히 편입할 수 없는 이주민의 불안정한 정체성이 나타나기 마련이며, 이것은 이민족에 의한 타자화의 대상으로서 필연적으로 신체적·정신적 고통을 수반한다. 이러한 대가를 감수하면서까지 이주민이 겪는 힘겨운 동화의 노력은 상당한 심리적 부담을 부여하기 마련이다. 그럼에도 불구하고 주류사회에 끼어들지 못한 주변인으로서 겉도는 존재로 전락할 때, 소수민족이 겪는 신체적·정신적 무력감과 고충은 디아스포라의 원체험

---

30 윤인진, 『코리안 디아스포라: 재외한인의 이주, 적응, 정체성』, 고려대학교 출판부, 2004, 4~5쪽 참조.

이 된다.[31] 이것은 떠나온 모국에 대한 정신적 체험과 이주한 장소에서의 신체적 체험 사이에서 애착·원망의 심리적 갈등이 소수집단 이주자들의 심정을 대변한다. 이런 이주민의 체험성의 총체가 '디아스포라'에 관한 용어적 출발선이 된다.

'디아스포라'에 관한 용어적 해석이 중요한 이유는, 일제강점기 만주 이주민의 식민지적 상황이 시대적 호명으로써 '탈식민주의'의 진입을 알리는 신호가 되기 때문이다. 기본적으로 탈식민이란 '식민주의 종말 이후에 도래한 새로운 식민지 시기'[32]를 가리킨다. 여기에 대한 용어적 정의는 일제강점기 일본의 식민지 지배에 의해 해외로 이주한 조선인의 신식민지 지배체계까지 포함할 수 있으며, 이를 포괄적으로 수용하는 용어라고 할 수 있다.

이것은 이주 공간 자체가 갖는 '공간성'에 의미를 두기 위해 작가가 의도적으로 텍스트로 형상화하여 그려내는 것이라기보다 텍스트 안에 형상화된 공간을 독자가 해석하는 과정에 창출되는 것이므로 대상 공간의 실체에는 거의 관여하지 않는다. 이와 같은 문학에서의 공간 논의는 근래 들어 대상 텍스트의 공간과는 별개로 실제적 의미에서의 공간을 부정함으로써 거두는 반리얼리즘적 효과에 경도되어 있다.[33] 따라서 '실제와 정합한 공간보다는 작가의 의식과 독자의 체험으로써 기획되고 창출되는 공간'[34]으로서 의미가 더 적합하다.

왜냐하면 소설 내부의 공간성은 텍스트와는 무관할 수도 혹은 유관

---

31 이선주, 「미국이주 한국인들의 디아스포라적 상상력-이창래의 『네이티브 스피커』」, 『미국소설』 15권 1호, 미국소설학회, 2008, 96쪽.

32 Peter Childs and Patrick Willams, 김문환 역, 앞의 책, 18쪽.

33 조윤아, 「등장인물의 지리적 이동과 공간의 역동성」, 『『土地』와 공간』, 토지학회, 2015, 43쪽.

34 장일구, 「소설 공간론, 그 전제와 지평」, 『공간의 시학』, 예림기획, 2002, 23쪽.

할 수도 있는 창조된 공간이므로 실제적인 공간과는 별개로 취급될뿐더러, 이것은 실제의 공간에 대해 독자가 개입할 수는 없어도 텍스트 내부의 공간에 관해 독자가 관여하거나 개입할 수 있는 단계에서의 공간으로 인식할 수 있기 때문이다. 따라서 독자는 텍스트 외부에 존재하는 실제 공간과 텍스트 내부에 존재하는 공간을 공존의 선상에 두지 않고, 상상력과 해석에 따라 새롭게 창조되는 공간에 더 충실하고자 하는 상상의 욕망을 품게 된다. 이것은 엄밀히 독자의 상상력에 창조되고 형상화되는 공간의 의미를 말한다.

여기에는 일정 공간에서 다른 공간의 일화를 회상하거나 다루는 경우, 공간으로의 이동 과정이 생략된 채 공간에 도착한 것으로 서술하여 행위가 과거로 처리되는 경우, 어떤 공간에서 벌어진 사건에 대한 서술자의 주석적 해설이 장황하게 제기된 경우, 혹은 여타 등장인물들의 대화에 의해 전언되는 경우, 공간이 서술 시간에 있어서 현재 사건 진행의 공간으로서 기능하는 경우 등으로 그 성격을 나눌 수 있다.[35]

이런 의미에서 『혼불』의 '공간·장소'는 궁극적으로 작중인물로서 민족구성원의 존재의미, 제도와의 관계, 활동반경 등과 관련하여 지속적으로 유지되며, 이것은 개인과 공동체를 구성하는 원천이 된다. 특히 『혼불』에서 만주 이주민의 '공간·장소'는 그들의 삶에 역동성을 부여하는 인간 체험의 중요한 요소로서 서사의 중심이 되기도 한다.

여기에 강모와 강태의 만주 체험은 조국을 등진 이주민으로서 삶의 양태가 민중의 역동적인 삶에 반하는 행동양식을 보여준다. 이것은 겉으로는 잘 드러나지 않은 매안마을 양반층의 허위성을 보여주는 단적인 사례이다. 이러한 내면에는 무엇보다 양반층의 무력한 현실감이

---

35 조윤아, 위의 논문, 45쪽.

저변에 작용한다. 실상 이기채와 같이 유약한 양반의 자손까지도 일제강점기를 배경으로 하여『혼불』의 탈식민성을 추동할만한 인물로는 부각되지 못하고 있다. 여기에 강모의 만주행은 도피의 일종으로서 오히려 매안마을 양반가문의 불명예를 안겨주고 있다. 이뿐만 아니라 강실과의 상피, 오유끼와 불륜과 통정은 매안마을 양반층의 선비정신을 훼손하는 결정적인 사건이 되고 있다.

반면『혼불』에는 이주민 스스로 주체적 자각에 의한 역동적인 삶을 보여주는 민중의 모습도 발견된다. 이것은 이주 조선인 스스로 무력하지 않다는 것을 입증하고 각성해나가는 기회가 된다.

반면에 왕관카희 길 건너편, 즉 야마토 광장거리 맞바라기 쪽에는 조선인 민족극장(民族劇場)이 있었다. 이 극장 역시 서탑소학교 같지는 않았지만, 조선 사람 몇이서 돈을 모아 세운 것이었는데, 원래 이름을 '민족극장'이라고 하였으나

"불온하다."

는 이유로 봉천 경찰서 허가가 나지 않아 할 수 없이 '봉천극장'이라고 간판을 달았는데도, 은연중에 이 소문이 퍼져, 사람들은 누가 시키지도 않았건만 자연스럽게

"민족극장."

여기서도 부사극장에서와 마찬가지로 영화를 상영하거나 연극을 상연하고 또 무용을 올리기도 하였다. 그러나 다른 것은 창극(唱劇)과 국극(國劇), 그리고 협률사 공연이며 조선에서 온 유랑극단이 흐드러지게 굽이굽이 부르는 노래들을 얼마든지 조선말로 들을 수 있다는 점이었다. 화면 속의 배우도, 무대 위에 선 사람도, 의자에 앉은 사람도, 모두 하나같이 조선 사람들이기 때문이었다.

시부대로 서탑거리 넓은 길을 사이에 두고, 부사극장과 민족극장은 각각
제 종족들이 사는 쪽에 서서, 대각선으로 엇비키며 모가 나게 각을 세워 바라
보았다.

동문사 인쇄창은 민족극장 뽀짝 옆에 붙은 허리띠같이 가느다란 골목 안
창에 깊숙이 자리잡고 있었다.

-『혼불』제5권 제3부 112쪽-

예문은 만주 서탑거리에 조선 사람들이 돈을 보아 세운 '민족극장
(民族劇場)'의 설립 배경을 보여주고 있다. 당시 중국 당국은 이 극장
의 상호가 '불온'하다는 이유로 불허가 판정을 내려 '봉천극장'으로 상
호를 올렸으나 조선인들은 모두 '민족극장'이라고 부르게 된다.

'민족극장'이 상징하는 '민족'은 운명공동체를 의미한다. 이것은 단지
머릿속에 각인된 활자로서가 아니라 민중의 역동성을 바탕으로 하여
형성된 근원이며 뿌리이다. 또한 '민족극장'은 근대화의 기점에서 이주
조선인의 감성과 정체성을 가장 선명하게 부각시키는 민족의 표상물
이 문화적 유형과 결합하는 과정을 의미한다.

따라서 만주 서탑거리에 형성된 '민족극장'은 소설 내부에서 우리의
전통문화와 새로운 문화적 유형이 결합하는 문화적 혼종성(hybridity)
을 보여준다. '창극(唱劇)', '국극(國劇)', '유랑극단', '협율사 공연' 등의
문화적 현상은 '우리 민족에게 전통적으로 부인되었던 서구 문화가 우
리의 고유문화와 결합하면서 우리 땅이 아닌 제3공간에서 탈영토화된
문화를 창조하는 교섭의 전략36인 것이다. 이것은 제국의 문화를 모방

---

36 호미 바바(Homi K. Bhabha)에 의하면, '모방'이란 피식민자가 식민자의 문명을 받
아들여 그것을 흉내 내는 것을 말한다. 모방의 반복은 서구의 이식이 아니라 서구 문명
과 '교섭'하는 '혼성성'의 다른 과정으로 나타난다. 여기서 교섭이란 서구 문명의 이질적

하는 과정에 문화적 차이를 '부인'하고 고유문화를 단지 신문명의 결핍 상태로 인식하는 것을 넘어 동일자 시선에 의해 주체적으로 받아들이는 것을 말한다. 이와 같은 전통 혹은 고유의 문화에 대한 '부인'의 기제를 지닌 지배 권력과의 문화 교섭을 통해 전략적으로 역전시키는 것이 바로 탈식민적 감성을 바탕으로 한 민중의 역동성이다.

이런 측면에서 강모와 강태의 인물들이 만주 이주를 기점으로 하여 탈영토에서의 혼종화된 문화적 체험을 보여줌에도 불구하고 역동적인 삶의 양태를 발견할 수 없도록 만든다. 그 이유는 매안마을 양반가문의 자손으로서 건강한 삶의 모습을 찾을 수 없다는 데서 발견된다. 이러한 삶의 방식은 당대 양반가문의 훼손이라는 불명예와도 직결된다. 또한 거시적인 관점에서 강모·강태의 행동반경이 민중의 역동성을 약화시키는 병리적인 모습으로 나타난다. 따라서 만주 서탑거리의 문화적 현상은 서구적인 창작 시스템의 도입이라는 측면에서 혼종의 성격을 지님에도 제국주의의 자본 침탈에 의한 문화의 '이식성'과 관련하여서는 주체적·비판적인 입장을 보여주고 있다.

이와 같이 최명희는 강모와 강태의 만주를 기점으로 한 제3공간으로의 이주를 통한 탈영토에서의 문화적 모방에 의한 문화적 혼종성의 신체적 체험을 가시화 한다. 이러한 문화적 양태들이 거시적인 안목에서 한국사회에 어떠한 모순으로 작용하는가를 보여줌으로써 일제강점기 문화적 상황을 반영하는 동시에 식민주의 비판의 가능성을 제시한다.

한편 만주에서의 민중의 역동성은 '서탑소학교'에서 우리의 글을 배우는 학생들의 정신적인 면에서도 드러난다.

인 장소에서 다시 쓰여지면서 상호텍스트적으로 혼성화되는 과정을 의미한다. 바바는 이러한 교섭과 과정이 피식민자가 처한 '문화의 위치'이며, 그런 역동성 속에 저항의 계기가 포함되어 있다고 보고 있다. Homi K. Bhabha, 나병철 역, 앞의 책, 15~21쪽 참조.

조선말로 조선글을 배우는 조선인 소학교를 자력으로 만주땅 봉천의 서탑
거리에 새운 조선 사람들은, 꼭 꿈만 같아서 자식들을 학교에 갖다 넣고는 하
도 벅차고 기꺼워, 공연히 운동장이라도 한번 더 밟아 보고 나오는 것이었다.
그래서 자연스럽게 이 학교는 사람들 모이는 장소가 되곤 하였다.

그러니까 서탑거리가 조선 사람 삶의 둥지라면, 서탑소학교는 조선 사람
정신의 둥지였다고나 할까.

"그것이 일본 경찰의 눈에는 곱게 보일 리가 없었을 테지요."

김씨의 말에 강태가 대꾸했다.

"대강 말씀은 알아들었으니 언제라도 필요하시면 연락하십시오. 그러고,
저희들은 지금 좀 가 봐야 할 곳이 있어서 이만."

하, 그러신 것을 염치없이.

김씨는 얼른 미안한 듯 일어섰다. 그의 얼굴빛에 회색이 돌았다.

-『혼불』제5권 제3부 106쪽-

일본인과 중국인 사이에 감시 대상이 되고 있는 조선인의 '정신적
기둥'은 서탑소학교를 중심으로 나타난다. 이것은 현실적으로 조선인
의 규합과 단결을 목적으로 하여 거부감 없는 탈식민의 전략적 다층
화 국면에서 핵심적인 장치로 기능한다. 왜냐하면 공간·장소 개념에
의한 만주 서탑거리는 서술자의 입장에서 바라볼 때 일본에 대항하는
민족주의 저항을 지시하지만, 문화적 피해자 입장에서 보면 이주 조선
인이 안고 있는 민족적 근원성, 즉 근대적 의미에서 민중의 뿌리가 내
딛을 수 있는 감성의 지표를 의미한다.

이런 점에서『혼불』의 만주 서탑거리는 '근대적 의미에서 민중성이
강조되는 공간'[37]으로서 우리 민족의 역사에 대한 인식의 환기이자 이
를 상징화한 '장소성'으로 이해할 수 있다. 나아가 이것은 공간의 역사

적 의미가 극복·저항의 역동적인 민중성과 긴밀하게 연결되어 있음을 시사한다.

저항은 신체적·물리적 투쟁성을 기반으로 하거나 정치적인 의도에 의한 적대적 행위만이 유효한 것은 아니며, 지배자에 대한 피지배자의 극단의 부정도 아닌 것이다. 이것은 식민지 이질문화에 대항하는 피식민자의 정신적 규범이 민족주의적 뿌리를 찾아가는 근원적인 성격을 규명하는 것이며, 민중의 역동성에 의해 자연스럽게 자리 잡은 의식과 정신의 모범을 밝히는 것이다. 이와 같은 정의는 민족구성원 스스로 식민지 권력으로부터 예속의 관계를 종식하기 위한 외적 행위와 내적 인식의 틀에 의해 나타난다.

호미 바바(Homi K. Bhabha)에 의하면, 식민지 지배에 대한 저항은 피지배 민족구성원의 역사적·정치적 무대를 배경으로 진화한다. 이것은 텍스트 목적론적 서사를 기반으로 하여 권력과 지배에 대한 동일성에 의해 나타나며, 식민지 모국 문화와 이질 문화 간의 혼종성/모방에 대한 우려를 표방한다. 반면 지배담론은 지배 권력의 권위를 보존하기 위한 장치로서 '왜곡(Entstellung)'된 시각의 통찰과 간섭을 행사한다. 이를 위해 식민자는 피식민자가 인지하는 현실의 부당성과 혼란에 대한 '부인(disavowal)'의 장치를 목적론적으로 활용하고 있다.[38]

---

37 근대적 의미에서 민중성이 강조되는 공간으로는 『토지』에서 '부산'의 저항과 비교된다. 일제가 조선을 지배하기 위해 침략과 수탈의 공간으로 삼은 부산은 소설 내부적으로 일본인들의 억압과 차별, 수탈과 횡포에 맞서는 민중들의 끈질긴 투쟁과 민족적 생명, 즉 민중의 근원적인 뿌리의식을 의미한다. 『토지』는 후반부로 갈수록 일제의 부정적 성격이 구체적으로 그려지는 공간이다. 이것은 일제의 폭압이 식민 통치 말기로 가면서 한반도뿐만 아니라 동아시아 전체에 걸쳐 극렬하게 자행된 곳이기도 하지만, 우리의 민족이 어떤 시련과 고통 속에서 결코 소망을 잃지 않는 '불퇴전의 정신'과 민족의 저력을 드러내고 있는 공간을 의미한다. 김승종, 「박경리의 『토지』와 '부산'」, 『『土地』와 공간』, 토지학회, 2015, 128~132쪽 참조.

이와 같은 지배담론에 관한 양가적 효과는 식민자와 피식민자 간의 인식의 지배와 저항 규칙에 의거하면서도 그 내면에는 모국을 근원으로 하는 동일자의 뿌리의식을 통해 규명된다. 동일자의 뿌리의식은 국외 이주민이 모국 문화와 이질문화 사이에서의 위계질서, 규범화, 주변화 등의 성격에 의해 규정될 수 있으나, 궁극적으로는 동일자 스스로 역사적 주체로서 '민중'이라는 감성의 직극적인 분할을 통해 얻어지는 자의식의 발휘에서 나타난다.

이런 측면에서 만주 서탑거리는 타자의 입장에서 바라볼 때 조선인의 저항을 지시하는 '공간'이 되지만, '동일자'의 시선으로 바라볼 때 우리 민족의 근원적인 뿌리를 더듬어가는 민중의 역동성을 표상하는 '장소'가 된다. 이러한 장소성은 '일정 공간에서 다른 공간의 일화를 회상하는 경우, 공간으로의 이동 과정이 생략된 채 공간에 도착하는'[39] 것으로, 서탑소학교가 지시하는 공간·장소 의미는 '정신의 둥지'에서 찾을 수 있다. 이를 통해 서탑소학교는 조선 민중으로 하여 저항의 잠재성을 지닌 공간인 동시에 거시적으로는 민족정체성 회복을 위한 민중의 근원적 뿌리로 자리 잡고 있다.

이곳에는 북시장이 섰다.

서탑에서 갈 때는 동쪽 방향이지만, 봉천 시가지를 통으로 놓고 볼 적에는 북쪽에 위치하여 북시장이라 불리는 이 거리부터는 중국인들이 사는 지역이었다.

누가 그러라고 한 것도 아니지만 그것은 절로 이루어졌다.

---

38 Homi K. Bhabha, 나병철 역, 앞의 책, 248쪽.
39 조윤아, 앞의 논문, 45쪽.

그래서 만일 서탑거리를 잣대같이 잘라 본다면

"신시장과 북시장 사이에 있다."

고도 할 수 있고, 버들거리와 북시 골목, 그러니까

"일본이 유곽과 중국인 유곽 사이에 있다."

고도 할 수 있었다.

뿐만 아니라 밤이고 낮이고 항상 사람들이 북적거리는 북시장 어귀에는 북시 파출소가 날카롭게 돋은 송곳니처럼 박혀 있어서 서탑 거리는

"노도구 파출소와 북시 파출소 사이에 끼어 있다."

고 말할 수 있었다.

언제 어디서나 조선 사람은 요시찰(要視察). 위험하고 수상하니 결코 고삐를 늦추어서는 안된다. 너희들은 우리 아가리 안에 들어 있다,고 파출소는 이 끝과 저끝에서 차가운 이빨을 번뜩이며 드러내 보이는 것 같았다. 그런데 그것만으로는 모자라서 또 한곳, 봉천 경찰서는 노도고 파출소 안쪽 골목에 서탑 파출소를 세웠다.

-『혼불』제5권 제3부 102쪽-

이주 조선인들의 행동반경이라 할 수 있는 만주 서탑거리는 '신시장-북시장' 사이에 위치하고 있다. 이곳은 '버들거리-북시 골목'인 동시에 '일본인 유곽-중국인 유곽' 사이에 놓여 있다. 여기에는 주류사회에 온전히 편입할 수 없는 이주민의 정체성이 나타나며, 그들이 겪는 힘겨운 동화의 노력은 역동적인 민중성을 띤다.

실상 공간·장소 개념과 지리적·지정학적 여건은 근본적인 속성에서 대별된다. 역사적인 측면에서 조선인의 만주 이주는 '디아스포라(Diaspora)'의 성격을 지니며, 직접적으로 '민족분산' 또는 '민족이산'이라는 지리적 현상과 연관되어 나타난다. 그럼에도 불구하고 『혼불』의

만주 이주 상황을 전적으로 디아스포라 상황으로 몰아갈 수 없는 이유가, 이 속에서 민중의 정치적·문화적 외연이 민중의 역동적인 삶과 관련하여 공간·장소의 개념을 함의하고 있다는 데서 찾을 수 있다. 이것은 공간적 이주뿐만 아니라 공동체, 문화, 정체성 문제를 포함하는 지적에서도 발견된다. 따라서 『혼불』의 경우 디아스포라와 무관하다고는 할 수 없으나, 직접적으로 연관되어 있다고도 볼 수도 없다.

이런 측면에서 서탑거리에 형성되어 있는 시장의 공간적 의미는 경제적인 자본의 집산과 물품의 거래가 이루어지는 곳으로서 장소의 의미를 포함하고 있다. 이국의 경제 자본 지역에서 조선인의 경제활동은 자유롭지 못하고, 취약한 지리적 조건에 의해 활동에 제약을 받을 수밖에 없음에도 이것을 극복하기 위한 조선 민중의 노력은 민족주의적 관점에서 동일자의 감성에 의해 그 역동성이 발휘된다. 왜냐하면 피식민자로서 식민의 주체성은 식민자의 문화적 모방 내지 혼종성에 의해 구성되기 때문이다. 이것은 조선인의 경우 만주에서 불가항력적으로 일본과 중국 사이를 끊임없이 오가며 갈등하는 것이 아니라, 조선인들 스스로 철저한 타자화를 추구하고 있다는 데 근거한다.

기본적으로 디아스포라의 특성은 이주민으로서 그 나라의 주류사회에 편성하지 못하는 신체적 차별성과 정신적 소외감을 느끼게 됨으로써 고국과 이주국 사이에서 겪는 신체적 고립 상황을 의미한다. 『혼불』의 디아스포라 원류가 감지되는 부분은 단순히 만주라는 공간적 이주뿐만 아니라, 중국인과 일본인 사이의 조선인 공동체, 문화, 정체성의 문제까지 포괄적으로 수용하고 있다는 데 합의할 수 있기 때문이다.

여기에는 정서적·심리적 불안과 원한에 의한 정체성의 혼란을 체험하는 동시에 소수자로서 이주자가 겪는 억압과 차별에 저항하는 반식민주의적 성격을 보여준다. 이와 같은 이중적 정체성은 '서탑거리'를 배경으로 일본 문화와 중국 문화 사이에 일어나는 종속 관계를 극복하기 위한 양가적 태도로서 문화적 혼종성을 경험할 수밖에 없다. 그 이유는 신식민적 지배 상황에서의 혼종이란 식민지 주체와 피식민자 간의 길항 관계로 이어질 수밖에 없기 때문이다.

따라서 만주의 공간·장소가 중요한 국면을 구성하는 이유는 서탑거리의 지리적 상관성이 단순히 시장이나 유곽을 사이에 두고 형성되어 있기 때문이 아니라, '노도구 파출소·북시 파출소' 사이에 교묘히 '끼여'있다는 데 있다. 이것은 '조선 사람은 요시찰(要視察)' 대상으로서 감시하기 위한 중국의 지배 권력 구조라 할 수 있으며, 필연적으로 조선 이주민의 억압적·차별적 디아스포라 상황으로써 한 신식민지적 현실 모순을 말해준다.

이와 같이 만주에서 조선인의 삶의 방식은 이주자로서 고립과 갈등을 겪는 모습이 아닌, 조선인들 스스로 식민주의를 개척하고 극복해나가는 삶의 양태를 보여준다. 왜냐하면 조선인 스스로 만주라는 '공간'을 단순히 타자의 관점에서 보는 것이 아니라, 동일자의 시각에서 조선인의 공동체, 문화, 정체성 문제까지 포괄적으로 수용하고 있기 때문이다. 따라서 만주에서의 민중의 역동성은 '노도구 파출소·북시 파출소' 사이에 교묘히 '끼여' 있는 '장소성'에 의해 구체화 된다.

이 쪽대문에서 서탑 골목 안으로 몇 발짝만 주춤주춤 들어가면 마치 기다렸다는 듯이 왼편 쪽에서 서탑 파출소가 튀어나왔다.

손바닥 한 장 펴서 덮기에도 모자랄 정도로 가깝고 좁은 거리 면적에 노도구 파출소와 서탑 파출소, 그리고 일본 경비대 건물들이 숨소리가 들릴 만큼 바투 밀집해 있다는 것은, 이 지역이 일본인을 보호하고 조선인을 감시하는 데 그만큼 큰 비중을 차지하는 곳이라는 증거였다.

"왜놈들이야 서탑 거리가 조선 사람들로 득실거리니까 늘 아슬아슬 하겠지."

만, 그 중에서도 유독 서탑 근처 경찰 공안력을 집중시킨 까닭은, 아마 이 부근이 봉천역에서 내린 사람들이 서탑 거리로 들어서는 첫들머리인데다가, 무엇보다 조선인들의 쪽박에다 한 푼 두 푼 성금을 모아 세운 서탑소학교(西塔小學校)가 바짝 가까이 있기 때문인 것 같았다.

서탑 골목에 막 발을 디뎌 넣을 때, 왼쪽 첫 집이 강모가 사는 곳이요, 오른쪽 첫 집은 협화여관(協和旅館)이었다. 그리고 좀 더 안쪽으로 철로 쌍굴을 향하여 걷다보면 골목거리인데도 네거리가 열려, 왼쪽으로는 버들거리, 오른쪽으로는 서탑소학교로 가게 되었다.

-『혼불』제5권 제3부 104쪽-

예문에서 드러나듯, 조선인은 감시 대상으로서 가시적으로 '투명성'이 강조되고 있으나 실상은 만주라는 공간에서의 전통·역사의 주체로 나서고 있다. 여기서 조선인은 일본인의 눈이나 중국인의 눈에 보이지 않는 존재로 부각된다. 이것은 조선인의 존재 자체가 중심에서도 보이지 않고, 주변부에서도 드러나지 않는 '투명한' 상태에 머물러 있음을 의미한다.

이러한 현상은 일본과 중국 사이에 가로놓인 '디아스포라 비극성'[40]의 주체라는 점에서 신체적·정신적 피해자인 동시에 문화적 하위주체로서 신식민적 성격을 지닌다. 특히 중국 공안에서 조선인을 대상으로 유독 서탑 근처에만 경찰력을 집중시킨 데는, 조선인을 경계하고

---

40 이선주, 「미국이주 한국인들의 디아스포라적 상상력-이창래의 『네이티브 스피커』」, 『미국소설』15권 1호, 미국소설학회, 2008, 96쪽.

감시하기 위한 것으로 볼 수 있다. 그 이유는 서탑 거리를 중심으로 조선인이 밀집해 있음을 의미하고 있으며, 조선 민중의 집중력은 언제 일어설지 모르는 식민지 대항 유발의 잠재적 이유를 안고 있기 때문이다. 또한 서탑거리는 봉천역에서 들어서는 첫 번째 들머리인데다가 무엇보다 조선인들이 자발적으로 성금을 모아 설립한 서탑소학교(西塔小學校)가 가까이 있다는 데 이유를 설명하고 있다.

그럼에도 '투명성'의 이면에는 조선인 스스로 '투명한' 타자의 존재에 머물러 있는 것이 아니라, 일본·중국의 권력에 대항하는 저항·극복의 주체로 나타난다. 왜냐하면 조선 사람은 일본·중국으로부터 '요시찰(要視察)' 대상임에도 불구하고 '서탑소학교(西塔小學校)'를 중심으로 하여 조선 민중으로서 역동적인 삶을 추구하고 있기 때문이다. 또한 서탑소학교가 중국 공안의 중요한 감시 대상으로 꼽히는 이유는 식민자로서 잠재적 대항세력인 조선인들에게 '교육'적 환경과 배움의 인적 활성화는 식민주의 비판의 가장 큰 요인으로 작용하기 때문이다. 따라서 만주 서탑거리에는 식민자로서 중국 공안과 경찰력이 집중되어 있고, 이것은 피식민자로서 조선인들에게 식민지적 주체와 타자화의 공동구역으로서 신식민지 상황임을 드러낸다.

한편 중국 공안이 조선인을 대상으로 유독 서탑 근처에만 경찰력을 집중시키어 경계하는 것은 서탑 거리에 밀집해 있는 조선 민중의 삶의 방식이 타민족의 억압에도 굴복하지 않은 강인한 민족주의적 역동성을 내포하고 있기 때문이다. 이것은 민족구성원 저마다 위기 상황에서 즉각적으로 대응할 수 있는 저항성이 잠재하고 있다는 데서 그 근거를 찾을 수 있다.

이런 측면에서 저항은 반드시 정치적인 의도를 지닌 적대적 행위는 아닐 수 있으며, 민족과 타민족 간의 문화적 정체성이나 언어적 차이에서 발생하는 문화적 간극에서의 이질감을 해소하기 위한 극단적인 투쟁도 아닌 것이다. 여기에는 일본과 중국이라는 두 가지 문화가 겹치면서 조선 고유의 문화적 경계 사이에 '교섭'이나 '협상'이 일어날 수 있으나, 만주 서탑거리에서는 문화적 교섭과 협상이 역동적이면서 비판적으로 추진되고 있다. 이와 같은 상황은 조선인 스스로 역동의 삶을 추동하는 과정으로 볼 수 있으며, 이것은 이식 문화에 대한 비판적 시각에서 얻어지는 결과물로 인식할 수 있다.

『혼불』은 장소·공간에 대한 객관주의적 묘사가 특징이다. 작가의 신체성에 의한 일제강점기 현실에 대한 사실적 묘사와 객관적인 진술을 통해 식민주의 비판에 있어 새로운 경향을 보여주고 있다. 『혼불』의 이러한 경향은 국외 이주 조선인들의 민족적 차별성을 단순히 가난과 빈곤에 두지 않고 정치적·경제적 고립을 통해 이주 생활의 구조적 모순을 반영한다. 식민자로서 일본뿐만 아니라 만주를 배경으로 하는 중국의 장소·공간에서 식민지적 모순을 겪는 조선인의 실상을 보여줌으로써 『혼불』은 식민지 상황과 직접적으로 연관되어 있음을 말해준다.

이를 바탕으로 할 때, 『혼불』의 서사구조에 있어서 이주민에 관한 성격은 식민주의에 대한 저항의 성격과 관련이 깊다. 최명희는 만주 서탑거리에서의 식민지 모국 문화와 이질문화 사이에 드러난 문화적 간극이 단순히 적대적 감정에서가 아니라, 조선인들이 처한 시대적 환경의 신체적 체험으로서 민족적 주체로서의 의식 순화가 필요했고, 의식을 고양시킬 목적으로 만주 체험을 반영하고 있다. 이러한 차원에서 『혼불』의 만주 서탑거리는 강토 강태에 이한 디아스포라 의미를 수용하고 있으며, 『혼불』에 등장하는 주요인물이 일제강점기 국외 이주민들의 생존과 직결되면서 이 작품의 궁극적 주제가 일제 식민지로부터 독립 또는 저항임을 알 수 있다. 따라서 최명희의 『혼불』의 기저에는 '저개발 이론이나 종속이론'[41]과 분리되는 장소·공간 등에 의한 디아스포라 성격을 보여주고 있으며, 이것은 거시적으로 만주를 배경으로 한 신식민적 관계를 예시하고 있다.

『혼불』의 '만주 이주'는 조선 민중의 존재와 결부되는 제도, 신분, 자본 등과 관련하여 매안마을·거멍굴·고리배미와는 다른 근대화된 평등의 공간으로 간주할 수 있다. 따라서 최명희가 만주를 소설의 무대로 채택한 데는 분명한 이유가 존재한다. 이것은 매안마을 양반가문의 종손, 즉 이기채의 퇴행적 선비정신, 강모의 무력함, 가문의 불명예와 훼손, 가문 내부의 상피 사건에 따른 문중의 불구성 등에서 확인된다.

한편 거멍굴·고리배미 하층민의 삶만으로 해명하기에는 민중의 역동성은 그 한계가 드러난다. 실상 거멍굴·고리배미 하층민은 그들 자체적으로 역동적인 삶의 방식을 보여주고 있음에도 최명희 스스로 주체화된 민중으로 내세울 수 없는 신분적 한계는 소설 속에 내재되어 있다. 이것은 엄격히 '몫 없는 자', 즉 '말할 수 없는 자'의 하층민이 세상을 변혁시키기까지 민중적 감성과 주체적 역량을 부여하기에는 『혼불』의 완전성에 의문이 제기되고 있다. 여기에는 무엇보다 최명희 스스로 소설의 무대를 한국전쟁 직전까지 확대하려하였다는 점에서, 하층민의 민중적 역량에 대한 작품의 미완이 지적되고 있다.

이와 같이 『혼불』의 공간·장소의 의미는 일본의 식민화/지배와 관

---

41 문학 텍스트의 분석의 양식으로서 탈식민지적 관점은 저개발이론이나 '종속'이론이라는 사회적의 전통과 분리된다. 이것은 제3세계와 제1세계의 관계를 이항대립의 구조로 설정하는 국가주의나 '토착주의'의 교리를 수정하려는 것에 의해 설명된다. 또한 탈식민지적 관점은 전체론적인 사회적 설명의 형식과 내용에 저항한다. 이는 흔히 대립되는 정치적 영역들의 꼭지점에 존재하는 보다 복합적인 문화적·정치적 경계선을 인식하도록 요구한다. Homi, K. Bhabha, 나병철 역, 앞의 책, 370쪽.

련하여 식민지 토착민을 대상으로 한 정착 식민화와 착취 식민화라는 두 가지 측면에서의 상관성을 띤다. 이것은 식민자의 '생활공간'을 기반으로 한 '식민화'과정과 '지배'적 속성에 의해 결정된다. 이를 바탕으로 할 때, 식민화는 민족적·국가적 수탈의 과정을 고스란히 안고 있으며, 지배는 식민적 제도에 의한 개인의 신체적·정신적 구속력 통한 사회·국가·민족 전반에 걸친 억압 상황을 적시하고 있다.

따라서 『혼불』은 거멍굴·고리배미 민중의 한계성을 극복하기 위한 방편으로 소설의 무대를 만주로 확장하고 있으며, 이를 통해 조선인의 민족주의적 근성을 보여주고 있다. 여기에는 신분적 갈등이나 전근대적 제도의 모순이 존재하지 않은 장소, 즉 이전보다 개화되고 근대화된 공간에서의 민중의 역동성을 추구하고 있다. 이로써 '말할 수 없는 자'에게 말을 걸어 스스로 '말할 수 있는 자'로서 삶의 전략을 내세우는 동시에 그들로 하여 민족적 자긍을 일깨우고 민족정체성을 회복하는 모습을 보여주고 있다. 궁극적으로는 소설 내부에 생존하는 작중 인물들로 하여 그들 스스로 조선의 민중임을 자각하게 하고, 거시적인 관점에서 탈식민성을 예시하는 문학적 방식을 채택하고 있다.

제5장 『혼불』의 '고쳐 읽기'와 탈식민의 변증

　최명희는 해방 후 미군정에 의한 정치·군사·문화적 개입, 한국전쟁과 남북분단으로 연결되는 역사적 관점을 통해 전통·민속 복원의 일관된 입장을 보여주고 있다. 비록 미완에 그치기는 했으나 최명희가『혼불』에서 보여주고자 한 것은 일제강점기 조선 민중의 상처와 아픔을 반영하고, 한국의 근현대사를 조명함으로써 잊어서는 안될 역사의식을 제시하고자 함이었다. 이러한 관점에서『혼불』은 해방 이전 근대화 시기와 식민주의 시대를 거점으로 하여 전통·민속을 근간으로 하는 민족정체성 회복에 기치를 올리고 있으며, 일제강점기 조선 민중의 반식민적 상황을 소설로 보여주고 있다.

　『혼불』에는 일제강점기 식민지 조선인의 생활상이 전면에 걸쳐 담겨 있고, 한국인의 끈기와 전통과 풍습이 도도한 물줄기로 흐르고 있다. 소설 내부적으로 한국의 전통·민속의 조밀한 습성을 투영시킴으로써『혼불』은 일제 치하에서도 강인한 생명력과 생활을 보여주고 있으며, 이것은 인류학적 측면에서 전통과 민속의 '재현(representation)'[1]을 통한 민족정체성 회복을 증명하는 중요한 단서로 작용한다.

---

　1 여기서 '재현(representation)'의 의미는 일제강점기 조선 민중이 처한 삶의 실체를 객관적으로 반영하는 것을 말한다. 학제적 의미에서 '재현'이란 대상, 사람, 현상 간에 의미가 생산되고 교환되는 과정을 의미하지만, 한편 '타자'에 대한 상투적이며 고정화된 이미지를 말한다. 박종성, 앞의 책, 31쪽.

이런 의미에서 『혼불』은 해방 이전 일제강점기를 기점으로 하여 우리 민족의 전통·민속의 복원이라는 보편적·인류학적 의미의 삶의 유형과 민속학적 의미를 제시한다. 『혼불』의 전통·민속과 관련한 근대성은 일제강점기 암울한 시대 상황을 대변할 뿐 아니라, '식민지 여건'에 부합하는 일제강점기 식민화/지배 양상을 반영하면서도 '신식민지 지배체계'에 의한 억압과 착취의 모순을 보여주고 있다.

1970년대 산업화에 의해 점차 우리 주변에서 멀어지거나 단절되어 가는 전통의 복원은 최명희에게 있어 숙명적인 작업이었다. 이런 측면에서 최명희의 『혼불』은 현재적 시점에서 일제강점기 식민주의 비판과 관련하여 다양한 대안을 제시하고 있다. 여기에는 우리 민족의 역사·민담·신앙·설화 등 전통의 의미망이 민족정체성 회복과 관련하여 나타난다. 이것은 일제강점기를 기점으로 하여 상실한 우리 민족의 전통·민속과 화해를 의미한다.

『혼불』의 전통·민속이 차지하는 관점은 작중인물의 행위·언술은 식민주의 비판과 관련하여 매우 중요한 의미를 지니며, 이것은 식민주의 비판과 직간접적으로 맞물려 나타난다. 이런 관점에서 『혼불』의 탈식민성은 '제국주의의 희생양이었던 국가나 민족의 정체성 회복을 위한 권리와 의무'[2]로 간주된다.

『혼불』은 한국의 이야기 양식과 전통적 생활양식에 의한 문화적 형상화라는 문학적 원형을 제시하는 소설이다. 이러한 규정은 역사적·전통적 관점에서 인지되는 문화 유형에서 고려될 수 있으며, 문화 유형의 기반은 언어의 표현에서 비롯된다.

---

2 Simon During, "Postmodernism or post-colonialism today", *Textual Practice*, 1:1, 1987, p.32.

『혼불』은 '읽기'의 맥락에서 일제강점기 식민주체의 언어적 침탈이 조선 민중의 언어관·역사관과 부딪혀 대타항적인 관계를 보여주는 소설이다. 당대의 '제국주의적 언어관(Sprachimperialismus)'을 경계하고 이를 단호히 배격함으로써 식민주의 비판을 제기하는 동시에 우리말의 순결성을 지키려 한 소설로 판단된다.

『혼불』의 읽기 방식에 있어 '고쳐 읽기'는 '대위법적 읽기'와 마찬가지로 탈식민주의 독법의 의미를 지닌다. 이것은 말하고자 하는 텍스트의 '표면'과 암시하고자 하는 텍스트의 '이면'을 동시적으로 읽어내는 것으로 이미 오래전부터 식민 열강의 제국주의 이념을 비판적으로 읽어내기 위해 활용되었다. '고쳐 읽기'는 '저항독법(Resistance reading)'의 실천적인 읽기 형식을 보여주고 있으며, 내용적으로 텍스트의 표면과 이면을 동시에 포착하여 작가와 작품의 주된 역사적·사회적·현실적 의도를 읽어내는 방식을 의미한다.

이와 같이 '고쳐 읽기'는 '대위법적 읽기'에서 적용되는 원리와 동질한 구조를 지니며, 이것은 작가의 '마음'에 접근하여 텍스트 내적인 의도성을 파악하는 연구자의 분석 태도 혹은 인식의 문제와 결부된다. 작품에 대한 작가의 '의도'를 해석하고 분석하는 방식은 작가의 '마음'·'이성'의 신체적·정신적 경험을 유인자로 하는 인지언어학과 인지심리학을 바탕으로 하는 '인지과학(cognitive science)' 혹은 '인지의미론(Congnitive-semantic)'과 직접적으로 연결된다. 인지과학이 텍스트를 구성하는 유인자의 '마음'·'이성'에 대한 학문적 지견(知見)의 구조를 의미한다면, 인지의미론은 문학을 구성하는 '언어', 즉 텍스트를 그 대상으로 삼는 데 착안한다.[3]

---

3 Lakoff, George, 이기우 역, 앞의 책, 330~335쪽 참조.

따라서 인지의미론은 모든 대상 텍스트를 해석하고 분석하는 과정에는 필연적으로 '작가의 마음'을 응시하여 텍스트 내부에 고안된 적정한 의도를 찾아내는 것이다. 이러한 원리는 텍스트를 덮고 있는 표피를 열고 텍스트 내부에 숨어 있는 작가의 의도 혹은 마음을 찾아가는 과정을 말한다. 궁극적으로는 작품에 대한 작가의 마음을 읽어내는 방법론이며, 이런 이유로 하여 '고쳐 읽기'는 인지의미론의 분석 방식을 기초로 하고 있다.

　이와 같은 '읽기' 방식은 작가와 연구자, 작가와 독자 사이를 원활한 소통의 현장으로 인도한다. 거시적으로 최명희의 문학세계에 적극적으로 접근하고 논의할 수 있는 근거를 제시한다. 『혼불』은 서사구조에서 최명희의 독특한 언어적 구술방식과 관련하여 다양한 에피소드가 내재되어 있다. 이러한 배경에는 『혼불』의 텍스트 상황이 한국의 역사·전통·민속과 절묘한 표현을 보여줌으로써 작가가 품은 '마음'의 결정이 거부감 없이 자연스럽게 독자의 심중으로 이어지는 울림의 효과를 배태하고 있다. 왜냐하면 『혼불』은 텍스트 내부의 세계가 독자로 하여 생생한 현장감을 몰입할 수 있도록 하며, 그것과 함께 텍스트 안쪽에 자리 잡은 수천수만 가지 감성을 간접으로 체험하도록 하기 때문이다.

　『혼불』의 다양한 에피소드의 제시는 서사공간의 다층적 변화를 유도하는 기제로 작용하며, 이것은 소설의 배경과 이야기를 풍성하게 열어가고 있는 작가의 마음을 체험하는 것과 같은 원리로 작용한다.

1. 신체적·정신적 경험의 인지의미

1.1. 『혼불』과 인지의미론의 상관성

최명희는 한국인의 언어, 즉 우리의 모국어를 문학뿐만 아니라 일상 언어에서도 가장 절실한 기호로 보았다. 우리의 말과 글이 구성하는 기호체계로서 모국어를 역사성·장소성을 근원으로 하여 최상의 구술 텍스트 가치를 부여한 것도 그 때문이다. 단어 하나, 문장 한 줄에도 최명희는 온 정신을 집중하여 집필한 작가로 평가받고 있다. 그 이유 는 최명희 스스로 낱말이 지닌 의미소의 활용 방안을 언어 구술 체계 의 활성화 전략에 최대 가치를 두었기 때문이다. 여기에 최명희는 낱 말과 낱말의 조합을 전통·풍속 이미지의 신체화 담론을 형상화함으 로써 소설의 언어적 가치를 높이고 있다.

체험적 사례에 비추어 보면, 최명희는 『혼불』이 지닌 현장성의 극대 화와 전라도 사투리의 정확한 구어체계를 확립하기 위해 실제 『혼 불』의 배경이 되고 있는 남원의 방언을 몸소 채록하였다. 또한 최명희 는 보성여고에서 국어교사로 재직할 때 "모국 소녀들에게 모국어를 가르치는 교사 역할이란 정말 벅차고 보람된 것이었다"[4]고 회고한다.

우리의 세시풍속·관혼상제·역사·예술 등과 관련한 여담은 『혼 불』의 작중인물들의 신체적/정신적 경험 담론을 바탕으로 한 '모국어 의 재발견'[5]이라는데 합의 할 수 있다. 이것은 『혼불』 전반에 위치하

---

4 김영신, 「생의 한 부분을 살라 민족의 '혼불'을 그려냈습니다」, 『작은행복』, 1997년 3·4월호, 11쪽.

5 『혼불』은 이야기와 담론을 주조하면서도 서사적 특성상 회고적 진술을 통해 거대 담론의 현장으로 이끌어가는 구조를 지닌다. 이러한 구조의 『혼불』은 한국인의 정신·정

는 전통·풍속의 수사적 진경이 단순히 고증의 의미를 넘어 등장인물들의 몸과 정신을 관류하는 '모국어' 언어 체계로 구성되어 있기 때문이다.

'신체적/정신적 경험 담론'은 『혼불』 텍스트에 등장하는 '수천수만 가지 사물과 사건'의 서사적 개연성이 중요한 요인으로 작용하며, 작중인물들의 신체적/정신적 경험 일반이 소설의 큰 맥락으로서 모국어 담론을 형성한다. 이러한 현상이 모국어 범주 체계를 구성하기 위해서는 『혼불』의 언어적 국면이 지향하는 궁극적인 목표가 무엇인지 해명하여야 한다. 왜냐하면 이러한 전략에는 반드시 언어적 국면과 그 언어를 발휘하는 작중인물들의 정서·역사·사상 등의 지향점에 의한 합의가 선행되어야 하기 때문이다.

이와 같은 합의에는 작가와 작중인물 사이의 역사적 인식에 관한 주체부터가 문학으로서 '비유(metaphorically)'의 의미에 합당해야 한다. 장일구에 의하면, 비유는 기발한 상상력이나 수사력에서만 비롯되는 것이 아니라고 말한다. 그는 삶의 저마다 자리에서 비유하는 데 쓰일 사물이나 현상 혹은 관념 등을 발견하게 된다. 또한 삶의 예지에서 비롯된 비유는 피상적인 관념을 구체적인 형상으로 표현하는 비유의 방법론에 충실해지기 마련이다. 이와 같은 논리가 설득력을 얻기 위해서는 형상에 형상을 더하고, 이미지의 인지 국면을 여러 상황에 걸쳐 전이하여 나타낼 때 비유의 적정한 묘미를 느끼게 한다. 이러한 방법

서·전통·풍속 등을 정밀하게 재현해내는 동시에 언어적 질료가 '모국어'라는 '용기(container)' 안에 수용되고 있다는 점에서 인지의미론적(Congnitive-semantics) 특성을 지닌다. 이를 기반으로 할 때, 『혼불』의 모국어는 전통적인 기호론적 의미보다는 오래 시간대에 걸쳐 형성된 한국인의 정서가 자연치유적으로 융합된 신체적·정신적 질료의 산물로 볼 수 있다.

론은 사물과 사물, 사유와 인식에 대한 인지의미론의 기반 위에 생성된 비유적 화법을 통해 모색할 수 있는데, 그 절차적 근거는 일차적으로 작가의 신체적·정신적 경험에 의해 유지된다.[6]

이를 전제로 할 때, 『혼불』의 모국어 텍스트에 관한 문제적 단서는 '작중인물의 신체적/정신적 경험 담론'이라는 큰 틀에서 논의될 수 있다. 『혼불』에 나타난 모국어는 최명희 작가가 신체로 겪어야 했던 혼신의 과정과 정신적 산물이 응집된 결과물이다.[7] 이것은 문학적 의미뿐만 아니라 '한 사람의 개인, 한 가문, 한 민족의 층위에서 구현되는 화해'[8]와 관련이 깊다. 이와 같은 논의는 『혼불』의 언어 체계에 관해 인지의미론적 분석 방법을 적용할 수 있는 중요한 근거가 된다. 또한 『혼불』 텍스트를 분석하는데 있어 이론적·현상적 접근에 매우 유익한 의미를 지닌다.

여기에서는 『혼불』이 지닌 '작중인물의 신체적/정신적 경험 담론'을 중심으로 하여 '고쳐 읽기'의 기초 방법론인 인지의미론을 적용하여 검토하고자 하며, 이를 위해 『혼불』의 언어 체계에 대한 미시적 분석

---

6 장일구, 『혼불의 언어』, 한길사, 2003, 267쪽.

7 '등장인물의 신체적/정신적 경험 담론'이란, 작가의 정신작용과 물리적 표현력에 근거한 포괄적이고 광의적인 내용으로서 최명희 작가가 혼신을 통해 추구한 우리글·우리말의 활용성을 의미한다. 이러한 개념은 작가 최명희의 육신과 정신의 총체적·전략적 담론에서 출발한다. 이는 병마와 싸우면서 마지막까지 소설을 이어가려 했던 작가의 신체적 소명과 정신적 내밀성에 의해 정립된다. 결과적으로 미완의 작업에 그친 『혼불』은 등장인물의 경험 담론이 작가의 신체적 전략에 의해 구성되어 있다는 데 의미가 있다.

8 김헌선에 의하면, 『혼불』은 '업'과 '해원사상'에 근거하고 있는 이 시대의 새로운 사상 소설이라고 말한다. 진정한 화합과 화해의 정신은 갈라서가나 떨어져 잇을 수박에 없는 둘 사이를 서로 포용하고 이해하고 있다는 데 의미가 있다. 이것은 갈등을 증폭시키지 않고, 동일한 갈등을 어떻게 서로 다르게 보고, 각자의 입각점을 어떻게 찾아가느냐 하는 것이 『혼불』의 사상적 요체라고 규정한다. 김헌선, 「『혼불』, 우주적 상상력의 총화」, 『문학사상』, 1997, 12월호, 79쪽.

을 새롭게 정의하고, 분석에 따른 의미 체계로서 작가의 언어적 의미
망을 도식화하여 보여주고자 한다.

'인지론'은 텍스트를 읽고 이해하는 작가와 독자 사이 정신작용과
관련이 있다. 왜냐하면 언어 체계의 주체로서 작가와 이를 읽어내는
독자 사이에는 필연적으로 교감이나 교호성을 바탕으로 하고 있기 때
문이다. '의미론'은 작가가 발휘한 텍스트의 문학적 양상·기교 등에
관한 연구자의 해석과 관계한다. 작가와 독자의 교감에는 작품 텍스
트에 관한 분석력을 요구하는 성질이 반영되어 있으며, 연구자는 이것
을 유인자로 하여 텍스트의 해석력과 관찰력을 수반하게 된다. 이러
한 텍스트와 연구자 사이의 정신적·물리적 교감을 분석 내지 해석하
는 것이 인지의미론적 연구이다.

한편 인지의미론은 인지언어학과 인지심리학을 바탕으로 하는데,
이 두 분야가 합쳐져 '인지과학'9을 형성한다. 이와 같은 인지의미론은
'문학 작품을 연구하는 데 있어 여러 가지 분석적 가능성을 제시'10한다.

언어는 인간 마음의 산물이다. 신체적·정신적 경험을 바탕으로 현
실에 대한 지각과 상상과 인지 능력에 의해 형성된다. 이처럼 언어의

---

9 인지과학은 텍스트를 이루는 유인자의 '마음'·'이성'에 대해 학문적 지견(知見)의 인
지 체계를 의미한다. 인지과학을 구성하는 기본적인 전제조건은 '이성이란 무엇인가', '경
험을 어떻게 의미부여 하는가', '개념 체계란 무엇이며 어떻게 체계화되어 있는가' 등에
관한 인간의 사고에 공통적으로 작용하는 요소와 관련이 깊다. Lakoff, G., 이기우 역, 『인
지의미론: 언어에서 본 인간의 마음(Women, Fire, and Dangerous Things: What Categories
about the Mind, 1987)』, 한국문화사, 1994, 329~343쪽 참조.

10 인지의미론을 문학 작품 연구에 적용할 수 있는 전제는 대개의 문학 연구 대상을
'언어', 즉 텍스트에 두고 있다는 데 착안한다. 연구 대상인 텍스트의 의미 해명에 연구의
목적에 도달하기 위해 전통적인 의미론에서 진행되어온 결정화·고정화 된 '언어'의 틀을
뛰어넘어 인지(이해) 주체자의 주관에 따라 텍스트의 의미를 인지·인식하는 것을 의미
한다. 양병호, 『한국현대시의 인지시학적 이해』, 태학사, 2005, 24~25쪽 참조.

표현은 인간이 지닌 인지 능력을 기초하는 것이므로, 언어의 '동기화 (motivation)' 원리는 인지의미론에 있어서 매우 중요한 국면을 차지한 다. 이를 토대로 언어 현상의 이면에 숨어 있는 동기화를 이해할 때 『혼불』에 나타난 모국어의 언어구조를 이해하거나 구술체계에 대한 통찰력을 획득할 수 있을 것이다.

인지의미론에 있어서 공동체 문화와 관련된 범주는 언어에서 언어 단위로 규정된다. 이러한 언어 단위는 사회성 · 지역성 · 문화성을 반 영하되, 정서 · 의식 · 정신적인 측면까지 고려하여야 한다. 따라서 인 지의미론은 '인간 인지의 산물'이라는 통찰력에 근거함으로써 언어로 구성된 문법적 특성, 구조, 어휘, 낱말 등을 포괄적으로 수용하는 인간 의 정신공간을 표상'[11]한다. 이를 기반으로 하여 최명희의 『혼불』이 지닌 모국어 구술체계를 신체적 · 정신적 환경을 정서 · 의식 · 정신공 간이라는 물리적 용기에 수용함으로써 '읽기' 전략의 방법론에 접근할 수 있을 것으로 본다.

주지하다시피 언어텍스트의 주된 기능은 사람들의 경험을 지각할 수 있는 형태로 상징화하여 다른 사람들에게 전달할 수 있도록 기술 하는 데 있다.[12] 따라서 작가는 문학적 사유와 사고를 표현할 때, 그들 은 어떤 낱말을 사용하고 어떠한 서술 · 서사 · 구술 구조를 취할지 선

---

11 Gunter Radden · Rene Dirven, 임지룡 · 윤희수 역, 『인지문법론(Cognitive English Grammar)』, 박이정, 2009, 13쪽.

12 언어텍스트의 표현에서 화자 즉 작가의 사유와 사고를 표현하는 방식은 문법적인 체계와 낱말, 어휘, 억양 등을 고려하여 표현하고자 하는 대상 장르의 구술체계에 이르는 것을 의미한다. 이것은 화자 · 작가 스스로 표현하고자 하는 사유와 사고의 대상 장르로 서 어떤 낱말을 사용하고, 어떠한 문법체계를 통해 서사 · 서술 · 구술할지 결정하여야 한 다는 것이다. 기본적으로 언어의 문법은 인간 인지(human cogntion)의 일부분이고, 다른 인지 기능들(특히 지각, 주의, 기억)과 상호작용하여 나타난다. Gunter Radden · Rene Dirven, 임지룡 · 윤희수 역, 앞의 책, 21~22쪽 참조.

택해야 한다. 이를 통해 '소설'이라는 장르를 결정하고, 구술체계를 갖추어 독자들에게 인지 가능한 텍스트로 구현하는 것이다.

한편 인지의미론은 경험과 지식과 인지의 상호작용을 중시한다. 레이코프(G. Lakoff)는 이것을 체험주의라고 부르는데, 일반적으로 말하는 객관주의나 합리주의와 대비된다. 인지의미론의 가장 최근의 흐름은 언어를 포함하는 인간의 인지는 신체적/정신적 체험을 기초로 하여 뇌와 환경세계와의 상호작용에 의해 이루어진다.13 이러한 측면에서 인지의미론은 『혼불』의 모국어가 지시하는 형식과 의미와의 관계를 자의적으로 해석하는 것이 아니라, 언어 발생(표현) 유인자에 대한 동기와 근거를 하나의 덩어리로 보는 것이다. 이것은 신체와 정신이 분리되는 상황이 아닌, 그 자체로 경험적 유인자에 의해 하나의 유기적 상호작용으로 이해하는 데서 출발한다. 이와 같은 모국어의 기호 형식과 의미 내용의 융합관계를 인지의미론에 근거한 '도상적(icnic)' 산물이라 하고, 이러한 성질을 '도상성(iconicity)'14이라 한다.

이런 측면에서 볼 때, 『혼불』의 언어 체계는 작가의 언어 전략에 의한 인지적 국면, 즉 인간이 지닌 인지 능력을 기초로 하고 있으며, 이

---

13 모국어 범주에 관한 새로운 시점은 새로운 언어관을 만드는 인지적 기반을 제공한다. 이 새로운 언어관은 인간에 기여하는 관점에서, 언어를 재점검하는 방향과 연결된다. 인지심리학이 제공하는 모국어 범주관은 인지의미론 측면에서 강력한 기폭제로 작용하는데, 이는 모국어가 작가의 신체적 · 정신적 경험에 의해 유인된 인지적 산물이기 때문이다. 이수련, 『한국어와 인지』, 박이정, 2001, 29~30쪽 참조.

14 기본적으로 인지의미론은 비객관주의적인 의미관과 개념주의를 내세우는데, 이것이 모국어의 기호 형식과 의미 내용의 융합관계를 설명하는 '도상적(icnic)'이며 '도상성(iconicity)'의 유기적 관계를 의미한다. '도상적' · '도상성'은 철학자 퍼스(Charles Sanders Peirce)에 의해 분류된 '기호'의 하나인 '도상(icon)'에서 유래한다. 언어기호의 도상성은 소리 · 흉내 · 말 같은 어휘 단계에서 문법구조의 단계까지 적용 가능하다. 인지의미론 관점에서 도상관계는 문법구조가 의미개념의 구조와의 사이에서 유기적인 관련성이 있는 것으로 보고 있다. 위의 책, 30쪽.

것은 결국 작가의 '마음'을 읽어가는 것이다. 이를 바탕으로 하여 언어 현상의 이면에 숨어 있는 동기화를 이해하고, 궁극적으로는 최명희의 언어 체계에 대해 보다 심층적 의미를 추출해낼 수 있을 것으로 본다.

이와 같은 연구 방식이 중요한 이유는 일제강점기 시대적 호명으로써 모국어에 관한 작가의 언어 전략이 단순히 전통적·민속학적 재현의 의미에 국한되지 않고, 작중인물들로 하여 '식민자와 피식민자의 모순 관계에 의한 탈식민 의식(postcolonial awareness)'의 언어 양상을 보여주고 있기 때문이다.

따라서 '고쳐 읽기' 방식의 일환으로서 인지의미론적 분석은 『혼불』의 텍스트가 지닌 '탈식민주의 성격'에 관한 새로운 언어 체계를 보여줄 수 있을 것으로 본다. 이것은 텍스트 내부적으로 작중인물의 신체적/정신적 경험 담론에 의해 규명될 것이며, 궁극적으로 『혼불』이 차지하는 문학사적 위치를 보다 확고히 하는 밑거름이 될 것이다.

1.2. 신체 담론의 언어 인지체계

최명희는 문학적 언어 체계에 있어 우리의 언어가 지닌 미적 형상화에 깊은 관심을 보이고 있다. 그의 대표작이라 할 수 있는 『혼불』은 내용과 형식면에서 모국어라는 특수한 언어체계를 작중인물의 신체적/정신적 경험을 기반으로 하여 체계화하고 있다. 이것은 『혼불』의 언어체계가 지시하는 바, 모국어의 사용처가 등장인물, 즉 민중이 지닌 언어적 보편성에 의해 확인된다.

『혼불』의 텍스트는 일정한 유형과 서사구조를 유지하고 있다. 이것은 최명희의 언어가 창조적 사유에 의한 언어라기보다 작가 스스로 작중인물과 대등한 신체적/정신적 경험 유인자를 바탕으로 하고 있다.

이를 위해 최명희는 정밀한 고증 방식을 수용함으로써 과거의 사건이나 이야기가 단편적인 서사에 그치는 것이 아닌, 역사·전통·풍습 등 다양한 이야기만큼이나 완결성을 추구하고 있다.

『혼불』은 내용면에서 보면 일제강점기 가족사적인 서사체계를 중요시하고 있으며, 당대 사회현실에 대한 자각으로서 저항적·민중적 삶을 적시하고 있다. 이러한 사례는 『혼불』의 서사구조로서 큰 뼈대를 형성하고 있는 전통·민속·설화·역사 등 다양한 방식을 모국어라는 언어의 미학적 체계화와 형상화에 근거한다. 형식적인 측면에 있어 『혼불』은 한국적 이야기 양식과 전통적 생활양식의 언어적 형상화라는 문학적 원형을 제시한다. 여기에 대한 구체적 단서는 역사적·전통적 관점에서 인지되는 종합적이고 체계적인 언어 구술체계 양상에서 비롯된다.

『혼불』은 시대 배경이 일제강점기임에도 불구하고 우리 전통·풍속과 관련한 세시풍속·관혼상제·역사·예술 등 전반에 걸쳐 강인한 실존성을 드러낸다. 이러한 범주는 작가가 실제 겪어온 신체적/정신적 체험에 근거할 수밖에 없다. 작가는 이런 자연 발생적 의미 범주가 어떻게 텍스트 속에 순차적으로 완벽히 형상화 될 수 있는가에 대해 보다 심화된 지성으로 말하고 있다. 그 근거가 역사·전통·풍속의 고증을 실제화 하여 『혼불』 전반에 수를 놓고 있는 서사적 진경에 있다.

이와 같이 『혼불』의 텍스트가 모국어 구술 체계에 있어서 일정한 유형과 서사구조를 유지하는 것은 최명희의 언어가 창조적 사유에 의한 언어 상호텍스트성을 기반으로 하고 있기 때문이다. 이와 같은 언어의 생명력은 인지 주체로서 화자와 작가 상호간 충분한 언어적 신뢰와 의존성을 확보하고 있기 때문이기도 하다.

이처럼 『혼불』은 거대 서사 속에 크고 작은 이야기를 『혼불』이라는 큰 그릇 속에 담아내고 있으며, 이를 문학으로 형상화하기 위해 최명희는 물리적으로 신체화된 서사체를 우리 모국어를 통해 시대적·사회적으로 큰 의미망을 구축하고 있다.

　　그다지 쾌청한 날씨는 아니었다.

　　거기다가 대숲에서는 제법 바람 소리까지 일었다.

　　하기야 대숲에서 바람 소리가 일고 있는 것이 굳이 날씨 때문이랄 수는 없었다. 청명하고 볕발이 고른 날에도 대숲에서는 늘 그렇게 소소(蕭蕭)한 바람이 술렁거렸다.

　　그것은 사르락 사르락 댓잎을 갈며 들릴 듯 말 듯 사운거리다가도, 쏴아 한쪽으로 몰리면서 물 소리를 내기도 하고, 잔잔해졌는가 하면 푸른 잎의 날을 세워 우우우 누구를 부르는 것 같기도 하였다.

　　　　　　　　　　　　　　　　　　　　　-『혼불』제1권 제1부 11쪽-

　　『혼불』의 첫 장면으로서 날씨에 대한 작중화자의 신체적/정신적 경험에 의한 인지 정보를 보여준다. 이것은 오랜 시간 거듭된 현상이 작중화자에 의해 심리적으로 어두운 환경, 즉 일제강점기라는 시대적 환경이 개별적·변별적으로 특화된 양상을 드러낸다.

　　여기서 쾌청한 날씨가 아니었다는 것은 대숲에서 부는 바람 소리에서 연원한다. 실상 대숲에서는 늘 볕발이 고른 날에도 소소한 바람이 술렁인다. 이 '바람'은 '날씨'와 직접적인 관련이 없음에도 항상적인 존재로 등장한다. 늘 그 자리를 지키고 있는 '바람'의 존재는 '대숲'과 관계를 맺으면서 '날씨'에 대한 보다 구체적인 인지 국면을 형성한다. '바람'이 지시하는 인지 의미는 결국 '날씨'라는 용기에 담아낼 수 있는 대상물로서 이미지이며, 이러한 판단은 작중화자의 신체적/정신적 체험성에 기대고 있는 것으로 해석할 수 있다.

한편 대나무가 지시하는 곧고 청명한 의미는 작중화자의 심상을 가
시화하는 인지 대상물로서, 그것이 숲을 이룰 때 보다 완고한 이미지
를 만들어낸다. 쾌청한 날씨가 아니었다는 단조로운 일상의 기상 상
태를 대나무가 지시하는 곧고 청명한 이미지로 대체하면서 '날씨'에
대한 보다 확고한 인지 국면을 이끌어낸다. 이것은 오랜 시간 작가의
심상에 쌓아온 신체적 체험의 일부가 작중화자의 경험 일반에 의해
일제강점기 식민지 현실 상황을 추동하는 기제로 작용하기 때문이다.

> 홍색 중에도 그 빛이 투명하면서도 깊고 선연한 색을 내는 홍화색은, 누구
> 라도 소원을 하는 색 중의 색이었다.
> 홍람(紅藍)이라고도 하며 홍화(紅花)라고도 하고, 그냥 잇꽃 혹은 이시(利
> 市)라고도 하는 붉은 꽃. 여름이면 주황색 꽃을 가지마다 줄기마다 피우는,
> 이년초 국화인 홍화를 따서 만드는 이 홍화색은.
>
> -『혼불』제4권 제2부 69쪽 -

색깔에 대한 인지 체계는 작가의 경험을 기반으로 한다. 여기에는
단순히 신체적 체험을 위주로 하는 것이 아니라, 인지 체계를 구성하
는 '원형'으로서 객관적 논거와 합리적 논리를 중시한다. 사물의 색상
을 고려할 때, 색깔의 유구성은 단선적인 통찰이 아닌 작가의 신체적
경험이 무엇보다 뒷받침 되어야 한다. 이때 색상의 원형은 사물의 본
질과 맞물리는 효과를 지니며, 텍스트 인지 체계를 구성하는 중요한
원천으로 작용한다.

이러한 원형이 중요한 것은 자연 범주에 관한 '카테고리'의 정점으
로서 원개념이자 근원적인 추출물에 해당하기 때문이다. 이를 뒷받침

하는 중요한 근거는 '원형이론(prototype theory)'에서 찾을 수 있다. '원형이론'은 텍스트를 비롯한 대개의 자연 범주가 카테고리로서 원형적인 구조를 지닌다는 데 있다. 이것은 인지언어학에서 획기적인 이론으로 간주되어 왔다. 기본적으로 원형(prototype)은 어떠한 특정 범주를 대표할 만한 가장 '전형적', '적절한', '중심적', '이상적', '좋은' 보기를 말한다.[15]

따라서 '홍화'는 '대홍색(大紅色)'에 대한 원개념이자 원형으로서 전형성을 보여준다. '홍화'는 천연의 식물을 통해 우아하면서도 순박한 색채의 자연 범주로서, 대홍색의 중심적 카테고리를 형성하는 동시에 대홍색에 대한 '적형성'을 이룬다. 이러한 색채 범주는 원형이론의 '대홍색'이라는 하나의 범주를 통해 중심과 주변의 본질로 나누어진다.

---

15 '원형이론(prototype theory)'은 자연범주가 일정한 카테고리로서 원형적인 구조를 지니고 있다는 데서 출발한다. 이러한 원형이론은 인지언어학에서 거의 혁명적인 이론으로 간주되어 왔다. 그 배경에는 의미론이 오랫동안의 자기불신과 열등감의 시기를 거친 뒤 의미의 구체적인 단서를 취득하는 데 원형이론이 결과론적으로 무엇보다 헌신한 것으로 평가되고 있다. 여기에 관해 비에르쯔비카(Wierzbicka, A)는 인지의미론에서 원형의 개념이 생성문법의 '그라이스의 격률(Gricean maxims)' 개념에 비유된다고 말하고 있다 (Wierzbicka, A, Prototypes save: On the abuses of the notion of prototype in linguistic and fields. In Tsohatzidis, S.L.(ed.), 1990, pp.347~367). '원형이론'은 1975년 로쉬(Rosch, E)의 '범주(category)'화 양상의 외적 체계와 내적 구조에 대한 의문에서 비롯된다. 이를 심리적·심층적으로 연구한 분야가 심리언어학이다. 이와 같은 범주화 양상으로서 내외적 체계에 대한 원형적 개념은 로쉬와 메르비스(Mervis, C.B)에 의해 정립되었다. 기본적으로 원형 (prototype)은 그 범주를 대표할만한 가장 '정형적'이면서 '적절한' 것을 의미하며, 가장 '중심적'이고 '이상적'이며 '좋은' 보기를 지시한다. 원형적인 본보기는 중심적인 보기이며, 비원형적인 본보기는 주변적 보기로 나타난다. 이와 같은 '중심성(centrality)'과 관련하여 Cruse, D.A는 그 지표로서 '적형성(well-formedness)', '전형성(typicality)', '질(quality)'을 구분하여 설명하고 있다. 인지과학에 있어 원형이론의 가장 값진 기여는 범주의 내적 구조에 대한 관심, 즉 범주는 '중심'과 '주변'을 갖고 있다는 점이다. 이와 같이 하나의 범주에는 핵심으로서 '중심적' 보기와 주변적 인과율에 대한 '중심성'이라는 본질을 지니고 있다. Cruse, D.A, Prototype theory and lexical semantics, In Tsohatzidis, S.L.(ed.) 1990, pp.382~401, 임지룡, 『인지의미론』, 탑출판사, 1997, 62~68쪽 참조.

한편 이 대홍색의 색채는 혼례지가(婚禮之家)의 대소·남녀가 의복으로 갖추어 착용하는 것으로, '대홍색'에는 민중적 삶의 빛깔이 고스란히 담겨 있다. 작중화자는 '대홍색'이라는 포괄적 수사를 이년초 국화인 홍화 안에 수용함으로써 『혼불』의 모국어 텍스트가 지닌 전통·풍속의 수사적 진경을 가시화하고 있다.

　　그럴 때 이기채는 사랑으로 나와 뚜껑이 단정하게 덮인 종이 상자 빗접을 꺼냈다. 그것은 활짝 펼치면 거의 장판지 한 장 정도의 넓이가 되지만, 접으면 가로 세로가 한 자씩이나 됨직한 상자 모양이 되는 것이었다.

　　종이를 여러 겹 덧발라 부(附)해서 누렇게 기름을 먹인 이 빗접은, 중심부에 손가락 한 개를 세운 높이로 네모진 테두리를 두르고, 그 네모를 또 다른 칸으로 나누어, 작은 칸 속에는 각기 빗이며 동곳·살쩍밀이 같은 것을 담아 두게 되어 있었다.

　　그래서 머리를 빗을 때는 이 빗접을 넓게 펼치어 쓰고, 다 빗은 다음에는 다시 접어 간편하게 밀어 놓는 것인데, 혹 어디 출행할 일이 있을 때는 메고 다닐 수 있도록 다회를 친 매듭끈까지 달린 것이다.

- 『혼불』 제5권 제3부 20쪽 -

'빗접'과 '빗질'에 대한 여담은 단순히 관례와 풍습이라는 전통의 재현 의미를 넘어선다. 이것은 할아버지의 할아버지, 그 선조 때부터 이어온 생활의 반영이자 역사적 발자취인 것이다. 여기에 최명희의 『혼불』이 지닌 모국어 텍스트의 실존적 재구성이 있다. 이러한 합의에는 고증을 면모를 벗어나 실생활에서의 풍습을 이어 받은 작가의 신체적 체험이 수사적 풍경을 이룬다. 또한 전통이나 풍속의 전경은 전체 서사구조를 흔들지 않고 그 자체로 차분한 서사적 진경을 구성한다.

보다 거시적인 안목에서는 『혼불』이 지닌 민중성에 의한 피식민자적 의도와 실존성이 내재되어 있다고 볼 수 있다. 이러한 실존성은 고증의 면모가 아닌, 실생활에서의 전통·풍습 등을 이어 받은 작가의 체험성에 근거한다. 이것은 텍스트 내부적으로 작중인물의 신체적/정신적 경험 일반이기도 하다. 이러한 경험 담론은 『혼불』의 감성적 전략으로서 전통·풍습이라는 높은 지성의 서사적 텍스트를 만들어낸다.

한편 작중화자에게 '빗접'의 인지 내용은 '빗'을 가진 주인으로 하여 사람됨의 고결성과 선비로서 반드시 지녀야할 정결에 의존한다. 이러한 텍스트 의존성은 '빗접-출행-매듭-매미-이기채'로 이어지는 회귀 모티프를 통해 '고결·정결'에 관한 인지 정보가 선비적 기질로 연관된다. 이기채의 풍모를 각인시키는 인지 체계는 '가문'에 대한 향수에서 출발하되, 청암부인 자손으로서 가문의 번창과 은성을 기리는 희망적·긍정적 낙관성을 부여한다.

이와 같이 텍스트의 물질화 바탕에는 원형적으로 물질이 갖는 속성이 있으며, 이것을 은유·환유적으로 연결시켜나가 위해서는 물질을 수용할 수 있는 '용기(container)'가 마련되어야 한다. 가령 '빗접'과 '빗'이 원형의 물질이라면 이를 수용하는 '용기'로서 이기채는 작용한다. 결국 이기채가 없으면 빗접과 빗도 아무 소용이 없고, 그 존재마저 미미한 사물에 그치고 만다. 따라서 인물과 사물, 사물과 사물을 이어가는 감성적 면면이 『혼불』의 텍스트가 지닌 내적 동력으로서 작중인물의 신체적/정신적 경험에 의한 전통·풍습의 서사와 담론을 형성한다.

이부자리는 그만두고 베개만 보더라도 일이 많았다.

좁고 납작한 판자 나무를 상자 모양으로 만들어 조그만 서랍을 단 퇴침(退枕), 여름에 서채에서 잠깐 잠이 들 때 베는 시원한 도침(陶枕)이야 손 갈 것이 없었지만, 둥글고 가늘고 긴 주머니에 쌀겨를 넣어서 만든 것으로 양쪽 끝 마구리를 아름답게 만들어 장식을 다는 곡침(穀枕), 골이 여섯 개, 혹은 여덟 개나 나도록 누비어, 골마다 수를 놓고 속에는 겨를 넣어 베개 깃을 씌운 화사하고 미려한 골침. 늦은 가을이 국화꽃을 많이 따다가 말려서 붉은 베 주머니에 넣어 만드는 국화 베개, 결명자로 베갯속을 넣는 결명자 베개. 그리고 어린아이가 베면 머리가 맑아지고 눈이 밝아지며 풍이 없어진다는 녹두 베개, 또 갓난아기에게 베어 주는 좁쌀 베개.

-『혼불』제4권 제2부 82쪽-

규방에서 빼놓을 수 없는 소재인 '베개'를 매개로 한 인지 내용은 단순히 여인네들의 생활상을 엿보는 정도에 그치지 않는다. 이것은 '베개'를 통해 일제강점기 전반을 돌아보게 함으로써 피식민자적 생활상을 반영한다. 그 실상은 퇴침(退枕), 도침(陶枕), 곡침(穀枕), 국화 베개, 결명자 베개, 녹두 베개, 좁쌀 베개 등이 우리의 전통적인 침상 문화를 보여주고 있다.

'베개'라는 소품이 특별하게 범주화 되는 이유는 우리 몸의 중요한 부분을 받히기 때문이다. 머리는 신체 가운데 가장 중요한 위치를 차지한다. 따라서 머리를 담는 도구로서 배게는 하나의 '용기'인 것이다. 여기에 대한 인지 정보는 '베개'를 매개로 하여 작가의 신체성과 인지 주체로서 작중화자의 신체성의 동일화를 통해 인지 대상 간의 일체화를 형상화 하고 있다. 이러한 인지 심리에는 '베개'의 물리적 용기화가 과거로부터 회귀하여 현재까지 유효함을 의미한다.

갓난아기에서 어른에 이르기까지 다양한 층위의 수용자를 형성하는 '베개'의 쓰임은 전통적인 '침상' 문화를 은유한다. 갓난아기의 요람 속에도 베개는 필수적으로 사용된다. 바로 좁쌀 베개이다. 아기의 두상을 건강하고 모나지 않도록 하는 이것은 '좁쌀'처럼 많은 날들을 살아갈 아기의 전 생애적 의미로서 신체적 전략이 내포되어 있다.

이러한 의미 구조는 우리네 규방 문화에 대한 화자의 인지 심리를 평상의 베갯잇처럼 '양쪽 끝마구리를 아름답게 만들어'가는 극화된 인지 국면을 열어가는 데서 의미를 구할 수 있다. 이것은 화자 스스로 규방 문화에 대한 충일한 요소를 인정하면서도 궁극적으로는 규방 문화가 지닌 전통적 요소에 대한 강한 긍정성을 내포한다. 다시 말해 '베개'에 관한 인지 정보가 단순히 여성의 지위나 역할에 국한된 생활상의 소품이 아니라, 인간 생활의 첫 장식품으로서 생명성을 담아내는 신체적·정신적 긍정의 의미 범주를 보여준다.

이와 같이 『혼불』의 텍스트는 일상의 간단한 소품에서 거대 서사에 이르기까지 다양한 층위의 신체화 담론을 수용한다. 이것은 전승과 창조의 의미에 있어서 작가의 체험성에 의존한 신체적 전략으로 나타난다. 이러한 체험성을 기반으로 하여 『혼불』은 사물과 용기의 역학 관계, 인지적 개연성을 확보해가고 있음을 알 수 있다.

따라서 베개는 소극적 의미에서 머리를 담는 '용기'로 작용하지만, 거시적으로는 식민지배 아래 신음하는 조선 민중의 신체를 수용하는 그릇으로 기능한다. 왜냐하면 '베개'를 매개로 한 작중화자의 체험성이 단순히 신체에 국한되어 있지 않고 식민지라는 특수한 시대 상황을 고려함으로써 조선민중의 신체성으로까지 확대 내지 동일화되기 때문이다. 이러한 인지 심리에는 '베개'의 물리적 용기화가 우리 민족의 전통적 산물과 긴밀하게 연결되어 있고, 이것은 과거부터 현재까지 유효하게 작용한다.

이를 토대로 할 때, 『혼불』의 '신체화 담론으로서 언어적 인지체계'에 관한 세부적 인지 체계를 정리하면 다음과 같다.

항목 내용	인지 대상	인지 국면·상태	인지 행위·심리	인지 시간	인지 공간
날 씨	강모와 효원의 혼롓날 날씨에 대한 발언은 대숲으로 불어가는 바람에 연원하여 식민지 현실상황을 암시하도록 함	쾌청하지 않은 날씨는, 혼례가 지시하는 '밝음' 혹은 '축복과' 국적 대조를 이룸으로써 암울한 식민 사회 조망	날씨와 무관하게 대숲에서 늘 일어나는 바람, 이것을 유인자로 하여 일제강점기 소란한 민심과 들끓는 조선에 대한 탈식민 의식의 심화	강모와 효원의 혼례가 진행되는 시점으로, 일제강점기로서 현재	매안 마을·청암부인 가옥 (『혼불』제1권 제1부 11쪽)
대 홍 색	혼례지가, 대소·남녀로 하여 다투어 대홍색 의상을 착용하고, 가난한 사람까지 이를 따르고 있음	세종 28년 의정부가 복색을 어떻게 정해야 할 것인지에 대해 조정에 상계(上啓)함	홍색 복장에 대한 제한일품 벼슬, 사대부, 부녀자, 대소·남녀 홍색 의상 금함으로써 부정성 전달	조선 태종 8년·예종 원년·세종 28년에 연원한 역사적 고증	조선 시대·시대적 공간으로서 의미 (『혼불』제4권 제2부 69쪽)
빗 접	이기채로 하여금 가로 세로 한 자씩이나 됨직한 종이 상자 모양의 '빗접'을 꺼내도록 함	오랜 시간에 걸쳐 선조의 대를 이어온 생활·역사적 발자취에 대한 유의미적 해석	청암부인 자손으로서 가문의 번창과 희망적·긍정적 낙관성, 전통에 대한 강인한 생명성·긍정성 전달	이기채로부터 몇 세대 앞선 과거에서 연원한 일제강점기로서 현재	매안 마을·청암부인 가옥 (『혼불』제5권 제3부 20쪽)
베 개	퇴침, 도침, 곡침, 국화 베개, 결명자 베개, 녹두 베개, 좁쌀 베개 등 우리네 소박하고 정갈한 규방 문화를 대표	바느질에 대한 청암부인, 율촌댁, 침모, 우례 동생 소례의 일상적인 가계 업무	옷을 모양 있게 마르고, 신을 바늘에 꿰어 박고, 공그르며 휘감아 치고, 상침을 뜨는 우례의 솜씨·우례한테 바느질을 가르쳐 준 침모의 긍정성 전달	율촌댁, 침모, 우례, 소례의 바느질 전승을 중심으로 한 일제강점기로서 현재	매안 마을·청암부인 가옥 (『혼불』제4권 제2부 82쪽)

〈표 1〉『혼불』의 '신체화 담론'에 관한 세부적 인지 체계

　『혼불』의 텍스트는 일상의 간단한 소품에서 거대 서사에 이르기까지 작중인물의 신체적/정신적 경험 유인자에 근거한 인지 체계를 보여준다. 이것은『혼불』의 모국어 텍스트가 작중인물에 의한 신체화 담론으로서 언어적 인지체계와 맞물리는 중요한 근거가 된다. 이와 같은 담론을 기반으로 할 때,『혼불』은 인물과 사물의 연관성, 사물과 사물의 인지관계, 사물과 이를 수용하는 '용기'의 역학관계, 사람과 자연의 인지적 개연성이 일제강점기 탈식민 의식과 관련이 깊은 것을 알 수 있다.

1.3. 회귀 모티프 원리와 신체중심 어휘

『혼불』의 서사구조에 있어서 주된 국면을 차지하는 것이 '회귀 모티프(recurrence motif)'이다. 이러한 원리는 앞서 논의한 '신체화 담론으로서 언어적 인지체계'에 대한 구체적·실증적 분석에 해당된다.

'회귀 모티프'는 단순히 과거로 돌아가는 양상에 제한된 것이 아닌, 보다 포괄적이고 광범위한 카테고리를 형성한다. 『혼불』의 경우 작가에 의한 과거 유무형의 인지 정보가 작중인물로 하여 일제강점기 피식민자적 입장에서 탈식민의 항체를 표상한다. 이것은 우리 민족의 역사·전통·풍속 등의 실제적 정보가 『혼불』 전반에 섬세하게 전경화 되어 있다는 데 근거한다.

『혼불』은 단선적인 직렬의 사서구조가 아닌 복합적이고 종합적인 병렬의 서사구조를 구성한다. 『혼불』의 서사적 뼈대를 구성하는 것이 큰 고목이라면, 여러 갈래로 뻗어나가 무성한 가지의 인지 정보를 구성하는 전통·민속·설화 등의 개별적 서사물들이 바로 『혼불』의 회귀 모티프로 작용하는 단서가 된다. 이것은 최명희의 언어 체계가 심오한 지성에 그치는 것이 아니라, 일제강점기 식민주의 비판을 지향하는 모국어 조건을 제시하고 있다는 데 의의가 있다. 또한 이것은 회귀 모티프에 의한 작중인물의 경험 일반에 비추어 서사적 조건을 충족시키고 있다는 데 신체화 담론의 적확성을 내포한다.

이렇게 놓고 볼 때, 인간의 언어능력은 신체화된 언어 중심의 카테고리를 기반으로 하는 경험의 구체화이며, 신체중심 어휘의 개념화인 동시에 신체화 담론에 의한 의미 범주화로 나타난다. 이것은 특정 범주를 대표할 만한 가장 '전형적', '적절한', '중심적', '이상적', '좋은' 보기를 지향하는 '원형성'에 대한 고찰에 근거한다.

언어 체계의 '원형'에 대한 '실제'와 '표상'의 관계에 있어서 가장 중시되는 것은 신체화에 의한 '외연(denotation)' 작용이다. 언어는 본질적으로 자연과 환경, 사회문화적 현상을 중시하는 개념이다. 이것은 자연과 사회·문화적 상호작용뿐만 아니라 계통에 이르는 체계적인 상호작용 또한 중요하게 인지되며, 이러한 언어관은 레이코프(G. Lakoff)의 언어 체계에 의해 규정된다. 레이코프는 언어 상호작용을 체험주의에 기반을 두고 있으며, 언어의 '형식'과 '의미' 관계를 원형이론과 회귀 모티프의 유기적인 관계로 보고 있다. 여기에 대한 관계 도식을 그려보면 다음과 같다.

'원형이론'에 의한 회귀 모티프 구조도

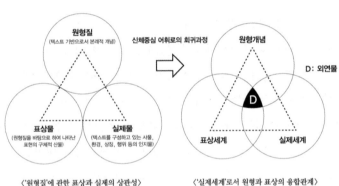

〈'원형질'에 관한 표상과 실제의 상관성〉 〈'실제세계'로서 원형과 표상의 융합관계〉

언어란 '원형질'이 '외연물'로 회귀하는 언어 역학적 변이와 어휘의 주체적 변모를 인지하는 것을 말한다. '외연물'의 언어 체계를 안정적으로 예시해주는 것이 경험에 의한 인지 주체의 역할이다. 이러한 견해는 언어 체계 개념과 관련되어 있고, 이 개념은 '실제세계'에 존재하는 현상에 대한 '심리적 표상(mental representation)'의 형식화에 의해 운영된다.[16]

그림 〈'실제세계'로서 원형과 표상의 융합관계〉를 보면, 외연물 (denotation) 'D'는 특정 하나의 의미만을 표상하는 것이 아니다. 이것은 그림 〈'원형질'에 관한 실제와 표상의 상관〉을 벗어나 신체중심의 어휘로서 회귀 과정을 거친 '원형개념'으로부터 '표상세계'와 '실제세계'를 직접 연결하거나 혹은 간접적으로 아우르는 복수 형태의 별개의 의미로 작용할 때 발생한다. 외연물 'D'는 회귀 모티프를 구성하는 다원적·다층적·다각적인 형질을 띤다.

『혼불』의 언어 체계에 대한 회귀 모티프는 작가의 시간 여행을 위한 '통로'라고 규정할 수 있는데, 이를 통해 일률적이고 단선적이지 않은 텍스트로서 이야기 내지 서사구조를 형성한다. 따라서 최명희의 언어관이 '외연물'에 의한 신체적 경험을 유인자로 한 모국어 텍스트 체계에 있기 때문에 인지 주체로서 유인자에 대한 직접 혹은 간접적인 경험, 작가의 신체화된 경험의 개념화 내지 구조화에 의해 『혼불』의 회귀 모티프 인과율은 발생한다.

다음 예문에서 '원형개념'이 '외연물'로 회귀하는 과정을 살펴볼 수 있다.

---

16 특정 언어의 '원형질'로서 표현이 주어진 상황에서 실제세계에 전달되거나 표상되는 방식은 한 가지만으로 국한되지 않는다. 가령 어떤 사물을 직접적으로 표현하여 전달하는 방식이 있고, 표현 대신 손으로 가리킬 때도 있는 것이다. 어떤 사물을 언어로 표현하지 않고, 손으로 가리키며 사물의 속성, 상태, 과정, 형식 등을 드러낼 때 언어학자들은 이것을 '지시(reference)' 행위가 일어났다고 말한다. 이러한 지시 상태의 현상물을 '지시물 (referent)'이라고 규정한다. 여기에 대한 관점은 원형질에 대한 언어 현상이 실제세계에 적용될 때 '외연물(denotation)'에 대한 원형 개념의 전달 현상을 '심리적 표상(mental representation)'이라고 말한다. 이처럼 '실제세계'에 대한 외연물은 하나의 원형질 개념에 대해 둘 이상의 표현 현상이 발생할 수 있고, 이것은 둘 이상의 표현이 똑같은 현상에 적용되면서도 다른 의미를 지닐 수 있음에 유의할 필요가 있다. David, Singleton, 배주채 역, 『언어의 중심, 어휘(Language and the Lexicon: An Introduction)』, 삼경문화사, 2008, 94~98쪽 참조.

그네는 엊그제 대례를 올린 꽃 같은 신부였으나 또한 바로 상부(喪夫)를 하고 만 청상의 여인이기도 했던 것이다.

홀로 된 신부는 시댁으로 신행 갈 때 골수까지 시리게 흰, 흰 덩을 타고 간다. 녹의 홍상 떨쳐 입고 연지 분내 은은하여 복사빛 감도는 새각시로 가는 것이 아니라, 일생을 죽은 듯이 그 색으로 살아야 하는 흰옷 입고 간다. 그에게는 이제 삼라만상 온갖 색색 오만 가지 빛깔이 무색하게 된 것이다. 이 세상에서 가장 크고 소중한 빛, 오채(五彩)보다 찬란한 색, 남편을 잃은 그가 하늘 아래 누릴 수 있는 색은 이제 없는 것이다. 해가 사라진 세상에 그해의 부스러기에 불과한 산천초목 꾀꼬리에 풀잎 꽃잎 색색깔이 무슨 소용 있으리오.

-『혼불』제6권 제3부 20쪽 -

청암부인에게 '흰옷'에 대한 인지 정보는 오직 남편의 죽음과 연관된 색채 이상의 의미는 없다. '흰옷'은 남편의 죽음을 상징하지만, 텍스트 내 실제세계에 전달되거나 표상되는 원형은 다양한 양상으로 드러난다. 실제 청암부인의 '흰옷'은 상부(喪夫)의 자격으로, 홀로 된 신부의 골수까지 시리게 흰 상흔으로 작용한다. 또한 이 '흰옷'은 소복에 다름 아니나 작중화자로서 청암부인의 내면을 표상하는 색깔을 암시하고 있기도 하다.

이를 토대로 할 때 작중화자는 단순히 '흰옷'의 의미를 '상부'라는 홀로된 아내에 국한시키지 않고, 청암부인의 지나쳐온 과거의 삶과 앞으로 펼쳐질 여생 전반을 '흰옷'에 투영함으로써 삶의 순결성과 청상으로서 절개를 인지하도록 한다. 이러한 방식은 특정 사물이 지시하는 일반적인 내용을 벗어나 보다 근본적인 인지 내용을 포괄하는 것으로서, 언어 학제적 용어로 사물의 속성, 상태, 과정, 형식면에서 '지시(reference)' 행위가 일어났다고 말할 수 있다.

정작 꽃다운 나이의 청상에 머문 청암부인의 과거는, '갓 시집'와 고운 자태의 '꽃각시' 같거나 세상에서 가장 '크고 소중한 빛'이어도, 혹은 '오채(五彩)'보다 빛나는 색을 지녔어도, 남편을 잃은 청암부인에게 아무 쓸모가 없고 의미가 없다. 따라서 청암부인이 미래적·생애적 삶의 의미로 누릴 수 있는 색 또한 '흰'색 뿐이다.

따라서 '원형질'에 관한 실제와 표상의 상관성을 따져볼 때, 외연물 '흰옷'이 구상하는 인지 체계는 남편의 '죽음'과 청암부인의 새로운 삶이라는 '신체' 중심의 교차 과정을 거친다. 여기에 남편을 잃은 아내의 실제세계와 청상으로서 절개의 표상세계가 청암부인의 미래적 삶을 암시하거나 혹은 생애적 삶의 전반을 회귀하는 인지 심리를 보여준다.

숨이 서로 싸운다.

효원은 이 혼미한 안개를 몰아내고, 드디어 머리꼭지와 손톱 발톱 끝에 차오른 숨이 그네를 무중력의 공간으로 띄워 올리기를 간절히 바란다.

그런 효원의 온몸에, 피가 팽창하여 징소리가 울린다.

쾡 쾡 쾡 쾡 쾨쾡 쾡 쾡 쾨개앵

강수의 혼신 명혼(冥婚)이 있던 날 밤의 징소리다.

허공을 휘어 감아 만수향내 뭉뭉히 피러 오르는 마당을 두드리던 그 징소리와, 어디 한데 바깥에서 야기(夜氣)를 쏘이어 습하고 찬 몸으로 들이닥치던 강모의 허하고도 거친 숨.

이제는 비로소 그 까닭을 알 것 같았다.

한 날의 밤 거의 같은 시각에 그 형체도 잡히지 않는 망혼의 저승 향내 자욱한 징소리를 두 여인에게 나누어 심어주고, 홀연 저 홀로 몸을 감추어 버린 강모를 향하여, 효원은 다시 한번 숨을 들이쉰다.

이번에는, 강모를 삼키는 것 같다.

너는 내 것이라.

내가 너에게 매어 있으니, 내가 너에게 매이어 있는 한 너는 내 것이라.

-『혼불』제6권 제3부 226쪽 -

강실에 대한 효원의 '숨'은 거칠고 다급하며 처참한 전쟁터를 방불케 한다. 강모에 대한 강실의 연민을 '수모(受侮)' 이상 여길 수 없는 자신의 냉혹함을, 효원은 강모에 대해 강수의 '명혼(冥婚)'과 같은 혼기(魂氣)로 토해낸다. 여기서 '징소리'는 강수의 원혼을 기억하는 기호가 될 수 있지만, 효원에게는 강실에 대한 저주와 같은 신명의 소리인 것이다.

연기(年期)에 이르러 강모의 아내가 된 효원은, 강모와 더불어 오순도순 일생을 살아가는 것만큼 더 큰 삶의 의미는 없다. 이것을 종시매인 강실로부터 빼앗길지 모르는 두려움과 위기감을 느끼는 효원의 생은 종잡을 수 없는 깊은 절망과 배신감을 불러온다. 작중화자로서 효원의 몸에서 울려 퍼지는 '징소리'는 얼마 되지 않은 강수의 명혼에서 울리던 망혼의 징소리와 같다. 이 징소리는 작중화자인 효원이 직접 자신의 신체로 경험한 '죽음'과 관련한 징소리로, 효원의 심상을 대변하는 '말하기' 상황을 암시한다.

효원에게 있어 '징소리'의 근원은 자신의 남편인 강모에 대한 집착이 만들어낸 환청일 것이지만, 이것에 대한 효원의 감성은 '죽음' 너머 여성의 지위로부터 생성되는 주체적이고도 자발적인 마음 상태, 즉 스스로 말함으로써 현실을 극복하려는 울림이 배어 있다. 그럼에도 하나의 남편 아래 하나의 아내만이 있을 수 있다는 '종부(宗婦)'의 개념은 오직 효원의 신체적 '용기' 하나에만 수용되어 있음을 설명한다. 또한 이것은 남편 강모를 거부할 수 없는 효원의 신체적/정신적 체험성이 물리적으로 고착화 되어 가는 단계를 의미한다.

이런 측면에서 '징소리'의 원형은 강수의 '명혼'을 상징하지만, 효원을 둘러싼 실제세계로부터 전달되는 파장은 강모에 대한 끝없는 연민과 감정의 산물로 극화되어 나타난다. 따라서 '징소리'는 종부로서 효원의 신체 골수에 사무쳐 울리는 환청인 동시에 효원 자신의 몸을 울려서라도 강모에게 알리고자 하는 욕망의 진원으로 작용한다.

여기서 서로 싸우고 있는 효원의 '숨'은 강모를 향한 자신의 마음을 담아내는 그릇이라고 할 때, 그릇 안에서 울리는 '징소리'는 평소보다 더욱 강화된 음파로 작용하면서 '상피'라는 가문의 금기를 위배한 강수의 죽음과 직접적으로 연결된다. 이때 효원의 '징소리'는 산 자의 귀에 울리는 원형이면서도 강모와 강실 사이에서 망혼의 향내 자욱한 상징물로서 죽음의 징후를 동반한다.

이와 같이 효원에게 '징소리'는 '숨'으로부터 발현된 여성의 지위를 표상으로 하여 억압된 현실에서의 말하기를 촉구하는 직접 혹은 간접적인 행위를 보여준다. 여기에는 강실에 대한 원망·저주·복수와 같은 다층적인 의미 개념을 동시적으로 반영하면서 명혼-저승-숨으로 이어지는 물리적 성격의 '징소리'를 말하기의 수단으로 활용한다. 따라서 '징소리'는 강모에 대한 효원의 연민·사랑의 굴레를 확인하는 회귀 모티프로서 다층적인 의미를 지니게 된다. 이것은 결국 효원에게 죽음만큼이나 아픈 상처로 작용한다. 한편 강모의 아내로서의 지순한 연정을 의미하지만, 여성으로서 말하고자 하는 잠재된 억압을 예시하기도 한다.

'원형질'로서 '징소리'는 강수의 '명혼'을 상징하면서도, 텍스트 내 실

제세계에 전달되거나 표상될 때는 강모에 대한 끝없는 연민과 감정의
산물로 극화된 회귀 모티프로 인지된다.

> 인월댁은 청상의 과수도 아니면서 소복을 입기 시작하던 날을 잊을 수가
> 없었다. 잊을 수가 없는 것만이 아니라 그날을 생각하면 뼛골이 사무쳐 왔다.
> 그날로부터 입기 시작한 올 굵은 무명옷은, 살아 있다 할 수 없는 그네의 반
> 생을 그렇게 허연 빛으로 표백해 주고 있는지도 모를 일이었다.
> 인월댁은 원뜸의 청호로 올라가는 사람들의 발소리가 고샅을 훑고 지나간
> 다음에도, 한참 동안을 그렇게 찬 방바닥에 망연히 누워만 있었다. 미영씨 기
> 름 등잔의 빛이 바래어지는 것으로 보아 동이 트고 있는 모양이었다.
> 인월댁은 기진한 듯 눈을 감는다.
> 청호 저수지의 물이 마르다 마르다 못하여 뻘을 드러내고 있는 모습이 선
> 하게 보인다. 내장을 드러내고 있는 셈이었다.
> 허옇고 검은 옷 입은 사람들이 다리를 걷어붙이고 소쿠리며 삼태기, 물통
> 에 물고기를 건지는 모습 또한 그대로 눈에 보이는 것 같았다.
>
> -『혼불』제2권 제1부 35쪽-

'청상의 과수'도 아닌 인월댁은 '소복' 옷차림 하나로 현실에 맞선다.
소복이 의미하는 인지 정보 내에는 많은 내용들이 함축되어 있다. 넓
은 의미에서 절개, 순수, 애정, 기다림, 죽음 등의 근원이 내재되어 있
다. 이때 '죽음'은 엄밀한 의미에서 타자화된 죽음을 근간으로 한다.
이처럼 『혼불』은 일제강점기를 시대 배경으로 하면서도 우리 민족
과 관련한 민속·전통·세시풍속·관혼상제·역사·예술 등 전반을 수
용한다. 재현으로서 『혼불』텍스트의 주요 기표는 과거로부터 연원하
면서도 그 속에 내재된 신체적·정신적 체험 여담은 전통적 기의에서

시작된다. 이러한 민속·전통의 기의는 일종의 역사적 증거물로 작용한다. 이와 동시에 최명희 스스로 과거의 상징적 표상물을 신체적 체험에서 추출한 모국어 원형질과 결합하여 서사적 화해를 이룬다.

회고적 구술체계의 특성은 그 자체로 하나의 담론을 형성한다. 이와 같은 특이성은『혼불』전반에 원형질의 구조를 구성하고 있으며, 이것은 우리 민족의 정신적인 측면과 정서적인 교감, 전통의 맥락과 어울리면서 보다 구체화된 전통·풍속 인지 모델을 보여준다.

이러한 측면에서 볼 때, 외연물 '소복'은 인월댁 스스로 신체적 요건을 극대화 시켜 불완전한 현실을 자신만의 이상적인 경지로 이끌어 올리는 매개물로 작용한다. 이것은 청상도 아닌 상황에서 소복을 입기 시작한 인월댁의 행위가 단순히 여성성에 의한 것이라기보다 피식민자로서 신체 중심 어휘로 회귀하는 것을 의미한다. 그 이유는 인월댁의 신체를 지시하는 '무명옷'에서 찾을 수 있다. '반생'을 굵은 무명옷으로 인월댁의 삶은 '살아 있다 할 수 없는' 삶, 즉 죽은 자의 삶을 의미한다. 살이 있으면서도 죽은 자의 삶은 살아가야 하는 인월댁의 삶 자체가 '허옇게 표백'된 삶인 것이다. 이것은 인월댁 스스로 삶을 포기한 것이 아니라 유폐의 환경에 자신을 투영시킨 결과이다.

'소복'이 지시하는 카테고리는 인월댁의 신체를 수용하는 용기를 의미하지만, 그 신체는 삶을 담는 그릇으로 작용한다. 인월댁이 신체로 받아내는 여성의 삶은 간단하지 않다. 여기에는 과거의 삶이 현재의 삶으로 이어지는 통로가 아닌 단절과 유폐, 죽음 등의 역할을 수행하는 신체로서 삶과 긴밀하게 연결된다. 보다 근원적으로 들여다보면 작은 범주에서 인월댁 처한 삶은 질곡을 의미하지만, 확장적 의미에서 식민지 현실에 대한 저항으로 이해할 수 있다.

이와 같이 인월댁의 '소복'이 상징하는 여성성의 인지 심리는 '소복'

을 통한 신체적 요건의 극대화라는 단계를 지나 식민주의 비판으로 전이된다. 인월댁이 소복을 입기 시작한 날은 결코 머릿속에서도 신체에서도 지워지거나 잊혀지지 않는다. '허연 빛으로 표백'된 질곡의 '반생'은 '뻘'을 드러낸 청호 저수지의 마른 바닥과 닮아 있다. 여기에는 필연적으로 인월댁의 신체적 표상으로서 '소복'과 식민지 현실 기저에 자리 잡은 청호 저수지의 마른 '뻘'이 상호 결합되는 인지 상황을 보여준다.

이렇게 놓고 볼 때, '소복'은 인월댁 스스로 피식민자의 자격을 발현하는 식민주의 비판이자 물리적 저항체라고 규정할 수 있다. 식민주의 저항 기제로서 '소복'이 의미하는바 민족의 근간을 구성하는 '흰옷'은 전통적인 의습에 의한 결과물인 것이다. 이러한 사물화의 요건에서 '소복'과 '뻘'의 관련성은 인월댁의 신체를 특정으로 하는 사물과 '물'이 마른 저수지의 인지 정보가 거시적으로 식민지 현실이라는 언어적·일상적 표상성에 의해 재현된다.

여기서 '옷'과 '물'은 인간의 신체와 밀접한 관계를 이루는 수단이자 결과물이다. 또한 '옷'과 '물'은 인간 신체에서 오감으로 인지할 수 있는 유형의 산물이다. 이것은 물리적으로 수용 가능한 용기에 담아낼 수 있는 일상적 실체이다. 이와 대조적으로 살아 있다 할 수 없는 인월댁의 반생은 마르다 마르다 못하여 뻘을 드러내고 있는 원뜸의 청호 저수지를 원형질로 하여 나타난 비일상적 현실인 것이다. 이것은 인간의 시각으로 바라볼 수는 있어도 신체로 만질 수 없는 비일상적 사물이다. 결국 인월댁의 '반생'은 살아 있다 할 수 없는 삶과 죽음의 경계를 지닌 신체적 극대화에 이른 표상물로 존재한다. 이러한 상징성은 인월댁의 '소복'이 담고 있는 인지 정보에 의해 가시화되거나 구체화 되고 있으며, 식민지 현실에서의 일상성이 비일상적 표상물에 의

354

해 재현된다.

이와 같이 『혼불』의 문학적 의미는 텍스트로서 내적 요인이 외적 구조를 연동하는 주요 동력으로 작용한다. 신체 내면의 운용 방식에 의해 『혼불』의 모국어 텍스트는 독자로부터 감흥의 울림이나 서사 체계의 원리는 보다 확고해진다. 이러한 원리는 최명희 스스로 비일상적 언어의 실체를 일상적인 언어로 형상화함으로써 『혼불』의 문학 텍스트가 요구하는 신체 전략으로서의 모국어에 당도한다. 이것은 소박한 민중의 감정이 '소복'과 같은 비일상적 소품에 의해 비유되고 환유됨으로써 보다 신체화된 경지로 나아가감을 의미한다.

근본적으로 작가, 즉 최명희에 의해 재현된 텍스트는 피식민자로서 인월댁이 추구하는 '허연 빛으로 표백'된 단계의 생의 질곡을 수용하는 용기인 동시에 문학적 전달체로서 인지의미론적 '비유(metaphorically)' 를 제시한다.

"밥은 아무나 해도, 죽은 아무나 못 쑨다."

율촌댁이 일렀다.

건강한 사람도 별미반식(別味飯食)으로, 밥에 질리면 때로 한 끼는 죽을 먹는 것이 입맛에 도움이 되고, 노인 계신 집안에서는 자릿조반이라 하여 조반 대신 맛깔스러운 흰죽을 올리기도 하며, 초례 갓 치른 신랑 신부가 첫날밤을 새우고 나면 이른 새벽에 잣죽이나 깨죽을 들여넣어 주는 것은 관습이었다. 뿐만 아니라, 궁중에서도 초조반(初潮飯)으로 죽을 아침 수라보다 먼저 드렸다.

(…중략…)

또한 어린아이 이유식이며, 병을 앓고 있는 환자나 병후 회복을 하고 있는 허약한 사람에게 다시 없는 음식이 바로 죽이었다.

-『혼불』 제7권 제4부 77쪽-

청암부인의 초종(初終)을 치른 이기채에게 효원이 손수 끓여 '키네'라는 찬비(饌婢)에게 시켜 내온 죽은 여느 '밥'보다 소중한 끼니가 된다. 형제라도 기표는 '밥'에서 상중 슬픔을 이겨내고, 이기채는 '죽'으로 제 몸 하나 겨우 건사할 뿐이다. 여기서 작중화자들의 외적 심기는 '밥'과 '죽'을 통해 밖으로 표출된다. 이것은 '밥'과 '죽'이 지시하는 '원형질'의 표상세계가 한 끼의 '식사'로서 가치보다 청암부인을 잃은 자식 간의 우애와 소통에 더 중심을 두기 때문이다.

표상세계에서 '밥'이 '죽'의 잉여물이 될 수 있는 심리적 요인은 기표가 직면한 신체 중심의 어휘로서 슬픔에 근거한다. 실제세계에서 '죽'이 '밥' 대신의 대체물이 될 수 없는 인지적 상황은 청암부인에 대한 이기채의 애절한 심상에서 온다. 이것이 각기 대비를 이루는 것은 '원형질'로서 '밥'과 '죽'이 상징하는 끼니에 대한 모성의 지극함이 자식들에게는 하나의 의무로 작용하기 때문이다. 한 끼라도 굶는 행위가 부모에겐 덕이 될 리 없으며 불효가 되는 순박한 '인정'이 바로 '밥'과 '죽'의 원형 개념으로서 '실제세계'인 것이다.

'밥'의 표상세계는 일상에 지나지 않는 양식이지만, '죽'은 흉년에 '요긴한 구황(救荒) 음식'으로 자리 매김한다. 또한 '밥'은 표상세계에서 기표의 슬픔을 형제로서 이기채의 '식음을 멀리하는' 것에 비유한 단일한 어조의 텍스트일 뿐이며, '죽'은 임금의 아침 수라만큼이나 귀하고 소중한 의미로서 이기채의 심상을 대변하는 실제세계를 구성한다. '죽'의 표상세계와 실제세계가 합일된 영역에서 작중화자가 인지 가능한 신체 중심 어휘는 '관습', '식욕', '목숨', '회복' 등으로 나타난다. 여러 층위의 인지의미 가운데 가장 중요한 의미는 표상세계·실제세계가 원형개념과 함께 하나의 '외연물'로 구성되는 단계에서의 신체 중심의 어휘로는 '회복'에 있다. 왜냐하면 청암부인의 초종 상황에서 작중화자가 이기채에게 원하는 것은 슬픔의 진면목이며, 이것을 일정한 크기의 물리적 과정으로서 '죽'을 통한 슬픔·비애·원한의 딛고 일어서는 극복과 '회복'을 최종적인 '외연물'로 인지하고 있기 때문이다. 이것이 '밥'과 '죽'의 원격 대비이며, 원형질로서 '밥'과 외연물로서 '죽'을 하나의 의미 체계로 카테고리화 하는 결정적·실제적 사례인 것이다.

이처럼 『혼불』의 언어 체계는 작중화자를 통해 시간 개념을 뛰어넘고자 하는 작가의 모국어 텍스트가 회귀 모티프로서 인지 내용을 충실하게 반영하고 있다. 그 근거는 시간 여행을 위한 '통로'로 규정할 수 있는 작중 인물들의 내적 갈등이나 감정이 '표상세계'에 머물지 않고 '실제세계'를 열어가는 독특한 투사장치를 내재하는 데서 발견된다.

이것은 앞서 제시한 그림 〈'실제세계'로서 원형과 표상의 융합관계〉가 '표상세계'와 '실제세계'가 단선적이며 획일적인 구도 아래 결속하는 차원이 아니라 보다 심층적인 인지 과정을 거쳐 그림 〈'원형질'에 관한 실제와 표상의 상관〉에 이르는 것을 의미한다. 이러한 과정을 통해 '원형질'의 요소가 '외연물'에 접속하게 되며, '원형질'에 관한 실제세계와 표상세계가 인지 주체의 신체적 체험에 의해 '외연물'로 회귀하는 모티프로 작동하게 된다.

이를 토대로 할 때, 『혼불』의 '회귀 모티프와 신체중심 어휘'에 관한 세부적 인지 체계는 다음과 같다.

내용 \ 항목	인지 대상	인지 국면·상태	인지 행위·심리	인지 시간	인지 공간
흰옷	청상의 여인이 된 청암부인의 언행·품행을 표상으로 하는 '흰옷'의 관습적 의례	상부(喪夫)로서 홀로된 청상의 신부는 시집으로 신행을 가면서도 뼛속까지 시린 '흰 덩'을 타고가야 하는 상태	녹의 홍상 받혀 입고 연지 분내 운은 한 복사빛 고운 얼굴이 아니라, 일생을 오직 흰 색과 흰 옷으로 살아야 하는 한많은 청암부인의 살이	혼인을 치른 청암부인의 친정과 시댁 간의 사돈서(查頓書)가 오가는 시점, 친정과 남이 되는 시점이자 과거적 의미에서 일제강점기	인지 주체인 청암부인의 친정→시댁 매안 마을로 신체적 공간 이동 (『혼불』제6권 제3부 20쪽)
징소리	강모에 대한 종시매인 강실의 연민이 '수모(受侮)' 이상 여길 수 없는 효원의 심정	원형질 '징소리'가 강수의 '명혼'을 상정하되, 강모에 대한 끝없는 연민과 감정의 산물로 '실제 세계 텍스트 극화	강모에 대해 강수의 '명혼(冥婚)'과 같은 혼기(魂氣)로 토해내는 효원의 시기와 질투가 '징소리'로 비화	강수의 원혼을 기억하는 기호로서 과거 국면이 현재적 의미로서 강모의 흡모하는 시점, 일제강점기로서 현재	인지 주체로서 효원의 시댁인 매안 마을 (『혼불』제6권 제3부 226쪽)
소복	타자화된 죽음을 근간으로 하여 절개, 순수, 애정, 기다림, 죽음 등의 근원이등의 근원이 내재된 인월댁의 심성	원형질 '소복'이 외연물 '소복으로 전이되는 속성을 인월댁 스스로 신체적으로 극대화 시켜 불완전한 현실을 자신만의 이상적인 경지로 유도	청상도 아닌 인월댁이 무명옷, 즉 소복을 입기 시작면서 그 행위의 측면이 단순히 여성성을 너머 식민지 현실에 대한 피식민자로서 신체 중심 어휘로 회귀	『혼불』 전반의 '케리그마'이자 여성 가부장의 원형을 구성하는 청암부인 대한인월댁이 정한이 민족의 정신과 전통의 어울리면서 정서적인 면이 강조되는 일제강점기 현재	인지주체로서 인월댁의 거처인 매안 마을 종가댁 (『혼불』제2권 제1부 35쪽)
죽	어머니 청암부인의 초상을 치른 뒤 '밥'과 '죽'을 한 끼 대상으로 한 이기채의 심리적 변화와 수용 상태	원형질 '죽'이 차지하는 표상세계가 한 끼 '식사로서 가치보다 청암부인을 잃은 자식된 도리로서 지극한 효심과 회복을 반영	이날 이때까지 된 밥 한번 자시는 일 없는 상전, 이기채가 효원이 직접 끓인 죽에도 불구하고 청암부인의 초종(初終)에 이르러 식음을 멀리함	청암부인의 초종(初終)을 치른 이후 시점, 계집 몽종찬비(饌婢)를 시켜 죽을 내온 상황에서 현재적 의미의 일제강점기	인지 주체로서 효원의 시댁인 매안 마을 종가댁 (『혼불』제7권 제4부 77쪽)

〈표2〉『혼불』의 '회귀 모티프'에 관한 세부적 인지 체계

　　이러한 근거들은 '원형질'을 구성하는 개별의 모티프가 작중인물 간 신체중심적인 어휘의 상호작용에 의해 재현되며 구체화 된다. 이와 같은 상호작용의 연쇄적 반응은 텍스트 내부의 환경적 변화, 사건의 동기, 작중인물 간의 갈등에 연원한 표상세계와 실제세계를 거친 외연물로 연결되기 때문이다. 따라서 『혼불』은 인지 주체로서 최명희의 직접 혹은 간접적인 경험, 혹은 신체화된 경험 유인자가 작중인물로

하여 탈식민 의식이라는 거시적 개념과 융합을 거쳐 마침내 신체중심의 회귀 모티프로 작동하게 된다.

1.4. 탈식민 범주에 관한 텍스트 원형성

『혼불』의 서사 구조에 있어서 가장 중요한 언어 체계는 모국어의 순결성이다. 여기에 대한 의미 범주는 텍스트의 '원형질'에 관한 작중 인물들의 신체중심 어휘가 '외연물'로 구성되는 구체적 탐색에서 시작된다. 이것은 앞장에서 제시한 '회귀 모티프 원리와 신체중심 어휘' 요건에 대한 구체적인 제시에 해당한다.

'원형이론'에 있어서 의미 범주의 카테고리로서 인지 내용물의 구성원들 사이에는 '원형효과(prototype effect)'가 나타난다. 여기서 원형효과란 범주 구성원들 사이의 비대칭성으로서, 원형적인 보기가 비원형적인 보기에 대하여 특권적·우월적 효과를 드러내는 것을 의미한다.[17] 일반적으로 낱말의 의미를 이해하는 방식은 그 범주의 한 원형

---

[17] 범주의 구성원들 사이에 발생하는 '원형효과(prototype effect)'란 범주 구성원들 사이의 비대칭을 의미한다. 이것은 원형적인 보기가 비원형적인 보기에 대해 특권적인 효과를 지니는데, '좋은 보기(GEO)'로서 원형효과와 관련된 사례를 살펴보면 다음과 같다.

① 원형효과는 범주의 판단 시간에 나타난다. 가장 잘 알려진 원형효과로 로쉬(Rosch, E)에 의해 확인되는바, 원형적인 보기는 비원형적인 보기와 비교해 볼 때 그 범주에 속하느냐 않느냐를 판단하는 데 시간이 덜 걸리게 된다. 또한 원형적인 보기는 그것이 해당하는 어떤 범주의 원형을 말해보라고 할 때 가정 먼저, 그리고 가장 빈번히 제시되는 항목이다. 이러한 배경에는 원형으로 제시된 항목이 그 범주에 가장 가깝다는 편단이 깔려 있다.

② 원형효과는 어휘 결정 과제의 '점화(priming)'에서 확인된다. 어떤 범주 명칭의 점화효과는 그 하위 범주가 원형일 때 최대화 된다. 예를 들면, '과일'을 자극어로 했을 때 하위어 '사과'와 '무화과'가 점화되는 데는 시간차가 현저하며, 또한 역으로 '사과'와 '무화과'를 통하여 상위어 '과일'이 점화되는 효과는 매우 다르게 나타난다. 이러한 원형

에 대해 어떤 판단을 내릴 것인지에 관한 카테고리화 과정에서 나타난다. 여기에는 사물이 지닌 속성, 상태, 과정, 형식 등에 대한 인지 주체자의 개별적·변별적 판단을 기초로 한다.

원칙적으로 인지의미론에서는 서사 구조의 골격을 신체 경험에 의한 유인자를 근본으로 하되, 비경험에 의한 언어 발휘는 인정하지 않는다. 이것은 조건이 아니라 불가항력적인 것이다. 따라서 인간의 언어 체계에 있어 기본적인 조건은 신체적/정신적 체험성을 토대로 하여 출발한다. 인간의 언어 행위가 단순한 지적 생산물이 아닌 신체적 경험을 단초로 하여 유발된다는 것은 인지의 국면이 아닌 본능의 예지인 것이다. 그 이유는 최명희의 『혼불』에서 인지 주체들, 즉 작중인물 간 구성된 언어 체계의 기본 요건이 경험에 의한 신체적/정신적 조건에서 드러난다. 이러한 판단은 텍스트에 근거한다. 그 판단 역시 작가와 독자의 신체적/정신적 체험에 의한 것이다.

비오리는 새초롬한 맵시로 하얀 목을 뽑아 올리며, 달집 앞에서도 소리를 했다. 한바탕 풍물로 농악을 놀고 나면 사람들이 기어이 끌어내 그네의 소리 한 대목을 듣고는, 비오리어미가 내놓은 동이에서 막걸리를 한 사발씩 떠먹곤 하였다. 그러고 나서 다시 꽹과리를 꽤꽹 꽤꽹 울리며 달집을 돌았다. 타

.

효과는 어휘의 다양한 사용에 따른 실험에서도 확인된다.
　　③ 원형효과는 언어습득에서 나타난다. 언어습득에서 일반적으로 어린이들은 범주의 원형적인 보기를 먼저 습득한다. 예컨대, '새'의 경우 어린이들은 원형적인 새를 비원형적인 새보다 먼저 습득하게 된다. 또한 다의적인 어휘에서 어린이가 일차적으로 습득하는 의미는 기본의미, 곧 원형적 의미인 것이다.

이와 같이 원형효과와 관련하여 원형이론가들은 범주의 원형적 원소에 나타나는 특성의 인상적인 집중을 통해 한 범주의 원형은 그 범주의 '정신적 표상(mental repersentation)'에 크고 깊게 관계한다. 임지룡, 『인지의미론』, 탑출판사, 1997, 63~88쪽 참조.

오르는 달집의 불너울이 비오리 낯빛을 붉게 물들일 때, 달은 상공의 중천에
이르는 것이다.

(…중략…)

비오리는 남치마에 연두 저고리를 막 꿰어 입고 있었다. 그네가 옷고름을
메며 새침한 듯 갸웃이 고개를 틀고는 눈꼬리를 흘리며, 아는 사람 오느냐고,
시늉으로 웃었다.

-『혼불』 제5권 제3부 134쪽 -

여기서 인지 주체, 즉 작중화자는 고리배미 인근 달집을 태우기 위
해 모여든 비오리네 주막을 하나의 전경으로 내세우고 있다. 적송(赤
松) 무리가 구름을 이룬 평평한 삼거리 언저리에 '꿈'같이 솟아오른 소
나무 위로 보름달이 떠오르면 이를 보기 위해 고리배미 주민과 매안
마을 주민들은 모여든다.

이곳 고리배미 삼거리에는 비오리네 주막이 있다. 정월대보름만큼
은 신명난 소리와 농악이 고리배미를 이불솜처럼 감싸 안는다. 비오
리의 소리와 하나의 사물을 구성하는 '달'은 정월대보름의 '달집'이 지
닌 뜨겁고 맹렬한 속성을 '용기'로 한다. 비오리의 소리와 달의 정령이
한데 엉켜 '달집' 속에 용해되거나 융합되어 원형질의 '소리'와 표상물
의 '달'은 신체 중심의 어휘로의 회귀 과정을 거쳐 마침내 '달집'이라는
'외연물'로 연결된다.

이것은 달이 뜨면 주막 앞에서 혼자 소리를 하는 비오리가 가시적
거리에서의 '달'의 경계를 넘어서는 '월경(越境)'으로서 신체 중심 어휘
로 회귀하는 것을 의미한다. 그 근거는 비오리의 신체로서 여성성이
지시하는 실제세계와 '월경'이 상징하는 여성성의 표상세계가 신체적
조화와 생리적 순응 단계를 거쳐 보다 확장된 소리 공간으로 전이되

기 때문이다. 비오리의 소리는 '적송의 둥치와 머리를 휘어 감고 마을 안 갈피로 파고들어, 공연한 사람을 뒤척이게 하는 소리'인 것으로, 여기에는 필연적으로 표상세계의 '달'과 실제세계의 '소리'가 신체적으로 혼연되는 사물화를 지시한다.

이러한 지시물은 '소리'와 '달'이라는 특정 사물의 비언어적·비일상적 표현 방식의 의존성에 의해 규정된다. '소리'는 인간의 신체 기관 가운데 청각을 통해 인지할 수 있는 무형의 산물이다. 이것은 물리적으로 수용하거나 그릇에 담아낼 수 없는 비언어적 실체이다. 이와 대조적으로 '달'은 인간의 신체 가운데 시각을 통해 바라볼 수 있어도 실제 만지거나 갈 수 없는 일정한 경계를 지닌 비일상적 사물이다. 결국 '달'은 늘 인간의 신체로 바라보면서도 실체에 다다를 수 없고 만질 수 없는 표상물로만 존재할 뿐이다.

정월대보름날 만큼은 신명난 소리와 농악으로 하여 고리배미 일대를 희망과 긍정의 전경으로 형상화함으로써 식민지 현실의 암울함을 표상한다. 이러한 긍정의 전경은 '달집'을 통해 표면화되며, 비오리의 소리와 융합된 '달'은 정월대보름날 '달집'이 지닌 뜨겁고 맹렬한 속성을 수용하는 '용기'로 작용한다. 비오리의 소리와 달의 정령이 한데 엉켜 '달집'을 형성하면서 원형질 '소리'와 표상물 '달'은 신체중심의 어휘로의 회귀 과정을 거쳐 마침내 '달집'이라는 피식민자적 입장의 '외연물=해방'으로 연결된다.

따라서 '보름달'은 단순한 자연현상이 아닌, 일제강점기 지배 권력으로부터 억압받는 고리배미 민중과 매안마을 사람들의 공동의 운명/피안을 추구하는 매개물이 된다. 여기서 피안은 추상적인 염원이 아니라, 식민지 지배 아래 신음하는 피식민자의 희망으로서 '해방'을 지시한다.

이런 차원에서 '소리'와 '달'의 '원형질'은 비오리의 신체적 환경/조건에 의해 구성되는 표상물 혹은 실제물로 신체중심의 회귀 과정을 거쳐 '달집'이라는 '외연물'로 나타나게 된다. 이와 같은 원리는 『혼불』의 텍스트가 내포 작가에 의한 직접 화법으로서 '소리'·'달'의 '원형질'이 작중인물의 신체적/정신적 경험에 의해 탈식민 범주의 신체중심의 언어로 회귀하고 있음을 시사한다.

반면 '남녀의 상생(相生)'에서 드러나는 언어의 직관은 피식민자의 변호로는 적절한 매안의 전통적 기류가 안고 있는 신체화된 텍스트 양상을 보여준다.

예로부터 남녀가 서로 만나 부부의 인연을 지을 적에는 하늘이 살피고 땅이 도와서 연분이 되는 것이지마는, 삼생의 원수가 이생에 만나졌던가. 서로 상극(相剋) 상충(相沖)하는 부분도 많고 많지 않느냐.

그래서 그런 못된 운수를 피하려고 궁합을 미리 보는 것인즉, 납음을 살펴 자기한테 알맞은 사람을 만나야만 한단다.

납음이란 무엇인고. 자기의 생년 육갑에서 나오는 오행(五行)을 가지고 남녀가 상생(相生)되는 것을 맞추어 보는 것이다.

오행별로 볼 때 상생이 있는가 하면 상극도 있느니, 서로 기운을 도와 일어나게 하는 상생이라 함은 금생수(金生水), 수생목(水生木), 목생화(木生火), 화생토(火生土), 토생금(土生金)을 말하지. 금은 물을 생각하고, 물은 나무를 자라게 하며, 나무는 불을 일으킨다. 그리고 불은 타고 남은 재로 거름을 만들어 흙을 비옥하게 하며, 흙은 쇠를 품어 준다. 이 얼마나 좋은 사이이랴.

-『혼불』 제2권 제1부 171쪽-

『혼불』은 동양의 전통이 이야기로 창조되는 과정에 서사적 얼개로서 언어 미학적 연원을 제시하고 있다. 작가의 이러한 태도는 이미 여러 차례 지적한 바, 역사적·형식적 관점에서 인지되는 전통의 읽기 방식에서 추출된다. 전통의 복원 차원에서 『혼불』의 방식은 의고적·고증적 실물을 재현하는 경우가 대부분이다.

이와 같은 정황을 근거로 하여 『혼불』은 독법에 따라 내용적·형식적 카테고리의 연원이 다양한 층위에서 발견된다. 이러한 언어적 측면은 최명희의 역사적·사회적 경험에 의한 지적 유산과 의식의 지각 형태가 합리적으로 결합되는 과정에 생성된다.

예문에서 보다시피, 일상적인 '부부의 인연'에도 정도가 있고 법도가 있는 것이다. 최명희는 자칫 사소하게 취급될 수 있는 '남녀의 상생'을 놓고 한국적·동양적 인지 체계를 부여한다. 이것은 인륜·인정·인연의 일정한 정도와 크기를 물리적 그릇에 담아냄으로써 인지상정의 정반합을 제시한다. 여기에는 최명희 특유의 세계관과 인생관, 신체화된 모국어 중심의 언어관이 드러난다.

이처럼 『혼불』의 언어적 국면은 모국어 상실의 시대에 필연적으로 역사의식을 기반으로 할 수밖에 없다. 이러한 언어적 기능은 작가의 체험에 의한 역사적·시대적 현실의식을 기반으로 하여 신체중심의 텍스트 전략으로 강화되면서 『혼불』의 문학적 의미를 더 한층 강렬하게 인지하도록 하는 계기로 작동한다.

이와 연관하여 강실에 대한 강모의 연정에서 『혼불』의 언어적 국면은 한층 강화된 대별점을 찾을 수 있다.

섬돌 밑에서 울어대던 귀뚜라미와 풀벌레들의 낭랑한 울음 소리조차도 흔적없이 스러져 버리고, 그 대신 마른 잎사귀 구르는 소리만이 스산하게 발끝에 채인다. 그것은 오류골 작은집의 검은 살구나무 둥치에서 떨어져 날리는 낙엽일는지도 모를 일이었다. 아니, 어쩌면 강모의 허옇게 마른 입술에서 일고 있는 가시랭이가 서로 부딪치는 소리일는지도 모른다. 물을 못 먹은 가슴의 한쪽 귀퉁이가 부스러지며 그렇게 마른 나뭇잎 소리를 내는 것은 아닐까.

강모는 깔깔한 혀끝으로 입술을 축여 본다.

혀끝과 입술이 까칠하게 말라 붙는다.

강실아…….

-『혼불』 제1권 제1부 206쪽 -

혼례를 마친 강모에게 직면한 현실은 과거의 연민과 미래의 암울한 예감을 동시적으로 동반하고 있다. 강모의 과거는 강실을 잊지 못하는 연민을 넘어 먼 미래까지 연결된다. 강모에게 '섬돌'이 상징하는 것은 무거운 기반의 가풍이자 가문의 내력이다. 이것을 거역하고서라도 강실과 상정하고자 하는 것이 강모의 본마음이다. 적어도 '귀뚜라미'나 '물벌레'처럼 끌리는 그 자체로 '울음'을 울고 짝을 짓고 사는 게 본능이라면, 강실과의 연민 또한 천연의 상정이고자 하는 게 강모의 마음인 것이다.

강모에게 직면한 현실의 심정은 현재의 안타까움에 그치지 않고 '마른 잎사귀'처럼 아무 곳으로 나뒹구는 방랑과 허송, 공허의 미래를 암시한다. '오류골 검은 살구나무 둥치에서 떨어져 날리는 낙엽'이 강실이라면, 강실의 현재와 미래는 강모의 눈에 불운한 삶을 예고한다. 실제적 연민과 왜곡의 현실 사이에서 강모의 인지 상황은 단절이라는 큰 충격에 휩싸인다. 그것은 강모와 강실 모두에게 '혀끝과 입술이 까칠하게 말라 붙는' 암담하고 어두운 터널을 걸어가는 것과 같은 심정이다. 이러한 심정은 결국 '물을 못 먹은 가슴의 한쪽 귀퉁이가 부스러'져나가는 깊은 연민의 심상을 '마른 나뭇잎'이라는 물리적 용기에 담아낸다. 이것은 식민지 현실의 참담함과 미래의 불운한 상황을 암시함으로써 매안 마을이 처한 현실 대응의 소극성을 보여준다.

실상 강모와 강실 사이의 연민 제공자는 내포화자인 것이다. 그럼에도 작가는 자신의 사연인양 이야기를 풀어가고 있고, 독자는 마치 이야기의 주인공이 자신인 듯 작중화자의 설정에 심취하게 된다. 작중화자로서 강모의 안타까움이 강실의 내면까지 연결됨으로써 내포화자의 인지상황은 보다 확장적으로 독자로 하여 슬프거나 안타까운 인지국면을 불어넣는다.

따라서 등장인물의 현실은 이야기 속에 잠재적으로 지각되어 나타난다. 이것은 이야기 속의 현실적 상황이 독자에게 뒷받침되어야 가능해진다. 최명희는 구체적이며 실제적인 언어 전략을 통해 강모와 강실의 '슬픈 이야기'를 추상적인 텍스트가 아닌 실제적인 카테고리로 구술하고 있다. 이와 같은 언어 전략이 『혼불』의 모국어 상실의 시대를 돌아보고 식민지 현실에 대한 미래 전망으로서 민족의 해방과 회복을 암시하는 전략인 것이다.

이와 같이 최명희는 언어의 적절한 기술을 언어 자체에 국한시키지 않고, 언어를 바탕으로 한 인간의 사유와 사고의 인지적 국면을 소설 텍스트의 근본적인 동기이자 원인으로 규정하고 있다. 그 이유는 『혼불』의 단위 이야기가 어떤 이유에서든 발화의 시점이나 맥락의 구성 성분이 서술자가 명시적으로 말하지 않아도 신체화된 텍스트 자체로 유의미하게 해석되기 때문이다.

이러한 상관성은 작중화자에 의한 신체중심 어휘가 '표상세계'·'실제세계'로서 원형·표상·실제물의 융해 내지 융합관계에 의해 개념화되며, 이것은 다양한 사물들의 '소리'라는 외연물 자체에 소극적이나마 탈식민적 개연성을 부여하는 근거가 된다.

아아, 더러운 목숨.

강실이는 두 아낙이 제 몸뚱이 하나를 찢어 가지려고 악다구니 쓰는 와중에, 검불같이 흩어져 버리지도, 의연하게 나무라며 위의를 갖추지도 못하는 자신을, 차라리 이들이 찢어 버렸으면 싶었다.

"무릇 여린이 갖추어야 할 일곱 가지 어진 모습에, 첫째는 보행이 단정하여 흔들리지 않는 것이요, 둘째는 얼굴이 모난 데 없이 둥글고 몸 또한 두터워야 하며, 셋째는 귀·눈·코·입·눈썹의 오관(五官)이 모두 반듯하게 바르고, (…중략…) 부명자수(夫明子秀)로, 남편의 운을 일으키어 아파날을 밝게 하고 자식을 빼어나게 길러서 가문의 명성을 드높인다고 유장상법(柳藏相法)에 일렀느니라. 한 집안이 크게 융성하거나 무참히 쇠락하는 것이 여인 하나 들고 나는 것에 달린 경우가 허다하니, 부디 명심하여라."

아직도 귀에 쟁쟁한 청암부인의 목소리가 이 곡경(曲境)의 누옥에 울리는 순간, 강실이는 저도 모르게 주루룩 눈물을 흘리고 말았다.

-『혼불』제8권 제4부 221쪽-

위 예문은 타지를 떠돌다 온 강실을 놓고 서로 '독차지'하려는 공배네와 옹구네의 거친 싸움판을 보여주고 있다. 말로 해서 해결이 나지 않자 기어코 한바탕 살을 에는 싸움에 강실은 여인에 관한 신체적 덕목을 헤아린다. 이것은 청암부인의 '유장상법(柳藏相法)'에 이른 여인네의 일곱 가지 모습, 즉 칠현(七賢)의 덕목을 원형질로 하고 있으나, 여기에는 보다 광의적인 여성의 정체성을 담론화 한다. 왜냐하면 '더러운 목숨'에 관한 일반적 관점은 '유장상법'에 따른 '칠현'의 덕목을 의미하지만, 인지 주체인 강실은 근원적인 삶의 본질에서 억압받고 고통받는 피식민자로서 식민지 현실/의식을 적시하고 있기 때문이다.

강실의 귀에 들려오는 청암부인의 목소리는 이미 오래전 강실의 신체로부터 정신에 이르기까지 체험을 바탕으로 한다. 여기에는 강실 뿐만 아닌, 인지 주체로서 내포작가에게도 동일한 신체적 체험성을 유발하는 인지 내용을 담고 있다. 이것은 '목숨'이라는 표상물을 일정한 크기의 물리적으로 기표화 한 것으로 '여인'의 신체적 담화를 일곱 가지 기의로 나누어 제시하고 있다. 따라서 '더러운 목숨'에 관한 일반적 관점은 '유장상법'에 따른 '칠현'을 의미할 수 있지만, 인지 주체로서 강실은 보다 근원적인 삶의 본질을 바라보고 있다고 할 수 있다.

여기에는 강실의 '몸뚱이'를 찢어 가지려는 옹구네와 공배네의 가난·탐욕·시기 등의 현실 상황을 보상받기 위한 인지 심리를 반영하는 동시에 강실을 놓고 아귀다툼을 벌이는 옹구네와 공배네의 행동에서 식민자적 야욕이 드러난다. 한편 공배네에게 '적당히 몇 차례 쥐어 뜯겨 주고, 그 대신 야물게 할퀸 다음, 더 넘보지 못하도록 쐐기를 박으'려는 옹구네의 거칠고 드센 신체적 완력은 식민지 지배 권력의 폭력적인 비유가 된다.

이런 이유로 청암부인이 살아생전 강조하던 '칠현'의 의미와 극적으로 대비되는 상황이 목격된다. 구체적으로 공배네와 옹구네의 여성으로서의 신체성은 원형질 '목숨'과 별개로 현실적·체험적·본능적 인지 국면을 이룬다. 따라서 신체 중심의 어휘로 규정되는 여인의 '어진 모습'은 결국 곡경(曲境)의 누옥에서 흘리는 '눈물'로 회귀된다. 즉 원형질 '목숨'에 대한 외연물은 신체 중심 어휘로서 '눈물'로 결정된다. 이 '눈물'의 주체는 강실의 것이지만, 작가의 신체적·정신적 체험성에 의한 '눈물'이다. 그 근거는 '원형질'을 구성하는 개별자로서 '목숨'의 모티프가 강실을 놓고 공배네와 옹구네 두 인물 간 신체적 상호작용에 의해 구체화 된다. 이와 같은 의미에서 청암부인이 강조하던 '칠현'의 의미는 전통적인 조선 여인네의 신체적 덕목을 헤아리는 동시에 피식민자로서 식민자에 맞서는 저항적 의미로 해석된다.

이와 별개로 공배네와 옹구네의 여성으로서의 신체성은 원형질 '목숨'과 별개로 현실적·체험적·본능적 인지 국면을 이룬다. 여기서 신체중심의 어휘로 규정되는 여인의 '어진 모습'은 결국 곡경(曲境)의 누옥에서 흘리는 '눈물', 즉 피식민자에 의한 탈식민 의식으로 회귀된다.

이를 토대로 할 때, 『혼불』의 '탈식민 범주에 관한 텍스트 원형성'에 관한 세부적인 인지 체계는 다음 표와 같다.

항목 내용	인지 대상	인지 국면·상태	인지 행위·심리	인지 시간	인지 공간
달 집	새초롬한 맵시로 하얀 목을 뽑아 올리며, 고리배미 인근의 삼거리에 올린 달집 앞에서 소리를 하는 비오리	고리배미 인근 달집을 태우기 위해 비오리네 주막으로 마을 주민들 하나둘 적송(赤松) 위로 보름달이 떠오르는 것을 보기 위해 모여듦	전경화 된 주막에서의 비오리의 소리와 하나의 사물을 구성하는 '달'을 통해 정월대보름날 '달집'이 지닌 뜨거운 속성을 용기에 담아냄	달이 뜨면 주막 앞에서 혼자 소리를 하는 비오리가 넘어서는 '월경(越境)'으로서 정월대보름으로 현재적 의미의 일제강점기	인간의 신체로 바라보면서도 실체에 이를 수 없는 '달'을 전경화 한 고리배미 거멍굴(『혼불』 제5권 제3부 134쪽)
오 행	남녀의 상생에 기원하는 전통적인 원형질과 대비하여 오유끼에 대한 강모의 일탈	인륜·인정·인연의 일정한 정도와 크기를 물리적 그릇에 수용	오행을 통해 남녀의 상생이 주는 미덕과 상극이 주는 안타까움의 상반된 심정	일제강점기 추운 겨울 날 빙판 같은 시린 하늘 아래 '방천'.	시린 하늘 아래 서쪽으로 흘러가는 방천(『혼불』 제2권 제1부 171쪽)
소 리	원형물 '소리'를 통해 감지되는 강모의 강실에 대한 연정	강모의 심중을 지배하는 표상세계와 실제세계의 분리와 현실의 암울함	울음 '소리'를 매개로한 강모의 강실에 대한 연민의 심정을 수용	섬돌 밑에서 신음하는 풀벌레와 다양한 소리로 메워진 현재적 의미의 일제강점기	풀벌레,잎사귀 구르는 매안 종가(『혼불』 제1권 제1부 206쪽)
눈 물	옹구네에 숨은 강실이를 놓고 서로 '독'차지하기 위해 한바탕 살을 에는 싸움을 벌이는 공배네와 옹구네의 신체로서 여성성	원형질 '목숨'에 대한 외연물로서 신체중심의 어휘로 규정되는 여인의 '어진 모습'이 곡경(曲境)의 누옥에서 흘리는 '눈물'로 회귀 내지 결정	'목숨'에 관한 시니피앙(signifiant-기표(記標))을 '여인'의 신체적 담화에 관련하여 일곱 가지 시니피에(signifie-기의(記意))로 나누어 제시	공배네 미영치마 말기 터지는 소리 '우두두둑' 들려오는 고미매미 거멍굴로서 현재적 의미에서의 일제강점기	인지 주체로서 타지를 떠돌다 온 강실이 숨죽이며 숨어있는 옹구네 방(『혼불』 제8권 제4부 221쪽)

〈표 3〉 『혼불』의 '텍스트 원형성'에 관한 세부적 인지 체계

『혼불』의 언어 체계를 구성하는 구체적 단서와 기본 카테고리는 작

중인물의 신체적/정신적 경험에 근거한다. 이러한 신체중심의 어휘에 대한 통찰은 경험 일반의 어느 개념보다 우선한다. 그 이유는 '일반의 개념은 경험에 의해 구조화 할 수 있으나, 경험의 구조는 개념적으로 구조화와 별개로 존재'[18]하는 것에 근거한다.

따라서 최명희의 『혼불』은 전통·풍속 등의 특정 서사적 구조물이 작중인물의 신체적/정신적 경험에 의한 '원형질' 현상을 유지하면서 '외연물'에 의한 신체중심의 어휘로의 회귀 모티프를 형성한다. '원형질'이 둘 이상의 의미를 나타내는 것은 언어가 성립되기 이전 신체적 경험과 상상의 작용기제가 '체험적 게슈탈트(experiential Gestalt)'[19]에 의해 지각·심적 이미지·신체 운동에 의해 특정화·구조화·의미화 되기 때문이다.

2. 영화 텍스트와 『혼불』의 탈식민적 관계망

2.1. '소통'을 위한 가능성 모색

탈식민주의는 1980년대 이후 문화 현상 혹은 문화 이론의 전반에 걸

---

18 Lakoff, G., 이기우 역, 앞의 책, 9쪽.

19 '게슈탈트(Gestalt)'는 형태 심리학(Gestalt psychology)에서 유래한다. 이것의 기본 콘텍스트는 '구체적 경험이 논리적 분석에 선행'한다고 보는 데 근거한다. 일반적인 경험이 논리 체계의 본질에 앞서거나 대등하며, 인식이나 사유의 정합적이고 의미 있는 통합된 전체로서 본질에 앞선다는 것이다. 또한 이것은 문학 텍스트의 의미 구조를 획득하는 주된 수단이 되며, 경험에 상존(常存)하는 차원에서 해석되어야 한다. 중요한 것은 이 '체험적 게슈탈트(experiential Gestalt)'가 자의적이지 않을 뿐만 아니라 내적 구조가 결여된 '흐물흐물한' 형식도 아니라는 점이다. Johnson, Mark, Leonard, 노양진 역, 『마음속의 몸: 의미·상상력·이성의 신체적 근거』, 철학과 현실사, 2000, 124~125쪽 참조.

쳐 새로운 이론적 배경이 되었다. 현실 저항과 식민주의 극복의 실천적 지평으로 떠오르면서 과거 식민 상황을 거친 국가들로부터 이념적 틀을 제공하였다.

우리의 경우 일제강점기 상황에 비추어 볼 때, 탈식민주의가 지시하는 '식민주의 시기와 식민지 종말 이후에 도래한 새로운 식민지 시기'[20]와 관련하여 제국주의 침탈에 의한 식민자와 피식민자의 관계가 성립된다.

식민주의란 단지 근대화 과정에서 발생한 역사합법칙이 아니라, 식민자의 지배 이데올로기로서 개척에 대립하는 주권자에 대한 침략의 다른 의미이다. 이러한 식민주의의 문제적 지적은 제국주의의 기술 진보와 문화 우월성이 가져온 지배 이데올로기에 근거한다. 따라서 식민주의의 일차적 침탈은 그 나라의 전통과 문화의 말살에 기인한다. 이러한 논리는 식민주의 가치관이 지니고 있는 근본적인 착취의 기능 아래 그 나라의 언어를 개종하거나 변질시키는 속성에 의해 정의된다.

이런 측면에서 탈식민주의는 '식민주의에 대한 모든 역사 · 사회 · 민족 형태와 그 질료를 포함'[21]하는 피식민자의 저항의 산물이다. 제국주

---

20 탈식민주의의 명백한 함의는 '식민주의 종말 이후에 도래한 새로운 식민지 시기'와 관련해서 규정지을 수 있다. 이러한 상식적 이해의 요건은 탈식민주의에 대한 '식민주의 종말 이후에 도래한 새로운 식민지 시기'로서 관점이 명확하지 않으면 이 용어가 전적으로 무의미해진다는 위험을 감수해야할 정도로 타당한 이유를 많이 가지고 있기 때문이다. 그러나 제국주의의 종말, 즉 역사적 시기와 관련한 완결과 또 다른 시기의 출현이라는 의미는, 앞으로 보게 될 것처럼, 아주 단순하거나 무난한 방식으로는 유지되기는 어렵다. 일제강점기 시대는 끝났고, 이러한 사실은 그 자체로 중요한 의미를 갖는다. 해방과 더불어 식민 통치 구조의 해체는, 일본뿐 아니라 여러 나라가 식민 열강들로부터 연이어 독립을 쟁취하는 결과를 안겨 주었다. 이제는 많은 사람들이 탈식민화에 의해 형성된 세계에서 살고 있다는 사실은 탈식민이라는 용어의 사용을 정당화해주는 근거라 할 수 있다. Peter Childs and Patrick Willams, 김문환 역, 앞의 책, 17~18쪽 참조.
21 Robert Young, 김택현 역, 앞의 책, 39쪽.

의의 속성은 피식민자에 대한 폭력이며, 억압과 수탈의 동시적 과정을 포함한다. 이러한 과정에는 필연적으로 피식민자의 역사·언어·문화·관습 등 전통에 대한 지배논리가 깔려 있다. 이것을 정치·문화·역사의 본질 면에서 규명하는 것이 탈식민주의 이론적 배경인 것이다.

탈식민주의 이론에 대한 관점은 동양과 서양의 구분이라는 문화·역사적 근간에 바탕을 둘 수밖에 없으며, 동일시하여 명제화하면 할수록 서로 어긋나고 엇갈리며 다른 시각을 양산하는 오류가 드러난다. 따라서 탈식민주의 관점은 동양이 지켜온 군건한 문화·역사의 국면이 서양의 제국주의적 본성에 맞서 어떠한 양상으로 전개되어왔는가에 대한 진실성 없이는 나아갈 수 없는 이론인 것이다.

이와 같은 이론은 최명희의『혼불』과 제임스 카메론(James Cameron)의《아바타》에도 적용된다. 또한『혼불』의 문학적 해명과《아바타》의 영화 텍스트의 성격을 규명하는 매우 중요한 요소로 작용한다.

이 책에서 영화 텍스트와『혼불』의 관계성에 대해 조망하고자 하는 데는 여러 가지 이유가 있겠지만, 가장 큰 이유는 일제강점기 남원 매안 마을 일대의『혼불』과 외계 판도라 행성의 나비(Nabi)족이 겪는 인류 제국주의 침략의《아바타》에 접근하여『혼불』의 탈식민성을 해명하는 데 매우 중요한 단서를 제공하기 때문이다.

『혼불』의 경우 '근대' 인식의 문제에 있어 한국문학의 전통을 확립하는 필수적인 요소로 '한국인의 정서를 반영하는가 하면, 당대 사회 현실에 대한 자각으로서 우리의 전통·역사·설화 등 다양한 양식이 소설 전반에 투영'[22]되어 있다.

《아바타》는 불구의 제이크 설리(Jake Sully)가 '판도라(Pandora)'[23] 행

---

22 서철원, 『『혼불』의 탈식민성 연구』, 전북대학교 박사학위논문, 2016, 40쪽.

성의 '나비(navi)' 종족의 극대화된 영토 안으로 들어가면서 시작된다. 이 과정에 판도라의 전통과 마주하게 된다. 나비족의 이상적인 세계가 제이크 설리로 하여 '아바타'라는 체험의 공간으로서 판도라의 영토 안으로 편승될 때 그 세계는 얼마나 풍성해지고 확장될 수 있는지를 보여준다.[24] 반면 인간과 대자연의 풍요가 하나의 감성·이성·사유의 결합을 구축하면서 오히려 지금까지 인류가 살아온 문명과 환경이 얼마나 미흡하고 나약한 존재인지를 '타자(the other)'의 관점에서 들추어낸다. 살생과 파괴로 나비족이 지닌 풍요를 빼앗으려는 인간의 이기는 곧 그 본래의 나약함을 감추려하는 의도에 지나지 않는다.

그 근간에는 동양과 서양의 '문화적 정체성(Cultural Identity)'을 가늠하는 중요한 지표로서 사이드(Edward Said)의 『오리엔탈리즘 Orientalism』과 『문화와 제국주의 Culture and Imperialism』가 자리 잡고 있다. 이것은 동양의 문화·역사를 바라보는 서양의 관점을 반성하도록 한다. 반면 서양에 대한 동양의 문화적 위치를 확인하는 하나의 이론적 출발을 알린다.

양가적 측면에서 논의되고 있는 사이드의 탈식민주의는 식민주의에 대한 '탈(脫)' 식민주의인가, 식민주의가 종식된 후 다시 도래한 '후기(Post)' 식민주의인가에 대한 이해의 측면에서 분명하게 드러난다. 또한 동양과 서양의 사회·문화·역사적 배경/환경을 중심에 놓고 바라볼 때 분명해진다.

---

23 판도라(Pandora)는 그리스 신화에 나오는 최초의 여성을 의미한다. 유명한 일화로 소개되는 판도라의 상자는 인류의 불행과 희망의 시작을 나타내는 상징이다. 판도라라는 이름은 '모든 선물을 받은 여인'으로, 지상에 내려가기 전 신들이 그녀(판도라)에게 선물을 준 것에서 유래한다.

24 박우진, 「보지 않기 위해 보기, 몽상 혹은 쓰나미로서의 새로운 영화: 한국의 미디어 지형 속에서 《아바타》 찾아가기」, 『아바타 인문학』, 자음과 모음, 2010, 16쪽.

이것은 식민자로부터 폭력적으로 강요된 식민 개척 현실에 대한 '피식민자'로서의 저항인 동시에 '단일한 이해'로부터 벗어나 문학과 영화 텍스트에 대한 이해의 측면에서 『혼불』과 《아바타》가 탈식민주의와 관련한 계보를 지니고 있음을 시사한다.[25]

무엇보다 『혼불』과 《아바타》를 탈식민주의라는 공통된 화제로 묶을 수 있는 요소는 여성성 혹은 모성성을 유인자로 하는 현실 극복에서 찾을 수 있다. 『혼불』의 경우 청암부인에서 발견되는 '대모 원형(Great Mother Archetypes)'[26]으로서 '대모신(Great Mother of the Gods)'의 지위와 입장을 직접적인 단서로 볼 수 있다. 《아바타》에는 '사헤일루(Tsaheylu)'[27]를 매개로 한 나비족의 유전적·집단적 공동체의 최상에 올라 있는 '에이와(Eywa)'[28]의 존재에서 공통된 정서·감성·사유를 발

---

25 Bart Moore-Gilbert, 이경원 역, 앞의 책, 21쪽.

26 인간의 무의식에 내재한 원형적 이미지로서 세 가지 범주의 '어머니 유형'에 대해 노이만(Erich Neumann)은 첫째, '무서운 어머니', 둘째, 대모(Great Mother), 셋째, '좋은 어머니'로 분류하고 있다. 이 세 가지 원형은 어머니에 대한 보편적이면서 응집력 있는 어머니 상을 구축하면서, 이 가운데 '대모원형(Great Mother Archetypes)'이란 양쪽 극단의 선과 악의 속성을 공유한 통일적 형태의 궁극적인 어머니를 가리킨다. Erich Neumann, 서승옥 역, 「원형적 여성과 대모」, 『페미니즘과 문학』, 문예출판사, 1988, 195쪽.

27 영화 《아바타》의 경우 판도라 행성의 모든 종족과 나무, 말과 새와 같은 생물의 군집이 '사헤일루(Tsaheylu)'라는 하나의 네트워크로 연결되어 있다. 이것은 에이와의 나무, 즉 '영혼의 나무'라고도 불리며, 모든 생물과 생물 간의 소통을 구성하고 교감을 주고받는 인터페이스(interface) 역할을 담당한다. Maria Wilhelm·Dirk Madison, 김현중 역, 『아바타: 판도라의 역사와 생태에 관한 기밀 보고Avatar: a confidential report on the biological and social history of Pandora』, 랜덤하우스코리아(주), 2010, 47쪽.

28 '에이와(Eywa)'는 판도라를 다스리는 신의 역할과 에너지의 원천을 의미하는 영적 존재를 가리킨다. 에이와 여신은 바빌론 신화에서 제2의 여신 '에아(Ea)'와 그리스 신화에서의 대지의 여신 '가이아(Gaia)'를 합친 궁극의 어머니로서 영화 《아바타》의 나비족에게는 일종의 '대모신(Great Mother of the Gods)'을 가리킨다. 온 우주 생명의 근원이 되는 에너지의 원천이기도 하다. 김호영, 「영화 《아바타》에 나타난 신화성 연구」, 『인문연구』 제72집, 2014, 538쪽.

견할 수 있다. 이와 같이 청암부인과 에이와의 존재는 '궁극의 어머니(Finality Mother)'[29]라는 대모신의 영역과 적극적으로 소통되며 상호 의미심장한 접근성을 지닌다.

'대모신'은 인간을 중심으로 하는 모성 중심의 생태뿐만 아니라, 자연의 생명력을 포괄하는 우주적 원리에서의 어머니를 지향한다.[30] '궁극의 어머니'는 생물학적 원리에 입각한 모든 유전적 태생으로 이어진 생물들 간의 유기적인 결속을 근간으로 하는 의미에 있어 대모신과 일맥상통한다고 볼 수 있다.

이와 같이 대모신 원리에 비추어 보면, 『혼불』은 일제강점기 식민주의 비판과 극복의 의미가 청암부인의 '대모신'과 관계하여 구성되어 있음을 알 수 있다. 《아바타》의 경우 에이와의 '궁극의 어머니'를 통한 인류 제국주의 침탈에 대한 저항의 모습을 보여준다. 공통적으로 제국주의 침략과 맞물린 『혼불』과 《아바타》의 저항과 극복의 유인자는 '전통의 근원에서 발원한 공공의 텍스트'[31] 성격을 지닌다. 이런 의미에서 '식민주의 비판'[32]에 근거하여 『혼불』과 《아바타》의 탈식민적 성

---

29 '궁극의 어머니(finality mother)'는 모든 유전적 태생을 이어가는 생물들 간의 유기적 결속과 이를 바탕으로 하여 나타나는 모성성을 기초로 한다. 이것은 인간과 인간 사이의 신체적 · 정신적 소통의 원류인 이성 · 감성 · 교감을 의미할 뿐만 아니라, 저마다 생물들 간의 생존의 질서에 있어 감성적 분할과 이성적 판단을 원천으로 한다. 또한 오랜 시간대에 걸쳐 형성된 유전적 기질과 유기적 화합에 의한 결속의 의미를 품고 있는 '대모신'을 가리킨다.

30 Erich Neumann, 서승옥 역, 앞의 글, 195~197쪽 참고.

31 『혼불』과 《아바타》의 텍스트가 표상하는 우리 민족의 전통 · 풍습 · 신앙 · 역사적 사실성에 주안하면 많은 내용들이 '공공의 산물'로서 콘텍스트적인 의미를 지닌다. 이것은 『혼불』이나 《아바타》의 서사가 일관된 흐름이 편제 방식에 따라서 전통과 관련한 민족 혹은 혈통 공동체의 폭넓은 수용 내지 포괄적인 조망에서 온다. 이와 같이 혈통을 중심으로 하는 모계중심의 공동체에 연원하여 볼 때, 사이드 · 바바 · 스피박 등이 주장하는 '정신적 탈식민화'의 담론적 처항이 두드러지고 있음이 드러난다. 고부응 외, 앞의 책, 8쪽.

32 탈식민주의는 식민지(colony)에서 나타나는 식민주의 현상을 분석하고 비판하는

격에 대해 해명하고자 한다.

2.2. 문학과 영화 장르의 문화적 지향성

과거 우리 민족의 역사를 다룬 문학과 먼 외계 행성의 저항을 다룬 SF(science fiction) 영화 사이에는 일정한 유형의 접점을 필요로 한다. 두 장르 간의 장벽을 허물기 위해서는 소통의 근거 또한 마련되어야 한다. 접근의 당위와 소통의 절차, 그에 따른 적합한 근거의 산출은 문학과 영화의 장르적 특수성을 고려하는 동시에 텍스트 내부적으로 존재하는 인물 혹은 캐릭터(character)의 기호적 접근성, 즉 언어 · 문화 · 전통의 상호텍스트성에 근거한다. 왜냐하면 생동하는 등장인물과 캐릭터의 존재성 내지 삶의 방식은 일정한 형식 · 내용의 유사성을 뛰어넘는 근본적인 문화성에 기초하기 때문이다.

이러한 추론은 두 장르의 벽을 허물기 이전에 개별 장르가 지닌 특수성을 인지하고 해석하는 일련의 과정에서 발견된다. 여기에는 접근성의 문제가 본질에 앞서 명백한 문제의식을 안고 있으며, 이것은 세계를 바라보는 관점이 객관적인 합일에 의해 적합성을 확보할 때 드러난다. 세계 인식은 내부와 외부의 '부조리한 감성(irrationality emotion)'[33]

이론이다. 식민주의 분석이나 비판은 어떤 하나의 체계화된 이론으로 풀 수 없는 매우 복잡한 양상을 띤다. 나아가 정치적 · 경제적 · 문화적 상황뿐 아니라 심리적 · 이데올로기적 식민 상황까지 고려해야 한다. 이런 면에서 탈식민주의 이론은 역사와 사회가 지속되는 한 식민자에 의해 계속해서 변화시키며 새로운 전략을 구성해야 하는 실천적 이론이라 할 수 있다. 위의 책, 5~7쪽 참조.

33 우리 삶에는 아주 다른 관점의 이야기가 존재한다. 이것은 바깥에서 바라본 이야기, 즉 다른 관점에서 바라보는 저마다의 이야기를 의미한다. 밖에서 바라보는 이야기의 특징은 이야기가 어떻게 흘러가든 우리의 존재는 미약하고 하찮은 존재로 귀결된다는 것이다. 종(種)으로서 우리는 우주 가운데 눈에 띄지 않는 은하계 안의 부분적인 피조물일

에 의해 분할될 때 보다 더 보편적이며 분명한 세계관을 획득할 수 있다.

　문학과 영화 텍스트는 개별적인 양식·양상으로부터 유인되는 문제의식을 통해 관점의 위치, 문화·사회·역사라는 폭넓은 세계 인식의 큰 틀 위에 적용된다. 관점의 정확한 각도나 이것을 벗어난 잉여의 편차에 따라 인지의 폭이 축소되거나 확장될 수 있는 소지는 존재한다. 이와 같이 특수하게 공유되는 양식적 환경을 추론하거나 예측 가능하게 하는 것은 보편화된 인류학적 세계관 내지 인식에서 출발한다. 근본적으로 인류학적 세계를 관통하는 철학에 있어서도 인간이 지닌 가장 근본적인 철학의 문제는 삶의 의미로부터 그것을 규정하고 억압하는 무수한 사례들에 의해 증명된다.

　『혼불』에서 일제강점기 식민지 삶의 환경과 《아바타》에서 판도라 행성의 나비족의 삶의 방식은 제국주의로부터 피해자라는 공통된 감성을 지닌다. 역사적 상상력을 제외하더라도 제국주의가 내세운 식민주의는 피식민자적 입장에서 볼 때 일방적인 가해이며, 억압이고, 수탈의 과정이다. 여기에는 피식민자의 언어·전통·역사·문화·관습 등 종(種)의 전반에 걸쳐 지배적 논리가 개입된다.

　『혼불』과 《아바타》의 상호텍스트성에 비추어볼 때, 식민주의에 대한 저항과 극복의 의미는 개별 텍스트 내부에서 발원하는 '전통'의 공

뿐이다. 기나긴 우주의 역사에서 인간 종의 존속은 유한하며 그리 길지도 않다. 이때 가장 근본적인 철학적 문제-삶의 의미라는 문제-에 있어 인간을 하찮은 존재로 만드는 우주에서 우리의 존재 의미를 설명하기란 쉽지 않다. 존재 의미에 관한 문제가 생기는 이유는 우리가 자신에 대해 갖는 두 가지 관점의 이야기 때문이다. 즉 우리는 한 가지이지만, 이것을 바라보는 관점의 양자적 측면에서 '부조리한 감성'이 발생되며, 이것은 안과 바깥이라는 분할된 구조에 의해 이야기 된다. Mark Rowlands, 조동섭 외, 『SF 철학 The philosopher at the end of the universe』, (주)북새통, 2005, 16~17쪽 참조.

통된 감성 혹은 기호로 나타난다. 왜냐하면 청암부인과 에이와의 존재론적 분할에서 일정한 유형의 모성성이 뒷받침되고 있으며, 이것은 문학과 영화 텍스트의 근원적인 토대를 형성하고 있기 때문이다.

> 사람들은, 여름밤이면 이 냇기슭 천변으로 몰려 나왔다. 노인들은 버드나무 아래 평상을 끌어다 내놓고 부채질을 하면서 기우는 별자리를 바라보았고, 젊은 사람들은 물속으로 뛰어들었다. 용소의 위쪽에서는 남자들이 자멱질을 하였다. 여자들의 자리는 용소 아래쪽이었다.
> 달이 없는 밤에는, 수면 위에 미끄러지는 별빛이 등불이 되어 주었고, 달이 뜬 밤에는 물 소리가 달빛을 감추어 주었다. 사람들은 상쾌한 비명을 지르며 물소리에 섞여 휩쓸려 들어갔다. 그때 천변에까지 울려오던 낭랑한 웃음소리. 한 무리의 사람들은, 물속에서 나와 냇가의 자갈밭에 앉아 있기도 하였다.
>
> -『혼불』2권 제1부 160쪽 -

『혼불』의 별자리보기는 사람들로 하여 일상의 시름과 고단함을 달래주는 안식·휴식의 생활상을 반영하고 있다. 아버지의 그 아버지로부터 자손의 자손들에게까지 별을 물려주고 별과 더불어 살아온 내력에서 평생의 순환이 그려진다. 고단한 노동의 일상을 밤이면 떠오르는 별을 통해 삭이고 풀며 평화로움을 얻어왔다.

사람들 삶 가까이 항상적으로 존재하는 별자리는 예부터 동경과 모험의 세계관을 선사하였다. 인간 삶의 방식에 시간의 개념을 일깨우는 근본조차도 별에서 얻어왔다. 그 가운데 사람들과 가장 친숙한 별은 '해'와 '달'이다. 인간의 사계(四季)를 조율하는 근원이 '해'로부터 물려받았다면, 이를 굽어보고 살피는 것이 '달'이다. '토끼'와 '계수나무'가 얽혀있는 달의 전설은 내려다봄으로써 평생 사람들의 일상을 굽어 살피는 존재인 것이다.

달 뒤편의 별무리는 볼 수도 없거니와 단 한번 인류가 발을 내딛지 못한 미지의 영역이다. 《아바타》는 『혼불』에서 볼 수 있는 별자리 그 너머 미지의 세계, 판도라 행성의 일상 속으로 이끌어간다.

아득한 저 멀리, 흑단 같은 어둠 속에 보석처럼 순수한 빛을 발하는 별이 있다. 판도라라고 불리는 이 별의 하늘에는 지구에서와 다를 바 없는 새털구름과 양떼구름, 뭉게구름이 유유히 흘러 다닌다. 대지 위에는 마시고 씻을 수 있는 깨끗한 물이 넘쳐난다. 300미터 높이의 나무들이 우거진 숲 속에는 상상하기 어려울 정도로 화려하고 신기한 동식물들이 있다. 지구에서는 볼 수 없는 스톤 아치와 할레루야 산, 생물에서 뿜어져 나오는 형광빛은 경의로움의 극치다. 그리고 이 별의 모든 생명과 조화를 이루며 나비족이 살고 있다.[34]

판도라 행성은 인류의 발생지이자 정착지인 지구와 아주 흡사한 자연 구조를 보여준다. 인간 종에 대치되는 '나비' 종족이 살고 있는 이 별은 영화 텍스트 안에서도 신비로운 자연경관과 '화려하고 신기한 동식물'이 공존하는 세계로 안내한다. 가상 환경 안내자(virtual environment navigation)로서 나비족의 '나비(Navi)'[35]는 '길잡이(Navigation)'의 약어이다. 이들의 존재는 영화 내부에 드러나다시피 자신들이 살고 있는 판도라 행성의 생태환경과 삶의 방식을 인류에게 자세히 안내해주고 있다.

---

34 Maria Wilhelm 외, 김현중 역, 앞의 책, 9쪽.
35 《아바타》에 등장하는 푸른색 몸의 나비족의 '나비'는 '선지자' 혹은 '예언자'를 뜻하는 헤브라이어 나비(Nabi)를 지시한다. 명칭 자체만으로는 미래를 내다보는 '선지자', '예언자'의 의미를 담고 있다. 영화 《아바타》에서는 미래지향적인 의미뿐만 아니라 '길 안내자'로서 의미도 함께 내포하고 있다. 김호영, 앞의 논문, 2014, 533쪽.

'지구에서와 다를 바 없는 새털구름과 양떼구름'이 떠다니는 이 별은 『혼불』의 작중인물이 밤마다 별을 바라볼 수 있는 '자리' 혹은 '위치'의 자연조건과 동일한 환경을 보여준다. 보는 위치에 따라 별은 얼마든지 다르게 보일 수 있다. 그럼에도 불구하고 《아바타》의 판도라 행성에서 바라보는 지구와 『혼불』의 매안에서 바라보는 별의 밝기와 세기는 물과 공기와 바람과 동식물의 공존에 의해 동일한 조건을 구성한다. 이것은 사물에 대한 인지능력과 지능을 지닌 생물학적 본성, 감성적 전략으로서 '시각'을 중시하는 인류학적 설정으로 이해된다.

이런 차원에서 볼 때, 《아바타》는 시각을 포함한 오감이 극도로 발달한 판도라 행성을 주무대로 하여 인간 문명에 대한 다른 차원의 시각을 전달한다. 판도라 행성은 본래 유구한 역사와 원대한 계획을 품은 별이다. 전통과 미래지향이 별 자체의 조건만으로 유유히 흐르는 별은 근대화와 개척의 의미가 필요하지 않은 공생의 생태가 이루어진 곳이다.

이것은 인간이 오래도록 품어온 생존 방식의 한 가지 대안이거나 방법에 해당한다. 이런 의미에서 『혼불』의 별은 일제강점기 폭압적인 현실에 대한 이상향으로서 별을 지향하고 있다.

인간이 태어날 때, 하늘에서 살성(殺星)이 비치면 열두 가지 살(煞) 중에 어느 화살인가를 맞게 된다지. 그래서 조실부모(早失父母)하거나, 불구의 몸이 되거나, 가산을 잃고 식구가 흩어지며 고질 신병(身病)을 앓게 된다.

그러나 복록이 무궁한 사람에게는 길성(吉星)이 비친다. 한평생의 부귀공명을 예언해 주는 그 별은 누구의 머리 위에 뜨는 것이랴.

-『혼불』 2권 제1부 168쪽 -

전통적으로 점성술의 기원은 인간 삶의 재앙과 액운을 내다보고 예언하는 기능을 지닌다. 겁살(劫煞), 재살(災煞), 천살(天煞), 지살(地煞), 연살(年煞), 월살(月煞), 망신살(亡身煞), 장성살(將星煞), 반안살(攀鞍煞), 역마살(驛馬煞), 육해살(六害煞), 화개살(華蓋煞) 등 이 모두의 액운이 하늘의 별과 연관되어 있다.

별과 더불어 나고 자라고 죽어가는 일련의 과정이 별 속에 정해져 있다는 점성술(占星術, astrology)은 그 의미가 별과 사람의 소통에서 시작된다. 굳이 별의 세기로 인간 삶의 방식을 강령하고 대비하며 예언하게 만드는 이것은 오랜 시간대를 거슬러 오르면 오를수록 더 복잡해지고 오묘해진다.

천변(天變)의 원리는 저녁 때 하늘에 떠올라 새벽에 지는 별무리만을 가리키는 것이 아니라, 그 너머의 우주의 대기를 따라 흐르는 생명의 영속성을 의미한다. 특히 '좀생이별'의 경우 한 해 농사와 신변을 점치는 풍속으로 전해온다. 이 별이 달과 나란히 운행하거나 또는 조금 앞서 있으면 길조로 여겼고, 반대로 달과 좀생이별이 멀리 떨어져 있으면 흉조로 여겼다. 별보기 전통은 주로 해양민족 사이에 전해온다. 별의 형상과 세기, 연동하는 위치에 따라 국가적 안위와 사람들의 길흉을 점치는 점성술은 현재에도 그 명맥이 이어져 오고 있다.

『혼불』은 오랫동안 이어져온 별자리보기를 통해 역사·풍수·천문학적 지식과 선조들의 지혜를 바탕으로 한 전통의 감성을 보여준다. 여기에는 별자리마다 배어든 경험적 산물이 전통적인 측면에서 사람들의 액운을 감지하도록 하고 길흉을 예감하도록 하고 있다.

별은 상상 속에서만 존재하는 것이 아니다. 우리의 눈으로 볼 수 있고 멀리에서나마 확인할 수 있는 것이다. 《아바타》의 판도라 행성이 비록 영화 텍스트로 존재하는 가상의 별이라고 하여 이 별 자체를 부정할 수는 없다. 별은 보이지 않아도 언제든 우주 너머에 존재해 왔고, 인간의 삶의 방식과 긴밀하게 이어져가고 있다.

　지구로부터 4.37광년 떨어진 알파 센터우리는 태양계와 이웃하는 항성계이다. 알파 센터우리A, B, C 가운데 판도라는 A항성계에 속한 별로 행성 폴리페모스의 위성이다. 알파 센터우리는 판도라 행성에 태양과 같은 역할을 한다.
　판도라가 공전하며 폴리페모스의 위성에 가까이 다가갈 때마다 판도라에는 조력 에너지가 발생한다. 이로 인해 주기적으로 대륙 이동과 대륙판 충돌, 격렬한 화산활동이 일어난다. 때문에 판도라의 기후는 온화하다.
　판도라에는 지구에서 볼 수 있을 법한 계곡이나 산봉우리, 해변, 호수 등이 있다. 하지만 지하에 매장된 언놉타늄이 지닌 자기적 성질로 인해 놀라울 만큼 다양한 지질학적 특징을 가지고 있다. 그 대표적인 예가 할렐루야 산과 스톤아치다.[36]

상상의 별 판도라의 환경은 지구의 환경과 유사한 구조를 지닌다. 인간의 상상력이 다가갈 수 있는 최소와 최대치의 중간에 위치하는 그곳은 영화 내부적으로 견고하게 고안된 별의 생태를 보여준다.
　지구로부터 4.37광년 떨어진 알파 센터우리(Alpha Centauri)A의 폴리페모스(Polyphemus)는 실제의 별이다. 가상의 위성으로 판도라로 존재한다. 판도라에는 자기장을 밀어내거나 안에 가둘 수 있는 고온 초전도체 자연 생성 물질 '언놉타늄(Unobtainium)'[37]이 매장되어 있다. 지구

---

36 Maria Wilhelm 외, 김현중 역, 앞의 책, 21쪽.
37 고온 초전도체는 20세기 초 처음으로 활용되었으나, 물질 고유의 불안정성으로 인해 당시에는 쓸모없는 기술로 인식되었다. 지구에서 쏘아올린 무인 탐사선이 태양계의 이웃별 알파 우리센터 A의 지구형 위성인 판도라에서 안정적인 고온 초전도체를 발견하

에서는 불안정한 구조로 되어 있으나 판도라에서는 극도로 강한 자기력을 갖춘 언놉타늄은 인류의 현대문명에서 연료 절감을 위해 반드시 필요한 광물이다. 이것이 인류를 저 먼 곳 판도라까지 부르게 된 이유이며, 우수한 양질의 연료를 축적하기 위해 식민지 개척에 나서게 된 배경이다.

판도라 행성에는 우리가 알지 못하는 신비한 동식물·광물·산이 존재한다. 인간의 접근을 거부하고 '샤헤일루(tsahaylu)'[38]의 힘으로 나비종족과 자연은 하나의 신경계통으로 연결되어 서로 교감하고 소통하는 삶을 살아가고 있다. 이 가운데 가장 신비로운 것은 '스톤 아치(stone arches)'와 '할렐루야 산(hallelujah mountains)'이다.

스톤 아치는 판도라의 지질학적 특징 가운데 하나이다. 지구에서 건너온 과학자들은 지각이 용암 상태에 있을 때 형성되었을 것으로 추정한다. 이로 인해 판도라의 언놉타늄의 강력한 자기장이 고리 형상으로 굳은 바위에 절대적 영향을 미쳤다는 것으로 관측한다. 따라서 스톤 아치는 곧 언놉타늄의 매장지를 알려주는 위치를 표시하는 것이다.

게 되었다. 광석에서 추출한 언놉타늄에는 극도로 강한 자기장을 내포하고 있다. 인류는 이것을 재료로 하여 최상급의 전도체를 만들 기술을 습득했다. 언놉타늄은 녹는점인 1,516℃까지 초전동성을 유지한다. 또한 10억 가우스 십만 테슬라의 자기력에 둘러싸여도 초전도성을 유지하는 지구의 초전도 물질보다 1,000배 강한 자기장 반발력을 가진 광물이다. 위의 책, 35쪽.

38 나비족의 머리카락 끝에는 '큐(queue)'라는 덩굴손처럼 뻗어 나온 신경계를 지니고 있다. 큐는 나비족이 다른 계통의 생명체를 직접 연결시켜주는 '촉수(tentacle)' 역할을 한다. 나비족은 큐를 통해 다른 생명체(동식물)의 힘과 움직임, 감정 등을 알 수 있고 알려준다. 즉 소통과 교감인 것이다. 촉수와 촉수를 상호 연결시켜 교감하는 이 방식을 나비족의 언어로 '샤헤일루(tsahaylu)'라고 한다. 이것은 나비족 뿐만 아니라 판도라 전체를 감싸고 있는 신경 네트워크, 에이와에 접속을 통한 교감의 완성을 이루게 된다. 이 샤헤일루의 접속 방식을 통해 판도라의 신경 네트워크에 접속하면 판도라의 모든 생명체가 축적하고 있는 지혜와 감정, 사고와 지식을 전송받을 수 있다. 위의 책, 47쪽.

대기 중에 떠다니는 '할렐루야 산'은 나비족으로부터 신성한 영역으로 구분된 땅이다. 땅과 분리되어 하늘과 땅 중간에 섬처럼 존재한다. 스톤 아치와 마찬가지로 할렐루야 산이 차지하는 비중은 판도라 행성의 특별함을 상기시키는 중요한 텍스트를 구성한다. 이 산은 판도라의 언놉타늄의 자기력을 말해주는 직접적인 단서가 된다. 일반적으로 자기력은 반대의 성질은 서로 끌어당기지만, 동일한 성질 간에는 밀어내는 성질이 있다.

이와 같은 측면에서 『혼불』의 별보기 전통과 《아바타》의 판도라 별은 '바라보기'와 '생존하기'라는 정반대의 입장에서 관찰되고 있다. 이것은 『혼불』 내부적으로 살아가는 작중화자의 시각에서 바라보는 별과 《아바타》 안에 생존하는 캐릭터가 인식하는 판도라의 실체는 다를 수밖에 없는 입장을 보여준다.

'바라보기'와 '생존하기'의 별에 대한 입장은 상호 삶의 방식에 대한 주체적 권리를 의미한다. '바라보기'와 '생존하기'는 불가분의 관계이다. 어느 한쪽이 단절되거나 억압당하면 그에 대한 극복은 피식민자의 저항으로 일어난다. 이것은 생명과 직결되며 전통·역사와도 관련이 깊다.

『혼불』의 밤하늘에 보여주는 '별'의 존재는 작중인물들이 전통적으로 이어온 삶의 목적에서 어긋남이 없는 소망과 바람의 기호이다. 《아바타》의 별은 나비족의 삶의 터전을 말해주는 직접적인 공간이다. 이 공간에서 삶의 자유가 박탈당할 때, 그 삶의 목적도 생존에 대한 저항으로 나타날 수밖에 없는 것이다.

이런 점에 주목할 때, 문학과 영화 텍스트 간에 나타나는 별에 관한 입장에서 그 연관성을 찾을 수 있다. 이것은 『혼불』의 등장인물이 보여주는 전통적인 삶의 방식과 《아바타》의 영화 텍스트 내부에 존재하는 캐릭터의 역사 문제로 귀결된다.

2.3. 매안의 '청암'과 판도라의 '에이와'

『혼불』은 일제강점기에서 발원한 '식민지 여건'에서 탈피하고자 하는 소설로 볼 수 있다. '식민지 여건'이란 일제강점기를 식민화/지배의 특성화가 등장인물에 의해 문학적으로 작품화된 경향을 의미한다. 즉, 해방 전 일제강점기 자체를 시대배경으로 하여, 당대 식민지 현실에 대한 적극적인 글쓰기가 그것이다.

일제강점기 우리 민족의 전통·민속에 비추어 식민주의 비판을 형상화한『혼불』은 일본의 식민화/지배의 측면을 고발하는 동시에 '근대'의 산물로서 소설의 근간을 구성한다.

《아바타》의 경우 소수 종족의 이야기가 거시적인 저항 담론으로 전개되기까지 그 바탕에는 개척을 명분으로 내세운 인류 식민자의 폭압적인 지배 이데올로기가 작용한다. 인류 식민자의 폭력과 억압으로부터 벗어나기 위한 나비족의 노력은『혼불』에서와 마찬가지로 전통적인 경험에서 얻은 삶의 내밀한 방식과 전통적인 조건을 필요로 한다. 왜냐하면 피식민자는 식민 개척자로부터 정치적·경제적 박탈과 문화적 주변화를 통한 '상처의 산물'에서 자신들이 처한 현실을 직관하기 때문이다.

이와 같이 식민 지배에 의해 밀려나간 '주변부'의 저항 담론에는 구체적인 사건과 이를 둘러싼 인물들이 존재한다. 우선『혼불』에서는 매안마을 양반층과 거멍굴·고리배미 민중을 하나로 잇는 정신적인 구조물이라고 할 수 있는 '전통의 복원'에서 그 의미를 찾을 수 있다. 매안·거멍굴·고리배리를 연결하는 상위의 개념을 전통의 유인자에서 얻을 수 있다고 볼 때, 여기에 대한 구체적인 인물은 청암부인이다. 청암의 역할은 매안이씨 종부로서 마을을 이끄는 어른뿐만 아니라 전통의 복원과 마을의 결속을 이끄는 주체로서 대모(大母)의 자격을 갖춘 인물이다.

> 비명(非命)에 안 가도 죽음은 설운 것인데, 하물며 제명에 못 죽은 원혼들의 원통함이야 달리 일러 무엇 하리. 육십갑자 간지마다 원혼들의 곡성이 낭자하여, 목 놓아 우는 소리 이승을 적시고 구천에 울린다.
>
> 어와아, 세상 천지 사람들아.
>
> 이 내 원한 맺힌 마음 세세히도 풀어내어, 만리장성 펼친 듯이 구구절절 읊어 주소. 가련하고 불쌍하다. 이 세상이 원수로다.
>
> -『혼불』제2권 제1부 105쪽-

『혼불』은 일제강점기를 시대배경으로 하여 전라도 토착민들의 끈질긴 생명력과 전통의 영속성을 그려내고 있다. 청암부인은 '망혼제(亡魂祭)'를 통해 무변광대한 우주 가운데 가장 미묘하면서도 신비한 존재를 가리켜 인간이라 말한다. 우월한 존재인 인간도 맺힌 원한과 불운한 인생의 길목에 서면 우주 만물 가운데 '풀잎' 같고 '바람' 같은 한갓 미물로 사물화 되어 육십갑자(六十甲子)라는 삼라한 그릇에 담기게 된다.

육십갑자. 여기에는 천지자연의 이치와 도리가 스며있고, 음양(陰陽)과 오행(五行)의 천리가 숨겨져 있다. 또한 수(數)를 산출하여 경지에 이르게 하고, 방각(方角)을 일러 방위와 지리를 탐색케 한다. 여기에 색(色)을 더듬어 만물의 모양과 형상을 인지하게 한다. 이 모두 육십갑자의 그릇에 담겨 있으니, 사람의 나고 듦이 한갓 이슬 같고 바람

같을 수밖에 없다는 것이다.

원혼들의 비통함을 우주 만물, 육십갑자라는 거대 그릇에 수용할 수
밖에 없는 작중화자의 의도는 구천에 울리는 인간 세상, 즉 '이승'의
일에 있다. 여기서 '이승=땅'은 일제강점기 '창씨개명'과 같은 식민화
정책의 주변부로서 매안 마을을 의미하지만, 거시적으로는 조선 전체
를 의미한다. 땅에 붙박힌 '매안 마을=가문'이 강수와 진예의 '상피'라
는 가문의 금기에 의해 강수의 '자결'이라는 가문의 금기로 대체되면
서 '이승=땅=조선' 전체가 망혼(亡魂)을 올려야 하는 지경에 이른 것이
다. 결국 망혼은 '매안 마을=가문=땅=조선'의 질곡을 상징하는 동시에
암울한 식민지 현실을 반영하고 있다.

가문의 좌절 상황이 희망과 극복의 공간인 '매안 마을=땅=조선'에
이르는 상황은 현실적으로 화자 자신이 처한 좌절의 심경을 극복하고
자 하는 바람이다. '상피'와 '자결'이 지시하는 가문의 좌절 상황은 '육
십갑자 간지'로부터 누구도 자유로울 수 없다는 전근대적 발상을 의미
하지만, 그 너머에는 청암부인으로 하여 이 모두를 굽어보고 살펴보게
하는 대모의 자격과 이미지를 부여하고 있다.

반면에 이기채가 지닌 선비적 품성은 오히려 청암의 존재를 더욱
굳건하게 만드는 인물로 나타나는가 하면, 이율댁의 셋째 며느리 인월
댁의 경우 열아홉에 시집와 역마살(驛馬煞) 있는 '기서'의 아내로 긴 날
을 홀로 살아온 인물이다. 인월댁의 존재는 청암부인과 관련하여 남
편의 부재에 대한 지향점과 주권 부재로서 억눌린 현실 상황을 대변
한다. 따라서 인월댁에 대한 청암부인의 인정은 일가친척으로서가 아
니라, 거시적으로 가부장 부재 상황에서 여성성의 발현인 것이다. 이
런 점에 있어서 양반 계층에 국한된 정체성(identity)이 실재한다는 점
에서 청암부인은 정치적 표상(representation)에 유동하는 가부장으로

서 여성의 삶을 지향하고 있다.

이와 대조적으로 《아바타》의 나비족은 단일한 신경계를 통해 판도라의 신성한 영적 존재 '에이와'와 직선적으로 연결되어 있다. 이러한 연결 의미는 정서적 유대와 '언어'[39]적 소통·교감을 바탕으로 하고 있다. 심지어 이들의 문명화되지 않은 원시적인 도구와 이동수단 등 삶의 방식 전반이 궁극의 어머니를 표상하는 에이와의 접속을 통해 구성된다.

나비족의 평균 신장은 3미터이며, 연한 초록색 피부, 고양이 같은 눈, 물건을 잡을 수 있는 꼬리, 다른 생명체와 교감을 나눌 수 있는 '큐(queue)'를 가지고 있다. 이들의 교감은 샤헤일루라는 신경계의 접속을 이루어지며, 영적이면서도 자연친화적인 삶을 살아가고 있다.

나비족을 가장 잘 표현하는 단어는 '균형'이다. 이들의 삶은 육체와 정신, 영혼의 균형을 통해 이루어진다. 나비족이 부족이나 계급을 형성하는 이유도 판도라 세계와 균형을 지키기 위해서다. 판도라는 나비족에게 필요한 모든 것을 제공한다. 나비족은 풍요로움을 바탕으로 번성해왔다. 나비족은 판도라가 베푸는 관대한 사랑을 소중히 여긴다. 이들은 판도라 전역에 살고 있으며, 평야에 머무르는 '다이어호스 부족'과 숲에 사는 '숲 부족' 등 각자의 색채를

---

39 제임스 카메론(James Cameron)이 영화 《아바타》의 각본을 쓰는 동안 서던캘리포니아대학교의 언어학자 폴 프로머(Paul Frommer)는 폴리네시아와 아프리카어를 섞어 나비족의 언어를 만들었다. 이것은 언어학자 마크 오클란드(Marc Okrand)가 영화 〈스타트렉(Star Trek)〉의 클링온이라는 외계종족의 언어, 즉 클링온어(Klingon Language)를 만들어 극중 사실감을 부여한 것과 같은 효과를 얻기 위해서였다. 이 외계 언어는 단순히 영화의 사실성 부여에 그치지 않고 일반적인 언어에서 발견되는 체계적인 문법을 토대로 창조되었다. Rebecca Keegan, 오정아, 『제임스 카메론, 퓨처리스트 The Futurist』, 21세기북스, 2011, 345쪽.

지닌 다양한 부족이다. 모든 생명체들이 서로 유기적이고 지연적인 조화를 이루며 사는 판도라에서는 인구과잉, 빈곤, 거주지 부족 따위의 개념은 존재하지도 않으며 이해되지도 않는다.[40]

나비족의 생존 방식은 인류의 삶의 방식과 많은 차이를 보인다. 역사 · 전통 · 문화는 말할 것도 없거니와, 의식주, 동식물, 짝짓기, 심지어 손가락이 여덟 개인 나비족은 8진법을 사용한다. 이들의 생존과 생활은 철저한 공동체의 실천에서 시작된다. 종족과 종족의 유대, 종족과 동식물의 교감, 자연과 생명체의 결집과 소통은 샤헤일루의 신경계 접속을 통해 에이와의 영적 저장고에 축적된다. 이러한 생존 방식은 새로운 문명을 개발하며 미지의 영토를 개척하는 인류의 생존 전략과 육체 · 정신적인 측면에서 대별된다.

에이와의 영적 저장고는 판도라에 살고 있는 모든 생명체의 생명 인식과 죽음의 정착지이다. 나비족에겐 삶과 죽음이 육체적으로 분화될 뿐 그 영혼은 지속적으로 이어지는 별의 에너지와 같은 역할을 담당한다. 죽음에 이르렀어도 그 정신의 에너지는 에이와의 존재 저편에 충전되면서 강한 전통을 물려주며 강인한 생명력을 이어간다.

이와 같은 생존 전략은 인류의 사고로는 이해할 수 없는 세계와 접속되어 있다. 겉으로는 원시적인 부족 형태를 취하고 있는 나비족의 본성은 애초부터 인류가 도달할 수 없는 초인류의 지점에 머물러 있다. 그 간극은 별과 별의 거리보다 더 먼 곳으로 뻗어가 있으며, 그들 내면의 전통적인 기류는 인류의 사유 밖에 형성된 유토피아(Utopia) 그 자체인 것이다.

---

40 Maria Wilhelm 외, 김현중 역, 앞의 책, 43쪽.

물질문명의 개발과 창조란 인간의 전통 이전에 목적론적으로 취해 온 권력계급의 생산과 재생산에 기여하기 위한 수단일 뿐이다. 왜냐 하면 지금까지 인류가 보여준 수많은 침략과 약탈, 지배와 식민지 개 척의 명분은 식민자의 일방적인 논리에 의해 좌우되었다. 이것은 전 인류 역사를 통틀어 지배와 피지배의 관계를 명시적으로 분류하고 노 동과 착취의 과장에서 '감성의 분할(le partage du sensible)'[41]로부터 암 묵적인 설득을 얻기 위한 논리일 뿐이지 보편적인 인류 발전의 해법 은 아닌 것이다.

『혼불』의 경우 창씨개명에 대한 청암부인의 의도는 정치적 텍스트 를 시대 상황에 대한 정서·감정·사유의 폭으로 확장시켜 비정치적 감성에 호소하는 최명희의 작가의식에서 발화된다.

이기채는 기표에게 묻는다.

"그랬다고 합니다."

"창씨하러 가서 그랬다던데 무슨 연고였던가?"

"그 사람이 장난을 좀 한 모양이에요. 일본 황실의 성과 이름을 따서 적당 히 와까마스 진(若松仁)이라고 했다고, 능멸한 죄로 유치장까지 들어갔던 게 지요."

---

41 랑시에르(Jacques Rancière)의 '감성의 분할'을 통해 정치 또는 텍스트의 관점을 대 표하는 개념이다. 그의 감성에 대한 개념은 "공동 세계에의 참여에 대한 위치들과 형태 들을 나누는 감각 질서"라고 확장된 의미를 부여하고 있다. 이것은 칸트(Immanuel Kant) 의 『순수이성비판』에서 '초월적 감성학'을 근거로 한 감성을 말하는 것으로, 모든 시민 (종족)은 통치행위와 피통치행위에 '참여하는 자로서 정치성을 지닌다는 점을 강조하고 있다. 이와 같은 측면에서 분할의 유형은 참여하기에 우선하며, 이것은 '말하는 자로서 동물, 즉 인류를 포함한 지능의 종족 간에는 정치적 의사표현이 삶과 생존의 의미를 부 여하기 위한 각각의 몫들과 자리들을 규정하는 감각적 확실성(évidences sensibles)의 체 계를 말한다. Jacques Rancière, 오윤성 역, 앞의 책, 13쪽.

청암부인이 허리를 펴며 혀를 끌끌 찬다. 양미간이 깊이 패인다.

이마에 땀이 배어나는 것은 초하의 더위 탓만은 아니었다.

"어디선가는 성을 바꾸는 것은 개나 하는 짓이라고, 그 성째(姓字)를 이누노꼬(太子)라고 고쳤다가, 호적 계원한테 벼락을 맞고 호통을 당했다는 말도 있드구만."

그런 일뿐이 아니었다.

시골에서는 면장이나 주재소 순사들이 제멋대로 창씨개명을 하여 실적을 높이느라고 상부에 그대로 보고하지, 실제로 그 본인은 자기가 어떻게 창씨개명이 되었는지조차 모르는 경우가 허다하였다.

-『혼불』제1권 제1부 211쪽-

일제강점기 식민주의 실상은 창씨개명에서 극명하게 드러난다. 여기에 청암부인은 오랜 세월 인고를 견디어온 인물로 '땀'이 흐르는 '미간'에 조선인의 안타까움을 담아낸다.

반면 이기채는 일본 황실의 성과 이름을 딴 '와까마스 진(若松仁)'이라는 성과 이름을 통해 일본 황실을 비웃는다. 이것은 일종의 '흉내 내기(mimicry)'이다. 바바(Homi K. Bhabha)의 '흉내 내기'는 제국주의가 지향하는 식민주의의 거대한 담론을 분열시키는 과정에 힘을 얻는 '조롱(mockery)'의 형식이다. 또한 제국주의의 식민화 가운데 놓인 식민 객체들(the colonized) 혹은 식민화된 사람들을 지칭하는 식민주체들(the colonizer) 혹은 식민화 하는 사람들을 모방함으로써 권력의 장치들이 허구적이고 인위적인 것으로 치부되는 것을 말한다.[42]

---

42 호미 바바(Homi Bhabha,는 '흉내 내기와 인간에 관하여(Of Mimicry and Man)'에서 "흉내 내기 담론은 양가성(ambivalence)으로 구성되며, 이것이 효력을 지니기 위해서는 지속적으로 그것의 미끄러짐, 그것의 과잉, 그것의 차이를 생성해야 한다"고 규정한다. 이

한탄과 탄식에 젖은 청암부인의 심정은 '미간'에 '땀'을 담아냄으로써 '면장'과 '주재소 순사'로부터 무작위로 바뀐 조선인의 성씨에 대한 안타까운 심정이 드러난다. 이어지는 '유건영의 자결' 소문에, 사람의 성씨는 '피'와 다를 수 없다는 세상 이치가 청암부인에겐 충격 이상 전통과 역사의 상처로 각인된다.

'문학의 정치'로서 가시적인 형태로 드러나는 '창씨개명'의 기저에는 비가시적인 형태의 '전통'을 구체화하는 문학 텍스트의 적극적인 개입을 의미한다. 문학의 정치는 실천과 가시성 형태와는 차원이 다른 여러 가지 무형의 인자와 공동의 의식을 구획하는 '말의 양태'들 간의 관계에 개입함으로써 이성적 지각의 매듭짓기의 한 가지 방법으로 활용된다.[43]

이것은 남성가부장의 부재 상황에서 청암의 여성가부장으로서 대모의 역할을 수행하는 과정에 발생한다. 남성가부장의 부재가 주권을 상실한 국가의 불구성을 암시한다면, 시대적 억압 상황에서 전통의 공간인 '가문=매안마을=조선'의 창씨개명은 청암부인으로 하여 식민적

와 같이 식민담론이 양가성을 필요로 하는 것은 양가성이란 결코 정확하지 않은 흉내 내기로서 그것이 식민주의 거대담론을 해체하는 힘을 지니기 때문이다. 따라서 '흉내 내기'는 식민종주국 사람들의 문명에 대한 숭배 혹은 동경에 의한 것이 아니라, 피식민자에 의한 식민지 자국의 개혁, 통제, 기율의 복합적인 전략이다. Homi Bhabha, 나병철 역, 앞의 책, 76~78쪽 참조.

43 저마다 삶의 방식을 규율하는 법과 정치의 관계에 있어서 공동체는 일정한 구조와 역학의 지형(地形)이 형성되어야 한다. 그것이 유형의 산물이든 무형의 감성이든 특정한 경험들의 영역을 구성하는 정치적 의도가 내면에 위치해야 한다. 개별의 주체들마다 정치의 대상이 무엇인지 지칭하고 대중에게 그 이유를 설명하는 역량을 지닌 사람은 권력과 대별되는 대표성을 띤다. 이런 의미에서 문학의 정치란 지배와 피지배의 관계에서 계급적으로 분할된 사람들 사이에 자신에게 처한 현실적 대응이 '말할 수 있는 존재'라는 것을 자각하기까지 시간과 공간, 위치와 정체성, 가시적인 것과 비가시적인 것 등을 배분하고 재배분하는 과정에서 발생하는 것을 의미한다. Jacques Rancière, 유재홍 역, 앞의 책, 10~11쪽 참조.

폭력과 억압에 대한 저항의 어머니임을 표상하도록 한다. 따라서 『혼불』이 지닌 남성성의 나약함이 청암부인이 지닌 대모의 강인함을 시사하며, 남성가부장의 퇴행 아래 가문을 일으킬 존재는 결국 청암부인이 지닌 대모의 자격에서 찾을 수 있다.

지구를 파괴하는 것으로 모자랐던 것일까? RDA(resources development administration, 자원개발위원회)의 교활한 야심은 태양계 너머 판도라까지 뻗어 나갔다. 판도라는 그 자체가 지닌 가치로 인해 큰 위기에 직면해 있다. (…중략…)

RDA는 '사람들을 멍청한 노예로 만드는 것. 자신들의 뜻대로 움직이고, 소비하고, 군말 없이 살게하는' 지구에서의 목표를 어느 정도 이루었다. 그리고 지금 그들의 목표는 판도라 정복이다.

판도라 지하에 매장되어 있는 언놉타늄은 지구에는 없는 고온 초전도체로 '꿈의 물질'로 불린다. 언놉타늄은 놀라운 에너지로 지구 산업에서 점점 중요한 위치를 차지해가고 있다. RDA는 언놉타늄 채굴에서 판매에 이르기까지 모든 것을 통제할 수 있는 독점권을 가졌고, 이를 통해 어마어마한 돈을 벌어들인다. 이것이 그들이 위험을 감내하면서 끊임없이 판도라를 침략하는 이유다.[44]

---

[44] RDA의 시작은 영세했다. 친구와 가족에게 돈을 빌려 사업을 시작한 21세기 실리콘밸리의 작은 벤처기업 중 하나에 불과했다. 하지만 오늘날 RDA는 우주에서 가장 큰 조직이며, 비밀스럽게 또는 공공연하게 지구 산업 전체를 좌지우지하고 있다. 그리고 구린내 나는 수법으로 판도라의 모든 개발과 상품 생산 및 수입에 대한 독점적인 권한을 갖게 되었다. RDA는 아무런 규제도 받지 않을뿐더러 그 지위를 이용해 하늘을 지배하고 있다. 지구와 달, 화성 그리고 태양계의 소행성 지대에는 RDA가 건설한 수백 개의 공장 위성이 있으며, 이 공장들이 배출하는 오염 물질은 독성 비가 되어 지구에 내린다. 그리고 '컨소시엄'이라는 명목으로 끝도 없이 세력을 늘려가고 있다. Maria Wilhelm 외, 김현중 역, 앞의 책, 12쪽.

지구뿐 아니라 태양계 너머 판도라까지 개발과 개척을 명분으로 얻은 RDA의 이익은 미래 인류 자본주의가 도달할 수 있는 가장 폭력적인 식민지 개척이자 만행에 해당된다. 이것은 판도라에 대한 인류 개척자의 무차별적 폭력과 학살, 자연의 파괴에서 드러난다. 개척자의 명분이 식민화 과정에 있어서 식민지 공간과 토지의 전유가 의미하는 것은, 사이드가 강조했듯이 '식민주의는 근본적으로 토착민들과 그들의 땅에 대한 권리를 겨냥하여 행사된 지리적 폭력 행위'[45]라는 점이다.

《아바타》에서 인류 식민자의 폭력에 저항하는 캐릭터는 나비족과 판도라의 동식물까지 모두 포함된다. 그들의 저항은 샤헤일루를 통한 일체의 교감에서 발생한다. 판도라의 모든 종(種)의 쟁투는 인류를 대상으로 한 전쟁이 아니라 인류 개척자의 침략에 대한 적극적인 생존 전략인 것이다.

거대한 자본(폭력)에 대항하는 판도라의 구성원은 그들만의 전통적인 방식, 즉 '에이와'와의 접속을 통해 모두와 결속을 다지고 식민지 극복이라는 대의를 실현한다. 이들의 방식은 순수하고 지혜로운 '자연의 유기적 네트워크'라는 전통적인 구원의 힘에서 시작된다. 이것은 인간의 감성과 사유의 개념으로는 단 한번 이룩해내지 못한 비과학의 과학적 실현이다. 《아바타》에서 '생명의 나무'로 명명(appellation)되는 유기체적 자연의 힘은 일찍이 인류가 사물을 향해 부여한 '호명(呼名, calling by name)'과는 차원이 다른 판도라의 생명과 생명 간에 이어져 있는 유기적 결합의 적합성을 함의한다.

---

45 Edward Said, 김성곤·정정호 역, 『문화와 제국주의 *Culture and Imperialism*』, 창, 1995, 4쪽.

원시림 한가운데 위치한 '생명의 나무'는 판도라의 여신 에이와와 접속할 수 있는 네트워크의 중심부 역할을 담당한다. 여기서 에이와는 판도라의 모든 동식물들의 생과 사를 통찰하며 이를 다스리고 관장한다. 신화적 관점에서 '에이와는 단지 대지의 여신일 뿐 아니라 대모신'의 의미를 지닌다. 대지를 비롯해 나비족, 동식물, 스톤 아치, 할렐루야 산, 호수와 대기까지 관장하는 에이와에 있어 가장 중요한 역할은 '생명의 균형'을 유지하고 보호하는 것이다.[46]

이와 같이《아바타》는 영적 존재 에이와를 중심으로 하여 나비족과 동식물을 하나의 네트워크 신경계를 이어가는 정신적인 매개물인 샤헤일루를 통해 판도라의 전통과 역사를 확인할 수 있다. 이 모두를 연결하는 전통의 유인자는 단일한 신경망을 통해 에이와에 접속함으로써 실현된다. 이를 통해 나비족의 결속과 생명을 이어줄 뿐만 아니라, 인류 식민자의 폭력적 · 야만적 · 파괴적 만행에 대한 근본적인 치유 방식은 판도라의 '자연' 그 자체의 역사와 전통에 있음을 일깨워준다.

따라서 판도라 행성의 '에이와'는 '자연'을 매개로 하여 삶의 영속성을 드러내거나 유지하고 있으며, 이것은 샤머니즘적인 '자연숭배'나 '정령주의'와는 전적으로 대별된다. 즉, '에이와'는 모든 동물과 식물들, 스톤 아치, 할렐루야 산, 호수와 대기, 심지어는 지하에 매장된 언놉타늄의 특성까지도 관장하는 '궁극의 어머니'로 표상된다. 이와 동질한 선상에서 『혼불』의 청암부인은 매안마을 · 거명굴 · 고리배미 인물들의 삶의 유기성을 내포하는 '대모'의 역할을 담당한다.

---

46 김호영, 앞의 글, 539쪽.

2.4. '동일자'의 저항과 디스토피아의 양가성

'역사'에는 두 가지 의미가 존재한다. 하나는 '텍스트'로서의 역사이고, 다른 하나는 실제로 일어난 사건으로서 '진실의 역사'이다. 전자는 글로 기록된 역사를 의미한다. 후자의 경우 실제 역사는 입에서 입으로 전파되는 역사적 기록(textualized history)을 말한다. 우리는 양자 사이의 괴리를 잊는 경우가 많으며, 한편으로는 잊도록 교육받고 강요받는다. 이런 양극화 문제의 진실은, 실제의 역사가 기록으로 남는 과정에서 약자는 강자로부터 억압받거나 전적으로 배제되며, 결국 강자의 목소리만 남게 된다는 것이다.[47]

문학이든 영화이든 텍스트 내부의 생존자와 텍스트 외부 세계의 내러티브에 관한 역사성 진실 규명은 랑시에르의 문학의 정치에서 보다시피 '몫 없는 자'와 '말할 수 있는 자' 간의 쟁투의 과정에서 나타난다. 과거 식민화/지배에 있어서 식민지 정착민이나 식민지 농민을 뜻하는 '꼴롱(Colon)'은 문학의 정치에 있어 '몫 없는 자', 즉 '서발터니티(subalternity)'[48]로서 유용한 관점을 제시한다.

『혼불』은 매안의 양반층뿐만 아니라 거명굴·고리배미의 민중들 역시 식민지 정부로부터 보호받을 수 없었다. 식민화된 토착민으로 살아갈 수밖에 없는 '콜로나이저(colonizer)' 신세란 말 그대로 '타자(the other)'의 삶을 의미한다.[49] 그럼에도 이들은 타자의 멍에를 벗고 '동일

---

47 조규형, 『탈식민 논의와 미학의 목소리』, 고려대학교 출판부, 2007, 93쪽.

48 '서발턴(subaltern)'은 지배계층의 헤게모니에 예속된 상태의 지위를 말하는 동시에, 지배계층으로부터 분리되어 접근을 부인당한 그룹을 의미한다. 여기에는 노동자, 농민, 여성, 피식민지인 등 중심에서 떨어져 나오거나 소외된 주변부적 부류가 대부분이다. 이 용어는 계층, 인종, 젠더를 포함할 수 있는 광의적 층위를 구성한다. 박종성, 앞의 책, 60쪽.

49 식민지 정착민과 통치자들에게 무차별적으로 적용될 수 있는 이들 콜로나이저는

자(the same person)'[50]의 자격을 얻기까지 저항을 고집하는 것은 텍스트 내부적으로 지켜 내야할 역사와 '전통'이 존재하기 때문이다.

『혼불』의 전통에 대한 근본적인 원칙은 텍스트 내부적으로 존재하는 자들 간의 정서·소통·유대의 감성을 공유하는 것이다. 반면 텍스트 외적으로 살아가는 자들의 자아 정체성 회복을 의미하는 동시에 역사와 진실에 관한 감성을 분할하는 것이다.

그리고는 한동안, 세운 무릎 위에 한 손을 얹은 채, 청암부인은 허리를 곧추세우고 조용히 앉아 있었다. 그러더니 이윽고 말했다.

"하기는 무엇이 귀한 것이고, 무엇이 천한 것이랴. 또한 양반은 무엇이고 상놈은 무엇이겠느냐. 귀천(貴賤)에, 반상(班常)에, 격조와 운치를 아는 풍류나, 도무지 그런 것이라고는 모르는 몰풍(沒風)이나, 모두 다 사람이 만들어 낸 편견이요 생각의 오랜 관습일 뿐, 본디 그 사물이 가진 본성과는 거리가 먼 것인지도 모르지. 소나무는, 그 종자가 무엇이든, 그것이 어디에 떨어져 어떻게 뿌리 박고 서 있든, 그저 오직 소나무일 따름, 저한테 단아하고 어여쁜 정자를 지어 주든 소똥 깔고 앉은 황소를 누렇게 매어 놓든, 거기 따라 소

꼴롱과 마찬가지로 식민지 정착민으로서 모호한 식민 범주(colony group)를 만들어낸 장본인들이기도 하다. '식민 범주'는 대부분 정착민으로서 일정한 생활공간을 형성하였고, 식민지 토착민을 학살하거나, 토착민이 소유한 토지를 빼앗거나, 토착민의 노동력을 착취하였다. 실제 일제강점기 일본인이 조선으로 넘어와 정착하면서 가옥과 토지 수탈, 식량과 노동력 착취, 위안부 여성과 전쟁 목적의 인원 징발 등을 통해 식민화의 극단적인 사례를 예시할 수 있다. Robert Young, 김택현 역, 앞의 책, 46쪽.

50 동일자(the same person)는 '타자(the Other)'의 반대 개념으로 식민주의 피해자로 전락한 피식민 주체가 식민주의 이전의 생활 전반을 주체적 입장에서 행사할 수 있는 조건을 말한다. 즉 언어, 문화, 도덕, 의식주 등을 포괄하는 권리자의 행동 양식이 지배·억압·착취의 대상이 되지 않은 환경을 말한다. 또한 이것은 식민자와 대등한 조건에서 문화적·도덕적·기술적·유전적 환경과 형질에서의 그 어떠한 차별이 없는 상황을 의미한다. 서철원, 앞의 논문, 135쪽.

나무 자체의 본성이 변하는 것은 아닐 테니까 말이다. 그렇다면 사람은 또 사람대로 천연인으로서 다만 사람일 뿐, 무슨 무슨 분별이란 다 헛된 것이 아니겠느냐."

-『혼불』제4권 제2부 21쪽-

청암부인으로 하여 매안마을·거멍굴·고리배미 일대의 가부장의 지위를 구성하는 최대치가 바로 대모신 원리를 기반으로 한다. 인류학적 차원에서 '대모신'이란 인간을 중심으로 하는 모성 중심의 생태만을 의미하는 것이 아니라, 자연의 생명력을 포괄하는 우주적 원리에서 궁극의 어머니를 지향한다.

청암부인은 한 사람의 여성이기 이전에 모성 이데올로기 안에 수용된 모성성의 의무를 지닌 어머니이다. 개별적인 여성이 배제된 상태에서 오직 모성성 하나에 의존하는 어머니로서 청암부인은 '대모신'과 같이 매안마을 문중과 고리배미 상인들, 거멍굴 하층민에 이르기까지 모든 것을 관장하고 주도하며 인내하는 가부장적 정체성을 지닌 인물이다.[51] 여성영웅이 사회적 가치규범이나 자신보다 우월한 존재에 의해 시련을 겪게 경우 그 분리와 시련의 이유는 여성에 대한 사회의 부정적인 시각과 편견이 대부분이다.[52] 그럼에도 불구하고『혼불』의 인

---

51 청암부인은 단지 규방의 아녀자로 안락함만을 누린 인물이 아닌, 소설 내부적으로 유교적 이념을 구현하고 가부장적 권위 회복에 앞장선 인물인 것이다. 또한 가문의 종부이자 여성가부장으로서 당시 남성 지식들에게 요구되어 온 시대적 소명, 즉 향촌공동체의 근간을 바로세우면서 구국의 길을 열어가는 지도자의 모습을 갖춘 대모의 역할을 담당하고 있다. 김복순,「여성적 형식의 일 유형: '대모신(大母神) 찾기」,『혼불, 그 천의 얼굴1』, 태학사, 2011, 276쪽.

52 정병헌,『여성영웅 형상의 신화적 원형과 서사문학사적 의미』, 숙명여자대학교 박사학위논문, 2006, 79쪽.

물들이 겪는 억압 · 착취의 모순 상황은 청암부인의 대모원형에 뿌리를 내린 어머니의 시각에서 발견된다.

이런 의미에서 『혼불』에는 일제의 문화 · 자본의 침탈이 식민주체에 의해 의도적으로 생성된 지배논리가 내재되어 있으며, 이것은 우리 민족의 전통 · 민속의 단절과 파괴로 이어지는 과정을 고스란히 담고 있다. 따라서 당대 지식인으로 하여 식민지 문화 · 자본 침탈에 대한 청암부인의 유교이념과 전통적인 세계관에는 우리와 무관한 새로운 문화 · 문명을 도입함으로써 파괴되고 말살되는 민족정체성 문제를 '동일자' 시선에서 지적하고 있다.

《아바타》의 경우 판도라의 모든 생태적 질서, 위계, 소통, 교감 등은 에이와를 통해 결정되거나 부정되는데, 이것은 에이와에 의해 전적으로 수행되는 것이 아닌, 판도라 전체의 신경계 교감, 즉 샤헤일루의 접속에 따른 지식 · 경험 · 정서 · 감정 등 신경계 교감의 축적에 의해 이루어진다.

대표적으로 지구에서 건너온 해병대 제이크 설리와 나비족 여인 네이티리(Netytiri)의 접속 또한 샤헤일루 신경망에 축적되어 나타난다. 샤헤일루의 신경계는 제이크의 존재를 '아바타'로 인식하지만, 생명의 나무가 불타는 과정을 경험하면서 최종적으로 인류 제국주의에 저항하는 나비족의 전사가 된다. 이 과정에 네이티리의 적극적인 개입은 인류 제국주의 침략에 대한 저항의 다른 측면으로 이해할 수 있다. 또한 제이크 설리의 분신으로서 '아바타'는 단지 분신의 의미를 넘어 정신적 · 신체적인 상황에서 나비족의 구성원으로 인식하게 되는 것이다.

"그들은 자기 집을 포기하지 않을 거야. 거래하지 않을 거라고. 그들이 대체 뭘 원하겠어. 맥주? 청바지? 그들은 우리에게 원하는 게 아무 것도 없어.

여기서 내가 하는 모든 짓은 시간낭비야. 그들은 결코 홈트리를 떠나지 않을 거야."[53]

나비족에 대한 제이크의 말은 비탄에 가깝다. 인류 제국주의에 저항하는 나비족의 삶의 방식은 인류와 무관하다. 나비족의 생태를 무참히 짓밟는 인류와 결코 화해할 수 없는 나비족의 본성은 선과 악이라는 인간 중심의 논리를 넘어 또다른 세계관을 보여주고 있다. 그럼에도 불구하고 인간 제이크 설리는 나비족의 세계를 온전히 이해할 수는 없다. 생명에 관한 나비족의 입장을 이해한다고 해도, 그것은 단순히 인간 위주의 편견으로 가득한 인간 사유의 줄기에 지나지 않는다. 어디까지나 인간의 욕망에서 비롯된 인류 자본주의와 식민지 개척의 명분은 결코 그들의 삶을 이해할 수 없으며, 그들과 영원히 분리될 수밖에 없는 인간적 괴리감으로서 이해일 뿐이다.

이것은 인류 제국주의의 명분이 판도라에서는 식민 개척으로 재현되는 것과 마찬가지로 '양가적 식민지 환상'[54]에서 비롯된다. 여기에는 인류 문명의 탐색과 개척에 대한 저항으로서 이중적 환상이 존립한다. 판도라의 이러한 지향성을 '현상학적 환원(現象學的 還元, Phanomenologische Reduktion)'[55]이라고 놓고 볼 때, 제이크 개인이 경험하는 파도라에서

53 박우진, 앞의 책, 2010, 92쪽.

54 Homi K. Bhabha는 식민화/지배의 조건하에서 원주민, 피식민자가 자발적으로 개화할 수 있다는 하나의 목적론을 제시하면서, 첫째, 다른 식민지적 환상은 피식민자의 자격을 부정한다. 이것은 자치의 능력 곧 독립성이나 서구적 시민성의 권위를 식민권력의 공적인 형태나 직무로 돌림으로써 가시적 형태를 취하는 것으로 본다. 둘째, 이와 같은 식민지 가시성은 탈식민의 이데올로기적 공간이 절박한 정치·경제적 조건들과 협동하며 기능한다고 규정한다. 이처럼 '양가적 식민지 환상'은, 원초적인 환상에서의 욕구와 욕망의 놀이와 구조적으로 유사하면서도 식민지적 환상으로부터 분열을 해명하려 한다. Homi Bhabha, 나병철 역, 앞의 책, 192쪽.

의 사건/사물은 '아바타'가 아닌 나비족과 동질한 피식민자적 의식으로 표상되는 인식 구조를 지닌다.

식민주의가 이데올로기적 관점에 의해 설명되는 것이라면, '식민화(colonization)'는 식민국이 종속 관계에 있는 식민지로 이주 혹은 정착하여 정치적·경제적·문화적 지배를 행하는 일련의 과정을 의미한다. 이 과정에 식민 지배자는 자신들의 권위 혹은 지배 능력을 보강하기 위해 식민지 제반에 '열등한' 타자를 필요로 한다.

제이크 설리는 인간과 나비족의 언어·정서·목적이 다른 '타자'의 관점에서가 아닌, 나비족과 동질의 모습으로 함께 행동하고 사유하는 과정에 획득한 '동일자'의 시선과 삶의 방식에서 '아바타의 본질'을 규명하고 있다. 이와 같은 원리는 영화 《아바타》의 정체성을 확립하는 매우 중요한 요소로 간주된다. 왜냐하면 인간의 모습과 생각과 시각으론 그들의 삶의 방식을 이해할 수 없으며, 이것은 그들의 원초적인 세계관과 생명관, 샤헤일루의 전통적인 교감과 소통, 에이와의 일체감 혹은 합일의 공동체적 삶의 양식에서 이해되기 때문이다.

문학이 아닌 영화 텍스트를 '다른' 문학상으로 호명하는 문제설정[56]은 《아바타》를 '서발턴(subaltern)'의 목소리를 담은 결과물이라는 점에서 이해할 수 있다. 이런 측면에서 《아바타》의 디스토피아(dystopia)

---

55 모든 의식은 어떤 것에 대한 집중된 결과물이다. 사유함에 있어서 자아는 자신의 생각이 어떤 대상을 지향하고 있다는 것이다. 이러한 지향성을 현상학적 환원이라고 놓고 볼 때, 모든 독립적인 사물의 존재를 확신할 수는 없지만, 개개인이 경험하는 실제 사물이 환상이든 아니든 간에 사물들이 직접 우리의 의식 속에 나타나는 모습은 확신할 수 있다고 본다. 따라서 자아의 의식은 세계의 수동적인 기록에 지나지 않는 것이 아니라 능동적으로 세계를 구성하고 '지향'한다. Terry Eaglton, 김명환 외 역, 『문학입문이론』, 창작사, 1986, 92~95쪽 참조.

56 장성규, 「한국문학 '외부' 텍스트의 장르사회학: 서발턴 문학사 서술을 위한 시론적 문제제기」, 『현대문학이론연구』 제64집, 현대문학이론학회, 2016, 247쪽.

근원에 깔려 있는 유토피아 정신은 고향과 같은 낙원의 정반대 지점에 있는 불길하면서도 어두운 상황을 내포한다. 여기에는 파괴와 착취와 억압과 폭력으로 얼룩져 있는 상처가 발견된다. 결국 인간이 찾아 나선 유토피아의 미래지향적 의미는 《아바타》에서 보다시피 전보다 나은 인간적인 삶의 실현이 아니라 폭력과 착취가 난무하는 불길하면서도 어두운 디스토피아의 환경을 창조해내고 있다. 따라서 '자연'을 거스르는 개척의 명분은 유토피아를 지향하면서도 궁극에는 디스토피아 세계관으로 귀결되는 양가적 의미를 반영하고 있는 것이다.

『혼불』과 《아바타》는 '대모'의 존재성에 근거하여 청암부인과 에이와로부터 연결된 카테고리 안에 다양한 인물들의 연대 혹은 유대를 형성하면서 식민주의에 대한 저항의 극복을 보여주고 있다. 이것은 소설 『혼불』과 영화 《아바타》의 텍스트 내부적으로 견고하게 구축된 오랜 시간적 연대기와 맞물려 거대한 서사의 맥락에서 결코 끊어낼 수 없는 '전통'을 바탕으로 하여 자연과의 교감·접속·소통을 통한 민족 혹은 종족의 정체성과 긴밀하게 연결된다. 이런 측면에서 『혼불』의 대모신과 《아바타》의 궁극의 어머니라는 지위와 그에 상응하는 표상의 관점에서 탈식민적 상황이 설명된다.

제6장 탈식민의 지평과 새로운 가능성

작품의 성격을 검토하는 것은 작품에 반영된 주된 사상이나 목적이 어떤 방식으로 전개되는가를 밝히는 작업이라 할 수 있다. 소설이 독자와 소통을 위한 서사 양식의 글이라고 할 때, 작가는 작품의 전반이 무엇을 위해 공헌하는가를 목적의식으로 삼아야 하며, 이때 소설 내부의 시대적 배경이나 등장인물의 유형, 작품의 소재와 주제는 이야기를 이끌어가는 필수적인 요소가 된다.

특히 작품에 투영된 작가의 역사 · 사회문화적 관점이 어느 지점을 응시하느냐에 따라 작품의 성격은 주제적 측면에서 보다 확고한 위치를 확보한다. 이때 소설의 등장인물이 지닌 생애적 체험은 작품의 시대배경과 관련하여 무엇보다 중요한 가치를 지니며, 그 시대의 정치 · 사회 · 문화 · 제도적 문제와 관련하여 의미 있는 '의식' 혹은 '목적'과 연관되어 작품에 반영된다.

지금까지 『혼불』을 대상으로 하여 탈식민성에 대해 살펴보았다. 연구의 방법으로는 탈식민주의 이론을 주된 바탕으로 삼으면서도 저항독법으로서 '대위법적 읽기'와 '고쳐 읽기'를 적용하였다.

『혼불』을 분석하는 목적은 '읽기' 작업에 있어 최명희의 사유 · 내면 · 의식을 읽어내는 것뿐만 아니라, 소설 내부에 존재하는 여러 계층의 등장인물들이 지닌 성격 · 유형 등을 종합적으로 검토하는 것을 의미한다. 이러한 작업 과정은 『혼불』의 서사적 구성 방식에 대한 이해와 이야기의 전개 방식에 대한 동의에서 출발하는데, 이로써 최명희의 역사적 인식, 사회적 의미망, 개인의 경험 요소와 소통할 수 있는 길이 열릴 수 있다고 믿기 때문이다.

'대위법적 읽기'를 분석적 방법으로 적용함으로써 『혼불』의 탈식민성 규명은 매우 유용한 관점에서 검토되었다. 우선 『혼불』은 전통·민속·설화·역사 등 민족주의 전형으로서 등장인물들의 체험과 작가의 역사적 관점에 의한 탈식민적 전략의 다층화를 보여주었다. 이것은 '전통의 복원과 그 변성'의 문제, '민중의 역동성'에 대한 구체적인 해명, '민족정체성 회복'의 근원적인 규명에 있어 '탈식민적 전략'의 실현이 매안마을·거멍굴·고리배미 인물들이 지닌 저항의 감성과 삶의 방식에서 드러났다. 이와 함께 만주 이주 조선인의 삶의 방식에서 반식민주의 저항이 공간·장소 개념에 의한 탈식민적 서사 전략을 보여주었다.

이와 연관하여 『혼불』의 고쳐 읽기와 탈식민적 변증'을 통해 '저항 독법'의 실천적인 읽기 방식을 적용함으로써 텍스트의 표면과 이면을 포착하여 작가와 작품의 주된 역사적·사회적·현실적 의도를 감응해 보았다. '고쳐 읽기'는 '대위법적 읽기'와 동질한 선상에서 그 원리와 구조를 지니며, 이것은 작가의 '마음'에 접근하여 텍스트의 의미와 의도를 파악하는 '인지의미론'의 분석 방법과도 긴밀하게 연결되었다.

일제강점기 남원 매안 마을 일대의 『혼불』과 외계 판도라 행성의 '나비'족이 겪는 인류 제국주의 침략의 《아바타》에 접근한 작업은 『혼불』의 '고쳐 읽기'에 있어 매우 유익한 단서와 결과물을 제공했다. 소설 『혼불』과 영화 《아바타》를 탈식민이라는 공통된 화제로 묶을 수 있는 근거는 여성성을 유인자로 하는 현실 극복에서 찾을 수 있었다. 『혼불』의 경우 청암부인의 '대모신'의 지위와 입장에서 현실 극복과 저항의 단서가 드러났으며,《아바타》의 경우 나비족의 공동체를 이끌어가는 '에이와'의 '궁극의 어머니' 영역에 접근함으로써 인류 제국주의에 대한 현실 극복의 의미를 보여주었다. 따라서 『혼불』과《아바타》는 제국주의 침탈에 대한 저항과 극복의 유인자를 '전통의 근원에서 발원한 저항의 감성'과 연결시키고 있으며, 이것은 소설 『혼불』과 영화《아바타》의 탈식민적 '문화 정체성'을 가늠하는 중요한 지표로 작용하였다.

1. 저항과 탈식민의 기둥들

『혼불』의 탈식민성을 규명할 수 있는 여건과 환경은 소설 내부적으로 존재하는 매안마을 양반층의 전통의 복원, 거명굴 사람들의 민중의식, 고리배미 민중들의 양가적 욕망에 의해 실현되고 있으며, 이것은 근대와 전근대의 전화기적 역사성에 의해 개념적인 발언을 얻을 수 있었다. 여기에 대한 문제적 단서는 해방 후 일제강점기 식민주의 비판을 근간으로 하는 일제 잔재 및 친일의 청산이라는 큰 틀에서 논의되었다.

각 장마다 세부적인 내용을 요약하면 다음과 같다.

먼저 제2장 '전통의 복원과 그 변성'에서는 혼례 잔치, 장례 의례, 세시풍속, 명혼굿 등의 외적 양식이 전통의 복원 의미를 부여하는 동시에 신화, 역사, 설화, 민담 등의 민속학적·인류학적 의미가 민족정체성과 긴밀하게 연결되어 있음을 확인하였다.

전통의 기획 공간으로서의 '매안'은, 전통의 지향점이 경성이나 도시에서 밀려나간 주변부적 의미를 지님에도 불구하고 전통의 복원을 추

구하는 삶의 모습을 보여주었다. 이것은 근대의 산물과 전통의 상관
성에 접목하여 민족적·전통적 본성으로서의 발언, 역사적 각성에 대
한 민족적 자긍심, 왜곡된 교육의 문제제기에서 드러났다. 뿐만 아니
라 매안의 문화적 정체성과 관련하여서는, 피식민자로서 매안마을 사
람들의 삶의 방식을 반영하는 동시에 전통과 삶의 규합이라는 일정한
정신적 지향점을 보여주었다. 여기에는 매안마을 양반층의 경험적 산
물이 작가의 역사의식에 연원하여 등장인물들 간의 유기적 절차(소
통·언표·행위)와 긴밀하게 연결되어 있었다.

　매안마을의 근본은 선비정신을 기반으로 하고 있음에도 그 기질 면
에서 여성의 가부장화와 대립하는 퇴행 현상을 보여주었다. 이것은
여성의 가부장적인 역할이 가문을 일으키는 과정으로 이해되는 동시
에 여성성에 의한 반식민주의적 여건을 확립해가는 과정으로 이해되
었다. 여기에는 창씨개명으로 인한 현실적 무력감, '땅'을 둘러싼 가문
의 위기를 극복하기 위한 방편으로 청암부인의 가부장성과 매안마을
여성들의 전통의 복원이 강조되었다. 무엇보다 매안마을 선비의 퇴행
이 여성성에 의해 투영되는 과정에 전근대적 전통이 근대화 담론으로
이행되면서 민족주의적 정기가 탈식민의 주체적 지표로 각인되었다.

　이런 차원에서 '혼불'이 지닌 추상적 의미는 우리 민족 구성원의 신
체적·정신적 경험 유인자에 의해 드러나고 있으며, 이것은 '전통의
복원'이라는 재생·소통·회복의 의미로 구체화되어 나타났다. 따라서
『혼불』의 전통의 복원 의미는 인류학적 관점에서 전근대성 의미가 근
대성으로 전환되는 시기의 과거와 현재를 이어주는 중요한 매개물로
작용하였다. 나아가 일제강점기 민족문화 말살에 대한 대응 전략으로
서 전통의 복원이 탈식민적 근간을 마련하는 토대가 되었다.

　제3장 '민중적 삶의 역동성'에서 거멍굴 하층민, 즉 공배네, 옹구네,

406

평순이네, 쇠여울네, 달금이네, 춘복 등의 하위의 삶은 '몫 없는 자', 혹은 '말할 수 없는 자'의 지위를 탈피하고자 하는 신분상승의 욕망으로 표상되었다.

이를 실현하기 위해 거멍굴 하층민은 매안마을, 고리배미와 연관하여 제한된 지리적 여건과 거주 공간에서 억압받고 저항하는 하위주체의 삶을 살아가고 있었다. 이것은 매안마을 양반층에 예속된 소작의 삶에서 드러났으며, 즉 '가진 자' 혹은 '말할 수 있는 자'로부터의 예속/지배적 속성을 보여주었다. 또한 거멍굴 하층민은 '반촌(班村)의 그늘'에서 '가질 수 없으며, 가진 것' 없는 척박한 삶의 환경과 생활방식, 무산자(無産者)로서의 삶에서 소극적이나마 민중의 역동성을 추동하는 과정에 하층민으로서의 생활은 드러났다.

특히 거멍굴 하층민이 '하위주체'의 지위와 신분상승 욕망이라는 '양가적 성격'을 표출하는 데는 매안마을 양반층과 대별되는 '민중의식'이 반영되어 있었다. 이것은 민중의 삶과 자본의 역학 관계에서 거멍굴 하층민이 겪는 전근대적인 신분제도의 모순성, 하위의 삶에서 벗어나고자 하는 욕망, 장리(長利)라는 춘궁기 지주들의 속셈에서 드러나는 식민 자본의 문제가 거멍굴 민중들로 하여 반식민적 삶의 양태와 저항의 감성으로 분할되는 성격을 보여주었다.

이런 관점에서 『혼불』은 민중의 감성에서 발견되는 주체적 역량과 연관하여 그 지향점이 중요한 의미를 지닌 것으로 판단되었다. 여기에는 '땅'에 대한 효용 가치로서 '가진 자'와 '몫 없는 자'에 대한 모순성, 민중의 표현방식이 근대적 자아에 대한 각성으로 이어지는 내용이 고찰되었다. 한편 제한된 거주 공간에서 '세습공동체'를 형성하는 거멍굴 하위 인물들의 삶의 양태는 하위주체로 상징화되고 개념화되는 역동적인 민중성을 보여주었다.

한편 거멍굴의 근심바우를 배경으로 백정 택수의 애환과 내면의 어두운 역사성, 짓밟을수록 더 강인하게 일어서는 당골네의 삶, 고리배미의 지리적 요인을 바탕으로 한 민중적 삶의 형상에서 그 역동성은 드러났다. 이런 측면에서 하층민의 민중적 삶의 역동성은 근대와 전근대가 부딪히는 접점에 놓여 있었으며, 이것은 소설이라는 근대적 장치 속에 투영되어 나타났다. 궁극적으로 하층민의 삶의 모습은 그들이 처한 하위의 생활과 제한된 거주 공간에서의 억압과 착취의 모순을 극복해가는 탈식민적 삶의 역동성을 보여주었다.

제4장 '탈식민적 전략의 다층적 감성'에서 가장 핵심적인 요소는 '민족정체성 회복'으로 압축되었다.

『혼불』은 매안마을·거멍굴 여성인들이 지닌 '한의 공동체적 정조(情調)'에서 강조되었다. 여기에는 전통의 의미, 민중의 역동성이 부각되었으며, 이는 '한'의 응어리를 해소하는 다층화된 삶을 통해 표현되었다. 궁극적으로 한의 어두운 국면에서 점차 밝게 승화되는 매안마을 여성들의 '한의 의미', '천한 핏줄'을 타고난 거멍굴 여성들의 부정적인 '한의 응어리', 매안마을 양반층-거멍굴 하층민의 한의 정서가 공통체적 정조를 형성하면서도 반면에 대립적인 상황을 보여주었다.

이러한 한의 정조는 거시적인 관점에서 매안마을 여성들로 하여 반식민주의 정서를 불러오는가 하면, 거멍굴 하층민으로 하여 억눌려온 자로서 '말하고 싶은 욕망'을 표출하는 민중의식의 근원적인 단서로 파악되었다.

『혼불』에는 여성의 지위가 가문을 지탱하고, 가문을 둘러싼 사회적 공동체를 이끌어 가는 구조, 즉 국가 단위의 민족적 정신을 형성하고 있다는 데서 문화적 주체로서 삶의 다양한 '말하기' 전략이 내재되어 있었다. 여기에 대한 적극적인 해명은 청암부인의 삶에서 드러나는 가부장적 전통이 여성의 '말하기' 전략과 결부되어 반식민적 질료를 형성하였다. 그 반대의 위치에서는 옹구네, 공배네, 쇠여울네, 당골네, 달금이네 등의 거멍굴 여성들의 '말하기'의 역동성이 하위주체로서 식민지 지배 권력에 소극적으로나마 대응하는 탈식민적 삶의 방식을 보여주었다.

한편 매안마을과 거멍굴 사이에 형성된 고리배미 상민층의 삶은 이채로운 설정을 보여주었다. 이들은 매안마을 양반층과 거멍굴 하층민 사이에 교묘히 존재하는 이중적인 인물 유형을 보여주는 동시에 실제로는 거멍굴 하층민과 대등한 하위의 삶을 살아가면서도 신분 면에서는 양가적인 속성을 보여주었다.

하층민의 터전으로서의 공간 의미는 출신, 신분, 핏줄에 관한 공배의 심정과 옹구네의 정서에서 동질한 요소로서 삶의 양태가 발견되었다. 특이한 것은 고리배미 상민들의 삶은 매안마을의 '말할 수 있는 자' 앞에서 '말할 수 없는 자'의 신분을 유지하면서도 거멍굴의 '말할 수 없는 자' 앞에서는 '말할 수 있는 자'로서의 지위를 지닌 혼종화된 삶의 유형을 드러냈다.

또한 이주민의 저항적 장소로는 '만주 서탑거리'를 들 수 있는데, '공간·장소'의 개념으로서 만주를 무대로 한 민족구성원의 존재, 제도와의 관계, 활동반경 등과 관련하여 나타났다. 만주 서탑거리는 '민족극장'을 표상으로 하여 이주 조선인의 정체성이 선명하게 부각되었으며, 조선인의 규합과 단결이 '서탑소학교=정신적 기둥'을 중심으로 하여 형성되어 있었다. 이런 의미에서 만주의 공간·장소의 의미는 조선인의 역동적인 민중성이 민족정체성 회복과 연결되고 있었으며, 거시적으로는 혼불의 탈식민성을 규명하는 중요한 단서로 작용하였다.

기층민의 삶은 투쟁과 저항을 고려하면서도 내부적으로 스스로 이

넘적 인간임을 각성하고 주체적으로 현실을 극복해나가려는 본성을 지닌다. 이것은 미래 지향의 삶을 살아가는 거멍굴·고리배미 민중의 삶의 방식과 직결된다. 이들은 공통적으로 하위의 삶에서 벗어나고자 하는 신분상승의 욕망을 지닌다. 또한 『혼불』은 매안마을의 전통의 복원, 거멍굴·고리배미 하층민의 역동적인 삶이 제국주의의 수탈과 폭력에 대응하는 탈식민적 삶의 방식을 보여주었다.

여기에는 근대와 전근대의 전환기적 역사성이 오히려 매안의 전통을 유지시키며, 거멍굴의 민중의식을 일깨우고 있었다. 상반된 입장에서 두 가지 이념은 민족정체성 회복이라는 합리화된 관념을 창출하였다. 이것은 매안마을과 거멍굴 사이의 향촌공동체를 목적으로 하는 고리배미 상민층의 민중의식의 발현, 즉 민족정체성의 회복을 위한 민중적 삶의 노력에서 파악되었다. 이러한 관점에서 고리배미 민중의 삶의 방식은 마을과 마을을 잇는 향촌공동체 건설의 주된 목표가 거시적으로 하위주체로서의 삶에서 과감히 탈피하려는 노력, 즉 '말할 수 없는 자'로부터 초극의 입장을 보여주는 탈식민의 저항적 주체라고 명명할 수 있다.

그럼에도 불구하고 작가가 작품 후반부에서 만주를 소설 공간으로 채택한 데는 탈식민의 주체를 더욱 선명하게 제시하기 위한 소설적 장치로 해석되었다. 여기에는 매안마을 양반촌의 선비정신의 퇴행이 거멍굴·고리배미 하층민의 신분적 한계와 맞물려 탈식민의 주체로 적극적으로 내세울 수 없는 조건이 내재되어 있었다. 왜냐하면 '몫 없는 자', 즉 '말할 수 없는 자'가 세상을 변혁시키기까지 주체적 역량을 부여하기에는 소설의 '완전성'에서 문제가 제기되었다. 이를 극복하기 위해 최명희는 『혼불』의 무대를 만주로 확장함으로써 이주 조선인으로 하여 강인한 민족정체성 회복을 보여주었다. 이를 통해 소설 내적으로 생존하는 등장인물들로부터 주체적인 탈식민성을 확보해냈다. 이것은 신분적 갈등이나 전근대적 제도의 모순이 존재하지 않은 장소, 즉 근대화된 공간에서 민중의 역동성을 구현하고 있는 것으로 파악되었다.

제5장 '『혼불』의 고쳐 읽기와 탈식민적 변증'에서는 크게 두 가지로 분화되어 검토되었다.

먼저 '인물의 신체적/정신적 경험의 인지의미'에서 『혼불』의 텍스트에서 나타난 작중인물의 신체적/정신적 경험에 근거한 인지의미론적 체계에 대해 살펴보았다. 이러한 분석을 통해 『혼불』의 언어 체계는 작중인물의 경험 담론이 궁극적으로 작가의 신체적/정신적 숙명과 맞물리면서 작가가 신체로 겪어야 했던 혼신의 과정과 정신적 산물이 응집된 결과물이라는 것을 알 수 있었다. 여기에는 작가의 문학적 의미가 『혼불』의 등장인물 개개인의 신체적/정신적 경험 담론 구조에 그치지 않고, 삼라만상의 존재로서 개인, 가문, 민족을 포괄하는 '탈식민 의식'의 층위라는 거시적인 담론이 수용되어 있음을 알 수 있었다.

여기에 대한 근거는 『혼불』의 텍스트를 구성하는 구체적 단서와 객관주의적인 카테고리 모델이 신체적/정신적 경험에 의해 집적되었다. 이러한 신체 중심의 어휘에 대한 통찰은 경험 일반이 어느 개념보다 우선적으로 나타났다. 왜냐하면 일반의 개념은 경험에 의해 구조화할 수 있으나, 경험의 구조는 개념적으로 구조화와 별개로 존재하는 데 근거하였다. 왜냐하면 텍스트의 객관주의를 그럴듯하게 보이도록 하는 것은 기본 카테고리 레벨을 형성하는 신체적·정신적 경험에 있기 때문이었다.

이와 같은 측면에서 『혼불』의 문학적 성취는 작중인물의 신체적/정신적 경험 담론을 근거로 하여 궁극적으로는 작가의 문학적 완성으로 이어지고 있었다. 또한 최명희의 언어 전략은 작중인물에 의한 신체적/정신적 경험 담론이 어느 문학적 의도나 분석보다 우위에 있기 때문에 가능했다. 이것은 『혼불』의 문학적 완성도를 가늠할 수 있는 첫째 조건이 작가 스스로 신체로 겪어야 했던 혼신의 과정이 '작중인물의 신체적/정신적 경험 담론'이라는 큰 틀로 구현되어 나타났다.

이런 점에 있어서 최명희의 『혼불』은 객관주의에 대신할 경험 기반주의 인식론에 대한 많은 단서를 모국어를 통해 보여주었다. 여기에 대한 결정적인 단서는 '원형질'에 대한 기본 카테고리 레벨로서 '외연물'이 신체 중심 어휘로 채택되는 과정의 신체적 경험에 전적으로 유인하기 때문인 것으로 드러났다. 이와 관련해 『혼불』에는 전통 · 풍속 등의 특정 서사 자체가 작중인물의 신체적/정신적 경험에 의한 '원형질' 현상을 유지하고 있었고, 이것은 추상적 표상물의 물리적 개념화에 의한 전이 현상에 따라 신체중심 어휘로서 '외연물'로 회귀하는 원리를 보여주었다.

이를 토대로 할 때, 최명희의 언어 인지 능력은 모국어 텍스트에 관한 신체 전략적 담론이라는 큰 의미망으로 확립되었으며, 이것은 작중인물들의 주체적 입장이 사건/사물 간 상호작용으로 나타났다. 이와 같은 원리는 인간/자연의 불연속성의 인지 국면에 대해 작가 스스로 능률적인 기능을 발휘하였다. 또한 사건/사물 간 작중인물들의 상호작용은 작가의 '탈식민 의식'에 의한 식민주의 저항으로 간주되었다.

여기에는 소설 내부적으로 나타난 현실의 사물/사건 등의 이슈가 인지 주체, 즉 작가의 신체적 경험에 의한 지각/인지 현상과 맞물리면서 언어 체계로서 형식과 의미 면에서 독립적인 개념화의 원리를 보여주었다.

신체적 경험에 의한 지각/인지 조건은 유무형의 인지 정보가 기본적인 카테고리 레벨의 의미 범주에 속해 있어야 하며, 이것은 유무형의 인지 정보를 수렴하는 인지 주체가 해당 정보에 대한 신체적 경험의 유인자에 대한 항체를 지님으로써 분명해졌다. 이를 통해 최명희의 언어 인지 능력은 모국어 텍스트에 관한 신체적 전략이라는 큰 의미 카테고리 내에서 작중화자들의 주체적 입장이 사건/사물 간 상호작용을 통해 구체화됨을 알 수 있었다. 이것은 인간/자연의 불연속성의 인지 국면에 대해 작가 스스로 능률적인 기능을 발휘함으로써 나타났다. 또한 사건/사물 간 작중화자들의 상호작용은 작가의 시대적·환경적 요인에 의한 '모국어의 재발견'으로 평가되었다.

여기에는『혼불』전반에 위치하는 전통·풍속의 수사적 진경이 단순히 고증의 의미를 넘어 최명희의 신체적 전략을 바탕으로 하고 있으며, 이것은 게슈탈트 지각·신체 운동·풍부한 심적 이미지 등을 고려한 현실 세계의 인물/사물의 부분과 전체의 구조가 작가의 신체적 전략을 통해 재현되고 있었다.

결과적으로『혼불』의 작중인물이 지닌 신체적 경험의 인지의미는 최명희의 언어 인지 능력과 같은 맥락에서 확인되고 있으며, 이것은 마치 시인이 시를 구사하는 것과 동일한 원리, 신체적 경험에 의한 전략적 체계를 기반으로 하였다.

'영화 텍스트와『혼불』의 탈식민적 관계망'에서 소설『혼불』과 영화《아바타》는 종족(민족)의 정체성 회복과 전통의 계승이라는 공통적인 삶의 목적이 발견되었다. 이것을 인류의 관점에서 민족정체성이라고 단언할 수는 없으나,『혼불』의 '청암부인'과《아바타》의 '에이와'의 존재에서 공통적으로 '대모신'의 역할이 중요한 문제로 드러났다. 또한 '청암'과 '에이와'의 상관성은 전통의 복원 혹은 종족(민족) 정체성 회복이라는 맥락에서 긴밀한 결속력을 지니고 있었다.

『혼불』의 경우 일제강점기 우리 민족의 정치·사회·경제·문화 등 생활 전반에 제국주의 영향을 보여주었다. 전통의 복원 문제가 민족 정체성을 회복을 암시하는가 하면, 우리 민족의 세시풍속·관혼상제· 역사·예술 등 전반을 포괄하면서 식민주의 비판을 실증하는 단서로 작용하였다.

특히 『혼불』의 별보기 전통은 오랜 시간대에 걸쳐 육안으로 확인된 진술을 바탕으로 하고 있었다. 서술자에 의한 별보기 국면은 전통적 체험에 근거하고 있으며, 이것은 전통의 복원 의미가 근원적으로 인간 삶의 지향점을 묻고 있었다. 근본적으로 별보기에 대한 이해는 『혼불』의 인물들이 별을 통해 자아의 정체성 회복을 추구하였으며, 거시적으로는 민족 구성원들에 의해 창조적으로 전승되어온 인간과 자연의 관계를 조율하는 인문학의 어느 정점에 위치하였다.

《아바타》의 경우 판도라 행성은 인류 문명과 다른 차원의 관념과 시각적 이미지를 보여주었다. '길잡이(Navigation)'로서 지구인 제이크 설리를 안내하는 나비족 여인 네이티리의 관계는 개척의 명분과 상생의 필연성이 교차하며 나타났다. 제이크와 네이티리는 '아바타'의 경계에서 출발하여 '동족'의 관계에 이르는 긴 여정을 통해 제이크의 '아바타'가 나비족의 전사가 되어가는 과정을 보여주었다. 이와 동시에 인류 식민자의 무차별적인 폭력이 인류 자본주의의 병폐를 지적하였다.

자신들의 이익을 위해서라면 무엇이든 약탈하고 착취하는 인류의 비인간적인 행위는 나비족의 삶의 목적이 나눔과 베품, 소통과 교감에서 인간의 삶과 대조를 이루었다. 또한 나비족의 삶은 '샤헤일루'라는 신경계 접속을 통한 대자연과의 교감을 중시하는 동시에 생명의 나무로부터 궁극적으로는 대모신에 이르는 관계를 보여주었다.

『혼불』이 다양한 전통·풍속 소재의 활용 측면에서 비판받고 있음에도 불구하고 전통의 복원이 중요한 의미를 지니는 것은, 일제강점기 민족정체성 회복과 긴밀하게 연결되기 때문이다. 이런 의미에서 청암 부인의 존재는 일제강점기 시대적 혼란상황에도 불구하고 여성가부장이라는 근대적 의미에서의 여성의 지위를 새롭게 구조화 하고 있으며, 이를 긍정하는 것은 전통의 복원이라는 인물상 자체가『혼불』의 탈식민성에 근접해 있었다.

이것은 식민지 상황에서 여성성의 발휘가 전통 혹은 자연을 매개로 하여 매안마을 문중과 고리배미 상인들, 거멍굴 하층민에 이르기까지 모든 것을 관장하고 주도하며 인내하는 여성가부장으로서의 '대모신'의 역할에서 드러났다. 또한 일제의 문화·자본의 침탈이 우리 민족의 전통·민속의 단절과 파괴로 이어지면서 민족정체성 회복을 '동일자' 시선에서 지적되었다.

《아바타》는 단적으로 판도라의 나비족에 대한 인류 침략사의 투영이었다. 인간이 인간을 지배하고 약탈하며 개척이라는 명분으로 일으킨 수많은 식민지 전략의 거대 확장판으로 간주되었다. 왜냐하면 현재까지도 유효한 제국주의의 폭력과 그에 대항하는 인류의 저항·극복의 단면을《아바타》는 우주 저편의 거시적인 관점에서 보여주었다. 이것의 새로운 투영을 위해 제이크 설리는 '아바타'의 분신으로 작용하였으며, 영화《아바타》는 '아바타'의 개념을 빌어 제국주의의 본질을 지구가 아닌 다른 별(판도라)에 투사함으로써 인간세계의 만행을 새롭게 조망하는 대체의 의미로서 탈식민성을 보여주었다.

탈식민주의의 핵심은 특정 민족이나 나라의 전통·민속·문화·언어의 변질 혹은 파괴의 역사에 대한 새로운 인식과 식민주의를 향한 지속적·저항적 텍스트 행위를 추구함으로써 그 의미를 획득하게 된다. 여기에『혼불』과《아바타》는 '대모'의 존재와 긴밀한 연대 혹은 유대를 형성하고 있었다. 이것은 오랜 시간대에 걸쳐 이어져온 전통을 바탕으로 하여 자연과의 교감·접속·소통을 통한 민족 혹은 종족의 정체성 회복에 기여하였다.

『혼불』에서 드러나는 탈식민의 핵심은 일제강점기 우리 민족의 전통·민속·문화·언어의 변질 혹은 파괴의 역사에 대한 인식의 지평을 넓히는 데 있었다. 《아바타》의 경우 인류 침략자로부터 자신들의 별을 지키고자 하는 나비족의 극복·저항의 텍스트에서 그 의미를 획득할 수 있었다. 이런 측면에서 『혼불』과 《아바타》는 대모신과 궁극의 어머니라는 대조/비교의 관점에서 탈식민성이 검토되었다.

결과적으로 『혼불』과 《아바타》의 비교적 관점은 과거에 일어났던 불길한 사건과 미래에 일어날지 모르는 암울한 디스토피아의 '혼종'이 아니라, 현상학적으로 언제든지 발생할 수 있는 식민지 개척의 경고인 동시에 그에 대한 대안을 찾고자하는 노력이었다.

2. 탈식민 서사의 결과적 층위

이 책은 기존 『혼불』 연구의 업적과 성과에 주목하였다. 그 결과 '전통의 복원', '민중의 역동성', '민족정체성 회복'의 주제의식은 드러났다. 각각의 주제가 소설의 기둥이 되어 『혼불』이라는 하나의 구성체를 떠받히기 위해서는 '탈식민주의' 이론을 적용하는 것을 원칙으로 삼았다. 여기에는 여러 가지 이유가 있겠으나, 무엇보다 『혼불』을 집필하던 1980년대 현실상황에 비추어 최명희의 작가의식 혹은 역사의식이 탈식민적 관점에서 유용한 시각을 제공하는 데 큰 의의를 두었다.

이런 관측에서 1970·80년대 독재시대를 살아온 작가의 연대기는 일제강점기 자체가 기록 속에 남은 과거로 볼 수 있지만,『혼불』의 작가로서 최명희는 작품의 시대 상황과 맞물려 일제강점기 동시대 주역으로 작용하였다. 이를 토대로 할 때,『혼불』의 탈식민성은 '전통의 복원'·'민중의 역동성'·'민족정체성 회복'에서 드러나며 그 분석 내용은 다음과 같다.

① '전통의 복원', 그 절실함과 지향성

『혼불』이 다양한 전통적 소재의 활용 측면에서 탈식민의 유용한 시각과 전통의 복원이 중요한 가치를 지니는 것은 우리의 전통 자체가 일제강점기 식민주의에 대응하는 비판·극복·저항의 의미와 긴밀하게 연결되어 나타나고 있기 때문이다. 최명희는『혼불』을 통해 우리의 전통이 단절되어 가는 것을 강조하고 있으며, 소설 내부적으로 전통을 고수하였다. 이것은 전라도 토착민들의 방원을 토대로 끈질긴 삶의 방식과 생명력을 보여준 결과이며, 이러한 전통적 배경에는 최명희의 문학관·언어관에 의한 '문화적 유형'·'문화적 정체성'과 결부하여 전통의 복원 의미가 제시되었다. 이것은 또한 민속학적·인류학적 의미에서 큰 의미를 지니며, 전통의 근대와 식민주의 모순성을 지적하는 동시에 민족정체성 회복을 위한 중요한 단서로 작용하였다.

이런 의미에서『혼불』에는 우리 민족의 전통의 복원 의미가 매안마을 양반을 중심으로 소설 내부에 내재되어 있음을 알 수 있었으며, 이것은 역사·민속·언어·지리·신앙·신화 등과 결부하여 민족정체성 회복이라는 큰 명제에 접근하고 있었다. 결과적으로『혼불』의 전통의 복원 의미는 작가와 매안마을 사람들의 경험, 인물의 지위와 유형·행위·언술·감성 등에 의한 근대성과 융합하여 나타났으며, 이것은 민족의 자긍과 문화적 주체성을 확보하려는 최명희의 문학적 노력으로 이해되었다. 이와 같은 전통의 복원은 작가의 역사의식과 맞물려『혼불』의 탈식민주의 성격을 규정하는 매우 중요한 의미로 파악되었다.

② '민중의 역동'적인 삶의 다양성 제시

'민중의 역동성'으로서『혼불』이 차지하는 비중은 '전통의 복원' 의미와 맞물려 가치 있는 성격을 보여주었다. 공배네·평순이네·쇠여울네, 옹구네, 달금이네, 춘복 등 거멍굴 하층민의 삶의 방식은 우리의 역사에서 '말할 수 없는 자', 즉 '하위주체'의 삶을 반영하는 중요한 근간을 보여주었다. 이러한 민중의 역사는 '근대'를 기점으로 하여 식민시대의 고통을 체험한 자들로서 이들의 사회적·문화적 행적 전반에 걸쳐 '민중 체험'을 주도하였다. 또한 거멍굴 하층민 내부적으로 긍정의 세력과 부정의 세력이 보여주는 대립 상황은 거시적으로 피식민자적 생활상을 반영하고 있음을 알 수 있었다.

이와 같이『혼불』의 민중의 역사는 일제에 의한 피식민자적 입장을 반영하는가 하면, 매안마을의 '가진 자'와 거멍굴 하층민의 '가지지 못한 자'들 간의 갈등과 모순을 보여주었다. 이것은 개인과 개인, 마을과 마을 혹은 집단과 집단의 '내부적 식민성'을 고발하는 측면에서, 매안마을의 신분적 의미가 거멍굴 하층민의 계급의식으로 분화되는 과정에 발생하는 대립양상이 소설의 초점을 형성한다는 점에 있어서 민중의 삶을 재현하고 있었다. 결과적으로 매안마을과 거멍굴 사람들의 신분적 갈등이 국지적으로는 마을과 마을 간의 갈등으로 표출되지만, 거시적으로 식민지 현실에 있어서는 '말할 수 없는 자'로서 민중이 처한 이중적 굴레와 억압의 역사를 재현하는 동시에 저항의 감성이 존재하는 것으로 파악되었다.

③ '민족정체성 회복'의 가치와 의미

『혼불』에는 일제강점기 식민지 민중들의 생활상이 반영되어 있고, 면면히 이어온 한국의 이야기 전통 의미로서 조밀한 습성이 내재되어 있었다. 이를 바탕으로 하면, 『혼불』은 민족의 수난과 맞물려 민족정기 회복이라는 큰 결과물을 안겨주었다. 여기에 대해 최명희의 입장은 우리 민족의 전통과 문화의 복원이라는 권리와 의무를 역사적인 관점에서 실천하고 있었다.

이것은 1980년대 당대 시각에서 대중문화에 의해 잊혀져가거나 쉽게 버려지던 우리의 전통, 즉 민속·신화·설화·신앙 등을 소설 내부적으로 '재현(representation)'해냄으로써 상실의 전통을 민족정체성 차원에서 회복하려는 의지를 보여주었다. 민족정체성 회복은 일제강점기를 기점으로 하여 식민주의에 의해 상실한 우리 민족의 전통의 복원과 화해를 의미하였다. 매안마을 여성들과 거멍굴 하층민이 처한 현실의 질곡과 운명, 즉 '한(恨)의 공동체적 담론'으로 피력되는 전통의 원동력을 규명함으로써 『혼불』의 원형으로서 민족혼을 발현하는 중요한 성격으로 검토되었다.

이를 근거로 할 때, 『혼불』은 여성의 전근대성과 근대성의 포괄적 수용으로, 전통적인 젠더적 전략과 근대적 여성 담론이 혼재된 양상을 드러내었다. 이것은 『혼불』의 민중 체험이 식민지 터전에서 피식민자적 발언을 추구하는 동시에 반식민주의 이데올로기로서 탈식민적 글쓰기를 보여주었다. 따라서 『혼불』에는 등장인물들의 전통적인 신분

관계에 의한 갈등·화해·극복의 의미가 내재되어 있었으며, 이와 동시에 오랜 시간대에 걸쳐 형성된 한국인의 정서로서 '한의 공동체'를 실현한 민중 중심의 역사의식 혹은 식민주의 저항·극복·비판의 의미가 담겨있는 탈식민의 문학으로 판단되었다.

이와 같이 『혼불』은 전통의 복원에서 민중의 역동성, 민족정체성 회복이 작가의 역사의식에 의해 연동하는 반식민적 민족주의의 성격을 보여주었다. 이것은 소설 내부적으로 생존하는 등장인물들의 삶의 방식에 의해 구체화 되어 나타났으며, 작가의 역사의식과 연대하여 식민주의에 대한 비판의식을 보여 주었다.

또한 매안마을 사람들의 삶의 방식은 전통의 복원이라는 큰 틀에서 진행되고 있으며, 거멍굴 하층민의 삶의 방식, 즉 하위의 '말할 수 없는 자'의 입장에서 민중의 역사와도 맞물려 나타났다. 나아가 매안마을 여성과 거멍굴 하층민의 '한'의 공동체적 담론과 고리배미 민중의 양가적 욕망에 의해 실현되는 민족정체성 회복의 문제는 큰 성과를 안겨주었다.

전통의 복원, 민중의 역사, 민족정체성 회복은 각각 단일화된 구조를 형성하면서도 『혼불』의 민족주의적 서사 골격을 떠받히는 견고한 기둥으로 작용하였다. 이것은 서로 맞물리고 얽혀 있는 복잡하면서도 복합적인 구조를 지니는 동시에 반식민주의적 영향 아래 상호작용하는 연대적 의미를 보여줌으로써 『혼불』의 탈식민성을 규명하는 매우 의미 있는 단서를 제공하였다.

3. 『혼불』과 탈식민의 관계성

『혼불』을 이해하고 분석하는 작업은 소설 내부적으로 반영된 인물 유형의 구체적 의미와 단서를 해석하는 것이다. 일제강점기 식민지 조선의 현실을 그리고 있는『혼불』은 1930년대 전라북도 남원의 매안 마을 이씨 문중과 인근의 거명굴 하층민, 고리배미 상민층의 다양한 삶의 모습을 보여주고 있다. 또한 만주 이주 조선인의 민족주의적 삶의 양태는 탈식민의 주체라고 명명하기에 충분한 삶의 방식을 반영하고 있다.

이런 관점에서『혼불』은 근대성 혹은 계급성에 의해 '타자'화된 민족주의 담론이 '동일자' 관점에 의해 조명되었다. 이와 같은 현상은 계급적 이데올로기에서 소외된 민중의 관심이 전통의 복원, 민중적 삶의 역동성으로 이동하였다. 궁극적으로는 민족주의 혹은 민족정체성에 대한 민중의 관심이 식민지 지배·착취·억압의 문제의 부당한 모순을 지적하였다.

『혼불』의 서사 요건은 소설 전반에 전통·민속·설화·역사 등 민족주의 전형으로서 등장인물들의 체험과 작가의 역사적 관점에 의한 '정신의 탈식민화'를 지향성을 보여주었다. 또한 전통의 재현 방식에 있어서 철저한 고증을 바탕으로 있으며, 근대성 담론에 의한 글쓰기 양상을 보여주었다.

이와 같은 관점에서『혼불』의 탈식민성에 대한 관계 도식을 그려보면 다음과 같다.

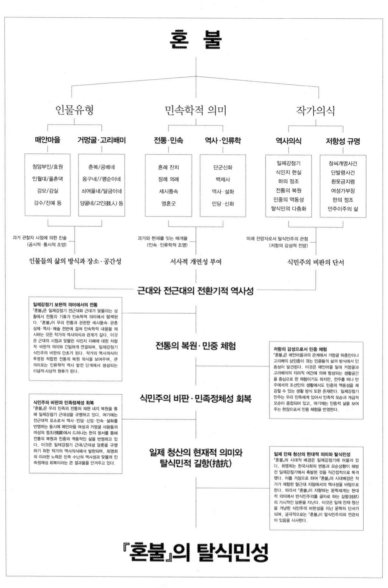

〈『혼불』과 탈식민의 관계도〉

일제강점기 자체를 과거 역사로 볼 수 있지만, 소설『혼불』의 등장 인물들은 식민주의를 체험한 동시대적 주역으로서 민족의 과제와 전통주의 숙명을 표상하고 있다. 따라서『혼불』은 시대적·사회적 모순에 대한 보편적·객관적 시각을 제공하고 있으며, 여기에는 전통·민속의 복원을 통한 민족정체성 회복의 의미가 내재되어 있다.

결과적으로『혼불』의 근대성 담론은 해방 이후 민족문학론의 새로운 정립과 함께 사회주의가 몰락한 단계에서 자본주의와 신자유주의의 물결의 탈근대적 흐름과 연동되어 나타났다. 또한 일제강점기를 시대배경으로 하여 민족주의 상황이 소설 내적으로 견고하게 고안되어 있었다. 이와 같은 민족주의적 내용이『혼불』이 지향하는 탈식민적 기획이며, 이것은 최명희의 생애와 체험, 그의 역사의식과 연대하여 나타났다.

참고문헌

1. 기초자료

최명희, 『혼불』 제1권~제10권, 한길사, 1996.

2. 국내저서

고부응, 『탈식민주의 이론과 쟁점』, 문학과 지성사, 2003.

권영민, 『한국현대문학사 1945-1990』, 민음사, 1993.

김병용, 『최명희 소설의 근원과 유적: 『혼불』의 서사의식』, 태학사, 2009.

김성곤, 『탈구조주의의 이해』, 민음사, 1988.

김익두, 『판소리, 그 지고의 신체 전략: 판소리의 공연학적 면모』, 평민사, 2003.

김익두, 『한국 민족공연학』, 지식산업사, 2013.

김정숙, 「분류와 저항 담론을 통한 주체 형성」, 『경계와 소통, 탈식민의 문학』, 역락, 2006.

김종복, 『한국어 구구조문법』, 한국문화사, 2004.

김창남, 『대중문화의 이해, 개정판』, 한울, 2012.

박광무, 『한국 문화 정책론』, 김영사, 2010.

박종성, 『탈식민주의에 대한 성찰: 푸코, 파농, 사이드, 바바, 스피박』, 살림출판사, 2006.

박환영, 『한국민속학의 새로운 지평』, 역락, 2007.

배개화, 『한국문학의 탈식민적 주체성: 이식문학론을 넘어』, 창비, 2009.

서정섭, 『혼불의 배경지와 언어』, 북스힐, 2006.

양병호, 『한국현대시의 인지시학적 이해』, 태학사, 2005.

윤인진, 『코리안 디아스포라: 재외한인의 이주, 적응, 정체성』, 고려대학교 출판부, 2004.

이경원, 『검은 역사, 하얀 이론: 탈식민주의의 계보와 정체성』, 한길사, 2011.

이수련, 『한국어와 인지』, 박이정, 2001.

이영욱, 『포스트 식민주의란 무엇인가』, 현실문화연구, 2000.

이영월, 『『혼불』의 서사구성과 민간신앙 연구』, 중앙대학교 박사학위논문, 2012.

임경석 외, 『한국근대외교사전』, 성균관대학교 출판부, 2012.

임기현, 『황석영 소설의 탈식민성』, 역락, 2010.

임명진, 『탈식민의 시각으로 보는 한국현대문학사』, 역락, 2014.

_____, 『한국 근대소설과 서사전통』, 문예출판사, 2008.

임지룡, 『인지의미론』, 탑출판사, 1997.

임환모, 『한국 현대소설의 서사성과 근대성』, 태학사, 2008.

장일구, 『혼불의 언어』, 한길사, 2003.

정찬용, 『한국어와 모국어 정신』, 국학자료원, 2000.

조규형, 『탈식민 논의와 미학의 목소리』, 고려대학교 출판부, 2007.

조은기 외, 『대중문화와 문화산업』, 한국방송통신대학교출판부, 2006.

천이두, 『한의 구조 연구』, 문학과 지성사, 1993.

최윤정, 『1930년대 낭만주의와 탈식민주의』, 지식과 교양사, 2011.

하정일, 『탈식민의 미학』, 소명출판, 2008.

한국천문학학회, 『천문학용어집』, 서울대학교출판부, 2013.

한용환, 『소설학 사전』, 고려원, 1996.

3. 영문 및 국역 문헌

Ashcroft, Bill, 이석호 역, 『포스트콜로니얼 문학이론 (The)empire writes back』, 민음사, 1996,

Ahmad, Aijaz, "Jameson's Rhetoric of Otherness and the 'National Allegory'," *Social Text* 17, 1987.

Bachelard, G., 곽광수 역, 『空間의 詩學(La Poetique l'espace)』, 민음사, 1990.

Bellemin-Noel, Jean, 이선영 역, 『정신분석과 문학 Psychanalyse et litterature』, 탐

구당, 1989.

Bhabha, Homi K., 나병철 역, 『문화의 위치-탈식민주의 문화이론(수정판)』, 소명출판, 2012.

Bourdieu, Pierre, 유석춘 외 공역, 『사회자본: 이론과 쟁점 Social capital: theories and issues』, 그린, 2003.

Cruse, D.A, Prototype theory and lexical semantics, In Tsohatzidis, S.L.(ed.) 1990.

David, Singleton, 배주채 역, 『언어의 중심, 어휘 Language and the Lexicon: An Introduction』, 삼경문화사, 2008.

During, Simon, "Postmodernism or post-colonialism today", Textual Practice, 1:1, 1987.

Eaglton, Terry, 김명환 외 역, 『문학입문이론』, 창작사, 1986.

Fanon, Frantz Omar, 노서경 역, 『검은 피부, 하얀 가면 Peau noire, masques blancs』, 문학동네, 2014.

Foucault, Michel, 홍성민 역, 『지식과 권력』, 나남, 1991.

Jameson, Fredric, 윤지관 역, 『언어의 감옥 The Prison-House of Language』, 까치, 1985.

Johnson, Mark, Leonard, 노양진 역, 『마음 속의 몸: 의미·상상력·이성의 신체적 근거』, 철학과 현실사, 2000,

Georg Wihelm Friedrich, Hegel, 임석진 역, 『정신현상학(Phannomenologie des Geistes, 1807)』, 지식산업사, 1998.

Greimas, A. J., 「The Verdiction Contract」, New Literary History 20, 1989.

Keegan, Rebecca, 오정아, 『제임스 카메론, 퓨처리스트 The Futurist』, 21세기북스, 2011.

Lakoff, G., 이기우 역, 『인지의미론: 언어에서 본 인간의 마음(Women, Fire, and Dangerous Things: What Categories about the Mind, 1987)』, 한국문화사, 1994.

McClintock, Anne, "The Angel of Progress: Pitfalls of the Term 'Postcolonialism'," Social Text 31/32, 1992.

426

Merleau-Ponty, M., 류의근 역, 『지각의 현상학(Phenomenlogie de la Perception)』, 문학과 지성사, 2002.

Moore-Gilbert, Bart, 이경원 역, 『탈식민주의, 저항에서 유희로 Postcolonial Theory: Contexs, Practices, Politics』, 한길사, 2001.

Mortorn, Stephen, 이운경 역, 『스피박 넘기 Gayatri Chakravorty』, 앨피, 2005.

Neumann, Erich, 서승옥 역, 「원형적 여성과 대모」, 『페미니즘과 문학』, 문예출판사, 1988.

Peter, Childs · Patrick Willams, 김문환 역, 『탈식민주의 이론 An Introduction To Post-Colonial Theory』, 문예출판사, 2004.

Rancière, Jacques, 오윤성 역, 『감성의 분할 (Le) partage du sensible: esthetique et politique』, 도서출판 b, 2008.

Rancière, Jacques, 유재홍 역, 『문학의 정치(제2판) Politique de la litterature』, 인간사랑, 2011.

Radden, Gunter · Driven, Rene, 임지룡 · 윤희수 역, 『인지문법론 Cognitive English Grammar』, 박이정, 2009.

Robert, J. C. Young, 김택현 역, 『포스트식민주의 또는 트리커니넨탈리즘 Postcolonialism. An Historycal Introduction』, 박종철 출판사, 2005.

Rowlands, Mark, 조동섭 외, 『SF 철학 The philosopher at the end of the universe』, (주)북새통, 2005.

Said, Edward W., 박홍규 역, 『오리엔탈리즘 Orientalism: Western Representations of Orient(1985)』, 교보문고, 1995.

Said, Edward W., 김성곤 · 정정호 역, 『문화와 제국주의 Culture and Imperialism, London, Chatto & Qindus(1993, 1-15)』, 창, 1995.

Said, Edward W., The World, the Text, and the Critic, Cambridge: Harvard University Press, 1983.

Sorensen, Clark, 도면회 역, 「식민지 한국의 '농민' 범주 형성과 민족정체성」, 『한국의 식민지 근대성 Colonial Modernity in Korea』, 삼인, 2006.

Tuan, Yi-Fu, 구동희 · 심승희 역, 『공간과 장소(Space and Place:The Perspective of

Experience)』, 도서출판 대윤, 1999.

Wierzbicka, A, Prototypes save: On the abuses of the notion of prototype in linguistic and fields. In Tsohatzidis, S.L.(ed.), 1990.

Wilhelm, Maria·Madison, Dirk, 김현중 역,『아바타: 판도라의 역사와 생태에 관한 기밀 보고 Avatar: a confidential report on the biological and social history of Pandora』, 랜덤하우스코리아(주), 2010.

4. 국내학술논문

고은미,『혼불의 생태여성주의 담론연구』, 전북대학교 박사학위논문, 2006.

김경원,「근원에 대한 그리움을 타는 작업」,『실천문학』, 1997, 여름호.

김병문,『주시경의 근대적 언어 인식에 관한 연구』, 연세대학교 박사학위논문, 2011.

김병용,『최명희 소설 연구』, 전북대학교 박사학위논문, 2005.

김복순,「대모신(大母神)의 정체성 찾기와 여성적 글쓰기」,『혼불의 문학세계』, 전라문화연구소, 소명출판사, 2001.

_____,「여성영웅 서사와 안채문화」,『혼불과 전통문화』, 전라문화연구소, 2002.

_____,「여성영웅 서사의 보편성과 식민지적 특수성:『혼불』을 중심으로」,『혼불, 그 천의 얼굴 1』, 태학사, 2011.

_____,「여성적 형식의 일 유형: '대모신(大母神) 찾기」,『혼불, 그 천의 얼굴 1』, 태학사, 2011.

김승종,「박경리의『토지』와 '부산'」,『『土地』와 공간』, 토지학회, 2015.

김열규,「『혼불』의 생태비평」,『현대문학이론연구』제12집, 현대문학이론학회, 1999.

김윤식,「헤겔의 시선에서 본『혼불』」,『혼불의 문학세계』, 전라문화연구소, 소명출판사, 2001.

김정숙,「분류와 저항 담론을 통한 주체 형성」,『경계와 소통, 탈식민의 문학』, 역락, 2006.

김정자, 「규방문화로 본 최명희의 『혼불』」, 『혼불과 전통문화』, 전라문화연구소, 2002.

김정혜, 『최명희 『혼불』의 탈식민의식 연구』, 인제대학교 박사학위논문, 2015.

김창욱, 『소설 담론의 이데올로기 분석 방법 연구』, 서울대학교 박사학위논문, 1995.

김헌선, 「『혼불』, 우주적 상상력의 총화; 우리네 고향의식을 일깨운 작품」, 『문학사상』, 1997, 겨울호.

김호영, 「영화 〈아바타〉에 나타난 신화성 연구」, 『인문연구』 제72집, 2014.

김희진, 『최명희 『혼불』의 민속 모티프 연구』, 고려대학교 박사학위논문, 2013.

노이만, 서승옥 역, 「원형적 여성과 대모」, 『페미니즘과 문학』, 문예출판사, 1988.

문순태, 「恨이란 무엇인가」, 『恨의 이야기』, 보리, 1988.

박대복·이영월, 「『혼불』에 나타난 해원(解寃)과 결원(結怨)의 이원적 서사구조」, 『우리문학연구』 제31집, 2010.

박우진, 「보지 않기 위해 보기, 몽상 혹은 쓰나미로서의 새로운 영화: 한국의 미디어 지형 속에서 〈아바타〉 찾아가기」, 『아바타 인문학』, 자음과 모음, 2010.

백지연, 「핏줄의 서사, 혼 찾기의 지난함」, 『창작과 비평』, 1997, 여름호.

서영인, 「순응적 여성성과 국가주의」, 『탈식민주의를 넘어서』, 소명, 2006.

서정섭, 「『혼불』의 서사구성과 언어책략 연구」, 『현대문학이론연구』 제21집, 2004.

_____, 「『혼불』의 수정 과정과 언어 고찰」, 『혼불의 언어세계』, 혼불기념사업회·전라문화연구소, 2004.

서지문, 「모국의 바다에 핀 연꽃 『혼불』」, 『혼불의 언어세계』, 혼불기념사업회·전라문화연구소, 2004.

서철원, 『『혼불』의 탈식민성 연구』, 전북대학교 박사학위논문, 2016.

우한용, 「『혼불』을 보는 시각과 해석의 지평: 하나의 메타비평 시도」, 『혼불의 문학세계』, 전라문화연구소, 소명출판사, 2001.

유 승, 『1970~80년대 민족문학론의 탈식민성 연구』, 전북대학교 박사학위논문, 2013.

윤석민, 「소설과 방언 그리고 텍스트언어학:『혼불』의 방언을 중심으로」, 『국어
　　　국문학』, 국어국문학회, 2006.

윤영옥, 「최명희 소설에 나타난 젠더 의식」, 『혼불, 그 천의 얼굴 1』, 태학사, 2011.

이덕화, 「『혼불』의 작가의식과 그 외 단편소설」, 『현대문학이론연구』 제12집,
　　　현대문학이론학회, 1999.

＿＿＿, 「가부장적 의식과 여성, 『혼불』에서의 여성과 운명」, 『혼불의 문학세
　　　계』, 전라문화연구소, 소명출판사, 2001.

＿＿＿, 『박경리와 최명희, 두 여성적 글쓰기』, 태학사, 2000.

이동재, 「대하역사소설의 일상성-김원일의 『불의제전』론」, 『현대문학이론연구』
　　　제9집, 현대문학이론학회, 1998.

＿＿＿, 「『혼불』에 나타난 역사와 역사의식론」, 『한국근대문학연구』 제9집, 한
　　　국근대문학연구회, 2002.

이명희, 「얼을 새기는 언어, 그 속에서 꽃핀 민족혼의 바다」, 『우리 시대의 소설,
　　　우리 시대의 작가』, 계몽사, 1997.

＿＿＿, 「한국 현대시에 나타난 탈식민주의적 모성신화」, 『탈식민주의의 안과
　　　밖』, 한국외국어대학교 출판부, 2013.

이선주, 「미국이주 한국인들의 디아스포라적 상상력-이창래의 『네이티브 스피
　　　커』」, 『미국소설』 15권 1호, 미국소설학회, 2008.

이영월, 『『혼불』의 서사구성과 민간신앙 연구』, 중앙대학교 박사학위논문, 2012.

이윤희, 「모국어는 우리의 혼입니다」, 『문학사상』, 1997, 12월호.

이태영, 「『혼불』과 최명희의 모국어 사랑」, 『전북문단』 제29집, 전북문인협회,
　　　2000.

이　호, 「소설에 있어 공간 형식의 가능성과 한계」, 『공간의 시학』, 예림기획,
　　　2002.

임명진, 「섹스/젠더/욕망의 주체」, 『페미니즘 문학론』, 한국문화사, 1998.

＿＿＿, 「蔡萬植의 '近代' 인식과 '친일'의 문제」, 『국어국문학』 제120집, 국어국문
　　　학회, 2001.

＿＿＿, 「『濁流』의 '장소(場所)'에 관한 일 고찰」, 『현대문학이론연구』 제59집, 현

대문학이론학회, 2014.

임재해, 「『혼불』의 민속지로서 가치와 서사적 형상성」, 『혼불과 전통문화』, 전라문화연구소, 2002.

장성규, 「한국문학 '외부' 텍스트의 장르사회학: 서발턴 문학사 서술을 위한 시론적 문제제기」, 『현대문학이론연구』제64집, 현대문학이론학회, 2016.

장일구, 「서사 구성의 공간성 함의;『혼불』구성 논의의 전제」, 『서강어문』제14집, 1998.

_____, 「소설 공간론, 그 전제와 지평」, 『공간의 시학』, 예림기획, 2002.

_____, 「『혼불』의 문화 담론적 자질과 저자성 역학」, 『혼불, 그 천의 얼굴 1』, 태학사, 2011.

정병헌, 『여성영웅 형상의 신화적 원형과 서사문학사적 의미』, 숙명여자대학교 박사학위논문, 2006.

정찬용, 『한국어와 모국어 정신』, 국학자료원, 2000.

정태헌, 「한국의 식민지적 근대화의 모순과 그 실체」, 역사문제연구소편, 『한국의 '근대'와 '근대성' 비판』, 역사비평사, 1996.

조윤아, 「등장인물의 지리적 이동과 공간의 역동성」, 『『土地』와 공간』, 토지학회, 2015.

조혜정, 「한국의 가부장제에 관한 해석적 분석」, 『한국의 여성과 남성』, 문학과지성사, 1988.

천이두, 「한의 여러 모습들: 최명희의 『혼불』에 대하여」, 『현대문학이론연구』, 현대문학이론학회, 제12집, 1999.

_____, 「최명희의 『혼불』과 한의 여러 모습들」, 『혼불의 문학세계』, 전라문화연구소, 소명출판사, 2001.

천정환, 「'문화론적 연구'의 현실 인식과 전망」, 『상허학보』제19집, 상허학회, 2007.

최기우, 『최명희 문학의 원전 비평적 연구』, 전북대학교 석사학위논문, 2008.

최유찬, 「가족사의 흐름 속에 숨쉬는 개체적 삶: 가족사소설의 개괄적인 특성과 그 미래를 전망한다」, 『문학사상』, 문학사상사, 1997, 3월.

황국명, 「『혼불』의 서술방식 시론」, 『현대문학이론연구』 제12집, 현대문학이론
　　　학회, 1999.

_____, 「『혼불』의 구술문화적 특성」, 『혼불과 전통문화』, 전라문화연구소, 2002.